거인들의 몰락
20세기 3부작 제1부
1914

거인들의
몰락
1

FALL OF GIANTS : BOOK ONE OF THE CENTRY TRILOGY
by Ken Follett

Copyright ⓒ 2010 by Ken Follett
Korean Translation Copyright ⓒ 2015 by MUNHAKDONGNE Publishing Corp.
All rights reserved.

This Korean edition is published by Munhakdongne Publishing Corp.
in arrangement with Ken Follett.

이 도서의 국립중앙도서관 출판예정도서목록(CIP)은
서지정보유통지원시스템 홈페이지(http://seoji.nl.go.kr)와
국가자료종합목록 구축시스템(http://kolis-net.nl.go.kr)에서 이용하실 수 있습니다.
(CIP제어번호: CIP2015018303)

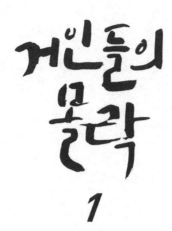

1

FALL OF GIANTS
KEN FOLLETT

켄 폴릿
장편소설

남명성 옮김

문학동네

아버지 마틴 폴릿과 어머니 비니 폴릿과의 추억을 기리며

FALL OF GIANTS
CONTENTS

미국

듀어 가족
캐머런 듀어   상원의원
어슐러 듀어   아내
거스 듀어   아들

발로프 가족
조지프 발로프   기업가
레나 발로프   아내
올가 발로프   딸

기타
로사 헬먼   기자
척 딕슨   거스 듀어의 동창
마르가   나이트클럽 가수
닉 포먼   도둑
일리야   폭력배
테오   폭력배
노먼 나이얼   부정을 저지르는 회계사
브라이언 홀   노조 지도자

역사적 실존 인물
우드로 윌슨   28대 대통령

윌리엄 제닝스 브라이언　국무장관

조지퍼스 대니얼스　해군장관

잉글랜드와 스코틀랜드

피츠허버트 가족

피츠허버트 백작　별칭 피츠

엘리자베타 공주　아내, 별칭 비

레이디 모드 피츠허버트　동생

레이디 허미아　피츠 남매의 가난한 친척 아주머니, 별칭 험 고모

서식스 공작부인　피츠 남매의 부유한 고모

겔러트　그레이트피레네 품종의 개

그라우트　피츠의 집사

샌더슨　모드의 하녀

기타

밀드러드 퍼킨스　에설 윌리엄스의 세입자

버니 레크워드　독립노동당 올드게이트 지구당 서기

빙 웨스트햄프턴　피츠의 친구

로더 후작　별칭 로디, 모드에게 구혼했다가 거절당한 귀족

앨버트 솔먼　피츠의 재산관리인

그린워드 박사　소아 병원의 자원봉사 의사

'조니' 르마크 경　영국 육군성 차관

허비 대령　존 프렌치 경의 보좌관

머리 중위　피츠의 부관

매니 리토프　공장 사장

자크 리드　독립노동당 올드게이트 지구당 회계 담당자

제인 매컬리　참전 군인의 아내

역사적 실존 인물

조지 5세   영국 국왕

메리   영국 왕비

맨스필드 스미스커밍   MI6의 전신인 비밀첩보부 해외과 책임자, 별칭 C

에드워드 그레이 경   하원의원, 외무장관

윌리엄 티렐 경   그레이 경의 개인 보좌관

프랜시스 스티븐슨   로이드조지의 애인

윈스턴 처칠   하원의원

H. H. 애스퀴스   하원의원, 수상

존 프렌치 경   영국 해외 파견군 사령관

프랑스

지니   바걸

뒤퓌 대령   갈리에니 장군 보좌관

루르소 장군   조프르 장군의 참모

역사적 실존 인물

조프르 장군   프랑스군 최고사령관

갈리에니 장군   파리 방위군 사령관

독일과 오스트리아

울리히 가문

오토 폰 울리히   외교관

주자네 폰 울리히   아내

발터 폰 울리히   아들, 런던 주재 독일 대사관 무관

그레타 폰 울리히   딸
로베르트 폰 울리히 백작   발터의 육촌 형제, 런던 주재 오스트리아 대사관 무관

기타
고트프리트 폰 케셀   런던 주재 독일 대사관 문화 담당관
모니카 폰 데어 헬바르트   그레타의 가장 친한 친구

역사적 실존 인물
카를 리히노프스키 공   런던 주재 독일 대사
파울 폰 힌덴부르크   육군원수
에리히 루덴도르프   보병대장
테오발트 폰 베트만홀베크   독일 총리
아르투어 치머만   독일 외무상

러시아

페시코프 가족
그리고리 페시코프   금속 노동자
레프 페시코프   말 관리인

푸틸로프 기계공장
콘스탄틴   선반공, 볼셰비키 토론 모임 회장
이사크   축구팀 주장
바랴   여성 노동자, 콘스탄틴의 어머니
세르게이 카닌   주물부서 관리자
마클라코프 백작   공장 임원

기타

미하일 핀스키　경관

일리야 코즐로프　미하일 핀스키의 부하

니나　비 공주의 하녀

안드레이 왕자　비 공주의 오빠

카테리나　도시로 상경한 시골 처녀

미시카　바 주인

트로핌　폭력배

표도르　부패 경찰

스피랴　천사 가브리엘 호의 승객

야코프　천사 가브리엘 호의 승객

안톤　런던 주재 러시아 대사관 직원, 독일 스파이

다비드　유대인 병사

가브리크 하사

톰차크 소위

역사적 실존 인물

블라디미르 일리치 레닌　볼셰비키 당 지도자

레온 트로츠키

웨일스

윌리엄스 가족

데이비드 윌리엄스　노조 지도자

카라 윌리엄스　아내

에설 윌리엄스　딸

빌리 윌리엄스　아들

할아버지　카라의 아버지

그리피스 가족

렌 그리피스   무신론자이자 마르크스주의자

그리피스 부인

토미 그리피스   아들, 빌리 윌리엄스의 가장 친한 친구

폰티 가족

미니 폰티 부인

주세페 '조이' 폰티   아들

조반니 '조니' 폰티   조이의 동생

광부들

데이비드 크램프턴   별칭 '울보' 다이

해리 '기름덩어리' 휴잇

가겟집 존 존스

'다진 고기' 다이   정육점 아들

패트릭 오코너   별칭 '교황' 팻, 중앙갱도 케이지 운행 담당

마이클 오코너   별칭 '교황' 미키, '교황' 팻의 아들

'조랑말' 다이   조랑말 관리 담당

버트 모건

광산 경영진

퍼시벌 존스   켈틱 미네랄 사 사장

말드윈 모건   탄광 소장

리스 프라이스   작업반장

아서 '여드름쟁이' 루얼린   탄광 서무직원

티 권의 하인들

필   집사

제번스 부인   하녀장

모리슨   하인

기타

'거름장이' 다이   동네 화장실 청소부

조랑말 다이 부인

롤리 휴스 부인

하월 존스 부인

조지 배로 이병   B중대

로빈 모티머 이병   강등당한 장교, B중대

오언 베빈 이병   B중대

'예언자' 일라이자 존스 하사   B중대

제임스 칼턴 스미스 소위   B중대

권 에번스 대위   A중대

롤런드 모건 소위   A중대

역사적 실존 인물

데이비드 로이드조지   자유당 소속 국회의원

:

프롤로그
시작

:

1장
1911년 6월 22일

영국 국왕 조지 5세가 런던의 웨스트민스터 성당에서 대관식을 거행하던 날, 빌리 윌리엄스는 사우스 웨일스 애버로언의 깊은 갱 속으로 내려갔다.

1911년 6월 22일은 빌리의 열세번째 생일이었다. 아버지가 빌리를 깨웠다. 다정한 방식은 아니었지만 효과적이었다. 아버지는 빌리의 뺨을 일정한 속도로 두드렸다. 물러설 기미 없이 계속. 깊은 잠에 빠져 있던 빌리는 잠깐 모른 척하려고도 해보았지만, 아버지의 손길은 끈질겼다. 순간적으로 화가 치밀었지만 곧 일어나야 한다는 사실을 떠올렸고, 실제로 그러고 싶은 마음이 생기기까지 해 눈을 뜨고 몸을 벌떡 일으켰다.

"네시다." 아버지는 그렇게 말하고 방을 나갔다. 나무계단을 쿵쿵 내려가는 부츠 소리가 들려왔다.

오늘 빌리는 수습 광부로서 첫 출근을 할 예정이있다. 이 마을 남자들은 대부분 빌리 나이가 되면 그렇게 일을 시작했다. 아직까지 자신이 광부라는 실감은 별로 나지 않았다. 하지만 사람들의 웃음거리가 되지

는 않겠다고 마음먹었다. 첫날 갱 속에서 울음을 터뜨린 데이비드 크램
프턴은 아직도 울보 다이라고 불린다. 지금은 스물다섯 살이나 되었고
마을 럭비팀의 스타인데도.

바로 전날이 하지夏至였고, 이른 아침 햇살이 작은 창으로 환하게 비
쳐들었다. 빌리는 옆자리에 누운 외할아버지를 보았다. 할아버지는 눈
을 뜨고 있었다. 빌리가 언제 일어나건 할아버지는 늘 깨어 있었다. 늙
으면 잠이 줄어든다는 말을 하기도 했다.

침대를 벗어난 빌리는 팬티 한 장만 걸치고 있었다. 추운 날씨에는
셔츠를 입은 채 잠자리에 들었지만, 영국이 한창 여름을 만끽하고 있는
지금은 밤에도 포근했다. 침대 밑에서 요강을 꺼내 뚜껑을 열었다.

빌리 스스로 '고추'라고 부르는 그의 성기는 전혀 커지지 않았다. 어
제와 다름없이 여전히 아이의 것처럼 몽땅했다. 생일 전날 밤 빌리는
물건이 갑자기 커질지도 모른다는 희망을 품고 잠자리에 들었다. 아니
면 그 주변에 검은 터럭 한 오라기라도 날 것 같았다. 하지만 결과는 실
망스러웠다. 한날 태어난 단짝 토미 그리피스는 달랐다. 목소리가 갈라
졌고 입술 위가 거뭇했으며 고추도 어른 같았다. 굴욕적이었다.

빌리는 요강에 소변을 보면서 창밖을 내다보았다. 눈에 들어오는 광
경이라곤 온통 광석을 제련하고 남은 슬래그 더미와 산처럼 쌓인 광석
부스러기, 탄광에서 나온 쓰레기뿐으로 대개 이판암과 사암이었다. 천
지창조 둘째 날 하느님이 "땅은 풀을 내라"고 말씀하시기 전* 세상이 이
랬을 거라고 빌리는 생각했다. 산들바람이 불자 슬래그 더미에서 곱고
검은 먼지가 일어 줄지어 선 집들로 퍼져갔다.

방안으로 눈을 돌리면 볼만한 것은 더욱 적었다. 집 뒤쪽에 자리한

---

* 원래는 창세기 1장 11절에 등장하는 셋째 날의 말씀이나, 빌리가 잘못 알고 있다.

방은 싱글침대 하나와 서랍장, 할아버지의 트렁크만으로도 비좁았다. 벽에는 성경 말씀을 수놓은 자수 견본이 걸려 있었다.

주 예수를 믿으라
그리하면 너와 네 집이 구원을 얻으리라

방에는 거울도 없었다.

한쪽 문은 계단 꼭대기로 통했고 다른 문은 앞쪽 침실로 이어지는데, 그 침실로 가려면 반드시 이 방을 거쳐야 했다. 그 방은 더 넓어서 침대를 두 개 놓을 수 있었다. 아빠 엄마는 물론 몇 년 전까지는 누이들도 그 방에서 함께 잤다. 가장 나이가 많은 에설은 이제 집을 떠났고 나머지 셋은 각각 홍역과 백일해, 디프테리아로 목숨을 잃었다. 형도 있었는데, 할아버지와 한방을 쓰기 전에는 형과 침대를 함께 썼다. 형의 이름은 웨슬리로 지하에서 탈선한 석탄 광차에 치여 죽었다.

빌리는 셔츠를 입었다. 어제 학교에 갈 때도 입었던 셔츠였다. 오늘은 목요일이었고 빌리가 셔츠를 갈아입는 날은 일요일뿐이었다. 그래도 바지는 새것이었는데, 처음 입어보는 긴바지는 두껍고 방수가 되는 몰스킨이라는 면직물로 만든 것이었다. 그것은 어른 세계의 상징이었다. 빌리는 두꺼운 면이 주는 묵직하니 남자다운 느낌을 즐기며 뿌듯한 기분으로 바지를 입었다. 두꺼운 가죽 허리띠를 매고 웨슬리 형으로부터 물려받은 신발을 신은 다음 아래층으로 내려갔다.

1층 대부분은 거실이 차지했다. 사방 4.5미터인 거실은 한가운데 탁자가, 한쪽에 벽난로가 자리하고 돌바닥에는 손으로 짠 깔개가 깔려 있었다. 아버지는 탁자에 앉아 길고 오뚝한 콧날에 안경을 걸친 채 날짜 지난 〈데일리 메일〉 신문을 읽고 있었다. 차를 달이던 어머니는 김이 나는 주전자를 내려놓고 빌리의 이마에 입을 맞추며 말했다. "우리 꼬마 신사, 생일인데 기분 어때?"

빌리는 대답하지 않았다. 실제로 꼬마여서 "꼬마"라는 말이 듣기 싫었고, "신사"라는 말은 거꾸로 신사가 아니어서 역시 기분 나빴다. 빌리는 집 뒤편의 부엌방으로 갔다. 양철 물통에서 물을 떠 얼굴과 손을 씻고 얕은 돌 개수대에 버렸다. 아래 불판을 받친 큰 구리솥도 있지만 토요일 저녁 목욕할 때 외에는 물을 데우는 법이 없었다.

머지않아 수도를 놓아준다는 약속을 받은 상태였고, 일부 광부 사택은 이미 수도가 갖추어져 있기도 했다. 길거리 급수대에서 양동이에 물을 받아오는 대신 집에서 잔을 대고 꼭지만 돌리면 시원하고 깨끗한 물이 나온다니 빌리에게는 기적 같았다. 하지만 윌리엄스 가족이 사는 웰링턴 로Row에는 아직 집안에 수도가 들어오지 않았다.

빌리는 거실로 돌아와 탁자에 앉았다. 어머니가 큰 잔에 밀크티를 따라 앞에 놓아주었다. 설탕은 이미 타놓았다. 어머니는 직접 구운 빵 덩어리에서 두 조각을 큼직하게 자르고 계단 아래 식료품 저장고에서 고깃기름 한 조각을 꺼내왔다. 빌리는 양손을 모으고 눈을 감은 채 기도를 올렸다. "하느님, 오늘도 일용한 양식을 주셔서 감사합니다. 아멘." 그러고서 차를 마시고 빵에 고깃기름을 펴 발랐다.

아버지의 연푸른색 눈이 신문 너머로 빌리를 보았다. "빵에 소금 쳐라. 지하에 들어가면 땀을 흘릴 테니."

아버지는 사우스 웨일스 광부연합의 노조 대리인이었는데, 당신이 속한 사우스 웨일스 광부연합이 영국에서 가장 힘있는 노동조합이라고 입버릇처럼 말했다. 사람들은 빌리의 아버지를 노조원 다이Dai라고 불렀다. 이곳에는 '죽다'의 die와 발음이 같은 이 별칭으로 불리는 사람이 많았다. 다이는 데이비드David, 웨일스식으로는 Dafydd를 줄인 별칭이었다. 빌리가 학교에서 배우기로 데이비드는 웨일스의 수호성인이라 인기가 많은 이름이라고 했다. 아일랜드에서 패트릭이 그렇듯이. 다이라는 이름을 가진 사람들을 부를 때는 성姓이 아닌 별명으로 구별했다. 어차피 마을 사람들의 성은 존스나 윌리엄스, 에번스, 모건 중 하나였기 때문이다. 우스꽝스러운 별명을 붙일 수 있으면 절대로 본명을 부르지 않았다. 본명이 윌리엄 윌리엄스인 빌리는 빌리 '곱빼기'였다.* 여자들은 흔히 남편의 별명을 따라서 빌리 어머니는 '노조원 다이 부인'이 되었다.

빌리가 두번째 빵조각을 먹고 있을 때 할아버지가 내려왔다. 더운 날씨에도 재킷과 조끼 차림이었다. 그는 손을 씻고 빌리의 맞은편에 앉았다. "그렇게 긴장할 것 없다. 나는 열 살 때 갱도에 내려갔어. 우리 아버지는 다섯 살 때 아버지의 아버지 등에 업혀 들어가 아침 여섯시부터 저녁 일곱시까지 일했고, 10월부터 3월까지는 아예 햇빛 구경을 못했지."

"긴장 안 했어요." 빌리가 말했다. 거짓말이었다. 사실 겁에 질려 잔뜩 굳어 있었다.

하지만 너그러운 할아버지는 말을 더 보태지 않았다. 빌리는 할아버지가 좋았다. 어머니가 빌리를 어린애로 대하고 아버지는 엄격하고 신랄한 데 비해, 할아버지는 인자했고 빌리를 어른으로 대접해주었다.

"이것 좀 들어봐." 아버지가 말했다. 아버지는 우파의 걸레라는 〈데일리 메일〉을 결코 돈 주고 사 보지 않았으나 이따금 다른 사람 것을 집으로 가져와 조롱 섞인 목소리로 읽으며 지배계급의 어리석음과 부정직함을 비웃었다. "'레이디 다이애나 매너스가 무도회 두 곳에 같은 드레스를 입고 참석해 빈축을 샀다. 러틀린드 공작의 작은딸인 그녀는 사

---

* 빌리는 윌리엄의 애칭이다.

보이 무도회에서 선보인 어깨를 드러내고 상체를 꽉 조이는 보디스와 치마에 버팀살을 넣은 드레스가 '최고의 의상'으로 선정되어 상금 250기니를 받은 바 있다.'" 아버지는 신문을 내려놓고 말했다. "250기니면 빌리, 네가 적어도 오 년은 일해야 벌 수 있는 돈이다." 그러고서 다시 읽었다. "'하지만 윈터턴 경과 F. E. 스미스가 주최한 클래리지스 호텔 파티에도 같은 드레스를 입고 참석해 전문가들이 눈살을 찌푸렸다. 세간의 말처럼 아무리 좋은 것도 지나치면 물리는 법이다.'" 아버지는 신문에서 고개를 들었다. "당신도 새 드레스를 사야겠어. 전문가들이 눈살을 찌푸리면 큰일이니까."

어머니는 웃지 않았다. 어머니가 입은 낡은 갈색 모직 원피스는 팔꿈치에 헝겊을 덧대어 기웠고 겨드랑이에는 땀얼룩이 져 있었다. "250기니가 있으면 나도 레이디 다이애나 어쩌고 하는 여자보다 예쁘게 꾸밀 수 있어요." 쓸쓸한 기색이 아예 없지는 않은 말투였다.

"맞는 말이야." 할아버지가 말했다. "우리 카라는 늘 예뻤다고. 제 어미처럼." 빌리 어머니의 이름이 카라였다. 할아버지는 빌리에게 고개를 돌렸다. "네 외할미는 이탈리아 사람이었다. 이름이 마리아 페로네였지." 빌리도 아는 이야기였지만 할아버지는 익숙한 이야기를 거듭 들려주길 좋아했다. "네 엄마의 윤기 나는 검은 머리나 아름다운 까만 눈동자는 할머니에게서 물려받은 거다. 네 누나도 그렇고. 네 할머니는 카디프*에서 가장 예뻤지. 그런데 바로 이 할아비가 차지한 거야!" 그러더니 갑자기 침울해져서 나직이 말했다. "그때가 좋았는데."

아버지는 못마땅해하며 얼굴을 찌푸렸다. 할아버지가 늘어놓은 이야기에서 육욕의 기미가 풍겼기 때문이었다. 하지만 어머니는 칭찬을 들

---

* 웨일스의 주도.

어 기분이 좋은지 할아버지에게 아침을 차려주면서 미소지었다. "아, 그럼요. 우리 자매는 하나같이 미인이었죠. 실크와 레이스를 살 돈만 있었다면 어떤 여자가 진짜 예쁜지 공작들한테 보여줬을 거예요."

빌리는 깜짝 놀랐다. 어머니가 예쁘다든가 못생겼다든가 하는 생각은 해본 적이 없었다. 물론 토요일 저녁 어머니가 제대로 차려입고 교회 모임에 갈 때는 멋지긴 했다. 특히 모자를 쓰면 더욱더. 어머니도 한때는 아름다운 아가씨였겠지만 머릿속에 그 모습을 그려보려 해도 쉽지 않았다.

"잘 들어둬." 할아버지가 말했다. "네 외할머니 집안사람들은 똑똑하기도 했다. 처남은 광부였지만 광산을 떠나 텐비에 카페를 열었어. 새로운 인생이 펼쳐진 거지. 바닷바람을 맞으며 온종일 아무것도 안 하는 거야. 커피를 만들고 돈 세는 일 빼곤."

아버지는 다른 기사를 읽었다. "'버킹엄 궁에서는 대관식 준비의 일환으로 212쪽에 달하는 지침서를 발간했다.'" 그리고 신문을 대충 훑었다. "빌리, 오늘 탄광에 내려가거든 사람들에게 이 소식을 전해라. 하나도 남김없이 준비해놨다는 걸 알면 다들 퍽이나 안심하겠군그래."

빌리는 왕족 이야기에는 별 흥미가 없었다. 하지만 〈데일리 메일〉에 가끔 실리는, 사립학교의 억센 럭비팀 학생들이 교활한 독일 간첩을 잡는다는 모험담은 좋아했다. 신문에 따르면 영국 방방곳곳에 그런 간첩이 숨어 있다지만 실망스럽게도 애버로언에는 없는 것 같았다.

빌리는 자리에서 일어서며 말했다. "길 아래 가요." 그리고 현관을 통해 밖으로 나왔다. '길 아래 간다'는 말은 이 집안에서 통용되는 완곡한 표현으로, 웰링턴 로 중간쯤 자리한 공중화장실에 간다는 뜻이었다. 골함석 지붕을 얹은 낮은 벽돌 오두막에 땅속 깊이 구덩이를 파놓은 화장실은 남자와 여자가 따로 사용하도록 두 칸으로 나뉘어 있고, 각각의 칸에는 변기가 두 개씩 있어서 한 번에 두 명씩 들어갈 수 있었다. 그렇게 만든 이유는 아무도 몰랐지만 다들 주어진 상황에 잘 적응했다. 남자들은 앞만 보고 입을 열지 않았지만, 가끔 들어보면 옆 칸의 여자들은 다정하게 수다도 떨며 볼일을 보았다. 숨이 막힐 듯 지독한 냄새는 매일 맡아도 익숙해지지 않았다. 빌리는 늘 화장실 안에서 최대한 숨을 참았다가 밖으로 나와 몰아쉬었다. 구덩이는 '거름장이' 다이가 정기적으로 퍼냈다.

집으로 돌아오자 반가운 얼굴이 탁자에 앉아 있었다. 누나 에설이었다. "생일 축하해, 빌리. 네가 처음으로 갱도에 내려가기 전에 꼭 축하해주고 싶어서 왔어."

열여덟 살인 에설은 빌리가 보기에도 미인이었다. 적갈색 머리칼은 감당하기 어려울 정도로 굽슬굽슬하고 짙은 색 눈동자는 장난기로 반짝였다. 아마 어머니도 한때는 누나처럼 예뻤을 것이다. 수수한 검정 드레스에 하녀들이 쓰는 하얀 면 모자가 에설의 외모를 돋보이게 했다.

빌리는 에설을 숭배했다. 예쁜데다 재미있고 똑똑하고 용감해서 이따금 아버지에게 맞서기도 했다. 아무도 알려주지 않는 것들을 빌리에게 알려주었다. 여자들이 저주라고 표현하는 달거리가 무엇인지, 전에 성공회 신부가 마을을 허둥지둥 떠날 수밖에 없었던 외설죄가 무엇인지도. 학교 다닐 때는 늘 1등이었고 〈사우스 웨일스 에코〉 신문사가 주최한 백일장에서 '내가 사는 도시 혹은 마을'이라는 글로 1등상을 받기도 했다. 상품은 카셀 세계지도 한 부였다.

에설은 빌리의 뺨에 입을 맞추었다. "하녀장 제번스 부인한테는 구두약을 사러 마을에 다녀오겠다고 말하고 나왔어." 에설은 1.5킬로미터 떨어진 산 위쪽에 자리한 피츠허버트 백작의 거대한 저택 '티 귄'에서 거주하며 일했다. 그녀가 깨끗한 헝겊으로 싼 무언가를 내밀었다. "너주려고 케이크 한 조각 슬쩍해왔지."

"아, 고마워, 누나!" 빌리는 케이크를 무척 좋아했다.

어머니가 물었다. "그것도 도시락에 넣어줄까?"

"네, 그래주세요."

어머니는 찬장에서 양철 도시락을 꺼내 케이크를 담았다. 빵도 두 조각 잘라 고깃기름을 바르고 소금을 뿌려 함께 넣었다. 광부들은 모두 양철 도시락을 갖고 다녔다. 음식을 헝겊에 싸서 지하에 들어갔다간 오전 휴식시간이 되기도 전에 쥐들이 먹어치운다. 어머니가 빌리에게 말했다. "네가 급료를 받으면 도시락에 삶은 베이컨을 넣어줄게."

처음이야 얼마 되지 않겠지만, 그래도 빌리의 급료는 집안 살림에 도움이 될 터였다. 빌리는 어머니가 용돈으로 얼마나 떼어줄지, 그 돈을 모아 자전거를 살 수 있을지 궁금했다. 그 무엇보다도 자전거가 갖고 싶었다.

탁자에 앉은 에설에게 아버지가 물었다. "저택은 어떻게 돌아가고 있니?"

"별일 없이 조용해요. 백작님과 공주님은 대관식 때문에 런던에 가셨어요." 에설은 벽난로 위에 놓인 시계를 보았다. "이제 잠자리에서 일어나시겠네요. 웨스트민스터에 일찍 가셔야 하니까요. 공주님은 싫어하시겠죠. 일찍 일어나는 법이 없으시거든요. 그래도 국왕 전하를 뵙는데 늦을 수야 없죠." 백작의 부인인 비Bea는 러시아 공주로 매우 지체 높은 귀족이었다.

"잘 보려면 앞쪽 자리에 앉아야겠지." 아버지가 말했다.

"아니에요, 내킨다고 아무네나 앉을 수 있는 건 아니에요. 득별히 세작한 마호가니 의자 육천 개의 등받이 하나하나에 초청객 이름이 금으로 쓰여 있거든요." 에설이 말했다.

"그런 낭비가 있나! 대관식이 끝나면 그 의자들은 어떻게 하는 거냐?" 할아버지가 말했다.

"몰라요. 자리 주인이 기념품 삼아 가져갈지도 모르죠."

아버지가 건조한 목소리로 말했다. "우리한테도 하나 보내달라고 해라. 여기는 고작 다섯 명뿐인데도 네 엄마는 서 있어야 하니까."

아버지가 우스갯소리를 할 때는 속으로 진짜 화가 났을 수도 있었다. 에설은 펄쩍 뛰듯 의자에서 일어났다. "이런, 죄송해요, 엄마. 생각도 못했어요."

"그냥 앉아 있어. 너무 바빠서 앉을 틈도 없다." 어머니가 말했다.

시계가 다섯시를 알렸다. "일찍 나서는 게 좋을 거야, 빌리. 뭉그적거릴수록 일어나기 싫어지니까." 아버지가 말했다.

빌리는 마지못해 자리에서 일어나 도시락을 들었다.

에설은 다시 한번 빌리에게 입을 맞춰주었고 할아버지는 손을 흔들었다. 아버지가 15센티미터짜리 못 두 개를 주었다. 녹슬고 조금 구부러진 못들이었다. "바지 주머니에 넣어둬."

"왜요?" 빌리가 물었다.

"알게 될 거다." 아버지는 미소지으며 말했다.

뚜껑을 돌려서 여닫는 1리터들이 병에 설탕을 탄 차가운 밀크티를 담아 건네며 어머니가 말했다. "자, 빌리. 갱도에서도 예수님이 늘 함께하신다는 걸 잊지 마라."

"네, 엄마."

어머니 눈에 고인 눈물을 보자 덩달아 눈물이 날 것 같아 빌리는 얼른 몸을 돌렸다. 그리고 벽에 걸린 모자를 챙겼다. "그럼 갈게요." 그저 학교에 가는 것처럼 인사를 남기고 현관문을 나섰다.

여름 내내 덥고 화창하더니 오늘은 비라도 내릴 듯 하늘이 흐렸다.

토미가 빌리의 집 벽에 등을 기댄 채 기다리고 있었다. "야, 빌리."

"그래, 토미."

두 사람은 나란히 길을 걸었다.

애버로언은 한때 주변 산간의 농사꾼들이 물건을 사고파는 장이 서던 작은 마을이었다고 학교에서 배웠다. 웰링턴 로 꼭대기에서 보면 개울이나 다름없는 오언 강 한편에 우시장이 서던 텅 빈 축사와 양모 거래소 건물, 성공회 교회가 몰려 있는 오래된 상업 중심지가 보였다. 지금은 철로가 마치 흉터처럼 마을을 가로지르다 탄광 입구에서 끝났다. 산골짜기에는 어두운 웨일스 점판암 지붕을 얹은 광부들의 잿빛 돌집이 수백 채나 되었다. 집들은 산등성이에 등고선을 그리며 기다란 뱀처럼 구불구불 늘어섰고, 골목 사이사이를 가로지르는 짧은 비탈길이 골짜기 밑으로 이어졌다.

"넌 누구랑 일하게 될 것 같아?" 토미가 말했다.

빌리는 어깨를 으쓱했다. 새로 광부 일을 시작하는 아이들은 탄광의 여러 반장 중 한 명의 책임하에 들어갔다. "내가 그걸 어떻게 아냐."

"난 마구간에서 일하면 좋겠어." 토미는 말을 좋아했다. 탄광에는 조랑말이 쉰 마리 정도 있어서 광부들이 광차를 채우면 철로를 따라 끌었다. "넌 어떤 일 하고 싶냐?"

빌리는 어린애 같은 자기 몸에 버거운 일은 맡지 않았으면 하는 바람이었지만, 그 사실을 인정하기는 싫었다. "광차 기름칠."

"왜?"

"쉬울 것 같아서."

둘은 어제만 해도 학생으로 다녔던 학교 앞을 지났다. 빅토리아 양식으로 지은 학교 건물은 교회처럼 창문 위쪽이 뾰족했다. 피츠허버트 가문이 학교를 세웠다는 얘기는 교장으로부터 귀에 못이 박히도록 들었다. 교사 선발과 교과과정을 정하는 일은 여전히 피츠허버트 백작이 했다. 벽에는 주로 위대한 영국을 주제로 한 전쟁 영웅들의 그림이 걸렸다. 거의 모든 학생이 비국교도 집안에서 자라는데도 매일 아침 성경공부 시간에는 엄격한 성공회 교리를 가르쳤다. 빌리의 아버지도 속한 학교 운영위원회는 사안에 대해 권고를 할 수 있을 뿐 아무 권한도 없었다. 아버지 말로, 백작은 학교를 개인 재산으로 여긴다고 했다.

졸업반 때 여자애들이 바느질과 요리를 배우는 동안 빌리와 토미는 채굴의 원리를 공부했다. 빌리는 자신이 밟고 선 땅이 샌드위치처럼 여러 층이 쌓여 이루어졌다는 사실이 놀랍기만 했다. 태어났을 때부터 줄곧 들으면서도 무슨 뜻인지 몰랐던 탄층이 바로 그런 층 중 하나였다. 석탄은 마른잎과 그 밖의 식물질이 수천 년 동안 켜켜이 쌓인 다음 무거운 토양에 눌려 만들어졌다는 사실도 배웠다. 무신론자 아버지 밑에서 자란 토미는 그게 바로 성경이 거짓이라는 증거라고 말했지만, 빌리의 아버지는 그것도 그냥 하나의 해석일 뿐이라고 했다.

아무도 없는 이 시간의 학교 운동장은 썰렁했다. 빌리는 이제 학교에 가지 않아도 된다는 사실이 자랑스러웠지만 한편으로 갱도에 들어가는 대신 학교로 돌아가고 싶다는 마음도 있었다.

탄광 입구에 가까워지자 거리는 양철 도시락과 차가 담긴 병을 든 광부들로 북적거렸다. 다들 작업장에 도착하면 벗어버릴 낡은 양복 차림이었다. 추운 탄광도 있다지만 애버로언은 내부 온도가 높아서 광부들이 속옷 바람에 부츠만 신거나 '배니커'라는 거친 리넨 반바지를 입었다. 천장이 낮아 까딱하면 머리를 부딪히기 일쑤라 속을 두툼하게 채운 모자도 늘 써야 했다.

집들 너머로 권양기가 보였다. 꼭대기에 달린 거대한 바퀴 두 개가 서로 반대방향으로 회전하며 케이블에 연결된 케이지를 끌어올리거나 내려보내는 시설이다. 사우스 웨일스 골짜기에 자리한 어느 마을에나 비슷한 탄광 구조물이 흐릿하게 보였다. 마치 농촌 마을마다 교회 첨탑이 우뚝 솟아 있듯이.

갱도 입구 주변에는 안전등 보관실, 사무실, 대장간, 창고 건물이 어쩌다 뚝 떨어진 듯 여기저기 흩어져 있었고, 그 사이를 철로가 구불거리며 뻗어갔다. 쓰레기장에는 망가진 광차와 오래되어 갈라진 목재, 곡물 자루, 방치되어 녹슨 기계 들이 석탄가루를 덮어쓴 채 널려 있었다. 빌리의 아버지는 광부들이 주변을 깔끔하게 정리하면 사고가 훨씬 줄어들 거라고 항상 말했다.

빌리와 토미는 사무실 건물로 갔다. 안에 들어서자 두 사람과 나이 차도 별로 나지 않는 서무직원 아서 '여드름쟁이' 루얼린이 있었다. 그는 옷깃과 소맷부리가 지저분한 흰 셔츠 차림으로 그들을 기다리고 있었다. 두 사람의 아버지가 오늘부터 일을 시작하도록 미리 준비해놓았던 것이다. 여드름쟁이는 장부에 두 사람의 이름을 적고 그들을 관리자 사무실로 데려갔다. "그리피스네 집 토미와 윌리엄스네 집 빌리입니다, 모건 씨."

키가 큰 말드윈 모건은 검은색 양복 차림이었다. 소맷부리에는 석탄가루가 전혀 묻어 있지 않았다. 분홍빛 뺨에 수염이라고는 전혀 없는 걸 보니 매일 면도를 하는 게 분명했다. 벽에 걸린 액자에 공과대학 졸업장이 끼워져 있고 문가에 선 옷걸이에는 그의 지위를 드러내는 또다른 증표인 중산모가 보란듯이 걸려 있었다.

놀랍게도 모건은 혼자가 아니었다. 옆에 훨씬 엄청난 사람이 서 있었다. 바로 애버로언과 나른 몇 곳의 탄광을 소유하고 운영하는 켈틱 미네랄의 사장 퍼시벌 존스였다. 작달막하고 공격적인 그를 광부들은 나폴레옹이라고 불렀다. 그는 예복인 검은색 연미복과 회색 줄무늬 바지를 입고서 실내인데도 높은 검정 실크해트를 쓰고 있었다.

존스는 못마땅한 눈초리로 아이들을 보았다. "그리피스, 네 아비는 혁명 사회주의자다."

"네, 존스 씨." 토미가 말했다.

"게다가 무신론자지."

"네, 존스 씨."

존스는 빌리에게 시선을 돌렸다. "그리고 네 아비는 사우스 웨일스 광부연합 간부이고."

"네, 존스 씨."

"나는 사회주의자놈들이 싫다. 무신론자들은 영원히 지옥에서 벌받을 놈들이고. 노조원들은 그중에서도 가장 악질이지."

그러고서 존스는 두 사람을 노려볼 뿐 달리 질문을 하지 않아서 빌리도 잠자코 있었다.

"말썽꾼은 필요 없어." 존스가 말을 이어갔다. "네 아비 같은 놈들이 사람들을 부추기는 바람에 론다 밸리에서는 사십삼 주 동안이나 파업이 이어지고 있어."

론다에서 벌어진 파업이 말썽꾼 때문이 아니라 페니그레이그의 일리 탄광 소유주들이 광부들을 가둔 일 때문이라는 사실을 빌리는 알고 있었다. 하지만 입을 다물고 가만있었다.

"너희도 말썽꾼이냐?" 존스가 깡마른 손가락으로 자신을 가리키자 빌리는 떨렸다. "내 회사에서 일할 때 권리를 찾아 맞서 싸우라고 네 아비가 그러던?"

빌리는 머릿속을 정리하려 했지만 존스의 표정이 무척이나 위협적이어서 쉽지 않았다. 아버지는 오늘 아침에는 별말 없었지만 전날 밤 얼마간의 충고를 해주었다. "사장님, 저희 아버지는, '사장에게 무례하게 굴지 마라. 그건 이 아비가 할 일이다'라고 했습니다."

빌리 뒤에 선 여드름쟁이 루얼린이 키득거렸다.

퍼시벌 존스는 재미있어하지 않았다. "버릇없는 야만인 같으니. 하지만 너를 받아주지 않으면 이 지역 전체가 파업에 들어가겠지."

빌리는 그런 생각을 해보지는 않았다. 내가 그렇게 중요한 사람이었나? 그건 아니었다. 하지만 광부들은 노조 간부의 자녀들이 불이익을 받아선 안 된다는 원칙을 지키기 위해 파업을 할 수도 있었다. 출근한 지 오 분도 되지 않아서 빌리는 이미 노조의 보호를 받고 있었다.

"데리고 나가." 존스가 말했다.

모건은 고개를 끄덕이고 여드름쟁이에게 말했다. "둘 다 데리고 나가, 루얼린. 리스 프라이스가 알아서 할 거야."

빌리는 속으로 신음했다. 리스 프라이스는 사람들이 싫어하는 반장들 중 하나였기 때문이다. 그는 일 년 전 에설에게 접근했다가 단번에 퇴짜를 맞은 적이 있었다. 애버로언의 총각 가운데 절반은 에설에게 딱지를 맞았지만 유독 프라이스는 상심이 컸다.

여드름쟁이가 고개를 홱 돌렸다. "나가." 그리고 두 사람을 따라 사무실을 나왔다. "밖에서 프라이스 씨를 기다려."

건물 밖으로 나온 빌리와 토미는 문 옆 벽에 기대섰다. "나폴레옹의 살진 배때기에 주먹을 날려주고 싶었어. 자본가놈 같으니." 토미가 말했다.

"맞아." 빌리는 딱히 그런 생각을 했던 건 아니지만 맞장구를 쳤다.

잠시 후 리스 프라이스가 나타났다. 다른 반장들처럼 낮고 둥근 중산모를 쓰고 있었다. 광부들이 쓰는 모자보다는 비싸지만 중절모보다는 저렴한 것이었다. 조끼 주머니에 수첩과 연필을 꽂아둔 그는 접자를 들고 있었다. 양쪽 뺨이 수염으로 거뭇거뭇했고 앞니 사이는 벌어진 모습이었다. 프라이스가 똑똑하지만 교활하다는 걸 빌리는 잘 알았다.

"안녕하세요, 프라이스 씨." 빌리가 말했다.

프라이스는 의심스러운 눈으로 빌리를 보았다. "웬일로 얌전하게 인사를 다 하냐, 빌리 곱빼기?"

"모건 씨가 프라이스 씨를 따라서 갱도로 들어가라고 하셨어요."

"그랬어? 지금?" 프라이스는 낯선 이에게 공격당할까봐 걱정이라도 하는 사람처럼 좌우를, 때로는 뒤를 흘깃거리는 버릇이 있었다. "웃기지도 않은 소리 하고 있네." 그러더니 마치 설명을 구하듯 권양기 바퀴를 올려다보았다. "애들이랑 노닥거릴 시간 없어." 그리고 사무실 안으로 들어가버렸다.

빌리가 말했다. "저놈이 다른 사람한테 우리를 넘겼으면 좋겠어. 누나가 안 만나줬다고 우리 가족을 미워하거든."

"너희 누나는 자기가 애버로언 남자들한테 너무 아깝다고 생각하는 것 같던데." 토미가 말했다. 어디서 들은 이야기를 옮기는 게 분명했다.

"당연히 아깝지." 빌리는 단호하게 말했다.

프라이스가 밖으로 나왔다. "좋아. 이리 따라와." 그는 앞장서서 빠르게 걸어갔다.

두 사람은 그를 따라 안전등 보관실로 갔다. 안전등 관리 담당이 빌리에게 반짝이는 황동 안전등을 건넸다. 빌리는 다른 광부들처럼 그것을 허리띠에 걸었다.

광부들이 사용하는 안전등에 관해서는 학교에서 배웠다. 석탄 채굴의 위험 요소 가운데 하나는 탄층에서 새어나오는 인화성 메탄가스였다. 사람들은 폭발성 가스라고 부르는 바로 그것이 지하에서 발생하는 모든 폭발 사고의 원인이다. 웨일스의 탄광은 가스가 많은 것으로 악명높았다. 안전등은 그 불꽃에 폭발성 가스가 발화되지 않도록 절묘하게 고안한 것으로, 실제로 주위에 가스가 있으면 불꽃이 길어지며 위험을 알렸다. 폭발성 가스는 냄새가 없기 때문이다.

안전등이 꺼져도 광부가 직접 다시 불을 붙일 수는 없다. 지하에 성냥을 가지고 들어갈 수 없는데다 혹시라도 규칙을 어기는 사람이 있을까봐 안전등을 봉해두기 때문이다. 불이 꺼진 경우, 대개 수직갱도 근처 탄광 바닥에 위치한 안전등 관리실로 가져가야 했다. 1, 2킬로미터는 걸어야 하지만 지하 폭발 사고를 방지하려면 그 정도는 아무것도 아니었다.

학교에서는 안전등이야말로 탄광 소유주들이 고용인을 아끼고 걱정한다는 걸 보여주는 한 측면이라고 가르쳤다. 빌리의 아버지는 "폭발 사고와 작업 중단, 갱도 붕괴를 막는 게 사장들 이익과는 아무 상관이 없다는 듯한 소리군" 하고 논평했다.

안전등을 받은 광부들은 줄을 서서 케이지를 기다렸다. 늘어선 광부들 눈에 잘 띄는 알맞은 위치에 게시판이 서 있었다. 손으로 썼거나 조잡하게 인쇄한 안내문들은 크리켓 연습이나 다트 시합, 주머니칼 분실, 애버로언 남성 합창단 공연, '자유 도서관'에서 열리는 카를 마르크스의 사적유물론 강의 소식을 알리고 있었다. 하지만 반장들은 줄을 서서 기다릴 필요가 없어서 프라이스는 두 아이를 뒤세우고서 사람들을 헤치고 앞으로 갔다.

대부분의 탄광이 그렇듯 애버로언도 환풍기가 달린 두 개의 수직갱도가 있어서 한쪽으로는 공기를 내려보내고 다른 쪽으로는 뿜어냈다. 탄광의 주인들은 수직갱도에 엉뚱한 이름을 붙이곤 했는데 이곳은 각각 피라모스와 티스베였다.* 빌리 일행이 시 있는 곳은 공기를 배출하는 피

---

* 그리스신화에 등장하는 연인.

라모스 앞이라 탄광에서 올라오는 더운 공기가 고스란히 느껴졌다.

작년에 빌리와 토미는 수직갱도를 들여다보러 온 적이 있었다. 휴일이라 광부들이 출근하지 않는 부활절 다음날 월요일, 둘은 경비원의 눈을 피해 쓰레기장을 가로질러 몰래 탄광 입구에 접근한 다음 울타리를 넘었다. 수직갱도 입구에는 케이지 정거장이 설치되어 있었지만 들여다볼 틈은 있었다. 둘은 배를 깔고 엎드려 갱도 가장자리 안쪽을 들여다보았다. 그 끔찍한 구멍을 정신없이 내려다보던 빌리는 속이 뒤집힐 것만 같았다. 암흑의 끝을 헤아릴 수가 없었다. 전율이 느껴졌다. 구멍 안으로 내려가지 않아도 된다는 기쁨이 절반, 언젠가는 내려가리라는 두려움이 절반이었다. 돌멩이를 아래로 던지고 그것이 갱도 안쪽 벽돌에, 케이지 정거장 구조물에 부딪히는 소리에 토미와 함께 귀를 기울였다. 저멀리 밑바닥의 물웅덩이에 돌멩이가 떨어지는 첨벙 소리가 희미하게 들리기까지는 끔찍하리만치 긴 시간이 흐른 것 같았다.

그로부터 일 년이 지난 지금, 그는 그때 던진 돌멩이를 따라 아래로 내려가려는 참이었다.

빌리는 속으로 겁쟁이가 되지 말자고 다짐했다. 어른스럽게 행동해야 했다. 비록 스스로 어른이라고 느끼지 않더라도 말이다. 웃음거리가 되는 일만은 절대 피해야 했다. 빌리는 망신당하는 게 죽기보다 두려웠다.

수직갱도 입구는 미닫이 쇠창살로 막혀 있었다. 창살 너머 텅 빈 공간으로 케이지가 올라오는 중이었다. 갱도 저편의 엔진이 높은 곳에 매달린 거대한 바퀴를 돌려 케이블을 감아올리고 있었다. 엔진에서 뜨거운 김이 뿜어져나왔다. 케이블이 도르래에 휙휙 감기며 채찍 소리가 났다. 뜨거운 기름내도 훅 끼쳤다.

철커덩 소리와 함께 철문 너머에 텅 빈 케이지가 모습을 드러냈다. 지상에서 케이지를 관리하는 감독이 문을 밀어 열었다. 리스 프라이스가 빈 케이지 안으로 들어가자 두 소년도 뒤따랐다. 그들 뒤로 광부 열세 명이 올라탔다. 케이지에는 총 열여섯 명이 탈 수 있었다. 감독이 문을 닫았다.

잠시 정적이 이어졌다. 빌리는 불안했다. 발아래 케이지 바닥은 단단했지만 옆면의 간격이 넓은 창살 사이로는 쉽사리 몸이 빠져나갈 것 같았다. 또 케이지가 강철 케이블에 매달려 있다 해도 절대적으로 안전한 건 아니었다. 1902년 터펜튀스 탄광에서 케이블이 끊어진 일은 모르는 사람이 없었다. 그 사고로 케이지가 갱도 밑바닥으로 추락해 여덟 명이 죽었다.

빌리는 옆에 선 광부에게 고개를 까딱해 인사했다. 얼굴이 둥글넓적한 '기름덩어리' 해리 휴잇은 빌리보다 키가 30센티미터나 컸지만 겨우세 살 위였다. 해리가 학교에서 어땠는지 빌리는 기억하고 있었다. 매년 시험에서 낙제하는 바람에 3학년에 발이 묶여 열 살짜리 애들과 지내다가 결국 나이가 차서 광부 일을 시작했다.

벨이 울렸다. 아래쪽 조차원이 그쪽 문을 닫았다는 신호였다. 위쪽케이지 감독이 레버를 잡아당기자 다른 벨이 울렸다. 증기 엔진이 씩소리를 내더니 또다른 소리가 크게 울렸다.

케이지가 텅 빈 구덩이 속으로 떨어졌다.

빌리는 케이지가 자유낙하를 하다가 잠시 후 브레이크가 작동하며 부드럽게 멈춰 선다는 걸 알고 있었다. 하지만 이론적으로 미리 알고 있다고 해서 땅속으로 대책 없이 떨어지는 느낌까지 대비할 수는 없었다. 발이 바닥에서 붕 떴다. 빌리는 겁에 질려 비명을 질렀다. 어쩔 수 없었다.

다들 웃음을 터뜨렸다. 그제야 출근 첫날인 빌리의 이런 반응을 다들 기다렸다는 걸 깨달았다. 이미 늦었지만 주위를 보니 다른 광부들은 몸이 바닥에서 떠오르지 않도록 창살을 꽉 붙잡고 있었다. 하지만 요령을 알았다고 해서 두려움이 가라앉지는 않았다. 빌리는 이를 악물고서 간신히 비명을 삼켰다.

마침내 브레이크가 작동했다. 케이지가 떨어지는 속도가 줄자 발이 바닥에 닿았다. 빌리는 창살을 붙잡고 떨리는 몸을 가누려고 애썼다. 조금 시간이 지나자 두려움은 사라지고 대신 분한 마음이 들었다. 어찌나 분한지 금방이라도 눈물이 쏟아질 것 같았다. 빌리는 해리의 웃는 얼굴에 대고 주위의 소음에 질세라 큰 소리로 쏘아붙였다. "휴잇, 그 커다란 아가리 닥쳐. 머저리 같은 놈."

해리는 순식간에 안색이 바뀌며 잔뜩 화난 표정을 지었지만 다른 사람들은 더욱더 웃어댔다. 욕설을 내뱉은 건 하느님께 용서를 빌어야 할 일이지만 바보처럼 느껴지던 기분은 조금 누그러졌다.

빌리는 토미를 보았다. 얼굴이 허옇게 질려 있었다. 토미도 비명을 질렀나? 혹시 안 그랬다는 대답을 들을까봐 물어볼 엄두가 나지 않았다.

케이지가 멈추고 문이 활짝 열리자 빌리와 토미는 비틀거리며 탄갱 안으로 들어섰다.

어두컴컴했다. 광부들의 안전등은 집에서 벽에 걸어두는 파라핀 등보다 빛이 약했다. 갱도 안은 달이 뜨지 않은 밤처럼 깜깜했다. 아마 석탄을 캐낼 때는 자세히 보지 않아도 되는 모양이라고 빌리는 생각했다. 물구덩이를 디뎠는지 철벅거려서 아래를 내려다보니, 사방이 온통 안전등으로 어렴풋이 빛나는 물과 진창이었다. 입에서 묘한 맛이 느껴졌다. 공기 속에 석탄가루가 가득했다. 사람이 이런 공기를 온종일 마시는 게 가능한가? 분명 이래서 광부들이 끊임없이 기침을 하고 침을 뱉는 것이다.

네 사람이 지상으로 올라가는 케이지를 기다리고 있었다. 가죽가방을 하나씩 든 모습을 보고 빌리는 그들이 안전관리원이라는 걸 알았다. 매일 아침 광부들이 작업을 시작하기 전에 그들이 가스를 점검했고, 만일 메탄가스 농도가 무시할 수 없을 만큼 높으면 환풍기로 공기를 정화할 때까지 작업을 못하게 했다.

바로 옆에는 조랑말 우리가 늘어서 있고, 문이 열린 방 하나가 있었다. 아마도 반장들의 사무실인 듯 환한 불빛 아래 책상이 놓여 있었다. 광부들은 중앙갱도에서 사방으로 뻗은 네 개의 굴을 따라 흩어졌다. 수평갱도라고 불리는 각각의 굴은 석탄을 채굴하는 구역으로 이어졌다.

프라이스는 두 사람을 창고로 데려가 맹꽁이자물쇠를 열었다. 연장을 보관하는 곳이었다. 그는 삽을 두 개 꺼내 건네고 다시 문을 잠갔다.

세 사람은 마구간으로 갔다. 반바지에 부츠 차림인 남자가 우리에서 더러워진 건초를 삽으로 퍼내 광차에 싣고 있었다. 근육질인 등에 땀이 흘러내렸다. 프라이스가 말을 건넸다. "어린애 조수 필요해요?"

돌아서는 남자의 얼굴을 본 빌리는 그가 베데스다 교회의 장로 '조랑말' 다이라는 걸 알았다. 그는 빌리를 알아보는 눈치가 아니었다. "작은 애는 싫은데."

"좋아요. 그럼 다른 녀석을 데려가요. 토미 그리피스예요." 프라이스가 말했다.

토미는 기쁜 기색이 역력했다. 바라던 대로 됐기 때문이다. 우리를 청소하는 일이라 해도 어쨌든 마구간에서 일하게 된 것이다.

"가자, 빌리 곱빼기." 프라이스는 수평갱도 가운데 하나로 들어갔다.

빌리는 삽을 어깨에 메고 따라갔다. 옆에 토미가 없으니 더욱 긴장되었다. 친구 곁에 남이 함께 조랑말 우리를 청소했으면 좋겠다고 생각했다. "저는 무슨 일을 하게 되나요, 프라이스 씨?"

"뻔하지 않겠어? 내가 좆같은 삽을 뭣하러 줬겠나?"

빌리는 금기시되는 쌍욕을 반장이 아무렇지 않게 툭툭 내뱉는 데 깜짝 놀랐다. 무슨 일을 하게 될지 짐작도 되지 않았지만 더 묻지 않았다.

굴은 단면이 둥글었고 곡선 모양의 철제 버팀대가 천장을 받치고 있었다. 천장 꼭대기를 따라 직경 5센티미터짜리 관이 설치되어 있었는데 아마 수도관인 듯했다. 공기에 섞인 석탄가루 함유량을 줄이려고 밤마다 갱도에 물을 뿌렸다. 석탄가루는 폐에 해로울뿐더러─만일 그게 전부라면 아마도 켈틱 미네랄은 신경쓰지 않았을 것이다─화재 위험도 높았다. 하지만 현재의 살수장치로는 그런 위험을 막기에 역부족이었다. 직경 15센티미터짜리를 설치해야 한다는 것이 빌리 아버지의 주장이었지만 퍼시벌 존스는 돈이 많이 든다며 묵살했다.

두 사람은 400여 미터를 걸어 약간 오르막인 다른 굴로 들어섰다. 더 오래되고 좁은 갱도였는데 둥글게 휜 철제 버팀대 대신 목제 기둥이 벽과 천장을 지탱하고 있었다. 프라이스는 천장이 내려앉은 곳을 지날 때는 고개를 숙이기도 했다. 예전에 석탄을 파냈던 채탄장으로 통하는 입구가 대략 30미터 간격으로 나 있었다.

덜컹거리는 소리가 들리자 프라이스가 말했다. "맨홀로 들어가."

"네?" 빌리는 발밑을 살펴보았다. 맨홀은 도시의 포장도로에서나 볼 수 있는 것인데다가 바닥에는 광차가 오가는 철로만 깔려 있을 뿐이었다. 빌리가 고개를 들자 광차들을 끌고 비탈을 달려내려오는 조랑말 한 마리가 눈에 들어왔다.

"맨홀로 들어가라고!" 프라이스가 소리쳤다.

여전히 프라이스의 말은 알아듣지 못했지만, 굴의 폭이 광차가 간신히 지나갈 정도밖에 되지 않아서 이대로라면 곧 압사당하리라는 사실을 알아차렸다. 그 순간 프라이스가 벽으로 향하더니 사라졌다.

빌리는 삽을 내던지고 돌아서서 오던 길을 되짚어 달리기 시작했다.

따라잡히지 않으려고 안간힘을 다했지만 조랑말은 놀랄 만큼 빨랐다. 그 순간 벽의 바닥부터 천장까지 길게 움푹 파인 공간이 빌리의 눈에 띄었다. 그제야 아까 들어올 때 대략 25미터마다 하나씩 보이는 그런 틈새를 무심코 지나친 기억이 떠올랐다. 프라이스가 말하던 맨홀이 틀림없었다. 빌리가 그곳으로 몸을 던지기가 무섭게 광차를 끄는 조랑말이 덜컹거리며 지나갔다.

주변이 잠잠해지자 빌리는 숨을 헉헉거리며 맨홀에서 나왔다.

프라이스는 짐짓 화난 척했지만 빙글거리는 얼굴이었다. "정신 더 바짝 차려야지. 안 그러면 굴속에서 죽는다, 네 형처럼."

대개 어른은 아이의 무지를 드러내고 비웃기를 즐긴다는 사실을 빌리는 깨달았다. 자신은 어른이 되어도 그러지 않겠다고 마음먹었다.

빌리는 삽을 집어들었다. 삽은 멀쩡했다. "다행인 줄 알아. 광차에 깔려 부러졌으면 네 돈으로 새로 사왔어야 하니까 말이야." 프라이스가 말했다.

두 사람은 계속 걸었고 이내 채굴이 끝나 버려진 구역에 들어섰다. 물기가 거의 없는 바닥에 석탄가루만 두껍게 깔려 있었다. 여기까지 이리저리 방향을 바꿔가며 온 탓에 빌리는 어디가 어딘지 도통 알 수 없었다.

그들은 낡고 더러운 광차가 갱도를 가로막은 지점에 다다랐다. 프라이스가 말했다. "여기 주변을 좀 치워야 해." 그가 뭔가를 굳이 설명하는 건 처음이었다. 왠지 거짓말 같았다. "석탄가루를 광차에 담는 게 네 일이야."

빌리는 주변을 돌아보았다. 안전등이 비치는 곳까지는 석탄가루가 30센티미터 정도 깔렸는데, 불빛이 미치지 않는 곳도 마찬가지일 거라는 생각이 들었다. 일주일 내내 삽질을 해도 별 티가 나지 않을 것 같았다. 그렇다면 이 일을 시키는 이유가 뭘까? 그곳은 채굴이 끝난 구역이었다. 하지만 빌리는 아무것도 묻지 않았다. 이건 아마도 일종의 시험일 터였다.

"조금 이따 와서 어떻게 하고 있는지 볼 거야." 프라이스는 빌리를 혼자 두고 왔던 길로 돌아갔다.

빌리가 기대한 건 이런 상황이 아니었다. 연장자와 함께 작업하며 일을 배울 거라 생각했었다. 하지만 시키는 대로 할 수밖에 없었다.

허리띠에서 안전등을 떼어내 주변에 둘 데가 있는지 둘러보았다. 선반으로 이용할 만한 것이 눈에 띄지 않았다. 바닥에 내려놔보기도 했지만 그래서는 주변을 넓게 비출 수 없었다. 그때 아버지가 준 못이 생각났다. 바로 이럴 때 사용하라고 준 것이었다. 빌리는 주머니에서 못을 하나 꺼내 삽날을 이용해 목제 기둥에 박은 다음 안전등을 걸었다. 훨씬 나았다.

광차는 성인 가슴께 높이였지만 빌리에게는 어깨까지 왔고, 막상 작업을 시작해보니 삽으로 석탄가루를 퍼서 광차 안으로 넘기는 과정에서 절반은 흘러내렸다. 빌리는 삽을 이리저리 움직여가며 가루가 쏟아지지 않도록 애썼다. 몇 분 지나지 않아 온몸이 땀에 젖었다. 그제야 두번째 못의 용도를 깨달았다. 다른 목제 기둥에 못을 박고 셔츠와 바지를 벗어서 걸었다.

잠시 후 누군가 지켜보는 느낌이 들었다. 흐릿한 형체가 조각상처럼 우두커니 서 있는 모습이 시야 가장자리에 들어왔다. "으악!" 빌리는 소리를 지르며 그쪽을 향해 돌아섰다.

프라이스였다. "네 안전등 살펴보는 걸 잊었어." 프라이스는 못에서 빌리의 안전등을 내리더니 만지작거렸다. "별로 안 좋군. 내 걸 두고 가지." 그는 다른 안전등을 걸어두고 사라졌다.

소름끼치는 인간이지만 그래도 빌리의 안전이 신경쓰이긴 했던 모양이다.

빌리는 다시 작업을 시작했다. 얼마 지나지 않아 팔다리가 아파왔다. 삽질이라면 이골이 났다고 생각했었다. 아버지가 집 뒤 공터에 돼지 한 마리를 키웠는데 일주일에 한 번 우리를 치우는 게 빌리의 몫이었으니까. 하지만 그건 십오 분이면 끝나는 일이었다. 과연 이 일을 온종일 견딜 수 있을까?

석탄가루 아래는 바위와 진흙이었다. 잠시 후 빌리는 갱도 폭과 비슷하게 사방 1미터 정도를 치웠다. 그렇게 퍼담았는데도 아직 광차 바닥조차 가려지지 않았고, 빌리는 이미 기진맥진했다.

석탄가루를 삽에 퍼들고 움직이는 거리를 줄이기 위해 광차를 밀어오려고 해봤지만 오랫동안 사용하지 않아 바퀴가 굳어버린 듯했다.

시계가 없어 시간이 얼마나 지났는지도 알 길이 없었다. 일단 힘을 비축하기 위해 작업 속도를 늦추었다.

그러는 사이 순간 안전등이 나갔다.

처음에는 불꽃이 껌벅거렸다. 빌리는 걱정스러운 눈으로 못에 걸린 안전등을 보았다. 만일 폭발성 가스가 있다면 안전등의 불꽃이 길어진다는 건 알고 있었다. 하지만 그러지 않는 걸 보고 빌리는 안심했다. 그런데 그 순간 불꽃이 완전히 꺼지고 말았다.

이토록 깜깜한 어둠은 처음이었다. 아무것도 보이지 않았다. 어디가 조금 더 어둡고 어디가 조금 덜 어두운지조차 분간되지 않았다. 삽을 들어 코앞에 바짝 갖다대보았지만 전혀 보이지 않았다. 눈이 먼 상태나 다름없었다.

빌리는 가만히 서 있었다. 어떻게 해야 할까? 이런 상황이 벌어지면 원래는 해당 관리실로 안전등을 가져가야 했다. 하지만 설령 주변이 잘 보인다 해도 왔던 길을 찾아 돌아갈 자신이 없었다. 하물며 이런 어둠 속이라면 몇 시간이고 헤맬 것이었다. 버려진 채굴장이 얼마나 이어져 있을지도 가늠되지 않았고, 그를 위해 수색대가 파견되는 상황도 바라지 않았다.

그냥 프라이스를 기다리는 수밖에 없었다. 반장은 "조금 이따" 온다고 말했다. 조금은 몇 분 후일 수도, 한 시간 또는 그 이상일 수도 있었다. 짐작건대 프라이스가 금방 돌아올 것 같지는 않았다. 의도적으로 이런 상황을 만든 게 틀림없었다. 바람도 거의 없는 이런 곳에서 안전등이 꺼질 리 없었다. 프라이스는 빌리의 안전등을 가져가면서 대신 기름이 별로 남지 않은 등을 남겨둔 것이었다.

문득 자기 신세가 처량하게 느껴지면서 눈에 눈물이 고였다. 무슨 잘못을 했다고 이런 일을 당해야 하는 걸까. 하지만 빌리는 이내 기운을 되찾았다. 케이지를 타고 내려올 때처럼 이것도 일종의 시험이었다. 사람들에게 자기가 용감하다는 걸 보여줘야 했다.

아무리 어둠 속이라도 작업을 계속하기로 결심했다. 빌리는 안전등이 나가고 나서 처음으로 몸을 움직여 삽을 땅에 박고 석탄가루를 퍼올려보았다. 묵직하니 석탄가루가 가득 담긴 것 같아서 삽을 들어올렸다. 그리고 돌아서서 두 발짝 옮긴 다음 삽을 힘껏 들어 석탄가루를 광차 안에 쏟으려고 했지만 높이를 잘못 가늠했다. 삽이 광차 옆면을 때리는 소리가 나더니 석탄가루가 쏟아졌고 어느새 삽은 가벼워졌다.

높이를 맞춰야 했다. 이번에는 삽을 더 높이 들었다. 석탄가루를 쏟고 삽을 내리는데 나무로 된 삽자루가 광차 위쪽에 부딪히는 게 느껴졌다. 처음보다는 나았다.

삽질을 하면서 광차에서 멀어질수록 가끔 실수도 했다. 결국 빌리는 한 걸음 내디딜 때마다 큰 소리로 숫자를 셌다. 근육이 아프긴 해도 일단 몸이 리듬을 타자 어쨌든 삽질을 계속할 수 있었다.

몸이 기계적으로 움직이자 이런저런 잡생각이 들었는데, 그리 바람직하지는 않은 일이었다. 이 갱도가 얼마나 뻗어 있을까? 채굴을 중단한 지 얼마나 되었을까? 머리 위 약 1킬로미터 두께의 땅이 오래된 목제 기둥을 내리누르는 무게는 얼마나 될까? 웨슬리 형과 이 탄광에서 죽은 광부들도 떠올랐다. 물론 그들의 영혼은 이곳에 없었다. 웨슬리는 예수님과 함께 있었다. 다른 광부들도 마찬가지일 테고. 다른 곳에 떨어진 게 아니라면.

빌리는 무서워지기 시작했고, 죽은 사람들을 떠올린 게 실수라는 생각이 들었다. 배가 고팠다. 점심시간이 된 걸까? 전혀 가늠이 되지 않았지만 도시락을 먹어도 상관없을 것 같았다. 더듬더듬 발을 내디디며 옷을 걸어둔 곳으로 가 양철 도시락과 병을 찾았다.

벽에 기대앉아 차갑고 달착지근한 차를 꿀꺽꿀꺽 마셨다. 고깃기름을 바른 빵을 먹고 있는데 희미한 소리가 들렸다. 리스 프라이스의 부츠 소리이길 바랐지만, 그저 희망사항일 뿐이었다. 찍찍거리는 그 소리는 빌리가 익히 아는 것이었다. 쥐였다.

두렵진 않았다. 애버로언의 거리거리는 하수구마다 쥐가 득실거렸다. 하지만 어둠 속이라 쥐들은 더 겁이 없어졌는지 곧이어 한 놈이 빌리의 맨다리를 타고 기어왔다. 빌리는 빵을 왼손으로 옮겨쥐고 삽을 들어 휘둘렀다. 하지만 쥐들은 겁먹지 않았다. 또다시 살갗에 닿는 작은 발톱들이 느껴졌다. 이번에는 한 놈이 팔로 뛰어오르려 했다. 음식 냄새를 맡은 게 틀림없었다. 찍찍거리는 소리는 점점 커졌고 쥐가 얼마나 많이 모여들었는지 알 수도 없었다.

빌리는 일어서서 남은 빵을 입에 쑤셔넣었다. 차를 조금 더 마시고 케이크도 먹었다. 말린 과일과 아몬드가 잔뜩 들어 있어 맛있었다. 하지만 쥐 한 마리가 다리로 재빨리 기어오르는 바람에 그것도 허겁지겁 삼켜야 했다.

음식이 사라졌다는 걸 알았는지 찍찍거리는 소리가 차츰 잦아들더니 그쳤다.

음식을 먹고 새롭게 힘이 솟은 빌리는 다시 일을 시작했다. 하지만 등이 타들어가는 듯 아팠다. 그래서 중간중간 쉬어가며 아까보다 천천히 움직였다.

생각보다 시간이 많이 지났을지 모른다고 생각하며 빌리는 기운을 차리려 했다. 어쩌면 이미 정오가 되었을지도 모른다. 누군가 교대하러 와줄지도 모른다. 안전등 관리 담당은 항상 개수를 확인하니 누군가 돌아오지 않은 걸 모를 리 없다. 하지만 프라이스는 빌리의 안전등을 다른 걸로 바꿔버렸다. 밤새 여기 내버려두려고 작정한 걸까?

그런 일은 절대 있을 수 없다. 아버지가 난리를 칠 것이다. 탄광의 높은 사람들은 아버지를 무서워했다. 아까 퍼시벌 존스조차 그 사실을 인정하다시피 했다. 조만간 누군가 빌리를 찾으러 올 것이다.

하지만 또다시 배가 고파지자 빌리는 시간이 많이 흐른 게 틀림없다고 확신했다. 슬슬 겁이 났고 이번에는 두려움을 떨쳐버릴 수 없었다. 어둠 때문에 불안했다. 앞이 보이기만 해도 참을 수 있을 것 같았다. 칠흑 같은 어둠 속에서 빌리는 미쳐버릴 것만 같았다. 방향감각을 잃어서 광차에서 멀어질 때마다 금방이라도 갱도 벽에 부딪힐 것 같았다. 아까는 어린아이처럼 울음을 터뜨리면 어쩌나 걱정했다. 하지만 이제는 비명을 지르고 싶은 마음을 억눌러야 했다.

그 순간 어머니가 해준 말이 떠올랐다. "갱도에서도 예수님이 늘 함께하신다는 걸 잊지 마라." 그 말을 들었을 때는 그저 처신을 잘하라는 뜻인 줄로만 알았다. 하지만 어머니는 그보다 더 현명한 분이었다. 물론 예수님은 빌리와 함께였다. 예수님은 어디에나 계셨다. 어둠도, 흐르는 시간도 문제되지 않았다. 빌리에게는 보호자가 있었다.

그 사실을 계속 떠올리려고 빌리는 찬송가를 불렀다. 변성기가 지나지 않은 자신의 높은 목소리가 마음에 들지 않았지만 어차피 들을 사람도 없었다. 그래서 있는 힘껏 소리를 지르며 불렀다. 찬송가도 끝까지 부르자 다시 두려움이 엄습했고, 빌리는 수염을 기른 예수님이 광차 맞은편에서 더없이 연민 어린 표정으로 자기를 바라보는 모습을 상상했다.

다른 찬송가를 불렀다. 박자에 맞춰 삽질을 하고 걸음을 옮겼다. 찬송가는 대개 신나는 리듬이었다. 그래도 사람들이 그를 깜박 잊은 채 교대시간이 지나버려 홀로 갱도에 남겨졌을지 모른다는 두려움이 이따금 밀려들었다. 그때마다 빌리는 긴 옷을 걸치고 어둠 속 그의 곁에 서 있는 존재를 떠올렸다.

빌리는 찬송가를 많이 알았다. 가만히 앉아 있을 수 있는 나이가 된 이래 매주 일요일마다 세 번씩 베데스다 교회에 나갔기 때문이다. 찬송가책은 비쌌고 어차피 모든 신도가 글을 읽을 줄 아는 것도 아니어서 다들 찬송가를 외워서 불렀다.

찬송가를 열두 곡 불렀을 때 빌리는 한 시간은 지났다고 생각했다. 이쯤이면 분명 교대시간이 되지 않았을까? 하지만 그러고 나서도 열두 곡을 더 불러야 했다. 그후로는 몇 곡을 불렀는지 셀 수 없었다. 좋아하는 찬송가들은 두 번씩 불렀다. 삽질하는 속도가 점점 느려졌다.

〈무덤에서 살아나셨네〉를 목이 찢어져라 부르고 있는데 반짝거리는 불빛이 보였다. 그즈음에는 몸이 알아서 저절로 움직일 정도가 되었던 빌리는 일을 멈추지 않았다. 여전히 찬송가를 부르며 삽으로 석탄가루를 퍼서 광차로 옮기는데 차츰 불빛이 커졌다. 빌리는 찬송가를 끝까지 부르고 삽에 기대섰다. 허리띠에 안전등을 매단 리스 프라이스가 가만히 빌리를 바라보고 있었다. 그림자가 드리운 얼굴에 묘한 표정이 떠올라 있었다.

빌리는 마음속에 안도감이 차오르는 걸 억눌렀다. 프라이스 앞에서는 절대 속마음을 내색하지 않을 작정이었다. 셔츠와 바지를 입고 못에서 불 꺼진 안전등을 내려 허리띠에 찼다.

"안전등이 어떻게 된 거야?" 프라이스가 말했다.

"무슨 일인지 몰라서 물어요?" 빌리의 목소리는 이상하리만치 어른스러웠다.

프라이스는 돌아서더니 굴을 따라 걷기 시작했다.

빌리는 걸음을 바로 뗄 수가 없었다. 반대편을 바라보았다. 바로 광차 맞은편에 수염을 기르고 희끄무레한 긴 옷을 걸친 사람이 언뜻 보인 듯했지만 그 모습은 이내 사라졌다. "고맙습니다." 빌리는 텅 빈 갱도에 대고 말했다.

프라이스를 따라가던 빌리는 다리가 너무 아파 그대로 쓰러질 것만 같았다. 설령 그래도 상관없었다. 다시 앞이 보였고 작업은 끝났기 때문이다. 금방 집에 돌아가 누울 수 있었다.

두 사람은 중앙갱도에 도착해 얼굴이 시커메진 다른 광부들과 함께 케이지에 올라탔다. 토미 그리피스는 보이지 않았지만 기름덩어리 휴잇은 있었다. 지상에서 신호가 내려오길 기다리는 동안 빌리는 다 안다는 듯 싱글거리며 자기를 보는 사람들의 눈길을 알아차렸다.

"첫날 일해보니까 어때, 빌리 곱빼기?" 휴잇이 물었다.

"좋았어, 고마워." 빌리가 말했다.

휴잇의 표정에 악감정이 드러나 있었다. 틀림없이 빌리가 머저리라고 부른 걸 마음에 담아둔 눈치였다. "아무 문제 없었나?" 휴잇이 물었다.

빌리는 망설였다. 분명 다들 뭔가 알고 있었다. 자신이 두려움에 굴하지 않았다는 걸 사람들이 알아주었으면 했다. "안전등이 나갔어." 그 럭저럭 목소리를 떨지 않고 대답했다. 빌리는 프라이스를 빤히 보았 다. 그래도 그를 비난하지 않음으로써 좀더 남자답게 보이기로 마음먹 었다. "온종일 어둠 속에서 삽질하느라 좀 힘들었지." 빌리는 그렇게만 말했다. 겪은 일을 지나치게 축소해서 표현한 말이었다. 별 고생 하지 않은 걸로 여겨질 수도 있었다. 하지만 무서웠다고 인정하느니 차라리 그편이 나았다.

나이든 광부 한 명이 입을 열었다. 가겟집 존 존스였는데, 부인이 집 한구석을 내어 잡화점을 운영해서 다들 그렇게 불렀다. "온종일?"

"네." 빌리가 대답했다.

존 존스는 프라이스를 보며 말했다. "이 나쁜 놈, 한 시간만 하기로 돼 있잖아."

빌리가 의심했던 대로였다. 무슨 일이 있었는지 다들 알고 있었다. 존스의 말로 짐작하건대 어린 광부가 오면 누구든 비슷한 신고식을 치 르는 모양이었다. 하지만 프라이스는 평소보다 훨씬 가혹하게 빌리를 대했던 것이다.

기름덩어리 휴잇이 능글맞게 웃으며 물었다. "깜깜한 데 혼자 있으니 안 무서웠냐, 꼬마야?"

빌리는 어떻게 대답할지 궁리했다. 모두 빌리를 보며 그가 무슨 말을 할지 기다리고 있었다. 짓궂은 미소는 사라지고 대신 약간 부끄러운 기 색이었다. 빌리는 사실대로 말하기로 했다. "그래, 무서웠다. 하지만 난 혼자가 아니었어."

휴잇은 어리둥절했다. "혼자가 아니었다고?"

"당연하지. 예수님이 함께하셨거든." 빌리가 대답했다.

휴잇이 큰 소리로 웃어댔지만 다른 사람들은 웃지 않았다. 적막 속에 울려퍼지던 웃음소리가 뚝 그쳤다.

　잠시 침묵이 이어졌다. 그 순간 철컹 소리와 함께 바닥이 덜컥 흔들리더니 케이지가 올라갔다. 해리는 고개를 돌렸다.

　그날 이후 사람들은 그를 '예수님 친구' 빌리라고 불렀다.

:

1부
어두워지는 하늘

:

2장
1914년 1월

I

　가족과 친구들이 피츠라고 부르는 스물여덟 살의 피츠허버트 백작은 영국에서 아홉째 가는 부자였다.

　그가 벌어들이는 막대한 수입은 스스로 일한 대가가 아니었다. 웨일스와 요크셔의 수천 에이커에 이르는 땅을 물려받았을 뿐이다. 농장에서 나오는 수입은 얼마 되지 않았지만 그 지하에 석탄이 묻혀 있어서 피츠의 할아버지는 채굴권을 허가해주고 엄청난 부를 쌓았다.

　피츠허버트 가문이 다른 이들 위에 군림하며 풍족하게 사는 건 필시 하느님의 뜻이 분명했다. 하지만 피츠는 자기도 하느님의 신뢰를 받기에는 딱히 한 게 없다는 느낌이었다.

　선대 백작인 피츠의 아버지는 달랐다. 해군장교였던 그는 1882년 알렉산드리아 포격* 후 제독에 임명됐고, 상트페테르부르크 주재 영국 대사를 지냈으며 마지막으로 솔즈베리 경의 내각에서 장관직을 수행했다.

1906년 총선에서 보수당이 패하고 몇 주 뒤 피츠의 아버지는 세상을 떠났다. 데이비드 로이드조지나 윈스턴 처칠 같은 무책임한 자유당 인사들이 여왕 전하의 정부를 장악하는 꼴을 보는 바람에 아버지의 죽음이 앞당겨진 거라고 피츠는 확신했다.

피츠도 보수당 일원으로 영국 상원의회에 의석이 있었다. 프랑스어에 능통하고 러시아어도 그럭저럭 구사했기에 언젠가는 영국의 외무장관이 되고 싶었지만, 유감스럽게도 자유당이 선거에서 계속 이기는 통에 정부 내각에 들어갈 기회를 얻지 못했다.

군 경력도 마찬가지로 평범했다. 샌드허스트 육군사관학교를 나와 웨일스 소총연대에서 삼 년간 복무했으나 진급은 대위까지였다. 결혼하면서 직업군인을 그만두었지만 사우스 웨일스 국민방위군의 명예대령이 되었다. 안타깝게도 명예대령이 훈장을 받을 일은 없었다.

그래도 자랑스러운 게 한 가지 있다고, 피츠는 사우스 웨일스 골짜기 사이로 빠르게 달리는 열차 안에서 생각했다. 이 주만 있으면 국왕이 그의 저택에 묵으러 올 예정이었다. 조지 5세와 피츠의 아버지는 젊은 시절 같은 전함에서 복무한 인연이 있었다. 최근 왕은 젊은이들의 생각을 알고 싶다는 뜻을 비친 적이 있었다. 피츠는 왕이 몇몇 젊은이를 만나볼 수 있도록 저택에서 며칠간 열리는 하우스 파티를 조심스럽게 준비했다. 지금 피츠와 그의 아내 비는 모든 준비에 만전을 기하기 위해 저택으로 돌아가는 중이었다.

피츠는 전통을 소중히 여겼다. 인류 역사상 군주와 귀족, 상인, 농민으로 이루어진 자연스러운 계급질서보다 더 뛰어난 체제는 존재하지 않았다. 하지만 요즘처럼 영국적 생활양식이 크게 위협받았던 적은 지

---

* 영국이 이집트 알렉산드리아를 점령해 보호령으로 만든 사건.

난 백 년간 없었다고 창밖을 바라보며 피츠는 생각했다. 한때 푸르렀던 언덕들은 마치 이파리에 병충해가 퍼져 회흑색으로 말라죽은 철쭉 덤불처럼 다닥다닥 붙은 광부들의 집으로 뒤덮여 있었다. 저 지저분한 오두막들 안에서 공화제와 무신론, 반란의 이야기가 오가고 있었다. 프랑스 귀족들이 수레에 실려 단두대로 향한 지 백 년밖에 지나지 않았다. 만일 시커먼 얼굴에 근육질인 광부들이 제멋대로 굴면 이곳에서도 똑같은 일이 벌어질 터였다.

영국이 더 단순했던 시절로 돌아갈 수만 있다면 석탄으로 벌어들이는 돈 따위 기꺼이 포기하리라, 피츠는 생각했다. 영국 왕실은 폭동을 막을 강력한 방어벽이었다. 하지만 피츠는 국왕의 방문이 자랑스러운 동시에 불안하기도 했다. 잘못되지 않도록 챙겨야 할 일이 수없이 많았다. 단순한 실수가 왕족들의 눈에는 부주의한 사례로 보이고, 결과적으로 무례하다고 여길지 모른다. 주말 동안 저택의 상황이 손님들을 따라온 하인을 통해 또다른 하인에게 시시콜콜 알려질 테고, 그들의 고용주 귀에까지 들어갈 것이다. 그리하여 런던 사교계의 모든 여성이 왕이 사용한 베개가 딱딱했다든가 감자 요리가 형편없었다든가 샴페인이 잘못 나왔다는 사실을 금세 알게 될 것이다.

애버로언 기차역에 도착하니 피츠의 롤스로이스 실버 고스트가 대기중이었다. 피츠는 비와 나란히 앉아 1.5킬로미터가량 떨어진 저택 티 귄으로 향했다. 웨일스 날씨가 걸핏하면 그렇듯 가랑비가 쉴새없이 내렸다.

'티 귄'은 웨일스어로 하얀 집이라는 뜻이지만 이제는 그 의미가 무색했다. 이 지방의 다른 모든 것과 마찬가지로 저택 건물은 한때 흰색이던 석재들이 석탄가루에 뒤덮여 짙은 잿빛으로 변해 있었다. 어떤 여인이 부주의하게 벽을 스치기라도 하면 치맛자락이 잿빛으로 얼룩질

지경이었다.

그럼에도 웅장하기 그지없는 건물이었다. 승용차가 부르릉거리며 진입로를 나아가는 동안 피츠는 자부심으로 뿌듯했다. 웨일스에서 가장 큰 사저인 티 귄은 방이 이백 개나 되었다. 어렸을 때 여동생 모드와 같이 세어본 바로 창문 수는 523개였다. 피츠의 할아버지 대에 지어진 저택은 3층 건물로 질서정연하면서도 유쾌한 인상이었다. 1층은 높이 솟은 창문들을 통해 웅장한 응접실마다 볕이 골고루 들었다. 위층에는 수십 개의 침실이 있고 다락에는 하인들이 생활하는 작은 방이 수없이 많았으며, 밖에서 보면 가파른 지붕에 창이 길게 줄지어 나 있었다.

이십만 제곱미터가 넘는 정원은 피츠의 즐거움이었다. 그는 정원사들을 직접 감독하며 나무 심기와 가지치기, 화분 관리에 대한 결정을 내렸다. "국왕께서 찾으실 만한 집이야." 거대한 기둥으로 떠받친 현관 지붕 아래 차가 멈춰 서자 피츠가 말했다. 비는 아무 대꾸도 하지 않았다. 여행하느라 짜증이 난 것이다.

그레이트피레네 품종의 젤러트가 달려와 차에서 내리는 피츠를 반갑게 맞았다. 덩치가 곰만한 개는 피츠의 손을 핥고는 주인의 귀환을 축하하듯 신나게 정원을 뛰어다녔다.

옷방으로 향한 피츠는 여행용 옷을 벗고 연갈색 트위드 정장으로 갈아입었다. 그리고 비가 쓰는 방들로 통하는 문을 열고 들어섰다.

러시아인 하녀 니나가 비가 여행중 썼던 화려한 모자에서 핀을 뽑고 있었다. 피츠는 화장대 거울에 비친 비의 얼굴을 보고 심장이 멎는 줄 알았다. 사 년 전 상트페테르부르크 무도회장에서 그녀를 처음 보았던 순간이 떠올랐다. 도무지 정리가 안 되는 굽슬굽슬한 금발에 믿기지 않을 만큼 아름다운 얼굴이 감싸여 있었다. 그때도 지금처럼 부루퉁한 얼굴이었는데 희한하게도 그는 그 점에 끌렸다. 바로 그 순간 피츠는 세상 모든 여자 가운데 드디어 결혼할 상대를 만났다고 확신했다.

중년에 접어든 니나의 손이 약간 떨렸다. 비는 종종 하녀들을 겁에 질리게 만들었다. 피츠가 지켜보는 가운데 모자 핀 하나가 머리를 찌르자 비가 비명을 질렀다.

"정말 죄송합니다, 마마." 얼굴이 새하얗게 질린 니나가 러시아어로 말했다.

비는 화장대에서 모자 핀을 홱 집었다. "얼마나 아픈지 너도 당해봐!" 그렇게 소리지르며 하녀의 팔을 찔렀다.

니나는 울음을 터뜨리며 방을 뛰쳐나갔다.

"내가 도와줄게." 피츠가 아내를 달래며 말했다.

하지만 비는 화를 누그러뜨리지 않았다. "내가 할래요."

피츠는 창가로 갔다. 열 명쯤 되는 정원사가 나뭇가지를 다듬고 잔디를 깎고 바닥의 자갈을 고르고 있었다. 꽃을 피운 관목도 보였다. 분홍색 가막살나무꽃, 노란 영춘화, 조록나무, 향기로운 인동초꽃. 정원 너머로는 산비탈의 부드러운 녹색 능선이 보였다.

비와 있을 때는 인내심을 가져야 했다. 피츠는 그녀가 가족을 비롯한 친숙한 모든 것으로부터 떨어져 낯선 나라에서 고립감을 느끼며 살아가는 외국인이라는 점을 되새기려 애썼다. 신혼 초 여전히 비의 아름다운 모습과 향기, 부드러운 살결에 취해 있을 때는 그렇게 생각하기가 쉬웠다. 하지만 지금은 노력이 필요했다. "좀 쉬지그래? 필과 제번스 부인을 불러서 준비가 어떻게 돼가고 있는지 내가 알아볼 테니." 필은 집사였고 제번스 부인은 하녀장이었다. 아랫사람을 부리는 건 비의 소관이었지만, 피츠는 국왕의 방문으로 신경이 곤두선 나머지 아내의 영역에 간섭하고 있었다. "당신 기분이 좀 나아지면 어떻게 돼가는지 알려주지." 피츠는 시가 상자를 꺼냈다.

"여기서 피우지 마요." 비가 말했다.

피츠는 아내가 자기 말에 동의했다고 여기고 문으로 향했다. 그러다 잠시 멈춰 서서 말했다. "당신 말이야, 국왕 전하 내외분 앞에서는 그런 식으로 행동하지 않도록 해. 그러니까 하인을 때리거나 하지 말라고."

"때리지 않았어요. 교육을 위해서 핀으로 찔렀지."

러시아인들은 그런 행동을 하곤 했다. 상트페테르부르크 주재 영국 대사관에서 일하던 당시 피츠의 아버지가 하인들이 게으르다고 불평하자 러시아인 친구들은 제대로 매질을 하지 않아서 그렇다고 대답했다.

피츠는 비에게 말했다. "국왕께서 그런 일을 친히 목격하면 당황하실 거야. 전에도 말했지만, 영국에서는 그러지 않아."

"내가 어렸을 때는 소작농 세 명을 목매다는 걸 억지로 지켜봐야 했어요. 어머니가 싫어하는데도 할아버지가 고집하셨죠. 이렇게 말씀하셨어요. '하인들 벌주는 법을 가르치는 거다. 부주의나 게으름 같은 작은 잘못을 알고도 손찌검을 하거나 매질을 하지 않으면 하인들은 더 큰 잘못을 저지를 테고, 결국엔 교수대에 오른다.' 할아버지는 아랫것들을 관대하게 대하는 게 길게 보면 무자비한 처사라고 가르치셨다고요."

피츠는 더는 참기가 어려웠다. 비는 재산이 끝없이 쌓여 있고 순종적인 하인들과 행복에 겨운 소작농 수천 명에게 둘러싸여 제멋대로 굴던 어린 시절을 회상하고 있었다. 무자비하고 수완 좋은 그녀의 할아버지가 아직 살아 있었다면 비는 계속 그런 삶을 누렸을 것이었다. 하지만 비의 주정뱅이 아버지가 재산을 탕진했고, 약해빠진 오빠 안드레이는 나무를 심는 법 없이 늘 잘라서 팔아먹기만 했다. "시절이 변했어." 피츠가 말했다. "부탁하지. 아니, 이건 명령이야. 전하 앞에서 나를 망신주는 일은 없도록 해. 혹여 내 말을 가볍게 여기지 않았으면 좋겠군." 피츠는 밖으로 나와 문을 닫았다.

넓은 복도를 걸으면서 그는 짜증이 나고 약간 서글퍼졌다. 신혼 초에는 이렇게 말다툼을 하고 나면 당황스러웠고 후회가 일었다. 하지만 이제는 그런 감정에 무뎌졌다. 결혼생활이란 다 이런 것인가? 알 수가 없었다.

문고리를 닦던 키 큰 하인이 허리를 펴고 벽 쪽으로 붙어서서 눈을 내리깔았다. 티 권의 하인들은 백작이 지나가면 그렇게 하도록 훈련받았다. 어느 가문에서는 벽을 보고 서 있게 한다는데, 피츠는 그건 지나치게 봉건적이라고 생각했다. 피츠는 그 하인을 알아보았다. 티 권의 하인들과 애버로언 탄광 광부들의 크리켓 경기에 참가한 모습을 본 적이 있었다. 그는 뛰어난 왼손잡이 타자였다. "모리슨." 피츠는 그의 이름을 기억해냈다. "필과 제번스 부인에게 서재로 오라고 해."

"잘 알겠습니다, 백작님."

피츠는 웅장한 계단을 내려갔다. 그는 비의 매력에 빠져 결혼했지만, 합리적 동기도 있었다. 그는 영국과 러시아 혈통이 섞인 위대한 왕조를 세워, 수백 년에 걸쳐 유럽 일부를 지배해온 합스부르크왕가처럼 광대한 지역을 호령하는 꿈을 꾸었다.

하지만 그러려면 후계자가 있어야 했다. 비가 기분이 언짢다는 건 오늘밤 잠자리에 피츠를 받아들이지 않겠다는 뜻이었다. 무작정 밀어붙일 수도 있지만 그런 식으로는 절대 만족스럽지 못했다. 마지막으로 관계를 맺은 지 이삼 주가 지났다. 아내가 천박하게 밝히는 건 바라지 않았지만, 한편으로 이 주는 길다는 생각이 들었다.

여동생 모드는 스물세 살인데 여전히 독신이었다. 게다가 그녀가 아이를 낳는다면 장차 과격한 사회주의자가 되어 혁명 신전문을 인쇄하는 데 가문의 재산을 쏟아부을지도 몰랐다.

결혼한 지 삼 년이 돼가면서 피츠는 걱정하기 시작했다. 비는 작년에 임신을 했지만 삼 개월째 유산하고 말았다. 부부 사이에 언쟁이 벌어진 직후의 일이었다. 예정됐던 상트페테르부르크 여행을 피츠가 취소하자 비는 끔찍할 정도로 감정이 격해져서 집에 가고 싶다고 울부짖었다. 피츠는 단호하게 잘랐지만—어쨌든 남편이 아내에게 무작정 휘둘려선 안 되는 법이다—유산이 되자 자기 탓이라는 생각에 죄책감이 들었다. 만일 아내가 다시 임신한다면 무슨 일이 있어도 아기가 태어날 때까지는 아내를 화나게 하지 않겠다고 마음먹었다.

그런 걱정은 마음 한구석에 밀쳐두고 피츠는 서재로 들어가 가죽을 덧대 장식한 책상 앞에 앉아 목록을 작성했다.

잠시 후 필이 하녀 하나를 데리고 들어왔다. 집사 필은 농부의 작은 아들로 태어났다. 주근깨투성이 얼굴과 희끗희끗한 머리칼을 보면 바깥일을 하는 사람 같지만 사실 어린 시절을 제외하면 평생 티 귄에서 하인으로 일했다. "제번스 부인은 몸이 별로입니다, 백작님." 피츠는 웨일스 출신 하인들의 어법을 고쳐주려는 노력을 포기한 지 오래였다. "배가 아프답니다." 필은 침울하게 덧붙였다.

"알았으니 그만하게." 피츠는 스무 살쯤 돼 보이는 예쁘장한 하녀에게 눈길을 돌렸다. 어렴풋이 낯이 익은 것 같기도 했다. "여기는 누구지?"

하녀는 직접 자기소개를 했다. "에설 윌리엄스입니다, 백작님. 제번스 부인을 돕고 있습니다." 경쾌한 사우스 웨일스 골짜기 말씨였다.

"그렇군. 윌리엄스, 자네는 제번스 부인의 일을 맡기엔 너무 어려 보이는데?"

"제번스 부인은 어쩌면 백작님께서 메이페어*에서 하녀장을 데려오실지도 모르지만, 그전까지는 제가 백작님이 만족하실 수 있도록 일을

---

* 런던에 있는 상류층 거주지.

잘했으면 좋겠다고 했습니다."

만족이라는 대목에서 눈이 반짝였던가? 윌리엄스는 마땅한 경의를 표하며 말했지만 왠지 건방진 표정이었다. "좋아." 피츠가 말했다.

윌리엄스는 한 손에 두꺼운 노트를, 다른 손에는 연필 두 자루를 들고 있었다. "휴식을 취하는 제번스 부인을 찾아가보니, 제게 모든 걸 빠짐없이 정리해줄 만큼 회복이 되었더군요."

"왜 연필은 두 자루지?"

"부러질 경우에 대비해 가져왔습니다." 윌리엄스는 활짝 웃으며 대답했다.

원래 하녀는 백작 앞에서 그런 웃음을 지어선 안 되는 법이지만 그녀를 보니 피츠도 절로 웃음이 났다. "좋아. 그럼 적어온 걸 말해봐."

"세 가지로 나눌 수 있습니다. 손님, 일손, 물품입니다."

"좋아."

"백작님의 편지를 받고 저희는 손님이 스무 명이라고 생각했습니다. 대개 수행원을 한두 사람 대동하시니 평균 둘로 잡으면 하인들이 묵을 숙소가 추가로 사십 개 필요합니다. 모두 토요일에 오셔서 월요일에 떠나시고요."

"맞아." 피츠는 상원의회에서 첫 연설을 하기 직전에 그랬던 것처럼 즐겁고도 불안했다. 국왕을 직접 모시게 되어 흥분되었지만, 동시에 잘해낼 수 있을지 걱정이었다.

윌리엄스가 말을 이었다. "필시 국왕 전하 내외께서는 이집트 방에서 묵으실 겁니다."

피츠는 고개를 끄덕였다. 이집트 방은 여러 개의 방이 딸린 가장 넓은 스위트룸으로, 이집트의 사원을 모티프로 한 벽지 때문에 그런 이름이 붙었다.

"그 밖에도 어느 방에 손님을 모실지 제번스 부인이 불러주어서 제가 여기 이곳에 받아적었습니다."

'여기 이곳에by here'는 이 지방 사람들의 말버릇이었다. 꼭 '바이외 태피스트리Bayeux Tapestry'의 '바이외'를 발음하는 것처럼 들리는데, 그냥 '여기'라고 해도 되는 걸 그런 식으로 불필요한 말을 덧붙였다. "이리 가져와봐."

윌리엄스는 책상을 돌아와 펼친 노트를 앞으로 내밀었다. 이곳의 하인들은 일주일에 한 번 목욕을 해야 했다. 그래서인지 윌리엄스는 보통 노동자들처럼 고약한 냄새를 풍기지 않았다. 사실 그녀의 따스한 몸에선 꽃향기가 났다. 어쩌면 비가 사용하는 향비누를 훔쳐 썼는지도 모른다. 피츠는 목록을 읽었다. "좋아. 공주가 손님방 배정을 할 수도 있어. 따로 생각이 있을지 모르니."

윌리엄스는 노트를 넘겼다. "추가할 일손을 적어봤습니다. 부엌에서 채소를 다듬고 씻을 여자 여섯, 식사 내가는 일을 거들 손 깨끗한 남자 둘, 방 정리를 맡을 셋, 신발과 양초를 맡을 사내아이 셋입니다."

"어디서 구해야 하는지는 아나?"

"그럼요, 백작님. 전에 일손을 거들러 왔던 마을 사람들 명단이 있습니다. 그걸로 부족하면 그 사람들에게 추천해달라고 하겠습니다."

"사회주의자가 끼지 않도록 신경써." 피츠는 걱정스러운 목소리로 말했다. "혹여 전하께 자본주의가 나쁘다고 말하려 들지 몰라." 웨일스 인들은 도무지 종잡을 수가 없었다.

"물론입니다, 백작님."

"물품은 언제?"

윌리엄스는 다른 페이지를 펼쳤다. "예전 하우스 파티를 기준으로 필요한 것들을 적었습니다."

피츠는 목록을 들여다보았다. 빵 100덩어리, 달걀 240개, 크림 40리 터, 베이컨 45킬로그램, 감자 300킬로그램⋯⋯ 피츠는 슬슬 지루해졌 다. "이건 공주가 메뉴를 결정할 때까지 미뤄도 되지 않을까?"

"모두 카디프에서 가져와야 합니다." 윌리엄스가 대답했다. "애버로 언에 있는 가게들은 이렇게 많은 주문을 감당할 수 없습니다. 제날짜 에 충분한 양을 대려면 카디프의 가게일지라도 사전에 연락해둬야 합 니다."

옳은 말이었다. 피츠는 윌리엄스가 일을 맡아서 다행이라고 생각했 다. 그녀는 미리 내다보고 계획을 세울 줄 알았는데, 이는 흔치 않은 능 력이었다. "우리 연대에도 자네 같은 사람이 있었으면 좋겠군." 피츠가 말했다.

"저는 군복을 못 입습니다, 백작님. 얼굴색에 안 어울리거든요." 윌 리엄스는 건방지게 대꾸했다.

그러자 집사 필이 화난 표정을 지었다. "이런, 윌리엄스, 건방진 소리 는 하지 마."

"죄송합니다, 집사님."

피츠는 윌리엄스에게 실없는 소리를 한 자신이 잘못했다고 느꼈다. 어쨌든 윌리엄스의 무례를 개의치 않았다. 사실 그녀가 마음에 들었다.

필이 입을 열었다. "요리사가 몇 가지 요리를 생각해보았습니다, 백 작님." 그가 내민 꼬질꼬질한 종이쪽지에는 요리사가 어린애 같은 글씨 로 정성껏 쓴 메뉴가 적혀 있었다. "안타깝게도 봄철 양고기를 요리하 기엔 너무 이릅니다. 하지만 싱싱한 생선을 얼음에 보관해 카디프에서 가져올 수 있습니다."

"11월 사냥파티 때 내놨던 요리와 거의 똑같군. 하지만 이번엔 공연 히 새로운 시도를 하지 않는 게 좋겠지. 이미 해봤던 검증된 요리 위주로 가는 게 낫겠어."

"바로 그렇습니다, 백작님."

"자, 그럼 와인을 골라야지." 피츠는 자리에서 일어섰다. "지하실로 가보자고."

필은 놀란 눈치였다. 백작이 지하실에 내려가는 경우는 매우 드물었다.

피츠의 마음속 깊은 곳에서 스스로도 인정하고 싶지 않은 생각이 떠올랐다. 그는 머뭇거리다 말했다. "윌리엄스도 따라와서 내가 말하는 걸 받아적도록 해."

집사가 문을 열어 잡아주었고, 피츠는 서재를 나와 뒤쪽 계단으로 내려갔다. 반지하층에는 부엌과 하인들이 사용하는 넓은 방이 있었다. 이곳에서는 예절이 달라서 백작이 지나가면 하녀와 구두닦이는 한 발을 뒤로 빼고 무릎을 살짝 굽히거나 앞머리에 손을 대며 인사했다.

와인저장고는 한 층 더 아래였다. 필이 문을 열며 말했다. "허락해주신다면 제가 앞장서겠습니다." 피츠는 고개를 끄덕였다. 필은 성냥을 켜 벽에 걸린 램프 속 양초에 불을 붙이고 계단을 내려갔다. 다 내려가서는 또다른 양초에 불을 밝혔다.

피츠의 와인저장고는 그렇게 대단하지는 않았다. 만이천 병 가까이 보관되어 있는데, 대부분 아버지와 할아버지가 모아둔 것이었다. 샴페인, 포트와인, 라인산 화이트와인이 대부분이었고 적지만 보르도 레드와인과 샤블리 화이트와인도 있었다. 피츠는 와인 애호가는 아니었지만 와인저장고는 좋아했다. 아버지가 떠오르는 장소였기 때문이다. "와인저장고는 질서, 선견지명, 좋은 취향을 필요로 하는 법이다. 그런 미덕이야말로 영국을 위대하게 만들어주었지." 아버지는 이렇게 말했다.

국왕 전하에게 가장 좋은 술을 올리는 것은 당연했지만 그러려면 판단력이 필요했다. 샴페인은 가장 비싼 페리에주여야겠는데, 몇 년산으로 골라야 할까. 이삼십 년 숙성된 것은 거품이 적고 풍미가 강한 반면, 오래되지 않은 것은 산뜻한 맛이 좋았다. 피츠는 선반에서 손에 잡히는 대로 병을 하나 꺼냈다. 먼지와 거미줄이 뒤덮여 지저분했다. 재킷 가슴 주머니에서 흰 면 손수건을 꺼내 라벨을 닦았다. 하지만 램프 불빛이 어두워 라벨에 적힌 연도를 읽기 어려웠다. 피츠는 안경을 쓴 필에게 병을 보여주었다.

"1857년산입니다." 집사가 말했다.

"이런, 기억나는군. 내가 제일 처음 맛본 빈티지와인이었지. 아마 가장 훌륭했기도 하고." 피츠는 자기 쪽으로 몸을 기울여 그녀 자신보다도 훨씬 나이든 와인병을 들여다보는 하녀의 존재를 의식했다. 놀랍게도 그녀가 가까이 있다는 사실만으로 약간 숨이 가빠졌다.

"1857년산은 가장 좋은 때가 조금 지나지 않았나 싶습니다. 1892년산은 어떠신지요?" 필이 말했다.

피츠는 다른 병을 들여다보며 망설이다가 마음을 굳혔다. "어두워서 읽을 수가 없군. 필, 가서 확대경 좀 가져다주겠나?"

필이 돌계단을 올라갔다.

피츠는 윌리엄스를 바라보았다. 어리석은 짓을 저지르려는 참이었다. 도저히 억누를 수가 없었다. "너 참 예쁘구나."

"감사합니다, 백작님."

윌리엄스가 쓴 하녀 모자 아래로 검은 곱슬머리가 삐져나와 있었다. 피츠는 머리칼을 손으로 만졌다. 그 행동을 후회하리라는 걸 그는 뻔히 알고 있었다. "드루아 뒤 세뇨르*라는 말 들어본 적 있나?" 피츠는 자신이 쉰 목소리로 말하고 있음을 의식했다.

---

*영주의 초야권을 뜻하는 프랑스어.

"저는 웨일스 사람이지 프랑스인이 아닙니다, 백작님." 윌리엄스는 건방지게 턱을 치켜들고 대답했고, 피츠는 그런 모습을 이미 그녀의 개성이라 여기고 있었다.

피츠는 머리칼을 만지던 손을 목덜미로 옮기고 그녀의 눈을 들여다보았다. 그녀 역시 대담하고 자신감 넘치는 눈으로 그를 마주보았다. 하지만 그 표정은, 멈추지 말고 계속하라는 뜻이었을까? 아니면 당장이라도 그에게 굴욕을 안겨주겠다는 태세?

저장고 계단에서 무거운 발소리가 났다. 필이 돌아온 것이다. 피츠는 하녀에게서 물러섰다.

윌리엄스가 킥킥대자 피츠는 깜짝 놀랐다. "무슨 잘못이라도 저지르신 것 같아요. 어린애처럼."

희미한 촛불 아래 필이 나타났다. 그가 내민 은쟁반에는 상아 손잡이가 달린 확대경이 놓여 있었다.

피츠는 숨을 고르느라 애를 먹었다. 확대경을 들고 다시 와인병을 살펴보았다. 윌리엄스와 눈이 마주치지 않도록 조심했다.

세상에. 그는 생각했다. 정말 보통내기가 아니군.

II

에설 윌리엄스는 온몸에 넘쳐흐르는 에너지를 느꼈다. 마음에 걸리는 게 전혀 없었다. 어떤 문제든 해결할 수 있었고 어떤 실수든 대처할 수 있었다. 거울을 들여다보니 피부가 발갛게 상기되었고 눈은 반짝거렸다. 일요일 예배를 마친 후 에설의 그런 모습을 보면 아버지는 언제나처럼 비꼬는 듯한 우스갯소리로 한마디했다. "아주 신났구나. 공돈이라도 생겼냐?"

에설은 저도 모르게 티 권의 끝없는 복도를 걷는 게 아니라 뛰어다니고 있었다. 구입할 물건 목록, 하인들의 근무시간, 식탁을 치우고 다시 차리는 일정을 매일 노트에 적어나갔다. 셈할 것도 많았다. 베갯잇, 꽃병, 냅킨, 양초, 숟가락……

이번 일은 그녀에게 큰 기회였다. 아직 어린 나이에 국왕의 방문을 앞두고 하녀장이라는 중책을 맡게 된 것이다. 제번스 부인은 병석에서 일어날 기미가 보이지 않았고, 덕분에 에설이 국왕 내외를 맞이할 티 권 저택의 준비를 전적으로 책임지게 되었다. 에설은 기회만 주어진다면 자기도 뛰어난 능력을 발휘할 수 있다고 늘 생각했다. 하지만 서열 질서가 엄격한 하인들 세계에서 다른 이들을 제치고 부각될 기회는 좀처럼 드물었다. 그런데 뜻밖에 공석이 생겼고, 에설은 이 기회를 놓치지 않기로 마음먹었다. 이번 일이 끝나면 쇠약한 제번스 부인에게는 덜 힘든 일이 맡겨지고 에설이 아예 하녀장이 될지도 몰랐다. 그렇게 되면 지금보다 두 배로 급료를 받고 침실을 혼자 사용하며 하인들 구역에 별도의 거실을 가지게 될 것이었다.

하지만 아직은 그런 바람이 이루어진 게 아니었다. 분명 백작은 그녀가 일을 잘해내고 있다고 생각했다. 그래서 런던에서 다른 하녀장을 데려오지 않기로 했고, 에설은 그 결정을 자기에 대한 크나큰 칭찬으로 받아들였다. 하지만 언제든 사소한 실수가 모든 걸 망치는 치명적인 잘못이 될 수 있다는 점도 깊이 이해하고 있었다. 접시가 더럽다거나 하수구가 막힌다거나 욕조에서 죽은 쥐가 나온다거나. 그럴 경우 백작은 화를 낼 터였다.

국왕 내외가 도착할 예정인 토요일 오전에 에설은 손님방을 일일이 돌아다니며 난롯불을 잘 피웠는지, 베개는 불룩하게 매만졌는지 점검했다. 아침에 온실에서 가져온 꽃들로 방마다 꽃병을 적어도 하나씩 놓았다. 모든 책상에 티 귄의 문장紋章이 새겨진 편지지를 놓았다. 수건, 비누, 몸을 씻을 물도 준비해두었다. 백작의 아버지는 현대식 수도 설비를 싫어했고 피츠도 아직은 방마다 수도를 설치하는 데 관심이 없었다. 침실이 백 개나 됐지만 화장실은 세 개에 불과해서 대부분 방에 요강을 들여놔야 했다. 냄새를 없애기 위해 제번스 부인의 비법으로 만든 말린 꽃 방향제도 준비했다.

국왕 일행은 오후 티타임에 맞춰 도착할 예정이었다. 백작이 애버로언 기차역에서 맞이할 것이다. 멀리서나마 왕족을 보고 싶다는 바람으로 인파가 몰려들 게 뻔했지만, 그때 국왕 내외가 사람들과 접촉하는 일은 없다. 그들은 곧장 지붕이 덮인 피츠의 커다란 롤스로이스로 저택으로 이동할 것이다. 국왕의 시종 앨런 타이트 경과 왕족의 행차를 수행하는 다른 사람들은 짐과 함께 마차에 나눠 타고 뒤를 따른다. 티 귄 앞에는 웨일스 소총연대에서 나온 1개 대대 병력이 이미 도로 양쪽으로 늘어서 의장 행사 준비를 마친 상태였다.

국왕 내외는 월요일 아침 신민들 앞에 모습을 드러낼 예정이었다. 무개차를 타고 주변 마을을 시찰한 다음 애버로언 공회당에 들러 시장과 시의원들을 만나고 나서 기차역으로 향하게 된다.

정오가 되자 다른 손님들이 속속 도착했다. 현관에 서 있던 필의 지시에 따라 하녀들은 손님들을 방으로 안내하고 하인들은 짐을 날랐다. 처음으로 도착한 손님은 피츠의 고모와 고모부인 서식스 공작 부부였다. 왕이 좀더 편한 분위기에서 지낼 수 있도록 사촌인 공작을 초청한 것이었다. 공작부인은 가문의 다른 사람들과 마찬가지로 정치에 매우 관심이 깊었다. 런던에 있는 그들의 저택에서 열리는 사교 모임에는 내각의 장관들이 곧잘 참석했다.

공작부인이 일러준 바에 따르면, 조지 5세는 시계에 집착하는 면이 있어서 집안의 시계가 제각기 다른 시간을 가리키면 못 견뎌한다고 했다. 에설은 속으로 욕설을 내뱉었다. 티 귄에는 시계가 백 개도 넘었다. 에설은 제번스 부인의 회중시계를 빌려 온 집안을 돌아다니며 시계를 맞추기 시작했다.

작은 식당에서 백작과 우연히 마주쳤다. 창가에 선 그는 심란해 보였다. 에설은 잠시 그의 얼굴을 뜯어보았다. 그는 지금까지 그녀가 만나 본 남자들 가운데 가장 잘생겼다. 부드러운 겨울 햇살이 비추는 창백한 얼굴은 흰 대리석을 깎아놓은 듯했다. 각진 턱과 높이 솟은 광대뼈에 코도 곧게 뻗어 있었다. 검은색 머리칼과 녹색 눈동자는 흔히 볼 수 없는 조합이었다. 턱수염도 콧수염도 기르지 않았고 구레나룻조차 없었다. 얼굴이 저렇게 잘생겼는데 수염을 길러서 가릴 이유가 있겠어. 에설은 생각했다.

피츠가 에설을 돌아보았다. "방금 들었는데 국왕께서 방에 오렌지 한 접시가 있으면 좋아하실 거라는군. 이 빌어먹을 집에는 오렌지가 한 알도 없는데 말이야!"

에설은 얼굴을 찌푸렸다. 애버로언에는 이렇게 이른 철에 오렌지를 파는 가게가 하나도 없었다. 이 지역 사람들은 그런 호사를 누릴 정도로 부유하지 않기 때문이다. 사우스 웨일스 골짜기에 자리한 다른 마을도 마찬가지였다. "제가 전화를 사용해도 괜찮으시다면 카디프에 있는 청과물 가게 한두 군데에 연락해보겠습니다. 어쩌면 요즘 같은 철에도 오렌지가 있을지 몰라요." 에설이 말했다.

"하지만 어떻게 여기까지 가져오지?"

"가게에 부탁해서 기차에 바구니를 실으라고 하면 됩니다." 에설은 자신이 맞춰놓은 시계를 들여다보았다. "운이 좋으면 전하의 도착시간에 맞춰 받을 수도 있을 겁니다."

"그래. 그렇게 해야겠어." 피츠는 에설을 똑바로 보았다. "정말 대단하구나. 너 같은 여자는 처음 본다."

에설도 피츠를 마주보았다. 지난 이 주 동안 백작은 여러 번 이런 식으로 말했다. 지나치리만큼 친근하면서도 약간 긴장한 듯한 그의 흥분된 태도는 에설에게 묘한 감정을 불러일으켰다. 위험할 정도로 짜릿한 일이 막 벌어지려는 듯 뒤숭숭하고 들뜬 기분이 들었다. 마치 동화 속 왕자가 마법의 성에 들어서는 순간처럼.

바깥 진입로에서 바퀴 소리에 이어 귀에 익은 목소리가 들려오면서 마법은 깨졌다. "필! 다시 만나 기뻐."

창밖을 내다본 피츠의 표정이 익살스럽게 변했다. "이런, 이런. 여동생이군!"

"어서 오십시오, 모드 아가씨." 필의 목소리가 들렸다. "오실 줄 몰랐습니다."

"백작께서 날 초대하는 걸 깜박하셨어. 그래도 어쨌든 왔잖아."

에설은 웃음을 참았다. 피츠는 거침없는 여동생을 사랑했지만, 오빠로서 다루기 어려운 점도 있었다. 정치적 견해가 깜짝 놀랄 만큼 자유분방했기 때문이다. 그녀는 여자도 투표할 수 있어야 한다고 주장하며 전투적으로 활동하는 여성참정권 운동가였다. 에설은 모드가 멋지다고, 자기도 모드처럼 자립심 강한 여자가 되고 싶다고 생각했다.

피츠가 방에서 성큼성큼 걸어나갔고 에설도 그를 따라 넓은 현관으로 향했다. 피츠의 아버지 같은 빅토리아시대 사람들이 애호했던 고딕 양식으로 꾸며진 으리으리한 공간이었다. 짙은 색 벽, 무늬가 화려한 벽지, 중세의 옥좌처럼 깎아 만든 떡갈나무 의자들. 모드가 문으로 들어서고 있었다. "피츠 오라버니, 잘 있었어요?"

모드는 오빠처럼 키도 크고 생김새도 비슷했다. 하지만 똑같이 깎은 듯한 외모라도 백작은 신의 조각상처럼 돋보였지만 여자의 경우에는 별 도움이 되지 않았다. 모드는 예쁘기보다는 이목을 끄는 얼굴이었다. 페미니스트는 유행에 뒤처졌다는 대부분 사람들의 인식과 달리 모드는 멋지게 차려입고 있었다. 단추 달린 부츠에 아래통이 좁은 긴 치마, 커다란 벨트와 긴 커프스가 달린 네이비블루 코트 차림이었고, 모자 앞쪽에는 군부대 깃발처럼 기다란 깃털을 핀으로 고정해놓았다.

허미아 부인도 모드와 함께였다. 레이디 허미아는 피츠의 다른 고모였다. 부유한 공작과 결혼한 언니와 달리 허미아 부인은 낭비벽이 심한 남작과 결혼했는데, 결국 그는 재산을 탕진하고 젊은 나이에 죽었다. 십 년 전 피츠와 모드의 양친이 몇 달 간격으로 세상을 떠나자 허미아 부인이 집으로 들어와 당시 열세 살이던 모드를 보살폈고, 딱히 제구실은 못하지만 지금도 모드의 샤프롱* 역할을 맡고 있었다.

"갑자기 어쩐 일이야?" 피츠가 모드에게 말했다.

"봐라, 별로 반기지 않을 거라고 했잖니." 허미아 부인이 중얼거렸다.

"국왕 전하께서 집에 묵으러 오시는데, 내가 빠져서야 결례 아니겠어요?" 모드가 말했다.

피츠는 장난스럽게 화난 척했다. "전하 앞에서 여성의 권리가 어떻다느니 하는 이야기 늘어놓으면 안 돼."

에설은 그런 걱정은 할 필요가 없다고 생각했다. 모드는 정치관이 과격하긴 해도 어떻게 해야 권력을 쥔 사내들의 비위를 맞출 수 있는지 잘 알았고, 그래서 피츠의 보수당 친구들조차 그녀를 좋아했다.

"코트 좀 받아줘, 모리슨." 모드는 단추를 풀고 하인이 옷을 벗기도

---

* 젊은 여성이 사교생활을 할 때 동반해 보살피는 사람.

록 돌아섰다. "안녕, 윌리엄스. 잘 있었어?" 모드가 에설에게 말했다.

"어서 오세요, 아가씨. 치자나무 방으로 모실까요?" 에설이 말했다.

"고마워. 난 그 방 경치가 좋아."

"방을 준비하는 동안 점심 좀 드시겠어요?"

"그래. 배고파 죽겠어."

"손님들이 제각각 도착하시기 때문에 클럽식으로 식사를 준비했습니다." 클럽식이란 다 같이 한 번에 식사를 하는 게 아니라 신사들의 클럽이나 고급 레스토랑에서처럼 손님들이 도착하는 대로 식당에 가서 식사하는 걸 가리킨다. 오늘 점심은 가볍게 준비했다. 뜨거운 멀리거토니 수프에 냉육과 훈제 생선, 속을 채워 구운 송어, 양고기 커틀릿에 몇 가지 디저트와 치즈가 전부였다.

에설은 모드와 허미아 부인에게 문을 열어준 뒤 그들을 뒤따라 커다란 식당으로 들어섰다. 안에서는 사촌 간인 울리히 형제가 이미 식사중이었다. 잘생기고 매력적인 동생 발터 폰 울리히는 티 귄에 와서 기쁜 듯 보였다. 로베르트는 신경질적이었다. 오자마자 벽에 걸린 카디프 성城 그림의 위치를 바로잡고는 베개를 더 갖다달라고 하더니 책상 위에 준비해둔 잉크병에 잉크가 다 떨어진 걸 꼬집었다. 실수를 했다는 생각에 에설은 또 잊은 건 없는지 조바심을 냈다.

여자들이 들어오자 두 사람이 자리에서 일어섰다. 모드는 곧장 발터에게 다가갔다. "열여덟 살 이후로 하나도 안 변했군요! 나 기억나요?"

발터의 얼굴이 환해졌다. "그럼요. 하지만 그렇게 말씀하시는 분은 열세 살 때와는 전혀 다르군요."

두 사람은 악수를 나누었고 모드는 직계가족이라도 되는 듯 발터의 양쪽 뺨에 입을 맞추었다. "그 나이 또래 여학생이 그렇듯 오라버니를 사모하는 마음에 가슴이 미어졌다고요." 모드는 놀랄 만큼 솔직하게 말했다.

발터는 웃었다. "저도 마찬가지로 푹 빠졌었지요."

"하지만 늘 저를 무슨 끔찍한 애벌레라도 되는 양 대했잖아요!"

"경비견처럼 동생을 보호하는 피츠에게 감정을 숨겨야 했거든요."

만나자마자 허물없이 대하는 모드의 모습이 탐탁지 않았는지 허미아 부인이 기침을 했다. 모드가 말했다. "고모님, 여기는 발터 폰 울리히 씨로, 오빠 동창이에요. 휴가 때면 우리집에 자주 놀러왔어요. 지금은 런던에 있는 독일 대사관에서 외교관으로 근무하고 있어요."

발터가 말했다. "제 사촌 그라프 로베르트 폰 울리히를 소개하죠." '그라프'는 독일어로 백작이라는 걸 에설은 알고 있었다. "오스트리아 대사관에서 무관으로 지내고 있습니다."

에설은 이미 필에게 두 사람이 실제로는 육촌 간이라는 진지한 설명을 들었다. 두 사람의 할아버지가 형제였는데 동생은 부유한 상속녀와 결혼하면서 빈을 떠나 베를린에 자리잡았다. 그래서 발터는 독일인이지만 로베르트는 오스트리아인이었다. 필은 그런 사정을 정확히 짚는 걸 좋아했다.

모두 자리를 잡고 앉았다. 에설은 허미아 부인을 위해 의자를 잡아주었다. "멀리거토니 수프 좀 드시겠습니까, 허미아 마님?" 에설이 물었다.

"그래. 부탁해, 윌리엄스."

에설이 고갯짓을 하자 뒤에 섰던 하인이 식지 않도록 담아둔 수프 단지가 놓인 탁자로 향했다. 에설은 새로 도착한 두 사람에게 불편한 점은 없는지 확인한 다음 그들이 묵을 방을 준비하려고 조용히 식당을 빠져나왔다. 가만히 문을 닫는데, 발터 폰 울리히의 목소리가 들려왔다. "음악을 아주 좋아하셨지요, 모드 양. 우리는 좀 전에 러시아 발레에 관해 이야기하고 있었습니다. 댜길레프*에 대해 어떻게 생각하시나요?"

여자에게 의견을 묻는 남자는 그리 많지 않았다. 모드는 발터의 그런 점을 마음에 들어할 것이다. 방을 정리할 하녀 두엇을 찾으러 계단을 서둘러 내려가며 에설은 생각했다. 저 독일 양반 꽤나 매력적이네.

III

티 귄의 조각품 전시홀은 식당으로 들어가는 대기실로 쓰였다. 만찬 전 손님들은 그곳에 모였다. 피츠는 예술에 그다지 관심이 없었고, 조각품도 모두 할아버지가 수집한 것들이었다. 그래도 조각품 덕분에 사람들은 만찬을 기다리며 이야기꽃을 피울 수 있었다.

고모인 공작부인과 담소를 나누면서도 피츠는 긴장된 시선으로 연미복에 흰 타이를 맨 남자들과 가슴이 깊게 파인 드레스에 티아러를 쓴 여자들을 둘러보았다. 의전에 따르면 국왕 내외가 방에 들어오기 전에 모든 손님이 미리 와서 기다리고 있어야 했다. 모드는 어디 있지? 설마 사고를 치는 건 아니겠지! 아니, 모드는 와 있었다. 자주색 드레스에 어머니의 다이아몬드 액세서리를 하고 발터 폰 울리히와 활발하게 이야기를 나누고 있었다.

피츠와 모드는 늘 사이가 좋았다. 두 사람의 아버지가 먼 곳에 존재하는 영웅이라면 어머니는 아버지의 불행한 시종에 불과했다. 두 아이는 부모에게 받아야 할 사랑을 서로에게서 얻었다. 부모가 죽자 두 사람은 서로를 붙들고 슬픔을 나누었다. 당시 열여덟 살이었던 피츠는 어

---

* 러시아 발레를 유럽에 소개해 명성을 떨친 기획자이자 발레단 대표.

린 여동생을 모진 세상으로부터 보호하려 했다. 여동생 역시 오빠를 존경하고 따랐다. 나이가 들면서 모드는 자립심이 강해졌지만 피츠는 여전히 가장으로서 여동생을 좌지우지할 수 있다고 믿었다. 하지만 두 사람의 서로에 대한 애정은 그런 간극을 극복하고도 남을 만큼 충분했다. 아직까지는.

모드는 발터에게 큐피드 청동상을 소개하고 있었다. 피츠와 달리 모드는 예술을 이해했다. 피츠는 여동생이 저녁 내내 예술에 대한 이야기 외에 여성의 권리 따위는 입에 올리지 않았으면 했다. 조지 5세는 자유주의자를 싫어했고 그걸 모르는 사람은 없었다. 군주들은 으레 보수적이게 마련이지만 조지 5세는 여러 사건으로 인해 그런 반감이 더욱 강해졌다. 그는 정치적 위기 상황에서 권좌에 올랐다. 그리고 자신의 뜻과 달리 자유당 출신 수상인 허버트 헨리 애스퀴스가 대중의 여론을 등에 업고 종용하는 대로 상원의회의 권한을 축소해야 했다. 그때의 굴욕은 여전히 그의 마음에 맺혀 있었다. 국왕은 상원의 보수당 의원 피츠가 소위 개혁에 맞서 마지막까지 싸웠다는 걸 알았다. 그렇지만 오늘밤 모드가 엉뚱한 소리를 늘어놓기라도 한다면 피츠를 절대로 용서할 리 없었다.

발터는 하급 외교관에 불과했지만 그의 아버지는 카이저, 즉 독일 황제의 오랜 친구였다. 로베르트 역시 집안이 좋아서 오스트리아-헝가리 제국의 황제 자리를 이어받을 프란츠 페르디난트 황태자와 가까운 사이였다. 공작부인과 대화를 나누는 또다른 손님은 최근 고위층 인사들과 친분을 쌓기 시작한 큰 키의 젊은 미국인 거스 듀어였는데, 그의 아버지는 상원의원으로 미국 대통령 우드로 윌슨에게 조언도 하는 측근이었다. 피츠는 미래를 짊어질 엘리트 젊은이들을 잘 가려서 모았다고 생각했다. 그는 왕이 흡족해하기를 바랐다.

거스 듀어는 붙임성이 있으면서도 한편으로는 어색해했다. 구부정하게 등을 구부린 모습이 마치 키를 줄여 눈에 띄지 않기를 바라는 듯 보였다. 자신감은 부족해 보였지만 모든 이에게 상냥하고 공손했다. "미국인들은 외교정책보다 국내 문제에 관심이 많습니다." 그는 공작부인에게 설명하고 있었다. "하지만 윌슨 대통령은 자유주의자이니 오스트리아나 독일처럼 권위적인 군주제보다는 프랑스나 영국 같은 민주주의 국가를 지지할 것입니다."

바로 그 순간 커다란 문이 양쪽으로 열리자 방안의 모두가 입을 다물었고, 국왕 내외가 안으로 들어섰다. 비 공주가 한 발을 뒤로 빼고 무릎을 살짝 굽히며 예를 갖추고 피츠가 고개를 숙이자 모두 그들을 따라 인사했다. 잠시 조금은 어색한 침묵이 흘렀다. 국왕 내외가 입을 열기 전에는 아무도 말을 해선 안 되기 때문이었다. 마침내 왕이 비 공주에게 말했다. "아시다시피 나는 이십 년 전에도 이 저택에 머문 적이 있소." 그제야 비로소 사람들은 긴장을 풀었다.

아내와 함께 국왕 내외를 맞아 가벼운 담소를 나누는 동안 피츠는 조지 5세가 깔끔한 사람이라는 걸 새삼 상기했다. 왕은 턱수염과 콧수염을 세심하게 다듬은 모습이었다. 머리가 벗어지고 있었지만 자로 잰 듯 정확히 가르마를 탈 수 있을 정도로 아직은 정수리 부분에 머리칼이 남아 있었다. 몸에 꼭 맞는 만찬 복장은 날씬한 몸매에 잘 어울렸다. 아버지인 에드워드 7세 같은 미식가는 아니었지만 대신 정확함이 요구되는 취미로 긴장을 풀었다. 우표를 수집해 꼼꼼하게 앨범에 붙이는 그의 취미는 런던의 무례한 지식인들로부터 조롱을 샀다.

왕비는 더 만만치 않은 인상으로, 잿빛 곱슬머리에 입가에는 깊은 주름이 졌다. 가슴이 굉장히 풍만했는데, 마침 요즘은 목선을 지나칠 만큼 깊이 파는 게 유행이어서 몸매를 과시하기가 좋았다. 독일 왕자의

딸인 왕비는 원래 조지 5세의 형인 앨버트와 약혼한 사이였지만 앨버트
가 결혼 전 폐렴으로 세상을 떠나고 말았다. 조지 5세는 왕세자가 되면
서 형의 약혼자도 물려받았는데, 이를 두고 일부에서는 중세에나 있을
법한 일이라고 평했다.

비는 물 만난 고기 같았다. 분홍색 실크 드레스를 매혹적으로 차려입
은 그녀는 금발의 곱슬머리를 완벽히 매만져 살짝 흐트러진 인상을 연
출한 모습이었는데, 마치 금지된 키스를 하다가 후다닥 몸을 뗀 듯 보
였다. 그녀는 활기를 띤 채 왕에게 이야기하고 있었다. 의미 없는 수다
로는 조지 5세를 즐겁게 할 수 없다는 걸 알아차린 비는 표트르대제가
러시아 해군을 창립한 이야기를 꺼냈고, 왕은 흥미를 보이며 고개를 끄
덕였다.

필이 식당으로 통하는 문 앞에 모습을 드러냈다. 주근깨 가득한 얼굴
에는 기대가 떠올라 있었다. 그는 피츠와 눈을 마주치자 확인의 의미로
고개를 끄덕였다. 피츠가 왕비에게 말했다. "만찬장으로 가시겠습니까,
왕비마마?"

왕비가 팔을 내밀었다. 그뒤에 왕이 비 공주와 팔짱을 끼고 섰고, 다
른 사람들도 서열에 따라 짝을 지어 섰다. 모두 준비를 마치자 다들 줄
지어 식당으로 들어갔다.

"정말 예쁘군요." 왕비가 차려진 식탁을 보고는 중얼거리듯 말했다.

"감사합니다." 피츠는 조용히 안도의 한숨을 내쉬었다. 비가 아주 멋
지게 해낸 것이다. 긴 식탁 위로는 샹들리에 세 개가 낮게 걸려 있고, 샹
들리에에 매달린 크리스털 조각들이 반짝거리며 빛을 뿌렸다. 나이프
와 포크, 수저는 물론 소금과 후추를 담은 통, 흡연자를 위한 자은 성냥
갑까지 모두 금박을 입힌 물건이었다. 비는 흰 식탁보를 깔고 온실에서
키운 장미꽃으로 식탁을 장식한 다음, 커다란 금접시에 피라미드 모양

으로 쌓아올린 포도 위로 샹들리에에서 양치식물이 가느다랗게 늘어지도록 했다.

모두 자리를 잡고 앉은 뒤 주교가 식전 기도를 올리자 피츠는 마음이 놓였다. 시작이 좋은 파티는 거의 언제나 성공적으로 끝나는 법이다. 와인과 음식을 즐기다보면 흠이 눈에 잘 들어오지 않기 때문이다.

식사는 비의 고국을 연상시키는 러시아식 전채로 시작됐다. 캐비아와 크림을 얹은 작은 블린,* 삼각형으로 자른 토스트와 훈제 생선, 절인 청어를 곁들인 크래커였다. 여기에 함께 준비한 샴페인은 1892년산 페리에주로, 필의 주장대로 맛이 그윽하고 좋았다. 피츠는 필에게서 눈을 떼지 않았고, 필은 왕에게서 눈을 떼지 않았다. 왕이 포크를 놓기가 무섭게 필은 왕의 접시를 치웠고, 그것을 신호로 다른 하인들도 나머지 사람들의 접시를 치웠다. 다 먹지 못한 사람도 손을 거두어 경의를 표해야 했다.

다음으로는 수프였다. 포토푀**와 함께 에스파냐의 산루카르데바라메다 지방에서 생산되는 고급 올로로소 셰리가 나왔다. 생선 요리는 서대기였는데, 화이트와인으로 곁들인 뫼르소 샤름의 원숙한 맛이 마치 입안 가득 황금을 머금는 듯했다. 웨일스산 양고기 요리에 곁들일 술로 피츠는 샤토 라피트 1875년산을 골랐다. 1870년산은 아직 마시기에 적당한 때가 아니었다. 그다음 거위 간 파르페와 마지막 고기 요리로 포도와 함께 빵에 싸서 구운 메추라기가 나올 때도 레드와인을 곁들였다.

이 요리들을 모두 먹은 사람은 아무도 없었다. 남자들은 좋아하는 것만 먹고 나머지는 넘겼다. 여자들은 한두 가지 요리에만 손을 댔다. 많

---

* 러시아식 팬케이크.
** 고기와 야채를 넣고 진하게 끓인 프랑스식 수프.

은 접시가 손도 대지 않은 채 주방으로 돌아갔다.

이어 샐러드, 디저트, 입가심 요리, 과일, 한입 케이크인 프티 푸르가 나왔다. 마침내 비 공주가 왕비를 향해 조심스럽게 눈썹을 치켜세워 보였고 왕비도 보일 듯 말 듯 고개를 끄덕였다. 두 사람이 일어서자 다른 사람도 모두 자리에서 일어섰고 여자들은 식당을 떠났다.

남자들이 다시 자리에 앉자 하인들이 시가 상자를 가져왔고 필은 페헤이라 레드와인 1847년산을 디캔터에 담아 왕의 오른편에 놓았다. 피츠는 기쁘게 시가를 집었다. 모든 것이 순조롭게 진행되었다. 사교성 없기로 유명한 조지 5세는 원래 그 옛날 행복했던 해군 시절 함께 전함을 탔던 동료들과 있을 때나 편안해했다. 하지만 오늘 저녁 그는 유쾌했고 아무것도 잘못되지 않았다. 심지어 오렌지도 제때 도착했다.

피츠는 앨런 타이트 경과 미리 말을 맞춰둔 터였다. 구식으로 구레나룻을 기른 퇴역 육군장교인 그는 왕의 시종장이었다. 두 사람은 내일 왕이 이곳에 모인 사람들과 한 시간가량 이야기를 나누는 시간을 갖기로 의견 일치를 보았다. 초대받은 이들은 모두 각자의 정부 내부 소식에 정통했다. 오늘 저녁 피츠는 일반적인 정치적 화제로 서먹한 분위기를 없앨 작정이었다. 그는 헛기침을 하고 발터 폰 울리히에게 말을 걸었다. "발터, 자네와 나는 십오 년 동안 친구로 지냈네. 이튼에서 함께 공부한 이래로 말이야." 그리고 고개를 돌려 로베르트를 바라보았다. "그리고 학창 시절 자네 사촌까지 셋이 빈에서 한집에 살기도 했지." 로베르트는 미소지으며 고개를 끄덕였다. 피츠는 그들 둘 다 좋아했다. 로베르트는 피츠와 마찬가지로 전통주의자였다. 발터는 딱히 보수적이지는 않지만 머리가 비상했다. "세간엔 독일과 영국 간에 전쟁이 벌어질 거라고 말들이 많더군. 정말로 그런 비극이 벌어질 것 같나?"

발터가 대답했다. "단순히 전쟁이 벌어질 수 있느냐고 묻는 거라면 내 대답은 그렇다, 이네. 우린 싸울 거야. 다들 만반의 준비가 되어 있으니까. 하지만 정말로 전쟁을 벌일 이유가 있나? 난 그렇다고 생각하지 않아."

거스 듀어가 머뭇거리며 손을 들었다. 듀어의 진보적인 정치관에도 불구하고 피츠는 그가 마음에 들었다. 미국인은 경솔하게 마련인데 듀어는 예의발랐고 약간 수줍음도 탔다. 게다가 놀랄 만큼 정보가 많았다. 듀어가 입을 열었다. "영국과 독일은 다툴 이유가 아주 많습니다."

발터가 듀어에게 고개를 돌렸다. "예를 들면요?"

거스는 시가 연기를 내뿜었다. "해군끼리 경쟁하죠."

발터는 고개를 끄덕였다. "우리 카이저께서는 독일 해군이 영원히 영국 해군보다 작기만 하란 법은 없다고 생각하십니다."

피츠는 초조한 기색으로 왕을 보았다. 영국 해군을 유달리 아끼는 조지 5세라면 필시 기분이 상할 것이기 때문이다. 하지만 한편으로 독일의 빌헬름 황제는 국왕의 사촌이다. 조지 5세의 아버지와 빌헬름 황제의 어머니가 빅토리아 여왕에게서 태어난 남매였다. 조지 5세가 너그럽게 미소짓자 피츠는 마음이 놓였다.

발터가 말을 이었다. "과거에는 마찰이 있기도 했지만, 이 년 전부터 양국이 비공식적으로 상호 해군의 규모에 관해 협의해오고 있습니다."

듀어가 말했다. "경제적인 경쟁관계는 어떻습니까?"

"독일은 하루가 다르게 번창하고 있으며 경제생산에서 금세 영국과 미국을 따라잡을 것입니다. 하지만 그게 왜 문제가 됩니까? 독일은 영국의 가장 큰 고객 가운데 하나입니다. 소비가 늘수록 구매도 늘게 돼 있습니다. 우리의 경제력 강화는 영국 제조업체들에게도 좋은 겁니다!"

듀어가 또다시 시도했다. "독일이 더 많은 식민지를 원한다는 말도 있습니다."

피츠는 대화가 두 사람 위주로 흘러가는 걸 왕이 불쾌하게 여기진 않을까 신경쓰여 다시 왕을 살폈다. 하지만 조지 5세는 흥미로운 눈치였다.

발터가 말했다. "식민지를 둘러싸고 많은 전쟁이 있었습니다, 듀어 씨. 특히 당신 나라인 미국에서 그랬죠. 하지만 요즘은 무력을 앞세우지 않고도 분쟁을 해결할 수 있을 것 같군요. 삼 년 전 독일과 대영제국, 프랑스가 모로코를 두고 대립했지만 전쟁 없이 사태가 해결되었습니다. 좀더 최근에는 영국과 독일이 바그다드철도라는 골치 아픈 문제에서 합의를 이끌어냈습니다. 지금까지 해온 대로만 한다면 우리가 전쟁을 벌일 일은 없습니다."

듀어가 말했다. "제가 독일 군국주의라는 용어를 사용해도 용서해주시겠습니까?"

조금 지나치다는 생각에 피츠는 움찔했다. 발터는 얼굴을 붉혔지만 부드럽게 말했다. "솔직히 말씀해주셔서 감사합니다. 독일제국은 프로이센 사람들이 주축을 이루고 있습니다. 영국에서 잉글랜드 출신이 차지하는 위상과 비슷하죠."

독일을 영국에, 프러시아를 잉글랜드에 비교하는 건 위험한 발상이었다. 발터의 발언은 예의를 지켜야 하는 대화에서 허용되는 범위의 경계선에 아슬아슬하게 걸쳐 있었다. 피츠는 마음이 편치 않았다.

발터는 말을 이었다. "프로이센은 군사적 전통이 강합니다. 하지만 그렇다고 아무 이유 없이 전쟁을 벌이진 않습니다."

듀어는 회의적이라는 듯 말했다. "그러니까 독일은 침략 의도가 없다는 거군요."

"오히려 그 반대죠." 발터가 말했다. "저는 독일이야말로 유럽 대륙의 강대국 가운데 다른 나라를 공격할 의사가 없는, 유일한 국가라고 지적하고 싶습니다."

식탁에 둘러앉은 사람들이 놀라 웅성거렸다. 피츠는 눈썹을 치켜세우는 국왕을 보았다. 놀란 듀어는 한 걸음 물러서서 말했다. "어째서죠?"

발터가 매우 정중한 태도로 쾌활하게 말했기 때문에 도발적인 언사의 파급효과는 약해졌다. "우선 오스트리아를 보죠. 빈에 사는 제 사촌 로베르트도 오스트리아-헝가리 제국이 남동쪽으로 영토를 넓히고 싶어한다는 걸 부정하지 않을 겁니다."

"거기엔 나름의 이유가 있습니다." 로베르트가 항변했다. "영국에서 발칸반도라고 부르는 해당 지역은 원래 수백 년 동안 오스만제국의 영토였습니다. 하지만 오스만의 지배력은 무너졌고 현재 발칸 지역은 불안정합니다. 오스트리아 황제께서는 그 지역의 질서 수호와 기독교 보호를 성스러운 의무로 여기십니다."

"정말 그렇군. 하지만 러시아 역시 발칸반도를 원하고 있지." 발터가 말했다.

피츠는 러시아 정부를 옹호하는 게 자신의 소임이라는 생각이 들었다. 어쩌면 아내 비 때문인지도 몰랐다. "러시아 역시 그럴 만한 이유가 있습니다. 러시아의 무역 가운데 절반이 흑해에서 해협을 지나 지중해로 이어지는 경로를 이용합니다. 러시아로서는 그 어떤 강대국이든 발칸반도 동쪽을 차지해 해협을 장악하는 걸 두고볼 수 없는 겁니다. 러시아 경제의 숨통을 조이는 것이나 다름없으니까요."

"바로 그렇습니다." 발터가 말했다. "서유럽을 보면, 프랑스는 독일로부터 알자스로렌을 되찾으려는 야심을 품고 있습니다."

이 대목에서 프랑스인 장피에르 샤를루아가 고개를 치켜들었다. "프랑스가 사십삼 년 전에 도둑맞은 땅입니다!"

"그 문제를 논할 생각은 없습니다." 발터가 차분하게 말했다. "일단은 알자스로렌 지역이 1871년 프로이센-프랑스 전쟁에서 프랑스가 패한 후 독일제국에 편입되었다고 합시다. 도둑맞았든 어떻든 프랑스가 그 땅을 되찾길 원한다는 건 인정해야 할 겁니다. 무슈 르 콩트.*"

"당연하지요." 프랑스인은 몸을 뒤로 젖히더니 포트와인을 한 모금 마셨다.

발터가 말했다. "심지어 이탈리아도 오스트리아로부터 트렌티노 지역과—"

"그 지역 주민은 대부분 이탈리아어를 씁니다!" 이탈리아인 팔리가 소리쳤다.

"달마티아 해안도—"

"베네치아의 상징인 사자상과 가톨릭교회, 로마식 기둥이 널린 지역입니다!"

"주민 대부분이 독일어를 사용하며 자치정부의 역사가 오래된 티롤 지방은—"

"전략적으로 필요합니다."

"물론 그러시겠죠."

피츠는 발터가 얼마나 영리했는지 깨달았다. 무례하지 않을 만큼 교묘히 각 나라를 대표하는 손님을 도발해 다분히 공격적인 어투로 영토에 대한 그들의 야망을 드러내도록 자극한 것이다.

발터가 다시 말했다. "그에 반해 독일은 어떤 땅을 욕심내고 있습니까?" 그는 사람들을 둘러보았지만 아무도 입을 열지 않았다. "없습니다." 발터가 의기양양하게 말했다. "그리고 독일과 똑같은 주장을 할 수 있는 유럽의 강대국은 영국이 유일합니다!"

---

* '백작 각하'라는 뜻의 프랑스어.

거스 듀어는 포트와인을 마시고 미국인 특유의 느릿한 말투로 입을 열었다. "그 말씀은 틀리지 않은 것 같군요."

발터가 말했다. "내 오랜 친구인 피츠, 그러니 왜 우리가 전쟁을 벌여야 하나?"

IV

일요일 아침식사 전 모드는 사람을 보내 에설을 찾았다.

짜증이 치민 에설은 한숨이 새어나오는 걸 참아야 했다. 정신없이 바빴다. 이른 시간이지만 하인들은 이미 분주히 움직이고 있었다. 손님들이 일어나기 전에 모든 난로를 청소한 다음 다시 불을 피우고 석탄통을 채워두어야 했다. 그리고 중요한 공간, 즉 식당과 모닝룸, 서재, 흡연실, 그 밖에 여러 사람이 드나드는 더 작은 공간들을 청소하고 정돈해야 했다. 에설이 당구장에 놓인 꽃을 확인하고 시든 것을 새것으로 바꾸고 있는데, 모드가 보낸 사람이 그녀를 찾으러 왔다. 에설은 급진적인 피츠의 여동생을 좋아하긴 했지만 까다로운 일은 시키지 않길 바라는 마음이었다.

열세 살 때 티 권으로 일하러 왔을 때, 피츠허버트 가문 사람들과 저택의 손님들은 에설에게 도무지 현실적으로 느껴지지 않았다. 마치 이야기 속에 나오는 사람들이나 성경에 등장하는 낯선 부족, 이를테면 히타이트족처럼 멀게 느껴졌고 그래서 두려웠다. 잘못을 저지르고 일자리를 잃을까봐 무서웠다. 하지만 이 이상한 피조물들을 가까이서 살펴보고 싶은 강한 호기심이 일기도 했다.

하루는 주방 하녀가 위층 당구장에 가서 탄탈로스를 가져오라고 했다. 에설은 긴장한 나머지 탄탈로스가 뭔지 묻지도 못했다. 당구장으로 올라가 두리번거리며 찾는 물건이 지저분한 접시들이 담긴 쟁반처럼 쉽게 눈에 띄는 것이라면 좋겠다고 생각했다. 하지만 아래층에서 올라왔을 법한 물건은 전혀 찾을 수 없었다. 에설이 울고 있는데 모드가 당구장으로 들어왔다.

당시 키가 껑충해서 다 큰 여자가 소녀의 옷을 걸친 듯 보이던 열다섯 살의 모드는 불만이 많고 반항적이었다. 그녀가 자신의 불만을 신념을 위한 투쟁으로 전환하면서 인생을 이해하게 된 것은 그보다 나중 일이었다. 하지만 열다섯 살이라는 어린 나이에도 모드는 부당함과 억압에 민감하게 반응하고 금세 연민을 느끼곤 했다.

모드는 에설에게 왜 울고 있느냐고 물었다. 알고 보니 탄탈로스는 브랜디와 위스키의 디캔터를 넣어두는 은제 진열대였다. 하인들이 몰래 술을 훔쳐 먹는 걸 방지하기 위해 잠금장치가 달려 있어서 애를 태운다는 뜻으로 탄탈로스라고 부른다고 모드가 설명했다.* 감동한 에설은 고맙다고 인사를 했다. 그후로도 모드는 많은 친절을 베풀었고, 세월이 지나면서 에설은 자기보다 나이가 많은 모드를 우러러보게 되었다.

에설은 모드가 쓰는 방으로 가서 문을 두드린 다음 안으로 들어섰다. 치자나무 방은 정교한 꽃무늬 벽지로 꾸며졌는데, 그것도 이미 세기가 바뀌면서 유행이 지난 지 오래였다. 하지만 퇴창으로 피츠의 정원에서도 가장 멋진 부분이 내려다보였다. 서쪽 산책로라고 부르는 길이 온실로 향하는 화단 사이로 길게 뻗어 있었다.

부츠를 신고 있는 모드의 모습이 에설은 달갑지 않았다. "산책을 갈

---

* 신들의 비밀을 누설한 죄로 지옥의 호수에 묶여서 목이 말라 마시려고 하면 물이 빠져 괴로워한 그리스신화 속 인물 탄탈로스에서 비롯되었다.

거야. 샤프롱 역할을 해줘야겠어." 모드가 말했다. "모자 쓰는 것 좀 도와주고 들리는 소문도 얘기해줘."

에설은 도저히 짬을 내기 어려워 귀찮으면서도 호기심이 생겼다. 모드는 누구와 산책을 하려는 걸까? 원래 샤프롱 역할을 하는 허미아 마님은 어디 갔을까? 그저 정원으로 산책을 나갈 뿐인데 저렇게 멋진 모자는 뭐하러 쓰지? 혹시 남자랑 만나기로 했나?

에설은 모드의 검은 머리칼에 핀으로 모자를 고정하며 말했다. "오늘 아침 아래층 하인들 사이에 소문이 돌았어요." 모드는 국왕 조지 5세가 우표를 모으듯 소문을 수집했다. "모리슨이 새벽 네시까지 방에 돌아오지 않았다더군요. 그 키가 크고 금발 콧수염을 기른 하인 말이에요."

"모리슨이 누군지는 알아. 그 아이가 어디서 밤을 보냈는지도 알고." 모드는 머뭇거리며 말했다.

에설은 잠시 뜸을 들이다가 말했다. "제게 얘기 안 해주실 거예요?"

"놀랄걸."

에설은 씩 웃었다. "그러면 더 좋죠."

"모리슨은 로베르트 폰 울리히와 밤을 보냈어." 모드는 화장대 거울에 비친 에설의 얼굴을 흘긋 보았다. "충격적이지?"

에설은 무척 흥미로웠다. "세상에! 모리슨이 여자들과 잘 안 어울린다는 건 알았지만 그런 사람인 줄은 몰랐어요. 무슨 말인지 아실 거예요."

"글쎄, 로베르트가 그런 사람인 건 확실해. 게다가 만찬중에 로베르트가 모리슨과 여러 번 눈을 마주치는 걸 내가 봤거든."

"국왕 전하 앞에서도 그랬군요! 그런데 로베르트 씨가 그런 사람인 건 어떻게 아셨어요?"

"발터가 말해줬어."

"신사분이 숙녀에게 그런 얘길 하다니요! 다들 아가씨에겐 무슨 얘기든 하는군요. 런던에는 어떤 소문이 떠도나요?"

"하나같이 로이드조지 씨에 대한 얘기지."

데이비드 로이드조지는 국가 재정을 책임지는 재무장관이었다. 웨일스 출신인 그는 불같은 성격의 좌익 웅변가로, 에설의 아버지는 그가 노동당에 들어갔어야 한다고 말하기도 했다. 1912년 탄광 파업이 벌어졌을 때는 심지어 탄광을 국유화해야 한다는 주장을 펴기도 한 사람이다. "사람들이 뭐라는데요?" 에설이 물었다.

"정부情婦가 있다는 거야."

"말도 안 돼요!" 이번에는 에설도 진심으로 놀랐다. "하지만 침례교도 집안에서 자랐잖아요!"

모드는 웃었다. "성공회교도였다면 충격이 덜했을 거라는 거야?"

"그럼요!" 에설은 당연하다는 말까지는 참았다. "그런데 어떤 여자래요?"

"프랜시스 스티븐슨. 처음엔 그의 딸아이를 가르치는 가정교사였어. 그런데 아주 똑똑해서―고전문학 학위가 있대―지금은 그 사람 개인 비서가 되었지."

"끔찍하네요."

"그 여자를 고양이*라고 부른대."

에설은 금방이라도 얼굴이 달아오를 것 같았다. 뭐라고 대꾸해야 할지 알 수 없었다. 모드가 일어서서 에설은 코트 입는 걸 도왔다. 에설이 물었다. "그 사람 부인 마거릿은요?"

"여기 웨일스에서 네 아이와 살고 있지."

"다섯이었죠. 한 아이가 죽었고요. 불쌍한 여자네요."

---

* pussy. 여자의 성기를 가리키기도 한다.

모드는 준비를 마쳤다. 두 사람은 복도를 지나 웅장한 계단을 내려갔다. 짙은 색 코트를 입은 발터 폰 울리히가 홀에서 기다리고 있었다. 연갈색 눈에 콧수염을 약간 기른 그는 독일식으로 단추가 잔뜩 달린 옷을 입은 모습이 늠름했다. 에설의 눈에는 그가 발뒤꿈치를 붙이며 고개 숙여 인사하고는 살짝 윙크할 사람처럼 보였다. 모드가 허미아 부인을 샤프롱으로 대동하지 않은 이유는 바로 이 사람 때문이었다.

모드가 발터에게 말했다. "윌리엄스는 내가 어렸을 때부터 여기서 일했어요. 그때부터 우리는 친구로 지냈죠."

에설은 모드를 좋아했다. 하지만 친구라니 말도 안 되는 소리였다. 모드는 친절했고 에설은 그녀를 동경했지만, 두 사람은 엄연히 주인과 하녀였다. 모드가 한 말의 속뜻은 에설을 신뢰할 수 있다는 것이다.

발터는 아랫사람을 대할 때 특별히 신경써서 예의를 갖추는 방식으로 에설에게 인사를 건넸다. "이렇게 알게 되어 반갑군요, 윌리엄스. 안녕하세요?"

"감사합니다, 나리. 코트를 입고 오겠습니다."

에설은 아래층으로 달려갔다. 왕께서 와 계신 마당에 산책에 따라나가고 싶은 마음은 추호도 없었다. 그보다는 하녀들을 감독하고 싶었다. 하지만 도저히 거절할 수 없었다.

주방에서는 비 공주의 하녀 니나가 안주인을 위해 러시아식으로 차를 우리고 있었다. 에설은 방 청소를 맡은 하녀에게 말했다. "발터 씨가 일어났어. 회색 방을 청소해." 손님이 모습을 보이는 즉시 하녀들은 침실로 가 청소를 하고 침구를 정돈한 뒤 요강을 비우고 깨끗한 세숫물을 준비해야 했다. 집사 필이 접시를 세고 있었다. "위층에선 별일 없었나요?" 에설이 필에게 물었다.

"열아홉, 스물." 필은 접시를 마저 셌다. "듀어 씨가 면도하겠다며 뜨거운 물을 찾으셨고 팔리 씨는 커피를 달라고 하셨어."

"모드 아가씨께서 같이 나가자고 하세요."

"그건 좀 곤란한데." 필은 부루퉁하게 말했다. "자네는 집안에 있어야지."

에설도 모르지 않았다. 그녀는 비꼬듯 말했다. "제가 어쩌겠어요, 필씨. 아가씨한테 꺼지라고 할까요?"

"건방진 소리 하지 마. 최대한 빨리 돌아와."

에설이 계단을 올라오니 백작의 개 겔러트가 간절한 모습으로 현관 앞에 서서 헐떡거리고 있었다. 산책 나가는 길이라는 걸 눈치챈 모양이었다. 밖으로 나온 세 사람은 동쪽 잔디를 가로질러 나무들 사이로 걸어갔다.

발터가 에설에게 말했다. "모드 양에게 여성참정권자가 되라고 배웠겠군."

"오히려 그 반대예요." 모드가 발터에게 말했다. "제게 처음으로 자유사상을 알려준 사람이 윌리엄스인걸요."

에설이 말했다. "모두 아버지에게서 배운 겁니다."

에설은 사실 두 사람이 그녀와 대화하고 싶은 건 아님을 잘 알았다. 남녀가 단둘이 있는 게 예절에 어긋나기 때문에 차선책을 택한 것뿐이었다. 에설은 겔러트를 부르며 앞서 뛰어가 개와 놀아주면서 아마도 두 사람이 간절히 바랄 그들만의 시간을 주었다. 슬쩍 돌아보니 두 사람은 손을 잡고 있었다.

에설은 모드가 이성관계에서 진도가 빠른 편이라고 생각했다. 어제 들은 바로는 모드는 발터와 십 년 만에 만났다고 했다. 그때도 둘 사이에 연애감정은 없었으며 그저 호감이 있었을 뿐이라고 했다. 어젯밤 뭔가 있었던 게 틀림없다. 어쩌면 밤늦게까지 이야기를 나누었을지도 모른다. 모드는 누구에게나 쉽게 살살거렸고, 그런 식으로 이런저런 정보를 알아냈다. 하지만 이번에는 분명히 훨씬 진지했다.

잠시 후 노래 한 소절을 흥얼거리는 발터의 목소리가 들려왔다. 모드가 따라 불렀고 두 사람은 노래를 멈추더니 웃음을 터뜨렸다. 모드는 음치인 피츠와 달리 음악을 사랑했고 피아노를 매우 잘 쳤다. 발터 역시 음악에 조예가 있는 모양이었다. 경쾌하고 가벼운 발터의 바리톤을 베데스다 교회에서 들었더라면 훨씬 멋졌을 거라고 에설은 생각했다.

에설의 머릿속은 다시 일 생각으로 돌아갔다. 닦아서 침실 문밖에 갖다놓은 구두를 본 기억이 없었다. 구두닦이 아이들을 재촉해야겠다는 생각이 들었다. 안달이 나면서 얼마나 시간이 지났는지 궁금해졌다. 산책이 더 길어진다면 얼른 돌아가자고 말해야 할 것 같았다.

뒤돌아봤더니 발터와 모드가 없었다. 중간에 멈춰 섰나? 아니면 딴 데로 샜나? 에설은 잠시 그 자리에서 기다렸지만 오전 내내 그러고 있을 순 없었다. 그래서 나무들 사이로 오던 길을 되밟아갔다.

잠시 후 에설은 두 사람을 찾아냈다. 그들은 부둥켜안은 채 열정적으로 입을 맞추고 있었다. 발터는 양팔로 모드를 꼭 끌어안고 있었다. 두 사람 다 입이 벌어져 있고 모드는 신음을 흘렸다.

에설은 그들을 멍하니 바라보았다. 남자가 자신에게 그런 식으로 입을 맞춘 적이 있는지 생각해보았다. 교회 야유회를 갔을 때 바닷가에서 여드름쟁이 루얼린이 그녀에게 키스한 적이 있었지만 입을 벌리거나 몸을 딱 붙이지 않았고, 더군다나 에설은 신음소리를 내지도 않았다. 정육점 아들 '다진 고기' 다이가 카디프의 궁전 극장에서 치마 위를 더듬었을 때는 얼른 그 손을 뿌리쳤다. 학교 선생님의 아들이고 자유당 내각에 대해 알려준 루얼린 데이비스의 경우는 정말 좋았다. 그는 에설의 젖가슴이 둥지 안의 따뜻한 어린 새 같다고 말했다. 하지만 대학에

간 뒤로는 편지 한 통 없었다. 그들과의 경험을 통해 그녀는 흥미를 느꼈고 남자를 좀더 경험하고픈 호기심도 생겼지만 열정에 빠진 적은 없었다. 에설은 모드가 부러웠다.

그 순간 모드가 눈을 뜨다 언뜻 에설이 보이자 얼른 남자에게서 떨어졌다.

젤러트가 난데없이 끙끙거리더니 다리 사이에 꼬리를 말아넣고는 빙글빙글 돌았다. 도대체 왜 저러지?

잠시 후 에설은 근처에서 급행열차라도 지나가는 것처럼 땅이 울리는 걸 느꼈다. 하지만 철로는 2킬로미터 가까이 떨어져 있었다.

모드가 얼굴을 찌푸리더니 무슨 말을 하려고 입을 열었다. 그 순간 천둥이 치듯 찢어지는 굉음이 들렸다.

"세상에, 무슨 소리지?" 모드가 말했다.

에설은 알았다.

그녀는 비명을 지르며 달리기 시작했다.

V

빌리 윌리엄스와 토미 그리피스는 쉬고 있었다.

두 사람이 작업중인 포풋 콜이라 불리는 지층은 지하 600여 미터로 중앙갱도만큼 깊지는 않았다. 지층은 다섯 구역으로 나뉘어 각각 영국의 경마장 이름이 붙어 있었는데, 그들이 있는 곳은 배기갱 근처 애스콧이었다. 둘 다 선배 광부를 보조하는 비디었다. 신배 광부가 일사 날 곡괭이로 막장에서 석탄을 떼어내면 버티가 삽으로 떠서 바퀴 달린 광차에 실었다. 언제나 그랬듯 그날도 새벽 여섯시에 작업을 시작했고,

지금은 두세 시간 일하고 나서 쉬는 중이었다. 두 사람은 등을 굴 측면으로 향하고 축축한 바닥에 앉아 환기장치에서 불어오는 약한 바람에 열을 식히며 병에 담아온 미지근하고 달콤한 차를 꿀꺽꿀꺽 마셨다.

1898년 한날 태어난 두 사람은 열여섯번째 생일을 육 개월 앞두고 있었다. 열세 살 때 빌리를 창피하게 했던 둘 사이의 체격 차이는 없어졌다. 이제 둘 다 어깨가 떡 벌어지고 팔뚝이 굵은 젊은이가 됐고, 굳이 그럴 필요도 없지만 일주일에 한 번씩 면도를 했다. 반바지에 부츠를 제외하고 아무것도 걸치지 않은 그들의 몸은 땀과 석탄가루로 시커멨다. 희미한 안전등 불빛 속에 두 사람은 흑단으로 깎은 이교도 신의 조각상처럼 반짝였다. 그런 인상은 모자를 써야만 약해졌다.

고된 일이었지만 이제 익숙했다. 그들은 나이 많은 광부들처럼 등이 아프다느니 무릎이 뻣뻣하다느니 불평하지 않았다. 그렇게 일하고도 힘이 남아서, 하루 쉬는 날이면 그만큼 힘을 쓰는 일을 찾아다녔다. 럭비를 하거나 화단의 흙을 파거나 심지어 투 크라운스 술집 뒤 창고에서 맨손 권투를 하기도 했다.

빌리는 삼 년 전의 신고식을 잊지 않고 있었다. 사실 지금도 그 생각만 하면 분통이 터졌다. 새로 온 어린 친구들은 그렇게 대하지 않으리라 다짐했다. 오늘만 해도 빌리는 나이 어린 버트 모건에게 이렇게 말했다. "혹시 사람들이 장난치더라도 놀라지 마. 너를 깜깜한 곳에 한 시간 정도 버려두거나 그 비슷한 바보짓을 할지도 몰라. 좀팽이들이 그런 시답잖은 짓을 즐기거든." 케이지에 함께 탄 나이든 광부들이 노려봤지만 빌리는 *꿋꿋이* 견뎠다. 자신이 옳다는 걸 알았고 다른 사람들도 그 사실을 부정할 수 없었기 때문이다.

그때 어머니는 빌리보다 더 화를 냈다. "말해봐요." 어머니는 양손을 허리에 대고 거실 한가운데 서서 정의감으로 불타는 검은 눈을 번뜩이며 아버지에게 물었다. "도대체 어린아이들을 괴롭히면 하느님의 어떤 뜻이 이루어진다는 거죠?"

"당신은 여자라 몰라." 대답하는 아버지의 목소리는 평소와 달리 단호하지 못했다.

빌리는 모든 사람이 신을 두려워하며 살아간다면 세상은, 특히 애버로언 탄광은 더 지내기 좋아질 거라고 믿었다. 아버지가 무신론자이자 카를 마르크스의 추종자인 토미는 혁명적인 노동자계급이 약간만 힘을 보탠다면 조만간 자본주의는 저절로 무너질 거라고 믿었다. 두 소년은 격렬한 논쟁을 벌였지만 여전히 가장 친한 친구였다.

"너는 일요일에 일하면 안 되잖아." 토미가 말했다.

사실이었다. 탄광에서는 생산량을 맞추기 위해 잔업을 해야 했는데, 켈틱 미네랄은 근로자들의 종교를 존중해서 일요일 근무는 선택적으로 하도록 했다. 하지만 빌리는 안식일을 지키지 않고 일요일에도 일을 나갔다. "내 생각엔 하느님도 내가 자전거를 갖길 원하실 거야."

토미는 웃었지만 빌리는 농담이 아니었다. 베데스다 교회가 15킬로미터가량 떨어진 작은 마을에 자매 교회를 세웠는데, 빌리는 이 주에 한 번 일요일마다 산 너머의 새 교회 일을 돕는 애버로언 신도 봉사자 모임에 속해 있었다. 자전거만 있다면 주중 저녁에도 갈 수 있고, 성경학교나 기도회를 시작하는 일을 도울 수 있을 것이다. 빌리가 이 계획을 어른들과 상의했더니, 그런 이유라면 몇 주 정도 안식일에 일한다고 해도 하느님이 축복해주실 거라며 다들 찬성했다.

빌리가 그런 사정을 막 설명하려는데, 앉아 있던 땅바닥이 흔들리면서 최후의 심판일이 왔음을 알리는 듯한 굉음이 울리고 손에 들고 있던 병이 엄청난 바람에 날아갔다.

심장이 멎을 것만 같았다. 불현듯 빌리는 자기가 있는 이곳은 지하

600여 미터이고, 머리 위 수백만 톤의 흙과 돌을 겨우 나무기둥 몇 개로 떠받치고 있다는 사실이 떠올랐다.

"젠장, 대체 이게 무슨 소리지?" 토미가 겁먹은 목소리로 물었다.

빌리는 두려움에 떨며 벌떡 일어섰다. 안전등을 들고 굴 양쪽을 살폈다. 불꽃도, 떨어지는 바위도 보이지 않았고 평소보다 석탄가루가 더 날리지도 않았다. 진동이 멈추자 아무 소리도 들리지 않았다.

"폭발이야." 빌리의 목소리는 떨렸다. 광부라면 하루도 빠짐없이 두려워하는 일이었다. 바위가 무너져내리거나 단지 광부가 잘못된 방향으로 탄층을 캐들어가기만 해도 급작스럽게 폭발성 가스가 새어나올 수 있었다. 아무도 위험의 징후를 알아차리지 못하거나 미처 그럴 틈이 없어 가스 농도가 짙어진다면 조랑말 발굽이나 케이지의 전기 벨이 일으킨 불똥, 멍청한 광부가 규정을 어기고 담뱃불을 붙이려고 댕긴 불꽃에 가스가 점화할 수 있었다.

토미가 말했다. "어디서 터진 거지?"

"아래쪽 중앙갱도가 분명해. 그러니까 우리가 이렇게 멀쩡하지."

"주님, 저희를 도우소서."

"도우실 거야." 그렇게 말하니 빌리는 두려움이 조금씩 가셨다. "우리가 스스로 돕는다면 더 그렇겠지." 함께 일하다가 굿우드 구역으로 쉬러 간 두 광부가 어떻게 되었는지는 알 길이 없었다. 빌리와 토미는 스스로 어떻게 할지 결단을 내려야 했다. "수직갱도로 가는 게 좋겠어."

그들은 옷을 걸치고 안전등을 허리띠에 건 다음 배기갱 피라모스를 향해 뛰었다. 케이지를 운행하는 조차원은 다진 고기 다이였다. "케이지가 안 내려와!" 겁에 질린 목소리였다. "계속 벨을 울려 신호를 보내도 소용없어!"

다진 고기 다이가 두려워하는 모습에 덩달아 겁이 났지만 빌리는 가까스로 정신을 차렸다. 잠시 후 빌리가 말했다. "전화는요?" 갱도 속 조차원과 지상에 있는 담당자는 대개 전기 벨로 연락을 주고받지만 최근 양쪽에 전화가 설치됐는데, 둘 다 탄광 사무실의 말드윈 모건과 연결돼 있었다.

"아무도 안 받아." 다이가 말했다.

"내가 다시 해볼게요." 전화기는 케이지 정거장 옆 벽에 붙어 있었다. 빌리는 수화기를 들고 손잡이를 돌렸다. "어서, 얼른 받아!"

떨리는 목소리가 들렸다. "네?" 사무실 서무로 일하는 아서 루얼린이었다.

"루얼린, 빌리 윌리엄스예요." 빌리는 수화기에 대고 소리쳤다. "모건 씨는 어디 있어요?"

"여기 없어. 쾅 소리는 뭐야?"

"지하에서 폭발이 일어났지 뭐긴 뭐겠어요, 멍청한 소리는! 그래서 소장님은 어디 있다고요?"

"머서에 갔어." 여드름쟁이가 우는소리로 말했다.

"거긴 뭣하러―아니, 됐어요. 자, 이렇게 해요. 루얼린, 듣고 있어요?"

"그래." 조금 기운을 차린 목소리였다.

"우선 감리교회로 사람을 보내서 울보 다이에게 구조대를 조직하라고 전해요."

"그래."

"그리고 병원에 전화해서 탄광으로 구급차를 보내요."

"다친 사람이 있어?"

"큰 폭발이 있었는데 당연하죠! 셋째, 선탄장에 있는 모든 사람에게 소방 호스를 꺼내오라고 해요."

"불이 났어?"

"석탄가루에 불이 붙을 거예요. 넷째, 경찰서에 전화해서 게라인트한테 폭발이 일어났다고 말해요. 그러면 그가 카디프로 연락할 거예요." 빌리는 더는 뭘 해야 할지 생각나지 않았다. "됐어요?"

"그래, 빌리."

빌리는 수화기를 걸이에 걸었다. 지시한 것들이 얼마나 효과를 거둘지는 알 수 없었지만 여드름쟁이에게 말을 하는 사이 정신을 집중할 수 있었다. "중앙갱도에 다친 사람들이 있을 거야." 빌리는 다진 고기 다이와 토미에게 말했다. "그리로 내려가야 해."

다이가 말했다. "못 가. 케이지가 안 내려오잖아."

"갱도 벽에 사다리 달려 있지 않나요?"

"200미터나 내려가야 한다고!"

"글쎄요, 계집애처럼 굴려면 광부가 안 됐겠죠. 안 그래요?" 용감한 말이었지만 빌리도 무섭기는 마찬가지였다. 갱도 벽에 매달린 사다리는 좀처럼 쓸 일이 없었고, 그러니 관리가 부실했을지 모른다. 부러진 데라도 있거나 까딱 발을 헛디뎠다간 그대로 떨어져 죽을 수도 있었다.

다이가 철컹 소리를 내며 갱도로 통하는 문을 열었다. 수직갱도 안쪽을 뒤덮은 축축한 벽돌에는 곰팡이가 피어 있었다. 케이지가 오르내리는 나무틀 바깥쪽의 내벽을 빙 둘러 수평으로 좁은 선반이 달려 있었다. 철제 사다리는 브래킷으로 벽돌에 고정돼 있었다. 양옆의 가느다란 지지대와 좁은 발판을 보니 전혀 미덥지 않았다. 빌리는 충동적으로 허세를 부린 것을 후회하며 머뭇거렸다. 하지만 지금 돌아간다는 건 너무 창피한 일이었다. 그는 숨을 깊이 들이쉬고 속으로 기도를 올린 다음 선반으로 발을 내디뎠다.

조금씩 몸을 움직여 마침내 사다리에 다다랐다. 바지에 손을 문질러

닦은 다음 지지대를 잡고 발판에 올라섰다.

그는 아래로 내려갔다. 철제 사다리는 표면이 거칠거칠하고 손에 녹이 묻어났다. 브래킷이 헐거운 곳에서는 불안하게 흔들리기도 했다. 허리띠에 매단 안전등 불빛은 사다리 발판은 비추어도 갱도 바닥까지 닿지는 못했다. 차라리 보이지 않는 편이 나은지도 알 수 없었다.

운이 나쁘게도 내려가는 동안 여러 생각이 머리를 채웠다. 광부가 목숨을 잃을 수 있는 온갖 경우가 떠올랐다. 폭발의 충격으로 즉사하는 것이야말로 빠르고 자비로운 결말이며 가장 운이 좋은 경우일 것이다. 메탄가스가 타면서 잔류가스라 부르는 이산화탄소가 발생해 질식사하기도 했다. 무너져내린 바위에 깔려 피를 흘리다가 구조대가 오기 전에 죽는 일도 허다했다. 불과 몇 미터 떨어진 곳에서 동료들이 미친듯이 잔해를 치우는 사이 갈증으로 죽는 사람도 있었다.

불현듯 다시 위로 올라가고 싶어졌다. 파괴와 혼란이 기다리는 아래로 내려가는 대신 안전한 곳으로 올라가고 싶었다. 하지만 불가능했다. 바로 위에서 토미가 내려오고 있었다.

"내려오고 있어, 토미?" 빌리는 소리질렀다.

바로 머리 위에서 토미의 목소리가 들렸다. "그래!"

토미의 목소리에 빌리는 용기를 냈다. 자신감을 회복하고 더 빨리 내려갔다. 잠시 후 불빛이 보이고 곧이어 목소리들이 들렸다. 중앙갱도에 가까워지자 연기 냄새가 났다.

으스스한 소음이 들렸다. 비명을 지르며 뭔가를 두드리는 소리였다. 아무리 귀를 기울여봐도 무슨 소리인지 알 수 없었다. 용기가 사라지고 다시 겁이 나려 했다. 빌리는 정신을 바짝 차렸다. 분명히 이성적으로 설명할 수 있을 것이다. 곧이어 그것이 겁에 질린 조랑말들이 울부짖는 소리라는 걸 깨달았다. 말들은 어떻게든 달아나려고 우리 나무벽을 발로 차고 있었다. 소리의 정체를 알고 나서도 여전히 듣기가 편하지는 않았다. 빌리 역시 조랑말들과 같은 생각을 하고 있었기 때문이다.

중앙갱도에 도착한 빌리는 벽돌 선반 위를 옆걸음으로 나아가 안쪽에서 문을 연 뒤, 감사하는 마음으로 진흙 바닥을 디뎠다. 가뜩이나 불빛이 희미한데다 연기 때문에 앞을 분간하기가 어려웠다. 하지만 본갱이 어딘지는 알 수 있었다.

탄광 가장 아래서 케이지 운행을 맡은 사람은 패트릭 오코너라는 중년의 광부로, 예전에 천장이 무너지는 사고로 한 손을 잃었다. 가톨릭 신자인 그는 당연히 '교황' 팻이라고 불렸다. 팻이 믿을 수 없다는 듯 빌리를 멍하니 보았다. "예수님 친구 빌리! 도대체 어디서 나타난 거야?"

"포풋 콜에서 왔어요. 폭발음을 들었어요." 빌리가 대답했다.

뒤따라 수직갱도에서 나온 토미가 말했다. "무슨 일이 벌어진 거죠, 팻?"

"내가 아는 건 저기 반대편 티스베 수직갱도 근처에서 폭발이 일어났다는 거야. 반장이랑 모두 어떻게 된 일인지 보러 갔어." 팻의 말투는 차분했지만 표정은 절망적이었다.

빌리는 전화기로 가 손잡이를 돌렸다. 곧이어 수화기에서 아버지의 목소리가 들렸다. "윌리엄스다. 그쪽은 누구지?"

빌리는 노조 간부가 왜 탄광 사무실에서 전화를 받는지 묻느라 시간을 낭비하지 않았다. 위기 상황에서는 무슨 일이든 벌어질 수 있기 때문이다. "아버지, 저예요. 빌리."

"아이고, 하느님. 감사합니다. 무사했구나." 아버지가 갈라진 목소리로 말했다. 그러다 금세 평상시의 사무적인 말투로 바뀌었다. "어떻게 된 건지 아는 대로 말해봐."

"토미랑 포풋 콜에 있었어요. 피라모스를 타고 중앙갱도까지 내려왔고요. 폭발은 티스베 쪽에서 일어났어요. 연기가 약간 보여요. 하지만 케이지가 작동을 안 해요."

"폭발이 위쪽으로 일면서 권양기가 문제를 일으킨 모양이다." 아버지는 차분한 목소리로 말했다. "하지만 지금 고치는 중이니까 조금만 있으면 움직일 거야. 최대한 사람을 그리로 모아야 해. 그래야 케이지를 고치는 대로 다들 위로 데려올 수 있으니까."

"그렇게 전할게요."

"티스베는 전혀 사용이 불가능해. 그러니까 그리로 탈출하려는 사람이 없도록 해. 그리로 갔다가는 불길에 갇힐 거라고."

"네."

"거기 사무실 밖에 호흡 보조장치가 있을 거야."

빌리도 알고 있었다. 호흡 보조장치는 최근에 개발된 제품으로, 비치하도록 노조가 주장하기도 했고 1911년 제정된 탄광법에 따라 의무적으로 보유해야 했다. "지금은 공기가 그 정도로 안 좋진 않아요." 빌리가 말했다.

"네가 있는 곳은 그럴지 몰라도 안으로 들어가면 더 나빠질 수 있어."

"네." 빌리는 수화기를 걸이에 걸었다. 빌리는 토미와 팻에게 아버지의 말을 그대로 전했다. 팻은 줄지어 있는 새 로커들을 가리켰다. "열쇠는 아마 사무실에 있을 거야."

빌리는 사무실로 달려갔지만 열쇠를 찾지 못했다. 누군가 허리에 찬 모양이었다. '호흡 보조장치'라는 라벨이 붙은 채 줄지어 선 로커들을 다시 한번 바라보았다. 로커는 양철로 되어 있었다. "팻, 쇠지레 좀 갖다주세요."

조차원은 자잘한 수리에 필요한 연장 세트를 갖고 있었다. 팻은 굵은 드라이버를 내밀었다. 빌리는 얼른 첫번째 로커의 문을 뜯었다.

안은 비어 있었다.

빌리는 믿기지 않아 로커 안을 들여다보았다.

팻이 말했다. "우리를 속였어!"

토미가 말했다. "빌어먹을 자본가놈들!"

빌리는 다른 로커도 열어보았다. 마찬가지로 비어 있었다. 화가 난 빌리는 마구잡이로 나머지 문짝을 뜯어냈다. 켈틱 미네랄과 퍼시벌 존스의 부정을 폭로하고 싶었다.

토미가 말했다. "그거 없어도 괜찮을 거야."

토미는 얼른 사고 현장으로 달려가고 싶어 안달이었지만, 빌리는 먼저 제대로 판단을 하고 싶었다. 그의 눈에 소방용 광차가 들어왔다. 경영진이 소방차랍시고 마련한, 석탄을 나르는 광차에 물을 채우고 수동 펌프를 매달아둔 게 전부인 한심한 물건이었다. 아예 쓸모가 없는 건 아니었다. 빌리는 '플래시'라고 불리는, 갱도 천장 근처에서 소량의 가스에 불이 붙는 현상이 일어났을 때 광부들이 일시적으로 소방용 광차를 사용하는 모습을 본 적이 있었다. 그러고서 그들은 모두 바닥에 몸을 던져 피했다. 이따금 플래시 현상으로 갱도 벽에 묻은 석탄가루에 불이 붙을 때는 반드시 물을 뿌려야 했다.

"소방용 광차를 끌고 가자." 빌리는 토미에게 소리쳤다.

광차는 이미 선로 위에 있어서 둘이 밀고 갈 수 있었다. 빌리는 조랑말이 끌게 할까도 잠시 생각했지만 시간만 지체할 것 같아 포기했다. 가뜩이나 말들은 겁에 질려 있었다.

교황 팻이 말했다. "내 아들 미키가 마리골드 구역에 있는데, 난 여기를 지켜야 해서 찾으러 갈 수가 없어." 그의 얼굴은 절망으로 가득했지만, 비상시 조차원은 수직갱도를 떠날 수 없었다. 그건 철칙이었다.

"제가 잘 찾아볼게요." 빌리가 약속했다.

"고맙다, 빌리."

두 사람은 갱도를 따라 광차를 밀며 나아갔다. 광차에는 브레이크가 없었다. 그래서 속도를 늦출 때면 바퀴살 사이에 튼튼한 나뭇조각을 밀어넣어야 했는데, 상황이 그렇다보니 달려드는 광차에 깔려 죽거나 다치는 사고가 부지기수였다. "너무 빠르면 안 돼." 빌리가 말했다.

400미터 정도 안으로 들어가자 열기가 느껴지고 연기가 짙어졌다. 곧이어 사람들의 목소리가 들려왔다. 소리를 따라 작은 굴로 들어섰다. 요즘 한창 석탄을 캐내는 구역이었다. 양쪽 벽에 채탄장으로 통하는 입구가 일정한 간격으로 뚫려 있었다. 흔히 문이라고 불렀지만 때로는 그냥 구멍이라고도 했다. 소리가 점점 커지자 두 사람은 광차를 멈추고 앞쪽을 살펴보았다.

굴속이 불에 휩싸여 있었다. 벽과 바닥에서 불길이 날름거렸다. 큰불 앞에 몇 사람이 서 있었는데, 불빛에 윤곽만 드러난 그 모습은 지옥에 갇힌 영혼들 같았다. 한 사람이 불붙은 목재 더미를 담요로 두드리고 있었지만 아무 소용 없었다. 어떤 사람들은 뭐라고 소리쳤지만 누구 하나 다른 사람 말에 귀기울이지 않았다. 멀리 줄지어 선 광차들이 어렴풋이 보였다. 연기에서 이상한 고기 굽는 냄새가 훅 끼쳤는데, 광차를 끌던 조랑말들이 타는 냄새라는 걸 깨닫자 속이 뒤집히는 느낌이었다.

빌리는 한 사람을 붙잡고 물었다. "어떻게 된 거죠?"

"사람들이 문 안에 갇혔는데 들어갈 수가 없어."

자세히 보니 그는 리스 프라이스였다. 대책이 없는 것도 당연했다. "소방용 광차를 끌고 왔어요." 빌리가 말했다.

다른 사람이 빌리를 향해 고개를 돌렸다. 그가 프라이스보다 분별 있는 가겟집 존 존스인 걸 보고 빌리는 마음이 놓였다. "잘했어! 이 빌어먹을 불길에 물을 뿌리자." 존 존스가 말했다.

빌리가 호스를 푸는 사이 토미는 펌프를 연결했다. 빌리는 물이 벽을 타고 흘러내리도록 호스 분출구를 천장 쪽으로 향했다. 티스베로 공기를 들여와 피라모스로 내뿜는 환기장치 탓에 불길과 연기가 이쪽으로 번져오고 있다는 걸 그는 이내 알아차렸다. 지상과 연락이 닿는 대로 환기 방향을 바꿔야 했다. 환기의 방향을 반대로 바꾸는 장치도 이제는 필수였다. 이 역시 1911년 제정된 법률에 의해 정해졌다.

어려움은 있었지만 불길은 사그라지기 시작했고 빌리는 조금씩 앞으로 나아갈 수 있었다. 몇 분이 지나자 가장 가까운 채탄장 문 주위의 불이 완전히 꺼졌다. 광부 두 명이 안쪽에서 재빨리 뛰어나와 헐떡이며 좀더 맑은 공기를 들이마셨다. 빌리는 두 사람이 폰티 가의 두 형제 주세페와 조반니, 일명 조이와 조니라는 걸 알아보았다.

광부 몇 사람이 채탄장 안으로 뛰어들었다. 조랑말 다이가 축 늘어진 채 존 존스의 등에 업혀 나왔다. 죽은 건지 그냥 의식만 잃은 건지 알 수가 없었다. "티스베 말고 피라모스로 데려가요." 빌리가 말했다.

프라이스가 끼어들었다. "누가 너더러 지시하래, 예수님 친구 빌리?"

프라이스와 말싸움하느라 허비할 시간이 없었다. 빌리는 다시 존스에게 말했다. "전화로 지상과 연락했어요. 티스베는 심하게 망가졌지만 피라모스는 금방 케이지가 움직일 거래요. 모두 피라모스로 이동하라고 전하랬어요."

"그래, 다른 사람들에게도 전하마." 존스는 대답하고 얼른 떠났다.

빌리와 토미는 불길과 싸우며 더 안쪽 채탄장들의 불을 끄고 안에 갇혔던 사람들을 구해냈다. 대부분 불에 그슬린 모습이었으며 피를 흘리거나 무너져내린 바위에 다친 사람도 있었다. 걸을 수 있는 사람들은 침통한 얼굴로 죽거나 부상이 심한 동료를 옮겼다.

물은 금세 바닥났다. "광차를 다시 몰고 가서 수직갱도 바닥에 고인

물을 퍼와야겠어."

두 사람은 서둘러 광차를 밀며 돌아갔다. 구출된 광부 열 명 남짓이 아직도 움직이지 않는 케이지를 기다리고 있었다. 땅바닥에 누운 사람들도 있었는데, 몇몇은 고통에 비명을 질렀지만 어떤 사람들은 불길하리만치 미동도 없었다. 토미가 광차에 흙탕물을 퍼담는 동안 빌리는 다시 전화기를 들었다. 이번에도 아버지가 받았다. "오 분 안에 권양기 기어가 작동할 거야. 아래 상황은 어떠냐?"

"채탄장에 있던 사람들이 죽거나 다쳤어요. 최대한 빨리 광차에 물을 담아서 내려보내주세요."

"넌 괜찮냐?"

"괜찮아요. 아버지, 환기장치를 반대로 작동해야 해요. 공기가 피라모스로 들어가 티스베로 나오게요. 그래야 구조 작업을 하는 사람들이 연기와 잔류가스를 피할 수 있어요."

"그게 안 돼." 아버지가 말했다.

"하지만 법이잖아요. 탄광의 환기장치는 반드시 방향을 바꿀 수 있어야 하잖아요!"

"퍼시벌 존스가 검사관들에게 우는소리를 늘어놔서 환기장치 개조할 시간을 일 년 더 받아냈어."

빌리는 상대가 아버지만 아니었다면 욕을 내뱉을 뻔했다. "그럼 살수장치로 물을 뿌리는 건 어때요? 그건 할 수 있죠?"

"그래, 그건 된다." 아버지가 다른 누군가에게 말했다. "내가 왜 그 생각을 못했지?"

빌리는 수화기를 제자리에 놓았다. 그리고 토미와 교대로 수동펌프로 소방용 광차에 물을 담았다. 광차 안의 물을 다 쓰는 데 걸린 만큼이나 물을 다시 채우는 데도 오랜 시간이 걸렸다. 속수무책으로 불길이

번져가면서 피해 구역을 빠져나오는 사람들도 줄어들었다. 마침내 광차에 물이 가득차자 두 사람은 다시 돌아갔다.

살수장치가 작동하기 시작했다. 하지만 빌리와 토미가 불이 난 곳에 도착해보니 머리 위를 지나는 가느다란 관에서 뿜어져나오는 물줄기는 워낙 약해서 불길을 잡는 데 도움이 되지 않았다. 그래도 그사이 가겟집 존스가 현장을 정리하고 있었다. 그는 다치지 않은 생존자들을 모아 구조대를 조직하고 제 발로 걸을 수 있는 부상자들은 수직갱도로 보내고 있었다. 빌리와 토미가 호스를 연결하자 존스가 잡더니 다른 사람에게 펌프질을 시켰다. "너희 둘은 다시 가서 다른 광차에 물을 담아와! 그래야 계속 뿌리지!"

"맞아요." 빌리가 대답하고 막 돌아서려는데 누군가 옷에 불이 붙은 채 불길 속에서 뛰쳐나왔다. "세상에." 충격에 빠진 빌리의 눈앞에서 불속을 빠져나온 사람이 비틀거리다 쓰러졌다.

빌리는 존스에게 소리쳤다. "나한테 물을 뿌려요!" 그리고 신호를 기다릴 새도 없이 굴속으로 뛰어들었다. 등을 때리는 물줄기가 느껴졌다. 끔찍할 정도로 열기가 뜨거웠다. 얼굴이 화끈거리고 옷가지가 검게 그을렸다. 바닥에 엎어져 있는 광부의 겨드랑이에 팔을 끼워서는 미친듯이 뒷걸음질했다. 얼굴은 보이지 않았지만 빌리 또래였다.

존스가 계속 물을 뿌려줘 머리카락과 등, 다리는 젖었지만 앞쪽은 말라 있었다. 살 타는 냄새가 났다. 빌리는 고통에 소리를 지르면서도 가까스로 의식이 없는 광부를 붙들었다. 금세 불길이 미치지 않는 곳으로 빠져나왔다. 빌리가 돌아서자 존스가 몸 앞쪽에 물을 뿌렸다. 얼굴에 물이 닿자 안도감이 들었다. 여전히 아팠지만 참을 만했다.

존스는 바닥에 엎어진 사람에게도 물을 뿌렸다. 빌리가 그의 몸을 돌려보니 마이클 오코너, '교황' 미키라고 불리는 팻의 아들이었다. 팻이 빌리에게 찾아봐달라고 부탁했었던 아들. 빌리가 말했다. "주여, 팻을 가엾게 여기소서."

빌리는 몸을 굽혀 미키를 들어올렸다. 축 늘어진 몸에서는 생명의 기미가 느껴지지 않았다. "수직갱도로 데려가야겠어요." 빌리가 말했다.

"그래." 존스가 대답했다. 그는 묘한 표정으로 빌리를 보고 있었다. "그렇게 해, 빌리."

토미가 빌리와 함께 갔다. 빌리는 약간 어지러웠지만 미키를 옮길 수는 있었다. 중앙갱도에서 두 사람은 조랑말이 끄는 광차 여러 대에 물을 싣고 오는 구조대와 마주쳤다. 지상에서 내려온 사람들이 분명했다. 그렇다면 케이지가 작동하면서 이제 구조가 제대로 진행되고 있다는 뜻이라고, 빌리는 녹초가 되어 생각했다.

그 생각은 옳았다. 빌리가 수직갱도에 도착했을 때 케이지가 또 내려와 방호복을 입은 구조대와 물을 채운 광차가 우르르 나왔다. 새로 도착한 구조대는 불을 끄러 이리저리 흩어졌고, 부상자들은 사망자와 의식이 없는 사람들을 데리고 케이지에 하나둘 올라탔다.

교황 팻이 케이지를 올려보낸 뒤 빌리는 미키를 양팔에 안고 그에게 다가갔다.

팻은 두려움에 빠진 표정으로 빌리를 바라보더니 그가 전할 소식을 부정하려는 듯 고개를 저었다.

"죄송해요, 팻." 빌리가 말했다.

팻은 시체를 보려 하지 않았다. "아니야. 내 아들은 안 돼."

"불속에서 끌어냈어요. 하지만 너무 늦었어요. 그래서 그래요." 그리고 빌리는 울기 시작했다.

VI

만찬은 여러모로 대성공이었다. 비는 내내 기분이 아주 좋았다. 그런 상태라면 국왕 내외 접대 파티를 매주 치를 수도 있을 것 같았다. 피츠는 아내의 침실을 찾았고, 기대했던 대로 환영받았다. 그는 아침까지 침대에 머물다가 니나가 차를 가져오기 직전에 빠져나왔다.

혹여 손님들 사이에 벌어진 토론이 국왕이 참석한 저녁식사 자리에 어울리지 않을 만큼 지나치게 논쟁적인 건 아니었는지 걱정이었지만, 그것도 기우에 불과했다. 아침식사를 하며 왕은 피츠를 치하했다. "멋진 토론이었네. 많은 참고가 되었어. 바로 내가 원하던 거였네." 피츠는 뿌듯한 마음에 얼굴이 환해졌다.

아침식사를 마치고 시가를 피우며 생각에 잠긴 피츠는 전쟁을 떠올려도 별로 두렵지 않다는 걸 깨달았다. 자기도 전쟁이 비극이라고는 했지만, 그건 기계적으로 하는 소리이고 그렇게까지 끔찍한 일은 아닌 것 같았다. 전쟁은 공동의 적에 맞서 온 나라를 하나로 뭉치게 하고 들끓는 사회적 불만을 잠재운다. 전시에는 파업도 일어나지 않을 테고 공화주의를 외치는 주장은 비애국적인 행동으로 보일 것이다. 심지어 참정권을 요구하는 여자들의 목소리도 잠잠해질지 모른다. 그리고 개인적으로도 그는 이상하리만치 그 전망에 이끌렸다. 전쟁은 그가 쓸모 있고 용감하다는 걸 증명해줄 테고, 국가에 이바지함으로써 평생 누려온 지나친 부와 특권을 되갚을 수 있는 기회였다.

아침나절 전해진 탄광 사고 소식에 파티의 활기가 일순 사라졌다. 손님들 가운데 실제로 애버로언의 사고 현장을 찾은 사람은 미국인 거스 듀어 단 한 명뿐이었다. 그럼에도 티 권에 모인 사람들은 다들 왠지 이목의 중심에서 밀려난 듯한 기분을 느꼈다. 그들에겐 흔치 않은 일이었다. 점심식사는 가라앉은 분위기에서 진행되었고, 오후에 예정된 여흥들도 취소됐다. 피츠는 탄광 운영과는 전혀 관련이 없는데도 왕이 자기를 못마땅하게 여길까봐 불안했다. 피츠는 탄광 경영진도 켈틱 미네랄사의 주주도 아니었다. 단지 회사에 채굴권을 허락해주고 석탄 채굴량에 따라 사용료를 받고 있을 뿐이었다. 그러니 제대로 정신이 박힌 사람이라면 탄광에서 벌어진 사고를 이유로 피츠를 비난하지는 않을 거라는 확신이 들었다. 하지만 사람들이 지하에 갇혀 있는데 귀족된 자로서 하찮은 오락거리나 즐기며 시간을 보내는 모습을 보일 순 없는 노릇이었다. 특히나 국왕 내외가 방문중일 때는 더더욱. 그 말은 결국 책을 읽거나 담배를 피우는 일 말고는 다른 소일거리를 할 수 없다는 뜻이었다. 국왕 내외가 지루해할 게 틀림없었다.

피츠는 화가 났다. 사람이 죽는 건 늘 있는 일이다. 전장에서는 군인들이 죽고 배와 함께 뱃사람들이 가라앉고 열차들이 충돌하고 손님으로 꽉 찬 호텔이 화재로 폭삭 무너지기도 한다. 하필이면 왜 그가 왕을 즐겁게 모시려는 순간 탄광에서 비극적인 사고가 난단 말인가?

저녁식사 직전 애버로언의 시장이자 켈틱 미네랄의 사장 퍼시벌 존스가 백작에게 보고를 하겠다며 저택으로 왔고, 피츠는 앨런 타이트 경에게 왕께서 직접 상황을 듣고 싶어하실지 물어보았다. 그러겠다는 왕의 대답을 전해듣고 피츠는 그나마 안심했다. 적어도 왕에게 뭔가 할 일이 생겼기 때문이었다.

남자들은 작은 응접실에 모였다. 푹신한 의자들과 종려나무 화분, 피아노가 있는 편안한 공간이었다. 존스는 검은색 연미복을 입었는데 분명 오늘 아침 교회에 나녀온 복상이었다. 키가 삭고 거만한 그는 마지 회색 더블브레스트 조끼를 입고 우쭐대며 걷는 새처럼 보였다.

"와줘서 고맙소." 야회복 차림인 왕은 힘차게 말했다.

존스가 말했다. "1911년에 전하께서 왕세자 책봉을 위해 카디프에 오셨을 때도 악수를 하는 영광을 누렸습니다."

"나 역시 다시 만나게 되어 반갑지만, 이렇게 비참한 상황이라 유감이오. 무슨 일이 벌어진 건지 쉽게 설명해주시오. 클럽에서 한잔하며 동료 경영자에게 이야기를 들려주듯이." 왕이 말했다.

피츠는 왕이 재치 넘치는 말로 분위기를 제대로 잡았다고 생각했다. 그렇지만 아무도 존스에게 음료를 권하지 않았고 왕도 그에게 앉으라고 말하지 않았다.

"황공합니다, 전하." 존스는 이 지역 말씨보다 더 억센 카디프 억양으로 말했다. "폭발이 일어났을 때 탄광 지하에는 220명이 있었습니다. 일요일 특별 작업이어서 평소보다 수가 적습니다."

"정확한 명단을 파악하고 있다는 건가?" 왕이 물었다.

"네, 전하. 지하로 들어가는 사람의 이름을 일일이 적어둡니다."

"방해해서 미안하오. 계속하시오."

"수직갱도가 양쪽 모두 피해를 입었지만 진화 작업을 맡은 사람들이 살수장치를 이용해 불길을 잡았고 광부들을 대피시켰습니다." 존스는 시계를 보았다. "두 시간 전에 215명이 지상으로 올라왔습니다."

"위기 상황에 매우 효과적으로 대응한 것 같군, 존스."

"감사합니다, 전하."

"빠져나온 215명 가운데 사망자는 없소?"

"있습니다. 여덟입니다. 그리고 쉰 명이 의사의 치료가 필요할 정도로 심각한 부상을 입었습니다."

"이런, 세상에. 정말로 유감스러운 일이군." 왕이 말했다.

존스가 아직까지 지하에 있는 다섯 명의 위치를 파악하고 구조하기 위한 조치를 설명하는 사이 필이 조용히 방으로 들어와 피츠에게 다가갔다. 집사는 옷을 갖춰입고 저녁 만찬을 진행할 준비를 마친 상태였다. 그가 아주 나직한 목소리로 말했다. "백작님, 혹시 관심 있으실지도 몰라서……"

피츠가 속삭이듯 대답했다. "뭔데?"

"하녀 윌리엄스가 방금 탄광에서 돌아왔습니다. 남동생이 뭔가 영웅적인 행동을 한 것 같습니다. 전하께서 윌리엄스로부터 직접 이야기를 들어보고 싶어하실지도……"

피츠는 잠시 생각했다. 윌리엄스가 흥분한 나머지 엉뚱한 말을 늘어놓을 수 있다. 하지만 반대로 왕은 사고 현장을 직접 목격한 사람과 이야기를 나눠보고 싶어할 수도 있다. 운에 맡겨보기로 했다. "전하, 하인 하나가 방금 사고 현장에서 돌아왔습니다. 가장 최근 소식을 알고 있을 겁니다. 폭발 당시 남동생이 지하에 있었다고 합니다. 직접 상황을 들어보시겠습니까?"

"그래, 물론이지. 데려오게." 왕이 말했다.

잠시 후 에설 윌리엄스가 방으로 들어왔다. 하녀 제복은 석탄가루가 묻어 더러웠지만 얼굴은 말끔히 씻은 상태였다. 윌리엄스가 한쪽 무릎을 굽히며 인사하자 왕이 물었다. "새로운 소식이 있나?"

"네, 전하. 굴이 무너지는 바람에 카네이션 구역에 다섯 사람이 갇혀 있습니다. 구조대가 잔해를 파들어가고 있지만 아직도 불길이 잡히지 않았습니다."

피츠는 에설을 대하는 왕의 태도가 미묘하게 달라졌다는 걸 알아차렸다. 퍼시벌 존스의 이야기를 들을 때만 해도 왕은 그의 얼굴을 거의 쳐다보지도 않고 안절부절못하며 손가락으로 의자 팔걸이를 두드렸다. 하지만 에설의 경우에는 얼굴을 똑바로 보며 이야기에 좀더 관심을 기울였다. 왕이 부드러운 목소리로 물었다. "남동생은 뭐라고 하던가?"

"가스가 폭발하면서 석탄가루에 붙은 불이 꺼지지 않았답니다. 그래서 채탄장에서 작업중이던 많은 광부가 갇혔고 질식사한 사람도 여럿 있습니다. 호흡 보조장치가 없어서 동생과 다른 광부들이 구조를 할 수 없었다고 합니다."

"그렇지 않습니다." 존스가 말했다.

"제가 보기에도 문제가 있었습니다." 거스 듀어가 존스의 말을 반박하고 나섰다. 언제나 그렇듯 다소 조심스러운 태도였지만 자신이 의도하는 바를 집요하게 전달하려 애썼다. "지하에서 올라온 광부 몇 명과 이야기를 나누었습니다. 그 사람들 말로는 '호흡 보조장치'라는 라벨이 붙은 로커가 비어 있었다고 합니다." 듀어는 화를 참고 있는 듯 보였다.

에설 윌리엄스가 말했다. "그리고 지하에 물이 부족해서 불을 끌 수 없었다고 합니다." 분노로 번쩍이는 에설의 눈동자가 매혹적으로 느껴져 피츠는 심장이 멎는 듯했다.

"지하에 소방차가 있습니다!" 존스가 항변했다.

거스 듀어가 다시 말했다. "수동 펌프가 달린 석탄 광차에 물을 채운 거겠죠."

에설 윌리엄스는 말을 이었다. "환기장치의 공기 방향을 반대로 바꿔야 불길을 잡을 수 있는데, 존스 씨는 법률에 따른 장비 개조를 하지 않은 상태였습니다."

존스는 분한 듯했다. "그게 불가능했던 건—"

피츠가 끼어들었다. "괜찮소, 존스. 이건 공개심문이 아니오. 전하께선 그저 국민들이 어떻게 느끼는지 알고 싶으신 것뿐이오."

"바른말이오." 왕이 말했다. "하지만 한 가지 사안에 관해선 자네가 조언을 해줄 수 있을 것 같은데, 존스."

"그럴 수만 있다면 영광스럽게—"

"나는 내일 아침 애버로언과 인근 마을들을 방문할 예정이었소. 그리고 시청에 들러 자네를 만나려고 했었지. 하지만 이런 상황에서 행렬을 지어 돌아다니는 건 적절치 않은 듯하군."

왕의 왼쪽 어깨 뒤편에 앉은 앨런 경이 고개를 흔들며 중얼거렸다. "당치 않은 일입니다."

"한편으로 생각하면 큰일이 벌어졌는데 모른 척하는 것도 옳은 처사는 아닌 듯하오. 국민들은 우리가 무관심하다고 생각하겠지." 왕이 말했다.

피츠가 보기에 왕과 수행원들의 의견이 충돌하는 듯했다. 수행원들은 마을 방문을 취소해 위험을 최소화하길 바라는 반면, 왕은 뭔가 사고에 대해 제스처를 보여야 한다고 느끼는 모양이었다.

퍼시벌 존스가 왕의 질문에 대해 생각하는 사이 침묵이 흘렀다. 입을 연 그는 고작 이렇게 말했을 뿐이었다. "어려운 결정이군요."

에설 윌리엄스가 말했다. "제가 의견을 아뢰어도 될까요?"

필은 경악했다. "윌리엄스!" 그가 낮게 말했다. "물어보실 때만 말해!"

피츠는 왕의 면전에서도 건방지게 구는 에설에게 깜짝 놀랐다. 그는 차분한 목소리를 유지하려고 애쓰며 말했다. "나중에 듣도록 하지, 윌리엄스."

하지만 왕은 미소지었다. 왕이 에설을 꽤나 마음에 들어하는 것 같아 피츠는 안도했다. "여기 젊은 사람이 어떤 생각을 갖고 있는지 들어보는 것도 좋을 것 같군." 왕이 말했다.

바로 에설이 원하던 대답이었다. 그녀는 지체 없이 대답했다. "전하와 왕비께서 유족들을 만나셔야 합니다. 행렬을 지어 갈 게 아니라 검은 말들이 끄는 마차 한 대로 다니시면서요. 그러면 유족들에게 큰 의미가 될 겁니다. 모두가 전하를 훌륭하다고 여길 겁니다." 에설은 입술을 깨물고 더는 말하지 않았다.

마지막 말이 결례가 된 것 같아 피츠는 조마조마했다. 왕이란 군이 국민들에게 훌륭한 모습을 보이려 애쓸 필요가 없는 존재였다.

앨런 경이 기겁하며 말했다. "전례가 없는 일입니다."

하지만 왕은 그 생각에 흥미를 느끼는 눈치였다. "유족을 만난다……" 생각에 잠겨 말하고는 시종장을 돌아보았다. "세상에, 훌륭한 생각이 군, 앨런. 고통에 빠진 국민들을 위로하는 거야. 여럿이 줄지어 가지 않고 마차 한 대로 말이지." 왕은 다시 에설을 보았다. "아주 좋아, 윌리엄스. 얘기해주어 고맙네."

피츠는 안도의 한숨을 내쉬었다.

VII

당연히 마차 한 대로는 어림없었다. 국왕 내외가 앨런 경과 시녀를 거느리고 첫번째 마차에 올랐다. 피츠와 비는 주교와 함께 두번째 마차에 탔다. 나머지 하인들은 조랑말이 끄는 이륜마차를 타고 뒤따랐다. 퍼시벌 존스도 동행하고 싶어했지만, 피츠가 말도 안 된다며 일축했다. 에설이 지적한 대로 어쩌면 유족들이 그의 목을 조르려 들지도 모를 일이었다.

바람이 부는 날씨였다. 차가운 빗물이 티 귄의 기다란 진입로를 빠르게 걷는 말들을 때렸다. 에설은 세번째 마차에 타고 있었다. 아버지 덕분에 그녀는 애버로언에 사는 모든 광부 가족을 알았다. 또한 티 귄에서 일하는 사람들 가운데 이번 사고로 죽거나 다친 사람들의 이름을 모두 아는 사람도 에설이 유일했다. 마부들에게 길을 알려주고 시종장에게 누가 누구인지 귀띔해주는 일도 그녀의 몫이었다. 에설은 속으로 기도를 올렸다. 그녀의 생각이었으니, 만일 일이 잘못된다면 책임이 돌아올 것이다.

마차들이 거대한 철문 밖으로 나서는 순간 급격히 바뀌는 주변 풍경에 에설은 늘 그렇듯 충격을 받았다. 저택 부지 안쪽은 모든 게 질서정연하고 매력적이고 아름다웠다. 담장 밖에는 현실 세계의 추함이 펼쳐졌다. 길가에는 농부들의 오두막이 줄지어 서 있었다. 두 칸짜리 작은 집들 앞에는 잡동사니와 쓰레기가 쌓여 있고 배수로에서 꾀죄죄한 아이 두어 명이 놀고 있었다. 곧이어 광부의 집들이 다닥다닥 붙은 거리가 나왔다. 농부들의 오두막보다는 나았지만, 티 귄의 창문과 출입구, 지붕의 완벽한 모습에 익숙한 에설 같은 사람의 눈에는 역시나 볼품없고 단조로웠다. 저택 밖 사람들의 싸구려 옷은 금세 해지고 바래기 때문에 남자들이 입은 양복은 하나같이 잿빛이었고 여자들의 드레스는 갈색을 띠었다. 젊은 여자들은 하녀가 되어 자신을 굽히고 살진 않겠다고 말했지만, 정작 에설의 하녀 제복인 따뜻한 모직 치마와 빳빳한 면 블라우스를 부러워했다. 하지만 가장 큰 차이는 사람들 자체였다. 저택밖의 사람들은 피부가 거칠고 머리칼이 지저분하고 손톱에는 때가 잔뜩 꼈다. 남자는 기침을 하고 여자는 코를 훌쩍거렸으며 아이는 콧물을 줄줄 흘렸다. 부자들이 자신감에 차서 성큼성큼 걷는 길을, 가난한 사람들은 축 처져서 비틀비틀 걸었다.

마차들은 마페킹 테라스로 향하는 산자락 길을 내려갔다. 주민 대부분이 길가에 늘어서서 기다리고 있었지만 깃발을 흔들지도 환호성을 지르지도 않았다. 미처 행렬이 19번지 앞에 멈춰 서자 그저 고개를 숙이고 한쪽 무릎을 굽히며 인사할 뿐이었다.

에설은 마차에서 뛰어내려 앨런 경에게 조용히 말했다. "시언 에번스는 아이가 다섯이고, 남편 데이비드 에번스가 지하 갱도에서 조랑말 관리자로 일하다 죽었습니다." 조랑말 다이로 불리는 데이비드 에번스는 베데스다 교회의 장로로, 에설에게 친근한 사람이었다.

앨런 경이 고개를 끄덕였다. 에설은 앨런 경이 왕에게 귀엣말을 하는 동안 똑똑하게 뒤로 물러날 줄도 알았다. 그런 에설이 피츠의 눈길을 끌었고, 그는 만족스럽다는 고갯짓을 해 보였다. 에설은 얼굴이 달아올랐다. 왕을 돕고 있는데다 백작 또한 흡족해했기 때문이다.

국왕 내외는 현관으로 향했다. 문은 페인트가 벗겨졌지만 계단은 깨끗하게 청소되어 있었다. 살아생전 이런 광경을 보게 되리라고는 생각도 못했다고, 에설은 광부가 사는 집 문을 두드리는 왕의 모습을 지켜보며 생각했다. 왕은 연미복에 높은 검은 모자를 쓰고 있었다. 애버로언 사람들은 자기들도 입는 트위드 양복 차림의 국왕을 보고 싶진 않을 거라고 에설이 앨런 경에게 강하게 조언한 결과였다.

문이 열리고 나들이옷 차림에 모자까지 쓴 과부가 나왔다. 피츠는 왕이 예고 없이 찾아가 사람들을 놀래주어야 한다고 제안했지만, 에설은 반대했고 앨런 경도 그녀와 같은 의견이었다. 비탄에 빠진 유족을 갑작스레 방문했다가 자칫 국왕 내외가 술 취한 남자나 옷을 제대로 갖춰입지 않은 여자, 쌈박질하는 아이들과 맞닥뜨릴 수도 있었다. 미리 알리는 게 모두를 위해 좋았다.

"안녕하시오, 나는 이 나라 국왕이오." 왕은 정중하게 모자를 들어올리며 말했다. "데이비드 에번스의 부인 되는지요?"

에번스 부인은 잠시 얼떨떨해 보였다. 그녀에게는 조랑말 다이 부인이라는 호칭이 더 익숙했다.

"부인의 남편 데이비드 씨가 사고를 당해 몹시 유감이라는 말을 전하러 왔소." 왕이 말했다.

조랑말 다이 부인은 너무 긴장한 나머지 아무 감정도 느끼지 못하는 듯 보였다. "정말 감사합니다." 그녀는 뻣뻣하게 굳어서 말했다.

에설은 너무 형식적이라는 생각이 들었다. 왕이나 과부나 서로 불편해 보였다. 두 사람 모두 진짜 감정을 말하지 못했다.

그때 왕비가 다이 부인의 팔을 잡았다. "무척 힘들다는 거 잘 알아요."

"네, 마마. 정말 그래요." 과부는 속삭이듯 말하고 울음을 터뜨렸다.

에설도 뺨에 흐르는 눈물을 닦아내야 했다.

왕은 당황했지만 참으로 훌륭하게도 흔들리지 않고 침착하게 중얼거렸다. "정말이지 비통한 일이야."

에번스 부인은 걷잡을 수 없이 흐느껴 울면서도, 그대로 꼼짝할 수가 없는지 얼굴도 돌리지 않았다. 애통해하는 사람에게는 품위라는 게 있을 수 없다는 걸 에설은 새삼 깨닫게 됐다. 다이 부인은 불긋불긋한 얼굴로 이가 절반이나 빠진 입을 크게 벌린 채 절망에 빠져 쉰 목소리로 울부짖었다.

"자, 진정해요." 왕비는 다이 부인의 손에 손수건을 쥐여주었다. "이걸 받아요."

아직 서른 살도 안 된 다이 부인의 커다란 손마디는 굵고 늙은이처럼 관절염으로 울퉁불퉁했다. 그녀는 왕비의 손수건으로 얼굴을 닦았다. 울음이 잦아들었다. "그이는 좋은 사람이었어요, 마마. 한 번도 저를 때리지 않았죠."

아내를 때리지 않았으니 좋은 사람이었다는 말에 왕비는 어떻게 대꾸해야 할지 알 수 없었다.

"조랑말한테도 얼마나 잘해줬다고요." 다이 부인이 덧붙였다.

"물론 그랬겠죠." 왕비는 다시 다정하게 위로했다.

집안에서 아기가 아장아장 걸어나와 어머니의 치맛자락에 매달렸다.

왕이 다시 입을 열었다. "아이가 다섯이라고 알고 있소."

"전하, 아이들이 아비 없이 어떻게 살아야 하죠?"

"비통한 일이야." 왕은 같은 말을 반복했다.

앨런 경이 헛기침을 하자 왕이 말했다. "부인과 같은 슬픔을 겪은 다른 사람들을 만나러 가야겠소."

"전하, 와주셔서 정말 감사합니다. 제게 얼마나 뜻깊은 일인지 말로 할 수조차 없어요. 감사합니다. 감사합니다."

왕은 돌아섰다.

왕비가 말했다. "오늘밤 당신을 위해 기도하겠어요, 에번스 부인." 그리고 왕비는 왕을 따라갔다.

국왕 내외가 마차로 돌아가는 동안 피츠는 다이 부인에게 봉투 하나를 내밀었다. 에설은 봉투 안에 1파운드짜리 금화 다섯 개와 티 권의 문장이 새겨진 파란 종이에 손으로 쓴 메모가 들어 있다는 사실을 알고 있었다. 종이에는 이렇게 적혀 있었다. '피츠허버트 백작이 깊은 애도의 뜻으로 드립니다.'

그것 역시 에설의 생각이었다.

VIII

폭발 사고가 나고 일주일 후 빌리는 아버지와 어머니, 할아버지와 함께 교회에 갔다.

베데스다 교회는 회반죽을 바른 정사각형 공간으로 벽에는 아무 그림도 걸려 있지 않았다. 평범한 탁자 하나를 둘러싸고 사면에 의자들이 가지런히 놓여 있었다. 탁자에는 울워스 자기 접시에 담긴 흰 빵 한 덩이와 싸구려 셰리주 한 주전자가 있었다. 성경 속 빵과 와인을 상징하는 것이었다. 사람들은 예배를 성찬식이나 미사라고 부르지 않고 그저 빵을 함께 나눈다고 표현했다.

열한시가 되자 백 명쯤 되는 신도들이 자리를 잡았다. 남자들은 가장 좋은 옷을 입었고 여자들은 모자를 썼으며 아이들은 깨끗이 씻고 뒷줄에 앉아 꼼지락대고 있었다. 정해진 절차는 없었다. 사람들은 그저 성령이 인도하는 대로 따랐다. 즉흥적으로 기도를 올리고 찬송가를 부르고 성경 구절을 낭독하고 짧은 설교를 했다. 물론 여자들은 입을 다물고 얌전히 있었다.

실제로는 으레 따르는 순서가 있었다. 항상 장로 중 한 사람이 첫 기도를 올리고 빵을 찢은 다음 가까운 사람에게 접시를 넘기면, 아이들을 포함해 모든 신도가 빵을 조금씩 떼어먹었다. 그다음 와인 주전자를 돌려가며 조금씩 마셨다. 여자들은 살짝 입만 댔지만 어떤 남자들은 시원하게 한 모금 들이켜기도 했다. 그러고 나서는 누군가 입을 열 때까지 모두 말없이 앉아 있었다.

몇 살이 되어야 예배를 보면서 기도나 찬송을 마음대로 할 수 있느냐고 빌리가 물었을 때 아버지가 말했다. "정해진 법은 없어. 그저 성령이 인도하시는 대로 따를 뿐이다." 빌리는 아버지의 말을 그대로 믿었다. 만일 예배를 드리는 중 찬송가의 첫 소절이 머릿속에 떠오르면 성령이 시키시는 거라 여기고 자리에서 일어나 찬송가를 불렀다. 그러기에는 아직 나이가 어리다는 걸 스스로도 알고 있었지만 다른 신도들은 그런 그를 받아들였다. 광부 신고식 때 빌리가 예수님을 본 일화는 사우스웨일스 탄광 지역 교회 중 반 이상에 알려져 있었고, 빌리는 특별한 사람 대우를 받았다.

오늘 아침 기도에 나선 사람들은 모두 가족을 잃은 사람들, 특히 베일을 쓰고 예배에 참석한 조랑말 다이 부인에게 위안을 달라고 빌었다. 부인 옆에 앉은 큰아들은 겁에 질린 듯 보였다. 빌리의 아버지는 호흡 보조장치와 양방향 환기장치에 대한 법률을 어긴 탄광 경영진의 부정을 용서할 수 있도록 넓은 아량을 달라고 기도했다. 빌리는 뭔가 빠졌다는 생각이 들었다. 그저 치유를 구하기만 하는 건 너무 단순했다. 빌리는 폭발 사고가 어떻게 하느님이 뜻하신 바일 수 있는지 이해할 수 있도록 도움이 필요했다.

기도는 즉흥적으로 해본 적이 없었다. 사람들은 많은 경우 듣기 좋은 말과 성경 구절을 들먹이며 마치 설교라도 하는 양 기도를 올렸다. 빌리가 보기에 그 정도로는 하느님이 쉽게 감동받을 것 같지는 않았다. 그는 늘 진심에서 우러난 단순한 기도에 더 마음이 움직였다.

예배가 끝나갈 무렵 마음속에서 말과 문장이 구체화되기 시작하자 빌리는 사람들에게 전해야겠다는 강렬한 충동이 들었다. 그것을 성령의 인도하심으로 받아들인 그는 결국 자리에서 일어섰다.

빌리는 눈을 꼭 감고 말했다. "오, 주여. 오늘 아침 저희는 남편과 아버지, 아들을 잃은 사람들에게, 특히 저희 자매 에번스 부인에게 마음의 평화를 달라고 기도했습니다. 그리고 유족들이 마음을 열고 주님의 축복을 받아들이게 해달라고 기도했습니다."

이런 말은 앞서 다른 이들도 했던 내용이었다. 빌리는 잠시 말을 멈췄다가 이어갔다. "주여, 그리고 이제 저희는 한 가지 은혜를 더 부탁드리고자 합니다. 바로 이 사고를 이해하는 축복을 내려주시길 바랍니다. 알고 싶습니다, 주님. 왜 탄광에서 폭발이 일어난 것입니까? 모든 일은 주님의 권능에 의한 것입니다. 그렇다면 주님께서는 왜 중앙갱도에 폭발가스가 들어차도록 하셨습니까? 그리고 왜 그 가스에 불이 붙도록 두셨습니까? 어찌해서 저 켈틱 미네랄의 경영진이, 돈만 밝히고 사람의 목숨은 하찮게 여기는 그들이 저희를 지배하게 두신 겁니까? 선한 이들이 죽고 당신께서 지으신 육체가 짓이겨지는 것이 어찌 주님의 성스러운 뜻에 부합한단 말입니까?"

빌리는 다시 말을 멈추었다. 경영진과 협상하듯 하느님께 요구해대는 건 그릇된 행동이라는 걸 알기에 이렇게 덧붙였다. "애버로언 사람들이 겪는 이 고통이 주님께서 예비하신 영원한 역사의 일부임을 저희는 잘 압니다." 그 대목에서 그쳐야 할지 모른다는 생각이 들었다. 하지만 한마디를 덧붙이지 않을 수 없었다. "하지만 주님, 어째서 그런지 도무지 알 수가 없습니다. 그러니 부디 저희에게 알려주십시오."

빌리는 마무리를 지었다. "주 예수그리스도의 이름으로 기도드립니다."

교회에 모인 사람들이 함께 말했다. "아멘."

IX

그날 오후 애버로언 주민들은 티 귄의 정원에 초대를 받았다. 그것은 에설이 할 일이 많다는 뜻이었다.

토요일 밤 동네 술집들로 연락이 갔고, 일요일 아침 여러 교회에서 예배가 끝난 후 공지가 있었다. 초대장에는 겨울임에도 국왕 전하를 모시기 위해 특별히 아름답게 가꾼 정원을 피츠허버트 백작이 이웃과 나누고 싶어한다고 쓰여 있었다. 백작은 검은 넥타이를 맬 예정이며 저택을 방문하는 주민들 역시 사망자들을 추모하는 차림이었으면 한다고도 했다. 이런 시기에 파티를 여는 건 분명 부적절하겠으나, 그래도 나와가 제공될 예정이었다.

에설은 동쪽 잔디밭에 대형 천막 세 개를 설치하도록 지시했다. 천막

하나에는 폰티클룬에 있는 크라운 양조장에서 기차로 배달시킨 500리터들이 페일에일 여섯 통을 놓았다. 애버로언의 주민 다수가 술을 마시지 않는 걸 감안해 두번째 천막의 탁자 위에는 차가 담긴 커다란 주전자들과 수백 개의 찻잔과 받침을 준비했다. 약간 작은 세번째 천막에는 성공회 신부와 의사 두 명, 탄광 소장인 말드윈 모건을 비롯한 마을의 몇 안 되는 중산층을 위해 셰리주를 준비했다. 모건은 이미 마을에서 '머서에 간 모건'으로 불리고 있었다.

다행히 날씨가 맑았다. 춥지만 비는 오지 않았고, 파란 하늘에는 파티에 아무 지장을 줄 리 없는 흰 구름 몇 조각만 떠 있었다. 주민 사천 명이 참석했는데 이 정도면 거의 마을 전체나 마찬가지였다. 대부분 검은 넥타이 또는 리본을 매거나 완장을 둘렀다. 사람들은 관목 수풀을 어슬렁거리고 창문으로 집안을 들여다보고 잔디밭을 휘젓고 돌아다녔다.

비 공주는 자기 방에서 나오지 않았다. 그녀가 좋아할 만한 모임이 전혀 아니었다. 에설의 경험에 따르면 상류층 사람들은 하나같이 이기적이었다. 하지만 비의 이기심은 정말이지 상상을 초월했다. 그녀는 자기 멋대로 하고 원하는 바를 얻는 데 모든 기운을 쏟았다. 파티를 열 때도—파티를 주최하는 게 그녀의 특기였다—오로지 자신의 아름다움과 매력을 뽐내는 게 주된 목적이었다.

피츠는 빅토리안 고딕 양식으로 꾸민 화려한 중앙홀에서 몰려드는 사람들과 인사를 나누는 중이었다. 곁에는 커다란 개가 털 깔개처럼 누워 있었다. 갈색 트위드 양복을 입은 피츠는 빳빳한 옷깃과 검은 넥타이에도 불구하고 좀더 쉽게 다가갈 수 있는 사람으로 보였다. 그가 어느 때보다도 더 잘생겨 보인다고 에설은 생각했다. 그녀는 사망자나 부상자의 가족을 서너 명씩 데려와, 고통받는 애버로언의 주민을 피츠가 한 명 한 명 위로할 수 있도록 했다. 피츠는 여느 때처럼 그만의 매력으로 말을 건넸고 주민들은 저마다 특별한 대접을 받았다고 느꼈다.

에설은 이제 하녀장이었다. 국왕 방문을 치른 후 비 공주는 제번스 부인이 완전히 일에서 손을 떼야 한다고 주장했다. 늙고 지친 하인 사정을 봐줄 여유 따윈 없었다. 그녀는 주인인 자신의 바람을 충족시키기 위해 열심인 에설에게서 원하던 모습을 보았고, 어린 나이에도 불구하고 에설을 하녀장 자리에 앉혔다. 그렇게 에설은 야망을 이루었다. 하인들이 사용하는 공간에 자기만의 작은 방을 갖게 되었고, 베데스다 교회가 처음 문을 연 날 교회건물 밖에서 나들이옷을 입고 찍은 부모의 사진을 벽에 걸었다.

피츠가 모든 유가족과 인사를 마치자 에설은 잠시 가족을 보고 와도 될지 물었다.

"물론이지." 백작이 말했다. "얼마든지 같이 있다 오라고. 오늘 정말 잘해냈어. 네가 없었으면 어쩔 줄 몰랐을 거야. 전하께서도 네 도움에 아주 고마워하셨다. 어떻게 이 사람들의 이름을 다 외우고 있지?"

에설은 미소지었다. 백작의 칭찬을 들으면 어째서 온몸이 떨리는지 알 수 없었다. "대부분 한두 번 저희 집에 찾아왔던 사람들이에요. 몸을 다쳐 보상을 받아야 하거나 관리자와 분쟁이 있어서, 또는 탄광 안전 문제를 의논하려고 아버지를 찾아오거든요."

"어쨌든 넌 정말 대단한 것 같군." 피츠는 그렇게 말하고 도저히 거부할 수 없는 매력적인 미소를 지었다. 이따금 그런 미소를 지을 때면 이웃집 소년처럼 보일 정도였다. "아버지에게 내 인사를 전해줘."

밖으로 나가 잔디밭을 가로지르며 달리는 에설은 세상 꼭대기에 오른 기분이었다. 아버지와 어머니, 빌리, 할아버지는 차를 제공하는 천막에 있었다. 나들이옷인 검은 양복에 흰 셔츠를 입고 빳빳한 깃을 단 아버지는 위엄이 넘쳤다. 빌리의 뺨에는 화상으로 인한 흉한 상처가 있었다. 에설이 말했다. "좀 어떠니, 빌리?"

"괜찮아. 보기에는 끔찍해도 의사 말이 붕대로 안 덮어야 더 좋대."

"네가 얼마나 용감했는지 모르는 사람이 없어."

"그렇지만 교황 미키를 구해내지 못했잖아."

할말을 잃은 에설은 연민을 느끼며 동생의 팔을 붙잡았다.

어머니가 자랑스레 말했다. "빌리가 오늘 아침 교회에서 기도를 이끌었단다."

"잘했구나, 빌리! 그 모습을 못 봤다니 아쉽네." 에설은 교회에도 가지 못했다. 저택에서 행사를 준비하느라 일이 무척 많았기 때문이다. "무슨 내용으로 기도했니?"

"하느님께 왜 탄광에서 폭발이 일어나도록 두셨는지 우리가 이해할 수 있도록 도와달라고 했어." 빌리는 웃음기라곤 없는 아버지의 얼굴을 긴장한 표정으로 흘긋 보며 대답했다.

아버지가 엄하게 말했다. "더 굳센 신앙심을 달라고 기도하는 편이 좋았을 거다. 그럼 머리로 이해하지 않더라도 믿게 되니까."

두 사람은 이미 이 문제로 말다툼을 한 게 분명했다. 결과적으로 아무것도 달라질 게 없는 신학적 논쟁을 견디지 못하는 에설은 분위기를 바꿔보려고 말을 꺼냈다. "피츠허버트 백작께서 인사 전해달라셨어요, 아버지. 정말 친절하신 분이죠?"

아버지는 기분이 누그러지지 않았다. "월요일에는 어릿광대짓에 너까지 나서는 모습이 보기 좋지 않았다." 단호한 말투였다.

"월요일요?" 에설은 믿기지가 않는다는 듯 물었다. "전하께서 유족들을 만난 일 말이세요?"

"네가 그 하인놈 귀에 사람들 이름을 말해주는 걸 봤다."

"그분은 앨런 타이트 경이에요."

"그놈이 스스로 뭐라고 부르는지는 관심 없어. 아첨꾼은 한눈에 알아볼 수 있다."

에설은 충격을 받았다. 그녀가 가장 자랑스러웠던 순간을 어떻게 그처럼 경멸할 수 있을까? 울음이 나올 것 같았다. "제가 전하를 돕는 걸 보면 자랑스러워하실 줄 알았어요!"

"감히 어떻게 왕이 우리에게 애도를 표할 수 있지? 위험한 곳에서 고생하는 우리에 대해 뭘 안다고?"

에설은 눈물을 흘리며 맞받아쳤다. "하지만 아버지, 전하께서 만나주신 사람들에게는 큰 의미가 있었어요!"

"켈틱 미네랄의 위험천만한 불법 행위로부터 관심을 돌려놓았을 뿐이야."

"하지만 유족들에게는 위로가 필요해요." 왜 아버지는 이런 생각을 못하는 거지?

"왕 때문에 사람들의 분노가 누그러졌다. 지난주 일요일만 해도 마을 전체가 당장 들고일어날 태세였다고. 그랬는데 월요일 저녁이 되자 모두 왕비가 조랑말 다이 부인에게 손수건을 주고 갔다는 얘기만 떠들어 댔지."

슬퍼하던 에설은 벌컥 화를 냈다. "그렇게 느끼셨다니 안타깝네요." 차가운 말투였다.

"안타까울 것까지야—"

"아버지가 틀렸기 때문에 안타깝다는 거예요." 에설은 가차없이 아버지의 말을 잘랐다.

아버지는 깜짝 놀랐다. 딸은 물론 누구에게서도 틀렸다는 말을 들어본 적이 좀처럼 없었다.

어머니가 말했다. "자, 에설……"

"사람에게는 감정이란 게 있어요, 아버지." 거침없는 말투였다. "아버지는 항상 그걸 깜박 잊으시죠."

아버지는 할말을 잃었다.

어머니가 말했다. "이제 그만해!"

에설은 빌리를 보았다. 눈물 때문에 시야가 뿌옜지만 빌리는 놀라고 감탄하는 표정이었다. 에설은 용기를 얻었다. 코를 훌쩍이고 눈가를 손등으로 훔친 다음 말했다. "아버지와 노조, 안전 수칙, 성경 말씀 모두 중요하다는 건 알아요. 하지만 아버지가 사람들 감정까지 없앨 순 없어요. 저도 언젠가 사회주의 덕분에 노동자들이 더 살기 좋은 세상이 됐으면 좋겠어요. 하지만 그때까지는 사람들에게 위안이 필요해요."

아버지는 한참 만에 입을 열었다. "네 이야기는 그만하면 충분하다. 왕이랑 다니더니 눈에 뵈는 게 없는 거야. 넌 키만 큰 계집애에 불과해. 감히 어른을 가르치려 들면 안 돼."

울다 지친 에설은 더 따질 기력도 없었다. "죄송해요, 아버지." 무거운 침묵을 깨고 에설이 말했다. "이제 일하러 가야겠어요." 백작은 얼마든지 가족과 있다 오라고 했지만 혼자 있고 싶었다. 그녀는 아버지의 따가운 눈총을 느끼며 저택으로 향했다. 우는 걸 사람들에게 들키지 않길 바라며 걷는 내내 땅바닥만 내려다보았다.

아무도 마주치고 싶지 않아 에설은 조용히 치자나무 방으로 들어갔다. 모드 아가씨가 런던으로 돌아갔기 때문에 방은 비었고 침대보도 벗겨둔 상태였다. 에설은 매트리스에 몸을 던지고 울었다.

그녀는 스스로 자랑스러워하고 있었다. 어떻게 아버지는 그녀가 이룬 모든 걸 보잘것없다는 식으로 말할 수 있는 걸까? 딸이 나쁜 일자리를 갖길 바라나? 그녀는 귀족을 위해 일했다. 그것은 애버로언의 모든 광부도 마찬가지였다. 켈틱 미네랄이 그들을 고용했지만 그들이 캐는 건 백작의 석탄이었고, 백작은 광부들이 땅속에서 캐는 석탄의 양에 따라 돈을 받았다. 아버지가 지치지도 않고 여러 번 말해준 사실이었다. 뛰어난 광부가 되어 능률적이고 생산량이 높은 게 좋은 일이라면, 뛰어난 하녀장이 되는 건 왜 나쁘단 말인가?

문 열리는 소리가 났다. 에설은 재빨리 일어섰다. 백작이었다. "대체 무슨 일이지?" 그가 친절하게 물었다. "문밖으로 우는 소리가 들리던데."

"정말 죄송합니다, 백작님. 들어오면 안 되는 곳인데, 그만……"

"괜찮아." 이 세상 사람 같지 않게 잘생긴 얼굴에는 진심으로 걱정하는 기색이 역력했다. "왜 울고 있는 거지?"

"저는 전하를 돕게 되어서 무척 자랑스러웠어요." 에설은 슬픔에 가득차서 말했다. "그런데 아버지는 모든 게 켈틱 미네랄을 향한 사람들의 분노를 잠재우려는 어릿광대짓이었다는 거예요." 에설은 와락 울음을 터뜨렸다.

"말도 안 되는 소리. 국왕께서 사람들을 진심으로 걱정하신다는 건 누가 봐도 알 수 있었어. 왕비께서도 마찬가지였고." 백작은 재킷 가슴께의 주머니에서 흰 손수건을 꺼냈다.

손수건을 건네리라는 에설의 예상과 달리 백작은 부드러운 손길로 직접 그녀의 뺨에 흐르는 눈물을 닦아주었다. "네 아버지는 아니었는지 몰라도 지난 월요일에 나는 네가 아주 자랑스러웠다."

"정말 친절하세요."

"자, 그만 울어." 백작은 그렇게 말하더니, 몸을 숙여 에설의 입술에 키스했다.

에설은 너무 놀라 말문이 막혔다. 생각지도 못한 일이었다. 백작이 허리를 펴자 에설은 어리둥절한 표정으로 그를 보았다.

백작은 그녀의 눈길을 피하지 않았다. "넌 정말 매력적이야." 그는 나지막한 목소리로 말하고 다시 한번 키스했다.

이번에는 에셀이 백작을 밀어냈다. "백작님, 뭐하시는 거예요?" 깜짝 놀란 에셀은 작은 소리로 말했다.

"모르겠군."

"무슨 생각으로 이러시는 거죠?"

"아무 생각도 안 나."

에셀은 조각 같은 백작의 얼굴을 올려다보았다. 녹색 눈동자가 그녀를 빤히 바라보고 있었다. 마치 그녀의 마음을 읽어내려는 듯했다. 에셀은 자신이 그를 사모하고 있다는 걸 깨달았다. 가슴속에서 흥분과 욕망이 불쑥 솟구쳤다.

"나도 어쩔 수가 없어." 백작이 말했다.

에셀은 기쁨에 겨운 한숨을 내쉬었다. "그럼 또 키스해주세요."

3장
1914년 2월

I

열시 삼십분, 런던 메이페어에 있는 피츠허버트 백작 저택 홀에 놓인 거울에 영국 상류층의 일상복을 티 하나 없이 깔끔하게 차려입은 키 큰 남자의 모습이 비쳤다. 유행하고 있던 소프트칼라를 싫어하는 그는 빳빳한 칼라가 달린 셔츠를 입고 은빛 넥타이를 진주 장식으로 고정했다. 몇몇 친구들은 옷을 지나치게 잘 차려입어도 품위가 없어 보인다고 생각했다. 한번은 젊은 로더 후작이 이렇게 말한 적도 있었다. "있잖아, 피츠. 자네 모습이 꼭 아침에 가게문 열려는 양복점 주인 같아." 하지만 로더 본인은 조끼에 빵 부스러기를, 셔츠 소매에 시가 재를 묻히고 다니는 꾀죄죄한 친구였고, 다른 사람들도 자기처럼 지저분해 보이길 바라는 것에 지나지 않았다. 피츠는 지저분한 건 질색이었다. 말쑥하게 차려입는 편이 성격에 맞았다.

피츠는 회색 실크해트를 썼다. 오른손에는 지팡이를, 왼손에는 새 회색 스웨이드 장갑을 쥐고 저택을 나와 남쪽으로 향했다. 버클리 광장에 다다르니 열네 살쯤 되어 보이는 금발 여자아이가 윙크를 하며 말을 걸었다. "1실링만 주시면 입으로 해드릴게요."

피츠는 피커딜리 거리를 지나 그린 파크로 접어들었다. 나무들 밑동 주변에 이른봄에 피는 스노드롭이 몇 송이씩 보였다. 버킹엄 궁전을 지나 빅토리아역 주변의 지저분한 구역에 이르렀다. 경관에게 애슐리 가든이 어딘지 물어야 했다. 알고 보니 로마가톨릭성당 뒤쪽 길에 있었다. 정말이지 귀족을 오라 가라 할 거면 사무실은 좀 괜찮은 곳에 있어야 할 것 아닌가, 피츠는 생각했다.

그는 아버지의 옛친구 맨스필드 스미스커밍이라는 사람으로부터 와달라는 전갈을 받았다. 퇴역 해군장교인 스미스커밍은 육군성에서 비밀리에 뭔가를 진행하고 있었다. 그는 피츠에게 짤막한 편지를 보내왔다. "국가의 중대사와 관련해 의견을 들을 수 있다면 고맙겠네. 내일 오전 열한시쯤 사무실로 와줄 수 있겠나?" 타이핑된 글 아래 녹색 잉크로 'C' 한 글자로 쓴 서명이 보였다.

솔직히 정부 인사가 이야기를 나누고 싶어한다는 사실만으로도 피츠는 뿌듯했다. 자신이 돈 많은 귀족으로 사교 행사에서 자리를 채우는 역할 말고는 아무 일 하지 않는 장식품처럼 여겨지는 게 끔찍이도 싫었다. 그는 자신이 복무했던 웨일스 소총연대에 대한 조언을 부탁받길 내심 바랐다. 아니면 명예대령이긴 해도 그가 속한 사우스 웨일스 국민방위군과 관련해서 뭔가 임무를 수행해달라는 내용일 수도 있었다. 아무튼 육군성에서 일하는 사람의 부름을 받으니 자신이 완전히 쓸모없는 존재는 아니라는 느낌이 들었다.

물론 이곳이 진짜 육군성 사무실일 때 얘기지만. 주소를 찾아가니 현대적인 아파트 건물이었다. 도어맨이 피츠를 엘리베이터로 안내했다.

스미스커밍의 아파트는 반쯤 가정집처럼, 반쯤 사무실처럼 보였는데, 어딘지 군인인 듯한 인상을 풍기는 싹싹하고 유능한 젊은이가 'C'가 피츠를 기다리고 있다고 전했다.

C에게선 군인 같은 분위기가 느껴지지 않았다. 약간 살이 찌고 머리가 벗어진 그는 미스터 펀치* 같은 매부리코에 단안경을 썼다. 사무실에는 온갖 잡동사니가 어수선하게 흩어져 있었다. 모형 항공기, 망원경, 나침반, 총을 쏘는 군인들에 맞서는 농민들 그림까지. 피츠의 아버지는 스미스커밍을 두고 언제나 '뱃멀미하는 함장'이라고 불렀다. 그의 해군 경력은 딱히 화려하지도 않았다. 그런 사람이 여기서 뭘 하고 있는 거지? "이 부서는 정확히 어떤 곳입니까?" 피츠는 자리에 앉으며 물었다.

"비밀첩보부 해외과야." C가 말했다.

"우리나라에 비밀첩보부가 있는지 몰랐습니다."

"사람들이 알면 비밀이라고 할 수 없지."

"그렇군요." 피츠는 짜릿한 흥분을 느꼈다. 은밀한 정보를 알게 되어 어깨가 으쓱해졌다.

"아무에게도 발설하지 말아주면 좋겠군."

정중하게 말했지만 어디까지나 명령이었다. "물론입니다." 피츠는 대답했다. 핵심 조직에 속한 것 같아 기분이 좋았다. C는 육군성에 합류해 함께 일하자고 말하는 걸까?

"국왕 전하 내외를 모시는 하우스 파티를 성공적으로 치렀다니 축하하네. 유력 집안의 젊은이들을 잘 모아서 전하와의 만남을 주선한 모양이더군."

"감사힙니다. 임밀히 밀하면 조용한 사교 행사였을 뿐인데 소문이 난

---

* 영국의 전통 인형극 〈펀치와 주디〉의 주인공.

모양이군요."

"그리고 자네는 부인과 함께 러시아에 갈 예정이지."

"집사람인 공주가 러시아인이라서요. 오빠를 보고 싶어하는데 가는 걸 계속 미뤄왔죠."

"거스 듀어도 함께라고."

C는 모르는 게 없는 듯했다. "그 친구는 세계 각국을 돌아다니는 중입니다. 우연히 저희와 일정이 겹쳤어요."

C는 의자에 등을 기대더니 편안하게 얘기를 시작했다. "지상전에 대해 전혀 모르는 알렉세예프 제독이 어떻게 일본을 상대로 한 전쟁에서 육군 사령관 자리에 올랐는지 자네는 아나?"

어린 시절을 러시아에서 보낸 피츠는 1904년부터 1905년까지 러일전쟁이 어떻게 전개되었는지 익히 알고 있었지만, 방금 전 C의 이야기는 금시초문이었다. "말씀해주십시오."

"그러니까 알렉세이 대공이 마르세유의 사창가에서 주먹다짐에 휘말렸다가 프랑스 경찰에 체포됐던 모양이더군. 알렉세예프가 경찰서로 달려와서는 싸움을 벌인 사람은 대공이 아니라 자기라고 했다는 거야. 두 사람 이름이 비슷해 얘기가 쉽게 먹혔고 대공은 감옥에서 풀려났지. 그 일에 대한 보상으로 알렉세예프는 육군 사령관 자리에 오른 거야."

"러시아가 전쟁에서 패한 것도 당연했군요."

"그렇다고 해도 러시아는 세계 최대 규모의 육군을 보유하고 있어. 혹자는 예비 병력까지 소집한다면 육백만 명이라고 계산하더군. 아무리 지휘관이 무능하다 해도 그 정도면 가공할 전력이지. 하지만 유럽에서 전쟁이 벌어진다면 러시아군이 얼마나 위력을 발휘할까?"

"결혼하고 나서는 러시아에 가본 적이 없습니다. 그러니 잘 모르겠습니다." 피츠가 말했다.

"모르기는 우리도 마찬가지야. 그래서 자네를 불렀지. 이번에 러시아에 가거든 몇 가지 조사를 해줬으면 좋겠군."

피츠는 깜짝 놀랐다. "하지만 그런 일이라면 우리 대사관이 있지 않습니까?"

"물론 그렇지." C는 어깨를 으쓱했다. "하지만 외교관들은 늘 군사 문제보다는 정치적인 사안에 관심을 쏟거든."

"하지만 대사관에 무관도 있잖습니까?"

"자네 같은 외부인은 새로운 시각에서 바라볼 수 있어. 티 권에 모인 젊은이들이 국왕 전하께서 외무부로부터는 들을 수 없었던 이야기를 제공한 것과 대단히 유사하지. 그래도 자네가 내키지 않는다면……"

"거절하는 건 아닙니다." 피츠는 서둘러 대답했다. 오히려 조국을 위해 그런 일을 부탁받게 되어 기뻤다. "이런 식으로 일이 진행돼서 놀랐을 뿐입니다."

"우리는 새로 생긴 부서라 자원이 부족해. 내가 동원할 수 있는 최상의 정보원은 눈에 보이는 걸 이해할 만큼 군사적 배경지식을 갖춘 똑똑한 여행자 정도네."

"그렇군요."

"자네가 느끼기에 러시아 장교들이 1905년 이래 발전했는지 그게 알고 싶네. 현대화되었는지, 아니면 여전히 구식 관념에 사로잡혀 있는지 말이야. 상트페테르부르크에서 고위 인사들을 모두 만날 것 아닌가? 그중 절반은 자네 부인과 인척관계일 테고."

피츠는 러시아가 가장 최근 치러낸 전쟁을 떠올리고 있었다. "그들이 일본에 패한 가장 큰 이유는 러시아 철도가 군수품을 나르기에 부적합했기 때문입니다."

"하지만 그후 러시아는 철도망을 개선하려고 애써왔어. 동맹국인 프랑스에서 돈까지 빌렸지."

"그래서 진척이 좀 있었나요?"

"바로 그게 핵심이야. 자네는 기차로 갈 거 아닌가. 기차가 정시에 출발할까? 똑똑히 지켜보라고. 철로가 여전히 대부분 단선인가? 아니면 복선화되었나? 독일 장성들은 러시아 군대가 이동하는 데 시간이 얼마나 걸리는지에 따라 전시 비상 대책을 세워놓았어. 만일 전쟁이 벌어진다면 과연 기차가 제시간에 움직이느냐에 따라 많은 게 달라지겠지."

피츠는 학생처럼 흥분했지만 그런 기분을 가라앉히고 점잖게 대답했다. "최대한 알아내겠습니다."

"고맙네." C는 손목시계를 들여다보았다.

피츠는 일어서서 악수를 나누었다.

"정확히 언제 가지?" C가 물었다.

"내일 떠납니다." 피츠가 말했다. "그럼 이만."

II

그리고리 폐시코프는 동생 레프가 키 큰 미국인으로부터 돈을 뜯어내는 모습을 지켜보았다. 잘생긴 동생은 기술을 자랑하는 게 주된 목적인 양 소년처럼 열중한 표정이었다. 그리고리는 늘 품어왔던 걱정에 마음이 괴로웠다. 언젠가 레프가 자신의 매력으로도 빠져나오지 못할 곤경에 처할까봐 두려웠다.

"이건 기억력 테스트입니다." 레프는 영어로 말했다. 무작정 외운 말이었다. "내 카드를 받으세요." 공장 소음 때문에 그는 큰 소리로 외쳐야 했다. 중장비가 철컹거리는 소리, 증기가 뿜어져나오는 소리, 사람들이 지시를 내리거나 질문하는 외침이 뒤섞여 들려왔다.

방문객의 이름은 거스 듀어였다. 깔끔한 회색 모직 재킷에 조끼, 바지 차림이었다. 버펄로에서 왔다는 말을 듣고 그리고리는 듀어에게 특히 관심이 갔다.

듀어는 상냥해 보이는 젊은이였다. 그는 어깨를 으쓱하더니 레프가 쥔 카드 뭉치에서 한 장을 빼내 확인했다.

레프가 말했다. "패가 보이지 않게 뒤집어서 의자에 놓으세요."

듀어는 표면이 거친 나무의자에 카드를 내려놓았다.

레프는 주머니에서 루블화 지폐 한 장을 꺼내 카드 위에 올려놓았다. "자, 선생님도 1달러 올려놓으세요." 이런 짓은 오직 방문객이 부자일 때만 할 수 있었다.

그리고리는 레프가 이미 카드를 바꿔쳤다는 사실을 알고 있었다. 손 안의 지폐 뒤에 다른 카드를 숨겨두고 있던 것이다. 동생은 지폐를 내려놓는 척하면서 카드를 바꿔치기하고 원래 카드를 재빨리 손바닥에 감추는 기술을 몇 시간이고 연습했다.

"정말 1달러를 잃어도 괜찮겠습니까, 듀어 씨?" 레프가 말했다.

듀어는 웃었다. 목표물이 된 사람들이 그 대목에서 늘 하는 행동이었다. "괜찮을 것 같은데요." 듀어가 말했다.

"무슨 카드를 뽑았는지 기억하고 있나요?" 사실 레프는 영어를 못했지만, 지금까지 늘어놓은 말들은 영어뿐 아니라 독일어와 프랑스어, 이탈리아어로도 할 줄 알았다.

"스페이드 5였죠." 듀어가 말했다.

"아닙니다."

"확실해요."

"뒤집어보시죠."

듀어는 카드를 뒤집었다. 카드는 클로버 퀸이었다.

레프는 달러화와 루블화를 모두 챙겼다.

그리고리는 숨을 멈추었다. 지금이 가장 위험한 순간이었다. 미국인 방문객이 돈을 강탈당했다고 불평하면서 레프를 욕하지 않을까?

듀어는 씁쓸한 표정으로 씩 웃으며 말했다. "당했군."

"다른 게임도 있어요." 레프가 말했다.

이쯤에서 손을 떼야 했다. 레프는 운만 믿고 덤비고 있었다. 스무 살이나 먹었지만 그는 여전히 그리고리의 보호가 필요한 동생이었다. "제 동생과는 내기하지 않는 편이 좋습니다." 그리고리는 러시아어로 듀어에게 말했다. "지는 법이 없는 녀석이거든요."

듀어는 미소짓고는 머뭇머뭇 러시아어로 대꾸했다. "좋은 충고군요."

듀어는 푸틸로프 기계공장을 견학할 소규모 방문단 중 가장 먼저 도착한 사람이었다. 푸틸로프 공장은 상트페테르부르크에서 가장 큰 공장으로, 남자와 여자, 어린아이를 포함해 삼만 명이 일하고 있었다. 이번 견학에서 그리고리가 맡은 역할은 방문객들에게 그가 속한 작지만 중요한 부서를 소개하는 일이었다. 기관차와 여타 커다란 철제 구조물을 생산하는 공장에서, 그리고리는 기차 바퀴를 만드는 작업장의 감독이었다.

그리고리는 듀어에게 버펄로에 대해 묻고 싶어 입이 근질거렸다. 하지만 미처 말을 꺼내기도 전에 주물부서의 관리자 카닌이 나타났다. 솜씨 좋은 기술자인 카닌은 큰 키에 말랐고 머리가 벗어지고 있었다.

카닌과 함께 온 두번째 방문객이 보였다. 그리고리는 옷차림을 보고 그 영국 귀족이 틀림없다고 생각했다. 러시아 귀족들과 마찬가지로 연미복에 실크해트 차림이었다. 어쩌면 전 세계 어디나 지배계급은 똑같은 복장인지도 모른다.

사전에 들은 바로 그는 피츠허버트 백작이었다. 검은 머리에 눈동자가 초록색인 그는 그리고리가 이제껏 본 중 가장 잘생긴 남자였다. 바퀴 작업장의 여자들이 마치 신이라도 되는 양 그를 주시했다.

카닌은 피츠허버트에게 러시아어로 자랑스럽게 말했다. "요즘 저희는 이곳에서 매주 새 기관차를 두 대씩 생산하고 있습니다."

"놀랍군요." 영국인 귀족이 말했다.

그리고리는 외국인들이 공장에 지대한 관심을 쏟는 이유를 잘 알았다. 신문도 읽었고, 상트페테르부르크 볼셰비키 위원회가 주최하는 강연이나 토론에도 참석했기 때문이다. 이 공장에서 생산하는 기관차는 러시아 방어력의 핵심이었다. 방문객들은 별 뜻 없이 그저 순수한 호기심에 가득찬 척하지만, 사실은 군사정보를 수집하는 것이다.

카닌은 그리고리를 소개했다. "여기 페시코프는 우리 공장의 체스 챔피언입니다." 카닌은 관리자였지만 괜찮은 사람이었다.

피츠허버트는 매력적인 남자였다. 그가 잿빛 머리칼에 스카프를 두른 오십대 여성 바라에게 쾌활하게 인사를 건넸다. "작업장을 보여주셔서 감사합니다." 영국 악센트가 강하지만 유창한 러시아어였다.

덩치가 산만한데다 근육질에 가슴이 큰 바랴가 여학생처럼 킥킥댔다.

제작 시범은 진작 준비를 마쳤다. 그리고리가 강철 덩어리를 주선기에 넣고 용광로의 온도를 올려두었던지라 강철은 이미 녹아 쇳물 상태였다. 하지만 아직 한 방문객이 도착하지 않았다. 백작의 부인으로 러시아 출신이라고 했다. 러시아어를 할 줄 아는 외국인은 드물어 신기하다 싶었는데 그런 연유였던 것이다.

그리고리는 듀어에게 버펄로에 대해 묻고 싶었지만, 미처 기회를 잡기도 전에 백작부인이 바퀴 작업장으로 들어섰다. 여자는 바닥에 끌리는 치맛자락으로 먼지와 온갖 부스러기를 빗자루처럼 쓸고 다녔다. 드레스 위는 짧은 코트를 입은 여자의 뒤로 모피망토를 든 하인과 손가방을 든 하녀, 공장 경영진 중 한 사람인 마클라코프 백작이 따르고 있었다. 젊은 마클라코프 백작 역시 피츠허버트와 비슷한 복장이었다. 그가 함께 온 손님에게 푹 빠져 있다는 건 누가 봐도 명백했다. 여자에게 낮은 목소리로 웃고 소곤거리고 쓸데없이 그녀의 팔을 붙잡았다. 심한 곱슬머리에 눈이 번쩍 뜨일 정도로 예쁜 여자는 요염하게 고개를 기울이곤 했다.

그리고리는 바로 여자를 알아보았다. 비 공주였다.

심장이 벌렁거리고 속이 메스꺼웠다. 먼 과거로부터 떠오르는 추악한 기억을 기를 쓰고 억눌렀다. 그러고 나서, 위기 상황이면 늘 그랬듯이 동생을 살폈다. 레프가 기억할까? 당시 동생은 겨우 여섯 살이었다. 레프는 누군지 알아내려는 듯 호기심 어린 표정으로 공주를 보고 있었다. 그러더니 그리고리가 지켜보는 가운데 안색이 변했다. 레프도 기억하고 있었다. 아픈 사람처럼 얼굴이 하얗게 질리더니 이어서 별안간 분노로 시뻘게졌다.

이미 그리고리가 곁에 와 있었다. "침착해." 그는 속삭였다. "아무 말 하지 마. 우리는 미국으로 갈 거야. 잊지 마. 절대 계획을 망쳐선 안 돼!"

레프는 불만에 찬 소리를 냈다.

"마구간으로 돌아가." 그리고리가 말했다. 마부인 레프는 공장에서 부리는 많은 말을 관리했다.

레프는 아무것도 모르는 공주를 잠시 더 노려보더니 돌아서서 가버렸다. 위험한 순간은 지나갔다.

그리고리는 시범을 시작했다. 이사크에게 고개를 끄덕였다. 동갑인 이사크는 공장 축구팀 주장이었다. 이사크는 거푸집을 열고 바랴와 함께 바퀴의 본이 될 반들반들한 목형을 들어올렸다. 목형 제작만 해도 대단한 기술이 필요했다. 바퀴살은 횡단면이 타원형이고 바깥으로 갈수록 점점 가늘어져 끄트머리 굵기는 축 부근의 20분의 1이었다. 거대한 4-6-4 기관차에 쓰이는 바퀴라 그것을 들어올리는 사람들만큼이나 컸다.

두 사람은 축축한 모래가 섞인 주형용 혼합재료가 든 깊은 트레이에 목형을 밀어넣었다. 이사크가 그 위에 레일 접촉면과 테두리가 될 냉경용 주철을 재빨리 빙 두르고 거푸집을 덮었다.

두 사람이 거푸집을 열자 그리고리는 목형 자리에 생긴 구멍을 꼼꼼히 살폈다. 눈에 띄는 흠은 없었다. 그가 주물모래에 기름 같은 검은 액체를 뿌리자 두 사람은 다시 거푸집을 닫았다. "뒤로 멀찍이 물러서세요." 그리고리가 방문객들에게 말했다. 이사크가 쇳물이 담긴 주선기 주둥이를 거푸집의 탕구에 갖다댔다. 그리고리가 손잡이를 당기자 주선기가 기울어졌다.

녹은 쇳물이 천천히 거푸집 안으로 흘러들어갔다. 쇳물이 젖은 모래에 닿으면서 발생한 증기가 큰 소리와 함께 거푸집 구멍으로 뿜어져나왔다. 그리고리는 언제쯤 주선기 주둥이를 거두어 쇳물 붓기를 멈춰야하는지 경험으로 알았다. "다음 단계는 바퀴 모양을 완벽하게 다듬는 겁니다. 쇳물이 식으려면 시간이 오래 걸리기 때문에 여기 미리 주물을 준비해뒀습니다."

이미 바퀴 한 개가 선반旋盤에 물려 있었다. 그리고리는 바랴의 아들인 선반공 콘스탄틴에게 고개를 끄덕였다. 호리호리한 몸집의 껑다리로 검은 머리칼이 잔뜩 헝클어진 콘스탄틴은 볼셰비키 토론 모임의 지적인 회장이자 그리고리의 가장 가까운 친구였다. 콘스탄틴은 선기보터를 켜서 바퀴를 빠른 속도로 돌리더니 줄로 다듬기 시작했다.

"선반에 절대로 가까이 가지 마세요." 선반이 내는 쇳소리에 묻히지 않도록 그리고리는 방문객들에게 목소리를 높여 말했다. "손을 댔다가는 손가락이 날아갑니다." 그는 왼손을 들어 보였다. "제가 열두 살 때 이 공장에서 손가락을 잘린 것처럼 말입니다." 그의 넷째 손가락은 보기 흉하게 잘려 있었다. 짜증스러운 표정을 짓는 마클라코프 백작이 언뜻 보였다. 자신이 벌어들이는 이익을 위해 사람들이 희생된다는 사실이 떠올라 언짢은 모양이었다. 그리고리가 비 공주의 얼굴에서 본 것은 혐오와 매혹이 뒤섞인 감정이었다. 그는 공주가 지저분하고 고통당하는 사람들을 보며 기이한 흥미를 느끼는 성격은 아닌지 궁금했다. 숙녀가 공장 견학을 오는 건 흔치 않은 일이기 때문이다.

그리고리가 신호를 보내자 콘스탄틴이 선반을 멈추었다. "다음은 캘리퍼스를 이용해 바퀴의 크기를 측정합니다." 그리고리는 연장을 들어 보였다. "기차 바퀴는 크기가 정확히 맞아야 합니다. 지름이 0.15센티미터 이상 차이가 나면, 겨우 연필심 굵기 정도 차이라 해도 녹여서 처음부터 다시 만들어야 합니다."

피츠허버트가 유창하지 못한 러시아어로 물었다. "하루에 몇 개나 만들 수 있소?"

"불량품을 감안하면 예닐곱 개입니다."

미국인 듀어가 물었다. "하루에 몇 시간 일합니까?"

"아침 여섯시부터 저녁 일곱시까지 작업합니다. 월요일부터 토요일까지요. 일요일에는 교회에 가는 게 허용됩니다."

여덟 살쯤 돼 보이는 남자아이가 바퀴 작업장으로 뛰어들어왔다. 소리치며 쫓아들어오는 여자는 아마도 엄마인 듯했다. 그리고리는 아이가 용광로 근처에 가지 못하도록 붙들었다. 하지만 아이는 그의 손아귀를 빠져나가 비 공주와 세게 부딪히고 말았다. 아이가 빡빡 깎은 머리통으로 공주의 갈비뼈를 들이받자 퍽 소리가 났다. 공주는 숨이 턱 막히는지 고통스러워했다. 아이가 멍한 얼굴로 그 자리에 멈춰 섰다. 화가 잔뜩 난 비 공주는 힘껏 팔을 휘둘러 아이의 뺨을 때렸다. 어찌나 세게 때렸는지 아이가 휘청거릴 정도였고, 그리고리는 저러다 아이가 쓰러지겠다고 생각했다. 돌연 미국인이 영어로 뭐라고 내뱉었는데, 놀라고 화난 음성이었다. 다음 순간 아이 어머니가 억센 팔로 아이를 낚아채서는 홱 몸을 돌려 나가버렸다.

카닌은 관리자인 자기가 욕을 먹을까봐 겁에 질려 있었다. 그가 공주에게 말했다. "마마, 다치셨습니까?"

비 공주는 누가 봐도 화난 얼굴이었다. 하지만 심호흡을 하고는 말했다. "아무렇지도 않아요."

공주의 남편인 백작이 걱정스러워하며 다가갔다. 오직 듀어만이 멀찌감치 떨어져 있었다. 못마땅하다 못해 역겹다는 표정이었다. 아마도 아이의 뺨을 갈긴 행동에 충격을 받은 모양인데, 미국인은 다들 그렇게 인정이 많은지 그리고리는 궁금해졌다. 뺨을 때리는 건 약과였다. 그리고리와 동생은 어렸을 때 이 공장에서 지팡이로 맞기도 했다.

방문객들이 이동하기 시작했다. 그리고리는 버펄로에서 온 남자에게 질문할 기회를 놓칠지도 모른다고 생각하자 초조했다. 그는 대담하게 듀어의 소매를 건드렸다. 러시아 귀족이라면 버럭 화를 내며 그를 밀어내거나 건방지다며 때릴 수도 있는 행동이었다. 하지만 미국인은 그저 친절한 미소를 띠고 그리고리를 돌아보았다.

"뉴욕 버펄로에서 오셨죠?" 그리고리가 물었다.

"그런데요."

"저는 동생과 미국에 가려고 돈을 모으고 있습니다. 버펄로에서 살려고요."

"왜 버펄로죠?"

"여기 상트페테르부르크에서 미국으로 가는 데 필요한 서류를 만들어주는 사람들이 있습니다. 물론 돈을 받죠. 그 사람들이 버펄로에 있는 친척에게 부탁해 일자리를 잡아주겠다고 했습니다."

"그 사람들이 누구죠?"

"뱔로프라고 합니다." 뱔로프 가문은 범죄 집단이지만 합법적인 사업도 하고 있었다. 무턱대고 믿을 만한 사람들이 아니기에 그리고리는 그들의 말을 따로 확인해보고 싶었던 것이다. "선생님, 뉴욕의 버펄로에 산다는 뱔로프 사람들은 정말 힘있고 부자인가요?"

"네." 듀어가 말했다. "조지프 뱔로프는 호텔과 술집을 여러 개 경영하면서 수백 명을 고용하고 있죠."

"감사합니다." 그리고리는 안도했다. "확인하고 나니 정말 마음이 놓이는군요."

III

그리고리의 머릿속에 남은 가장 어린 시절의 기억은 차르가 불로브니르에 찾아온 일이었다. 그의 나이는 여섯 살이었다.

마을 사람들은 며칠째 차르 이야기만 하고 있었다. 차르는 분명히 아침을 먹고 출발할 테니 열시쯤이나 되어야 도착할 터였지만 개의치 않고 모두 새벽에 일어났다. 그리고리의 아버지는 단칸집에서 탁자를 갖고 나와 길가에 놓았다. 그리고 탁자 위에 빵 한 덩이와 꽃 한 다발, 작은 소금통을 올려놓고 장남 그리고리에게 그것들이 러시아의 전통적인 환영의 표시임을 알려줬다. 마을 사람들도 대부분 같은 방식으로 차르를 맞이할 준비를 했다. 그리고리의 할머니는 머리에 노란색 새 스카프를 둘렀다.

아직은 매서운 겨울 추위가 시작되기 전인 초가을의 건조한 날씨였다. 마을 농부들은 땅바닥에 엉덩이를 붙이고 앉아 기다렸다. 가장 좋은 옷을 입고 이리저리 서성거리는 마을 노인들은 뭔가 중요한 용무가 있어 보였지만 그들 역시 차르를 기다리는 중이었다. 금세 지루해진 그리고리는 집 옆에서 흙장난을 시작했다. 겨우 한 살배기인 동생 레프는 어머니 품에 안겨 있었다.

정오가 지났지만 차르의 행차를 놓칠까봐 아무도 식사 준비를 하러 집안으로 들어갈 엄두를 내지 못했다. 그리고리는 탁자 위에 올려둔 빵을 조금 뜯어먹으려다가 머리를 얻어맞았지만, 대신 어머니가 차가운 죽 한 사발을 가져다주었다.

그리고리는 차르가 누군지, 뭔지도 알지 못했다. 다만 차르가 모든 농민을 사랑하며 그들이 잘 때도 늘 굽어보고 있다는 이야기를 교회에서 자주 들어서, 그가 성 베드로나 예수, 대천사 가브리엘에 맞먹는 높은 존재라는 건 확실히 알았다. 그리고리는 차르가 날개가 달렸거나 가시면류관을 썼을지, 또는 마을 노인들처럼 수놓은 코트를 입었을지 궁금했다. 어쨌거나 차르의 모습을 보는 것만으로도 마을 사람들은 예수를 따르던 무리처럼 복을 받는 게 틀림없었다.

늦은 오후가 되어서야 멀리서 먼지구름이 이는 게 보였다. 그리고리는 발아래서 땅이 흔들리는 진동을 느낄 수 있었다. 연이어 말발굽 소리가 들렸다. 마을 사람들은 무릎을 꿇었다. 그리고리도 할머니 옆에서 따라 했다. 노인들은 안드레이 왕자와 비 공주가 왔을 때처럼 이마가 땅에 닿도록 고개를 숙였다.

말을 탄 병사들이 먼저 나타났고 그뒤로 말 네 마리가 끄는 지붕 덮인 마차가 모습을 드러냈다. 그렇게 거대한 말을 그리고리는 난생처음

보았다. 엄청난 속도로 달리는 말들의 옆구리는 땀으로 번들거렸고 재 갈 주변으로 거품이 뿜어져나왔다. 말들이 멈춰 서는 일은 없으리란 걸 알아차린 노인들은 짓밟히기 전에 얼른 몸을 피해 이리저리 달아났다. 그리고리는 겁에 질려 비명을 질렀지만 그의 울음소리는 들리지도 않 았다. 마차가 지나가자 그리고리의 아버지가 외쳤다. "백성의 아버지이 신 차르 폐하 만세!"

그 무렵 마차는 이미 마을을 빠져나가고 있었다. 먼지 때문에 마차에 탄 사람들은 제대로 보이지도 않았다. 차르를 보지 못했으니 복을 받을 수 없다는 걸 깨닫고 그리고리는 울음을 터뜨렸다.

어머니가 탁자 위에 올려두었던 빵 끄트머리를 조금 떼어주자 그나 마 기분이 나아졌다.

IV

저녁 일곱시, 푸틸로프 기계공장에서 근무를 마치면 레프는 대개 친 구들과 카드놀이를 하거나 마음 편한 여자들과 술을 마셨다. 그리고리 는 가끔 이런저런 모임에 참석했다. 무신론 강좌나 사회주의자 토론회, 외국 풍경을 보여주는 환등기 쇼, 시 낭송회를 찾아다녔다. 하지만 오 늘밤은 딱히 할 일이 없었다. 집에 가서 저녁으로 스튜를 끓여먹고 레 프가 나중에 먹을 만큼 남겨두고는 일찍 잠자리에 들 생각이었다.

공장은 상트페테르부르크 남쪽 외곽에 자리하고 있었다. 우후죽순 세워진 공장 굴뚝과 창고 들이 발트해 연안의 넓은 지역을 뒤덮고 있었 다. 많은 노동자들은 막사에서 지내거나 공장에서 살며 잠은 기계 옆에 누워 잤다. 어린아이들이 공장 안을 뛰어다니는 것도 그런 이유 때문이었다.

그리고리는 공장 밖에 집이 있는 사람들 중 하나였다. 그가 아는 바에 따르면 사회주의국가에서는 공장을 지을 때 노동자들의 주택도 함께 계획한다는데, 무계획적인 러시아 자본주의는 살 곳이 없는 수천 명을 그대로 방치하고 있었다. 그리고리는 급료가 높았지만 공장에서 도보로 삼십 분이나 떨어진 곳에 단칸방을 얻었다. 그가 듣기로 버펄로의 공장 일꾼들은 집에 전기와 수도가 들어온다고 했다. 전화를 가진 사람도 있다는데, 마치 도로를 금으로 덮었다는 소리만큼이나 허황되게 들렸다.

비 공주를 보는 바람에 그는 어린 시절로 되돌아갔다. 꽁꽁 얼어붙은 길을 따라 집으로 가면서 비 공주 때문에 다시 떠오른 견디기 어려운 기억을 떨치려고 애썼다. 그러면서도 어릴 적 살았던 통나무 오두막집을 생각했다. 성상을 걸어두던 성소가 다시 보이고, 그 반대편 구석에 밤이면 그가 몸을 누이던 잠자리도 보였다. 대개는 염소나 송아지와 함께 잤다. 가장 또렷이 떠오르는 것은 당시에는 거의 의식하지 못했던 것들이었다. 바로 냄새였다. 난로와 가축 냄새, 석유램프에서 피어오르는 검은 연기 냄새, 집에서 기른 담뱃잎을 아버지가 신문지에 말아 피우던 냄새까지. 찬 공기가 들어오지 못하도록 창틀을 따라 해진 헝겊을 잔뜩 쑤셔넣어 실내공기는 굉장히 탁했다. 상상 속에서도 그 냄새를 맡을 수 있을 것 같았다. 그것은 악몽이 펼쳐지기 전, 그의 인생에서 마지막으로 안온했던 시절에 대한 향수를 일깨웠다.

공장에서 그리 멀지 않은 곳에서 그리고리는 어떤 광경을 보고 멈춰섰다. 가로등 불빛 아래 깃과 소매에 녹색 천을 댄 검은 제복 차림의 두 경관이 젊은 여자를 검문하고 있었다. 손으로 짠 코트를 입고 머릿수건을 목뒤에서 묶은 걸 보니 여자는 막 도시에 상경한 시골 처녀였다. 언뜻 열여섯 살쯤 돼 보였다. 레프와 그가 고아가 된 나이였다.

체격이 다부진 경관이 뭐라고 말하며 여자의 얼굴을 어루만졌다. 여자가 움찔하자 다른 경관이 웃었다. 그리고리는 열여섯 살에 고아가 된 뒤로 공권력을 가진 모든 사람으로부터 받았던 냉대가 떠올라 연약한 소녀에게 안쓰러운 마음이 들었다. 가만있는 편이 신상에 이롭다는 걸 알면서도 그는 세 사람 쪽으로 다가갔다. 일단 아무 말이나 던졌다. "혹시 푸틸로프 공장을 찾는 거라면 내가 길을 알려줄 수 있어요."

체격이 다부진 경관이 웃으며 말했다. "꺼지라고 해, 일리야."

머리통이 작고 인상이 비열한 그의 똘마니가 말했다. "꺼져, 이 쓰레기야."

그리고리는 두렵지 않았다. 키가 크고 힘도 센데다 오랜 시간 힘든 노동으로 근육이 단련돼 있었다. 길거리 싸움이라면 어렸을 때부터 익숙했고 오랫동안 누구에게도 져본 적이 없었다. 레프도 마찬가지였다. 하지만 아무리 그래도 경찰의 비위는 거스르지 않는 게 상책이었다. "나는 공장 감독입니다." 그리고리는 여자에게 말했다. "일자리를 찾고 있다면 도와줄게요."

여자는 고마워하는 얼굴이었다.

"감독이 뭐나 된다고." 체격이 다부진 경관이 말했다. 그러면서 처음으로 그리고리를 똑바로 보았다. 석유등의 노란 불빛 아래 드러난 멍청하고 호전적인 둥근 얼굴을 보고 그리고리는 그제야 그가 누군지 알았다. 이 구역의 지구대장인 미하일 핀스키였다. 그리고리는 가슴이 철렁했다. 지구대장과 싸움을 벌이는 건 미친 짓이었다. 하지만 이제 와서 되돌리기엔 너무 늦었다.

여자가 입을 열었다. 목소리를 들어보니 열여섯이 아니라 스무 살쯤 된 듯했다. "고맙습니다. 선생님을 따라가겠어요." 예쁜 여자였다. 우아한 얼굴선에 입매가 크고 육감적이었다.

그리고리는 주위를 둘러보았다. 운이 없게도 다른 사람은 보이지 않았다. 다들 우르르 퇴근하는 일곱시를 조금 넘겨 공장에서 나섰기 때문이다. 물러서야 한다는 건 알았지만 여자를 내버려둘 순 없었다. "그럼 공장 사무실까지 데려다드리죠." 사무실은 닫혔지만 그렇게 말했다.

"이 여자는 나랑 갈 거야. 안 그래, 카테리나?" 핀스키는 얇은 코트 위로 여자의 가슴을 주무르더니 별안간 그녀의 가랑이 사이로 손을 밀어넣었다.

여자는 뒤로 펄쩍 뛰며 말했다. "더러운 손 치워요."

핀스키가 놀랄 만큼 빠르고 정확하게 여자의 입에 주먹을 날렸다.

비명을 지르는 여자의 입술에서 피가 뿜어져나왔다.

그리고리는 화가 났다. 앞뒤 가리지 않고 나서서 한 손으로 핀스키의 어깨를 세게 밀쳤다. 핀스키는 옆으로 비틀거리다 한쪽 무릎을 꿇고 쓰러졌다. 그리고리는 울고 있는 카테리나에게 몸을 돌렸다. "죽어라 뛰어요!" 그 순간 뒤통수에 고통스러운 일격이 날아들었다. 다른 경관 일리야가 생각보다 빨리 경찰봉을 휘두른 것이었다. 극심한 고통에 그리고리는 무릎을 꿇고 주저앉았지만 정신을 잃지는 않았다.

카테리나는 돌아서서 뛰기 시작했지만 멀리 가지 못했다. 핀스키에게 발을 잡히는 바람에 그녀는 큰대자로 엎어지고 말았다.

그리고리가 몸을 돌리자 또다시 날아드는 경찰봉이 보였다. 재빨리 피하고 벌떡 일어섰다. 일리야가 재차 경찰봉을 휘둘렀지만 이번에도 빗나갔다. 그리고리는 상대의 옆머리를 노리고 있는 힘껏 주먹을 뻗었다. 일리아가 쓰러졌다.

그리고리가 돌아서자 땅바닥에 넘어진 카테리나를 묵직한 부츠로 사정없이 걷어차는 핀스키가 보였다.

공장 방향에서 자동차 한 대가 다가왔다. 자동차는 옆을 지나다 끽 소리를 내며 가로등 불빛 아래 멈춰 섰다.

그리고리는 성큼성큼 두 걸음 만에 핀스키의 등뒤로 다가섰다. 그리고 양팔로 그를 힘껏 끌어안고 위로 들어올렸다. 핀스키는 발버둥치며 양팔을 휘둘렀지만 소용없었다.

차문이 열리고 버펄로에서 왔다는 미국인이 내려서 그리고리는 깜짝 놀랐다. "무슨 일이죠?" 미국인이 물었다. 앳된 얼굴에 서린 분노가 가로등 불빛에 드러났다. 그는 발버둥치는 핀스키에게 다가갔다. "왜 힘 없는 여자를 발로 차는 겁니까?"

운이 무척 좋았다. 힘없는 소작농을 발로 차는 경관에게 따지고 들 수 있는 건 외국인뿐이었다.

큰 키에 마른 체격인 관리자 카넌이 뒤따라 차에서 내려 듀어 뒤에 섰다. "경관을 놔줘, 페시코프." 그가 그리고리에게 말했다.

그리고리는 핀스키를 내려놓고 팔을 풀었다. 핀스키가 몸을 돌려서 그리고리는 주먹을 피할 태세를 취했지만, 핀스키는 감정을 억누르더니 대신 독기 어린 목소리로 말했다. "기억해두겠다, 페시코프." 그리고리는 신음소리를 냈다. 녀석은 이제 그의 이름까지 알았다.

카테리나는 끙끙거리며 무릎을 꿇고 몸을 일으켰다. 듀어는 일어서는 그녀를 정중하게 부축하며 말을 건넸다. "많이 다치셨나요, 아가씨?"

카넌은 당황한 것 같았다. 러시아에서는 소작농에게 그런 식으로 친절하게 대하지 않기 때문이다.

일리야가 멍한 얼굴로 일어섰다.

자동차 안에서 비 공주가 영어로 말하는 소리가 들렸다. 짜증이 잔뜩 밴 목소리였다.

그리고리는 듀어에게 다가갔다. "선생님께서 허락하신다면 제가 이 여자를 근처 의사에게 데려가겠습니다."

듀어는 카테리나를 보고 말했다. "그렇게 해도 괜찮겠습니까?"

"네, 선생님." 여자의 입술에서 피가 흘러내렸다.

"그럼 그렇게 해요." 듀어가 말했다.

그리고리는 다른 사람이 말을 보탤세라 얼른 여자의 팔을 붙잡고 데려갔다.

모퉁이에 다다른 그리고리는 뒤를 돌아보았다. 가로등 불빛 아래서 두 경관이 듀어와 카닌을 상대로 옥신각신하고 있었다.

그리고리는 절뚝거리는 카테리나의 팔을 잡고 재촉하며 이끌었다. 일단 핀스키에게서 멀어져야 했다.

모퉁이를 돌아서자마자 카테리나가 말했다. "의사에겐 못 가요. 돈이 없어요."

"돈은 빌려줄 수 있어요." 그리고리는 죄책감이 들었다. 미국에 가려고 모은 돈이지 예쁘장한 여자의 멍든 상처나 치료하려던 게 아니었다.

여자는 뭔가 계산하는 얼굴이었다. "사실 의사에게는 안 가도 돼요. 필요한 건 일자리예요. 저를 공장 사무실로 데려다주실 수 있어요?"

배짱 있는 여자네, 그리고리는 감탄했다. 방금 경관에게 흠씬 두드려맞고도 일자리를 구할 생각뿐이었다. "사무실은 닫았어요. 그냥 경관들 주의를 돌리려고 한 소리예요. 하지만 내일 아침에 데려다줄 순 있어요."

"잘 곳이 없어요." 여자는 조심스러운 얼굴로 그리고리를 보았다. 그리고리는 무슨 뜻인지 알 수 없었다. 몸이라도 제공하겠다는 건가? 도시로 올라온 많은 여자 소작농들이 결국 그런 처지가 되곤 했다. 하지만 어쩌면 그의 생각과는 반대로, 여자의 표정은 잘 곳은 원하지만 그 대가로 몸을 제공할 생각은 없다는 뜻인지도 몰랐다.

"내가 사는 집에 여자 여럿이 함께 지내는 방이 있긴 해요. 서너 명이 한 침대에 자는데 한 명쯤 더 끼어 잘 수 있어요." 그리고리가 말했다.

"얼마나 멀죠?"

그리고리는 철로가 깔린 둑 밑을 따라 난 길 앞쪽을 가리키며 말했다. "바로 저기예요."

여자는 따라가겠다는 표시로 고개를 끄덕였고 잠시 후 두 사람은 집으로 들어섰다.

그리고리는 2층 뒷방을 쓰고 있었다. 레프와 함께 쓰는 침대가 한쪽 벽에 붙어 있었다. 음식을 데우는 시렁 달린 벽난로가 있고, 탁자와 의자 두 개가 철로가 내다보이는 창가에 놓여 있었다. 침대 옆에는 포장용 상자를 엎어놓고 세숫물을 담은 주전자와 대야를 두었다.

카테리나는 방안을 샅샅이 살핀 다음 말했다. "여길 다 혼자 쓰는 건가요?"

"아뇨. 난 그렇게 넉넉하지 않아요. 남동생과 함께 써요. 이따가 올 겁니다."

카테리나는 곰곰이 생각에 잠겼다. 어쩌면 두 형제 모두와 잠자리를 해야 하나 걱정하는지도 모른다. 여자를 안심시키려고 그리고리가 말했다. "이 집에 사는 여자들을 소개해드릴까요?"

"시간은 많으니 인사는 천천히 할게요." 카테리나는 의자에 앉았다. "우선 조금만 쉴게요."

"그러세요." 난로에는 불만 붙이면 되었다. 그리고리는 늘 아침에 일하러 가기 전에 불 피울 준비를 해두었다. 그는 성냥으로 불쏘시개에 불을 붙였다.

별안간 천둥과도 같은 굉음이 울려 카테리나는 겁을 집어먹었다. "그냥 기차가 지나가는 거예요. 바로 옆이 철로거든요." 그리고리가 말했다.

그리고리는 주전자에 담긴 물을 대야에 붓고 벽난로 시렁에 올려 데 웠다. 그리고 카테리나의 맞은편 의자에 앉아 그녀를 바라보았다. 곧은 금발에 피부가 하얬다. 처음에는 제법 예쁘다고만 생각했는데 이제 보니 정말 아름다운 얼굴이었다. 동양적인 골격을 보니 조상 중에 시베리아 사람이 있었으리라는 추측이 들었다. 얼굴에서는 강인한 인상도 풍겼다. 커다란 입은 육감적이면서도 단호해 보였고 청록색 눈에서는 불굴의 의지가 엿보이는 듯했다.

핀스키의 주먹에 얻어맞은 입술이 부어오르고 있었다. "좀 어때요?" 그리고리가 물었다.

카테리나는 양손으로 어깨며 갈비뼈, 엉덩이, 허벅지를 짚어보았다. "온몸이 멍든 것 같아요. 하지만 크게 다치기 전에 제때 그 짐승 같은 놈을 떼어내주셨어요."

카테리나는 한탄이나 하고 있는 성격이 아니었다. 그리고리는 그런 면이 마음에 들었다. "물이 데워지면 피를 닦아줄게요."

그리고리는 음식을 보관해두는 양철통에서 햄 한 덩어리를 꺼내 냄비에 넣고 주전자의 물을 조금 부었다. 순무도 하나 씻어 냄비에 얇게 썰어넣었다. 카테리나의 눈을 보니 무척 놀란 기색이었다. "아버지가 요리를 하셨나봐요?"

"아뇨." 그렇게 대답한 그리고리는 눈 깜짝할 사이에 열한 살 시절로 되돌아갔다. 비 공주에 대한 악몽과도 같은 기억을 도저히 떨칠 수가 없었다. 그리고리는 냄비를 탁자에 탁 내려놓고는 침대 끄트머리에 걸터앉아 북받치는 슬픔에 양손으로 머리를 감싸쥐었다. "아뇨. 우리 아버지는 요리를 하시지 않았어요."

V

새벽녘 놈들이 마을에 들이닥쳤다. 지역 부대의 지휘관과 기병 여섯이었다. 어머니는 빠른 말발굽 소리를 듣자마자 레프를 안아들었다. 레프는 여섯 살치고 무거웠지만 어머니는 어깨도 넓고 완력도 셌다. 어머니는 그리고리의 손을 잡고 집밖으로 뛰어나갔다. 기병들은 마을 원로들을 앞세우고 있었는데, 마을 어귀에서 마주친 게 틀림없었다. 집에 문은 하나뿐이라 그리고리 가족은 몰래 빠져나가 몸을 숨길 수도 없었다. 세 사람이 문을 나서자마자 기병들이 말에 박차를 가했다.

어머니가 집 옆으로 발소리를 쿵쿵 내며 돌아가자 그 바람에 닭들이 이리저리 흩어지고 염소가 놀라 밧줄을 끊고 날뛰었다. 어머니는 집 뒤편 공터를 가로질러 숲을 향해 달렸다. 무사히 달아날 수도 있었다. 하지만 그리고리는 불현듯 할머니가 보이지 않는다는 걸 알아차렸다. 멈춰 서서 어머니의 손을 놓았다. "할머니를 두고 왔어요!" 그는 소리를 빽 질렀다.

"할머니는 못 뛰어!" 어머니도 소리를 질렀다.

그리고리도 알았다. 할머니는 제대로 걷지도 못했다. 그래도 할머니를 두고 가서는 안 된다는 생각이 들었다.

"그리시카,* 빨리 와!" 어머니는 소리치고는 레프를 품에 안은 채 앞서 달려갔다. 레프는 겁에 질려 자지러지게 울고 있었다. 그리고리도 뒤따라 뛰었지만 잠시의 지체가 돌이킬 수 없는 결과를 낳았다. 뒤쫓아오는 기병들이 점점 가까워졌고 한 놈은 옆으로 앞질러 숲으로 통하는 길목을 막아섰다. 궁지에 몰린 어머니는 연못에 뛰어들었지만 발이 진

---

* 그리고리의 별칭.

흙에 푹푹 빠지는 바람에 비트적거리다가 결국 물속에 자빠지고 말았다.

병사들이 왁자하게 웃음을 터뜨렸다.

놈들은 어머니의 손을 묶어 집으로 끌고 왔다. "애들도 놓치지 마." 장교가 말했다. "왕자님 명령이다."

그리고리의 아버지는 일주일 전 다른 두 사람과 함께 붙잡혀갔다. 어제 안드레이 왕자 밑에서 일하는 목수들이 북쪽 들판에 교수대를 만들었었다. 어머니를 뒤따라 들판으로 가보니 세 남자는 손발이 묶이고 목에 밧줄이 걸린 채 교수대에 서 있었다. 교수대 옆에는 성직자 한 사람이 서 있었다.

어머니가 비명을 질렀다. "안 돼!" 그러면서 손에 묶인 밧줄을 풀려고 버둥거리자, 기병 하나가 안장에 끼워두었던 소총을 꺼내 끝을 잡더니 나무 개머리판으로 어머니의 얼굴을 갈겼다. 어머니는 몸부림을 멈추고 흐느껴 울기 시작했다.

그리고리는 이것이 무슨 상황인지 알았다. 바로 여기서 아버지가 죽게 될 터였다. 전에도 마을 원로들이 말 도둑을 목매달아 죽이는 광경을 본 적이 있었다. 하지만 처형된 사람들을 몰랐기 때문에 지금과는 상황이 달랐다. 그리고리는 공포에 사로잡혀 멍하니 꼼짝도 못했다.

혹시라도 무슨 일이 일어나 처형이 중단될 수 있다. 차르가 나타나 개입할지 모른다. 그가 진정으로 백성을 보살피는 존재라면 말이다. 아니면 천사가 나타날 수도 있다. 얼굴이 축축하다는 걸 느낀 그리고리는 그제야 자신이 울고 있다는 걸 깨달았다.

그리고리와 어머니는 억지로 교수대 앞에 세워졌다. 주변에 마을 사람들이 모여 있었다. 교수대에 오른 다른 두 남자의 부인들도 이머니와 마찬가지로 끌려와 양손이 묶인 채 비명을 지르며 울부짖었고, 겁에 질린 아이들은 엄마의 치맛자락에 매달려 크게 울어댔다.

들판 초입 너머 흙길에 지붕 덮인 마차가 한 대 서 있었다. 마차와 어울리는 적갈색 말들은 길가에 자란 풀을 뜯고 있었다. 모두 모이자 검은색 긴 코트를 입고 검은 수염을 기른 남자가 마차에서 내렸다. 안드레이 왕자였다. 왕자는 돌아서서 여동생 비 공주에게 손을 내밀었다. 공주는 아침의 찬 공기를 막으려고 어깨에 모피를 걸치고 있었다. 공주는 아름다웠다. 그리고리도 의식하지 않을 수 없었다. 흰 피부에 금발이 마치 상상 속의 천사를 보는 듯했다. 하지만 그녀는 분명 악마였다.

왕자가 마을 사람들을 향해 입을 열었다. "이 들판은 비 공주의 소유다. 아무도 공주의 허락 없이 이곳의 풀을 가축에게 먹여서는 안 된다. 그것은 곧 공주의 풀을 훔치는 짓이다."

사람들 사이에서 억울하다는 웅성거림이 터져나왔다. 일요일마다 교회에서 설교를 들었지만 누구도 그런 식의 소유권을 진지하게 받아들이지 않았다. 오히려 예로부터 농민들 사이에 내려오는 도덕률을 따랐다. 땅은 그것을 일구는 자를 위해 존재한다는 것이었다.

왕자는 교수대 위에 선 세 사람을 가리켰다. "이 바보들은 법률을 어겼다. 그것도 한 번이 아니라 여러 번." 격분한 왕자는 마치 장난감을 뺏긴 아이처럼 새된 목소리로 말했다. "더욱이 이자들은 공주가 자신들을 막을 권리가 없으며 지주가 사용하지 않는 땅은 불쌍한 농민들에게 개방해야 한다고 말했다." 그리고리는 아버지가 그런 말을 하는 걸 자주 들었다. "그 결과 다른 마을 사람들까지 귀족의 땅에서 가축을 먹이기 시작했다. 여기 세 사람은 스스로 지은 죄를 뉘우치기는커녕 다른 이웃마저 죄인으로 만든 것이다! 그렇기에 사형선고를 받았다." 왕자는 성직자에게 고개를 끄덕였다.

성직자는 임시 계단을 올라가 세 사람에게 차례로 조용히 말했다. 첫번째 사람은 무표정하게 고개를 끄덕였다. 두번째 사람은 눈물을 흘리며 큰 소리로 기도하기 시작했다. 세번째인 그리고리의 아버지는 성직자의 얼굴에 침을 뱉었다. 아무도 놀라지 않았다. 마을 사람들은 성직자를 나쁜 놈이라 생각했고, 그리고리도 사제들이 고해성사에서 들은 이야기를 죄다 경찰에 일러바친다는 말을 아버지로부터 들은 적이 있었다.

사제가 계단을 내려오자 안드레이 왕자는 커다란 망치를 들고 선 하인 중 하나에게 고개를 끄덕였다. 그리고리는 그제야 사형선고를 받은 세 사람이 밟고 선 단상이 경첩으로 헐겁게 연결돼 있고 그 전체를 버팀목 하나가 떠받치고 있다는 사실을 알아차렸다. 저 하인은 커다란 망치로 버팀목을 쳐 넘어뜨릴 것이다. 그리고리는 공포에 사로잡혔다.

지금이야말로 천사가 나타나야 할 때라고, 그리고리는 생각했다.

마을 사람들은 탄식을 쏟아냈다. 부인들이 다시 비명을 질렀지만 이번에는 병사들이 막지 않았다. 어린 레프는 경기를 일으켰다. 무슨 일이 벌어질지는 잘 모를 테지만, 그럼에도 어머니가 비명을 질러대자 겁에 질려 있었다.

아버지는 돌처럼 얼굴이 굳은 채 어떤 감정도 드러내지 않았다. 그저 먼 곳을 보며 운명을 기다릴 뿐이었다. 그리고리는 아버지처럼 강해지고 싶었다. 레프처럼 울부짖어야 마땅했지만 어떻게든 자제력을 잃지 않으려고 애썼다. 눈물이 흘러내리는 건 어쩔 수 없었지만 입술을 깨물고 아버지처럼 아무 소리도 내지 않았다.

하인이 망치를 들어 거리를 가늠하듯 버팀목에 대보고는 힘껏 들어올렸다가 휘둘렀다. 버팀목이 획 허공으로 날았다. 경첩으로 연결된 단상이 쾅 소리를 내며 떨어졌다. 세 사람의 몸이 아래로 떨어지다가 목에 두른 밧줄에 걸려 뚝 멈췄다.

그리고리는 고개를 돌릴 수 없었다. 아버지를 뚫어져라 보았다. 아버지는 금방 숨이 끊어지지 않았다. 숨을 쉬려는 건지 소리를 지르려는 건지 입을 벌렸지만 아무 소용 없었다. 그저 벌게진 얼굴로 밧줄에 매달려 버둥거렸다. 한참을 그랬던 것 같다. 아버지의 얼굴은 점점 더 붉어졌다.

순간 얼굴이 시퍼렇게 변하더니 서서히 움직임이 잦아들었다. 마침내 아버지는 미동도 하지 않았다.

어머니는 비명을 그치고 흐느끼기 시작했다.

사제가 큰 소리로 기도했지만 마을 사람들은 아랑곳없이 죽은 세 사람에게서 등을 돌리고 하나둘 떠나갔다.

왕자와 공주는 마차에 올랐고, 잠시 후 마부가 채찍질을 해 마차를 몰고 떠났다.

VI

이야기를 마친 그리고리는 다시 차분해졌다. 옷소매로 얼굴에 흘러내린 눈물을 닦고 카테리나를 보았다. 카테리나는 그를 가여워하며 잠자코 이야기를 듣고 있을 뿐 놀라지는 않았다. 비슷한 일을 직접 본 적이 있는 게 틀림없었다. 시골에서는 본때를 보인다며 목을 매달거나 매질을 하고 손발을 자르는 경우가 흔했다.

그리고리는 따뜻한 물이 담긴 대야를 탁자에 올려놓고 깨끗한 수건을 준비했다. 카테리나가 고개를 뒤로 젖혔고, 그리고리는 벽에 걸린 석유램프를 들고 그녀의 얼굴을 살폈다.

이마에 상처가 났고 뺨에는 멍이 들고 입술이 부어올랐다. 그럼에도 카테리나의 얼굴을 가까이서 들여다본 그리고리는 숨이 멎는 것 같았다. 그를 마주보는 카테리나의 대담하고 거리낌없는 눈빛은 뇌쇄적이었다.

그리고리는 수건 끄트머리를 따뜻한 물에 적셨다.

"살살 해주세요." 카테리나가 말했다.

"그럼요." 그리고리는 카테리나의 이마를 닦기 시작했다. 굳은 피를 닦아내고 보니 상처는 살짝 긁힌 정도에 불과했다.

"훨씬 낫네요." 카테리나가 말했다.

그녀는 손을 놀리는 그리고리의 얼굴을 바라보았다. 그리고리는 카테리나의 뺨과 목을 닦고는 말했다. "제일 아플 곳은 마지막에 닦을게요."

"괜찮을 거예요. 정말 살살 해주시네요." 그렇게 말했지만 부은 입술에 수건이 닿자 카테리나는 얼굴을 찡그렸다.

"미안해요." 그리고리가 말했다.

"괜찮아요."

깨끗하게 닦고 보니 찰과상은 벌써 아물고 있었다. 젊은 사람답게 치아도 고르고 희었다. 그리고리는 카테리나의 시원스럽게 큼지막한 입 언저리를 닦았다. 몸을 숙이자 카테리나의 따뜻한 입김이 얼굴에 느껴졌다.

상처를 모두 닦자 왠지 아쉬운 마음이 들었다. 마치 있을 법하지 않은 어떤 일을 기다렸던 것처럼.

그리고리는 의자에 앉아 피로 지저분해진 수건을 빨았다.

"고마워요. 정말 손길이 부드러우시네요." 카테리나가 말했다.

그리고리는 가슴이 쿵쾅거렸다. 전에도 다친 사람을 돌봐준 적은 있지만 이렇게 이찔한 기분은 처음이었다. 당장이라도 뭔가 바보짓을 지지를 것만 같았다.

그리고리는 창문을 열고 분홍색 대얏물을 마당에 쌓인 눈 위로 쏟아버렸다.

어쩌면 카테리나를 만난 게 꿈일지 모른다는 생각마저 들었다. 그는 어렴풋이 카테리나가 온데간데없이 사라진 광경을 예상하며 돌아섰다. 하지만 카테리나는 그대로 있었다. 청록색 눈동자로 그를 바라보면서. 그리고리는 카테리나가 절대로 사라지지 않길 자신이 바란다는 걸 깨달았다.

사랑에 빠진 걸지도 모른다.

이런 생각은 처음이었다. 언제나 레프의 뒤치다꺼리를 하기에도 바빠 여자를 쫓아다닐 겨를이 없었다. 그렇다고 숫총각은 아니었다. 지금껏 세 명의 여자와 잠자리를 했다. 하지만 그때마다 별 감흥을 느끼지 못했다. 아마도 셋 중 누구에게도 딱히 마음이 가지 않았기 때문이었으리라.

하지만 지금 그리고리는 가슴이 떨렸다. 이 세상 무엇보다 방 한쪽에 놓인 좁은 침대에 카테리나와 나란히 누워 상처 입은 그녀의 얼굴에 입을 맞추고—

사랑한다고 말하고 싶었다.

바보 같은 생각이야. 그리고리는 속으로 생각했다. 고작 만난 지 한시간밖에 안 됐잖아. 이 여자가 내게 원하는 건 사랑이 아니라 돈이랑 일자리, 잠잘 곳이야.

그리고리는 창문을 쾅 닫았다.

카테리나가 말했다. "그러니까 당신은, 동생을 위해 요리를 하고 손길이 부드럽고 경관을 한주먹에 쓰러뜨릴 수 있는 사람이군요."

그리고리는 뭐라고 대꾸해야 할지 알 수 없었다.

"당신은 아버지가 돌아가셨다는 얘기만 했어요. 하지만 어머니도 어렸을 때 돌아가셨죠? 안 그래요?"

"어떻게 알았죠?"

카테리나는 어깨를 으쓱했다. "어머니 노릇을 잘해내는 걸 보면 알죠."

VII

어머니는 러시아 구력 기준으로 1905년 1월 9일에 세상을 떠났다. 일요일이었다. 훗날 '피의 일요일'로 불리게 되는 바로 그날.

그리고리는 열여섯 살, 레프는 열한 살이었다. 어머니처럼 두 사람도 푸틸로프 공장에서 일했다. 그리고리는 주물사 수습공이고 레프는 청소부였다. 그해 1월에는 십만 명이 넘는 상트페테르부르크의 공장 노동자가 하루 여덟 시간 근무와 노조 결성의 권리를 요구하며 파업을 벌였고, 세 사람도 동참했다. 9일 아침 가장 좋은 옷으로 차려입고 손을 잡고 집을 나선 세 사람은 하늘에서 떨어지는 눈을 맞으며 푸틸로프 공장 근처 교회로 터벅터벅 걸음을 옮겼다. 예배가 끝나고 세 사람은 시내 곳곳에서 행진해오는 수천 명의 노동자 틈에 섞여 겨울궁전으로 향했다.

"왜 행진을 해야 해요?" 어린 레프는 칭얼거렸다. 행진을 하기보다는 골목에서 공을 차며 놀고 싶었을 것이다.

"너희 아버지를 위해서야." 어머니가 말했다. "왕자와 공주가 살인을 일삼는 짐승이니까. 차르와 귀족을 타도해야 하니까. 러시아가 공화국이 되는 그날까지 엄마는 편히 쉬지 않을 거니까."

춥지만 건조한 상트페테르부르크의 날씨는 화창했다. 그리고리의 얼굴은 햇볕에 달아올랐고 똑같은 이상을 품은 사람들과 함께해 가슴이 뜨거웠다.

시위를 이끄는 가폰 신부는 긴 수염에 거룩한 눈빛을 지녔고, 성경 구절을 입에 달고 다니는 품이 마치 구약성서에 등장하는 예언자 같았다. 혁명가는 아니었다. 정부의 허가 아래 그가 꾸린 자활 모임은 늘 찬송가로 시작해 국가로 끝났다. "이제야 차르가 가폰에게 무슨 역할을 맡겼는지 알 것 같아요." 구 년이 흐른 지금 그리고리는 철로가 내다보이는 방에서 카테리나에게 말했다. "바로 안전밸브 노릇이었어요. 개혁에 대한 압력을 흡수해서 차를 마시거나 민속춤을 추는 등 위협이 되지 않는 방식으로 해소하게 한 거죠. 하지만 통하지 않았어요."

기다란 흰색 사제복을 입고 십자가를 든 가폰은 나르바 대로를 따라 행렬을 이끌고 있었다. 그리고리와 레프, 어머니는 가폰 바로 옆에서 걸었다. 병사들도 아이들에게는 총을 쏘지 못할 거라며 앞에 나서서 걸으라고 가폰이 독려했기 때문이었다. 그들 뒤에는 이웃사람 둘이 커다란 차르의 초상화를 들고 뒤따랐다. 가폰은 사람들에게 차르야말로 백성들의 아버지라고 말했다. 차르가 사람들의 울음에 귀기울여 냉정한 관료들을 억누르고 노동자들의 합당한 요구를 받아들일 것이라고 했다. "주 예수께서 말씀하셨습니다. '어린아이들이 내게 오는 것을 용납하라.' 그리고 차르도 늘 같은 말씀을 하십니다." 가폰은 그렇게 외쳤고, 그리고리는 그의 말을 믿었다.

사람들은 웅장한 나르바 개선문에 다다랐다. 그리고리는 거대한 여섯 마리 말이 끄는 전차 조각을 올려다보던 기억이 생생했다. 그때 기마부대가 시위대 행렬을 가르며 물밀듯 달려왔다. 마치 개선문 꼭대기의 말 동상들이 우렛소리와 함께 살아난 것 같았다.

시위대 중 일부는 달아나고 일부는 말발굽에 채어 쓰러졌다. 그리고리는 겁에 질려 그 자리에 얼어붙었고 레프와 어머니도 마찬가지였다.

병사들이 무기를 들지 않은 걸 보니 그저 사람들을 위협해 흩어지게 하려는 것 같았다. 하지만 시위대 인원이 너무 많아서 잠시 후 기마병들은 말머리를 돌려 사라졌다.

행진이 다시 시작되었고 분위기는 사뭇 달라졌다. 그리고리는 그날이 평화적으로 끝나지 않으리라는 걸 직감했다. 그들을 가로막는 권력들을 생각했다. 귀족, 성직자, 군대. 사람들이 차르와 대화하는 걸 막기 위해 그들은 무슨 짓까지 할 수 있을까?

그리고리의 의문은 바로 그 순간 풀렸다. 앞선 사람들 머리 너머로 줄지어 서서 사격 자세를 취한 보병들을 본 순간 그리고리는 두려움으로 온몸이 떨렸다.

시위대가 상황을 알아차리면서 행진 속도가 느려졌다. 그리고리가 손을 뻗으면 닿을 만큼 가까이 서 있던 가폰 사제는 돌아서서 외쳤다. "차르께서는 사랑하는 백성을 향해 군대가 총을 쏘는 걸 절대 허락하지 않으실 겁니다!"

그때 함석지붕에 우박이 쏟아지듯 귀청이 터질 듯한 소리가 울렸다. 병사들이 일제사격을 가한 것이다. 그리고리는 매캐한 화약 냄새에 코가 시큰했고 두려움에 가슴이 옥죄었다.

가폰 사제가 외쳤다. "걱정 마십시오. 저들은 하늘에 대고 총을 쏘고 있습니다."

다시 한번 일제사격이 이어졌지만 총알이 날아드는 것 같지는 않았다. 그럼에도 겁이 난 그리고리는 뱃속이 뒤틀리는 것 같았다.

세번째 일제사격의 총성이 울렸다. 그리고 이번에는 아무도 해치지 않도록 총알이 공중으로 향하지 않았다. 비명을 지르며 쓰러지는 사람들이 보였다. 그리고리는 잠시 얼이 빠져 주변을 둘러보기만 했다. 그 순간 어머니가 소리치며 그를 세게 떠밀었다. "엎드려!" 그리고리는 납작 엎드렸다. 동시에 어머니는 레프를 바닥에 밀치고 자신의 몸으로 덮었다.

모두 죽겠구나. 그리고리는 생각했다. 심장 뛰는 소리가 총소리보다 크게 들렸다.

총성은 사정없이 이어졌다. 악몽 같은 소음은 그칠 줄 몰랐다. 그리고리는 공황상태에 빠져 달아나는 사람들의 발에 짓밟혔지만, 그와 레프의 머리만은 어머니가 온몸으로 보호하고 있었다. 머리 위에서 총성과 비명이 오가는 동안 세 사람은 벌벌 떨면서 엎드려 있었다.

총성이 멈추자 어머니가 몸을 움직였고 그리고리는 고개를 들어 주변을 둘러보았다. 사람들이 서로 고함을 질러대며 사방팔방으로 도망치고 있었지만 비명은 잦아들었다. "일어나. 어서." 어머니가 말했다. 벌떡 일어난 셋은 죽었는지 꼼짝 않는 사람들을 뛰어넘고 피 흘리는 사람들을 피하며 대로 밖으로 빠져나왔다. 인도에 다다라서야 발걸음을 늦추었다. 레프가 그리고리에게 속삭였다. "나 오줌 쌌어! 엄마한테 말하지 마!"

어머니가 피 끓는 목소리로 외쳤다. "차르께 말할 수 있게 해달라!" 그 고함소리에 사람들이 멈춰 서서 어머니의 넓적하고 촌스러운 얼굴과 강렬한 눈빛을 주목했다. 상체가 우람한 어머니의 목소리는 대로 건너편에도 들릴 만큼 우렁찼다. "병사들은 우리를 막을 수 없다. 반드시 겨울궁전까지 행진합시다!" 일부 사람들이 환호성을 올렸고 몇몇은 동조하며 고개를 끄덕였다. 레프는 울음을 터뜨렸다.

구 년이 지난 지금, 이야기를 듣고 있던 카테리나가 말했다. "어머니는 왜 그러신 거죠? 아이들을 안전한 집으로 데려갔어야죠!"

"두 아들이 당신처럼 살기를 원치 않는다고 늘 말씀하셨죠." 그리고리가 대답했다. "내 생각에 어머니는 더 나은 삶에 대한 희망을 포기하느니 차라리 다 함께 죽는 편이 낫다고 느낀 것 같아요."

카테리나는 곰곰이 생각에 잠긴 표정이었다. "정말 용감하시네요."

"그 이상이죠." 그리고리는 단호히 말했다. "영웅적인 행동이었어요."

"그러고서 어떻게 됐죠?"

세 사람은 수천 명의 사람들과 함께 도심을 향해 걸어갔다. 눈 덮인 도시 위로 해가 높이 떠오르자 그리고리는 코트 단추를 끄르고 목도리를 풀었다. 키가 작은 레프에게는 먼 거리였지만 워낙 놀라고 겁을 먹어서 불평하지도 못했다.

결국 그들은 도심을 가로지르는 넓은 넵스키 대로에 다다랐다. 그곳에는 이미 인파가 가득했다. 전차와 합승마차가 오가고 마차 택시가 사방에서 위험하게 내달리고 있었다. 그리고리는 당시만 해도 자동차 택시가 없었다는 사실을 새삼 떠올렸다.

그들은 푸틸로프 공장에서 선반공으로 일하는 콘스탄틴을 우연히 마주쳤다. 그는 어머니에게 도시 곳곳에서 시위에 참여한 사람들이 죽었다는 불길한 소식을 전했다. 하지만 어머니는 걸음을 늦추지 않았고, 다른 사람들 역시 의지가 확고해 보였다. 시위대는 독일제 피아노와 파리에서 만든 모자, 온실재배 장미를 담기 위해 특별 제작한 은제 통 따위를 파는 상점들을 지나 쉼 없이 나아갔다. 보석상들도 보였다. 그리고리가 듣기로 귀족들은 공장 노동자가 평생 일해도 모으기 힘든 큰돈을 애인에게 값비싼 보석을 사주는 데 쓴다고 했다. 시위 행렬은 그리고리가 가보고 싶어했던 솔레일 극장 앞을 지났다. 행상들은 사모바르*에 차를 내와 팔거나 아이들을 상대로 색색의 풍선을 팔며 짭짤한 재미를 보고 있었다.

그들은 대로 끝에 이르러 얼어붙은 네바 강 제방에 나란히 선 상트페

---

* 러시아에서 찻물을 끓일 때 사용하는 주전자.

테르부르크의 거대한 세 상징물까지 걸어갔다. 보통 청동 기마상이라고 불리는 말에 탄 표트르대제의 동상과 첨탑이 높이 솟은 해군성 건물, 그리고 겨울궁전이었다. 열두 살에 처음 겨울궁전을 본 그리고리는 그렇게 큰 건물에 실제로 사람들이 산다는 사실을 믿을 수 없었다. 마치 이야기 속에 등장하는 마법의 검이나 투명한 망토처럼 상상조차 하기 어려웠다.

궁전 앞 광장은 흰 눈으로 덮여 있었다. 멀리 광장 끄트머리, 칙칙한 붉은색 건물 앞에 긴 코트를 입고 소총을 든 기마병 무리와 대포가 정렬해 있었다. 몰려든 인파는 군인들을 두려워하며 멀찌감치 떨어져 광장 가장자리에 몰려 있었다. 하지만 여러 지류에서 네바 강으로 물이 흘러들듯 주변 거리에서 사람들이 계속 쏟아져들어오면서 그리고리는 조금씩 앞으로 밀려나갔다. 그리고리는 시위 참여자들이 모두 노동자는 아니라는 사실을 알고 놀랐다. 상당수가 교회에 다녀오는 중산층처럼 따뜻한 코트를 입었고, 어떤 이들은 학생처럼 보였는데 그중 일부는 교복까지 입고 있었다.

어머니는 총을 든 병사들을 조심스럽게 피해 노란색과 하얀색의 기다란 해군성 건물 앞쪽에 펼쳐진 알렉산드롭스키 공원으로 들어갔다. 많은 사람이 같은 생각이었는지 공원에는 사람들이 북적거렸다. 보통 때 중산층 아이들에게 사슴 썰매를 태워주던 사람은 집으로 가버렸는지 보이지 않았다. 다들 이구동성으로 학살에 대해 떠들어댔다. 도시 전역에서 시위대가 총에 맞거나 카자크* 기병대의 칼에 난도질당해 죽었다. 그리고리는 또래 소년과 이야기를 나누면서 나르바 개선문에서 벌어진 일을 전해주었다. 무슨 일이 있었는지 알게 된 시위대는 점점

---

*기병 중심의 군사 공동체로, 러시아 각지의 치안 유지나 국경 수비를 맡았다.

분노로 들끓기 시작했다.

그리고리는 수백 개의 창문이 늘어선 겨울궁전의 기다란 앞면을 올려다보았다. 차르는 어디 있는 거지?

"나중에 알게 된 일이지만 그날 아침 차르는 겨울궁전에 없었습니다." 그리고리가 카테리나에게 말했다. 그가 듣기에도 믿음이 무너져내려 실망한 사람의 쓸쓸한 분노가 묻어나는 목소리였다. "상트페테르부르크에조차 없었죠. 백성의 아버지라는 사람은 주말에 시골길을 산책하고 도미노나 즐기러 차르스코예셀로에 있는 궁전에 갔다더군요. 하지만 그 사실을 몰랐던 우리는 차르를 부르며 충성된 국민 앞에 모습을 드러내달라고 간청했던 겁니다."

인파는 계속 늘어났다. 차르를 찾는 목소리는 점점 더 집요해졌다. 시위대 일부는 병사들에게 야유를 보내기도 했다. 너나없이 긴장했고 성나 있었다. 그때 갑자기 호위대가 공원으로 밀고 들어오며 사람들에게 해산을 명령했다. 두려움 속에 그리고리는 믿기지 않는 광경을 지켜보았다. 군인들은 닥치는 대로 채찍을 휘둘러댔고, 일부는 칼등으로 사람들을 때리기까지 했다. 그리고리는 어쩔 줄 몰라 어머니를 보았다. 어머니가 말했다. "여기서 포기할 수는 없어!" 그리고리는 사람들이 차르에게 원하는 게 정확히 뭔지 알지 못했다. 다만 다른 사람들과 마찬가지로 군주가 이 상황을 알면 어떻게든 백성들의 불만을 해소해주리라고 믿을 뿐이었다.

시위대의 다른 사람들도 어머니처럼 흔들림이 없었다. 호위대의 공격에 몸을 움츠리긴 했어도 달아나는 사람은 없었다.

그러자 병사들이 사격 자세를 취했다.

시위대 선두의 몇몇이 무릎을 꿇고 모자를 벗더니 성호를 그었다. "무릎 꿇어!" 어머니의 말과 함께 세 사람도 무릎을 꿇었다. 주변에 있던 사람들도 하나둘 따라 했고 결국 대부분이 기도하는 자세로 꿇어앉았다.

정적만이 감돌자 그리고리는 겁이 났다. 그는 자신을 겨눈 총구를 바라보았고, 병사들 역시 동상처럼 무표정한 얼굴로 그를 바라보았다.

그 순간 나팔 소리가 들렸다.

그게 신호였다. 병사들은 총을 발사했다. 그리고리 주변에 있던 사람들이 일제히 비명을 지르고 쓰러졌다. 더 잘 보려고 동상 위로 기어올라갔던 어린 소년은 소리를 지르며 땅으로 굴러떨어졌다. 나무 위에 올라가 있던 어린아이 하나도 총에 맞은 새처럼 떨어졌다.

어머니가 앞으로 엎어지자 그리고리는 총알 세례를 피하려는 줄 알고 따라서 엎드렸다. 하지만 납작 엎드려서 보니 어머니 머리 주변의 눈이 선홍색으로 물들어 있었다.

"안 돼!" 그리고리는 소리질렀다. "안 돼!"

레프가 비명을 질렀다.

그리고리는 어머니의 어깨를 잡고 일으켰다. 어머니의 몸은 맥없이 축 늘어졌다. 얼굴을 들여다보았다. 눈에 들어온 모습에 그리고리는 어리둥절했다. 이게 뭐지? 어머니의 이마와 눈이 있어야 할 자리에는 뭐가 뭔지 분간하기 어렵게 짓뭉개진 살덩어리뿐이었다.

상황을 먼저 알아차린 건 레프였다. "엄마가 죽었어!" 레프가 비명을 질렀다. "엄마가, 우리 엄마가 죽었어!"

총성이 멈췄다. 사방에서 사람들이 뛰거나 절뚝거리거나 기어서 달아나고 있었다. 그리고리는 생각을 하려 애썼다. 어떻게 해야 하지? 어머니를 데리고 자리를 피해야 한다. 양손을 어머니 몸 밑으로 넣어 일으켰다. 가볍지는 않았지만 그리고리는 힘이 셌다.

그리고리는 돌아서서 집으로 가는 길을 찾았다. 이상하게 시야가 뿌예서 그제야 자신이 울고 있다는 걸 알아차렸다. "가자." 그리고리는 레프에게 말했다. "소리 그만 질러. 가야 해."

광장 끄트머리에 다다랐을 때 한 노인이 두 사람을 불러세웠다. 눈물이 글썽한 눈 주위로 주름이 자글자글한 노인이었다. "너희는 젊어." 노인이 그리고리에게 말했다. 목소리에 괴로움과 분노가 묻어났다. "절대 이날을 잊지 마라. 오늘 여기서 차르가 저지른 학살을 잊어선 안 돼."

그리고리는 고개를 끄덕였다. "잊지 않겠어요."

"오래 살아야 한다." 노인이 말했다. "오래 살아서 오늘 이런 끔찍한 짓을 저지른 피투성이 살인자 차르에게 복수해야 해."

VIII

"2킬로미터 가까이 어머니 시신을 옮기다가 너무 힘들어서 품에 안은 채로 전차를 탔어요." 그리고리가 카테리나에게 말했다.

카테리나는 그리고리를 바라보았다. 멍이 들었어도 아름다운 얼굴이 경악으로 허옇게 질렸다. "죽은 어머니를 전차에 태워 집으로 갔다고요?"

그리고리는 어깨를 으쓱했다. "그때는 내가 말도 안 되는 짓을 한다는 생각은 전혀 못했어요. 아니, 오히려 그날 벌어진 모든 일이 너무도 이상해서 내 행동은 전혀 별나게 느껴지지 않았어요."

"전차에 타고 있던 사람들은 어땠는데요?"

"차장은 아무 말 안 했어요. 너무 놀라 쫓아낼 생각도 못한 것 같아요. 요금 내라는 말도 안 했어요. 어차피 낼 돈도 없었지만."

"그래서 그냥 자리에 앉았어요?"

"어머니 시신을 안은 채 좌석에 앉았죠. 레프는 옆자리에 앉아 울었고요. 승객들은 그저 멍하니 우릴 보더군요. 사람들이 어떻게 생각하든 신경쓰지 않았어요. 오로지 어머니를 집으로 모셔가야 한다는 생각뿐이었으니까요."

"그렇게 열여섯 살에 가장이 되었군요."

그리고리는 고개를 끄덕였다. 고통스러운 기억이었지만 카테리나가 집중해서 들어주니 강렬한 기쁨이 일었다. 카테리나는 그에게서 시선을 떼지 못하고 입을 벌린 채 이야기를 들었다. 사랑스러운 얼굴에는 매혹과 공포가 뒤섞인 표정이 떠올라 있었다.

"그때를 생각하면 지금도 가장 또렷이 기억나는 건 아무도 우리를 도와주지 않았다는 거예요." 그렇게 말한 그리고리는 냉혹한 세상에 홀로 남겨지면서 느꼈던 막막한 심정을 곱씹고 있었다. 그때를 떠올리면 언제나 가슴에 분노가 끓어올랐다. 이제 다 지난 일이야. 그리고리는 스스로에게 말했다. 이제 나는 집도 있고 일자리도 있어. 동생은 다 커서 튼튼하고 잘생겼지. 끔찍한 시간은 지났어. 하지만 그럼에도 그는 누군가의 목덜미를 움켜쥐고 싶었다. 군인, 경찰, 관료, 아니면 차르라 해도. 숨통이 끊어질 때까지 힘껏 조르고 싶었다. 그리고리는 눈을 감고 그 기분이 가실 때까지 몸서리를 쳤다.

"장례식이 끝나자마자 우리는 셋집에서 쫓겨났어요. 집주인은 우리가 돈을 못 낼 테니 나가라더군요. 게다가 밀린 집세라며 가구도 뺏었어요. 우리 어머니는 한 번도 집세를 밀린 적이 없었는데. 나는 교회로 가서 사제에게 잘 곳이 없다고 말했어요."

카테리나는 입맛이 쓴 표정으로 웃었다. "무슨 일이 있었을지 알 것 같아요."

그리고리는 깜짝 놀랐다. "안다고요?"

"사제가 잠자리를 제공하겠다고 했겠죠. 자기 침대 말이에요. 나도 그런 일을 겪었어요."

"비슷해요." 그리고리가 말했다. "사제가 몇 코페이카*를 쥐여주고 구운 감자를 사오라더군요. 그런데 그자가 말한 곳엔 가게가 없었어요. 더 찾아보지 않고 서둘러 교회로 돌아갔죠. 사제의 인상이 마음에 안 들었거든요. 아니나 다를까 제의실에 들어갔더니 놈이 레프의 바지를 벗기고 있더군요."

카테리나는 고개를 끄덕였다. "나도 열두 살 때부터 사제들에게 그런 짓을 당하곤 했어요."

그리고리는 깜짝 놀랐다. 그가 특별히 나쁜 사제한테 걸렸다고 생각 했었기 때문이다. 카테리나는 대부분 사제들이 타락했다고 믿는 게 분 명했다. "모두 그런 식이라는 건가요?" 그리고리는 화가 나 말했다.

"내 경험으로는 대부분 그래요."

그리고리는 역겨움에 고개를 저었다. "그런데 내가 제일 놀란 게 뭔 지 알아요? 현장을 들켰는데도 그자는 부끄러워하지 않았어요! 마치 성경 공부를 내가 방해라도 한 양 화를 냈어요."

"그래서 어떻게 했어요?"

"레프에게 바지를 올리라고 한 다음 떠났어요. 사제가 돈을 돌려달라 고 했지만 가난한 사람에게 적선한 셈 치라고 했어요. 그 돈으로 그날 밤 방을 얻었죠."

"그다음에는요?"

"결국 나이를 속이고 그럭저럭 괜찮은 일자리를 구했죠. 방을 구하고 혼자 힘으로 살아가는 법을 하루하루 터득해나갔어요."

---

* 러시아의 화폐단위. 100코페이카는 1루블이다.

"그래서 이제 행복해요?"

"당연히 아니죠. 어머니는 우리가 더 나은 삶을 살길 바랐고 나는 꼭 그 바람을 이룰 거예요. 우리는 러시아를 떠나려고 해요. 돈을 거의 다 모았거든요. 미국으로 갈 예정이에요. 거기서 티켓 값을 벌어 레프에게 보내줄 거예요. 미국에는 차르가 없어요. 황제나 왕 같은 건 없다고요. 군대가 함부로 사람을 총으로 쏴죽이지도 않아요. 백성이 나라를 다스려요!"

카테리나의 반응은 회의적이었다. "그걸 정말 믿어요?"

"진짜예요!"

창문 두드리는 소리가 나자, 카테리나는 화들짝 놀랐다. 그곳은 2층이었다. 하지만 그리고리는 레프가 내는 소리라는 걸 알고 있었다. 늦은 밤 현관문이 잠기면 레프는 기찻길을 건너 뒷마당으로 들어와서는 세탁실 지붕을 타고 올라와 창문으로 들어왔다.

그리고리가 창문을 열어주자 레프가 안으로 들어왔다. 레프는 자개 단추가 달린 재킷에 벨벳 띠를 두른 모자까지 쓴 말쑥한 차림이었다. 조끼 주머니에는 보란듯이 황동 시곗줄이 늘어져 있었다. 머리는 유행하는 폴란드식으로 잘랐는데, 촌사람처럼 앞가르마를 타지 않고 옆가르마를 탔다. 카테리나는 놀란 얼굴이었다. 뜻밖에도 동생이 굉장히 근사하게 생겨서 그런 것이리라고 그리고리는 짐작했다.

보통 그리고리는 레프가 집에 돌아오면 기분이 좋았다. 게다가 술에 취하지도 않고 몸성히 돌아오면 마음이 놓이곤 했다. 하지만 지금은 카테리나와 단둘이 좀더 오래 있고 싶은 마음이었다.

그리고리는 두 사람을 인사시켰다. 악수를 나누는 레프는 관심을 보이며 눈을 반짝였다. 카테리나는 뺨에 흘러내린 눈물을 닦았다. "형님이 어머니가 어떻게 돌아가셨는지 들려주던 참이었어요."

"내게는 형이 구 년 동안 아버지이자 어머니였어요." 레프가 말했다. 그러고는 고개를 기울이며 쿵쿵 냄새를 맡았다. "그리고 스튜 요리 솜씨도 좋죠."

그리고리는 그릇과 숟가락을 꺼내고 탁자 위에 검은 빵 한 덩이를 놓았다. 카테리나는 레프에게 경관 핀스키와 싸운 일을 들려줬다. 그녀는 그리고리를 실제보다 더 용감하게 묘사했고, 그리고리는 그녀 눈에 자신이 영웅으로 비쳐서 행복했다.

레프는 카테리나에게 푹 빠져 이렇게 재밌는 이야기는 처음 듣는다는 듯 몸을 앞으로 기울이고 있었다. 그 자세로 카테리나가 하는 얘기에 따라 미소짓거나 고개를 끄덕였고 놀랍거나 역겹다는 표정을 짓기도 했다.

그리고리는 스튜를 그릇에 나눠 담고 포장용 상자를 탁자 옆에 놓아 자리를 하나 더 만들었다. 음식은 훌륭했다. 양파를 하나 넣은데다, 햄에 박힌 뼈에서 우러난 육수가 순무에 살짝 배어 감칠맛이 났다. 레프가 공장에서 있었던 별난 사건이나 사람들에게 들은 우스개를 늘어놓으면서 분위기는 가벼워졌다. 레프 덕분에 카테리나는 시종일관 웃음이 떠나지 않았다.

식사를 마치자 레프는 카테리나에게 어쩌다 도시로 오게 되었는지 물었다.

"아버지가 돌아가시고 어머니가 재혼을 했어요. 불행하게도 새아버지는 어머니보다 나를 더 좋아하는 것 같았죠." 카테리나가 고개를 쳐들었다. 그녀가 부끄러운 건지 당당한 건지 그리고리는 분간할 수 없었다. "어쨌거나 어머니는 그렇게 생각했고 날 쫓아냈어요."

그리고리가 말했다. "상트페테르부르크 인구의 절반은 시골에서 온 사람들이에요. 이러다간 곧 땅을 일굴 사람이 하나도 안 남겠어요."

레프가 말했다. "여기까지는 어떻게 왔나요?"

열차 3등칸을 타고 마차를 얻어 타면서 왔다는 흔해빠진 이야기였지만 그리고리는 이야기를 하는 카테리나의 얼굴에 빠져 정신없이 들었다.

레프는 이번에도 이야기에 몰입해서 흥겹게 맞장구를 치거나 중간중간 질문을 던지기도 했다.

얼마 지나지 않아 그리고리는 카테리나가 아예 몸을 돌려 레프에게만 이야기하고 있다는 걸 알아차렸다.

난 거의 없는 사람 취급을 하는군. 그리고리는 생각했다.

4장
1914년 3월

I

"그러니까 성서의 각 책이 원래 여러 언어로 쓰였다가 영어로 번역되었다는 말이군요." 빌리가 아버지에게 말했다.

"그래." 아버지가 말했다. "그리고 로마가톨릭교회는 번역을 금지하려고 했지. 우리 같은 사람들이 성서를 직접 읽고 성직자들과 논쟁을 벌이는 걸 원치 않았거든."

가톨릭 이야기가 나올 때마다 아버지는 어찌 보면 신자가 아닌 사람처럼 굴었다. 무신론보다 가톨릭을 더 증오하는 듯 보였다. 어쨌든 아버지는 논쟁을 매우 즐겼다. "그럼 원본은 어디 있나요?" 빌리가 물었다.

"무슨 원본?"

"히브리어와 그리스어로 쓴 성서 원본이요. 어디 보관돼 있어요?"

두 사람은 웰링턴 로에 있는 집 부엌의 사각 탁자에 마주앉아 있었다. 오후 서너시쯤 된 시간이었다. 빌리는 탄광에서 돌아와 세수만 하고 여전히 작업복 차림이었다. 아버지는 양복 재킷을 옷걸이에 걸고 조끼와 셔츠 차림에 넥타이를 맨 채로 자리에 앉았다. 식사를 마치고 다시 노조 회의에 갈 예정이었기 때문이다. 어머니는 스튜를 데우는 중이었다. 탁자에 함께 앉은 할아버지는 마치 이 모든 이야기를 이미 들었다는 듯 얼굴에 희미한 미소를 띠고서 논쟁에 귀를 기울였다.

"글쎄, 실제로 원본은 없어." 아버지가 말했다. "수세기 전에 닳아 없어졌지. 대신 사본이 있어."

"그럼 사본은 어디 있는데요?"

"제각기 다른 곳에 있지. 수도원, 박물관……"

"한곳에 모아둬야죠."

"그런데 성서의 각 권마다 사본이 여러 개 있어. 그리고 그중 더 나은 게 있고."

"똑같은 사본인데 더 낫고 말고 할 게 뭐 있어요? 다를 리 없잖아요."

"그래. 하지만 오랜 세월이 지나면서 사람들이 실수를 한 거야."

이 말에 빌리는 깜짝 놀랐다. "그럼 어느 사본이 맞는지 어떻게 알죠?"

"그런 걸 연구하는 공부를 두고 문헌학이라고 한다. 서로 다른 사본들을 비교해서 합의된 하나를 제시하는 거야."

빌리는 충격을 받았다. "그럼 실제로 하느님의 말씀을 기록한 반론의 여지가 없는 책은 존재하지 않는다는 건가요? 사람들이 하느님 말씀을 갖고 다투고 결정을 내린다고요?"

"그래."

"그럼 그 말씀이 옳은지 어떻게 알죠?"

아버지는 뭔가 알고 있다는 듯 웃었다. 궁지에 몰렸다는 확실한 표시였다. "학자들이 늘 기도하면서 겸허히 작업한다면 하느님께서 그들의 노고를 바른길로 인도해주실 거야."

"학자들이 그러지 못하면요?"

어머니는 탁자에 그릇 네 개를 내려놓았다. "아버지 말씀에 토 달지 마." 어머니가 빵 덩이에서 큼직하게 네 조각을 잘라냈다.

할아버지가 말했다. "그냥 두렴, 카라. 아이가 궁금한 건 묻게 해."

아버지가 말했다. "우리는 하느님께서 당신 말씀을 뜻하신 대로 우리에게 전할 수 있는 권능을 가지셨다고 믿는다."

"전혀 논리에 맞지 않잖아요!"

어머니가 다시 끼어들었다. "아버지에게 그런 식으로 말하면 안 돼! 넌 아직 어려서 아무것도 몰라."

빌리는 어머니의 말을 못 들은 체했다. "진정으로 하느님이 말씀을 전하고 싶다면 왜 고생하는 필사자들을 인도해서 실수를 막지 않으신 거죠?"

아버지가 말했다. "우리가 이해할 수 없는 것들도 있게 마련이야."

도무지 말이 안 되는 대답이라서 빌리는 무시해버렸다. "만일 필사자들이 실수했을 가능성이 있다면 문헌을 연구하는 학자들도 당연히 실수했을 가능성이 있겠죠."

"우리는 믿음을 가져야 한다, 빌리."

"하느님 말씀을 믿어야죠. 그리스 학자들을 믿을 게 아니라요!"

어머니가 탁자에 앉더니 눈가로 흘러내린 희끗희끗한 머리를 쓸어넘겼다. "그러니까 만날 그러듯이 너만 옳고 다른 사람들은 전부 틀렸다 이거냐?"

어머니가 자주 써먹는 수법이지만 그때마다 마음에 찔렸다. 맞는 말이다 싶었기 때문이다. 그가 세상 그 누구보다 똑똑할 순 없었다. "저만 옳다는 게 아니에요." 빌리는 반박했다. "논리적으로 그렇다는 거죠."

"아, 그래. 넌 항상 그놈의 논리 타령이지." 어머니가 말했다. "저녁이나 먹어라."

문이 열리고 조랑말 다이 부인이 불쑥 들어왔다. 웰링턴 로에서는 흔한 일이었다. 문을 두드리는 건 외지인이나 하는 행동이었다. 다이 부인은 긴 앞치마를 입고 남자 부츠를 신고 있었다. 집에서 나오면서 모자도 안 쓴 걸 보면 뭔지 몰라도 매우 급한 일인 듯했다. 손에 든 종이를 흔드는 모습이 한눈에도 동요돼 보였다. "나를 쫓아낸대요! 어떻게 해야 하죠?"

아버지가 일어서더니 다이 부인에게 의자를 권했다. "여기 앉아서 숨 좀 돌려요, 조랑말 다이 부인." 아버지는 차분하게 말했다. "일단 그 편지부터 좀 읽어봅시다." 아버지는 다이 부인의 빨갛게 얼어붙은 마디진 손에서 편지를 건네받아 탁자 위에 펼쳤다.

빌리가 보니 윗부분에 켈틱 미네랄 로고가 찍힌 편지지에 내용이 타이핑되어 있었다.

"'에번스 부인 귀하.'" 아버지가 큰 소리로 편지를 읽었다. "'상기 주소지의 주택은 현재 근무중인 광부가 사용해야 합니다.'" 애버로언에 있는 집 대부분은 켈틱 미네랄에서 지었다. 세월이 흐르면서 거주자가 집을 매입한 경우도 일부 있었다. 윌리엄스 가족이 사는 집도 그중 하나였다. 하지만 대개는 회사에서 광부들에게 세를 놓은 형태였다. "'임대차계약 조건에 따라서—'" 편지를 읽는 목소리가 뚝 끊겨서 빌리는 아버지가 충격을 받았다는 걸 알았다. "'앞으로 이 주 내 퇴거해주시기 바랍니다.'"

어머니가 말했다. "퇴거라니, 남편이 죽은 지 이제 겨우 육 주 됐는데!"

다이 부인이 외쳤다. "애를 다섯이나 데리고 어디로 가라는 거죠?"

빌리 역시 충격을 받았다. 자기네 탄광에서 죽은 직원의 부인에게 회사가 어떻게 이럴 수 있단 말인가?

"편지 아래쪽에 '사장 퍼시벌 존스'라고 서명돼 있군요." 아버지가 말했다.

빌리가 말했다. "임대차계약이라뇨? 광부들이 그런 계약을 하고 살았나요?"

아버지가 대답했다. "서류상 계약은 아니지만, 법률에 따르면 암묵적인 계약이 존재한다는 거야. 그 문제로 이미 노조가 한번 들고 일어나 싸웠지만 졌어." 아버지는 다이 부인에게 고개를 돌렸다. "원칙적으로 근무하는 사람만 집을 얻어 살 수 있지만, 대개 혼자 남은 아내들은 그냥 머무르게 해주죠. 때로는 다른 살 곳을 찾아 떠나는 사람도 있지만요. 친정 같은 데로 갔겠죠. 간혹 다른 광부와 재혼해 그 광부가 임대차계약을 이어받는 경우도 있었어요. 대개는 최소한 아들 하나라도 나이가 차서 대신 광부 노릇을 할 수 있었죠. 혼자 남은 아내를 길거리로 내쫓는 건 회사도 진짜 원하는 바가 아니에요."

"그럼 왜 나하고 애들을 내쫓으려는 거죠?" 다이 부인이 울부짖었다.

할아버지가 입을 열었다. "퍼시벌 존스도 마음이 급한 거야. 석탄 가격이 오를 거라고 생각하는 게 틀림없어. 그러니까 일요일에도 추가 근무를 시키겠지."

아버지가 고개를 끄덕였다. "이유가 뭐든 회사가 생산성을 높이려는 건 확실해요. 하지만 혼자 남은 아내를 내쫓으면서까지 그래선 안 되죠." 아버지는 자리에서 일어섰다. "천만의 말씀이지."

II

폭발 사고로 남편을 잃은 과부 여덟 명이 퇴거 조치를 당했다. 그날 오후 아버지는 빌리를 데리고 차례로 여덟 명의 과부를 찾아가 모두 퍼시벌 존스로부터 똑같은 편지를 받았다는 사실을 확인했다. 그들의 반응은 제각각이었다. 하월 존스 부인은 히스테리를 일으키며 울음을 그칠 줄 몰랐고, 롤리 휴스 부인은 만사를 체념한 침울한 표정으로 영국도 프랑스처럼 퍼시벌 존스 같은 자들을 단두대로 보내야 한다고 말했다.

빌리는 화가 나서 속이 부글부글 끓었다. 이 여자들이 탄광에서 남편을 잃은 것만으로는 부족하단 말인가? 남편도 없는데 집까지 없는 신세가 되어야 한다는 건가? "회사가 이럴 수 있어요, 아버지?" 누추한 잿빛 거리를 따라 탄광 쪽으로 향하며 빌리가 아버지에게 물었다.

"우리가 그래도 된다고 용인할 때만. 노동자는 지배계급보다 수적으로 우세하고 힘이 있어. 지배계급은 전적으로 우리에게 기대고 있지. 그들을 위해 음식을 만들고 집을 짓고 옷을 만드는 건 우리야. 우리가 없으면 그들은 죽어버릴걸. 우리의 용인 없이 지배계급은 어떤 것도 할 수 없어. 항상 그걸 명심해라."

두 사람은 모자를 벗어 주머니에 쑤셔넣으며 탄광 사무실로 들어섰다. "안녕하세요, 윌리엄스 씨." 여드름쟁이 루얼린이 불안한 기색으로 인사를 건넸다. "잠시만 기다려주시면 모건 씨께 만날 수 있는지 여쭤보겠습니다."

"바보 같은 소리 하지 마. 당연히 만나야지." 아버지는 거침없이 안쪽 사무실로 들어갔다. 빌리도 뒤따랐다.

말드윈 모건은 장부를 들여다보고 있었지만, 빌리가 느끼기에는 괜히 일하는 척하고 있는 것뿐이었다. 모건이 고개를 들었다. 분홍빛 뺨은 언제나처럼 깔끔하게 면도되어 있었다. "어서 오게, 윌리엄스." 그는 굳이 필요도 없는 말을 했다. 대부분의 사람들과 달리 모건은 윌리엄스를 두려워하지 않았다. 그 자신이 애버로언 출신이고 교사의 아들로 태어나 공학을 공부했다. 빌리는 모건과 아버지가 비슷한 부류라는 걸 깨달았다. 둘 다 똑똑하고 독선적이고 고집스러웠다.

"내가 왜 왔는지 알 겁니다, 모건 씨." 아버지가 말했다.

"짐작은 가지만, 어쨌든 말해봐요."

"이 퇴거 통보를 철회해주었으면 합니다."

"회사는 광부들이 살 집이 필요해."

"지금 문제를 만들고 있는 겁니다."

"나를 협박하는 건가?"

"그렇게 거만하게 굴 것 없어요." 아버지는 부드럽게 말했다. "이 여자들은 탄광에서 남편을 잃었습니다. 책임을 느끼지 않습니까?"

모건은 밀리지 않겠다는 듯 턱을 치켜들었다. "공개조사를 통해 이번 폭발 사고의 원인은 회사 과실이 아니라는 게 밝혀졌어."

빌리는 배웠다는 사람이 어떻게 염치도 없이 저런 말을 할 수 있는지 묻고 싶었다.

빌리의 아버지가 말했다. "조사에서 드러난 법규 위반사항들만 해도 패딩턴행 기차만큼이나 길어요. 전기 설비에 덮개가 없었고 호흡 보조 장치도, 제대로 된 소방차도 없었고……"

"하지만 그래서 폭발이 일어나거나 광부들이 죽은 건 아니지."

"폭발이 일어나고 광부들이 죽은 게 위반사항 때문이라고 입증하지 못했을 뿐이죠."

모건은 언짢아하며 자세를 고쳐앉았다. "조사 내용을 따지러 온 건 아니잖나."

"두리를 지키라는 말을 하러 온 겁니다. 지금 우리가 이야기를 하는 이 순간에도 편지에 대한 소문이 마을에 퍼지고 있습니다." 아버지가 몸짓으로 창문을 가리켰다. 빌리는 겨울해가 산 너머로 지는 풍경을 바라보았다. "지금쯤 광부들은 합창 연습을 하거나 술집에서 술을 마시거나 기도회에 가거나 체스를 두고 있죠. 그리고 다들 혼자 남은 아내들이 쫓겨나게 생긴 이야기를 하고 있어요. 장담하는데 다들 열받아 있겠죠."

"다시 물어야겠군. 지금 회사를 위협하는 건가?"

빌리는 모건의 목을 조르고 싶었지만 아버지는 한숨만 내쉬었다. "내 말 좀 들어봐요, 말드윈. 우리는 학생 때부터 알고 지낸 사이 아닙니까. 제발 정신 좀 차려요. 노조에는 나보다 훨씬 과격한 사람들도 있다는 걸 알면서." 토미 그리피스의 아버지 이야기였다. 렌 그리피스는 혁명을 믿었다. 분규가 벌어질 때마다 그것이 큰불의 도화선이 되길 바랐다. 또한 빌리 아버지의 자리도 노리고 있었다. 분명 극단적인 방식을 제안할 사람이었다.

모건이 말했다. "지금 파업이라도 하겠다는 건가?"

"사람들이 화를 낼 거라고 말하는 겁니다. 그들이 어떻게 나올지는 나도 예측 못해요. 하지만 나나 당신이나 문제가 생기길 원치 않죠. 지금 문제가 되는 건 겨우 여덟 집이에요. 전체가 몇 채죠? 팔백 채 정도 되나요? 난 부탁하러 온 거요. 그게 그만큼 중요한 일입니까?"

"회사가 내린 결정이야." 모건이 말했다. 빌리는 직감적으로 모건도 회사의 결정을 못마땅해한다고 느꼈다.

"그럼 이사회에 재고해달라고 요청해요. 그런다고 큰일나는 건 아니잖습니까."

빌리는 대화를 부드럽게 풀어가는 아버지가 짜증스러웠다. 명백히 회사가 잘못한, 무자비하고 잔인한 처사에 대해 목소리를 높이고 삿대질을 해가며 모건을 몰아붙여야 하는 것 아닌가. 렌 그리피스라면 그랬을 것이다.

모건은 꼼짝도 하지 않았다. "내 역할은 이사회에서 내린 결정을 이행하는 거지, 이의를 다는 게 아니야."

"그렇다면 이번 퇴거 통보를 이사회에서 승인했다는 뜻이군요." 아버지가 말했다.

모건은 당황한 눈치였다. "그렇게 말하지는 않았네."

하지만 아버지의 노련한 말솜씨에 말려들어 은연중에 그런 뜻을 비치고 말았지. 빌리는 생각했다. 어쩌면 부드러운 접근방식도 그리 나쁜 건 아닐지 모르겠다.

아버지는 작전을 바꾸었다. "거주자들 가운데 새로 오는 광부들에게 세를 줄 의향이 있는 여덟 집을 찾아내면 어떻겠습니까?"

"새로 올 광부들은 홀몸이 아니야."

아버지는 천천히 신중하게 말했다. "어떻게든 타협점을 찾을 수 있겠죠. 만일 당신들이 그럴 생각만 있다면."

"이런 일은 회사가 알아서 처리할 권한이 있어."

"다른 사람들에게 미칠 영향과 상관없이 말입니까?"

"이건 우리 탄광이야. 토지를 조사해 백작과 협상하고 갱도를 파고 기계를 사고 광부들이 살 집을 지은 건 회사야. 회사가 이 모든 일에 돈을 댔고, 고로 소유권을 가졌다고. 그러니 어느 누구도 우리에게 이래라저래라 할 수 없어."

아버지는 모자를 썼다. "하지만 당신들이 땅속에 석탄을 심은 건 아니지, 말드윈. 안 그래요? 그건 하느님이 주신 거요."

III

아버지는 회합을 위해 다음날 저녁 일곱시 삼십분 공회당 회의실을 예약하려 했지만, 이미 애버로언 아마추어 연극 클럽이 〈헨리 4세 1부〉의 리허설을 하려고 맡아둔 상태였다. 그래서 아버지는 광부 모임을 베데스다 교회에서 열기로 결정했다. 빌리와 아버지, 렌과 토미 그리피스 부자와 몇몇 적극적인 노조원이 마을을 돌아다니며 직접 모임을 알리고 술집과 교회에 손으로 적은 쪽지를 남겼다.

일곱시 십오분경부터 베데스다 교회는 사람으로 가득찼다. 과부들이 앞줄에 나란히 앉고 다른 사람들은 서 있었다. 빌리는 사람들 얼굴이 보이는 앞줄 근처 옆쪽에 섰다. 토미 그리피스가 그의 곁에 있었다.

빌리는 아버지가 자랑스러웠다. 그의 배짱도, 명석함도, 그리고 모건의 사무실을 나오기 전에 다시 모자를 눌러썼다는 사실도. 그래도 빌리는 아버지가 좀더 공격적이었으면 했다. 베데스다 교회에 모인 사람들 앞에서 엄연한 진실을 외면하는 저들에게 지옥의 유황불이 떨어질 거라고 열변을 토하듯, 모건에게도 그렇게 말했어야 한다고 생각했다.

정각 일곱시 삼십분이 되자 아버지는 좌중을 조용히 시켰다. 그리고 설교를 하듯 권위적인 목소리로 퍼시벌 존스가 조랑말 다이 부인에게 보낸 편지를 소리내어 읽었다. "이것과 똑같은 편지가 육 주 전 탄광 폭발 사고로 남편을 잃은 부인들에게 날아들었습니다."

여기저기서 고성이 터져나왔다. "말도 안 되는 소리!"

"사회자의 지명을 받고 나서 발언하는 게 규칙입니다. 특별한 상황이 아닌 이상, 그래야 한 사람 한 사람의 의견을 차례로 들을 수 있습니다. 지금처럼 감정이 격해진 경우라도 규칙을 지켜주시면 고맙겠습니다."

누군가 소리쳤다. "빌어먹을 치욕이야!"

"자, 자, 그리프 프리처드. 욕설은 삼갑시다. 이곳은 교회이고, 여자들도 있으니까요."

남자 두세 명이 "옳소, 옳소hear, hear!" 하고 외쳤는데, 그 발음은 '모피fur'와 흡사했다.

오후에 근무를 마치고 술집인 투 크라운스에 죽치고 있었던 그리프 프리처드가 말했다. "미안합니다, 윌리엄스 씨."

"어제 탄광 소장과 만나 퇴거 통보를 철회해달라고 정식으로 요청했지만 거절당했습니다. 이사회에서 내린 결정이라는 식으로 말하면서 자기는 그걸 바꾸거나 재고를 요청할 권한조차 없다더군요. 다른 방도를 찾아보자고 밀어붙였지만, 소장은 이런 일은 회사가 알아서 처리할 권한을 가졌다고 했습니다. 이게 제가 아는 전부입니다." 빌리는 아버지가 조금 자제하고 있다는 생각이 들었다. 아버지가 혁명을 부르짖길 바랐다. 하지만 아버지는 그저 손을 든 사람을 지목할 뿐이었다. "가겟집 존 존스 말씀하세요."

"나는 고든 테라스 23번지에서 평생 살았습니다." 존스가 말했다. "거기서 태어났고 여전히 살고 있죠. 하지만 아버지는 내가 열한 살 때 돌아가셨습니다. 어머니도 무척 힘겨워하셨지만 그래도 그 집에서 살 수 있었어요. 나는 열세 살이 되면서 탄광에서 일하기 시작했고 지금은 내가 집세를 내고 있습니다. 우리는 늘 그런 식으로 해왔습니다. 누구도 우리를 내쫓겠다는 말을 꺼낸 적이 없었습니다."

"감사합니다, 존 존스. 발의할 안건 있습니까?"

"아뇨, 그냥 그렇다는 겁니다."

"저는 있습니다." 다른 목소리였다. "파업합시다!"

사람들은 이구동성으로 찬성을 외쳤다.

빌리 아버지가 그를 지목했다. "울보 다이."

"제 생각은 이렇습니다." 마을 럭비팀 주장인 울보 다이가 말했다. "회사가 이런 짓을 하는데도 그냥 넘어가선 안 됩니다. 만일 저들이 부인들을 내쫓는 걸 용인한다면 여기 있는 그 누구도 자신의 가족이 안전하다고 느끼지 못할 겁니다. 평생 켈틱 미네랄을 위해 뼈빠지게 일하다가 갱도에서 죽어도 이 주 후엔 가족이 길바닥에 나앉게 되는 겁니다. 노조에서 사무실로 찾아가 '머서에 간 모건'과 이야기를 했지만 소용이 없습니다. 그렇다면 파업 외에는 방법이 없습니다."

"고맙습니다, 다이." 아버지가 말했다. "방금 한 말을 파업에 돌입하자는 정식 안건 제청으로 봐도 되겠습니까?"

"그렇습니다."

아버지가 신속하게 안건을 받아들이자 빌리는 놀랐다. 아버지는 파업을 피하고 싶어하는 줄 알았기 때문이다.

"투표를 합시다!" 누군가 외쳤다.

아버지가 말했다. "안건을 투표에 부치기 전에 언제 파업을 시작할지 정해야 합니다."

아, 받아들인 게 아니었군. 빌리는 생각했다.

아버지가 계속 말을 이었다. "월요일을 파업일로 잡는 것도 고려해볼 수 있어요. 우리가 일단 작업을 하고 있으면 그사이 파업 얘기가 들어가서 이사회가 위협을 느끼고 정신을 차릴지 모릅니다. 그러면 우리는 임금을 손해 보지 않고도 원하는 바를 얻어낼 수 있습니다."

차선책으로 파업일을 미루자는 것이군, 빌리는 깨달았다.

하지만 렌 그리피스도 빌리와 같은 결론에 이르렀다. "제가 발언해도 되겠습니까, 의장님?" 토미의 아버지는 머리가 거의 다 벗겨져 가장자리에만 까만 머리가 남았고 검은 콧수염을 길렀다. 그는 앞으로 걸어나가 빌리 아버지의 옆에 서서 좌중을 마주보았다. 그러자 마치 두 사람이 동등한 권위를 가진 것처럼 보였다. 사람들이 조용해졌다. 빌리 아버지나 울보 다이처럼 렌 그리피스도 사람들이 언제나 잠자코 경청하는 몇 안 되는 사람 중 하나였다. "나로선 묻고 싶은 게, 회사측에 나흘이나 유예기간을 주는 게 과연 현명한 판단일까요? 회사가 마음을 바꾸지 않는다고 칩시다. 그들이 지금까지 얼마나 완강했는지 고려한다면 이번에도 그럴 가능성이 매우 높죠. 그러면 우리는 월요일까지 아무 소득 없이 시간만 허비하게 됩니다. 저 부인들에겐 남은 시간이 더욱 없고요." 그는 선동적인 효과를 노리고 목소리를 약간 높였다. "동지 여러분, 한 치도 물러서지 맙시다!"

사람들이 환호성을 올렸고 빌리도 동참했다.

"감사합니다, 렌." 빌리의 아버지가 말했다. "그럼 이제 두 가지 안이 나왔습니다. 내일 당장 파업하느냐, 월요일에 하느냐. 혹시 발언하실 분 더 없습니까?"

빌리는 회의를 이끄는 아버지를 지켜보았다. 다음 발언자는 주세페 '조이' 폰티였다. 애버로언 남성 합창단의 손꼽히는 독창자로, 빌리의 학교 친구인 조니의 형이었다. 이름은 이탈리아식이지만 애버로언에서 태어났고 교회에 모인 사람들과 말씨도 똑같았다. 그도 즉각적인 파업을 주장했다.

빌리의 아버지가 말했다. "공정을 기하기 위해 월요일에 시작하자는 의견을 내주실 분 없습니까?"

빌리는 아버지가 어째서 두 의견의 균형을 맞추기 위해 자신의 개인적 권한을 이용하지 않는지 의아했다. 아버지가 월요일에 파업하자고 주장하면 사람들의 생각을 바꿀 수 있을지 모른다. 하지만 그랬다가 끝내 설득에 실패하면, 아버지는 자신이 반대한 파업을 이끄는 곤란한 처지가 된다. 아버지가 자신이 느끼는 바를 그대로 표현할 수 없는 상황이라는 걸 빌리는 깨달았다.

토론은 광범위하게 이어졌다. 석탄 재고가 많아서 사측이 버틸 수도 있다, 하지만 수요 또한 많아서 최대한 생산해 팔고 싶어할 것이다. 봄이 다가오고 있으니 조만간 광부 가족들은 무료로 배급되는 석탄 없이도 견딜 수 있을 것이다. 광부들의 주장은 예로부터 이어져내려온 관례에 확실한 근거를 두고 있지만, 법조문은 회사 편이었다.

빌리의 아버지는 토론이 늘어지게 내버려뒀고, 그러다보니 일부 발언은 지루하게 느껴지기 시작했다. 빌리는 아버지의 의중이 궁금했다. 사람들이 흥분을 가라앉히길 기다리나보다고 짐작했다. 하지만 결국 투표를 피할 수는 없을 것이다.

"먼저, 파업을 해서는 안 된다는 분 손드십시오."

몇 명이 손을 들었다.

"다음으로 월요일에 파업을 하자는 분 손드십시오."

이번에는 꽤 많은 사람이 손을 들었지만, 이 정도로 이길 수 있을지는 확신이 없었다. 기권이 얼마나 나오느냐에 달려 있었다.

"마지막으로 내일 파업을 하자는 분 손드십시오."

환호성이 일며 수많은 사람이 허공으로 손을 번쩍 들었다. 수를 세어보지 않아도 결과는 뻔했다.

"내일 파업하자는 안이 통과되었습니다." 반대하는 사람은 아무도 없었다.

모임은 끝났다. 사람들이 흩어지기 시작하자 토미가 밝은 목소리로 말했다. "그럼 내일 쉬는 거네."

"그래." 빌리가 말했다. "그리고 돈도 못 버는 거지."

IV

처음 창녀를 찾았을 때 피츠는 키스를 하려고 했었다. 꼭 키스를 하고 싶어서가 아니라 그래야 되는 줄 알았기 때문이다. "키스는 안 해요." 여자가 불쑥 코크니* 억양으로 말했다. 그후로 피츠는 창녀에게 절대 키스하지 않았다. 빙 웨스트햄프턴의 말에 따르면, 많은 창녀가 다른 행위들은 허락하면서 별나게도 키스만은 거부한다고 했다. 어쩌면 별것도 아닌 걸 못하게 해서 자투리 자존심을 지키는 건지도 몰랐다.

피츠와 같은 계급 여자들은 결혼 전 누구와도 키스를 해서는 안 된다. 물론 키스를 하긴 하지만, 드물게 둘만 있는 짧은 순간을 노려야 했다. 무도회에서 어쩌다 곁방에 단둘이 남겨질 때나 시골 저택 정원의 진달래나무 덤불 뒤 같은 장소에서나 가능했다. 감정이 달아오르길 기다릴 시간 따위는 없었다.

피츠가 제대로 키스해본 여자는 아내인 비뿐이었다. 아내는 마치 요리사가 특별한 케이크를 내듯 몸을 내주었다. 향기롭고 달콤하고 아름답게 치장한 육체를 남편의 즐거움을 위해 내맡겼다. 남편이 어떤 행위를 하든 마다하지 않았지만, 자기 쪽에서는 일절 요구하지 않았다. 키스하라며 입술을 내주었고 입을 열어 남편의 혀를 맞았지만, 피츠는 단한 번도 아내가 자신의 손길을 갈구한다고 느껴본 적이 없었다.

에설은 키스할 때 마치 목숨이 일 분밖에 남지 않은 사람 같았다.

두 사람은 치자나무 방의 먼지막이 덮개를 씌운 침대 옆에서 서로 부둥켜안고 서 있었다. 에설은 피츠의 혀를 빨고 입술을 깨물고 목을 핥았다. 동시에 머리칼을 쓰다듬다기 뒷목을 움켜쥐더니 양손을 조끼 속

---

* 런던 이스트엔드의 노동자계급.

1부 | 어두워지는 하늘 185

으로 밀어넣어 손바닥으로 피츠의 가슴을 문질렀다. 한참 만에 숨이 차 얼굴을 떼어낸 에설은 양손으로 피츠의 얼굴을 붙잡고 가만히 들여다보며 말했다. "백작님은 정말 아름다워요."

피츠가 에설의 양손을 잡고 침대 끄트머리에 걸터앉자 에설은 그를 마주보고 섰다. 다른 사내들이 하녀를 유혹하는 일이 종종 있음을 피츠도 모르지 않았지만, 그는 그래본 적이 없었다. 열다섯 살 때 런던의 저택에서 식사 시중을 드는 하녀와 눈이 맞기는 했지만 어머니가 며칠 만에 눈치채고 당장 하녀를 내보냈다. 아버지는 웃으며 말했다. "어쨌든 잘 골랐더구나." 그후로 피츠는 부리는 사람은 절대 건드리지 않았다. 하지만 에설은 그로서도 어쩔 수 없었다.

에설이 말했다. "어떻게 돌아오셨어요? 3월 내내 런던에 머무시는 것 아니었어요?"

"널 보고 싶었어." 에설이 그의 말을 못 미더워한다는 걸 피츠는 알 수 있었다. "온종일, 매일 네 생각뿐이야. 돌아올 수밖에 없었어."

에설은 몸을 숙여 다시 키스했다. 입술을 떼지 않은 채 피츠는 천천히 뒤로 누우며 에설을 끌어당겨 몸 위로 안아올렸다. 에설은 매우 날씬해서 어린아이처럼 가벼웠다. 피츠는 핀에서 삐져나온 에설의 윤기나는 곱슬머리 밑으로 손을 넣었다.

잠시 후 에설은 몸을 굴려 피츠 옆에 눕더니 숨을 몰아쉬었다. 피츠는 한쪽 팔꿈치를 짚고 몸을 일으켜 에설을 바라보았다. 에설은 그가 아름답다고 했지만, 지금 이 순간 에설이야말로 그가 이제껏 본 사람들 가운데 가장 예뻤다. 양 뺨은 발그레하고 머리는 흐트러진데다 촉촉하고 붉은 입술이 벌어져 있었다. 그를 바라보는 까만 눈동자에는 흠모의 정이 어려 있었다.

피츠가 그녀의 엉덩이를 어루만지다가 허벅지를 쓰다듬었다. 에설은 피츠가 너무 나아갈까봐 걱정스러운 듯 그의 손을 감싸고 못 움직이게 했다. 에설이 말했다. "왜 사람들이 백작님을 피츠라고 부르죠? 백작님 이름은 에드워드 아니에요?"

에설은 달아오른 분위기를 가라앉히려고 얘기를 꺼낸 것이었다. 피츠는 확신했다. "학창 시절에 그렇게 불렸지. 모든 학생은 별명이 있었거든. 그러다 한번은 방학 때 발터 폰 울리히가 우리집에 함께 왔는데 모드가 그때 내 별명을 들은 거야."

"그럼 그전에는 부모님이 뭐라고 부르셨어요?"

"테디."

"테디." 에설은 소리내어 이름을 불러보았다. "피츠보다 맘에 들어요."

피츠는 다시 에설의 허벅지를 쓰다듬기 시작했고 이번에는 그녀도 가만있었다. 그는 키스를 하며 검은색 하녀복의 긴 치마를 천천히 밀어올렸다. 에설은 무릎 아래까지 올라오는 스타킹을 신고 있었고, 피츠는 그녀의 맨무릎을 어루만졌다. 무릎 위로는 긴 면 속바지였다. 그는 속바지 위로 다리를 쓰다듬다가 가랑이 사이로 손을 움직였다. 피츠의 손이 그곳에 닿자 에설은 신음을 흘리며 그의 손길을 피해 위쪽으로 몸을 뺐다.

"벗어." 피츠가 속삭였다.

"안 돼요!"

피츠는 허리 부근의 속바지 끈을 찾아냈다. 그러고는 꼭 묶은 리본 매듭을 거칠게 잡아당겨 풀었다.

에설이 다시 피츠의 손을 잡으며 말했다. "그만하세요."

"그냥 만지기만 할게."

"백작님보다 제가 더 그러고 싶어요. 하지만 안 돼요."

피츠가 무릎을 꿇으며 몸을 일으켰다. "네가 원하지 않는 건 절대 안

할게. 약속해." 피츠는 속바지의 허리춤을 양손으로 움켜쥐고 거칠게 찢어버렸다. 에설은 놀라 헉하고 숨을 들이마셨지만 저항하지는 않았다. 피츠는 다시 누워 그녀의 깊은 곳을 손으로 더듬기 시작했다. 얼른 다리를 벌린 에설은 눈을 감고 뜀박질이라도 하는 것처럼 거친 숨을 내뱉었다. 피츠의 짐작에 에설은 이제껏 경험이 없는 듯했다. 머릿속에서 이렇게 순진한 여자를 건드려선 안 된다는 희미한 목소리가 들렸지만 그 말을 따르기엔 이미 너무 흥분한 상태였다.

피츠는 바지 단추를 풀고 에설의 몸 위에 엎드렸다.

"안 돼요." 에설이 말했다.

"제발."

"애라도 생기면 어떡해요?"

"끝까지 가기 전에 멈출게."

"약속하죠?"

"약속해." 그렇게 말한 피츠는 그녀 속으로 천천히 몸을 밀어넣었다.

뭔가 가로막는 것이 느껴졌다. 에설은 숫처녀였다. 또다시 머릿속에서 울린 양심의 목소리는 아까보다 훨씬 컸다. 그는 동작을 멈췄다. 하지만 이제 에설이 지나치게 흥분한 상태였다. 그녀는 피츠의 양쪽 엉덩이를 붙잡고 끌어당기면서 동시에 몸을 살짝 들어올렸다. 뭔가를 뚫고 지나가는 느낌이 들자 에설이 고통스러워하며 날카로운 비명을 질렀다. 이제 피츠를 가로막던 장애물은 사라졌다. 피츠가 앞뒤로 몸을 움직이자 에설도 열심히 그의 리듬을 맞추었다. 에설이 눈을 뜨고 피츠의 얼굴을 바라보았다. "아, 테디. 테디." 피츠는 에설이 그를 사랑한다는 걸 느낄 수 있었다. 그런 생각이 들자 눈물이 왈칵 솟았다. 동시에 도저히 억누를 수 없을 만큼 흥분되어 생각지도 않게 빨리 절정을 맞았다. 허겁지겁 몸을 빼내다가 피츠는 열망과 실망이 뒤섞인 신음을 뱉으며 에설의 허벅지에 정액을 흘렸다. 에설은 피츠의 뒷머리를 잡고 얼굴을 끌어당겨 거칠게 입맞추더니 눈을 감고 조그맣게 신음을 내질렀다. 놀람과 쾌락의 소리였다. 그렇게 모든 것이 끝났다.

너무 늦게 빼낸 게 아니길 빌어야지. 피츠는 생각했다.

V

에설은 평범한 일상으로 돌아갔지만, 줄곧 남몰래 주머니 속에 다이아몬드를 넣고 있는 듯한 기분이었다. 이따금 주변에 보는 눈이 없을 때면 주머니에 손을 집어넣어 매끈한 표면과 날카로운 모서리를 만져보게 되는 그런 다이아몬드를.

좀더 냉정하게 생각해보면 이 사랑이 어떤 의미이고 어디로 향할지 걱정스럽기도 했다. 게다가 간혹 독실한 신자이자 사회주의자인 아버지가 이 사실을 알게 되면 어떻게 생각할지 두렵기도 했다. 하지만 대개는 저항할 방도도 없이 그저 아래로 떨어지는 기분이었다. 피츠의 걸음걸이, 체취, 옷차림, 주의깊고 자상한 매너, 위엄 있는 분위기까지 사랑스러웠다. 가끔 어리둥절해하는 표정까지도 그녀는 사랑했다. 그리고 피츠가 부인의 방에서 기분 상한 표정을 지으며 나오는 모습을 보면 울음이 터질 것 같았다. 사랑에 빠진 에설은 스스로를 주체할 수 없었다.

거의 매일 한 번은 그와 이야기를 나눴고, 대개는 잠깐이라도 단둘이 있는 시간을 만들어 길고 열정적인 키스를 했다. 에설은 키스만으로도 흥분해 아래가 젖었고, 가끔은 한낮에 속바지를 벗어 빨기도 했다. 피츠도 틈만 나면 마음대로 그녀의 몸을 주물러댔고 그러면 에설은 더욱 흥분했다. 그들은 치자나무 방에서 두 번 더 만나 관계를 가졌다.

에설은 이해할 수 없는 일이 한 가지 있었다. 두 번의 잠자리에서 피츠는 그녀를 아주 세게 깨물었다. 한 번은 허벅지 안쪽이었고 또 한 번은 가슴이었다. 그때마다 에설은 아파서 비명을 지르다 황급히 소리를 죽였는데 피츠는 비명소리에 더욱 불타오르는 듯했다. 에설 역시 깨물리면 아픈 와중에도 오히려 자극을 받았다. 아니, 적어도 자기에 대한 갈망이 너무 강한 나머지 이런 식으로까지 표현된 게 아닐까 하는 생각에 자극받았다. 과연 이런 행동이 정상적인 건지 궁금했으나 물어볼 사람이 없었다.

그러나 에설의 가장 큰 걱정은 언젠가 피츠가 결정적인 순간 실수를 해 임신이 되면 어쩌나 하는 것이었다. 어찌나 긴장했는지 피츠와 비 공주가 런던으로 돌아가자 마음이 놓일 지경이었다.

피츠가 런던으로 떠나기 전 에설은 그를 설득해 파업중인 광부의 아이들에게 식사를 제공하도록 했다. "어른들한테는 안 돼요. 한쪽 편을 드는 것처럼 보일 수 있으니까요. 어린아이들에게만 주는 거죠. 파업이 이 주째 이어지면서 아이들이 제대로 밥을 못 먹고 있어요. 대략 오백 명쯤 될 텐데 돈도 별로 안 들 거예요. 다들 정말 고마워할 거예요, 테디."

"잔디밭에 대형 천막을 치면 될 거야." 피츠는 치자나무 방 침대 위에서 바지 단추를 푼 채 에설의 무릎을 베고 누워 있었다.

"음식은 우리가 여기 부엌에서 만들면 돼요." 에설은 열성적으로 설명했다. "고기와 감자를 넣어 스튜를 끓일게요. 빵은 얼마든지 먹일 수 있어요."

"그럼 건포도를 넣은 쇠기름 푸딩도 만들까?"

그가 나를 사랑하는 걸까? 에설은 궁금했다. 그 순간 에설은 자신이 원하는 거라면 뭐든 그가 들어줄 것 같다고 느꼈다. 보석을 사주고 파리에 데려가고 그녀 부모에게 멋진 집도 사줄 것 같았다. 하지만 그런 건 조금도 바라지 않았다. 그럼 뭘 원하는 거지? 자신도 알지 못했지만, 에설은 대답하기 어려운 미래에 관한 질문으로 행복을 망치고 싶지는 않았다.

며칠 후 토요일 정오, 에설은 동쪽 잔디밭에 서서 무료 식사 첫날을 맞아 애버로언의 아이들이 몰려드는 모습을 보고 있었다. 피츠는 자신이 제공하는 음식이 광부들이 파업하기 전 평소 아이들이 먹던 것보다 더 낫다는 것도 알지 못했다. 건포도 푸딩이라니! 부모들은 안으로 들어올 수 없었지만 대부분의 어머니가 출입문 밖에 서서 운 좋은 자식들을 지켜보고 있었다. 그쪽을 흘긋 본 에설은 누군가 그녀를 향해 손을 흔드는 모습에 진입로를 통해 다가갔다.

출입문 밖에 모여선 사람들은 대개 여자였다. 남자들은 파업중이어도 자식을 돌보는 데는 관심이 없었다. 불안한 얼굴의 여자들이 에설 주위로 모여들었다.

"무슨 일이에요?" 에설이 물었다.

조랑말 다이 부인이 대답했다. "모두 다 집에서 쫓겨났어!"

"모두라뇨?" 에설은 무슨 말인지 종잡을 수가 없었다. "누구요?"

"켈틱 미네랄에서 집을 빌려 사는 광부들 모두 말이야."

"세상에!" 에설은 충격을 받았다. "하느님 맙소사." 경악 이후 당혹감이 뒤따랐다. "하지만 왜요? 그런다고 회사에 좋을 게 없잖아요? 광부들이 모두 떠날 거 아니에요?"

"남자들을 어쩌겠어." 다이 부인이 말했다. "한번 싸움을 시작했다 하면 기를 쓰고 이기려고만 하는데. 무슨 일이 일어나도 포기할 생각을 안 해. 하나같이 그 모양이라니까. 물론 그래도 남편이 살아 돌아온다면 기쁘겠지만."

"끔찍하네요." 회사는 탄광이 계속 돌아가게 할 만큼 많은 광부를 어디서 구하려는 걸까? 에설은 궁금했다. 만일 탄광이 문을 닫는다면 마을 전체가 몰락할 것이다. 가게에 오는 손님도, 학교에 다니는 아이들도, 의사를 찾는 환자도 사라질 것이다. 에설의 아버지 역시 일자리를 잃을 것이다. 퍼시벌 존스가 이렇게까지 강경하게 나오리라곤 누구도 예상하지 못했다.

다이 부인이 말했다. "국왕께서 이 사실을 알면 뭐라고 하실지 궁금하네."

에설도 궁금했다. 국왕은 희생자 가족을 진심으로 동정하는 것 같았다. 하지만 그 사고로 남편을 잃은 아내들이 집에서 쫓겨났다는 사실은 아마 모르고 있을 것이다.

그 순간 에설은 좋은 생각이 떠올랐다. "어쩌면 국왕께 알릴 수 있을지도 몰라요."

다이 부인이 웃었다. "다음에 만나면 내가 얘기하지."

"편지를 쓰면 되잖아요."

"지금 그런 바보 같은 소리 할 때가 아니야, 에설."

"정말이에요. 편지를 써야 해요." 에설은 주위에 모인 여자들을 바라보았다. "전하가 집을 방문했던 여덟 부인의 이름으로 편지를 보내는 거예요. 모두 집에서 쫓겨나 마을 사람들이 파업을 하고 있다고요. 설마 무시하시진 않겠죠, 안 그래요?"

다이 부인은 우려하는 얼굴이었다. "곤란한 일에 휘말리고 싶지는 않은데."

금발에 날씬하고 자기주장이 강한 미니 폰티 부인이 말했다. "남편도 집도 없고 오갈 데도 없잖아. 더 나빠져봤자 아니겠어?"

"그렇긴 하네. 하지만 뭐라고 써야 할지 모르겠어. '친애하는 국왕 전하'라고 하나? 아니면 '조지 5세 귀하'라고 해?"

에설이 말했다. "이렇게 써야죠. '전하, 미천한 제가 글을 올립니다.' 여기서 일하다보니 이런 헛소리에는 도가 텄어요. 지금 당장 하죠. 하인들 거처로 가요."

"들어가도 괜찮아?"

"다이 부인, 제가 하녀장이에요. 제가 괜찮다면 괜찮은 거예요."

여자들은 에설을 따라 진입로를 지나서 저택 뒤로 돌아가 부엌으로 들어갔다. 그들이 하인들의 식탁에 둘러앉자 요리사가 찻주전자를 내왔다. 에설은 상인들과 연락을 주고받는 데 사용하는 편지지를 잔뜩 갖고 있었다.

"'전하, 미천한 제가 글을 올립니다.'" 에설이 글을 쓰며 물었다. "그 다음엔 뭐라고 쓰죠?"

조랑말 다이 부인이 말했다. "'전하께 이런 글을 올리는 무례를 용서해주십시오.'"

"안 돼요." 에설이 단호하게 말했다. "사과하지 마요. 우리 왕이에요. 우리는 탄원서를 보낼 자격이 있어요. 이렇게 하자고요. '저희는 전하께서 폭발 사고 후 방문해주셨던 애버로언 광부들의 아내입니다.'"

"훨씬 좋네." 폰티 부인이 말했다.

에설은 계속 말을 이었다. "'영광스럽게도 저희를 찾아주시고 친절하게 조의를 표해주셔서 많은 위안이 되었습니다. 왕비 전하께서도 자애로운 위로를 베풀어주셨습니다.'"

다이 부인이 말했다. "아버지를 닮아 이런 일에는 재주를 타고났구나."

폰티 부인이 말했다. "허지만 이쯤은 그 정도면 됐어."

"좋아요. 그럼 본론으로 들어가죠. '저희는 국왕께 도움을 청하고자 합니다. 남편들이 죽었다는 이유로 저희는 살던 집에서 쫓겨날 처지입니다.'"

"켈틱 미네랄의 짓입니다." 폰티 부인이 끼어들었다.

"'켈틱 미네랄 때문입니다. 탄광에서 일하는 모든 광부가 저희 때문에 파업을 일으켰는데, 이제는 그들도 쫓겨나게 생겼습니다.'"

"길게 쓰지 마." 다이 부인이 말했다. "너무 바빠서 다 읽지 못할 거야."

"좋아요, 그럼. 이렇게 마무리하죠. '전하의 왕국에서 이런 일이 가능하다고 보십니까?'"

폰티 부인이 말했다. "좀 밋밋해."

"아니야, 좋아." 다이 부인이 말했다. "오히려 옳고 그름을 따지고 싶은 마음이 들 거야."

에설이 말했다. "'미천하기 그지없으나 전하의 충실한 신하가 될 수 있음을 영광으로 여기고 있습니다.'"

"그 말을 꼭 써야 하나?" 폰티 부인이 말했다. "나는 신하가 아니야. 기분 나쁘게 듣지는 마, 에설."

"그냥 그렇게 쓰는 거예요. 백작님이 〈타임스〉에 편지 보낼 때도 똑같이 써요."

"그럼 그렇게 해야지 뭐."

에설은 식탁에 둘러앉은 여자들에게 편지를 건넸다. "서명하고 옆에 주소를 쓰세요."

폰티 부인이 말했다. "난 글씨가 엉망이야. 대신 서명해줘."

안 된다고 하려던 에설은 혹시 폰티 부인이 문맹일지 모른다는 생각에 두말하지 않고 간단히 써주었다. "미니 폰티 부인, 웰링턴 로 19번지."

그리고 봉투 겉면에 수신인 주소를 썼다.

국왕 전하

버킹엄 궁전

런던

에설은 봉투를 봉하고 우표를 붙였다. "그럼 다 됐네요." 여자들은 에설에게 박수를 보냈다.

에설은 그날 편지를 부쳤다.

하지만 답장은 오지 않았다.

VI

사우스 웨일스의 3월 마지막 토요일은 흐렸다. 낮게 드리운 구름이 산꼭대기를 가렸고 애버로언에는 부슬비가 지칠 줄 모르고 내렸다. 에설을 비롯해 티 귄에서 일하는 하인 대부분은 맡은 일을 내려놓고 마을로 향했다. 백작과 공주는 런던에 가 있었다.

강제 퇴거를 집행하기 위해 런던에서 온 경찰들이 무거운 비옷을 걸치고 거리마다 서 있었다.

'과부 파업'은 전국 뉴스가 됐고 카디프와 런던에서 첫 기차로 몰려온 기자들이 담배를 피워가며 수첩에 메모를 하고 있었다. 삼각대로 받친 커다란 카메라도 한 대 보였다.

에설은 집밖에서 가족과 함께 지켜보았다. 아버지는 켈틱 미네랄이 아닌 노동조합에 고용된 사람이라 자기 집을 소유하고 있었다. 하지만 대다수의 이웃은 집에서 쫓겨나고 있었다. 오전 내내 이웃들은 가재도구를 길바닥에 내놓았다. 침대, 탁자와 의자, 냄비와 요강, 사진액자, 시계, 오렌지 상자에 담긴 그릇과 나이프, 포크. 얼마 안 되는 옷가지는 신문지에 싸서 끈으로 묶었다. 집집마다 현관문 앞에 거의 쓸모없는 물건들이 조그맣게 쌓여서 마치 제단에 바친 공물처럼 보였다.

아버지는 분노를 억누른 무표정한 얼굴이었다. 빌리의 얼굴은 누구하고든 싸울 태세였다. 할아버지는 고개를 저으며 말했다. "칠십 평생이런 꼴은 처음이야." 어머니는 그저 우울해 보였다.

에설은 터져나오는 울음을 그칠 수 없었다.

광부들 가운데 일부는 다른 일자리를 구해야 했는데, 쉽지 않은 일이었다. 광부였던 사람이 갑자기 상점 조수나 버스 안내원을 할 수는 없는 노릇이고, 그런 사정을 아는 고용주들도 일자리를 구하러 온 사람의 손톱에 석탄가루가 끼어 있으면 그냥 돌려보냈다. 화부로 상선을 타기로 한 사람 대여섯은 급료를 미리 받아 부인들에게 주고 떠났다. 몇몇은 제강소에서 일자리를 구하리라는 희망을 품고 카디프나 스완지로 떠나기도 했다. 많은 사람이 인근 마을의 친척집으로 이사를 했다. 이도 저도 아닌 사람들은 파업이 해결될 때까지 광부가 아닌 마을 사람들 집에서 신세를 지기로 했다.

"부인들의 편지에 국왕께서 답장을 안 주셨어요." 에설이 아버지에게 말했다.

"네가 일을 그르친 거야." 아버지가 무뚝뚝하게 말했다. "네가 좋아하는 팽크허스트 부인*을 봐라. 나는 여자들에게 투표권을 줘야 한다고 생각하지는 않지만, 그 여자는 어떻게 해야 이목을 끄는지 잘 알아."

"제가 어떻게 했어야 했죠? 체포라도 당했어야 하나요?"

"그렇게까지 할 필요도 없다. 네가 뭘 하는지 알았더라면 똑같은 편지를 한 장 더 써서 〈웨스턴 메일〉 신문사로 보내라고 말했을 거다."

"그런 생각은 못해봤어요." 에설은 지금 눈앞에서 벌어지는 상황을 막을 수도 있었는데 일을 그르치고 말았다는 생각에 낙담했다.

---

* 영국 여성참정권 운동 지도자.

"신문사라면 그 편지를 받았는지 왕실에 확인했을 거야. 그랬다면 국왕도 그냥 무시할 거라는 말은 차마 못했겠지."

"이런, 젠장. 아버지에게 조언을 구했어야 했어요."

"그런 말 쓰지 마라." 어머니가 말했다.

"죄송해요, 엄마."

런던에서 온 경찰들은 광부들이 멍청할 정도로 자존심만 세우며 완강히 버티다가 이 지경에 이른 걸 이해할 수 없다는 듯 어이없어하며 지켜보고 있었다. 퍼시벌 존스는 전혀 모습을 드러내지 않았다. 〈데일리 메일〉 기자가 인터뷰를 요청했지만, 에설의 아버지는 그 신문사가 노동자들에게 적대적이라는 이유로 거절했다.

마을에 손수레가 많지 않아서 사람들은 순서를 기다려 물건을 옮겨야 했다. 그러자니 여러 시간이 걸렸지만 서너시쯤에는 집 앞에 쌓여 있던 물건들도 싹 치워지고 현관문 자물쇠에 열쇠만 꽂혀 있었다. 경찰들도 런던으로 돌아갔다.

에설은 한참 거리에 서 있었다. 빈집들의 창문이 우두커니 그녀를 마주보았고, 빗물은 부질없이 거리를 따라 흘렀다. 에설은 젖은 잿빛 슬레이트 지붕 너머로 멀리 골짜기 아래 탄광 입구 주변에 흩어진 건물들을 바라보았다. 철로를 따라 지나가는 고양이 한 마리를 제외하면 움직이는 것이라고는 보이지 않았다. 기관실은 연기를 뿜지 않았다. 우뚝 선 권양기 꼭대기의 거대한 쌍둥이 바퀴 두 개가 꼼짝도 않고 쓸모없이 그저 끈질기게 내리는 부슬비를 맞고 있었다.

5장
1914년 4월

I

독일 대사관은 런던에서 가장 격조 높은 구역인 칼턴 하우스 테라스에 위치한 웅장한 저택이었다. 대사관 건물에서는 나무가 무성한 공원 너머로 지적인 신사들이 모이는 애서니엄 클럽의 현관 지붕을 떠받드는 기둥들이 보였다. 뒤편으로는 트래펄가 광장에서 버킹엄 궁전에 이르는 넓은 도로인 더 맬을 향해 마구간 입구가 나 있었다.

발터 폰 울리히는 대사관에 살지 않았다. 아직은. 오직 대사 본인인 리히노프스키 공만이 그런 특권을 누렸다. 대사관 무관에 불과한 발터는 도보로 십 분 거리인 피커딜리의 독신자 아파트에 살았다. 하지만 언젠간 대사관에 딸린 웅장한 대사 숙소에 들어갈 거라는 꿈을 품고 있었다. 발터는 대공은 아니었지만 아버지가 카이저 빌헬름 2세와 가까운 친구 사이였다. 이튼 학교 졸업자 같은 영어를 구사하는 발터는 실제로도 그 학교를 나왔다. 군대에서 이 년간 복무하고 군사학교에서 삼 년간 공부한 다음 외무부에 들어왔다. 이제 스물여덟 살인 그는 떠오르는 별이었다.

대사로서 누리는 특권과 영광에만 끌린 건 아니었다. 그는 조국을 위해 봉사하는 것보다 더 고귀한 소명은 없다는 생각을 열렬히 지지했다. 아버지 역시 같은 생각이었다.

그 점을 제외하면 두 사람은 모든 것에서 견해를 달리했다.

두 사람은 대사관 복도에서 마주보고 서 있었다. 키는 비슷했지만 아버지 오토 쪽이 몸무게가 더 나갔고 머리가 벗어졌으며 구식으로 양 갈래 콧수염을 기르고 있었다. 반면 발터는 신식인 칫솔 모양으로 수염을 길렀다. 오늘 두 사람은 나란히 검은 벨벳 정장으로 차려입었다. 무릎까지 오는 바지에 실크 스타킹, 버클이 달린 구두까지. 둘 다 검을 차고 삼각모를 썼다. 놀랍게도 영국 왕실 사람들을 알현할 때는 이런 복장이 기본이었다. "무대에 오른 배우가 따로 없군요." 발터가 말했다. "터무니없는 복장입니다."

"전혀 그렇지 않아." 아버지가 말했다. "정말 멋진 고전 복식이지."

오토 폰 울리히는 일평생 독일 육군에서 복무했다. 프로이센-프랑스 전쟁 당시 젊은 장교였던 그는 스당 전투에서 중대를 이끌고 부교를 건넜다. 나중에는 젊은 빌헬름 황제가 철혈재상 비스마르크와 관계를 끊은 뒤 가깝게 지낸 인사 가운데 한 명이 되었다. 지금은 이 꽃 저 꽃 날아다니는 벌처럼 짧게 유럽 각국의 수도를 돌며 외교정보라는 꿀을 빨아들여 벌집으로 옮기는 중이었다. 그는 군주제도와 프로이센의 군사 전통을 신봉했다.

발터 역시 아버지만큼이나 애국자였지만 독일이 현대화되고 평등한 사회가 되어야 한다고 생각했다. 아버지와 마찬가지로 그도 조국이 과학과 기술 분야에서 이룬 업적, 근면하고 능률적인 독일 국민들을 자랑스러워했다. 하지만 발터는 독일이 많은 걸 배워야 한다고 생각했다. 자유분방한 미국인들로부터 민주주의를, 교활한 영국인들로부터 외교를, 유행을 선도하는 프랑스인들로부터는 우아한 삶의 기술을 배워야 했다.

부자는 대사관 건물을 나와 더 맬로 이어지는 넓은 계단을 걸어내려 갔다. 발터는 영국 왕 조지 5세를 알현할 예정이었는데, 특별히 얻을 게 없기는 해도 그 자체가 특전이었다. 보통 발터 같은 하급 외교관은 그런 영예를 얻기 어렵지만, 그의 아버지는 자식의 출세를 위해서라면 거리낌이 없었다.

"기관총의 등장으로 손에 드는 모든 휴대용 무기는 구닥다리가 될 겁니다." 발터는 좀 전부터 아버지와 하던 논쟁을 이어갔다. 무기는 발터의 전문 분야였고, 그는 독일이 최신 무기를 갖춰 화력을 보강해야 한다는 생각이 강했다.

오토의 생각은 달랐다. "기관총은 툭하면 걸리고 과열되고 목표물에 잘 맞지도 않아. 소총을 든 병사는 주의깊게 겨냥하지. 그런데 기관총을 줘봐. 정원 호스처럼 들고 마구 휘둘러댈 거야."

"집에 불이 났는데 아무리 정확하다고 해도 컵으로 물을 떠서 붓지는 않잖아요. 호스가 필요한 거죠."

오토는 손가락을 들어 흔들었다. "넌 전투에서 싸워본 적이 없어서 그게 어떤 건지 몰라. 내 말 들어, 내가 잘 아니까."

두 사람의 논쟁은 종종 이런 식으로 끝났다.

발터는 아버지 세대가 오만하다고 생각했다. 왜 그렇게 됐는지 이해할 수는 있었다. 전쟁에서 이겼고, 프로이센과 작은 독립 군주국들을 묶어 독일제국을 건설해 세계에서 가장 부강한 나라 가운데 하나로 발전시켰다. 당연히 그들은 스스로 훌륭하다고 여겼다. 하지만 그러다보니 경솔해졌다.

대로를 따라 100여 미터 걸어간 발터와 오토는 세인트제임스 궁전으로 들어갔다. 16세기에 지은 이 벽돌 건물은 이웃한 버킹엄 궁전보다 오래되었고 덜 인상적이었다. 두 사람은 그들처럼 차려입은 문지기에게 이름을 일러주었다.

발터는 약간 긴장했다. 에티켓상의 실수는 언제든 생길 수 있으나, 왕족을 대할 때 사소한 실수란 용납되지 않는다.

오토가 영어로 문지기에게 물었다. "세뇨르 디아스는 오셨나?"

"네, 조금 전에 도착하셨습니다."

발터는 얼굴을 찡그렸다. 후안 카를로스 디에고 디아스는 멕시코 정부 대표였다. "왜 디아스에게 관심을 두시죠?" 총과 검으로 벽을 장식한 방들을 연달아 지나면서 발터는 독일어로 아버지에게 물었다.

"영국 해군은 함선의 연료를 석탄에서 석유로 바꾸고 있어."

발터는 고개를 끄덕였다. 대부분의 선진국이 같은 조치를 취하고 있었다. 석유는 더 싸고 깨끗하고 취급하기 쉬웠다. 얼굴이 시커먼 화부들을 잔뜩 고용할 필요 없이 그저 연료를 펌프로 나르면 그만이었다. "그리고 영국은 멕시코에서 석유를 얻고 있죠."

"해군에 석유를 안정적으로 공급하기 위해 멕시코 유전을 아예 사버렸다더군."

"하지만 우리가 멕시코에 개입하면 미국이 어떻게 생각할까요?"

오토는 손가락으로 한쪽 콧방울을 톡톡 두드리며 말했다. "듣고 배워. 그리고 뭘 하든 간에 입은 다물고 있어."

왕을 알현할 사람들이 대기실에서 기다리고 있었다. 대부분이 똑같은 벨벳 예복을 차려입었지만 한두 명은 우스꽝스럽기 짝이 없는 19세기 장군 복장이었고, 스코틀랜드인으로 보이는 한 사람은 킬트를 제대로 갖춰입었다. 발터와 오토는 대기실을 돌아다니며 외교계의 낯익은 얼굴들에게 고개인사를 하다가 디아스 앞에서 멈춰 섰다. 떡 벌어진 몸집에 콧수염 끝이 위로 말려올라간 남자였다.

일상적인 인사를 주고받은 후 오토가 말했다. "윌슨 대통령이 멕시코에 대한 무기 수출 금지를 해제해서 기쁘시겠군요."

"반란군에 대한 무기 수출이겠죠." 디아스는 틀린 말을 바로잡듯이 말했다.

언제나 도덕적인 입장을 취하려 하는 미국 대통령은 전임자를 암살하고 권좌에 오른 우에르타 장군을 인정하지 않았다. 우에르타를 살인자라고 지칭하며 반군인 '입헌파'를 지원했다.

오토가 말했다. "반군에게 무기를 팔아도 된다면 당연히 정부에도 팔아도 된다는 뜻 아니겠습니까?"

디아스는 놀란 기색이었다. "지금 독일이 무기를 판매할 의향이 있다고 말씀하시는 건가요?"

"뭐가 필요하십니까?"

"우리가 소총과 탄약이 부족해서 고생하고 있다는 건 이미 알지 않으십니까?"

"좀더 심도 깊은 얘기를 나눠볼 수 있겠죠."

발터는 디아스만큼이나 놀랐다. 분쟁을 일으킬 수도 있는 사안이었다. 발터가 말했다. "아버지, 하지만 미국은—"

"가만있어!" 아버지는 한 손을 들어 아들의 말을 막았다.

디아스가 말했다. "심도 깊은 얘기야 좋지요. 하지만 말씀해보시죠. 함께 다뤄질 사안이 뭡니까?" 디아스는 독일이 무기 판매에 대한 대가로 원하는 게 있을 거라고 추측하고 있었다.

알현실 문이 열리고 시종 하나가 명단을 들고 나왔다. 이제 곧 알현이 시작될 참이었다. 하지만 오토는 서두르지 않고 말을 이었다. "전쟁 중 주권국가는 전략물자를 내주지 않을 권리가 있습니다."

디아스가 말했다. "석유 말씀이시군요." 석유는 멕시코가 가진 유일한 전략물자였다.

오토는 고개를 끄덕였다.

디아스가 말했다. "그러니까 독일이 총을 제공할 테니―"

"파는 겁니다. 제공이 아니고." 오토가 중얼거리듯 말했다.

"일단 우리에게 총을 팔고 그 대가로 전쟁이 일어날 경우 영국에 석유를 팔지 않겠다는 약속을 원하시는 거군요." 디아스는 왈츠처럼 정교하게 이어지는 외교관들의 통상적 화법에 익숙지 않은 게 분명했다.

"논의해볼 가치가 있을 수도 있겠죠." 외교관들은 좋다는 말을 이렇게 표현했다.

시종이 큰 소리로 호명했다. "무슈 오노레 드 피카르 드 라 퐁텐!" 이제 알현이 시작되었다.

오토는 디아스를 똑바로 바라보았다. "내가 알고 싶은 건 그 제안을 멕시코시티에서 어떻게 받아들일 것 같냐는 거요."

"우에르타 대통령께서 흥미를 느끼실 겁니다."

"그럼 주멕시코 독일 공사인 파울 폰 힌츠 제독이 귀국 대통령께 정식으로 접촉해도 퇴짜를 맞지는 않겠군요."

발터가 보기에 아버지는 이 질문에 대해 확답을 얻어내기로 작정한 듯했다. 독일 정부가 그런 제안을 했다가 면전에서 거절당하는 망신을 감수하고 싶지 않은 것이다.

발터의 우려 섞인 시각으로 보지면, 이 외교적 거래에서 독일에게 가장 큰 위험은 망신당하는 일이 아니었다. 미국을 적으로 돌리는 위험이 더 컸다. 하지만 디아스가 있는 자리에서 그 점을 지적하기란 괴로울 정도로 힘든 일이었다.

디아스는 대답을 줬다. "대통령께서는 거절하지 않으실 겁니다."

"확실합니까?" 오토가 재차 확인했다.

"제가 보장하죠."

발터가 말했다. "아버지, 제가 한말씀 드려도—"

하지만 그때 시종이 이름을 불렀다. "헤어 발터 폰 울리히!"

발터가 머뭇거리자 오토가 말했다. "네 차례야. 얼른 가!"

발터는 돌아서서 알현실로 향했다.

영국인들은 손님을 압도하고 싶어한다. 알현실의 높다란 격자 천장은 다이아몬드 무늬를 새긴 아치형이었고, 붉고 두툼한 천이 덮인 벽에는 거대한 초상화들이 걸려 있었으며, 맨 안쪽에 놓인 왕좌에는 짙은 색 벨벳의 높다란 캐노피가 드리워 있었다. 왕좌 앞에 영국 왕이 해군 제복을 입고 서 있었다. 발터는 왕 곁에 선 앨런 타이트 경의 낯익은 얼굴을 보고 반가웠다. 분명 알현하는 사람의 이름을 왕에게 귓속말로 일러주고 있을 터였다.

앞으로 다가간 발터는 허리를 굽히고 인사를 올렸다. 국왕이 입을 열었다. "다시 만나 반갑네, 울리히."

발터는 할말을 미리 준비해둔 터였다. "전하께서 티 권에서 있었던 토론을 흥미롭게 들으셨길 바랍니다."

"아주 재미있었지! 물론 파티가 끔찍이도 우울해졌지만 말일세."

"탄광 사고는 재앙이었습니다. 정말이지 비극적인 일입니다."

"다음에 또 만나길 고대하겠네."

발터는 이 말을 물러가라는 뜻으로 이해했다. 그는 궁중 예절에 따라 출입구에 다다를 때까지 뒷걸음질하며 거듭 인사를 올렸다.

옆방에서 아버지가 기다리고 있었다.

"정말 금방 끝났어요!" 발터가 말했다.

"그게 아니라, 일반적인 경우보다 길었다." 오토가 말했다. "대개는 왕이 '런던에서 보니 반갑소'라고 말하고 끝이야."

두 사람은 함께 궁을 떠났다. "여러모로 영국인들은 감탄스러운 존재야. 하지만 유약하지." 오토는 세인트제임스 가를 따라 피커딜리로 향하며 말했다. "왕은 각료들이 좌우하고 각료들은 의회에 굴복하고 의회 의원들은 일반 국민들이 선택하지. 나라를 어떻게 그런 식으로 운영할 수 있지?"

발터는 아버지의 도발에 대응하지 않았다. 그는 의회가 무력해 황제나 장군들에게 맞서지 못하는 독일 정치체제야말로 낡았다고 생각했다. 하지만 그 문제에 대해선 이미 아버지와 수차례 논쟁을 벌인데다, 멕시코 사절과의 대화로 여전히 마음속에 우려가 가득했다. "디아스에게 한 제안은 위험합니다. 우에르타에게 소총을 팔면 윌슨 대통령이 싫어할 겁니다."

"윌슨이 어떻게 생각하든 무슨 상관이야?"

"약소국인 멕시코와 우호관계를 맺고 강대국인 미국을 적으로 돌리는 건 위험한 짓이죠."

"아메리카 대륙에서 전쟁이 벌어질 일은 없어."

발터 역시 같은 생각이었지만 그래도 마음이 편치 않았다. 미국과의 관계가 악화된다는 발상이 마뜩잖았다.

발터의 아파트에 도착한 두 사람은 구식 복장을 트위드 정장과 소프트칼라 셔츠로 갈아입고 갈색 중절모를 썼다. 다시 피커딜리로 나온 그들은 동쪽으로 향하는 버스를 탔다.

오토는 발터가 1월에 티 귄에서 열린 모임에 초대받아 이미 왕을 만났다는 사실에 놀랐다. "피츠허버트 백작은 괜찮은 인맥이야. 보수당이 집권하면 각료로 등용될 사람이고, 언젠가 외무장관이 될 수도 있지. 계속 친분을 쌓도록 해."

아버지의 말을 듣고 발터는 어떤 생각이 떠올랐다. "그 친구가 운영하는 자선병원에 가서 기부를 조금 해야겠어요."

"좋은 생각이구나."

"혹시 같이 가시겠어요?"

오토는 아들의 미끼를 물었다. "그럼 더 좋겠지."

발터는 숨은 의도가 있었지만 아버지는 전혀 눈치채지 못했다.

버스는 스트랜드의 극장과 플리트 가의 신문사, 금융 구역의 은행 들을 지나쳤다. 이윽고 도로가 좁고 지저분해졌다. 실크해트와 중산모 대신 클로스캡*이 눈에 띄기 시작했다. 마차가 대다수였고 자동차는 드물었다. 바로 이스트엔드 구역이었다.

두 사람은 올드게이트에서 내렸다. 오토는 경멸하듯 주변을 둘러보았다. "이런 빈민가로 데려올 줄은 몰랐구나."

"가난한 사람들을 치료하는 병원에 가는 겁니다." 발터가 대답했다. "어떤 곳일 거라고 생각하신 거예요?"

"피츠허버트 백작이 직접 이런 곳에 온다는 거냐?"

"그냥 돈만 대는 것 같긴 해요." 발터는 피츠가 평생 한 번도 와본 적이 없다는 걸 너무도 잘 알고 있었다. "하지만 우리가 다녀갔다는 건 당연히 전해듣겠죠."

두 사람은 뒷골목을 구불구불 돌아 비국교파 교회로 향했다. 나무표지판에는 '갈보리 복음교회'라는 손글씨가 쓰여 있었다. 게시판에 종이한 장이 붙어 있었다.

---

* 전통적으로 노동자가 즐겨 썼던 납작한 천 모자.

소아 병원

무료 진료

금일, 매주 수요일

발터가 문을 열고 두 사람은 안으로 들어섰다.

오토는 역겹다는 듯 신음을 내뱉더니 손수건을 꺼내 코를 막았다. 전에 와본 적이 있는 발터는 대비하고 있었는데도 여전히 깜짝 놀랄 만큼 불쾌한 냄새였다. 예배당 안은 누더기를 걸친 여자들과 헐벗은 아이들로 미어터졌는데 하나같이 끔찍하리만치 더러운 몰골이었다. 여자들은 벤치에 앉아 있었고 아이들은 바닥에서 놀았다. 맨 안쪽에 문이 두 개 있고 각각 '진료실' '후원자'라고 쓴 종이가 임시로 붙어 있었다.

한쪽 문가에서 피츠의 고모인 험이 장부에 이름을 적고 있었다. 발터가 아버지를 소개했다. "레이디 허미아 피츠허버트, 이분은 저희 아버지 오토 폰 울리히입니다."

'진료실'이라고 쓰인 종이가 붙은 문이 열리더니 작은 아기를 안은 누더기 차림의 여인이 약병을 들고 나왔다. 간호사가 밖을 내다보며 말했다. "다음 분 들어오세요."

허미아 부인이 명단을 보곤 이름을 불렀다. "블라츠키 부인과 로지!"

중년 여자와 여자애가 진료실로 들어갔다.

발터가 말했다. "아버지, 여기서 잠깐 기다리세요. 책임자를 불러오겠습니다."

발터는 바닥에서 아장거리는 아기들을 피해 반대쪽으로 갔다. 그리고 '후원자'라고 쓴 종이가 붙은 문을 두드리고는 안으로 들어갔다.

방은 벽장이나 다름없을 만큼 비좁았다. 실제로 대걸레와 양동이가 한구석에 놓여 있었다. 모드 피츠허버트는 작은 탁자 앞에 앉아 장부를 정리하고 있었다. 보랏빛이 도는 회색의 단순한 드레스에 챙이 넓은 모자 차림이었다. 고개를 든 그녀는 발터를 보자 얼굴에 미소가 피어났다. 그 미소가 어찌나 환한지 발터의 두 눈에 눈물이 고였다. 모드는 의자에서 벌떡 일어나 발터를 끌어안았다.

발터는 온종일 이 순간을 기다려왔다. 입술을 갖다대자 모드는 기다렸다는 듯 입을 벌렸다. 발터는 여러 여자와 키스해봤지만 이렇게 몸을 밀착시키는 상대는 모드뿐이었다. 혹시라도 발기한 걸 모드가 눈치챌까봐 당황한 발터는 얼른 허리를 뒤로 뺐다. 하지만 모드는 더욱 몸을 들이밀 따름이었다. 마치 단단한 남성을 느끼고 싶다는 듯이. 발터는 포기하고 그냥 즐기기로 했다.

모드는 매사에 열정적이었다. 빈곤 문제, 여성참정권, 음악, 그리고 발터까지. 발터는 그런 모드가 놀라웠고 그녀가 사랑에 빠진 남자가 자신이라는 점이 자랑스러웠다.

모드가 숨을 헐떡이며 입술을 뗐다. "고모님이 의심하겠어요."

발터는 고개를 끄덕였다. "아버지가 밖에 와 계세요."

모드는 머리를 매만지고 드레스 매무새를 정리했다. "알았어요."

발터가 문을 열었고 두 사람은 밖으로 나왔다. 오토는 허미아와 다정하게 대화를 나누고 있었다. 그는 점잖은 나이든 숙녀들을 좋아했다.

"레이디 모드 피츠허버트, 이분은 제 아버지 오토 폰 울리히입니다."

오토는 모드의 손을 잡고 고개 숙여 인사했다. 딱 소리를 내며 양쪽 발뒤꿈치를 모으는 인사는 하지 않는 편이 좋다고 알고 있었다. 영국인들은 그런 동작을 우습게 여기기 때문이다.

발터는 두 사람이 서로를 탐색하는 모습을 지켜보았다. 모드는 즐겁다는 듯 미소지었는데, 세월이 지나면 발터의 외모가 오토처럼 변하지 않을까 궁금해하는 듯 보였다. 오토는 모드의 비싼 캐시미어 드레스와 유행을 따른 모자를 보고 괜찮게 여기는 눈치였다. 지금까지는 순조로웠다.

오토는 두 사람이 사랑하는 사이라는 걸 몰랐다. 발터의 계획은 아버지가 먼저 모드와 안면을 익히게 하는 것이었다. 오토는 부잣집 여인들의 자선활동을 찬성했고, 발터의 어머니와 누이에게도 동프로이센 춤발트에 있는 가문의 영지에 사는 가난한 사람들을 찾아가보라고 강하게 권하곤 했다. 아버지는 모드가 얼마나 멋지고 보기 드문 여자인지 알게 될 테고, 그러면 발터가 그녀와 결혼하고 싶다고 해도 반대하지 않을 것이었다.

바짝 긴장한 자신이 약간 바보 같다는 건 발터도 알고 있었다. 그는 스물여덟 살이었고 사랑하는 여자를 선택할 권리가 있었다. 하지만 팔년 전에도 사랑한 여자가 있었다. 틸데는 모드처럼 열정적이고 똑똑한 여인이었지만 열일곱 살인데다 가톨릭교도였다. 울리히 가문은 신교도였다. 양가 부모들은 두 사람 사이를 격렬히 반대했고 틸데는 아버지를 거역하지 못했다. 그런데 지금 발터는 또다시 어울리지 않는 여자와 사랑에 빠진 것이다. 아버지가 페미니스트이자 외국인인 모드를 받아들이기는 쉽지 않을 것이다. 하지만 그때보다 발터는 나이를 먹었고 지략이 늘었으며 모드는 틸데보다 더 강하고 독립적인 여자였다.

그럼에도 발터는 두려웠다. 틸데는 물론이고 여자에게 이런 감정을 느끼긴 처음이었다. 모드와 결혼해 일생을 함께하고 싶었다. 사실 그녀가 없는 삶은 상상할 수 없었다. 그래서 아버지가 모드와 관련해서 분란을 일으키지 않길 바랐다.

모드는 아주 조신하게 굴고 있었다. "이곳을 방문해주시다니 정말 친절하시네요, 울리히 씨. 무척 바쁘실 텐데요. 독일 황제의 믿음직한 친구이시니 할 일이 끝도 없으시겠어요."

모드의 의도대로 오토는 우쭐해했다. "그렇긴 합니다만. 그렇더라도 오빠인 백작께서 발터와 오랜 친구 사이라 꼭 한번 와보고 싶었습니다."

"의사 선생님을 소개해드릴게요." 모드는 진료실로 안내해 문을 두드렸다. 발터도 의사를 만나본 적은 없어서 호기심이 일었다. "들어가실까요?" 모드가 말했다.

그들이 들어선 공간은 원래 사제 집무실인 듯했다. 작은 책상 하나, 기록부와 성가집이 꽂힌 책장으로 꾸며져 있었다. 검은 눈썹에 입매가 육감적인 잘생긴 청년이 로지 블라츠키의 손을 살피고 있었다. 발터는 질투심에 가슴이 찌르르했다. 모드가 이렇게 매력적인 녀석과 온종일 같이 있다니.

모드가 말했다. "그린워드 선생님, 아주 귀한 손님이 오셨어요. 울리히 선생님이세요."

오토가 무뚝뚝하게 인사했다. "안녕하십니까."

"선생님은 무료 봉사를 해주고 계세요. 우리 모두 정말 감사하고 있죠." 모드가 말했다.

그린워드는 고개만 까딱했다. 발터는 아버지와 의사 사이에 감도는 뚜렷한 긴장감의 원인이 무엇인지 궁금했다.

의사는 다시 환자를 보았다. 여자아이의 손바닥이 찢어져 벌겋게 곪았고 손목께까지 퉁퉁 부어 있었다. 의사가 아이 엄마에게 말했다. "어쩌다 손이 이렇게 된 거죠?"

아이가 대답했다. "엄마는 영어 못해요. 전 일하다가 다쳤어요."

"아빠는?"

"아빠는 죽었어요."

모드는 조용히 말했다. "원래 이곳은 편모가정을 위한 병원이에요.

그렇지 않다고 여기까지 찾아온 환자를 돌려보내는 일은 없지만요."

그린워드가 로지에게 물었다. "몇 살이니?"

"열한 살이에요."

발터가 중얼거렸다. "열세 살 미만인 아이는 일하지 못하는 줄 알았는데."

"법률상 허술한 구멍이 있어요." 모드가 대답했다.

그린워드가 말했다. "무슨 일을 하는데?"

"매니 리토프 의류공장에서 청소를 해요. 쓰레기 더미 속에 칼날이 있었어요."

"베이면 무조건 물로 씻고 깨끗한 붕대로 감아야 해. 더러워지지 않도록 매일 붕대를 갈아야 하고." 그린워드의 태도는 딱딱했지만 불친절한 건 아니었다.

로지의 엄마가 억양이 강한 러시아어로 딸에게 질문을 했다. 발터는 여자의 말을 알아듣지는 못했지만 아이가 의사의 말을 통역해주고 있다는 골자는 파악했다.

의사가 간호사를 보았다. "손을 소독하고 붕대를 감아줘요." 그리고 로지에게 말했다. "연고를 좀 줄게. 팔이 더 부으면 다음주에 꼭 다시 와서 진찰받아야 해. 무슨 말인지 알겠니?"

"네, 선생님."

"감염이 더 심해지면 손을 잘라야 할지도 몰라."

로지의 눈에 눈물이 그렁그렁했다.

그린워드가 말했다. "겁을 줘서 미안하구나. 하지만 그만큼 손을 깨끗이 하는 게 중요하다는 뜻이야."

간호사는 소독약으로 짐작되는 액체가 든 통을 준비했다. 발터가 말했다. "선생께서 이곳에서 펼치는 선행에 대해 존경의 마음을 표할 기회를 주시겠습니까?"

"감사합니다. 기꺼이 시간을 내어 말씀을 나누고 싶습니다만, 저희가 필요한 건 의약품입니다. 도움을 주신다면 매우 감사하겠습니다."

모드가 말했다. "계속 진료하시게 그만 나가죠. 못해도 스무 명은 되는 환자가 대기중이거든요."

방문객들은 진료실을 나왔다. 발터는 뿌듯한 마음에 가슴이 벅차올랐다. 모드는 동정하는 데서 그치지 않았다. 어린아이들이 공장에서 노동력을 착취당하는 이야기를 들으면 대부분의 귀족 여성은 수놓은 손수건으로 눈물을 찍어낼 뿐이다. 하지만 모드에게는 진짜 도움을 줄 수 있는 결단력과 용기가 있었다.

게다가 나를 사랑하지! 발터는 생각했다.

모드가 말했다. "마실 것 좀 드릴까요, 울리히 씨? 사무실이 비좁긴 하지만 오빠가 가장 아끼는 셰리주가 한 병 있어요."

"대단히 친절한 말씀이지만 저희는 가봐야 할 것 같군요."

이건 좀 이르다고 발터는 생각했다. 모드의 매력이 오토에게 통하지 않고 있었다. 뭔가 잘못되었다는 끔찍한 느낌이 들었다.

오토는 지갑을 꺼내 지폐 한 장을 뽑았다. "얼마 되지 않지만 훌륭한 일에 보탬이 되길 바랍니다, 모드 양."

"정말 마음이 넓으시네요!" 모드가 말했다.

발터 역시 지폐 한 장을 건넸다. "저도 기부를 좀 해도 되겠죠?"

"뭐든 해주신다면 저야 좋죠." 모드가 말했다. 그러면서 보내는 은밀한 눈빛을 아무도 보지 못했길 발터는 바랐다.

오토가 말했다. "피츠허버트 백작께 꼭 인사 전해주십시오."

두 사람은 자선병원을 나섰다. 발터는 아버지의 반응이 염려되었다. "모드 양은 참 훌륭하지 않나요." 올드게이트로 돌아가면서 그가 경쾌하게 말했다. "물론 비용은 피츠가 전부 대지만 실무는 모드가 도맡는다더군요."

"부끄러운 일이야." 오토가 말했다. "수치스럽기 그지없어."

아버지가 기분이 언짢은 건 알았지만 너무도 놀라운 반응이었다. "대체 무슨 말씀이세요? 아버지도 명문가 여자들이 가난한 이들을 도와야 한다고 하셨잖아요!"

"내가 말한 건 음식을 싸들고 몸이 불편한 소작농을 찾아가는 거였다." 오토가 말했다. "백작이나 되는 사람의 누이가 이런 곳에서 유대인 의사와 있는 꼴을 보니 끔찍하구나."

"세상에." 발터는 신음을 토했다. 그렇다. 그린워드 의사는 유대인이었다. 어쩌면 부모가 그륀발트라는 이름의 독일인일 수도 있었다. 발터는 의사를 오늘 처음 만났지만 어차피 그의 혈통을 알아차리지 못했을뿐더러 신경쓰지도 않았다. 하지만 오토는 그 나이의 남자들 대부분처럼 그런 걸 중요하게 여겼다. 발터가 말했다. "아버지, 그 사람은 무료로 일한다잖아요. 유대인이라는 이유로 그렇게 일 잘하는 의사의 도움을 거절할 만큼 모드 양이 넉넉한 건 아니에요."

오토는 발터의 말을 듣지 않았다. "편모가정이라니. 그 여자는 어디서 그런 말을 배운 거냐?" 그는 혐오감을 감추지 않았다. "창녀가 낳은 새끼들이지."

발터는 가슴이 미어졌다. 계획이 끔찍이도 틀어졌다. "모드 양이 얼마나 용감한 여성인지 모르시겠어요?" 그가 비참한 심정으로 말했다.

"용감하긴 뭐가 용감해!" 오토가 말했다. "내 누이였다면 흠씬 두들겨팼을 거다."

II

백악관에서는 위기 상황이 벌어졌다.

4월 21일 새벽, 거스 듀어는 백악관 웨스트윙에 있었다. 이 건물을 새로 지으면서 그동안 심각하게 부족했던 사무 공간 문제가 해결됐고, 원래 백악관 건물은 대통령의 거처로만 쓰이게 되었다. 거스는 대통령 집무실 옆에 붙은 대통령 전용 서재에 앉아 있었다. 작고 단조로운 공간을 흐릿한 전구 불빛이 밝히고 있었다. 책상 위에는 낡은 휴대용 언더우드 타자기가 놓여 있었다. 우드로 윌슨 대통령이 연설문이나 보도자료를 작성할 때 사용하는 물건이었다.

거스는 전화기에 촉각을 곤두세우고 있었다. 전화기가 울리면 대통령을 깨울지 말지 결정해야 하기 때문이다.

전화 교환원은 그런 결정을 내릴 수 없었다. 한편 대통령을 모시는 고위 보좌관들은 밤에는 자야 했다. 거스의 위치는 관점에 따라 달랐는데, 윌슨 대통령의 보좌관으로는 말단이고 사무원들 중에서는 가장 높았다. 어느 쪽이든 간에 그는 밤새 전화기 옆을 지키다가 대통령의 수면을 방해할지 말지 결정하는 일을 맡게 되었다. 대통령을 깨우면 덩달아 영부인 엘렌 윌슨도 잠을 설칠 것이다. 영부인은 원인 모를 병마에 시달리고 있었다. 거스는 자칫 실언을 하거나 잘못된 판단을 내릴까봐 걱정이었다. 문득 비싼 등록금을 내고 배운 지식이 하나도 쓸모없다는 생각이 들었다. 하버드에도 언제 대통령을 깨울지 가르쳐주는 수업은 없었다. 그는 전화가 울리지 않기만 바랐다.

거스가 이곳에 있게 된 이유는 그가 쓴 편지 한 장 때문이었다. 그는 아버지에게 영국 왕이 참석한 티 귄의 파티와 만찬 후 벌어진 토론에서 유럽에 닥친 전쟁의 위험을 두고 오간 내용을 소상히 알렸다. 아들의 편지를 어찌나 흥미롭고 즐겁게 읽었던지, 듀어 상원의원은 친구인 우드로 윌슨에게도 보여주었고, 윌슨 대통령은 "그 친구, 백악관에서 일하면 좋겠군" 하고 말했다. 거스는 하버드에서 국제법을 공부하고 워싱턴의 한 로펌에서 일하기 전 일 년을 쉬던 중이었다. 그는 절반밖에 마치지 못한 세계여행을 중단하고 고국으로 돌아가 대통령을 위해 일하고 싶은 마음이 간절했다.

국제관계만큼 끌리는 분야도 없었다. 우호와 적대, 동맹과 전쟁. 십대 시절 그는 아버지가 위원으로 속해 있던 상원 외교위원회의 회의를 여러 번 참관했다. 연극 관람보다 훨씬 흥미진진한 체험이었다. 아버지는 말했다. "이게 바로 국가들이 평화와 번영을 이룩하는 방식이야. 전쟁과 파괴, 기근일 수도 있지. 세상을 바꾸고 싶다면 외교야말로 네가 세상에 가장 큰 공헌을, 혹은 해악을 남길 수 있는 분야란다."

그리고 지금 거스는 난생처음 국제분쟁의 한복판에 있었다.

열의가 지나친 멕시코 관리 하나가 탐피코 항구에서 미국 수병 여덟 명을 체포했다. 수병들은 이미 풀려났고 관리도 사과를 했기 때문에 사건은 그쯤에서 일단락될 수 있었다. 그런데 함대 사령관인 메이오 제독이 스물한 발의 예포 발사를 요구했고, 우에르타 대통령은 이를 거부했다. 점차 긴장이 고조되자 윌슨 대통령은 멕시코의 가장 큰 항구인 베라크루스를 점령하겠다고 위협했다.

그렇게 미국은 전쟁의 문턱에 서 있었다. 거스는 고결한 우드로 윌슨 대통령을 대단히 존경했다. 대통령은 멕시코 반군은 모두 거기서 거기라는 냉소적인 시각에 안주하는 사람이 아니었다. 우에르타는 전임자를 살해한 반동분자였고 윌슨은 그를 몰아낼 구실을 찾고 있었다. 살인을 통해 권력을 잡는 건 용인될 수 없다고 세계적인 지도자가 천명했다는 사실에 거스는 흥분했다. 그 원칙이 모든 국가에서 받아들여지는 날이 올까?

위기 상황은 독일이 끼어들면서 한층 심각해졌다. 독일 선박인 이피랑가 호가 우에르타 정부에 전달할 소총과 탄약을 싣고 베라크루스 항구로 접근하고 있었다.

긴장이 고조된 상태로 하루를 보냈지만 당장 거스는 졸음을 참느라 안간힘을 써야 했다. 눈앞 책상 위에는 군 정보부에서 작성한 멕시코 반군세력에 대한 보고서가 녹색 갓을 쓴 전등 불빛 아래 놓여 있었다. 군 정보부는 장교 둘과 사무원 둘로 이뤄진 작은 부서였고, 보고서 내용은 허접했다. 거스는 자꾸만 캐롤라인 위그모어에 대한 생각으로 정신이 산만해졌다.

워싱턴에 도착했을 때 거스는 하버드의 은사였고 이후 조지타운 대학으로 자리를 옮긴 위그모어 교수를 만나러 갔다. 집에는 젊은 두번째 부인 캐롤라인만 있었다. 교내 행사에서 몇 차례 본 적 있는 그녀는 조용하고 사려 깊은 태도와 명석한 지성을 겸비한 여성으로, 거스는 그녀에게 마음이 끌렸다. "셔츠를 새로 맞추러 가셨어요." 그렇게 말하는 캐롤라인의 얼굴에서 거스는 그늘을 보았다. 그녀는 덧붙였다. "다른 여자 만나러 간 건 저도 알고 있어요." 거스가 손수건으로 눈물을 닦아주자 캐롤라인은 그의 입술에 키스하며 말했다. "믿을 수 있는 사람과 결혼할 걸 그랬어요."

알고 보니 캐롤라인은 놀랄 만큼 열정적인 여자였다. 캐롤라인이 허락하지 않아 성교만 하지 않았을 뿐 두 사람은 그 외 모든 것을 즐겼다. 거스가 어루만지기만 했는데도 캐롤라인은 오르가슴을 느끼며 몸을 떨었다.

두 사람의 관계는 고작 한 달밖에 안 되었지만 벌써 거스는 캐롤라인이 이혼하고 자신과 결혼해주길 바라는 마음을 자각하고 있었다. 하지만 캐롤라인은 아이가 없으면서도 그의 말을 들으려 하지 않았다. 그렇게 되면 거스의 출셋길이 막힐 거라고 했고, 그 말도 맞는 듯했다. 흥미롭기 짝이 없는 스캔들이니 결코 조용히 넘어가지 못할 터였다. 아름다운 부인이 저명한 교수와 이혼하자마자 젊고 부유한 남자와 결혼하는 것이다. 거스는 어머니가 그런 결혼을 두고 뭐라고 할지 잘 알았다. "남편이 부정을 저질렀다니 이해는 된다만, 그런 여자와 알고 지낼 순 없지." 대통령도 난처할 테고 변호사로서 고객으로 두고 싶은 부류의 사람들도 마찬가지일 것이다. 당연히 대를 이어 상원에 진출하겠다는 희망도 좌절되리라.

거스는 상관없다고 생각했다. 그는 캐롤라인을 사랑했고 그녀를 남편에게서 구해낼 작정이었다. 그는 돈도 많은데다 아버지가 세상을 떠나면 백만장자가 될 것이다. 다른 직업을 구하면 그만이었다. 기자가 되어 해외특파원으로 일하는 방법도 있었다.

그럼에도 가슴을 후벼파는 미련의 고통을 느꼈다. 그는 이제 막 백악관에서 일을 시작한 참이었다. 젊은이들이 선망해 마지않는 자리였다. 그 자리는 물론 앞으로의 기회들을 송두리째 포기한다는 건 고통스러우리만큼 힘겨운 일이었다.

전화기가 울렸다. 거스는 한밤중 고요한 웨스트윙 건물에 울리는 갑작스러운 신호음에 화들짝 놀랐다. "이런 젠장." 거스는 전화기를 뚫어져라 보며 말했다. "젠장, 결국 터졌군." 그는 잠시 머뭇거리다가 결국 수화기를 집어들었다. 윌리엄 제닝스 브라이언 국무장관의 낭랑한 목소리가 흘러나왔다. "거스, 조지퍼스 대니얼스도 연결돼 있네." 대니얼스는 해군장관이다. "대통령 공보비서도 구내전화로 연결돼 있고."

"네, 장관님." 거스가 대답했다. 침착하게 대답했지만 가슴은 마구 두근거렸다.

"각하를 깨워주게." 브라이언 장관이 말했다.

"네, 알겠습니다."

거스는 대통령 집무실을 통과해 밤공기가 서늘한 로즈 가든으로 나섰다. 정원을 뛰어가 본관 건물로 향했다. 경호원은 그를 제지하지 않았다. 중앙 계단을 서둘러 올라가서 복도를 지나 침실까지 갔다. 심호흡을 하고는 손마디가 아플 정도로 세게 문을 두드렸다.

잠시 후 윌슨 대통령의 목소리가 들렸다. "누군가?"

"거스 듀어입니다, 대통령 각하. 브라이언 국무장관과 대니얼스 장관이 전화로 대기중입니다."

"잠시 기다리게."

윌슨 대통령이 무테안경을 쓰고 침실에서 나왔다. 잠옷에 가운을 걸친, 경황없어 보이는 모습이었다. 키가 큰 편이었지만 거스보다는 작았다. 쉰일곱인 그는 짙은 색이 좀 남아 있는 백발이었다. 대통령은 스스로 못생겼다고 생각했는데 그리 틀린 생각은 아니었다. 매부리코에 귀가 삐죽 튀어나왔지만, 커다란 턱은 거스가 존경하는 강인한 성품을 그대로 드러내고 있었다. 입을 열면 못생긴 이가 드러났다.

"안녕한가, 거스?" 대통령은 온화하게 말했다. "뭐 신나는 일이라도 생겼나?"

"제게는 알려주지 않더군요."

"그래, 자네도 옆방에서 들어봐."

거스는 서둘러 옆방으로 가서 수화기를 들었다.

브라이언의 듣기 좋은 목소리가 들렸다. "이피랑가 호가 오늘 오전 열시 항구에 도착할 예정입니다."

거스는 불안감에 전율을 느꼈다. 이제 멕시코 대통령은 확실히 굴복하는 건가? 그러지 않으면 피바람이 불 것이다.

브라이언은 베라크루스 주재 미국 영사가 보낸 전문을 읽었다. "'함 부르크-아메리카 선박회사 소속 증기선 이피랑가 호가 독일에서 기관 총 200정과 실탄 1500만 발을 싣고 내일 도착 예정. 4번 부두에서 열시 삼십분 하역 개시 예정.'"

"이게 무슨 뜻인지 아나, 장관?" 거스는 윌슨 대통령의 어조에서 짜 증을 느꼈다. "대니얼스, 듣고 있나? 자넨 어떻게 생각하나?"

대니얼스가 대답했다. "군수품이 우에르타에게 들어가서는 절대 안 됩니다." 평화주의자인 해군장관의 터프한 발언에 거스는 놀랐다. "플 레처 제독에게 지시를 내려 군수품 전달을 막고 세관을 점령하도록 할 수 있습니다."

긴 침묵이 이어졌다. 수화기를 얼마나 꽉 쥐었는지 거스는 손이 아플 지경이었다. 마침내 대통령이 입을 열었다. "대니얼스, 플레처 제독에 게 명령을 내리게. 즉시 베라크루스를 점령할 것."

"네, 대통령 각하." 해군장관이 대답했다.

미국은 전쟁에 돌입했다.

III

거스는 그날 밤은 물론 다음날도 뜬눈으로 지새웠다.

여덟시 삼십분이 막 넘은 시각, 대니얼스 장관은 미국 전함 한 척이 이피랑가 호의 진로를 가로막았다는 소식을 전했다. 무장하지 않은 수 송선인 독일 선박은 후진해 현장을 벗어났다. 미 해병대는 오전 늦게 베라크루스 해안에 상륙할 것이라고 대니얼스가 말했다.

거스는 사태가 빠르게 악화되자 소스라치면서도 그 중심에 자신이 있다는 사실에 흥분되기도 했다.

우드로 윌슨은 전쟁의 위기 앞에서 움츠러들지 않았다. 셰익스피어의 희곡 『헨리 5세』를 좋아하는 대통령은 '명예를 탐하는 게 죄라면 나는 세상에서 가장 죄가 큰 사람이다'라는 구절을 즐겨 인용했다.

무선과 유선으로 도착하는 새로운 소식을 대통령에게 전달하는 게 거스의 업무였다. 정오에 해병대는 베라크루스 세관을 접수했다.

그 직후 거스는 자신을 만나러 온 사람이 있다는 연락을 받았다. 위그모어 부인이었다.

거스는 걱정스러워 얼굴을 찌푸렸다. 여기 찾아오는 건 경솔한 행동이었다. 무슨 문제가 생긴 게 틀림없었다.

그는 서둘러 로비로 나갔다. 캐롤라인은 얼이 빠져 보였다. 니트 트위드 코트에 평범한 모자를 썼지만 머리는 헝클어졌고 울었는지 눈이 빨갰다. 캐롤라인의 그런 모습에 거스는 놀랐고 마음이 아팠다. "이런, 대체 무슨 일이에요?" 거스는 낮은 목소리로 물었다.

"이제 끝이에요. 다시는 만날 수 없어요. 정말 미안해요." 캐롤라인은 울기 시작했다.

거스는 캐롤라인을 안아주고 싶었지만 백악관 로비에서 그럴 순 없었다. 그는 개인 사무실이 없었다. 주위를 둘러보니 출입문을 지키는 경호원이 그들을 쳐다보고 있었다. 단둘이 이야기를 나눌 수 있는 곳이 전혀 없었다. 미칠 것 같은 심정이었다. "밖으로 나가요." 거스는 캐롤라인의 팔을 잡으며 말했다. "좀 걸어요."

캐롤라인은 고개를 저었다. "아니에요. 괜찮아요. 그냥 갈게요."

"도대체 무슨 일이에요?"

캐롤라인은 그의 눈길을 피하며 바닥만 내려다보았다. "남편 몰래 이럴 순 없어요. 도리를 지켜야 해요."

"나랑 결혼하면 되잖아요."

캐롤라인은 고개를 들었다. 그녀의 간절한 표정에 거스는 가슴이 무너졌다. "그럴 수 있으면 얼마나 좋겠어요."

"하면 되잖아요!"

"난 이미 남편이 있어요."

"바람이나 피우는 남편이에요. 왜 그 사람을 못 떠나는 거죠?"

캐롤라인은 그 말을 무시했다. "그이가 버클리에 자리를 얻었어요. 우리는 캘리포니아로 이사 가요."

"가지 마요."

"이미 결심했어요."

"그렇군요." 거스는 맥없이 말했다. 흠씬 얻어맞은 기분이었다. 가슴이 아프고 숨쉬기가 어려웠다. "캘리포니아라니. 빌어먹을."

캐롤라인은 거스가 상황을 받아들이는 게 명백해지자 평정을 되찾기 시작했다. "이게 우리의 마지막 만남이에요."

"안 돼요!"

"제발 잘 들어요. 꼭 하고 싶은 말이 있어요. 지금이 아니면 말할 수 없어요."

"좋아요."

"한 달 전 자살 기도를 했어요. 그런 눈으로 보지 마요. 정말이니까. 스스로가 너무 하찮게 느껴지면서 내가 죽는다 한들 아무도 신경쓰지 않을 거라 생각했죠. 그때 당신이 현관에 나타났어요. 당신은 정말 다정하고 정중하고 사려 깊었죠. 내게 사는 게 가치 있다는 생각이 들게 해주었어요. 당신은 나를 소중히 여겨주었죠." 눈물이 뺨을 타고 흘렀지만 캐롤라인은 이야기를 멈추지 않았다. "그리고 내가 키스했을 때 당신은 행복해했어요. 누군가에게 그렇게 큰 기쁨을 줄 수 있다니, 나도 아주 쓸모없는 존재는 아니라는 걸 깨달았어요. 그 생각 덕분에 계속 살아갈 힘을 얻었어요. 당신이 내 목숨을 살렸어요, 거스. 신의 은총이 함께하길 빌어요."

거스는 거의 화가 날 지경이었다. "그럼 나한테는 뭐가 남죠?"

"추억이죠. 남은 추억을 소중히 간직해줬으면 해요. 나도 그럴 테니."

캐롤라인은 돌아섰다. 거스가 문까지 따라갔지만 그녀는 돌아보지 않았다. 캐롤라인은 건물 밖으로 나갔고 거스는 붙잡지 않았다.

캐롤라인이 눈앞에서 사라지자 거스는 기계적으로 대통령 집무실을 향하다가 이내 방향을 바꾸었다. 대통령 곁에 있기에는 마음이 너무나 혼란스러웠다. 화장실에서 잠시나마 마음의 안정을 찾기로 했다. 다행히 아무도 없었다. 거스는 세수를 하고 거울을 보았다. 거기에는 머리가 크고 마른 남자가 있었다. 꼭 막대사탕처럼 생겼다. 옅은 갈색 머리에 갈색 눈동자. 별로 잘생기지는 않았지만 여자들은 대개 그를 좋아했고 캐롤라인은 그를 사랑했다.

아니, 사랑했었다. 적어도, 잠시나마.

그녀를 이대로 떠나보내선 안 되는 거였다. 어떻게 그렇게 떠나는 그녀를 지켜보기만 했단 말인가? 일단 결정을 뒤로 미루고 다시 생각해본 다음 좀더 얘기하자고 설득했어야 했다. 어쩌면 좋은 방도가 떠오를 수도 있었다. 하지만 마음속 깊은 곳에서 그는 다른 방도가 없다는 걸 알고 있었다. 이 모든 걸 캐롤라인이 이미 고려해봤을 것 같다는 생각이 들었다. 잠든 남편 옆에서 뜬눈으로 밤을 지새우며 이 상황을 생각하고 또 생각했을 게 틀림없다. 그리고 이곳을 찾아오기 전에 마음을 굳혔을 것이다.

그는 자리로 돌아가야 했다. 미국은 전쟁중이었다. 하지만 이런 일을 어떻게 머릿속에서 몰아낸단 말인가. 캐롤라인을 못 볼 때면 거스는 다시 그녀를 만날 순간을 고대하며 하루를 보내곤 했다. 이제 머릿속에서 그녀 없는 삶에 대한 고민을 지울 수가 없었다. 벌써부터 인생이 이상한 방향으로 흘러가는 것 같았다. 어떻게 해야 하지?

다른 사람이 화장실에 들어오자 거스는 수건에 손을 닦고 대통령 집무실 옆 서재의 제자리로 돌아갔다.

잠시 후 직원 하나가 베라크루스의 미국 영사가 보낸 전보를 가져왔다. 전보를 읽은 거스는 탄성을 내질렀다. "이런, 젠장!" 거기에는 '아군 4명 사망, 20명 부상, 영사관 주변 교전중. 이상'이라고 적혀 있었다.

네 명이나 죽다니, 끔찍한 일이었다. 부모가 있고 아내나 여자친구가 있는 선량한 미국인이 네 명이나 죽었다. 소식을 접한 거스는 자신의 슬픔을 큰 관점에서 바라보게 되었다. 적어도 캐롤라인과 나는 살아 있잖아. 그는 생각했다.

거스는 집무실 문을 살짝 두드리고는 윌슨 대통령에게 전보를 건넸다. 전보를 읽은 대통령의 안색이 창백해졌다.

거스는 날카로운 눈으로 대통령을 살폈다. 본인이 한밤중에 내린 결정 때문에 병사들이 죽었다는 걸 알게 되면 어떤 심정일까?

전혀 예상치 못한 결과였다. 멕시코인들은 독재정부로부터 자유를 쟁취하고 싶은 게 아니었나? 그렇다면 미국인들을 해방자로 반겨야 하는 것 아닌가? 도대체 뭐가 잘못된 거지?

몇 분 뒤 브라이언과 대니얼스가 모습을 보였고, 그뒤로 평소 대통령보다 호전적인 성향을 보이던 육군장관 린들리 개리슨이 나타났다. 국무부 고문인 로버트 랜싱도 함께였다. 그들은 대통령 집무실에 모여 추가로 들어오는 소식을 기다렸다.

대통령은 바이올린 현보다 더 팽팽하게 긴장한 상태였다. 창백한 얼굴로 불안한 듯 안절부절못하고 서성거렸다. 거스는 대통령이 비흡연자인 것도 딱했다. 담배가 진정제 역할을 할 수도 있었을 텐데.

폭력사태가 일어날 수도 있다는 건 모두가 알고 있었어. 거스는 생각했다. 하지만 왠지 현실은 예상했던 것보다 훨씬 충격적이었다.

자세한 상황 보고가 간간이 들어왔고 거스는 대통령에게 소식을 전달했다. 하나같이 나쁜 소식이었다. 멕시코군 병력은 요새에서 해병대를 향해 사격하며 저항하고 있었다. 멕시코 시민들은 자국 군대를 지원하며 높은 창문에서 미군에게 무차별 사격을 가했다. 이에 대한 보복으로 해안에 정박중이던 미 전함 프레리 호가 도심을 향해 3인치 포를 돌려 포격을 가했다.

희생자는 늘어갔다. 사망자는 여섯에서 여덟, 열둘이 되었고 부상자도 늘었다. 그러나 사망자 수를 놓고 벌어지는 이 경쟁은 애초에 절대 공평하지 않았고, 멕시코측 희생자는 백 명을 넘겼다. 대통령은 당혹스러워 보였다. "우린 멕시코인들과 싸우자는 게 아니야. 할 수만 있다면 그들을 돕고 싶네. 인류에 기여하고 싶은 거라고."

오늘 거스는 두번째로 다리가 휘청하는 기분이었다. 대통령과 참모들에게 나쁜 의도라곤 없었다. 어쩌다 이 지경이 된 걸까. 외교를 통해 세상을 더 나은 곳으로 만드는 것이 정말 이토록 어렵단 말인가.

국무부에서 연락이 왔다. 독일 황제의 지침을 받은 독일 대사 요한 폰 베른슈토르프 백작이 국무장관에게 내일 오전 아홉시에 면담을 할 수 있는지 문의했다는 것이다. 독일 대사관 직원이 비공식적으로 알려준 바에 따르면 미국이 이피랑가 호의 진로를 막은 일에 대해 대사가 공식 항의를 할 예정이라고 했다.

"항의?" 윌슨 대통령이 말했다. "저자들이 대체 무슨 말을 하고 있는 건가?"

거스는 국제법상으로는 독일이 유리한 입장이라는 걸 즉시 알아차렸다. "각하, 우리는 전쟁을 선포하지도, 항구를 봉쇄하겠다고 선언하지도 않았으니 엄밀히 말하면 독일의 주장이 옳습니다."

"뭐야?" 대통령은 랜싱을 바라보았다. "저 말이 맞나?"

"물론 더 확인해봐야 할 겁니다." 국무부 고문 랜싱이 말했다. "하지만 거스의 말이 분명 옳습니다. 우리가 한 행동은 국제법에 어긋나는 것입니다."

"그게 무슨 뜻이지?"

"우리가 사과해야 한다는 뜻입니다."

"그럴 순 없어!" 대통령은 벌컥 화를 냈다.

하지만 미국은 사과했다.

IV

모드 피츠허버트는 발터 폰 울리히와 사랑에 빠진 게 스스로도 놀라웠다. 하지만 다른 누구와 사랑에 빠졌더라도 놀라긴 마찬가지였을 것이다. 마음에 좀 든다 싶은 남자를 만나는 것도 좀처럼 쉽지 않았다. 그녀에게 호감을 품었던 남자는 많았다. 특히 사교계에 데뷔한 해에는. 하지만 그녀의 페미니즘 성향에 대부분 금세 떨어져나가고 말았다. 어떤 이들은 그녀를 자기 손안에 넣고 주무르려 했다. 칠칠치 못한 로더 후작도 그런 남자들 가운데 하나였는데, 그는 모드를 능수능란하게 다루는 남자와 만나면 그녀도 그동안 잘못 살았다는 걸 깨닫게 될 거라고 피츠에게 말하기도 했다. 하지만 불쌍한 로더는 자기 생각이 틀렸다는 것만 확인하고 말았다.

발터는 모드의 있는 그대로의 모습이 멋지다고 생각했다. 모드가 어떤 행동을 하든 발터는 감탄했다. 그녀가 극단적인 견해를 내놓아도 감명깊게 받아들였다. 모드가 미혼모와 그 자녀들을 돕겠다고 나서서 사교계가 발칵 뒤집혔을 때도 그녀의 용기를 높이 샀다. 그리고 그녀의 과감한 옷차림도 무척 좋아했다.

모드는 현재 사회가 돌아가는 방식에 안주하는 영국의 부유한 상류층 남자들에게 질린 상태였다. 발터는 달랐다. 보수적인 독일 가정에서 자랐지만 그는 놀라울 정도로 급진적이었다. 오빠의 전용 박스석 뒷줄에서 오페라를 보는 그녀의 눈에 독일 대사관 사람들과 함께 1등석에 앉은 발터의 모습이 들어왔다. 조심스럽게 빗질한 머리와 잘 다듬은 콧수염, 몸에 꼭 맞는 야회복 차림은 반항아와는 거리가 멀었다. 앉아 있을 때조차 허리와 어깨를 곧게 펴고 있었다. 발터는 오페라에 굉장히 몰입해 있었다. 무대에서는 평범한 시골 아가씨를 강제로 범하려 했다는 혐의를 받은 돈 조반니가 뻔뻔하게도 자신은 하인인 레포렐로를 범행 현장에서 잡은 것뿐이라고 발뺌하는 대목이 펼쳐지고 있었다.

사실 반항아라는 말이 발터에게 꼭 들어맞진 않아. 모드는 생각했다. 희한하게도 열린 태도를 가졌지만 발터는 이따금 틀에 박힌 사고를 하기도 했다. 독일어권 문화에 속한 위대한 음악 전통에 남다른 긍지가 있는 그는, 연주회에 늦고 공연중 친구들과 떠들고 일찍 자리를 뜨는 심드렁한 영국 관객들을 언짢아했다. 친구인 빙 웨스트햄프턴에게 소프라노의 몸매에 대해 품평하는 피츠나, 서식스 공작부인을 상대로 두 사람이 드레스를 구입한 적 있는 하노버 광장 루실 부인의 가게에 관해 이야기하는 비를 발터가 보았더라면 짜증을 냈을 것이다. 심지어 뭐라고 했을지도 눈에 훤했다. "여기 사람들은 가십거리가 떨어져야 겨우 음악을 듣는다니까!"

모드도 똑같이 느꼈지만 그런 생각을 하는 사람은 드물었다. 대부분의 런던 상류층 사람들에게 오페라 공연은 그저 옷과 보석을 자랑할 수 있는 기회에 지나지 않았다. 하지만 그런 사람들조차 1막이 끝나가면서 돈 조반니가 레포렐로를 죽이겠다고 위협하고 오케스트라의 타악기들과 콘트라베이스가 천둥처럼 울려대자 입을 다물고 주목했다. 그러고 나서 돈 조반니는 특유의 태평한 성격으로 레포렐로를 풀어주고 자기를 잡으려는 사람들을 골리며 쾌활하게 빠져나갔다. 무대 위로 커튼이 내려왔다.

발터가 얼른 자리에서 일어나 박스석을 보며 손을 흔들었다. 피츠도 손을 흔들었다. "울리히가 왔군." 피츠가 빙에게 말했다. "독일인은 다들 멕시코에서 미국에 따끔한 맛을 보여줬다며 흐뭇해하고 있어."

빙은 영국 왕족의 먼 친척뻘 되는 사람으로 진지한 구석이라곤 없는 곱슬머리 바람둥이였다. 국제정세에 대해서는 무지하다시피 했고 주로 유럽 각국의 수도를 돌아다니며 도박과 술을 즐겼다. 그는 얼굴을 찌푸리며 어리둥절해했다. "독일이 멕시코에 왜 신경쓰는데?"

"좋은 질문이야." 피츠가 말했다. "그들이 애당초 남미에 식민지를 가질 수 있을 거라고 생각했다면 착각이지. 미국이 절대 가만있지 않을 테니까."

모드는 박스석에서 나와 웅장한 중앙 계단을 내려가며 아는 사람들에게 고개를 끄덕이고 미소지었다. 관객 가운데 절반 정도는 아는 것 같았다. 런던 사교계는 놀라울 정도로 좁았다. 빨간 카펫이 깔린 층계참에 이르렀을 때 늘씬하고 말쑥한 모습인 데이비드 로이드조지 재무장관과 그를 둘러싼 사람들과 마주쳤다. "안녕하십니까, 모드 양." 로이드조지는 매력적인 여지에게 말을 걸 때면 늘 그렇듯 밝은 푸른색 눈을 반짝이며 말했다. "저택에서 전하를 모시고 멋진 파티를 열었다고 들었습니다." 콧소리가 섞인 북웨일스 억양은 리듬감이 느껴지는 남웨일스 억양보다 덜 음악적으로 들렸다. "하지만 애버로언 탄광 사고는 정말 안됐습니다."

"전하께서 애도를 표하셔서 희생자 가족들에게 큰 위로가 되었답니다." 모드가 말했다. 로이드조지 곁에 모여선 사람들 가운데 매력적인 이십대 여자가 보였다. "안녕하세요, 스티븐슨 양. 다시 만나서 정말 반가워요." 모드는 로이드조지의 정무 비서관이자 정부이며 급진적인 성향의 그녀에게 끌렸다. 게다가 남자란 자신의 정부에게 친절히 대해주는 이들에게 고마워하는 법이다.

로이드조지가 주위 사람들에게 말했다. "어쨌든 그 독일 선박은 멕시코에 총을 전달했습니다. 그냥 다른 항구로 가서 조용히 하역을 한 겁니다. 그러니까 열아홉 명이나 되는 미국 병사는 아무 이유 없이 죽은 셈이죠. 우드로 윌슨에게는 크나큰 치욕이 아닐 수 없습니다."

모드는 미소지으며 로이드조지의 팔을 슬쩍 건드렸다. "좀 설명해주시겠어요, 장관님?"

"원하신다면 그래야죠." 그가 너그럽게 말했다. 남자들 대부분이 뭔가 설명해달라는 요청을 받으면 기뻐한다. 특히 상대가 매력적인 젊은 여성일 경우 더욱 그렇다는 사실을 모드는 익히 알고 있었다.

모드가 물었다. "왜 사람들이 멕시코에서 벌어진 일에 관심을 갖죠?"

"석유입니다, 모드 양." 로이드조지가 대답했다. "석유."

다른 사람이 말을 걸자 로이드조지는 그쪽으로 몸을 돌렸다.

모드는 발터가 어디 있는지 알아보았다. 두 사람은 계단 맨 아래서 만났다. 발터가 그녀의 장갑 긴 손을 잡고 고개를 숙이자, 모드는 발터의 금발을 어루만지고 싶은 충동을 가까스로 억눌렀다. 발터를 향한 그녀의 사랑은 몸속에 잠들어 있던 육체적 욕망이라는 사자를 일깨웠다. 남몰래 키스하고 은밀하게 몸을 더듬을 수밖에 없는 상황에서 야수는 더 자극받고 고통스러워했다.

"오페라는 어떠신가요, 모드 양?" 발터는 점잖게 말했지만 갈색 눈동자는 다른 이야기를 하고 있었다. 우리 둘만 있었으면 좋겠어요.

"아주 좋아요. 돈 조반니 목소리가 아주 멋지네요."

"내가 느끼기엔 지휘자가 조금 빠른 것 같더군요."

발터는 모드가 지금껏 만나본 사람들 가운데 유일하게 자기만큼 음악을 진지하게 받아들이는 사람이었다. "저와 생각이 다르시네요. 이건 코미디예요. 그러니까 멜로디가 튕기듯 빠르게 흘러가야 해요."

"하지만 그냥 코미디가 아니죠."

"그건 그래요."

"2막에서 상황이 심각해지면 조금 느려지겠죠."

"멕시코에서 외교적인 성과를 거둔 것 같더군요." 모드는 화제를 바꾸었다.

"아버지께서는……" 발터는 적당한 말을 찾았다. 그로서는 보기 드문 일이었다. "의기양양하시죠." 잠시 뜸을 들이더니 그렇게 말했다.

"당신은 안 그런가요?"

발터는 얼굴을 찌푸렸다. "미국 대통령이 언젠가 보복하지 않을까 걱정돼요."

때마침 피츠가 지나가며 말했다. "울리히, 우리 박스석으로 와. 자리가 남아."

"그럼 고맙지!" 발터가 말했다.

모드는 기뻤다. 피츠는 그저 친구에게 호의를 베푼 것일 뿐 여동생이 발터와 사랑에 빠졌다는 건 알지 못했다. 빠른 시일 내 사실을 알려야 할 것이다. 오빠가 어떻게 받아들일지 모드는 확신이 서지 않았다. 영국과 독일의 사이가 좋지 않으니 아무리 피츠가 발터를 친구로 여긴다

해도 그를 매제로 흔쾌히 맞아들이기는 쉽지 않은 일일 터였다.

모드와 발터는 계단을 올라가 복도를 따라 걸었다. 피츠의 전용 박스석 뒷줄에는 무대가 잘 보이지 않는 두 자리뿐이었다. 따로 고민할 것도 없이 모드와 발터가 맨 뒷줄에 앉았다.

잠시 후 극장의 조명이 꺼졌다. 주위가 어두침침해지자 모드는 그럭저럭 발터와 단둘이 있다고 상상할 수 있었다. 돈 조반니와 레포렐로의 이중창으로 2막이 시작되었다. 모드는 주인과 하인이 함께 노래하게 해 계급이 다른 두 사람의 친밀하고도 복잡한 관계를 드러내는 모차르트의 방식이 마음에 들었다. 많은 작품이 상류층 인물만 다루고 하인은 가구나 다름없이 전시하는 데 그친다. 실제로 하인이 그런 존재이길 바라는 많은 이들의 바람처럼.

삼중창인 〈아, 부정한 마음이여, 조용히〉가 울려퍼지는 사이 비와 공작부인이 박스석으로 돌아왔다. 다들 그럴싸한 얘깃거리가 떨어졌는지 수다를 떨기보다는 음악에 더 귀를 기울였다. 모드나 발터에게 말을 걸거나 그쪽으로 고개를 돌리는 사람도 없었다. 모드는 이런 상황을 이용할 수 있지 않을까 하는 생각에 흥분됐다. 위험한 행동인 줄 알면서도 그녀는 손을 뻗어 살며시 발터의 손을 잡았다. 발터가 미소지으며 엄지손가락을 그녀의 손가락에 대고 문질렀다. 모드는 그에게 키스하고 싶었지만 그건 무모한 짓이었다.

체를리나가 감상적인 8분의 3박자로 아리아 〈알게 될 거야〉를 부르기 시작하자 모드는 억누를 수 없는 유혹을 느꼈다.

이윽고 체를리나가 마세토의 손을 잡아 자신의 가슴에 대고 누르자, 모드는 발터의 손을 자기 가슴으로 가져갔다. 발터가 저도 모르게 헉하고 숨을 몰아쉬었지만, 무대 위에서도 방금 전 돈 조반니에게 얻어맞은 마세토가 비슷한 소리를 내서 아무도 눈치채지 못했다.

모드는 발터의 손을 뒤집어 손바닥으로 그녀의 젖꼭지를 느끼게 했다. 발터는 모드의 젖가슴을 무척 좋아했고, 좀처럼 기회가 없어서 그렇지 틈만 나면 어루만지고 싶어했다. 모드는 그가 더 자주 그래주길 바랐다. 그 느낌이 좋았다. 이것 또한 새로운 발견이었다. 전에도 그녀의 가슴에 손을 댄 사람들은 있었다. 의사, 성공회 신부, 춤을 함께 배우던 연상의 여자, 인파 속 어느 사내. 그녀는 불쾌했지만, 동시에 자신이 다른 사람의 욕정을 불러일으킬 수 있다는 생각에 으쓱해지기도 했다. 하지만 이제껏 그런 상황을 즐겨본 적은 없었다. 발터의 얼굴을 흘긋 보았다. 그는 무대만 응시하고 있었지만 이마에 땀이 맺혀 번들거렸다. 그녀는 제대로 만족시켜주지도 못하면서 이렇게 흥분만 시키는 게 잘못은 아닐까 궁금했다. 하지만 발터는 손을 빼려는 움직임이 전혀 없었고, 그녀는 그가 자신의 행동을 좋아한다고 결론 내렸다. 그녀 자신도 마찬가지였다. 하지만 늘 그렇듯 그녀는 더 많은 걸 원했다.

무엇이 그녀를 바꾼 걸까? 전에는 결코 이런 적이 없었다. 물론 발터 때문이었다. 그와 이어져 있는 느낌. 무슨 말이든 할 수 있고, 뭐든 하고 싶은 대로 행동하고, 숨길 것이 없는 그 강렬한 친밀감. 모드를 좋아했던 다른 모든 남자와 발터가 다른 점은 무엇일까? 로디 후작이나 심지어 빙조차 여자가 얌전한 아이처럼 굴기를 원했다. 남자가 지루한 이야기를 늘어놓아도 경청하고 그의 재치에 적절히 웃어주며 남자가 자신을 내세울 때 고분고분 따르고 언제든 원하면 키스해주는 여자 말이다. 발터는 모드를 어른으로 대했다. 추파를 던지거나 거들먹거리거나 으스대지 않았으며, 자신이 말하는 만큼 상대의 말에도 귀기울였다.

조각상이 살아나면서 음악이 불길한 진조를 띠기 시작했다. 기사징騎士長이 돈 조반니의 식당에 모습을 드러내자 불협화음으로 이어졌고, 모드는 그게 감칠화음이란 걸 알아차렸다. 오페라는 절정에 이르렀고 모드는 아무도 고개를 돌리지 않으리라는 걸 거의 확신했다. 발터를 만족시켜줄 수 있을지 모르겠다는 생각이 들었다. 그 생각만으로도 그녀는 숨이 멎는 것 같았다.

기사장의 굵은 베이스 위로 트롬본이 요란하게 울려퍼지자 모드는 발터의 허벅지에 손을 올렸다. 고급 모직 예복 바지를 통해 살갗의 온기가 느껴졌다. 발터는 여전히 돌아보지 않았지만 그가 입을 벌린 채 거친 숨을 몰아쉬고 있다는 걸 모드는 알 수 있었다. 허벅지 위쪽으로 미끄러져올라간 그녀의 손이 돈 조반니가 용감하게 기사장의 손을 잡는 순간 단단해진 남성을 찾아내어 움켜쥐었다.

모드는 흥분한 동시에 호기심이 일었다. 이런 행동은 난생처음이었다. 그녀는 바지 옷감 위로 그것을 이리저리 탐구했다. 그녀가 생각했던 것보다 더 크고 단단해서 신체의 일부라기보다는 나무토막 같았다. 참 이상하군. 모드는 생각했다. 여자가 손만 대도 이렇게 놀라운 신체적 변화가 일어나다니. 그녀가 성적으로 흥분했을 때 나타나는 변화는 그리 크지 않았다. 거의 알아차리기 어려울 정도로 숨이 차는 느낌이 들거나 몸 안쪽이 젖었다. 하지만 남자들은 깃발을 들어올리듯 겉으로 드러났다.

모드는 남자애들이 혼자서 무슨 짓을 하는지 알고 있었다. 피츠가 열다섯 살일 때 훔쳐본 적이 있었다. 그리고 이제, 기사장이 참회를 요구하고 돈 조반니가 거듭 거부하는 노래가 울려퍼지는 동안 오빠가 그때 했던 행동을 흉내내어 모드는 손을 위아래로 움직이기 시작했다. 발터가 헐떡거렸지만 오케스트라의 연주가 워낙 커서 아무도 듣지 못했다. 모드는 발터를 이렇게나 기쁘게 해줄 수 있다는 데 압도적인 즐거움을 느꼈다. 박스석에 앉은 다른 사람들의 뒤통수를 바라보며 한 사람이라도 고개를 돌리면 어쩌나 두려움이 몰려왔지만, 이미 자신이 벌인 일에 너무 열중한 나머지 멈출 수가 없었다. 발터는 모드의 손에 자기 손을 얹고 어떻게 해야 하는지 가르쳤다. 아래쪽으로 잡아당길 때는 더 세게 쥐고 위쪽으로 올릴 때는 힘을 빼는 게 요령이었다. 모드는 발터가 가르쳐준 대로 했다. 돈 조반니가 불길 속으로 끌려들어가는 순간 발터는 의자에 앉은 채 몸을 홱 틀었다. 모드의 손안에서 남성이 발작을 일으키듯 움찔하는 게 느껴졌다. 한 번, 두 번, 세 번. 그러고는 돈 조반니가 공포에 질려 죽어가는 사이, 발터는 기운이 빠져 축 늘어진 듯했다.

별안간 모드는 자신이 완전히 미친 짓을 저질렀다는 걸 알았다. 후다닥 손을 거둔 그녀는 부끄러움에 얼굴이 벌게졌다. 그리고 자신도 헐떡이고 있다는 걸 깨닫고는 애써 숨을 골랐다.

무대에서는 마지막 합창이 울려퍼졌고 모드는 마음을 가라앉혔다. 무엇에 홀려 그랬는지 모르겠지만 무사히 지나갔다. 긴장이 풀리자 모드는 웃고 싶었다. 킥킥 웃음소리가 터져나오려는 걸 참았다.

모드는 발터의 눈을 들여다보았다. 그는 애정 어린 시선으로 그녀를 보고 있었다. 그녀는 열렬한 기쁨을 느꼈다. 발터는 모드 쪽으로 몸을 기울이더니 귓가에 입을 대고 중얼거렸다. "고마워요."

모드는 한숨을 내쉬고 말했다. "저도 즐거웠어요."

6장
1914년 6월

I

6월 초 그리고리 페시코프는 마침내 뉴욕으로 가는 표 값을 다 모았다. 상트페테르부르크의 뱔로프 가족으로부터 배표와 미국 이민에 필요한 서류를 샀는데, 버펄로에 사는 조지프 뱔로프가 그리고리에게 일자리를 주기로 약속한 편지도 들어 있었다.

그리고리는 배표에 입을 맞추었다. 당장이라도 떠나고 싶었다. 배가 출발하기 전에 잠에서 깨어나 이 꿈이 사라질까 두려웠다. 출발 날짜가 코앞으로 다가온 지금, 갑판에 서서 러시아가 수평선 너머로 멀어지며 그의 삶에서도 영원히 사라지는 모습을 지켜보는 순간이 더욱 기다려졌다.

출발 전날 밤, 친구들이 환송회를 마련했다.

환송회는 푸틸로프 기계공장 근처 미시카의 술집에서 열렸다. 공장 동료가 열두어 명 모였는데, 대부분은 사회주의와 무신론을 공부하는 볼셰비키 토론 모임 회원이었다. 그리고리 형제와 한집에 사는 여자도 몇 명 왔다. 그들 모두 파업중이어서—상트페테르부르크의 공장 절반이 파업에 돌입했다—주머니 사정이 나빴지만 조금씩 추렴해 맥주 한 통과 청어를 약간 샀다. 따뜻한 여름날 저녁이어서 술집 옆 좁은 공터로 나가 벤치에 앉았다.

그리고리는 사람들과 떠들썩하게 어울리는 걸 그다지 즐기지 않았다. 오히려 체스를 두며 마지막 밤을 보내는 쪽을 더 좋아했을 것이다. 술만 들어갔다 하면 사람들은 바보가 되고 괜히 남의 아내나 애인에게 찝쩍거렸다. 더벅머리인 친구 콘스탄틴은 토론 모임 회장인데, 축구 선수이자 불같은 성격의 소유자 이사크와 파업에 대해 말다툼을 벌이다가 끝내 서로 고래고래 소리를 지르게 되었다. 콘스탄틴의 어머니인 '덩치' 바랴는 보드카 한 병을 거의 비우더니 남편에게 주먹을 날리곤 그대로 정신을 잃었다. 레프는 처음 보는 남자들, 만나고 싶지 않은 여자들을 친구라며 한 무리 끌고 왔는데, 그들은 돈 한푼 내지 않고 맥주를 거덜내버렸다.

그리고리는 저녁 내내 슬픈 눈으로 카테리나를 바라보며 시간을 보냈다. 카테리나는 기분이 좋았다. 그녀는 사람들과 어울려 놀기를 즐겼다. 긴 치마를 이리저리 날리고 청록색 눈동자를 반짝이며 사람들 사이를 누비는 그녀는 남자들을 희롱하고 여자들은 매혹시켰는데, 시원스럽게 큰 입에서 웃음이 떠나지 않았다. 낡고 기운 옷을 입었지만 러시아 남자들이 선호하는 멋진 몸매로, 가슴은 풍만하고 엉덩이도 컸다. 그리고리는 카테리나를 처음 본 순간 사랑에 빠졌고, 사 개월이 지난 지금도 그 마음은 변하지 않았다. 하지만 그녀는 그리고리의 동생을 더 좋아했다.

왜냐고? 생김새와는 상관없었다. 형제는 워낙 닮아서 사람들이 가끔

두 사람을 혼동하는 일도 있었다. 키와 몸무게가 같아서 옷을 번갈아 입을 수도 있었다. 하지만 레프가 그리고리보다 훨씬 더 매력적이었다. 미덥지 않고 이기적인데다 무법의 경계를 오가며 사는 레프를 여자들은 아주 좋아했다. 그리고리는 정직하고 믿음직한데다 열심히 일하고 진지했지만 다가오는 여자가 없었다.

미국이라면 다를 것이다. 그곳에만 가면 모든 게 다를 것이다. 미국의 지주는 소작인을 마음대로 목매달아 죽일 수 없다. 미국 경찰은 누군가를 처벌하기 전에 재판이라는 절차를 거친다. 아무리 사회주의자라도 정부가 마음대로 교도소에 가둘 수 없다. 귀족도 없고 모든 사람이 평등하다. 유대인조차.

정말 그런 곳이 있을까? 가끔 미국이 지나치게 환상적이라는 생각이 들었다. 원하기만 하면 아름다운 아가씨들이 아무에게나 몸을 내어준다는 남쪽 바다 섬들 이야기처럼. 하지만 틀림없이 사실일 것이다. 수천 명이나 되는 이민자가 고향으로 편지를 보내왔으니까. 공장에서는 혁명을 원하는 사회주의자들이 모여 미국 민주주의에 관한 교육을 연달아 진행하기 시작했다. 경찰이 강제로 중단시키긴 했지만.

그리고리는 동생을 두고 떠나는 일이 죄스러웠지만 그게 최선이었다. "몸조심하고 있어." 그가 모임 막바지에 레프에게 말했다. "이제 내가 떠나면 문제를 일으켜도 구해줄 사람이 없잖아."

"괜찮아." 레프는 태평하게 대꾸했다. "형이나 조심해."

"배표를 살 수 있게 돈 보낼게. 미국에서 벌면 그리 오래 걸리지 않을 거야."

"기다리고 있을게."

"이사 가지 마. 연락이 끊길 수도 있으니까."

"꼼짝도 안 하고 있을게, 형."

카테리나도 나중에 미국으로 데려갈지는 의논하지 못했다. 그리고리는 동생이 그 문제를 꺼내길 기다렸지만 레프는 말이 없었다. 그리고리는 동생이 카테리나를 미국으로 데려오고 싶어하기를 바라야 할지, 그럴까봐 두려워해야 할지 알 수가 없었다.

레프가 카테리나의 팔을 끌며 말했다. "우린 이제 가야 해."

그리고리는 깜짝 놀랐다. "늦은 밤에 어딜 간다는 거야?"

"트로핌을 만나기로 했어."

트로핌은 뱔로프 조직에 속한 하급 조직원이었다. "왜 오늘밤에 만나야 하는 거야?"

레프가 한쪽 눈을 찡끗해 보였다. "신경쓰지 마. 아침이 되기 전에는 돌아올 거니까. 그러면 구투옙스키 섬까지 형을 바래다줄 시간은 넉넉해." 대서양을 건너는 증기선들이 정박해 있는 곳이 그 섬이었다.

"알았어." 그리고리가 말했다. "위험한 짓은 절대 하지 마." 아무 의미 없다는 걸 알면서도 그리고리는 덧붙였다.

레프는 활짝 웃더니 사라졌다.

자정이 다 된 시간이었다. 그리고리는 모인 사람들에게 인사했다. 친구 몇 명이 눈물을 흘렸지만, 슬퍼서 그러는지 그저 술에 취해 그러는지 분간할 수 없었다. 그리고리는 몇몇 여자와 함께 걸어서 집으로 돌아왔다. 여자들이 복도에서 키스하고 떠나자 그리고리는 방으로 들어갔다.

탁자 위에는 중고시장에서 구한 판지 여행가방이 놓여 있었다. 크지 않은 가방이었지만 절반이 비었다. 짐이라고 해봐야 셔츠 몇 벌과 속옷, 체스 세트가 전부였다. 신발도 한 켤레였다 어머니가 세상을 떠난 후 구 년 동안 들인 물건이 많지 않았다.

잠자리에 들기 전 그리고리는 레프가 벨기에제 나강 M1895 권총을 넣어두는 찬장 안을 확인해보았다. 늘 있던 자리에 권총이 보이지 않자 그는 가슴이 철렁 내려앉았다.

레프가 밤늦게 들어왔을 때 일어나지 않아도 되도록 미리 창문 걸쇠를 풀어두었다.

자리에 누운 그리고리는 집 근처를 우르릉거리며 지나는 익숙한 기차 소리를 들으며 이곳에서 6000킬로미터도 넘게 떨어진 미국에서 산다는 게 어떨지 상상해보았다. 평생 동생 레프와 함께 살면서 부모 노릇을 대신했다. 내일부터는 레프가 총을 들고 나가 밤새 돌아다녀도 알 도리가 없을 것이다. 그러면 안심이 될까? 아니면 오히려 더 걱정스러울까?

언제나처럼 그리고리는 새벽 다섯시에 일어났다. 배는 여덟시 출발 예정이었고, 부두까지는 걸어서 한 시간이면 되었다. 시간은 많았다.

레프는 밤새 들어오지 않았다.

그리고리는 세수를 했다. 깨진 거울을 들여다보며 부엌 가위로 코와 턱 주변의 수염을 다듬었다. 그리고 가장 좋은 양복을 꺼내 입었다. 다른 양복은 모두 레프에게 남겨두고 갈 작정이었다.

냄비에 오트밀과 우유를 넣고 끓이는데, 누가 건물 현관문을 두드리는 큰 소리가 들렸다.

나쁜 소식이 분명했다. 친구들은 건물 밖에서 큰 소리로 부른다. 문을 두드리는 건 관공서에서 나온 사람들뿐이다. 그리고리는 모자를 쓰고 복도로 나와 계단통을 내려다보았다. 집주인 여자가 문을 열자 검은색과 녹색의 제복을 입은 경관 둘이 안으로 들어섰다. 자세히 보니 뚱뚱하고 얼굴이 보름달 같은 미하일 핀스키와 그의 동료로 작은 머리가 쥐새끼 같은 일리야 코즐로프였다.

그리고리는 재빨리 머리를 굴렸다. 이 집 누군가가 범죄 혐의를 받고 있는 게 분명했다. 확률이 가장 높은 사람은 레프였다. 범인이 레프든, 이 집에 사는 다른 사람이든 모두가 조사받을 게 뻔했다. 두 경관은 지난 2월 그리고리가 카테리나를 그들의 손에서 구해낸 사건을 기억해낼 테고, 당연히 그리고리를 체포할 기회를 놓치지 않을 터였다.

그렇게 되면 배를 놓칠 것이다.

그런 무서운 생각을 하자 몸이 얼어붙었다. 배를 놓치다니! 이날을 위해 돈을 모으고 갈망하며 얼마나 기다려왔는데. 안 돼. 그는 속으로 생각했다. 안 돼, 배를 놓칠 순 없어.

두 경관이 계단을 올라오는 모습을 보자마자 그리고리는 재빨리 다시 방으로 들어갔다. 그들에게 사정해봐야 소용없다. 오히려 역효과만 날 것이다. 만일 그리고리가 이민을 떠날 참이라는 걸 핀스키가 알아차린다면 오히려 더욱 기쁜 마음으로 그를 가둬놓을 것이다. 배표를 환불해 돈을 돌려받을 기회마저 날리게 된다. 오랫동안 모은 돈을 몽땅 날리는 것이다.

달아나야 했다.

미친 사람처럼 좁은 방안을 둘러보았다. 출입문이 하나, 창문이 하나였다. 레프가 밤늦게 드나들 때 사용하는 곳으로 빠져나가야 했다. 밖을 내다보았다. 뒷마당에는 아무도 보이지 않았다. 상트페테르부르크 경찰은 포악했지만 똑똑하다는 평을 듣지는 못했다. 핀스키와 코즐로프도 집 뒤쪽을 막을 생각은 못한 것 같았다. 어쩌면 뒷마당으로 달아나도 철로를 건너는 것 외에는 빠져나갈 길이 없다는 걸 계산했을지 모른다. 하지만 필사적인 사람에게 철로쯤은 그다지 큰 걸림돌이 될 수 없었다.

여자들이 사는 바로 옆방에서 고함과 비명이 들렸다. 경찰이 그 방부터 먼저 들어간 모양이었다.

그리고리는 재킷 가슴께를 툭툭 두드려보았다. 배표와 서류, 돈이 안주머니에 들어 있었다. 재산이라고 할 만한 나머지 물건들은 이미 여행가방에 모두 꾸려둔 상태였다.

그리고리는 가방을 들고 창밖으로 최대한 몸을 내밀었다. 그리고 가방을 먼저 밖으로 던졌다. 넓은 면으로 땅바닥에 떨어진 가방은 부서지지는 않은 것 같았다.

방문이 큰 소리를 내며 벌컥 열렸다.

그리고리는 두 다리를 창밖으로 내밀고 창턱에 걸터앉았다가 아래층 세탁실 지붕 위로 뛰어내렸다. 타일에 발이 미끄러져 지붕에 털썩 주저앉은 그는 경사진 지붕을 따라 홈통까지 미끄러져 내려갔다. 뒤에서 고함소리가 들렸지만 돌아보지 않았다. 그는 세탁실 지붕 위에서 펄쩍 뛰어 다치지 않고 땅에 내려왔다.

가방을 집어들고 달렸다.

총소리가 울렸고 겁을 먹은 그는 더욱 빨리 달렸다. 경찰의 사격 실력이란 대부분 세 걸음 앞에서 겨울궁전만큼 큰 표적도 맞히지 못할 정도였지만, 가끔 운이 좋을 수도 있다. 그리고리는 철로가 깔린 둑 위로 달려올라갔다. 그러면서도 창문과 높이가 비슷한 둑으로 올라가면 더 손쉬운 표적이 된다는 생각이 들었다. 귀에 익은 기차 소리가 들려 오른쪽을 보니 화물열차가 빠른 속도로 달려오고 있었다. 총소리가 다시 한번 울리고 뭔가에 맞은 듯한 느낌이 들었지만 고통은 느껴지지 않았다. 아마 가방에 맞은 모양이었다. 둑의 맨 위로 올라서면서 그리고리는 이제 맑은 아침 하늘을 배경으로 자신의 모습이 멀리서도 잘 보일 거라고 생각했다. 달려오는 기차와의 거리는 불과 몇 걸음이었다. 기관사가 크고 길게 기적을 울렸다. 세번째 총소리가 울렸다. 그리고리는 기차가 달려들기 직전 철로 너머로 몸을 던졌다.

기관차가 기적을 울리며 지나갔다. 쇠로 된 철로 위를 쇠바퀴가 철컹거리며 달렸고 기적 소리를 따라 뿜어져나온 뜨거운 김이 길게 이어졌다. 그리고리는 펄쩍 뛰듯 몸을 일으켰다. 석탄을 실은 무개화차가 방패가 된 덕분에 총에 맞을 걱정은 하지 않아도 되었다. 그리고리는 두 번째 철로를 건너갔다. 마지막 석탄 화차가 지나갈 무렵, 그는 둑 아래로 내려가서 작은 공장 마당을 가로질러 도로로 나섰다.

가방을 들여다보았다. 가장자리에 총알구멍이 나 있었다. 가까스로 목숨을 건진 상황이었다.

그리고리는 숨이 차도록 걸음을 재촉하며 이제 어떻게 해야 하는지 스스로 물었다. 위기를 모면하자 동생이 걱정되기 시작했다. 레프가 곤란한 상황에 처한 것인지, 그렇다면 무슨 일이 벌어진 것인지 알아내야 했다.

우선 레프를 마지막으로 본 미시카 술집에서 시작하기로 했다.

술집까지 가는 동안 붙잡힐까봐 잔뜩 겁이 났다. 그 정도로 운이 나쁠 리는 없지만 그런 일이 없으리라 장담할 수도 없었다. 핀스키가 주변을 돌아다니고 있을지도 몰랐다. 최대한 모자를 눌러썼지만 그렇다고 정체를 감출 수 있을 것 같진 않았다. 부두로 향하는 인부들과 마주쳐 그들 사이에 섞여 걸었지만, 가방을 든 모습이 누가 봐도 무리와는 어울리지 않았다.

어쨌든 그리고리는 무사히 도착했다. 술집 안에는 직접 만든 벤치와 탁자 들이 들어차 있었다. 아직도 지난밤의 맥주와 담배연기 냄새가 가시지 않았다. 미시카는 식사 준비를 할 만한 공간이 집에 없는 사람들을 위해 아침에는 빵과 차를 팔았지만, 파업 기간이라 손님이 오지 않아서 가게 안은 텅 비다시피 했다.

그리고리는 미시카에게 전날 밤 레프가 어디로 갔는지 물어볼 생각이었지만, 미처 말을 걸기도 전에 카테리나의 모습이 눈에 들어왔다. 밤을 꼬박 새운 듯한 모습이었다. 청록색 눈은 잔뜩 충혈되고 금발은 헝클어졌고, 치마는 구겨지고 지저분했다. 눈에 띄게 피곤한 기색으로 양손을 벌벌 떠는 그녀의 지저분한 양볼 위로 눈물이 흘러내렸다. 하지만 그런 그녀의 모습이 더욱 아름다워 보여 어떻게든 품에 안고 달래주고 싶은 마음이 들었다. 하지만 그럴 수 없었던 그리고리는 대신 그녀에게 도움을 주러 다가갔다. "왜 그래요? 무슨 일 있어요?"

"세상에, 오셨군요." 카테리나가 말했다. "경찰이 레프를 찾고 있어요."

신음이 절로 나왔다. 동생이 또 사고를 친 것이다. 하필이면 오늘 같은 날. "무슨 짓을 저질렀는데요?" 그리고리는 혹시 레프가 억울한 누명을 쓴 건 아닌지 생각해보지도 않고 물었다.

"어젯밤에 난리가 났어요. 담배를 실은 배에서 짐을 좀 내릴 예정이었죠." 그리고리는 담배가 장물일 거라고 짐작했다. 카테리나는 계속 말을 이어갔다. "레프가 돈을 치렀는데 배에서 내린 사람이 모자란다고 해서 말다툼이 벌어졌어요. 누군가 총을 쏘기 시작했죠. 레프도 총을 꺼내 쏘았고, 우리는 도망쳤어요."

"두 사람 다 다치지 않으니 천만다행이군요!"

"하지만 이제 돈도 없고 담배도 못 받아냈어요."

"이런 난리가 벌어지다니." 그리고리는 술집 벽에 매달린 시계를 쳐다보았다. 여섯시 십오분이었다. 여전히 시간은 넉넉했다. "일단 앉읍시다. 차 좀 마실래요?" 그리고리는 미시카에게 손짓해 차를 두 잔 주문했다.

"고마워요." 카테리나가 말했다. "레프 말로는 다친 사람 중 하나가 경찰에 신고한 것 같대요. 그래서 경찰이 레프를 뒤쫓고 있어요."

"당신은요?"

"저는 괜찮아요. 제 이름을 아는 사람은 아무도 없으니까요."

그리고리는 고개를 끄덕였다. "그러니까 레프가 경찰에 붙잡히지 않도록 하면 된다는 거군요. 일단 일주일 정도 눈에 띄지 않게 숨어 있다가 상트페테르부르크를 빠져나가야 할 겁니다."

"레프는 수중에 한푼도 없어요."

"물론 없겠죠." 레프는 늘 생필품을 살 돈조차 없었지만, 그래도 항상 술을 사마시고 도박을 하고 여자들과 즐겼다. "내가 좀 줄 수 있어요." 그리고리는 미국으로 갈 때 쓰려고 깊이 넣어둔 돈에 손댈 수밖에 없었다. "레프는 어디 있죠?"

"당신이 배를 타는 곳에서 만나자더군요."

미시카가 차를 가져왔다. 그리고리는 배가 고팠다. 준비하던 아침을 냄비째 그냥 두고 왔기 때문이다. 그는 미시카에게 수프를 주문했다.

카테리나가 물었다. "레프에게 돈을 얼마나 줄 수 있어요?"

그녀가 진지한 얼굴로 그를 바라보았다. 그리고리는 그런 카테리나의 얼굴을 볼 때마다 뭐든 다 들어주고 싶은 마음이 생겼다. 그는 고개를 돌렸다. "동생이 원하는 대로 줘야죠."

"당신은 정말 좋은 분이에요."

그리고리는 어깨를 으쓱했다. "내 동생이니까요."

"고마워요."

그리고리는 카테리나가 고마워할 때면 기쁘기도 했지만 당황스럽기도 했다. 나온 수프를 먹기 시작한 그리고리는 다른 데 신경쓸 수 있게되어 다행이라고 생각했다. 음식이 들어가자 좀더 낙관적인 기분이 되었다. 레프는 늘 말썽을 일으켰고 그때마다 잘도 빠져나왔다. 예선에 여러 번 그랬듯 이번에도 문제없이 해결될 것이다. 레프가 문제를 일으켰다고 해서 그리고리가 배를 놓칠 일은 없다는 뜻이었다.

카테리나는 차를 마시면서 그리고리를 바라보고 있었다. 당황스러워하던 표정은 사라지고 없었다. 레프는 당신을 위험에 빠뜨렸고, 구해주려고 나타난 사람은 나인데도 당신은 동생을 더 좋아하는군. 그리고리는 속으로 생각했다.

레프는 부두 기중기 뒤 어두운 곳에 숨어서 경찰이 나타나지 않는지 초조하게 주위를 두리번거리며 기다리고 있을지 모른다. 그리고리는 일어나서 가봐야 했다. 하지만 어쩌면 이제 다시는 카테리나를 볼 수 없을지 몰랐다. 그녀에게 마지막 인사를 해야 한다고 생각하니 도저히 견딜 수가 없었다.

그리고리는 수프를 다 먹고 시계를 보았다. 일곱시가 거의 다 되었다. 이제 부두로 가면 얼추 시간이 맞을 것 같았다. "가야 해요." 그리고리는 마지못해 입을 열었다.

카테리나는 술집 문까지 따라나와 당부했다. "너무 혼내지 마세요."

"내가 그런 적 있어요?"

카테리나는 양손을 그리고리의 어깨에 얹고 까치발로 서더니 입술에 살짝 입을 맞추었다. "행운을 빌어요."

그리고리는 술집을 나섰다.

그는 상트페테르부르크 남서쪽 공장지대의 창고와 공장, 야적장, 사람들로 북적거리는 빈민가의 길을 따라 재빨리 움직였다. 창피한 일이지만 한참이 지나서야 울고 싶은 마음을 가다듬을 수 있었다. 모자를 푹 눌러쓰고 고개를 숙인 채 탁 트인 곳을 피해 그늘진 곳으로만 걸었다. 혹시 핀스키가 레프의 생김새를 다른 경찰들에게 알려 수배했다면 그리고리가 대신 붙잡힐 가능성도 있었다.

그러나 그는 아무 문제 없이 부두에 도착했다. 그가 타고 갈 천사 가브리엘 호는 화물과 승객을 모두 싣고 가는 작고 녹슨 배였다. 단단하게 못질한 나무상자들이 실리는 참이었는데, 상자 겉에는 상트페테르부르크에서 가장 큰 모피회사의 이름이 박혀 있었다. 그리고리가 지켜보는 가운데 마지막 상자가 화물실로 들어가고 선원들이 출입문을 단단히 잠갔다.

한 유대인 가족이 다릿널 앞에서 배표를 보여주고 있었다. 그리고리의 경험으로 보면 유대인은 모두 미국으로 가고 싶어했다. 그들은 그리고리보다 미국행을 희망할 이유가 더 많았다. 러시아에서는 유대인이 땅을 소유하거나 공무원 또는 장교가 되는 길이 법적으로 막혀 있었고 그 밖에도 셀 수 없을 만큼 제약이 많았다. 원하는 곳에서 살 수도 없고 대학에 진학할 수 있는 인원도 정해져 있었다. 그러고도 살아남는 게 기적이었다. 수많은 역경을 이겨내고 잘살게 된다 해도 오래가지 못했다. 대개 핀스키 같은 경찰에게 부추김을 당한 사람들이 몰려와 몰매를 놓고 가족을 위협하며 유리창을 박살내고 집에 불을 질렀다. 그런데도 러시아에 남아 있다는 게 놀라울 정도였다.

승선을 알리는 기적이 울렸다.

레프의 모습은 보이지 않았다. 뭐가 잘못된 거지? 레프가 계획을 또 바꾼 건가? 아니면 벌써 체포된 건가?

조그만 아이 하나가 그리고리의 소매를 잡아당겼다. "어떤 아저씨가 할말이 있대요." 아이가 말했다.

"누구?"

"아저씨처럼 생겼어요."

천만다행이군. 그리고리는 속으로 생각했다. "어디 있니?"

"저기 나무 뒤에요."

부두 한쪽에 목재가 잔뜩 쌓여 있었다. 서둘러 그 뒤로 돌아갔더니 레프가 숨어서 초조하게 담배를 피우고 있었다. 창백한 얼굴로 안절부절못하는 모습이었다. 보기 드문 광경이었다. 레프는 아무리 곤란한 상황에서도 늘 쾌활함을 잃지 않는 성격이었다.

"큰일났어." 레프가 말했다.

"한두 번이 아니잖아."

"그 자식들 거짓말했어!"

"어차피 도둑놈들일 테지."

"빈정대지 마. 시간이 별로 없어."

"그래, 맞아. 잠잠해질 때까지 어디 멀리 가 있어야 해."

레프는 담배연기를 내뿜으면서 그럴 수 없다는 듯 고개를 저었다. "배에 타고 있던 녀석 하나가 죽었대. 난 살인 혐의를 받고 있다고."

"이런, 젠장." 그리고리는 목재 위에 털썩 앉아 양손으로 머리를 감쌌다. "살인이라니."

"트로핌이 많이 다쳤는데 경찰이 취조했나봐. 녀석이 내 이름을 불었대."

"어떻게 그걸 전부 알고 있는 거야?"

"삼십 분 전에 표도르를 만났어." 표도르는 레프가 알고 지내는 부패 경찰이다.

"나쁜 소식이군."

"더 나쁜 것도 있어. 핀스키가 날 잡겠다고 맹세했대. 형한테 복수하려는 거야."

그리고리는 고개를 끄덕였다. "나도 그렇게 될까봐 걱정했어."

"이제 난 어쩌지?"

"모스크바로 가야 할 거야. 상트페테르부르크는 안전하지 않으니 한동안 돌아오지 마. 어쩌면 영원히 못 올 수도 있지."

"모스크바로 피한다고 될지 모르겠어. 요새는 경찰이 멀리서도 전화라는 걸로 서로 이야기한다니까."

옳은 말이야. 그리고리는 속으로 생각했다.

배가 또다시 기적을 울렸다. 금방이라도 다릿널을 치울 것 같았다. "이제 별로 시간이 없어." 그리고리가 말했다. "어떻게 할 거야?"

레프가 말했다. "미국으로 갈 수도 있지."

그리고리는 동생을 멍하니 바라보았다.

레프가 말했다. "형이 표를 내게 주면 돼."

그리고리는 그런 생각은 떠올리고 싶지도 않았다.

하지만 레프는 거침없이 자기 논리대로 말을 이었다. "형 여권이랑 서류를 갖고 내가 미국에 갈 수도 있어. 아무도 우리가 다른 사람이라는 걸 모를 거야."

그리고리는 넵스키 대로의 솔레일 극장에서 영화의 마지막 장면을 볼 때처럼 자신의 꿈이 희미해지는 것을 보았다. 영화가 끝나고 극장의 불이 켜지면서 현실 세계의 칙칙한 모습과 더러운 극장 바닥이 눈에 들어오듯이. "내 표를 달라고?" 그리고리는 어떻게든 결단의 시간을 늦춰보려고 되뇌듯 말했다.

"그러면 형은 내 목숨을 살리는 거야." 레프가 말했다.

그리고리는 그렇게 해야 한다는 사실을 깨달았고, 그것을 실감하자 찌르듯 심장이 아팠다.

그리고리는 일부러 꺼내 입은 가장 좋은 옷 안주머니에서 여권과 서류를 꺼내 레프에게 건넸다. 여행을 위해 모아둔 돈도 전부 꺼내주었다. 총알구멍이 난 여행가방도 동생에게 주었다.

"형이 다시 표를 살 수 있게 돈을 모아서 보낼게." 레프가 열을 내며 말했다. 그리고리는 아무 대꾸도 하지 않았다. 하지만 못 믿겠다는 표정이 역력했는지 레프가 항변하듯 다시 말했다. "정말이야. 맹세할게.

돈을 꼭 모을 거야."

"그래." 그리고리가 말했다.

두 사람은 서로 껴안았다. 레프가 말했다. "형은 늘 날 잘 챙겨줬어."

"그래, 그랬지."

레프는 돌아서서 배를 향해 달렸다.

선원들이 배를 잡아맨 밧줄을 풀고 있었다. 다릿널을 치우려던 그들은 레프가 뛰어가며 소리지르자 잠시 멈춰 기다려주었다.

레프는 갑판 위로 뛰어올랐다.

그러고는 돌아서서 난간에 몸을 기대고 그리고리를 향해 손을 흔들었다.

그리고리는 마주 손을 흔들 수가 없었다. 그냥 돌아서서 걸었다.

배가 기적을 울렸지만 그리고리는 돌아보지 않았다.

가방을 들었던 오른손이 이상할 정도로 가벼웠다. 부두를 가로질러 걸으며 시커멓고 깊은 바다를 들여다보던 그리고리는 그 속에 몸을 던지고 싶다는 생각을 했다. 고개를 흔들었다. 그런 바보 같은 생각의 먹잇감이 될 수는 없었다. 하지만 우울하고 속이 쓰렸다. 삶은 그에게 단 한 번도 승리를 안겨준 적이 없었다.

공장지대를 되짚어 걸어가는 동안 도저히 기운을 차릴 수 없었다. 혹시 경관이 보이지 않는지 살필 생각도 못한 채 고개를 푹 숙이고 걸었다. 이제는 붙잡힌다고 한들 별로 걱정할 것도 없었다.

이제 어떻게 해야 할까? 기력이 없어서 도저히 아무것도 할 수가 없었다. 파업이 끝나고 공장으로 돌아가면 일자리를 다시 구할 수 있을 것이다. 그는 솜씨 좋은 노동자였고 공장 사람들도 익히 알고 있었다. 어쩌면 당장 공장으로 가서 파업이 어떻게 돌아가고 있는지 알아봐야 할지도 모른다. 하지만 만사가 귀찮았다.

한 시간 후, 그리고리는 미시카의 술집 근처에 와 있다는 걸 깨달았다. 그냥 지나치려다가 안을 슬쩍 보니 두 시간 전 그가 떠날 때 모습 그대로 차갑게 식은 차를 앞에 두고 앉은 카테리나가 보였다. 무슨 일이 있었는지 말해주지 않을 수 없었다.

그리고리는 안으로 들어섰다. 손님은 아무도 없고 주인인 미시카가 혼자 바닥을 쓸고 있었다.

카테리나가 겁에 질린 얼굴로 자리에서 일어섰다. "왜 여기 있어요? 배 놓쳤어요?"

"그렇지는 않아요." 도대체 어떻게 설명해야 할지 알 수 없었다.

"그럼 어떻게 된 거죠? 레프가 죽었어요?"

"아뇨, 녀석은 괜찮아요. 그런데 살인 혐의를 받고 있대요."

카테리나는 그리고리를 빤히 보았다. "레프는 어디 있어요?"

"레프는 멀리 떠나야 했어요."

"어디로요?"

도무지 대충 둘러댈 방법이 없었다. "내 표를 달라더군요."

"표요?"

"그리고 여권도요. 녀석은 미국으로 갔어요."

"안 돼요!" 카테리나는 비명을 질렀다.

그리고리는 그저 고개만 주억거렸다.

"안 된다고요!" 카테리나가 다시 소리질렀다. "나를 떠나지 않겠다고 했어요! 그런 말은 마요. 다시는 그런 말 말라고요!"

"진정해요."

카테리나가 그리고리의 뺨을 철썩 때렸다. 그래봐야 어린 여자의 손이어서 그리고리는 미동도 하지 않았다. "나쁜 놈!" 그녀는 날카롭게 소리질렀다. "당신이 그이를 보냈어!"

"녀석의 목숨을 살리기 위해서였어요."

"개자식! 개새끼! 역겨운 놈! 멍청하고 끔찍한 면상 같으니!"

"당신이 그래봐야 더 나빠질 기분도 없어요." 그리고리가 말했지만 카테리나는 들은 척도 하지 않았다. 막말을 뱉는 그녀를 무시한 채 그리고리는 술집을 나섰다. 잦아드는 카테리나의 목소리를 뒤로하고 걸음을 옮겼다.

고함이 멈추더니 그를 뒤따라 뛰어오는 발소리가 들렸다. "거기 서요!" 카테리나가 울부짖었다. "가지 마요, 그리고리. 미안해요. 내게 등 돌리지 마요."

그리고리는 돌아섰다.

"그리고리, 이제 레프가 떠났으니 당신이 나를 돌봐줘야 해요."

그리고리는 고개를 저었다. "당신에겐 내가 필요 없어요. 당신을 돌봐주려는 남자가 길게 줄을 설 테니까."

"아니에요. 그럴 리 없어요. 당신이 모르는 게 있어요."

그리고리는 속으로 생각했다. 이건 또 무슨 소리지?

카테리나가 말했다. "레프가 당신한테는 말하지 말랬어요."

"말해봐요."

"아기를 가졌어요." 카테리나는 울기 시작했다.

그리고리는 가만히 서서 그녀의 말을 받아들였다. 물론 레프의 아이일 테지. 레프도 알고 있었고. 그런데도 미국으로 가버린 거야. "아기라." 그리고리가 말했다.

카테리나는 울면서 고개를 끄덕였다.

동생의 아이. 조카. 가족이다.

그리고리는 카테리나의 어깨에 팔을 둘러 그녀를 안았다. 여자는 훌쩍이며 몸을 떨었다. 그리고 그리고리의 재킷에 얼굴을 묻었다. 그리고리는 그녀의 머리를 쓰다듬었다. "괜찮아요. 걱정 마요. 괜찮을 거예요. 아기도 괜찮을 테고." 그리고리는 한숨을 내쉬었다. "내가 둘 다 보살 필 테니까."

II

천사 가브리엘 호를 타고 가는 여정은 상트페테르부르크의 빈민굴에 서 온 젊은이에게조차 끔찍했다. 3등실뿐인 배에서 승객들은 짐짝 취 급을 받았다. 배는 지저분하고 비위생적이었으며, 특히 큰 파도가 쳐서 사람들이 멀미에 시달릴 때는 더욱 그랬다. 선원 중 러시아어를 할 줄 아는 사람이 없어서 불만을 터뜨릴 수도 없었다. 레프는 선원들이 어느 나라 출신인지 확실히 알지 못했는데, 그의 짧은 영어나 그보다 더 부 족한 독일어로 대화하는 데 결국 실패했다. 누군가는 그들이 네덜란드 사람이라고 했다. 레프는 네덜란드 사람이 말하는 걸 한 번도 들어본 적이 없었다.

그럼에도 승객들의 기대감은 매우 높았다. 레프 역시 차르의 감옥 벽 을 부수고 탈출해 자유의 몸이 된 기분이었다. 그는 귀족이 존재하지 않는 곳이라는 미국으로 가고 있었다. 바다가 잔잔할 때면 사람들은 갑 판에 앉아 미국에 관해 들은 이야기를 서로 나누었다. 수도꼭지에서 뜨 거운 물이 나오고, 노동자도 품질 좋은 가죽부츠를 신고, 어떤 종교든 마음대로 믿을 수 있고, 어떤 정치조직에도 가입할 수 있고, 공개적으 로 의견을 표현할 수 있고, 경찰을 두려워할 필요도 없다고 했다.

열흘째 되던 날 저녁 레프는 카드놀이를 했다. 스스로 패를 돌렸지만 돈은 따지 못하고 있었다. 레프와 비슷한 연배에 마찬가지로 혼자 배에

탄 스피랴라는 순진해 보이는 젊은 친구 말고는 모두가 돈을 잃었다. "스피랴가 매일 따네." 카드놀이를 함께 하던 야코프가 말했다. 정확히 말하면 스피랴는 레프가 패를 돌릴 때만 돈을 땄다.

배는 천천히 안개를 가르며 나아가고 있었다. 바다는 잔잔했고 낮은 배 엔진 소리 말고는 아무 소리도 들리지 않았다. 레프는 언제 미국에 도착할지 도무지 가늠할 수가 없었다. 사람마다 말이 달랐다. 가장 아는 게 많은 사람 말로는 날씨에 달렸다고 했다. 선원들은 늘 그렇듯 아무것도 알려주지 않았다.

밤이 깊어지자 레프는 손을 털고 일어섰다. "다 털렸어." 사실 그의 셔츠 주머니에는 많은 돈이 남아 있었다. 하지만 스피랴를 제외한 사람들의 주머니가 바닥나고 있는 게 보였다. "그만하지." 레프가 말했다. "미국에 가면 돈 많고 늙은 여자 눈에 들어서, 그 여자의 궁전 같은 집에서 강아지 노릇을 하면서 살 거야."

사람들이 왁 웃었다. "왜 너 같은 걸 애완견으로 데리고 살겠어?" 야코프가 말했다.

"마나님들은 밤에 춥거든. 내 몸에 달린 열 내는 기구가 필요하단 말씀이지." 레프가 말했다.

카드놀이를 웃음으로 마무리하고 사람들은 이리저리 흩어졌다.

스피랴는 배 뒤쪽 난간에 몸을 기댄 채 안개 속으로 사라지는 배의 물띠를 내려다보고 있었다. 레프가 다가갔다. "내가 받을 절반이 정확히 7루블이야." 레프가 말했다.

스피랴는 다른 사람들이 못 보게 몸으로 가리며 주머니에서 지폐를 꺼내 레프에게 넘겨주었다.

레프는 지폐를 주머니에 넣고 파이프에 담배를 채웠다.

스피랴가 말했다. "좀 물어보자, 그리고리." 형의 서류를 사용하고 있었기 때문에 사람들은 레프를 그리고리로 알았다. "내가 딴 돈 안 나누면 어쩌려고 했어?"

이런 식의 대화는 위험했다. 레프는 채워넣던 담배와 불을 붙이지 않은 파이프를 다시 주머니에 챙겨넣었다. 그러고는 스피랴의 멱살을 잡고 난간으로 밀어붙였다. 허리가 뒤로 꺾인 스피랴의 몸이 배 밖으로 기울어졌다. 그는 레프보다 키가 컸지만 몸은 탄탄하지 못했다. "멍청한 네놈 목을 꺾어버렸겠지." 레프가 말했다. "그러고 나서 내가 벌게 해준 돈을 몽땅 차지할 거야." 그는 스피랴의 몸을 좀더 밀었다. "그리고 네놈을 빌어먹을 바다에 던져버려야지."

스피랴는 겁에 질렸다. "알았어! 이거 놔!"

레프는 손을 놓았다.

"맙소사!" 스피랴는 숨을 몰아쉬었다. "그냥 물어본 것뿐이라고."

레프는 파이프에 불을 붙였다. "그래서 대답했잖아. 내 말 잊지 마."

스피랴는 다른 곳으로 가버렸다.

안개가 걷히자 육지가 보였다. 밤이었지만 도시의 불빛을 볼 수 있었다. 저기가 어디지? 어떤 사람은 캐나다라고 했고, 다른 사람은 아일랜드라고 했지만, 확실히 아는 사람은 아무도 없었다.

불빛이 점점 가까워지며 배는 속도를 줄였다. 육지에 정박할 모양이었다. 누군가 이미 미국에 도착한 거라고 말하는 소리가 들렸다. 열흘밖에 걸리지 않았다니 이상했다. 하지만 그가 뭘 알겠는가. 그는 형이 준 여행가방을 들고 난간에 기대서 있었다. 가슴이 점점 뛰었다.

여행가방을 보자 지금 미국에 도착했어야 할 사람은 형 그리고리였다는 사실이 기억났다. 레프는 형이 배표를 살 수 있도록 돈을 모아 보내주겠다고 맹세한 일을 잊지 않았다. 반드시 지켜야 할 약속이었다. 그리고리는 다시 한번, 그의 목숨을 구한 건지도 모른다. 그런 형이 있다니, 나는 운이 좋아. 레프는 생각했다.

레프는 배에서도 돈을 벌었지만 만족스럽지 못했다. 7루블로는 아무것도 할 수 없다. 뭔가 큰 건이 필요했다. 하지만 미국은 기회의 땅이었다. 레프는 미국에서 큰돈을 벌어보기로 했다.

레프는 여행가방에 난 총알구멍을 발견하고 흥미를 느꼈다. 총알은 체스 세트가 든 상자에 박혀 있었다. 레프는 5코페이카를 받고 어느 유대인들에게 체스 세트를 팔아버렸다. 레프는 그날 어쩌다가 형이 총을 맞았는지 궁금했다.

카테리나가 그립기도 했다. 그런 여자와 팔짱을 끼고 돌아다니면 매우 기분이 좋았다. 모든 사내가 부러워하는 걸 의식하면서. 하지만 미국에도 여자는 수없이 많을 것이다.

카테리나가 아이를 가졌다는 사실을 형이 알아차렸는지 궁금했다. 레프는 몸서리쳐지도록 후회스러웠다. 딸인지 아들인지도 모를 아이를 앞으로 만날 수나 있을까? 그는 카테리나가 아이를 혼자 키우도록 두고 온 걸 너무 걱정하지 말자고 다짐했다. 누군가 돌봐줄 사람을 찾아낼 거야. 생활력이 강한 여자니까.

자정이 지나서야 마침내 배가 접안을 마쳤다. 희미하게 불 밝힌 부두에 사람 하나 보이지 않았다. 승객들은 가방과 상자, 트렁크를 들고 내렸다. 천사 가브리엘 호의 선원이 벤치가 몇 개 놓인 오두막으로 사람들을 안내했다. "아침에 이민국 사람들이 올 때까지 여기서 기다려야 합니다." 선원이 말했다. 사실은 러시아어를 조금 할 줄 알았던 모양이었다.

이곳에 오려고 몇 년간 돈을 모은 사람들에게는 조금 싱거운 결말이었다. 남자들이 담배를 피우며 아침이 오길 기다리는 동안 여자들과 아이들은 벤치에서 잠을 청했다. 잠시 후 배의 엔진 소리가 들려 나가보니, 그들이 타고 온 배가 천천히 부두를 떠나고 있었다. 아마도 모피상자들은 다른 곳에서 하역할 모양이었다.

레프는 그리고리가 지나가는 말로 설명한, 새로운 나라에 도착해 처음 맞닥뜨릴 일을 기억해내려 애썼다. 이민자들은 건강검진을 거쳐야 했다. 부적합 판정을 받으면 돈만 허비하고 희망을 잃은 채 돌아가야 하므로 긴장되는 순간이었다. 이민국 관리들이 가끔 미국인이 발음하기 쉽도록 이름을 멋대로 바꾸기도 한다. 부두 바깥쪽에 발로프 조직에서 나온 사람이 기다리고 있다가 기차에 태워 버펄로로 데려갈 것이다. 그곳에서 조지프 발로프가 소유한 호텔이나 공장에서 일자리를 얻게 된다. 레프는 버펄로가 뉴욕에서 얼마나 먼지 궁금했다. 한 시간이면 갈까? 아니면 일주일쯤 걸릴까? 그리고리가 말할 때 좀더 신경써서 들어두었더라면 좋았을 거라는 후회가 들었다.

수 킬로미터에 걸쳐 복잡하게 이어진 부두에 해가 떠오르자 다시 흥분되기 시작했다. 돛과 삭구를 단 구식 배들과 굴뚝이 달린 증기선이 뒤섞여 있었다. 부둣가에는 커다란 건물과 금방이라도 무너질 듯한 오두막, 높이 솟은 기중기, 무거운 밧줄을 감는 캡스턴, 사다리, 밧줄, 손수레 들이 보였다. 육지 쪽을 보니 석탄을 가득 실은 무개화차 수백, 아니 수천 대가 늘어서서 보이지 않는 곳까지 이어지며 희미하게 사라졌다. 횃불을 든 유명한 자유의 여신상은 보이지 않아 실망했다. 튀어나온 해안 뒤쪽이라서 보이지 않는 게 틀림없었다.

부두 노동자가 하나둘 모습을 보이더니 나중에는 우르르 떼로 몰려왔다. 배들이 부두에 도착하거나 출발했다. 오두막 앞의 작은 배에서는 열 명 정도의 여지기 감지기 든 지루를 내렸다. 레프는 이민국 관리들이 언제 도착할지 궁금했다.

스피랴가 다가왔다. 레프에게 위협당한 일은 용서한 눈치였다. "우리를 잊어버린 거야." 그가 말했다.

"그런 것 같긴 한데." 레프는 이상하다는 생각이 들었다.

"혹시 러시아어를 할 줄 아는 사람이 있는지 돌아다녀볼까?"

"좋은 생각이야."

스피랴는 나이들어 보이는 남자 가운데 한 명에게 말했다. "일이 어떻게 돌아가는지 좀 보고 올게요."

남자는 긴장한 듯 보였다. "어디 가지 말고 들은 대로 여기 있어야 할 거야."

두 사람은 남자의 말을 무시하고 감자 자루를 옮기는 여자들 쪽으로 다가갔다. 레프는 최대한 선량한 웃음을 지으며 말했다. "혹시 러시아 말 하시는 분 없나요?" 젊은 여자 하나가 그를 보며 웃었지만 아무도 대답하지는 않았다. 레프는 좌절감을 느꼈다. 누구와도 금세 친해지는 그의 장점은 상대가 그의 말을 알아듣지 못하면 무용지물이었다.

레프와 스피랴는 부두 노동자들이 온 쪽으로 방향을 잡고 걸었다. 아무도 그들의 존재를 신경쓰지 않았다. 두 사람은 커다란 출입문을 지나 상점과 사무실이 늘어선 복잡한 거리로 들어섰다. 도로는 자동차와 전차, 말, 손수레로 혼잡했다. 몇 걸음마다 레프가 멈춰 서서 사람들에게 말을 걸었지만 아무도 대꾸하지 않았다.

레프는 혼란스러웠다. 도대체 여기는 어디길래 아무나 배에서 내려 허가도 없이 시내로 들어가게 두는 거지?

그 순간 건물 하나가 레프의 눈길을 끌었다. 호텔 비슷하게 생겼는데, 선원 모자를 쓴 남루한 차림의 남자 둘이 계단에 앉아서 담배를 피우고 있었다. "저기 좀 봐." 레프가 말했다.

"저게 뭐?"

"저거 상트페테르부르크에 있는 선원 선교회랑 비슷한 곳인가봐."

"우리는 선원이 아니잖아."

"그래도 저기 가면 혹시 외국어를 할 줄 아는 사람이 있을지 몰라."

두 사람은 건물 안으로 들어갔다. 카운터 뒤에 앉은 머리가 희끗희끗한 여자가 그들에게 말을 건넸다.

레프가 러시아어로 말했다. "우리는 미국말을 못합니다."

여자가 러시아어로 간단히 물었다. "러시아인?"

레프는 고개를 끄덕였다.

여자가 손가락으로 따라오라는 시늉을 해 보이자 레프는 희망이 솟았다.

두 사람은 여자를 따라 복도를 지나서 창밖으로 바다가 보이는 작은 사무실로 들어섰다. 책상 뒤에 한 남자가 앉아 있었다. 정확히 이유는 알 수 없지만 러시아 출신 유대인이라는 생각이 들었다. 레프가 먼저 말을 건넸다. "혹시 러시아말 하십니까?"

"나도 러시아 사람입니다. 뭘 도와드릴까요?

레프는 그를 얼싸안고 싶을 지경이었다. 하지만 그러는 대신 그의 눈을 바라보며 따뜻한 웃음을 지었다. "배에서 내리면 누군가 와서 우리를 버펄로에 데려가기로 약속돼 있었는데 나타나지 않았습니다." 레프는 친근하지만 걱정이 담긴 목소리로 말했다. "우리 일행은 전부 삼백 명쯤 되는데요……" 그리고 동정심을 자극할 말을 덧붙였다. "여자와 아이도 있습니다. 혹시 우리를 마중나오기로 한 사람들과 연락하는 걸 도와주실 수 있을까요?"

"버펄로요?" 남자가 말했다. "여기가 어딘 줄 알고 그러는 거요?"

"물론 뉴욕이죠."

"여긴 카디프야."

카디프라니 처음 들어보는 곳이었다. 하지만 어쨌든 이제 무슨 문제가 생긴 건지 알 수 있었다. "그 멍청한 선장이 우리를 엉뚱한 항구에 내려놓았군. 그럼 여기서 버펄로로 가려면 어떻게 해야 하죠?"

남자가 창밖 바다 너머를 손으로 가리켜 보였다. 어찌된 영문인지 감이 잡혀 속이 뒤집히는 것 같았다. "저리로 가면 됩니다." 그가 말했다. "5000킬로미터 정도 말이죠."

III

레프는 카디프에서 뉴욕까지 가는 뱃삯을 물어보았다. 남자가 말한 금액을 루블화로 환산해보니 당장 주머니에 든 돈의 열 배나 되었다.

레프는 분노를 억눌렀다. 뱔로프 조직이나 배의 선장이 모두를 속인 것 같았다. 아니면 아마도 양쪽이 짜고 사기를 쳤던가. 그편이 가장 손쉬울 것이기 때문이다. 그리고리가 죽어라 번 돈 전부를 거짓말쟁이 돼지놈들에게 빼앗긴 것이다. 할 수만 있다면 천사 가브리엘 호 선장의 숨통을 졸라 그자가 죽는 꼴을 보며 웃어주고 싶었다.

하지만 복수의 꿈을 꿔봐야 소용없었다. 중요한 건 포기하지 않는 것이었다. 일자리를 찾고 영어를 배우고 판돈이 큰 노름판을 찾아야 했다. 시간이 많이 걸릴 것이다. 참을성이 있어야 했다. 좀더 그리고리를 닮아야 했다.

첫날밤, 승객들은 모두 유대교 회당 바닥에서 잠을 청했다. 레프도 사람들을 따라갔다. 카디프의 유대인들은 승객 일부가 기독교인이라는 사실을 모르거나, 아니면 알고도 신경쓰지 않는 것 같았다.

레프는 난생처음 유대인에게 유리한 상황을 보았다. 러시아에서 유대인들은 어쩌나 박해를 받는지, 왜 더 많은 유대인이 종교를 버리고 옷을 갈아입고 다른 사람들 사이에 섞여들지 않는지 이해할 수 없을 정도였다. 그러면 많은 사람이 죽지 않아도 될 텐데. 하지만 이제 레프는 유대인이라면 전 세계 어딜 가도 가족처럼 대해줄 사람을 만날 수 있다는 사실을 깨달았다.

나중에 알고 보니 뉴욕으로 가는 배표를 산 러시아 이민자들이 엉뚱한 곳에 내린 것은 처음이 아니었다. 카디프나 영국의 다른 항구에서 여러 번 일어난 일이었다. 그리고 그런 일을 당한 이민자 중 많은 사람이 유대인이었기 때문에, 이곳 회당에서 일하는 나이 지긋한 사람들은 사람 대하는 일이 능숙했다. 다음날 아침 오도 가도 못하게 된 여행자들은 따뜻한 아침을 대접받은 후, 가진 돈을 영국 파운드와 실링, 펜스로 바꾸고 값싼 방을 빌릴 하숙집들로 안내받았다.

세계 어느 도시나 그렇듯 카디프에도 수천 개의 마구간이 존재했다. 레프는 말 다루는 일에 경험이 많다는 말을 영어로 충분히 익힌 다음 시내를 돌아다니며 일자리를 구해보았다. 사람들은 금세 그가 동물을 잘 다룬다는 걸 알아차렸지만, 호의를 가지고 몇 가지를 물어봐도 레프가 질문을 이해하지도 대답하지도 못했다.

절망한 레프는 더욱 속도를 내어 영어를 배웠고, 며칠이 지나자 물건 가격을 알아듣고 빵이나 맥주를 살 수 있을 정도가 되었다. 하지만 일할 사람을 구하는 이들은 복잡한 질문을 던졌다. 이를테면 전에는 어디서 일을 했는지, 그리고 경찰과 관련된 말썽을 일으킨 적이 있는지 묻곤 했다.

레프는 부두의 선원 선교회를 다시 찾아가 작은 사무실에서 일하는 러시아 남자에게 자신의 처지를 설명했다. 남자는 부두에서 가장 가까운 동네인 뷰트타운의 주소 한 곳을 일러주면서 '폴란드인'이라고 불리는 필립 콜을 찾으라고 했다. 알고 보니 콜은 외국인 노동자를 싼값에 고용하는 십장으로 유럽 각국의 말을 조금씩 다 할 줄 알았다. 그는 레프에게 돌아오는 월요일 아침 열시에 여행가방을 갖고 시내 기차역 앞마당으로 오라고 했다.

레프는 너무 기쁜 나머지 무슨 일을 하게 될지 묻지도 않았다.

월요일 아침 기차역 앞에는 수백 명의 남자가 몰려들었다. 대부분 러시아인이었지만 독일인, 폴란드인, 슬라브 사람에다 얼굴이 검은 아프리카 사람도 한 명 보였다. 레프는 사람들 사이에서 스피랴와 야코프를 발견하고 기분이 좋아졌다.

사람들은 무리지어 기차에 올랐고 표 값은 콜이 모두 치렀다. 그들이 탄 기차는 산이 많은 지역을 지나 북쪽으로 향했다. 녹색 구릉 사이에 공업도시들이 자리를 잡아 마치 계곡에 시커먼 물이 흐르는 것처럼 보였다. 마을마다 커다란 바퀴가 두 개씩 꼭대기에 달린 탑이 최소한 한 개 이상 서 있었는데, 알고 보니 이 지역의 주된 산업이 석탄 채굴이었다. 몇몇 남자들은 광부 출신이었다. 또 어떤 이들은 금속가공 같은 기술이 있었지만, 대부분 특별한 기술이 없는 막노동자였다.

한 시간가량 달린 뒤, 사람들은 기차에서 내렸다. 줄에 섞여 기차역에서 빠져나온 레프는 범상치 않은 일을 받았다는 걸 깨달았다. 모자를 쓰고 노동자다운 험한 옷차림새인 남자 수백 명이 역광장에 모여 기다리고 있었다. 처음에는 불안하게 다들 침묵을 지키더니 한 사람이 뭐라고 고함을 치자 다른 이들도 따라서 함께 소리를 지르기 시작했다. 레프는 사람들이 뭐라고 하는지 이해할 수 없었지만 적대적인 태도임은 분명했다. 경찰도 이삼십 명 나와 있었는데, 모여든 군중 앞에 열을 지어 서서 보이지 않는 경계선을 형성하고 있었다.

스피랴가 겁먹은 목소리로 말했다. "저 사람들 뭐야?"

레프가 말했다. "키가 작고 근육질에 매서운 얼굴인데 손은 깨끗해.

내가 보기엔 파업중인 광부들 같아."

"우릴 잡아먹기라도 할 것 같군. 도대체 무슨 일이지?"

"파업한 광부들 대신 일을 하라는 거군." 레프가 무겁게 말했다.

"맙소사, 큰일이군."

폴란드인 콜이 여러 나라 말로 소리를 질렀다. "날 따라와!" 노동자들은 우르르 큰길을 따라 걸었다. 남자들이 몰려와 주먹을 들고 흔들며 계속 소리질렀지만, 경계선을 무너뜨리지는 않았다. 경찰이 이렇게 고맙기는 처음이었다. "정말 끔찍하군." 레프가 말했다.

야코프가 말했다. "자, 이제 유대인으로 사는 게 어떤지 알겠지?"

그들은 소리지르는 광부들을 뒤에 남기고 줄지어 선 집들 사이로 난 오르막길을 따라 올라갔다. 빈집이 많아 보였다. 사람들은 몰려가는 그들을 여전히 노려보고 있었지만 더는 고함치지 않았다. 콜은 빈집마다 사람들을 나누어 들이기 시작했다. 레프와 스피랴는 둘이서 한집을 차지하게 되어 깜짝 놀랐다. 콜은 멀리 보이는 탄광 입구—바퀴 두 개가 달린 탑—를 가리키며 다음날 새벽 여섯시에 그리로 오라고 했다. 그곳에서 광부들은 석탄 채굴을, 다른 사람들은 갱도나 장비 보수를 하고 레프는 조랑말 돌보는 일을 맡게 될 거라고 했다.

레프는 새로 얻은 집을 둘러보았다. 궁전은 아니었지만 눅눅하지도 않고 깨끗했다. 아래층에는 큰방이 하나 있고, 위층에는 작은방이 두 개였다. 한 사람이 방 하나씩 차지할 수 있다니! 레프는 평생 자기 방을 가져본 적이 없었다. 가구는 없었지만 두 사람 모두 바닥에서 자는 데 익숙했고 6월이라 이불을 덮을 필요도 없었다.

레프는 밖에 나가고 싶은 생각이 없었지만 시간이 지나자 두 사람 다 허기가 졌다. 집안에는 먹을 게 없어서 내키지 않지만 먹을거리를 구하러 나섰다. 두려움을 안고 첫번째 술집에 들어서자 열 명쯤 되는 손님이 화가 잔뜩 난 표정으로 그들을 노려보았다. 레프는 영어로 주문했다. "섞은 맥주 두 잔요." 하지만 바텐더는 못 들은 척했다.

두 사람은 내리막길을 따라 마을 중심지로 가서 카페 하나를 찾아냈다. 그래도 이곳 손님들은 싸우려 들지는 않았다. 하지만 두 사람이 자리를 잡고 삼십 분 동안 기다리며 빤히 보고 있는데도 웨이트리스는 그들보다 뒤에 온 손님들만 상대했다. 결국 그곳에서도 그냥 나와야 했다.

여기서 지내기 쉽지 않겠군. 레프는 속으로 생각했다. 하지만 오래 머물 필요는 없을 거야. 필요한 돈을 모으면 미국으로 갈 작정이었다. 어쨌든 이곳에 사는 동안 먹고는 살아야 했다.

둘은 빵집으로 들어갔다. 레프는 이번에는 어떻게든 원하는 걸 얻어내야겠다고 생각했다. 그는 빵이 진열되어 있는 선반을 가리키며 말했다. "빵 하나 주세요."

빵집 주인은 무슨 말인지 못 알아들은 척했다.

레프는 카운터 너머로 손을 뻗어 원하는 빵을 집었다. 자, 뺏어보시지. 레프는 속으로 생각했다.

"이봐!" 빵집 주인은 소리를 지르기는 했지만 카운터 밖으로 뛰쳐나오지는 않았다.

레프는 웃으면서 물었다. "얼마죠?"

"1페니 1파딩." 부루퉁한 목소리였다.

레프는 카운터에 동전을 올려놓았다. "감사합니다."

레프는 빵 덩어리를 반으로 쪼개 절반을 스피라에게 주었다. 두 사람은 빵을 먹으며 길을 따라 걸었다. 기차역에 다시 가봤지만 모여 있던 남자들은 보이지 않았다. 앞마당에서는 신문팔이가 소리 높여 신문을 팔고 있었다. 신문을 사가는 사람이 많아서 레프는 혹시 무슨 큰일이 터졌는지 궁금해졌다.

커다란 자동차 한 대가 도로를 따라오더니 빠른 속도로 지나쳐가는 바람에 두 사람은 얼른 옆으로 비켜야 했다. 자동차 뒷자리에 앉은 비 공주를 알아본 레프는 깜짝 놀랐다.

"이런 세상에." 레프가 말했다. 그 순간, 어릴 적 불로브니르에서 아버지가 교수대에서 목매달린 채 죽어가는 악몽 같은 광경을 지켜보던 비 공주의 모습이 눈앞에 선히 떠올랐다. 그때의 공포는 살면서 두 번 다시 겪지 못할 종류의 것이었다. 다른 무엇도 그를 그 정도로 두렵게 하지는 못했다. 길거리 싸움도, 경찰이 휘두르는 몽둥이도, 심지어 그를 겨누는 총구조차.

자동차는 기차역 입구에 멈춰 섰다. 비 공주가 내리는 모습을 보며 레프는 증오, 역겨움과 함께 욕지기를 느꼈다. 입안에 든 빵이 자갈처럼 느껴져 뱉어버리고 말았다.

스피랴가 말했다. "왜 그래?"

레프는 마음을 가라앉혔다. "저 여자, 러시아 공주야. 십사 년 전 우리 아버지를 목매달아 죽였지."

"개년. 그런데 이런 곳에서 뭘 하는 거지?"

"영국 귀족이랑 결혼했거든. 아마 근처에 사는 모양이지. 어쩌면 이곳 탄광이 그자의 것인지도 몰라."

운전사와 하녀가 자동차에서 짐을 바삐 내리고 있었다. 들어보니 비는 하녀에게 러시아어로 말했고 하녀 역시 러시아어로 대꾸했다. 두 사람은 역사 안으로 들어가더니 하녀만 다시 밖으로 나와 신문 한 부를 샀다.

레프는 하녀에게 다가갔다. 모자를 벗고 깊이 고개를 숙이고는 러시아어로 말했다. "비 공주님이시죠?"

하녀는 즐거운 듯 웃었다. "바보 같은 소리. 나는 공주님을 모시는 니

나예요. 당신은 누구죠?"

레프는 그와 스피랴를 소개하고, 어떻게 이곳에 오게 되었고 어쩌다 저녁을 못 먹었는지 설명했다.

"나는 오늘밤에 돌아와요." 니나가 말했다. "카디프에 가는 길이죠. 티 권 저택의 부엌 출입문으로 오세요. 냉육이라도 좀 드리죠. 마을에서 북쪽으로 난 길을 따라오면 으리으리한 대저택이 있어요."

"감사합니다, 아름다운 부인."

"나는 당신 엄마뻘이에요." 니나는 그렇게 말했지만 바보 같은 웃음을 짓고 있었다. "이제 공주님께 신문을 가져가야겠어요."

"중요한 기사라도 났나요?"

"아, 외국 뉴스예요." 니나는 경멸조로 말했다. "암살사건이 났대요. 공주님이 끔찍할 정도로 놀라셨어요. 오스트리아의 프란츠 페르디난트 황태자가 사라예보라는 곳에서 살해당했대요."

"공주께는 무시무시한 일이겠군요."

"그렇죠." 니나가 말했다. "하지만 그런 일이 당신들이나 나 같은 사람에게 무슨 영향을 미칠까 싶네요."

"그렇죠." 레프가 말했다. "저도 같은 생각입니다."

7장
1914년 7월 초순

I

피커딜리에 있는 세인트제임스 교회는 세계에서 가장 비싸게 차려입은 신도로 가득했다. 이곳은 런던의 엘리트들이 예배를 드리는 장소로 가장 선호하는 교회다. 원칙적으로야 과시 행위는 눈살을 찌푸릴 일이지만 그래도 여자라면 모자를 쓰지 않을 수 없고, 요즘은 타조 깃털이나 리본, 매듭, 실크로 만든 꽃이 달리지 않은 모자는 찾으려야 찾을 수가 없다. 뒤쪽 의자에 앉은 발터 폰 울리히는 사치스러운 온갖 모양과 색깔의 모자들이 숲처럼 뒤엉킨 모습을 바라보았다. 반대로 남자들은 하나같이 검은 코트 차림에 흰 칼라를 높이 세우고 실크해트를 벗어 무릎에 올려두었다.

이곳에 모인 사람들 대부분은 칠일 전 사리예보에서 벌어진 사건이 무슨 뜻인지도 모르겠지. 발터는 떨떠름한 기분이었다. 하긴 보스니아가 어디 있는지조차 모르는 사람도 있을 터였다. 다들 황태자가 암살당한 일에 놀라긴 했지만, 그 일이 세계 전체에 어떤 의미인지 알아차리지 못했다. 그저 약간 당황한 정도였다.

발터는 당황하지 않았다. 그는 이번 암살이 어떤 징조인지 정확히 알았다. 이번 사건으로 독일은 안보에 심각한 위협을 받게 되었고, 이런 위험한 순간 조국을 보호하고 지키는 일이 발터 같은 사람들의 역할이었다.

오늘 발터의 첫번째 임무는 러시아의 차르가 무슨 생각을 하는지 알아내는 것이었다. 모두가 이를 알고 싶어했다. 영국 주재 독일 대사부터 발터의 아버지, 베를린에 있는 외무상, 그리고 독일 황제도 마찬가지였다. 훌륭한 정보요원인 발터는 정보를 뽑아낼 소식통이 있었다.

발터는 사람들의 뒤통수를 훑어보며 자신이 찾아내려던 사람이 어디 있는지 알아내려 애썼다. 혹시 오지 않은 건가 걱정도 되었다. 안톤은 러시아 대사관 직원이었다. 두 사람은 성공회 교회에서 만나곤 했는데, 안톤은 성공회 교회라면 러시아 대사관의 다른 사람이 절대 나타나지 않으리라 믿었다. 러시아 사람은 대부분 그리스정교를 믿었고, 아닌 사람은 아예 외무 분야에서 일자리를 구할 수도 없었다.

러시아 대사관 전보 관련 부서에 있는 안톤은 드나드는 모든 전보를 볼 수 있었다. 그가 가진 정보는 값을 매길 수조차 없었다. 하지만 다루기 쉽지 않은 사람이라서 늘 바짝 긴장해야 했다. 간첩 행위에 두려움을 느끼고 있어서 겁을 먹으면 약속 장소에 나타나지 않기도 했다. 지금처럼 국제적인 위기가 고조되면 발터는 다른 누구보다 안톤이 필요했다.

모드가 눈에 띄자 마음이 흐트러졌다. 요즘 유행인 남성적인 모양의 칼라 위로 뻗은 길고 우아한 목이 보이자 순간적으로 숨이 턱 막혔다. 그는 기회만 있으면 모드의 목에 입을 맞추었다.

전쟁이 벌어진다고 생각하면 조국보다 모드가 먼저 떠올랐다. 자신의 이런 이기심이 부끄러웠지만 도저히 어쩔 수 없었다. 가장 큰 두려움은 모드를 잃는 것이었다. 조국에 대한 위협은 그다음 문제였다. 독일을 위해서라면 죽을 수도 있었다. 하지만 사랑하는 여인 없이는 살 수가 없었다.

셋째 줄에 앉은 사람이 고개를 돌렸다. 발터는 안톤과 시선을 교환했다. 숱이 적은 갈색 머리칼에 수염이 아무렇게나 자란 모습이었다. 마음이 놓인 발터는 마치 자리를 찾는 것처럼 남쪽 통로를 향해 다가간 다음 잠시 망설이다가 자리에 앉았다.

안톤의 영혼은 씁쓸함으로 가득했다. 오 년 전 아끼던 조카가 혁명을 모의한다는 죄로 차르의 비밀경찰에 체포당한 뒤 상트페테르부르크 중심에 자리한 겨울궁전의 강 건너편 페트로파블롭스크 요새에 갇혔다. 신학생인 조카는 정부를 전복하려는 생각이라고는 눈곱만큼도 없었다. 하지만 미처 풀려나기도 전에 폐렴으로 감옥에서 죽고 말았다. 그때부터 안톤은 차르의 정부를 상대로 조용히 지독한 복수를 진행해왔다.

교회 건물 안이 밝은 게 유감이었다. 교회를 설계한 건축가 크리스토퍼 렌이 양쪽 벽면에 윗부분이 둥근 거대한 창문을 줄지어 배치한 결과였다. 이런 임무를 수행하는 데는 어둑어둑한 저녁 무렵 고딕 양식의 공간이 더 어울렸을 것이다. 그래도 안톤은 줄 끝 적당한 자리를 차지하고 있었다. 옆에는 아이가 하나 앉았고, 뒤에는 굵은 나무기둥이 시선을 가로막는 위치였다.

"위치가 좋은 자리를 골랐군요." 발터가 중얼거리듯 말했다.

"그래도 통로 쪽 사람들의 눈을 피할 수 없죠." 안톤이 초조한 듯 말했다.

발터는 고개를 저었다. "사람들은 앞만 보고 있을 거요."

안톤은 중년의 노총각이었다. 키가 작고 신경질적으로 보일 만큼 깔끔했다. 단단하게 매듭지은 넥타이에 재킷 단추를 끝까지 채웠고 구두는 반짝거렸다. 낡아빠진 양복은 하도 오래 솔질하고 다려서 번들거릴 정도였다. 발터는 그의 그런 태도가 더러운 간첩 행위를 하고 있다는 생각에서 우러난 반작용일 거라고 생각했다. 이유야 어떻든 그는 조국을 배반할 생각으로 교회에 나타난 것이다. 그리고 나는 그의 용기를 북돋워주어야 하는 거야. 발터는 마음을 다잡았다.

발터는 예배 시작 전 조용한 시간 동안에는 더 말을 잇지 않았다. 하지만 첫번째 찬송가가 울리기 시작하자마자 낮은 목소리로 물었다. "상트페테르부르크 분위기는 어떻죠?"

"러시아는 전쟁을 원치 않습니다." 안톤이 말했다.

"다행이군요."

"차르는 전쟁이 혁명으로 이어지는 걸 두려워합니다." 차르라는 단어를 입에 올린 안톤은 마치 침이라도 뱉을 것 같은 표정이었다. "상트페테르부르크의 절반은 이미 파업중입니다. 물론 차르는 자신이 바보같이 무자비하게 굴어서 사람들이 혁명을 원한다는 생각은 전혀 못하고 있죠."

"그렇군요." 안톤의 의견이 증오로 인해 뒤틀려 있음을 어느 정도는 감안해야 했지만, 이번 경우에는 스파이의 말이 전혀 틀렸다고 볼 수는 없었다. 발터는 차르를 증오하지는 않았지만 그가 두려웠다. 그는 전 세계에서 가장 거대한 군사력을 좌지우지할 수 있는 존재였다. 어떤 자리에서든 독일의 안보를 논하려면 러시아군을 고려하지 않을 수 없었다. 독일은 거대한 곰 한 마리를 앞마당에 쇠사슬로 묶어놓고 키우는 이웃을 둔 처지였다. "차르가 어떻게 나올까요?"

"오스트리아에 달렸습니다."

발터는 한마디 쏘아붙이고 싶은 마음을 꾹 눌렀다. 모든 사람이 오스트리아 황제가 어떤 행동을 취할지 주시하고 있다. 자신의 황위를 이어받을 황태자가 암살당했으니 황제는 어떤 식으로든 대응하지 않을 수 없었다. 발터는 오후에 사촌 로베르트를 만나 오스트리아가 어떻게 나올지 알아낼 수 있길 바라고 있었다. 그쪽 집안은 오스트리아의 지도층답게 가톨릭을 믿었고, 로베르트는 지금 웨스트민스터 성당에서 미사에 참석중일 테지만, 점심때는 발터를 만날 예정이었다. 그전까지 발터는 러시아의 의도를 조금이라도 더 알아내야 했다.

두번째 찬송가가 울리길 기다렸다. 인내심을 가져야 했다. 발터는 고개를 들어 크리스토퍼 렌이 지은 교회의 반원통형 둥근 천장에 수놓인 화려한 금박 장식을 꼼꼼히 살폈다.

사람들이 〈만세 반석 열리니〉를 부르기 시작했다. "발칸반도에서 분쟁이 일어난다고 가정해봅시다." 발터는 안톤에게 중얼거리듯 말했다. "러시아가 구경만 할 것 같습니까?"

"그럴 리 없죠. 세르비아가 공격당한다면 차르도 그냥 두고볼 수 없을 겁니다."

발터는 소름끼쳤다. 바로 그가 가장 두려워하던 방식으로 사태가 확산되는 것이다. "이 일로 전쟁을 벌이는 건 미친 짓입니다!"

"그렇죠. 하지만 러시아는 오스트리아가 발칸 지역을 좌지우지하는 걸 두고볼 수 없습니다. 흑해로 통하는 길을 지켜야만 하기 때문입니다."

그 말에는 이견이 있을 수 없었다. 러시아의 수출품 대부분—남부 곡창지대에서 생산한 곡물부터 바쿠 주변 지역 유전에서 난 석유까지—이 흑해의 항구에서 배에 실려 전 세계로 출발했다.

안톤이 말을 이었다. "한편으로 차르는 모든 사람에게 신중을 기하라고 강조하고 있기도 합니다."

"요약하면 어떻게 할지 판단을 못 내렸다는 거군요."

"판단할 머리나 있는지 모르겠습니다."

발터는 고개를 끄덕였다. 차르는 똑똑한 사람이 못 되었다. 그의 꿈은 러시아 황금기였던 17세기로 돌아가는 거였고, 그런 일이 가능하다고 생각할 만큼 명청했다. 영국 왕 조지 5세가 로빈 후드가 살았던 중세의 '행복한 영국'을 다시 만들려고 애쓰는 것이나 다름없었다. 차르는 이성적인 구석이라곤 찾아볼 수 없는 사람이었기에 그가 어떤 식으로 나올지 예측하기란 쉽지 않았다.

마지막 찬송가가 울리는 동안 발터는 건너편 좌석 두 줄 앞에 앉은 모드를 멍하니 바라보았다. 열정적으로 노래하는 그녀의 옆모습을 보는 그의 눈에는 사랑이 담겨 있었다.

이도 저도 아닌 안톤의 정보를 듣고 나니 불안했다. 발터는 한 시간 전보다 오히려 더 걱정스러웠다. 발터가 말했다. "오늘부터는 당신을 매일 만나야겠어요."

안톤은 겁에 질린 듯했다. "말도 안 됩니다! 너무 위험해요."

"하지만 시시각각 상황이 변하고 있습니다."

"다음주 일요일 아침, 스미스 광장에서 보죠."

이상주의자 스파이는 이게 문제야. 발터는 불만이었다. 강제로 영향력을 행사할 수가 없어. 하지만 한편으로 돈을 바라고 정보를 파는 스파이는 신뢰할 수 없다. 그들은 추가로 돈을 뜯어낼 욕심에 이쪽에서 듣기 원하는 정보를 말한다. 차르가 망설이는 중이라고 안톤이 말한 이상, 그가 아직 결정을 내리지 못했다고 확신해도 될 것이다.

"그럼 주중에도 한번 더 만나죠." 발터는 찬송가가 끝나갈 무렵 애원하듯 말했다.

안톤은 대답하지 않았다. 그러더니 다시 앉는 대신 슬쩍 자리를 빠져나가 교회 밖으로 사라졌다. "빌어먹을." 발터는 작게 중얼거렸다. 옆자리 어린아이가 못마땅하다는 듯 그를 쳐다보았다.

예배가 끝나고 돌로 덮은 교회 마당에서 아는 사람들과 인사를 나누고 있는데 모드가 피츠, 비와 함께 밖으로 나왔다. 멋지고 화려한 회색 벨벳 드레스에 조금 더 짙은 회색 크레이프 천 겉옷을 차려입은 모드는 믿을 수 없을 정도로 우아한 모습이었다. 회색이 그다지 여성스러운 색이라고 할 순 없지만 덕분에 조각상처럼 아름다운 모드는 더욱 돋보였고, 피부가 빛나 보였다. 발터는 세 사람과 돌아가며 악수를 하면서 어떻게든 몇 분이라도 단둘이 있을 수 없을까 고심했다. 분홍색과 크림색 레이스가 달린 옷을 차려입은 비와 일상적인 인사를 나누고, 근엄한 표정으로 이번 암살이 "끔찍한 사건"이라고 말하는 피츠에게 맞장구를 쳤다. 인사를 마치고 피츠의 가족 세 사람이 움직이기 시작하자 발터는 모드와 이대로 헤어질 것 같아 두려웠다. 하지만 마지막 순간, 모드가 속삭였다. "차 마시러 서식스 고모님 댁에 갈 거예요."

발터는 모드의 우아한 등을 바라보며 미소지었다. 어제도 그녀를 봤고 내일도 볼 테지만, 오늘 한번 더 만나지 못할까봐 두려웠다. 정말 그녀 없이는 24시간도 보내지 못하는 사람이 된 걸까? 스스로 약한 남자라고 생각해본 적 없는 발터였지만, 모드가 그에게 마법을 건 듯했다. 하지만 발터는 그 마법에서 풀려나고 싶지 않았다.

발터는 모드의 강한 자립심에 매력을 느꼈다. 그와 같은 시대를 사는 여자들은 아름답게 차려입고 파티를 열고 남편에게 복종하며 사회가 부여한 수동적 역할을 수행하는 것으로 만족하는 듯했다. 발터는 멸시당하면서도 아무 대응을 하지 않는 그런 태도에 질려 있었다. 모드는 미국 워싱턴의 대사관에서 잠시 근무했을 때 만났던 여자들과 더 비슷했다. 미국 여자는 우아하고 매력적이지만 남자에게 숙이지 않았다. 그런 여자에게 사랑받는다는 건 참을 수 없을 만큼 흥분되는 일이었다.

의기양양한 발걸음으로 피커딜리 거리를 따라 걷던 발터는 신문 가판대 앞에 멈춰 섰다. 영국 신문을 읽는 일은 유쾌하지 않았다. 기사 대부분이 잔혹할 정도로 독일에 적대적이었는데, 특히 〈데일리 메일〉은 그 정도가 극단적이어서 영국이 독일 스파이에게 에워싸였다고 믿었다. 그 믿음이 사실이라면 더 바랄 게 없겠군! 발터도 몇몇 해안 도시에 열두어 명의 정보원을 두고 있었고 그들이 부두에 어떤 배가 들고 나는지 파악했지만, 영국도 독일의 항구에서 같은 방식으로 정보를 수집하고 있었다. 스파이가 수천 명이라니 히스테리에 빠진 영국 신문기자들의 헛소리였다.

발터는 〈피플〉을 한 부 샀다. 영국에서 발칸반도 문제는 큰 뉴스가 아니었다. 영국은 아일랜드에 대해 더 큰 걱정을 하고 있었다. 그곳에서는 수백 년 동안 소수의 신교도가 지배권을 쥔 채 다수인 가톨릭교도를 배려하지 않는 정책을 펴고 있었다. 만일 아일랜드가 독립을 쟁취한다면 상황이 뒤바뀔 수 있었다. 양측이 중무장한 상태여서 내전의 위협도 높았다.

1면 아래쪽에 한 문단짜리 기사가 '오스트리아-세르비아 위기'를 다루고 있었다. 언제나 그렇듯 신문은 진짜로 무슨 일이 벌어지고 있는지 알지 못했다.

발터가 리츠 호텔로 들어서는데 택시에서 내리는 로베르트가 보였다. 황태자의 죽음에 조의를 표하는 검은 조끼에 검은 넥타이 차림이었다. 로베르트는 다른 모든 기준으로 볼 때는 보수적이지만, 빈 황실 내부로 한정한다면 황태자 프란츠 페르디난트를 따르는 진보적 젊은이 가운데 하나라고 볼 수 있었다. 로베르트가 살해당한 황태자와 그의 가족을 좋아하고 존경했다는 사실을 발터는 잘 알았다.

두 사람은 실크해트를 벗어 소지품 보관소에 맡기고 함께 식당으로 들어섰다. 발터는 로베르트를 보면 보호해주고 싶어졌다. 어릴 적부터 그는 사촌인 로베르트가 남다르다는 걸 알았다. 사람들은 로베르트 같은 남자를 계집애 같다고 비하했지만 그건 너무 잔인한 말이었다. 로베르트는 남자 몸을 한 여자는 아니었으니까. 하지만 분명 여러 면에서 여성스러운 성향이 있었고, 그래서 발터는 절제된 정중함을 품고 그를 대하게 되었다.

로베르트는 외모가 발터와 닮았다. 덩치도 비슷했고 눈동자도 같은 갈색이었다. 하지만 머리칼이 더 길었고 콧수염에는 기름을 발라 도르르 말아올렸다. "레이디 M하고는 어떻게 돼가고 있어?" 자리를 잡고 앉으며 로베르트가 물었다. 발터가 믿고 털어놓은 덕에 로베르트는 금지된 사랑에 대한 모든 걸 알고 있었다.

"아주 좋아. 하지만 아버지는 그녀가 유대인 의사랑 빈민가 병원에서 함께 일하는 게 도무지 못마땅하신 모양이야."

"이런 세상에. 가혹하시군. 여자 본인이 유대인이라고 반대하면 또 모를까."

"이런저런 모임에서 자주 만나고 영국에서 잘나가는 사람들과 그녀가 잘 지내는 모습을 보면 점차 누그러지시겠지 했는데, 그렇게는 안 되는군."

"불행하게도 발칸사태는 상황의 긴장을 고조시킬 뿐이지." 로베르트는 미소지었다. "미안, 외교 문제 말이야."

발터는 억지로 웃었다. "무슨 일이 벌어지든 우리가 해결해내야지."

로베르트는 아무 대꾸두 하지 않았지만 발터의 말을 확신하지 못하는 듯 보였다.

파슬리 소스를 얹은 어린 양고기와 감자 요리를 먹으며 발터는 로베르트에게 안톤으로부터 들은 결정적일 것도 없는 정보를 알려주었다.

로베르트 역시 가져온 소식을 들려주었다. "우리가 밝힌 바로 암살범은 세르비아에서 총과 폭탄을 구했어."

"이런, 젠장." 발터가 말했다.

로베르트는 분노를 드러냈다. "세르비아군 정보부 수뇌부가 무기를 제공했다고. 살인자놈들은 베오그라드의 어느 공원에서 예행연습까지 했어."

발터가 말했다. "정보부는 가끔 독자적으로 행동하기도 해."

"가끔이 아니지. 그리고 그들이 벌이는 일이 비밀에 부쳐진다는 건, 무슨 일을 저지르고도 빠져나갈 수 있다는 뜻이기도 해."

"네가 말한 정보는 세르비아 정부가 조직적으로 암살을 실행했다는 증거가 못 돼. 그리고 논리적으로 생각해봐. 세르비아처럼 어떻게든 독립을 지키려고 발버둥치는 작은 나라가 강력한 이웃나라를 상대로 미친 짓을 벌이려 하겠어?"

"물론 세르비아 정보기관이 정부의 바람과는 다른 행동을 했을 수도 있어." 로베르트도 인정했다. 하지만 단호하게 말했다. "그렇다고 달라지는 건 전혀 없어. 오스트리아는 세르비아에 조치를 취해야 해."

발터가 우려하던 일이었다. 이제 사건은 경찰과 재판으로 다룰 수 있는 일개 범죄의 수준을 넘어섰다. 점차 상황이 악화되어 제국이 작은 나라를 벌주려 하고 있었다. 오스트리아 황제 프란츠 요제프는 젊었을 적에는 위대한 군주였다. 보수적이고 종교적으로 독실하면서도 강력한 지도자였다. 하지만 이제 그도 여든네 살이었고, 오랜 세월이 지났음에도 권위주의적이고 편협한 성격을 바꾸지 못했다. 그런 사람들은 나이를 먹었다는 이유로 자신이 모든 걸 안다고 생각한다. 발터의 아버지역시 그중 하나였다.

내 운명은 두 군주에게 달렸군. 발터는 생각했다. 러시아의 차르와 오스트리아의 황제. 한쪽은 어리석었고 다른 한쪽은 늙어빠졌다. 하지만 그런 사람들이 모드와 나, 그리고 셀 수 없이 많은 유럽인의 운명을 손에 쥐고 있다. 이것이 군주제를 반대해야 하는 이유가 아니고 뭔가!

발터는 디저트를 먹으며 곰곰이 생각했다. 커피가 나올 때쯤 그는 낙관적으로 말했다. "내가 보기에 오스트리아의 목표는 다른 나라를 개입시키지 않는 범위에서 세르비아를 따끔하게 혼내주고 싶은 거군."

로베르트는 단숨에 그의 희망을 꺾어버렸다. "정반대야. 황제께서 너희 독일 황제께 개인적으로 전갈을 보냈어."

발터는 소스라치게 놀랐다. 전혀 들은 바 없는 내용이었다. "언제?"

"어제 전달되었지."

외교관이라면 모두 그렇듯 발터는 황제들이 장관을 통하지 않고 직접 대화하는 게 죽도록 싫었다. 그런 식이라면 무슨 일이 벌어질지 알수 없기 때문이다. "무슨 내용이었지?"

"세르비아의 정치적 영향력을 제거해야 한다고."

"안 돼!" 우려하던 것보다 더 나쁜 상황이었다. 충격에 빠진 발터가 물었다. "진심일까?"

"그야 답신이 어떻게 오느냐에 달렸지."

발터는 얼굴을 찌푸렸다. 프란츠 요제프 황제는 빌헬름 황제의 지원을 바라고 있었다. 그게 편지의 실제 요점이었다. 독일과 오스트리아는 동맹국이었고 독일은 전적으로 오스트리아를 지원해야 했다. 하지만 그때 카이저의 태도는 열렬할지 떨떠름할지, 오스트리아 황제의 등을 밀어줄지 오히려 조심스러울지 안 수 없었다.

"나는 우리 황제께서 어떤 결정을 하시더라도 독일이 오스트리아를 지원할 거라 믿어." 로베르트는 단호했다.

"독일이 세르비아를 침공하길 바라다니 말도 안 돼!" 발터는 격하게 반대했다.

로베르트는 기분이 상하고 말았다. "우리는 독일이 동맹으로서 의무를 다해줄 거라는 확신을 얻고 싶은 거야."

발터는 초조한 마음을 억눌렀다. "그런 식으로 생각하면 위험은 점점 더 커져. 러시아가 세르비아를 응원하는 모양새가 되는 것과 마찬가지로 적대감을 부추긴단 말이지. 우리가 해야 하는 일은 모두를 차분히 진정시키는 거야."

"꼭 그래야 할까." 로베르트는 뻣뻣하게 말했다. "오스트리아는 끔찍한 공격을 당했어. 황제께서 이번 사태를 가볍게 받아들이는 걸로 보이면 안 돼. 거인에게 반항하는 자는 박살을 내야 한다고."

"균형감각을 갖고 일하자고."

로베르트는 목소리를 높였다. "황제 자리를 이어받을 분이 살해당했어!" 옆자리에서 식사중이던 사람이 성난 말투의 독일어가 못마땅한지 인상을 찌푸리며 쳐다보았다. 로베르트는 말투를 누그러뜨렸지만 표정은 변하지 않았다. "균형은 무슨 균형."

발터는 감정을 억누르려고 애썼다. 이런 하찮은 일에 말려드는 건 독일로서는 어리석고도 위험했다. 하지만 그런 말을 로베르트에게 해봐야 소용없을 터였다. 그가 할 일은 정보를 긁어모으는 것이지 논쟁을 벌이는 게 아니었다. "다 이해해. 빈에서도 전부 같은 생각이야?"

"빈이야 그렇지." 로베르트가 말했다. "티서는 반대하고 있지만." 이스트반 티서는 헝가리 수상인 동시에 오스트리아 황제의 신하였다. "그는 외교적으로 세르비아를 고립시키자는 대안을 내놓았어."

"덜 극적이겠지만 대신 위험도 적지." 발터는 조심스럽게 말했다.

"너무 약해."

발터는 계산서를 달라고 했다. 방금 전 들은 정보 때문에 몹시 불안한 상태였다. 하지만 로베르트에게는 조금도 나쁜 감정을 품고 싶지 않았다. 두 사람은 서로 믿고 도왔고, 발터는 그런 관계가 변하는 걸 원치 않았다. 호텔을 나온 발터는 로베르트와 악수를 나눈 다음 그의 팔꿈치를 꼭 움켜쥐어 단단한 동지애를 행동으로 보여주었다. "무슨 일이 생기든 우리는 사촌으로서 꼭 붙어 있어야 해." 발터가 말했다. "우리는 같은 편이니 언제나 함께할 거야." 그 말이 두 사람의 관계를 뜻하는지, 독일과 오스트리아 사이를 뜻하는지, 판단은 로베르트에게 맡기기로 했다. 두 사람은 기분을 풀고 헤어졌다.

발터는 빠른 걸음으로 그린 파크를 가로질렀다. 런던 사람들은 햇볕을 즐기고 있었지만 발터의 머릿속은 어두운 구름으로 뒤덮여 있었다. 독일과 러시아가 발칸반도의 위기에서 비켜나 있길 바랐지만, 지금까지 알아낸 바로는 불길하게도 상황이 정반대쪽으로 향하고 있는 듯했다. 버킹엄 궁전 앞에 다다른 발터는 왼쪽으로 방향을 틀어 큰길을 따라 독일 대사관 뒷문으로 향했다.

발터의 아버지 오토는 대사관에 따로 사무실을 두고 사흘에 하루는 거기서 시간을 보냈다. 벽에는 빌헬름 황제의 초상화가 걸려 있고, 책상 위에는 중위 군복을 입은 발터의 사진 액자가 놓여 있었다. 오토는 손에 도자기 한 점을 들고 있었다. 원래 영국 도자기 수집이 취미여서 독특한 물건을 구하러 다니는 걸 무척 좋아했다. 자세히 살펴보니 아버지가 들고 있는 크림빛 자기는 과일을 담는 볼로, 가장자리를 따라 섬세하게 구멍을 내서 바구니 모양으로 빚은 그릇이었다. 아버지의 취향을 잘 아는 발터는 18세기 물건일 거라고 짐작했다.

사무실에는 발터가 싫어하는 문화 담당관 고트프리트 폰 케셀도 있었다. 고트프리트는 숱 많은 검은 머리에 옆가르마를 탔고 알이 두꺼운 안경을 꼈다. 발터와 동갑이고 그의 아버지 역시 외교 분야에서 일했지만, 공통점이 많은데도 두 사람은 친하게 지내지 않았다. 발터는 고트프리트가 아첨꾼이라고 생각했다.

발터는 고트프리트에게 고개를 까딱해 보이고 자리를 잡고 앉았다. "오스트리아 황제가 폐하께 편지를 보냈습니다."

"알고 있습니다." 고트프리트가 얼른 말했다.

발터는 그의 말을 무시했다. 고트프리트는 늘 시비를 걸려고 애썼다. "폐하께서는 분명 우호적인 내용으로 답신을 보내실 겁니다." 발터가 아버지에게 말했다. "하지만 미묘한 어감 차이에 많은 게 달렸겠죠."

"아직 속마음을 내게 말씀하시지 않았다."

"언젠가 하실 겁니다."

오토는 고개를 끄덕였다. "그런 일에 관해서는 가끔 내 의견을 듣곤 하시지."

"폐하께서 신중을 기하길 원한다면 호전적인 행동은 삼가도록 오스트리아를 설득하셔야 할 겁니다."

고트프리트가 말했다. "왜죠?"

"세르비아처럼 아무 가치 없는 땅덩어리 때문에 독일이 전쟁에 발 담그는 일을 피하기 위해서죠!"

"뭘 무서워하는 겁니까?" 고트프리트가 업신여기듯 말했다. "세르비아 군대가 두렵습니까?"

"내가 두려워하는 건 러시아 군대요. 당신도 두렵겠지." 발터가 대답했다. "러시아군은 역사상 가장 대규모인데다……"

"압니다." 고트프리트가 말했다.

그의 말참견은 무시한 채 발터가 말했다. "이론적으로 차르는 몇 주 안에 육백만 명의 병력을 실전에 배치할 수 있는데……"

"그건 나도 알고……"

"……그건 세르비아 전체 인구보다 더 큰 숫자입니다."

"압니다."

발터는 한숨을 내쉬었다. "모르는 게 없나보군요, 케셀. 암살범들이 총기와 폭탄을 어디서 구했는지도 압니까?"

"슬라브 민족주의자들이겠죠."

"정확히 슬라브 민족주의자 누구인지는 모르나보죠?"

"그걸 누가 알겠습니까?"

"알아보니, 오스트리아측은 안다고 합니다. 그들은 세르비아 정보기관의 수장이 무기를 제공했다고 믿고 있습니다."

오토는 깜짝 놀라 끙 소리를 냈다. "그렇다면 오스트리아는 복수의 칼을 갈겠군."

고트프리트가 말했다. "오스트리아는 여전히 황제가 지배하고 있습니다. 결국, 전쟁을 하겠다는 결정은 황제만 내릴 수 있습니다."

발터가 고개를 끄덕였다. "합스부르크가의 황제는 아무 이유 없이 무자비하고 잔혹한 짓을 벌이곤 했습니다."

"그럼 제국을 지배하는 데 다른 방법이 있나요?"

발터는 미끼를 물지 않았다. "별 무게감 없는 헝가리 수상 하나를 제외하고는 신중한 대처를 촉구하는 사람이 전혀 없는 것 같습니다. 그 역할을 우리가 맡아야 합니다." 발터는 자리에서 일어섰다. 알아낸 걸 모두 보고했으니 짜증스러운 고트프리트와 한시도 같은 공간에 머물고 싶지 않았다. "죄송하지만 아버지, 저는 서식스 공작부인 댁에 가서 차 한잔 하며 요즘 무슨 이야기가 도는지 알아보겠습니다."

고트프리트가 말했다. "영국인은 일요일엔 손님을 맞지 않는데."

"초대를 받았습니다." 발터는 그렇게만 대답하고 평정심을 잃기 전에 밖으로 나왔다.

발터는 메이페어 지역을 지나 서식스 공작의 대저택이 있는 파크 레인으로 향했다. 공작은 영국 정부에서 아무 역할도 하지 않았지만 공작부인은 정치적 사교 모임을 이끌었다. 12월 런던에 처음 온 발터는 피츠를 통해 공작부인을 만났다. 그녀는 모든 모임에 발터를 초대하겠다고 약속했다.

발터는 응접실로 들어서서 허리를 굽혀 인사하고 공작부인의 통통한 손을 잡고 흔들었다. "런던의 모든 사람이 세르비아에서 무슨 일이 벌어질지 궁금해하고 있습니다. 그래서 일요일인데도 염치 불구하고 의견을 여쭤보러 왔습니다."

"전쟁은 없을 거예요." 공작부인은 발터가 농담으로 그런 말을 건넸다는 걸 알아차리지 못했다. "앉아서 차 한잔 해요. 물론 황태자 내외가 살해당한 일은 비극이에요. 그리고 당연히 범인들을 처벌해야죠. 하지만 독일과 영국 같은 큰 나라들이 세르비아를 놓고 전쟁을 벌인다니, 터무니없는 생각이에요."

발터는 자신도 공작부인처럼 확신이 있었으면 좋겠다 싶었다. 그는 행복한 웃음을 짓는 모드, 고개를 끄덕여 보이는 허미아 부인과 가까운 의자에 자리를 잡고 앉았다. 방안에는 해군장관인 윈스턴 처칠을 포함해 열 명 정도가 모여 있었다. 실내장식은 엄청 케케묵은 구식이었다. 지나치게 화려한 조각을 한 가구, 온갖 무늬의 다양한 천이 보이고 여기저기 장식품과 사진 액자에다 마른풀을 꽂은 화병까지, 빈 공간이라곤 없었다. 하인 하나가 발터에게 차 한 잔과 우유, 설탕을 내왔다.

발터는 모드와 함께 있게 되어 행복했지만, 언제나처럼 더 많은 걸 원했다. 그는 자리에 앉자마자 어떻게 하면 단 일이 분만이라도 모드와 단둘이 있을 핑계가 없는지 궁리하기 시작했다.

공작부인이 말했다. "물론 문제는 오스만제국이 너무 약하단 겁니다."

저 거만하고 늙은 박쥐의 말이 옳아. 발터는 속으로 생각했다. 보수적인 무슬림 성직자들로 인해 시대에 뒤처진 오스만제국은 쇠퇴하고 있었다. 수세기 동안 오스만제국의 술탄은 그리스와 지중해가 만나는 지역부터 북쪽으로는 헝가리에 이르는 발칸반도의 질서를 유지해왔다. 하지만 세월이 흐를수록 영향력을 행사하는 영역이 줄어들었고, 가장 가까운 강대국 오스트리아와 러시아가 그 공백을 채우려 애쓰고 있었다. 오스트리아와 흑해 사이에는 보스니아와 세르비아, 불가리아가 한 줄로 늘어서 있다. 오 년 전 오스트리아는 보스니아를 합병하고 이제 가운데 자리잡은 세르비아와 분쟁을 벌이고 있었다. 지도를 주시하던 러시아는 불가리아가 다음 도미노이며, 오스트리아가 결국 흑해 서안을 지배하면서 러시아의 국제무역을 위협할 수도 있다는 사실을 알아차렸다.

그러는 사이 오스트리아의 지배를 받던 민족들은 독립을 꿈꾸게 되었다. 보스니아인 민족주의자 가브릴로 프린치프가 사라예보에서 프란츠 페르디난트 황태자를 암살한 것도 바로 그런 이유였다.

발터가 말했다. "세르비아로서는 비극입니다. 그 나라 수상은 도나우 강에 몸이라도 던질 판이겠군요."

모드가 말했다. "볼가 강 말씀이겠죠."

발터는 마음놓고 모드를 바라볼 기회가 생겨서 기뻐하며 고개를 돌렸다. 모드는 교회에서와 달리 파란 방울이 달린 분홍색 펠트 모자를 쓰고 연분홍색 레이스 블라우스와 밝은 로열블루의 가운을 입고 있었다. "모드 양, 분명 제 말이 맞을 겁니다."

모드가 말했다. "볼가 강이 세르비아의 수도 베오그라드를 지나며 흐르잖아요."

다시 반박하려던 발터는 잠시 머뭇거렸다. 볼가 강이 베오그라드와는 수천 킬로미터나 떨어져 있다는 사실을 그녀가 모를 리 없었다. 무슨 속셈이지? "모드 양처럼 박식하신 분의 말씀을 반박하기는 쉽지 않습니다만……"

"그럼 찾아보기로 해요." 모드가 말했다. "숙부님인 공작께서는 런던에서 손꼽힐 정도로 큰 서재를 갖고 계시거든요." 모드는 자리에서 일어섰다. "저랑 가요. 제 말이 옳다는 걸 보여드리죠."

훌륭한 가문의 규수로서는 당찬 행동이었다. 공작부인이 눈살을 찌푸렸다.

발터는 어쩔 수 없다는 듯한 몸짓을 해 보이고는 모드를 따라 문으로 향했다.

잠시 허미아 부인도 따라나설까 고민하는 눈치였지만, 푹신한 벨벳의자 깊숙이 몸을 묻은 채 양손으로는 찻잔을 들고 무릎에는 접시를 올려놓은 터라 일어나기가 번거로웠다. "너무 오래 있지는 마시게." 허미아 부인은 조용히 말하고 케이크 조각을 입에 넣었다. 발터와 모드는 방을 나왔다.

모드는 두 하인이 감시병처럼 서 있는 복도를 따라 앞장서서 걸었다. 그러더니 어느 문 앞에 멈춰 서서 뒤따라온 발터가 문을 열길 기다렸다. 두 사람은 안으로 들어갔다.

커다란 방은 고요했다. 두 사람뿐이었다. 모드는 발터의 품으로 몸을 던졌다. 발터는 모드를 힘껏 껴안고 몸을 비벼댔다. 모드가 고개를 들었다. "사랑해요." 그녀는 굶주린 듯 발터에게 입을 맞추었다.

한참 후에야 모드는 헐떡거리며 몸을 떼어냈다. 발터는 사랑스럽다는 눈으로 그녀를 보았다. "정말 엉뚱하군요. 볼가 강이 베오그라드를 지난다고 하다니!"

"먹혔잖아요. 안 그래요?"

발터는 놀랍다는 듯 고개를 저었다. "나라면 그런 생각은 절대 못했을 거예요. 당신은 정말 똑똑해요."

"지도책이 필요해요. 혹시라도 누가 들어올 수 있으니까요." 모드가 말했다.

발터는 책장을 훑어보았다. 책을 읽는 사람이라기보다는 수집하는 사람의 서재였다. 모든 책이 훌륭하게 장정돼 있었으며 대부분 한 번도 들춰보지 않은 듯했다. 참고도서 몇 권이 구석에 꽂혀 있었다. 발터는 지도책을 꺼내 발칸반도를 찾아냈다.

"이번 사건 말이에요." 모드는 불안한 듯 말했다. "장기적으로 우리를 갈라놓거나 하는 건 아니겠죠?"

"그럴 리 없어요." 발터가 말했다.

발터는 누가 들어오더라도 바로 눈에 띄지 않도록 모드의 손을 잡고 책장 뒤쪽으로 들어가 다시 키스를 나누었다. 오늘따라 모드는 굶주린 듯 들떠 키스를 하면서 계속 양손으로 발터의 어깨와 팔뚝, 등을 문질렀다. 모드가 입술을 떼더니 속삭였다. "내 치마를 올려요."

발터는 꿀꺽 침을 삼켰다. 늘 꿈꾸던 순간이었다. 발터는 치맛자락을 들쳐올렸다.

"속치마도요." 모드가 말했다. 발터는 양손으로 속치마를 움켜쥐었다. "구기면 안 돼요." 발터는 실크 속치마가 망가지지 않도록 조심스럽게 손을 놀렸지만 천이 미끄러워 제대로 잡을 수가 없었다. 마음이 급해진 모드는 허리를 굽혀 치마와 속치마 단을 한꺼번에 붙잡고 허리까지 들어올렸다. "만져요." 모드가 발터의 눈을 바라보며 말했다

발터는 누가 들어올까봐 불안했지만 사랑과 욕망에 사로잡혀 도저히 자제할 수가 없었다. 그는 모드의 허벅지 사이 가랑이로 오른손을 뻗었

다. 그 순간 놀라 숨이 멎을 것 같았다. 모드는 안에 아무것도 입지 않은 상태였다. 특별한 즐거움을 맛보게 해주려고 모드가 미리 작정했다는 걸 깨닫고 발터는 더욱 불타올랐다. 조심스럽게 손을 놀렸지만 모드는 오히려 그의 손을 향해 엉덩이를 밀어붙였고, 발터의 손에 힘이 들어갔다. "그래요." 발터가 눈을 감자 모드가 말했다. "날 봐요, 내 사랑. 제발요. 나를 보면서 만져줘요." 발터는 다시 눈을 떴다. 모드는 얼굴이 붉게 달아오른 채 벌어진 입술 사이로 거친 숨을 내쉬고 있었다. 그녀는 발터의 손을 잡고 자기가 원하는 대로 이끌었다. 마치 오페라 특별석에서 발터가 그랬던 것처럼. 모드가 속삭였다. "손가락을 넣어요." 그녀는 발터의 어깨에 몸을 기댔다. 그녀의 뜨거운 숨결이 옷을 뚫고 스며드는 게 느껴졌다. 모드는 발터에게 매달려 계속 허리를 움직거렸다. 그러더니 목구멍 깊은 곳에서 마치 꿈을 꾸는 사람처럼 나지막이 우는 소리를 냈다. 그리고 마침내 그에게 몸을 기대고 푹 쓰러지듯 안겼다.

그때 문 열리는 소리가 나고 허미아 부인의 목소리가 들렸다. "나와라, 모드. 우리 이제 가야 해."

발터는 손을 거두었고 모드는 허겁지겁 옷매무새를 가다듬었다. 모드가 떨리는 목소리로 말했다. "제가 틀렸나봐요, 고모님. 울리히 씨 말이 옳았어요. 베오그라드를 지나는 건 볼가 강이 아니라 도나우 강이네요. 지도책에서 방금 찾았어요."

두 사람이 지도책 위로 허리를 굽히는 순간 허미아 부인이 책장 뒤쪽으로 걸어들어왔다. "그럴 줄 알았지." 부인이 말했다. "이런 분야에서는 대개 남자들 말이 옳아요. 게다가 울리히 씨는 외교관이니 여자들은 굳이 신경쓸 필요도 없는 엄청나게 많은 사실을 알고 계셔. 그러니 다퉈봐야 소용없어, 모드."

"고모님 말씀이 옳은 것 같아요." 모드는 숨찬 목소리로 아무렇게나 대답했다.

세 사람은 서재에서 나와 복도를 걸었다. 발터가 응접실 출입문을 열자 허미아 부인이 앞장서서 안으로 들어갔다. 부인을 따라 들어가던 모드가 발터와 눈이 마주쳤다. 발터는 오른손을 들어올려 손가락 끝을 입에 넣고 빨아 보였다.

II

계속 이럴 순 없어. 발터는 대사관으로 돌아가며 생각했다. 다시 어린 학생이 된 것 같았다. 모드는 스물세 살, 발터는 스물여덟 살이었다. 그런데도 단둘이 오 분이라도 시간을 보내려면 우스꽝스러운 속임수를 쓰지 않을 수 없었다. 이제 두 사람은 결혼을 할 때였다.

우선 피츠에게 허락을 구해야 했다. 모드의 아버지가 세상을 떠난 지금은 오빠가 가장이었다. 피츠는 당연히 여동생이 영국인과 결혼하기를 바랄 터였다. 하지만 어쩌면 생각을 바꿀 수도 있었다. 거침없는 성격인 모드가 아예 노처녀로 늙을지도 모른다는 걱정을 하고 있을 게 분명하기 때문이다.

그보다 더 큰 걱정은 아버지였다. 아버지 오토는 발터가 후계자를 낳아 기르며 기꺼이 여생을 보낼 프로이센 출신의 예절바른 처녀와 결혼하기를 원했다. 오토는 원하는 걸 얻기 위해서라면 수단과 방법을 가리지 않고 무자비하게 상대방을 무너뜨렸다. 그런 점 때문에 훌륭한 군인이 될 수 있었다. 그는 아들이 아무런 방해나 압력을 받지 않고 스스로 원하는 신부를 선택할 권리가 있다는 사실은 꿈에도 생각해보지 않았다. 이제까지 발터는 아버지의 지지와 도움을 받는 쪽이 더 편했다. 피할 수 없는 격렬한 대립은 결코 원치 않았다. 하지만 그의 사랑은 자식의 도리보다 더욱 강력한 힘을 발휘했다.

일요일 저녁이었지만 런던은 조용하지 않았다. 의회는 열리지 않았고 화이트홀*의 고위 공무원들도 교외 자택으로 가버렸지만, 메이페어의 대저택이나 남자들이 모이는 세인트제임스의 클럽, 여러 대사관에서 정치는 계속 이루어지고 있었다. 발터는 길거리에서 영국 하원의원 몇몇과 영국 외무부 간부 두어 명, 유럽 다른 나라의 외교관들을 볼 수 있었다. 새 관찰이 취미라는 영국 외무부 장관 에드워드 그레이 경이 왜 이번 주말에는 사랑해 마지않는 햄프셔의 시골 오두막집에 가지 않고 시내에 머무는지 궁금했다.

발터의 아버지는 책상에서 평문으로 해독을 마친 전보를 읽고 있었다. "뉴스를 전해드리기에 가장 좋은 때는 아닌 것 같군요." 발터가 말했다.

오토는 끙 소리를 내더니 계속 전보문을 읽었다.

발터는 운에 맡기기로 했다. "모드 양과 사랑하는 사이입니다."

오토가 고개를 들었다. "피츠허버트의 여동생 말이냐? 나도 왠지 수상하더구나. 깊은 연민을 전한다."

"농담하지 마세요, 아버지."

"너야말로 농담하지 마." 오토는 읽던 전보를 책상 위에 내던졌다. "모드 피츠허버트는 페미니스트에 여성참정권을 따내려 애쓰는 사회운동가야. 독일 명문가에서 자란 외교관은 물론 그 누구의 아내가 되기에도 적당치 않다. 그러니까 그런 말은 꺼내지도 마."

---

* 영국 런던의 관청들이 모여 있는 거리.

거친 말이 튀어나오려 했지만 발터는 이를 악물고 화를 눌렀다. "모드는 멋진 여자예요. 저는 그녀를 사랑합니다. 그러니 아버지 의견이 어떻든 모드 양 이야기를 할 때는 조심해주셨으면 좋겠습니다."

"나는 그냥 생각하는 대로 말할 거다." 오토는 아무렇지도 않다는 듯 말했다. "그 여자는 끔찍해." 오토는 다시 전보를 내려다보았다.

발터의 눈에 아버지가 최근에 사온 움푹한 크림색 과일 볼이 들어왔다. "아니죠." 발터가 말했다. 그는 볼을 들어올렸다. "생각하는 대로 말씀 못하실 겁니다."

"그거 조심해."

오토는 이제 온 신경을 발터에게 집중하고 있었다. "저는 모드 양이 다치는 걸 원치 않습니다. 아버지가 이 싸구려 물건을 생각하는 마음과 똑같습니다."

"싸구려? 분명히 말하지만 그 물건의 가치는⋯⋯"

"물론 사랑이 수집가의 탐욕보다 더 강하다는 것만 제외하면요." 발터는 부서지기 쉬운 도기를 공중으로 던졌다가 한 손으로 붙잡았다. 아버지는 고통스러운 듯 비명을 질렀지만 그러지 말라는 말도 제대로 하지 못했다. 발터는 태연하게 말을 이었다. "그러니까 아버지가 모드 양을 모욕하시면 저는, 제가 이걸 떨어뜨릴 것처럼 굴 때의 아버지와 같은 기분이라는 겁니다. 아니, 더 심하죠."

"버릇없는 녀석이⋯⋯"

발터가 목소리를 높이자 아버지의 목소리는 묻히고 말았다. "그리고 제 감정을 그런 식으로 짓밟으시면 저도 이 멍청한 그릇 쪼가리를 발로 밟아버리겠습니다."

"좋아. 무슨 말인지 알겠다. 그거 내려놔, 빌어먹을."

발터는 아버지의 말을 묵시적 승낙으로 받아들이고 도기를 탁자 위에 내려놓았다.

오토는 심술궂은 표정으로 말했다. "하지만 네가 고려해야 할 점이 있다…… 내가 네 감정을 짓밟지 않고 말할 수 있을지는 모르겠다만."

"말씀하세요."

"그 여자는 영국인이야."

"이런 세상에!" 발터는 큰 소리로 말했다. "독일 명문가는 오래전부터 영국 귀족과 혼인을 맺어왔습니다. 작센-코부르크-고타의 알베르트 공은 빅토리아 여왕과 결혼했습니다. 그분의 손자가 지금 영국 왕이죠. 그리고 왕비께서도 뷔르템베르크의 공주로 태어나셨다고요!"

오토도 목소리를 높였다. "세상은 변하는 거야! 영국은 우리를 이등 국가로 대하겠다고 작심했어. 그리고 우리 적인 러시아, 프랑스와 친구가 되었다. 너는 조국의 적과 결혼하게 되는 거야."

발터도 늙은이들이 이렇게 생각한다는 걸 알고 있었지만, 말도 안 되는 소리였다. "그들을 적으로 돌리면 안 돼요." 그는 화가 나서 말했다. "그럴 이유가 전혀 없어요."

"그들은 우리가 동등한 조건으로 경쟁할 수 있도록 절대 허락하지 않을 거다."

"말도 안 돼요!" 발터는 자신도 모르게 소리를 지르고 말았다. 차분해지려 안간힘을 썼다. "영국은 자유무역을 굳게 믿습니다. 대영제국 전역에서 우리가 생산품을 팔 수 있도록 허용할 거예요."

"그럼 이걸 읽어봐라." 오토는 읽고 있던 전보를 책상 너머로 건네주었다. "카이저께서 내 의견을 바라신다."

발터는 전보를 집어들었다. 오스트리아 황제가 개인적으로 보낸 편지에 대한 답신 초고였다. 발터는 전보문을 읽으며 점차 긴장하기 시작했다. 마무리는 이랬다. "그럼에도 프란츠 요제프 황제께서는 독일 황제가 오스트리아-헝가리 제국을 진정으로 지지한다는 걸 굳건히 믿어주시길 바랍니다. 이는 오랜 우정과 동맹에 따른 당연한 의무이기 때문입니다."

발터는 소름끼쳤다. "하지만 이러면 오스트리아에게 백지수표를 주는 거잖아요! 오스트리아가 무슨 짓을 하든 지지할 수밖에 없어요!"

"몇 가지 요건이 있지."

"많지는 않아요. 이 내용으로 보냈나요?"

"아니야. 하지만 내용은 그렇게 정해졌다. 내일 보낼 예정이고."

"막을 수 없나요?"

"그럴 수 없다. 나도 막고 싶지 않고."

"하지만 이 편지대로라면 세르비아를 상대로 전쟁을 벌이는 오스트리아를 지원해야 합니다."

"나쁠 것도 없지."

"우리는 전쟁을 원치 않아요!" 발터는 강하게 반발했다. "우리는 과학과 제조업, 무역을 원해요. 독일은 현대화하고 자유로워지고 더 커져야 합니다. 우리가 원하는 건 평화와 번영이라고요." 그리고 속으로 덧붙였다. 한 남자가 반역이라는 죄를 뒤집어쓰지 않고 사랑하는 여인과 결혼할 수 있는 세상도요.

"내 말 잘 들어." 오토가 말했다. "우리는 양쪽에 강력한 적을 두고 있다. 서쪽에는 프랑스, 동쪽에는 러시아야. 그 둘은 한통속이고. 양쪽에서 동시에 전쟁을 벌일 수는 없어."

발터도 잘 알고 있었다. "그래서 슐리펜 계획을 세운 거잖아요. 만일 어쩔 수 없이 전쟁을 해야 한다면 압도적인 무력으로 먼저 프랑스를 침공해 이 주 안에 승리를 얻어내고, 서쪽이 안정되면 다시 동쪽으로 방향을 틀어 러시아와 맞서는 계획 말입니다."

"그야 우리 희망사항일 뿐이지." 오토가 말했다. "구 년 전 슐리펜 계획을 채택했을 당시의 정보에 따르면 러시아 군대가 움직이기 위해서는 사십 일이 걸린다고 했다. 그 말은 우리가 프랑스를 정복할 시간이 육 주나 된다는 거지. 하지만 그때 이후로 러시아는 철도체계를 개선했어. 프랑스에서 빌린 돈으로!" 오토는 책상을 꽝 때렸다. 마치 주먹으로 프랑스를 부숴버리기라도 하려는 것 같았다. "러시아 군대의 기동시간이 짧아질수록 슐리펜 계획은 더 위험해지는 거야. 그 말은……" 오토는 발터를 손가락으로 가리키며 말을 이었다. "전쟁을 빨리 시작하면 할수록 독일에게 유리하다는 거다!"

"아니죠!" 아버지는 왜 이런 생각이 위험하다는 걸 모르지? "그 말은 작은 분쟁에 대해서는 평화적인 해결책을 찾아내야 한다는 뜻이에요."

"평화적인 해결책?" 오토는 모든 걸 안다는 듯 고개를 흔들었다. "넌 어린 이상주의자일 뿐이야. 모든 질문에 답이 있다고 생각하지."

"아버지는 전쟁을 원할 뿐이에요." 발터는 의심스럽다는 듯 말했다. "진정으로 전쟁을 원하신다고요."

"전쟁을 원하는 사람은 없어." 오토가 말했다. "하지만 가끔은 다른 대안보다 전쟁이 나을 때도 있다."

III

모드가 아버지로부터 물려받은 재산은 얼마 되지 않았다. 일 년에 300파운드로, 시즌마다 드레스 몇 벌을 새로 살 수 있는 정도에 불과했다. 피츠가 작위와 땅, 저택들, 그리고 거의 모든 돈을 차지했다. 그게 영국식이었다. 하지만 모드가 화난 건 그 때문이 아니었다. 그녀에게 돈은 큰 의미가 없었다. 사실 모드는 매년 받는 300파운드조차 필요 없었다. 피츠는 그녀가 원하는 거라면 뭐든 두말없이 돈을 내주었다. 그는 돈에 신경쓰는 게 비신사적이라고 생각했다.

모드가 억울해하는 건 교육을 받지 못했다는 점이었다. 열일곱 살 때 대학에 가겠다고 선언했지만 다들 그녀를 비웃었다. 알고 보니 대학에 가려면 먼저 좋은 학교를 나와 시험에 합격해야 했다. 모드는 학교에 다녀본 적이 없었고, 비록 국내 저명인사들과 정치를 논할 수는 있을지 언정 연이은 가정교사와 입주강사의 교습만으로는 어떤 시험도 통과할 수 없었다. 그래서 모드는 여성참정권 운동가가 되었다. 여자들이 투표를 하지 못한다면 제대로 된 교육을 받을 수 없다는 사실을 잘 알았기 때문이다.

모드는 가끔 여자들이 왜 결혼하는지 의아했다. 여자에게 결혼이란 평생 노예가 되기를 자청하는 것인데, 그럼 그 대가로 얻는 게 뭐지? 하지만 이제 해답을 얻었다. 모드는 발터를 향한 사랑보다 더 격렬한 감정은 단 한 번도 느껴보지 못했다. 사랑을 표현하기 위해 두 사람이 행한 행동에서도 강렬한 쾌감을 느꼈다. 원할 때마다 그런 식으로 서로를 만질 수만 있다면 천국에 사는 것과도 같을 것이다. 만일 그 대가로 노예가 되어야 한다면 다다음 생까지 감내할 작정이었다.

하지만 그 대가는 노예가 되는 게 아니었다. 적어도 발터는 원하지 않았다. 아내라면 모든 면에서 남편에게 복종해야 하느냐고 물었더니 발터는 대답했다. "당연히 아니죠. 왜 복종해야 한다는 건지 모르겠습니다. 사랑해서 결혼한 두 성인이라면 어느 한쪽이 다른 한쪽에게 복종하는 게 아니라 함께 결정을 내릴 수 있어야 해요."

모드는 두 사람의 앞날을 생각해보느라 많은 시간을 보냈다. 일단 앞으로 몇 년은 더 발터가 여러 나라의 대사관에서 일하게 될 테니 그들은 세계 곳곳으로 옮겨다녀야 했다. 파리, 로마, 부다페스트는 물론 멀리 떨어진 아디스아바바나 도쿄, 부에노스아이레스가 될 수도 있었다. '어머니께서 가시는 곳에 나도 가고'라던 성경 속 룻의 이야기가 떠올랐다. 두 사람이 낳은 아들들은 여자를 평등하게 대하도록 배울 테고 딸들은 독립적이고 의지가 강한 사람으로 자랄 것이다. 아마도 결국에는 베를린 시내 주택에 자리를 잡고 아이들은 훌륭한 독일 학교에 보낼 수 있을 터였다. 당연히 어느 시점이 되면 발터는 동프로이센에 있는 시골 저택을 물려받을 터였다. 두 사람이 나이가 들고 아이들이 자라 어른이 되면 부부는 시골에서 더 많은 시간을 보내며 손을 잡고 영지를 산책하거나, 저녁이면 나란히 앉아 책을 읽고 젊은 시절부터 그때까지 세상이 얼마나 변해왔는지 추억해볼 수 있을 것이다.

다른 생각은 하기 어려웠다. 갈보리 복음교회 사무실에 앉아 의료품 가격 목록을 들여다보던 모드는 공작부인의 응접실 문가에서 입으로 손가락을 빨던 발터의 모습을 떠올렸다. 주위에서도 그녀가 딴생각을 하고 있다는 걸 눈치채기 시작했다. 그린우드 박사는 어디 아픈 거 아니냐고 물었고, 험 고모는 정신 차리라고 말했다.

모드는 다시 주문서에 집중하려고 애썼다. 하지만 이번에는 누군가 문을 두드렸다. 험 고모가 안을 들여다보더니 말했다. "손님 오셨다." 크게 놀란 표정으로 고모는 명함을 한 장 내밀었다.

오토 폰 울리히

독일제국 대사관 담당관

런던 칼턴 하우스 테라스

"발터의 아버님이세요!" 모드가 말했다. "도대체 무슨 일로……"

"뭐라고 말씀드리지?" 험 고모가 속삭이듯 물었다.

"차를 드실지, 셰리를 드실지 여쭤보고 안으로 모셔주세요."

울리히는 새틴 라펠이 달린 검은 프록코트에 피케 천으로 지은 흰 조끼, 줄무늬 바지로 격식을 갖춰 차려입은 모습이었다. 여름의 열기로 상기된 얼굴에서 땀이 흘러내렸다. 발터보다 더 둥글둥글했지만 그처럼 잘생긴 얼굴은 아니었다. 하지만 부자 모두 등을 똑바로 편 자세에서 자신감이 넘쳐흘렀다.

모드는 평소처럼 차분하게 오토를 맞았다. "울리히 씨, 정식으로 저를 방문해주시는 건가요?"

"내 아들 문제로 이야기를 나누고 싶소." 오토가 말했다. 발터만큼 능숙하게 영어를 구사했지만, 발터에게는 없는 악센트가 느껴졌다.

"빨리 본론을 말씀해주시다니 참 친절하시네요." 모드는 상대가 알아차리기 어려울 정도의 빈정거림으로 응수했다. "앉으세요. 허미아 부인이 음료를 내올 겁니다."

"발터는 유서 깊은 귀족 집안 출신이오."

"저도 마찬가지입니다." 모드가 말했다.

"우리는 전통적이고 보수적이고 종교적으로 독실한 집안이라는 말이오. 어쩌면 조금 구식으로 보일지 모르지만."

"저희 가족도 똑같습니다." 모드가 말했다.

오토가 계획한 대로 대화가 풀릴 것 같지는 않았다. "우리는 프로이센 사람이오." 말투에서 분노가 느껴졌다.

"아." 모드는 졌다는 듯 한숨을 내쉬었다. "반면 저희는 앵글로색슨족이죠."

모드는 단순한 재치 싸움처럼 오토의 말을 받아넘기고 있었지만, 내심 두려웠다. 이 사람이 여길 왜 찾아온 거지? 목적이 뭘까? 좋은 의도는 아닐 거라는 느낌이 들었다. 오토는 그녀를 싫어하는 것이다. 모드는 오토가 그녀와 발터를 떼어놓으려 한다는 생각에 절망적인 기분이었다.

어쨌든 오토는 그녀의 말을 농담으로 받아들일 마음이 아니었다. "독일과 영국은 대립하고 있소. 영국이 우리의 적인 러시아, 프랑스와 가까워지고 있기 때문이오. 그러면 영국도 우리의 적이 되지."

"그런 식으로 생각하신다니 유감입니다. 많은 사람은 그렇게 생각하지 않아요."

"진실은 다수결로 정하는 게 아니오." 모드는 다시 한번 상대방의 태도가 몹시 거칠다고 생각했다. 발터의 아버지는 남의 비판을 듣는 데 익숙지 않은 것 같았다. 특히 비판자가 여자라면 더더욱.

그린워드 박사의 간호사가 접시에 차를 내와 찻잔에 따랐다. 오토는 입을 다물고 있었다. 그러다 간호사가 밖으로 나가자 말했다. "앞으로 몇 주 이내에 우리는 전쟁을 시작할 수도 있소. 세르비아를 두고 싸우지 않는다면 다른 개전 이유가 생기겠지. 머지않아 영국과 독일은 유럽의 패권을 둘러싸고 싸울 거요."

"그렇게 비관적으로 보신다니 유감이네요."

"많은 사람이 같은 생각이지."

"진실은 다수결로 정하는 게 아니라고 하셨죠."

오토는 짜증스러워 보였다. 그는 모드가 가만히 앉아 그의 거만한 언행을 잠자코 감내할 거라고 기대한 게 분명했다. 그는 조롱당하는 걸 좋아하지 않았다. 화가 난 듯 오토가 말했다. "내 말 귀담아듣는 게 좋을 거요. 당신과도 관련이 큰 이야기니까. 대부분 독일인은 영국인을 적으로 여기지. 만일 발터가 영국 여자와 결혼한다면 벌어질 일들을 생각해보시길."

"물론 이미 생각해봤습니다. 발터와 저는 오랫동안 이런 일이 있으리라 대화를 나누었거든요."

"우선 발터는 내가 허락하지 않아 괴로워할 거요. 나는 우리 가문에 영국인 며느리가 들어오는 걸 환영할 수 없소."

"발터는 선생님의 아들에 대한 사랑이 선생님이 제게 품고 있는 혐오 감을 결국 극복할 수 있도록 도와줄 거라고 생각해요. 정말 그럴 가능성은 전혀 없나요?"

"둘째." 오토는 모드의 질문을 무시하고 말했다. "발터는 황제께 불충한 자로 낙인찍힐 거요. 함께 어울리던 사람들도 더는 친구로 지내려 하지 않겠지. 제대로 된 가문이라면 발터와 영국인 아내를 집안에 들이지 않을 거요."

모드는 화가 치밀었다. "도저히 믿을 수가 없군요. 설마 모든 독일인이 이렇게 속이 좁은 건 아닐 테죠?"

오토는 상대방이 무례한 말을 했다는 사실을 눈치채지 못한 듯했다. "마지막으로 셋째, 발터의 외교관으로서의 경력. 그 아이는 이름을 떨칠 거요. 나는 발터를 여러 나라의 학교, 대학에 보내 공부를 시켰소. 영어는 완벽하고 러시아어도 해. 치기 어린 이상주의적 견해를 품고 있는데도, 상사들은 아들놈을 좋게 생각하지. 황제께서도 여러 번 좋은 말씀을 해주셨고. 나중에 외무부 장관이 될 수도 있소."

"그이는 아주 똑똑하니까요." 모드가 말했다.

"하지만 당신과 결혼한다면 발터의 미래는 끝나는 거요."

"말도 안 돼요." 깜짝 놀란 모드가 말했다.

"친애하는 모드 양, 당연한 것 아니오? 적국 가운데 한 나라의 여자와 결혼한 남자는 신뢰할 수 없는 법이지."

"우리는 이 문제에 대해 이야기를 나눴어요. 그이가 양국 중 독일에 충성을 바치는 건 당연한 일이에요. 저는 그런 사실을 받아들일 수 있을 만큼 그이를 사랑해요."

"발터가 아내의 가족을 지나치게 걱정한 나머지 조국에 충성을 다 바치지 않을 수도 있소. 냉정하게 그 관계를 무시한다고 해도 사람들은 여전히 의심의 눈초리를 보낼 거고."

"과장이 심하시군요." 모드는 그렇게 말했지만 확신이 흔들리기 시작했다.

"당연히 기밀을 다루는 분야에서는 일할 수 없을 거요. 사람들이 그 아이가 있는 자리에서는 비밀에 부쳐야 하는 이야기는 꺼내지 않겠지. 결국 경력은 끝장나는 거고."

"꼭 군사정보 분야가 아니라도 되잖아요. 다른 외교 분야에서 일할 수도 있어요."

"외교에서 비밀을 필요로 하지 않는 분야는 없소. 내 입장도 있고."

모드는 오토의 말에 깜짝 놀랐다. 그녀와 발터는 오토의 앞날에 대해서는 이야기해본 적이 없었다.

"나는 황제 폐하의 가까운 친구요. 적국의 외국인을 며느리로 들인 나를 폐하께서 계속 전적으로 신뢰하시겠소?"

"신뢰하셔야 해요."

"그러실 수도 있지. 만일 내가 단호하고 확실한 행동을 취해 아들과 의절한다면."

모드는 숨이 멎는 듯했다. "그런 일은 있을 수 없어요."

오토는 목소리를 높였다. "어쩔 수 없이 그렇게 해야만 하오!"

모드는 고개를 저었다. "다른 방법이 있을 거예요." 절망에 빠진 목소리였다. "사람 일에는 늘 다른 방법이 있는 법이에요."

"나는 여자 하나 때문에 내가 이룬 모든 걸 희생할 생각은 없소. 내 지위, 경력, 동포들의 존경까지도." 오토는 경멸하듯 말했다.

모드는 뺨을 얻어맞은 것 같았다.

오토가 말을 이었다. "하지만 발터는 물론 그렇게 하겠지."

"그게 무슨 말씀이시죠?"

"만일 당신과 결혼한다면 발터는 가족과 조국, 미래까지 잃을 거요. 하지만 녀석은 받아들이겠지. 앞으로 무슨 일이 벌어질지 충분히 생각하지도 않은 채 당신을 사랑한다고 선언한 녀석이오. 머잖아 스스로 얼마나 끔찍한 실수를 했는지 깨닫게 되겠지만. 하지만 분명 녀석은 비공식적이지만 당신과 약혼한 거나 다름없다고 스스로 생각하고 있소. 절대 자신이 한 약속을 깨지 않으려 하겠지. 워낙 신사인 녀석이니까. '알았어요. 아버지와 의절하겠습니다'라고 할 거요. 그렇게 하지 않으면 스스로 비겁자라고 생각할 테지."

"그건 옳아요." 모드가 말했다. 혼란스러웠다. 이 끔찍한 늙은이는 그녀보다 현실을 훨씬 더 또렷이 파악하고 있었다.

오토가 말을 이었다. "그러니까 당신 쪽에서 발터와의 약속을 깨줘야겠소."

모드는 칼에 찔린 듯했다. "안 돼요!"

"발터를 구하려면 그 방법밖에 없소. 당신이 포기하는 수밖에."

모드는 입을 열어 반박하려고 했지만 오토의 말이 옳다는 걸 알고 있었다. 도무지 뭐라고 말해야 할지 알 수 없었다.

오토는 앞으로 몸을 기울이더니 힘주어 말했다. "헤어지자고 먼저 말하겠소?"

눈물이 모드의 뺨을 타고 흘러내렸다. 어떻게 해야 하는지 알고 있었다. 아무리 사랑 때문이라고 해도 발터의 인생을 망칠 수는 없었다. "그러죠." 모드는 흐느껴 울기 시작했다. 품위 없는 모습이었지만 신경쓰지 않았다. 고통이 너무도 컸다. "네, 헤어지겠어요."

"약속하겠소?"

"네, 약속드려요."

오토는 자리에서 일어섰다. "내 이야기를 들어줘서 고맙소." 그가 고개를 숙였다. "이만 가보지." 오토는 사무실 밖으로 사라졌다.

모드는 양손으로 얼굴을 가리고 울었다.

8장
1914년 7월 중순

I

티 귄 저택에 있는 에설의 새 침실에는 전신거울이 있었다. 오래된 것이라 나무 부분은 갈라지고 거울은 부옜지만 온몸을 비춰볼 수 있었다. 에설은 큰 거울을 가진 게 대단한 호사라고 생각했다.

속옷만 입고 거울을 들여다보았다. 사랑에 빠진 후로 좀더 풍만해진 듯한 모습이었다. 허리와 엉덩이 주변으로 약간 살이 쪘고 가슴은 더 커진 것 같았다. 어쩌면 피츠가 자꾸 만지고 주물러대서인지도 모른다. 머릿속에 피츠를 떠올리기만 해도 에설은 젖꼭지가 아렸다.

피츠는 오늘 아침 비 공주, 모드 아가씨와 함께 저택에 도착했다. 그가 점심식사 후 치자나무 방에서 만나자고 에설에게 속삭였다. 에설은 원래 주로 쓰던 치자나무 방이 마루를 수리하는 중이라고 둘러대고 모드를 다른 방으로 안내했다.

에설은 자기 방으로 와서 몸을 씻고 깨끗한 속옷으로 갈아입었다. 피츠를 맞을 준비를 하는 게 무척 좋았다. 그가 어떻게 몸을 만져주고 입술에 키스할지 기대하고, 그가 욕망과 즐거움으로 내뱉을 신음소리를 미리 상상하고, 그의 살갗에서 풍기는 냄새와 그가 입은 옷의 풍성한 느낌을 생각만 해도 좋았다.

서랍을 열고 새 스타킹을 꺼내던 에설은 깨끗이 빨아 접어둔 하얀 천조각들을 바라보았다. 생리중 사용하는 것이었다. 새 침실로 옮긴 이후 생리대를 세탁한 적이 한 번도 없다는 생각이 문득 떠올랐다. 불현듯 마음속에서 순수한 공포의 아주 작은 씨앗이 느껴졌다. 그녀는 좁은 침대에 털썩 주저앉았다. 지금은 7월 중순이었다. 제번스 부인이 떠난 건 5월 초순. 그럼 십 주 전이다. 그동안 에설은 생리대를 한 번이 아니라 두 번 사용했어야 옳았다. "아, 안 돼." 에설은 소리내어 말했다. "아, 제발, 안 돼!"

에설은 가까스로 진정하고 차분하게 다시 한번 계산해보았다. 왕께서 저택을 방문한 것은 1월이다. 에설은 그뒤 바로 진급했지만 제번스 부인은 몸이 너무 아파서 얼른 방을 비우지 못했다. 피츠는 2월에 러시아에 가서 3월에 돌아왔다. 두 사람은 그때 처음 제대로 잠자리를 했다. 4월에 제번스 부인이 기력을 되찾았고, 피츠를 대리해 사업 분야를 관리하는 앨버트 솔먼이 런던에서 와서 제번스 부인에게 연금에 관해 설명했다. 부인은 5월 초순 저택을 떠났고, 에설은 그때 이 방으로 옮겨와 이 작고 흰 면 생리대들을 서랍에 정리해넣었다. 그게 십 주 전 일이다. 아무리 머릿속에서 계산해도 달라질 게 없었다.

둘이서 치자나무 방에서 만난 게 몇 번이었지? 최소한 여덟 번이었다. 잠자리를 할 때마다 피츠는 결정적인 순간 얼른 몸을 뺐지만 가끔은 조금 늦을 때도 있었다. 그의 남성이 여전히 그녀의 안에 있을 때 정액이 뿜어져나오기 시작하는 걸 몸으로 느낀 적도 있었다. 피츠와 그런 식으로 함께할 수 있다는 사실이 미치도록 좋아서 황홀경에 빠져 눈을 감은 채 위험에 몸을 내맡기기도 했던 것이다. 이제 에설은 궁지에 빠지고 말았다.

"아, 하느님. 용서해주세요." 에설은 큰 소리로 말했다.

친구 딜리스 퓨가 아기를 가진 적이 있었다. 에설과 동갑인 딜리스는 퍼시벌 존스 부인의 하녀로 일했고 조니 베번과 애인 사이였다. 에설은 여자가 남자와 지속적으로 관계를 가지면 임신할 수 있다는 걸 처음 알았을 때 딜리스의 가슴이 어떤 모양으로 커졌는지 기억을 더듬어보았다. 두 사람은 지금은 결혼했다.

에설에게 무슨 일이 벌어질까? 그녀는 뱃속 아이의 아버지와 결혼할 수 없었다. 무엇보다 피츠는 유부남이다.

이제 가서 피츠를 만나야 했다. 오늘은 침대 위에서 뒹굴 일이 없을 터였다. 두 사람은 미래에 대한 이야기를 나눌 것이다. 에설은 하녀장이 입는 검은색 실크 드레스를 꺼냈다.

뭐라고 해야 할까? 피츠는 아직 아이가 없었다. 기뻐할까? 두려워할까? 뱃속 아기를 소중히 생각할까? 아니면 창피해할까? 에설이 임신했다고 더 사랑해줄까? 아니면 증오할까?

다락방을 나온 에설은 좁은 복도를 지나서 뒤쪽 계단을 통해 서관으로 향했다. 눈에 익은 치자나무 무늬 벽지를 보자 욕망이 달아올랐다. 피츠가 그녀의 속바지를 보고 흥분하는 것과 마찬가지였다.

피츠는 이미 와 있었다. 창가에 서서 햇살이 비치는 정원을 내려다보며 시가를 피우고 있었다. 피츠를 본 에설은 그가 얼마나 아름답게 생겼는지 새삼 놀랐다. 그녀는 피츠의 목에 양팔을 두르며 껴안았다. 그가 입은 갈색 트위드 양복이 더할 나위 없이 부드러워 만져보니 캐시미어였다. "아, 사랑스러운 테디. 다시 만나 정말 행복해요." 에설은 자신이 피츠를 테디라고 부를 수 있는 유일한 사람이라는 게 좋았다.

"나도 반가워." 피츠는 그렇게 말했을 뿐, 곧바로 젖가슴을 만지려고 하지 않았다.

에설은 피츠의 귀에 입을 맞추었다. "할말이 있어요." 그녀의 목소리는 진지했다.

"나도 할말 있어! 내가 먼저 할까?"

에설은 안 된다고 말하려 했지만, 몸을 떼고 뒤로 한 걸음 물러서는 피츠의 모습을 보자 갑자기 불길한 예감이 엄습했다. "뭐죠? 뭐예요?"

"비가 아기를 가졌어." 피츠는 시가를 빨더니 한숨을 내쉬듯 연기를 내뿜었다.

에설은 처음에는 무슨 말인지 알아듣지 못했다. "네?" 그녀는 놀란 목소리로 물었다.

"내 아내인 비 공주가 임신했다고. 이제 아이를 낳을 거야."

"그럼 나하고 자면서 공주님하고도 잠자리를 했다는 거예요?" 에설은 화가 나서 물었다.

피츠는 놀란 것 같았다. 그런 걸 분해하리라 생각하지 않았던 모양이다. "당연하잖아!" 그는 항의하듯 말했다. "후손을 낳아야 하니까."

"하지만 나를 사랑한다고 했잖아요!"

"그랬지. 그리고 어떤 면에서는 앞으로도 계속 그럴 거고."

"안 돼요, 테디! 그렇게 말하지 마세요. 제발!" 에설은 울부짖었다.

"목소리 좀 낮춰!"

"목소리를 낮추라고요? 날 버리려는 거군요! 이제 사람들이 알아버린대도 나하고 무슨 상관 있겠어요."

"나한텐 큰일이지."

에설은 제정신이 아니었다. "테디, 제발요. 사랑해요."

"하지만 이제 끝이야. 나는 좋은 남편이자 아이에게는 좋은 아버지가 되어야 해. 이해해줘."

"이해는 무슨 이해!" 에설은 맹렬하게 화를 냈다. "어쩌면 그렇게 쉽게 말할 수 있죠? 예전에 어쩔 수 없이 개를 쏴죽여야 할 때도 지금보다는 더 불쌍해했잖아요!"

"그렇지 않아." 피츠는 목구멍에 뭐가 걸린 듯한 소리로 말했다.

"난 당신에게 몸을 바쳤어요. 바로 이 방, 바로 저 침대에서."

"그건 절대……" 피츠는 말을 멈추었다. 지금까지 마음을 단단히 다잡은 표정이던 얼굴에 괴로움이 드러났다. 그는 에설의 눈길을 피해 고개를 돌렸다. "그건 절대 잊지 않을 거야." 속삭이는 듯한 목소리였다.

그에게 가까이 다가간 에설은 뺨을 타고 흐르는 피츠의 눈물을 보았다. 그녀의 분노는 사라져버렸다. "아, 테디. 정말 미안해요."

피츠는 감정을 추스르려 애썼다. "널 정말 아끼지만 나는 의무를 다해야 해." 차가운 말이지만 목소리는 고통스러웠다.

"아, 하느님." 에설은 울음을 멈추려고 애썼다. 아이를 가졌다는 말을 아직 못했다. 옷소매로 눈물을 닦고 코를 훌쩍였다. "의무요? 당신은 절반밖에 몰라요."

"무슨 말이야?"

"나도 임신했어요."

"이런, 세상에." 피츠는 자기도 모르게 시가를 입으로 가져갔다가 연기를 빨아들이지도 않고 다시 내렸다. "늘 마지막에 뺐잖아!"

"그게 너무 늦었나보죠."

"안 지 얼마나 되었어?"

"방금 알았어요. 서랍을 보니까 한동안 쓰지 않은 생리대가 있더군요." 피츠는 움찔 놀라는 표정이었다. 생리 이야기가 마음에 들지 않는 게 분명했다. 그래도 참고 들을 수밖에 없을 것이다. "생각해보니 제번스 부인이 쓰던 방으로 옮기고는 생리를 하지 않았어요. 십 주나 되었죠."

"두 번 지났군. 그럼 확실하네. 비도 그렇게 말하더라고. 이런, 젠장." 피츠는 시가를 입으로 가져갔다가 불이 꺼진 걸 알아차리고는 짜증스러운 신음소리를 내며 바닥에 던졌다.

에설은 심술궂은 생각이 들었다. "후계자를 둘이나 얻겠네요."

"바보 같은 소리 마." 피츠는 날카롭게 말했다. "서자는 물려받을 게 없어."

"이런." 에설이 진지하게 아이의 권리를 주장하자고 그런 말을 한 건 아니었다. 하지만 지금까지 뱃속 아기가 서자라는 생각도 하지 못했다. "불쌍한 것. 내 아기는 서자였구나."

피츠는 죄책감이 드는 것 같았다. "미안해. 그런 뜻으로 한 말 아니야. 사과할게."

피츠의 착한 본성이 이기적인 본능과 전쟁을 벌이고 있는 게 눈에 보였다. 그녀는 피츠의 팔을 어루만졌다. "불쌍한 피츠."

"비가 이 일을 절대 알아차리지 못해야 할 텐데." 피츠가 말했다.

에설은 칼에 찔린 듯했다. 피츠는 지금 이 순간 어째서 다른 여자를 먼저 걱정하는 걸까? 비는 아무 문제도 없을 것이다. 그녀는 부자에 남편도 있고, 피츠허버트 가문의 명예롭고 사랑받는 아이를 뱃속에 품고 있었다.

피츠가 계속 말했다. "혹시 알게 되면 놀라서 못 견딜 거야."

에설은 작년에 비가 아이를 유산했다는 소문을 떠올렸다. 그 소문을 모르는 하녀가 없었다. 러시아에서 온 니나의 말로는 피츠가 예정된 러시아행을 취소한 탓에 화가 나서 유산했다며 공주가 남편을 비난했다고 했다.

에설은 끔찍하게 버림받은 느낌이었다. "그러니까 가장 걱정스러운 일은 우리 사이에 생긴 아이가 당신 부인을 화나게 할지 모른다는 거군요."

피츠는 에설을 노려보았다. "유산하지 않길 바라는 거야. 중요한 일이니까!"

피츠는 자신이 지금 얼마나 냉담한지 몰랐다. "나쁜 놈." 에설이 말했다.

"뭘 바란 거야? 비가 가진 아이는 내가 바라고 기도하던 존재라고. 네 아이는 너나 나는 물론 아무도 원치 않았어."

"나는 그렇게 생각 안 해요." 에설은 작은 목소리로 말하고 다시 울기 시작했다.

"일단 생각을 좀 해야겠어." 피츠가 말했다. "혼자 있고 싶어." 그는 에설의 양어깨에 손을 얹었다. "내일 다시 얘기해. 그때까지는 아무에게도 말하지 말고. 알았지?"

에설은 고개를 끄덕였다.

"약속해."

"약속할게요."

"그래, 그래야지." 피츠는 밖으로 사라졌다.

에설은 허리를 숙여 불이 꺼진 시가를 주웠다.

II

아무에게도 말하지 않았지만 아무렇지도 않은 척하기는 도저히 불가능했다. 결국 에설은 아프다고 거짓말을 하고는 방에 들어가 누웠다. 혼자 침대에 누워 시간이 흐를수록 슬픔은 천천히 불안으로 바뀌기 시작했다. 아이를 데리고 앞으로 어떻게 살아갈 것인가?

이곳 티 권의 일자리는 잃게 될 것이다. 당연한 수순이었다. 아이가 백작의 자식이 아니라고 해도 마찬가지였다. 그것만으로도 가슴이 아팠다. 에설은 하녀장의 자리에 올랐을 때 스스로 무척 자랑스러웠다. 할아버지는 자만하다가는 낭패 보기 쉽다는 격언을 좋아했는데, 이번 일에 그 말이 딱이었다.

부모님이 사는 집으로 돌아갈 수도 없을 것 같았다. 아버지는 남부끄러워 참을 수 없을 것이다. 에설은 스스로 창피하기도 했지만 아버지 얼굴에 먹칠을 했다는 사실이 더욱 괴로웠다. 어떻게 보면 더 큰 상처를 입을 사람은 그녀의 아버지다. 아버지는 이런 일에 워낙 엄격했다.

어쨌든 미혼모 신세로 애버로언에 살고 싶지는 않았다. 애버로언에 결혼하지 않고 애를 낳은 여자는 이미 둘이나 있었다. 메이지 오언과 글래디스 프리처드였다. 그들은 마을의 사회적 계급에서 제대로 자리조차 찾지 못한 가련한 존재였다. 배우자가 없었지만, 어떤 남자도 그들에게 관심을 두지 않았다. 그들은 어머니였지만, 여전히 어린아이처럼 부모와 함께 살았다. 어느 교회나 술집, 상점, 클럽에서도 환영받지 못했다. 늘 남들보다 한 수 위라고 스스로 생각하며 살던 에설 윌리엄스가 어떻게 그런 밑바닥까지 떨어질 수 있겠는가?

그렇다면 애버로언을 떠나야 했다. 아쉽지는 않았다. 에설은 음산한 모습으로 줄지어 선 집과 틀에 박힌 모습의 교회, 끝없이 다투는 광부와 회사 경영자 들에게 보란듯이 웃으며 등을 돌리고 싶었다. 하지만 어디로 간단 말인가? 피츠를 다시 만날 수나 있을까?

어둠이 내린 뒤에도 에설은 침대에 누워 창밖으로 별을 보고 있다가 결국 계획을 세웠다. 새로운 곳에서 새로운 삶을 시작하기로 했다. 결혼반지를 만들어 끼고 남편은 죽었다고 말하며 살기로 했다. 아이를 봐줄 사람을 구하고 일자리를 찾아 돈을 벌어야 했다. 아이를 학교에 보내고 싶었다. 왠지 딸일 것 같았다. 딸아이는 똑똑해서 작가나 의사로 자랄 터였다. 여성의 권리를 위해 싸우다 버킹엄 궁전 밖에서 체포된 팽크허스트 부인처럼 사회운동을 하는 사람이 될 수도 있었다.

잠이 올 것 같지 않았지만 워낙 감정이 흔들려 기운이 빠졌던 터라, 자정 무렵이 되자 정신이 가물가물해져서 꿈도 꾸지 않고 깊은 잠에 빠졌다.

에설은 뜨는 해에 잠을 깼다. 일어나 앉은 그녀는 늘 그랬던 것처럼 새롭게 시작되는 하루를 즐거운 마음으로 준비했다. 그 순간 옛 삶은 엉망이 된 채 끝나버렸고 이제 자기는 비극의 중심에 있다는 사실이 떠올랐다. 다시 슬픔에 굴복할 뻔했지만 간신히 이겨냈다. 눈물이나 흘리고 있을 만큼 여유롭지 못했다. 새로운 삶을 시작해야 했기 때문이다.

옷을 입고 하인들이 사용하는 홀에 내려온 에설은 전날 아팠던 몸이 싹 나았고 정상적으로 일을 할 수 있다고 말했다.

모드가 아침식사 전 사람을 보내 에설을 찾았다. 에설은 커피를 끓여서 쟁반에 차려 들고 모드가 있는 방으로 갔다. 모드는 자주색 실크 네글리제 차림으로 화장대 앞에 앉아 있었다. 울었던 모양이었다. 고민거리로 괴로운 에설이었지만 그럼에도 동정심이 우러났다. "왜 그러세요, 아가씨?"

"아, 윌리엄스. 그이를 포기해야 할 것 같아."

에설은 모드가 말하는 그이가 발터 폰 울리히일 거라고 짐작했다. "왜요?"

"그이 아버지가 날 만나러 왔어. 나는 영국과 독일이 적대적인 상황이고 나랑 결혼하면 그이가 미래를 망칠지도 모른다는 생각을 깊이 해보지 않았어. 그이 아버지도 나 때문에 피해를 볼 수 있고."

"하지만 다들 전쟁은 일어나지 않을 거라고 하잖아요. 세르비아는 별로 중요하지 않은 땅이라고요."

"당장은 아니더라도 언젠가 일어나겠지. 그리고 영원히 전쟁이 없다고 해도 위험은 충분해." 화장대에는 분홍색 주름장식이 달려 있었는데, 모드는 신경질적으로 그 비싼 것을 손으로 쥐어뜯고 있었다. 수선하려면 시간이 꽤 걸리겠군. 에설은 속으로 생각했다. 모드가 말을 이었다. "발터가 영국 여자와 결혼한다면 독일 외교부 사람들은 그이를 믿고 비밀을 공유하지 못할 거야."

에설은 커피를 잔에 따라서 모드에게 건네주었다. "울리히 선생님이 진정으로 아가씨를 사랑한다면 일쯤은 포기할 수 있을 거예요."

"하지만 그러는 걸 내가 원치 않아!" 모드는 장식을 쥐어뜯던 손을 멈추고 커피를 한 모금 마셨다. "그이의 출세를 망칠 순 없어. 그렇게 결혼생활을 시작한다니 말이 돼?"

다른 직업을 찾아볼 수도 있는 건데. 에설은 속으로 생각했다. 그 사람이 아가씨를 진정으로 사랑한다면 그렇게 할 거예요. 에설은 그런 생각을 하다가 자신이 사랑하는 남자가 머릿속에 떠올랐다. 사정이 난처해지자 그 남자의 열정이 얼마나 빨리 식었는지도. 내 의견은 그냥 말하지 않는 게 낫겠어. 에설은 생각했다. 아무것도 모르는 내 주제를 알아야지. 에설이 물었다. "발터 선생님은 뭐라고 하세요?"

"아직 못 만났어. 그이에게 편지를 썼어. 주로 만나던 곳에는 일절 발을 끊었지. 그랬더니 그이가 집으로 찾아오기 시작했는데, 그때마다 하인에게 집에 없다고 하라고 시키기도 난감하더라고. 그래서 오빠를 따라 이리로 와버렸어."

"왜 만나서 이야기를 안 하세요?"

"만나면 어떻게 될지 아니까 그렇지. 그이에게 안겨서 키스를 받으면

난 항복하고 말 거야."

어떤 기분인지 알죠. 에설은 속으로 생각했다.

모드는 한숨을 내쉬었다. "오늘 아침엔 조용하네, 윌리엄스. 무슨 걱정거리가 있는 모양이군. 파업이 생각보다 심각한가?"

"네, 아가씨. 온 마을에 먹을 게 너무 부족해요."

"여전히 광부 아이들에게 밥을 먹이고 있어?"

"매일요."

"훌륭하군. 오빠는 정말 너그러운 사람이야."

"네, 아가씨." 자기에게 편할 때만 그렇죠. 에설은 생각했다.

"그럼 가서 일해야지. 커피 고마워. 내 문제로 괜히 지겹게 하는 것 같네."

에설은 자기도 모르게 모드의 손을 잡았다. "그런 말씀 마세요. 아가씨는 언제나 잘 대해주셨어요. 발터 선생님 일은 정말 안타까워요. 언제든 문제가 있으면 또 말씀해주세요."

"그렇게 말해줘서 정말 고마워." 모드는 다시 눈물을 흘렸다. "정말 고마워, 윌리엄스." 모드는 에설의 손을 꼭 잡았다가 놓았다.

에설은 쟁반을 들고 방을 나왔다. 부엌으로 돌아오자 집사 필이 물었다. "뭐 잘못한 일이라도 있나?"

상상도 못 할 거예요. 에설은 속으로 생각했다. "왜 그러세요?"

"백작님께서 열시 반에 서재에서 보자셨어."

그렇다면 정식으로 이야기를 하자는 거군. 에설은 생각했다. 어쩌면 그편이 나을 수도 있었다. 두 사람 사이에는 책상이 있을 테고 그러면 피츠의 품에 뛰어들어 안기고 싶은 유혹도 넘길 수 있을 터였다. 그러면 눈물을 삼키는 데도 도움이 될 수 있었다. 감정에 흔들리지 않고 차분한 태도를 유지해야 했다. 이제 남은 인생 전부가 지금 나눌 대화에 달렸기 때문이다.

에설은 이런저런 집안일을 했다. 티 귄 저택이 그리울 것 같았다. 그곳에서 일하는 동안 그녀는 오래된 우아한 가구를 사랑하게 되었다. 가구마다 이름을 알게 되고, 그래서 장식장과 찬장을 구별할 수 있게 되었고, 촛대에도 여러 가지가 있고 독서대라는 가구가 있다는 것도 배웠다. 가구의 먼지를 떨고 닦으며 쪽매붙임이 뭔지 알았고, 꽃무늬와 소용돌이무늬를 구별했고, 가구의 발이 공을 움켜쥔 사자의 발 모양을 하고 있다는 것도 알았다. 가끔은 필 같은 사람이 이렇게 말한 적도 있었다. "이건 프랑스제야. 루이 15세 양식이지." 그래서 에설은 모든 방을 바로크나 신고전주의, 고딕 같은 일정한 양식을 따르는 가구와 장식으로 꾸몄다는 걸 알게 되었다. 이제는 그런 가구들이 있는 곳에서 살 기회는 전혀 없을 터였다.

한 시간 후 에설은 서재로 향했다. 서재의 책들은 피츠의 선조들이 수집한 것들이었다. 요새는 별로 사용하지 않는 공간이었다. 비는 프랑스어로 된 소설만 읽었고 피츠는 아예 책을 읽지 않았다. 저택을 찾은 손님이 가끔 와서 조용한 가운데 평화를 즐기거나 서재 가운데 놓인 탁자 위 체스판을 이용할 뿐이었다. 오늘 아침에는 블라인드가 반쯤 내려와 있었는데, 7월의 햇볕을 가려 시원하게 해두라는 에설의 지시 때문이었다. 그래서인지 서재 내부는 어두침침했다.

피츠는 녹색 가죽을 씌운 팔걸이의자에 앉아 있었다. 검은 양복에 칼라가 빳빳한 셔츠를 입은 앨버트 솔먼이 함께 있는 모습을 보고 에설은 깜짝 놀랐다. 변호사 공부를 했다는 솔먼은 흔히 대리인이라고 불리는 역할을 했다. 그는 피츠의 재산을 관리했는데, 탄광에서 들어오는 광산 사용료와 임차료를 확인하고 각종 비용을 치르고 고용인들의 임금을 지불했다. 땅을 임대하는 등 계약을 맺기도 하고, 가끔은 피츠를 속이려는 사람이 있으면 맞서서 소송을 진행하기도 했다. 에설도 전에 만난 적이 있는데 그다지 마음에 들지 않는 사람이었다. 그가 똑똑한 체하는 것처럼 보였기 때문이다. 혹시 변호사들이 모두 그런지는 알 수 없었다. 어차피 변호사라곤 솔먼 하나밖에 만나본 적이 없었다.

자리에서 일어서는 피츠는 당황한 것 같았다. "솔먼 씨에게는 비밀을 털어놓았어."

"왜요?" 에설이 말했다. 그녀는 아무에게도 말하지 않겠다고 약속을 해야 했다. 그런데 정작 피츠는 변호사에게 사실을 털어놓다니 배신감이 들었다.

피츠는 스스로 창피해하는 것 같았다. 보기 드문 모습이었다. "솔먼이 내 제안을 말해줄 거야." 그가 말했다.

"왜요?" 에설이 다시 물었다.

피츠는 더는 상황을 나쁘게 만들지 말아달라고 애원하는 듯한 표정을 지으며 에설을 보았다.

하지만 에설은 냉담한 기분이었다. 이런 방식이 편치 않았다. 왜 피츠만 편해야 하지? "내게 직접 말하는 걸 두려워하는 이유가 뭐죠?" 에설은 도전하듯 피츠에게 말했다.

피츠의 오만한 자신감은 온데간데없었다. "솔먼 씨가 설명해줄 거야." 그는 말을 마치더니 놀랍게도 방에서 나가버리고 말았다.

문이 닫히자 에설은 솔먼을 바라보며 생각했다. 어떻게 잘 알지도 못하는 사람과 내 아이의 미래를 이야기할 수 있지?

솔먼이 웃어 보였다. "그러니까, 몸을 좀 잘못 놀렸군. 안 그래?"

에설은 뭔가에 쏘인 듯했다. "백작께두 그렇게 말했나요?"

"그럴 리가 있나!"

"백작님도 같은 짓을 했으니까 하는 말이에요. 아이를 만들려면 두 사람이 필요하거든요."

"좋아, 그런 이야기를 이러쿵저러쿵할 필요는 없지."

"나 혼자 이 일을 벌인 것처럼 말하지 말라는 뜻입니다."

"잘 알았네."

에설은 의자에 앉은 다음 솔먼을 다시 보았다. "원하면 앉으세요." 에설은 마치 저택 안주인이 집사에게 하듯 말했다.

솔먼은 얼굴이 빨개졌다. 허락을 기다리고 있었던 것처럼 앉아야 할지, 아니면 하인처럼 그냥 서 있어야 할지 알 수 없었다. 결국 그냥 서성거리기로 했다. "백작께서는 자네에게 제안을 하라고 말씀하셨네." 솔먼이 말했다. 서성거리는 것도 생각처럼 되지 않는지 그는 에설 앞에 멈춰 섰다. "아주 너그러운 제안이어서 내 생각에는 자네가 받아들이는 편이 좋을 것 같아."

에설은 아무 말도 하지 않았다. 피츠의 냉담한 태도 덕분에 그녀는 자신이 협상을 하고 있다는 사실을 깨닫게 되었다. 협상은 익숙한 분야였다. 에설의 아버지는 늘 협상을 했고, 탄광 경영진과 다투거나 거래를 했다. 항상 더 높은 임금, 노동시간 단축, 더 나은 안전장비를 위해 애썼다. 아버지가 좋아하는 금언 가운데 하나가 바로 '필요한 경우가 아니면 말하지 마라'였다. 그래서 에설은 가만히 입을 다물고 있었다.

솔먼은 뭔가 기대하듯 그녀를 바라보았다. 예상한 반응이 돌아오지 않자 당황한 듯 보였다. "백작께서는 매년 연금 24파운드를 주실 거야. 한 달에 한 번씩 월초에 말이야. 아주 너그러운 조건 아닌가?"

형편없이 더러운 수전노 같으니. 에설은 생각했다. 어떻게 내게 이렇게 야비하게 굴 수 있지? 24파운드라면 하녀의 임금이었다. 그 금액은 에설이 하녀장으로 받는 돈의 절반에 불과했고, 게다가 혼자 쓰는 방과 무료로 제공되는 식사도 포기해야 했다.

왜 남자들은 일을 저질러놓고 도망갈 수 있다고 생각하는 걸까? 대개는 빠져나갈 수 있기 때문인지도 모른다. 여자들은 권리가 없다. 아이는 두 사람이 만들지만, 아이를 보살펴야 하는 건 한쪽뿐이다. 어쩌다가 여자들은 이렇게 처량한 입장에 처하게 된 걸까? 이런 생각을 하다 보니 에설은 화가 났다.

그래도 입을 열지 않았다.

솔먼이 의자를 가져와 가까운 곳에 앉았다. "자, 긍정적인 면을 봐야지. 일주일에 10실링이나 되는 돈이면……"

"계산이 맞지 않아요." 에설이 빠르게 대답했다.

"아, 그럼 일 년에 26파운드라고 하지. 그러면 일주일에 10실링이 되겠군. 그럼 어떻지?"

에설은 아무 말도 하지 않았다.

"카디프에 괜찮은 방을 얻어도 2, 3실링이면 될 테고, 나머지 돈은 전부 마음대로 쓰며 살 수 있지." 솔먼은 에설의 무릎에 손을 올렸다. "그리고 또 알아? 다른 너그러운 사내가 나타나 살림에 조금이라도 보탬을 줄지? 안 그래? 얼굴도 예쁘장하니 말이야."

에설은 무슨 말인지 못 알아들은 척했다. 솔먼처럼 소름끼치는 변호사의 정부가 된다는 생각만으로도 속이 울렁거렸다. 이자는 정말 자기가 피츠의 자리를 대신할 수 있다고 생각하는 걸까? 에설은 그의 은근한 유혹에 어떤 반응도 보이지 않았다. "조건이 있나요?" 에설은 차갑게 물었다.

"조건?"

"백작님의 제안에 따르는 조건 말이에요."

솔먼은 헛기침을 했다. "늘 따라붙는 조건이야 물론 있지."

"늘? 그럼 예전에도 이런 이야기를 한 적이 있군요."

"피츠허버트 백작을 위해서는 처음이야." 솔먼이 잽싸게 대답했다.

"하지만 다른 사람을 위해서 해본 적은 있다는 거군요."

"자, 처리해야 할 일에 집중하자고."

"말씀하세요."

"아이의 출생증명서에 백작의 이름을 넣거나 다른 방식으로도 타인에게 백작이 아버지라는 걸 밝히면 절대 안 돼."

"솔먼 씨, 당신 경험으론 여자들이 대개 이런 조건에 따르던가요?"

"물론."

당연히 그렇겠지. 에설은 씁쓸한 기분이었다. 달리 무슨 선택을 할 수 있겠는가? 아무 권리도 없으니, 그나마 얻을 수 있는 걸 받아들이는 거지. 당연히 이런 조건을 수용할 수밖에 없는 거야. "다른 조건도 있나요?"

"티 권을 떠나면 백작과 어떤 식으로든 연락하려 하면 안 돼."

그러니까 그 사람은 나와 아이를 보고 싶어하지 않는다는 거군. 에설은 생각했다. 온몸에 실망이 퍼지면서 마음이 약해졌다. 의자에 앉아 있지 않았더라면 쓰러졌을지도 몰랐다. 이를 꽉 물고 눈물을 참았다. 마음을 간신히 다잡은 다음 에설은 말했다. "다른 건요?"

"그거면 될 것 같군."

에설은 일어났다.

솔먼이 말했다. "다달이 돈을 어디로 부칠지 내게 연락해야 해." 그는 조그만 은색 갑에서 명함을 한 장 꺼냈다.

"됐어요." 솔먼이 명함을 내밀자 에설이 말했다.

"하지만 나랑 계속 연락해야 하는데……"

"됐어요, 안 해요." 에설이 다시 말했다.

"그게 무슨 말이야?"

"제안을 받아들일 수 없어요."

"자, 바보 같은 짓 말게, 윌리엄스 양……"

"다시 말하죠, 솔먼 씨. 그래야 오해가 없으실 것 같군요. 제안을 받아들일 수 없어요. 내 대답은 그겁니다. 더는 할말 없어요. 그럼." 에설은 밖으로 나와 쾅 소리가 나도록 문을 닫았다.

방으로 돌아온 에설은 문을 걸어 잠그고 가슴이 터져라 울었다.

어떻게 피츠가 이렇게 잔인할 수 있을까? 정말로 다시는 에설을 보고 싶지 않다는 걸까? 아이까지도? 두 사람 사이에 있었던 모든 일이 일년에 24파운드라는 돈으로 모두 지워질 수 있다는 걸까?

이제는 정말로 그녀를 사랑하지 않나? 사랑하긴 했던 걸까? 자신이 바보였을까?

에설은 피츠가 자신을 사랑한다고 생각했다. 그건 대단한 일이라고 확신했다. 어쩌면 그는 지금까지 내내 연극을 하며 그녀를 속여왔는지도 모른다. 하지만 에설은 그렇게 생각하지 않았다. 남자가 거짓말을 하면 여자는 알아차릴 수 있다.

그럼 지금 피츠의 행동은 뭐지? 그는 스스로의 감정을 억누르고 있는 게 분명했다. 어쩌면 감정이 얄팍한 사람일 수도 있다. 그녀에 대한 사랑이 진심이었을지라도 형편이 좋지 않으면 쉽게 잊는 사람. 고통스러운 열정에 빠진 그녀가 피츠의 그런 성격적 결함을 알아차리지 못했을 수도 있다.

어쨌든 피츠가 비정하게 구는 바람에 협상에 응하는 일이 그나마 쉬워졌다. 피츠의 감정은 고려할 필요가 없었다. 그녀 스스로와 아이를 위해 최선의 결과를 얻어내려 애쓰는 데만 집중할 수 있었다. 아버지가 어떻게 협상에 임했는지 늘 머릿속에 떠올려야만 했다. 법은 부당하지만, 여자라고 무조건 무력하지는 않은 법이다.

피츠는 이제 걱정하고 있겠지. 에설은 생각했다. 그는 분명 에설이 제안을 받아들일 거라고, 아무리 상황이 나빠져봐야 돈을 더 주는 정도일 거라고 생각했을 것이다. 그렇게만 하면 자신의 비밀이 안전하게 지켜지리라고. 이제 걱정스러워하는 그를 당황시킬 차례였다.

에설은 솔먼에게 자신이 진짜 원하는 게 뭔지 물어볼 기회를 주지 않았다. 일단은 상대방이 어둠 속에서 허둥대도록 두어야 했다. 피츠는 에설이 비 공주에게 아이를 가졌다고 말하는 것으로 복수하려 들지도 모른다는 생각에 두려워하기 시작할 것이다.

에설은 창밖의 마구간 지붕에 매달린 시계를 바라보았다. 열두시가 되기 몇 분 전이었다. 저택 앞 잔디 마당에서는 하인들이 광부 자녀들에게 식사를 제공할 준비를 하고 있었다. 비 공주는 별일 없으면 열두시쯤 하녀장을 만났다. 가끔은 복도에 놓인 꽃이 마음에 들지 않는다거나, 하인들이 제대로 다리지 않은 제복을 입고 있다거나, 층계참을 칠한 페인트가 벗겨져 보기 싫다며 꾸중을 하기도 했다. 하녀장 입장에서 보면, 손님이 왔을 때 방을 배정하거나, 그릇과 잔을 교체하거나, 하녀나 부엌에서 일하는 여자들을 고용하고 해고하는 일에 관해 지시를 받아야 했다. 피츠는 열두시 삼십분경 거실에 나타나 점심식사 전에 셰리를 한잔 하곤 했다.

그 순간을 노려 에설은 고문을 해볼 작정이었다.

III

피츠는 광부들의 아이들이 점심식사를 위해 줄을 서는 모습을 지켜보았다. 아이들에게는 점심이자 저녁인 식사였다. 다들 더러운 얼굴에 머리칼은 헝클어졌고 옷은 해졌지만 행복해 보였다. 아이들은 놀라운 존재였다. 영국에서 가장 가난한 축에 들었고 아버지들은 끔찍한 분쟁에 휩쓸려 있는 상황인데도 이 아이들에게서 그런 낌새는 전혀 보이지 않았다.

비와 결혼한 후로 피츠는 계속 아이를 기다렸다. 비는 이미 한 번 유산을 했고, 그런 일이 또 벌어질까봐 그는 몹시 겁이 났다. 지난번 유산했을 때 비는 피츠가 러시아행을 취소했다는 사소한 일로 신경질을 부렸다. 만일 그가 하녀장을 임신시켰다는 걸 알게 된다면 비의 분노는 걷잡을 수 없을 터였다.

그리고 무시무시한 그 비밀은 하녀의 손안에 있었다.

걱정으로 고문을 당하는 느낌이었다. 스스로 저지른 죄에 대한 끔찍한 벌이었다. 다른 상황이었다면 에설과의 사이에 아이가 생겼다며 좋아할 수도 있었다. 모자에게 첼시에 작은 집 한 채를 얻어주고 일주일에 한 번씩 만나러 갈 수도 있었다. 피츠는 다시 한번 후회가 칼이 되어 찌르는 듯했고, 그런 꿈을 이룰 수 있었으면 얼마나 좋았을까 괴로워했다. 에설을 매몰차게 대하고 싶지 않았다. 그녀의 사랑은 달콤했다. 갈망하는 듯한 키스, 열정적인 손길, 젊은 정열의 열기. 나쁜 소식을 전하는 중에도 피츠는 나긋나긋한 그녀의 몸을 어루만지고 싶었고 그의 목덜미에 굶주린 듯 달려드는, 그가 그토록 좋아하는 그녀의 입술을 느끼고 싶었다. 하지만 그는 마음을 굳게 먹어야 했다.

에설은 지금까지 피츠가 키스해본 여자들 가운데 가장 그를 흥분시킨 여자이기도 했지만 동시에 똑똑하고 아는 것도 많고 재미있었다. 에설의 아버지는 늘 세상 돌아가는 이야기를 입에 달고 살았고, 에설은 그 이야기를 피츠에게 들려주었다. 티 권의 하녀장은 백작이 보는 신문도 집사 다음으로 읽을 수 있었다. 그건 피츠도 몰랐던 아랫사람들 사이의 규칙이었다. 피츠는 에설에게 예상치 못한 질문을 받고 말문이 막힐 때도 있었다. 이를테면 "오스트리아 이전에는 누가 헝가리를 지배했죠?" 같은 질문이었다. 그런 일들이 그리울 거야. 그는 기분이 울적했다.

하지만 에설은 버림받은 정부처럼 행동할 생각이 없는 듯 보였다. 솔먼은 에설과 대화를 나누고 나서 대단히 놀란 상태였다. 피츠가 솔먼에게 물었다. "원하는 게 뭐라던가?" 하지만 솔먼은 답을 알지 못했다. 피츠는 혹시 에설이 진실은 알려져야 한다는 뒤틀린 도덕적 바람으로 비에게 모든 걸 털어놓을지 모른다는 끔찍한 의심이 들기도 했다. 하느님, 제발 에설이 아내에게 가까이 가지 못하게 하옵소서. 피츠는 기도를 올렸다.

피츠는 뚱뚱한 몸집의 퍼시벌 존스가 헐렁한 녹색 반바지 차림에 운동화를 신고 거들먹거리는 걸음걸이로 잔디밭을 가로질러오는 모습을 보고 깜짝 놀랐다. "안녕하십니까, 백작님." 애버로언의 시장 존스가 모자를 들어올리며 인사했다.

"안녕하시오, 존스." 켈틱 미네랄의 사장이기도 한 존스는 피츠에게 어마어마한 돈을 벌어다주는 존재였다. 그럼에도 피츠는 그가 마음에 들지 않았다.

"뉴스가 뒤숭숭하군요." 존스가 말했다.

"빈에서 일어난 일 말이오? 내가 듣기로는 오스트리아 황제가 세르비아에게 최후통첩을 하려고 아직 내용을 다듬고 있다던데?"

"그게 아니라 아일랜드 말입니다. 아시다시피 얼스터*에서 우리가 제시한 아일랜드 자치를 받아들이려 하지 않습니다. 자치령이 되면 그 지방은 로마가톨릭을 믿는 정부 밑에서 소수집단으로 전락할 테니까요. 군대에서도 벌써 반란이 일어나고 있어요."

---

* 북아일랜드를 가리키는 말.

피츠는 얼굴을 찌푸렸다. 영국 군대에서 반란이 있었다는 말이 듣기 싫었기 때문이었다. 그는 딱딱하게 말했다. "신문에서 뭐라고 하든, 영국군 장교들이 주권을 가진 정부의 명령에 불복종했다니 믿을 수 없소."

"이미 벌어진 일입니다!" 존스가 말했다. "커리Curragh 반란사건은 어땠습니까?"

"명령에 따르지 않은 사람은 없었소."

"얼스터 의용군에 맞서 진군하라는 명령을 받고 57명의 장교가 옷을 벗었습니다. 백작께서는 아닌지 몰라도 사람들은 그런 걸 두고 반란이라고 합니다."

피츠는 나직이 투덜거리는 소리를 냈다. 유감스럽게도 존스의 말이 옳았다. 영국 장교들에게는 아일랜드 가톨릭 신도들을 지키기 위해 동포를 공격할 의지가 없다는 게 진실이었다. "애초에 아일랜드에 독립을 약속하지 말아야 했소." 피츠가 말했다.

"그 말씀엔 저도 동감입니다." 존스가 말했다. "하지만 그 말씀을 드리러 온 게 아닙니다." 존스는 탁자 앞 벤치에 걸터앉아 양배추와 삶은 생선을 먹고 있는 아이들을 가리켰다. "이제 이건 그만두셨으면 합니다."

피츠는 자신보다 사회적으로 계급이 낮은 사람이 이래라저래라 하는 걸 좋아하지 않았다. "아무리 아버지들이 잘못을 저지르고 있다고 해도 애버로언의 아이들을 굶기고 싶지는 않소."

"이래봐야 파업만 길어집니다."

탄광에서 캐내는 석탄 무게에 따라 돈을 받는다 해서 꼭 광산 경영자 편에 서서 광부들과 싸워야 하는 건 아니라는 게 피츠의 생각이었다. 기분이 상한 피츠가 말했다. "파업은 당신 문제요. 내 문제가 아니고."

"돈 받아가실 때와는 다르시군요."

피츠는 벌컥 화를 냈다. "더 할말 없소." 그리고 돌아섰다.

존스는 얼른 미안한 표정을 지었다. "죄송합니다. 용서하십시오. 제가 그만 앞뒤 못 가리고 실언을 했군요. 하지만 파업이 극도로 짜증스러운 상황입니다."

피츠는 상대방의 사과를 모르는 척할 수 없었다. 화가 누그러지지는 않았지만 돌아서서 존스에게 예의를 갖춰 대답했다. "알았소. 하지만 아이들에게 밥을 주는 건 계속할 거요."

"백작님, 광부들은 자기 자신에 관한 일이라면 워낙 완강하고 멍청한 자부심까지 있어서 아무리 힘든 상황도 참아냅니다. 하지만 결국 마지막에는 아이들이 굶주리는 걸 보고 무너지고 말지요."

"어쨌거나 탄광은 돌아가고 있잖소."

"질 떨어지는 외국인 노동자들이죠. 제대로 된 광부는 없고 생산량도 형편없어요. 외국인 노동자는 대부분 굴을 유지 보수하고 말들이 굶어죽지 않게 돌보는 일을 맡고 있습니다. 캐서 올라오는 석탄은 별로 없죠."

"불쌍한 과부들을 왜 집에서 쫓아냈는지 도무지 이해할 수가 없어. 겨우 여덟 명뿐이고 어쨌거나 모두 빌어먹을 굴속에서 남편을 잃었잖소."

"그건 위험한 발상입니다. 집은 광부에게 주는 겁니다. 그 규칙이 무너지면 결국 빈민굴에서 돈을 받고 세놓는 꼴이 돼버릴 겁니다."

그럼 애초에 빈민굴로 만들지 말았어야지. 피츠는 그렇게 생각했지만 참고 입 밖에 내지는 않았다. 거만하고 키 작은 폭군과 더는 대화를 길게 하고 싶지 않았다. 그는 손목시계를 내려다보았다. 열두시 삼십분이 지나 있었다. 셰리를 한잔 할 시간이었다. "하여튼 좋지 않소, 존스. 당신 싸움을 대신 해줄 생각은 없소. 잘 가시오." 피츠는 저택을 향해 서둘러 걸었다.

존스는 아무 걱정거리도 못 되었다. 에설 문제를 어떻게 할 것인가? 비가 절대 충격을 받아서는 안 되었다. 아직 태어나지 않은 아이가 위험한 것도 문제이지만, 아내의 임신은 두 사람의 결혼생활에 새로운 출발점이 될 수도 있었다. 어쩌면 아이가 두 사람을 서로 묶어주고 신혼 때처럼 따뜻하고 친밀했던 시절로 돌아가게 해줄 수도 있었다. 만일 그가 하녀장과 놀아났다는 사실을 비가 알게 된다면 그런 희망은 산산조각날 것이다. 비는 불같이 화를 낼 게 뻔했다.

바닥에 널돌이 깔리고 천장에는 외팔보가 달린 복도로 들어서자 시원함이 느껴져 좋았다. 피츠의 아버지가 고른 봉건적인 장식이었다. 아버지가 성경 말고 읽은 책이라고는 기번이 쓴 『로마제국 쇠망사』가 유일했다. 아버지는 로마제국보다 더 큰 대영제국도 귀족이 자신의 제도를 지켜가려고 싸우지 않으면 결국 같은 길을 걷게 될 거라고 했다. 특히 중요하게 여기는 건 해군과 성공회, 그리고 보수당이었다.

피츠도 아버지의 말이 옳다고 굳게 믿었다.

달지 않은 셰리 한 잔은 점심 전에 마시기 딱 좋았다. 기운을 돋우고 미각을 자극했다. 피츠는 즐거운 기대를 품고 응접실로 들어섰다. 비에게 이야기를 하는 에설의 모습이 눈에 들어와 섬뜩해졌다. 놀란 그는 문가에 멈춰 서서 두 사람을 노려보았다. 뭐라고 하는 거지? 이미 늦은 건가? "둘이 뭘 하고 있는 거야?" 그는 날카롭게 말했다.

비가 놀란 눈으로 피츠를 보더니 쌀쌀맞게 말했다. "하녀장이랑 베갯잇에 대해 상의하고 있었어요. 뭔가 더 극적인 걸 바라셨나보죠?" 러시아 억양이 느껴지는 말투였다.

피츠는 잠시 할말을 잊었다. 그는 자신이 아내와 정부를 동시에 노려보고 있다는 걸 깨달았다. 두 여자 모두와 깊은 관계라는 걸 생각하니 심란하기 짝이 없었다. "아무것두 아니야." 피츠는 중얼거리듯 말하고 두 사람에게 등을 돌려 책상 앞 의자에 앉았다.

두 여자는 대화를 계속했다. 정말 베갯잇에 대해 얘기하는 중이었다.

얼마나 오래되었는지, 닳은 것들은 어떻게 수선해 하인들이 쓰도록 할지, 새 베갯잇은 수놓은 것으로 살지 아니면 평범한 것을 사서 하인들이 수를 놓게 할지 같은 것들. 하지만 피츠는 여전히 떨렸다. 정부이자 하녀인 에설이 조용조용 이야기를 나누는 아무것도 아닌 그 광경은 그로 하여금 그녀가 비에게 접근해 사실을 털어놓는 일이 얼마나 끔찍이도 쉬운지 다시 깨닫게 해주었다. 이대로는 안 된다. 행동을 취해야 했다.

피츠는 서랍에서 파란색 문장이 새겨진 편지지를 한 장 꺼내놓고 펜에 잉크를 찍어 썼다. '점심 후에 만나지.' 그는 압지로 잉크를 빨아들인 다음, 접어서 편지지에 어울리는 봉투에 넣었다.

몇 분 뒤 비는 에설과 이야기를 마쳤다. 피츠는 고개도 돌리지 않은 채 방을 나가는 에설을 불렀다. "이리 와보게, 윌리엄스."

에설은 피츠 앞으로 왔다. 향비누의 향기가 은은하게 느껴졌다. 에설은 비가 쓰는 비누를 몰래 쓴다고 말한 적이 있었다. 화는 났지만, 마음이 불편한 와중에도 하녀장의 검은색 실크 치마 속 날씬하고 단단한 허벅지가 가까이 다가왔다는 사실을 의식했다. 피츠는 상대의 얼굴도 보지 않고 봉투를 건넸다. "마을 동물병원에 사람을 보내서 개들에게 쓸 약을 사오도록 해. 기관지염이야."

"잘 알겠습니다, 백작님." 에설은 방을 나갔다.

이제 몇 시간이면 상황을 정리할 수 있을 것이다.

피츠는 셰리를 한 잔 따랐다. 비에게도 한 잔 권했지만 그녀는 사양했다. 와인이 들어가니 뱃속이 따뜻해지고 긴장이 풀렸다. 피츠가 옆에 앉자 비는 따뜻한 미소를 지었다. "기분이 어때?" 피츠가 물었다.

"아침에는 속이 좀 안 좋았어요. 하지만 이제 지나갔죠. 지금은 좋아요."

피츠의 생각은 금세 에설에게로 옮겨갔다. 그녀는 피츠를 궁지로 몰아넣었다. 아무 말도 하지 않았지만 비에게 모든 걸 털어놓겠다며 위협을 가하고 있었다. 놀라우리만치 교활한 모습이었다. 피츠는 무기력하게 조바심만 내고 있었다. 오후까지 기다리지 않고 한시라도 빨리 문제를 마무리하고 싶었다.

피츠 부부는 식당으로 사용하는 작은 방에서 점심을 먹었다. 두 사람이 앉은 사각 다리 달린 오크 식탁은 중세 수도원에서 사용하던 물건인 듯했다. 비는 애버로언에 러시아 사람들이 와 있는 걸 보았다고 말했다. "니나가 그러는데 백 명도 넘는대요."

피츠는 간신히 에설에 대한 생각을 머릿속에서 지웠다. "퍼시벌 존스가 파업중인 광부들을 대신하려고 불러온 사람들 중 러시아인도 있나 보군."

"사람들이 상대도 안 하나봐요. 상점이나 식당을 이용할 수 없대요."

"젱킨스 신부에게 아무리 파업 훼방꾼이라고 해도 이웃이 되면 그들을 사랑하라는 설교를 해달라고 말해야겠군."

"그냥 가게 주인들한테 그러지 말라고 명령하면 안 돼요?"

피츠는 웃었다. "이 나라에서 그런 식으로는 안 돼."

"그 사람들이 안쓰러워서 뭐라도 해줬으면 싶어요."

피츠는 기분이 좋아졌다. "아주 따뜻한 생각이군. 뭘 하면 좋을까?"

"아마 카디프에 러시아정교회 교회가 있을 거예요. 그곳에서 사제를 한 분 모셔다가 언제 일요일에 예배를 올릴 수 있도록 해줄까 해요."

피츠는 얼굴을 찌푸렸다. 비는 결혼할 때 영국성공회로 개종했지만 여전히 어릴 적 종교를 원하고 있었고, 피츠에게는 그녀의 그런 마음이 시집온 나라에서 불행하게 살고 있다는 상징처럼 느껴졌다. 하지만 아내의 뜻을 거스르고 싶지는 않았다. "알았어." 피츠가 대답했다.

"그리고 하인들 식당에서 식사를 제공할 수도 있어요."

"그거 좋은 생각이야. 하지만 그 친구들 꽤 거칠 텐데."

"예배에 오는 사람만 주죠. 그러면 유대인이나 가장 저질인 자들을 걸러낼 수 있을 거예요."

"좋은 생각이야. 물론 마을 사람들은 당신 행동이 마음에 안 들겠지만 말이지."

"하지만 그야 당신이나 내가 알 바 아니죠."

피츠는 고개를 끄덕였다. "좋아. 그러지 않아도 존스는 내가 아이들에게 무료 급식을 하면서 파업을 돕고 있다고 불평이야. 당신이 대신 일하러 온 자들을 환대해준다면 우리가 어느 한쪽 편을 든다고 말할 사람은 없겠지."

"고마워요." 비가 말했다.

임신만으로도 이미 부부 사이는 회복돼가고 있었다. 피츠는 그렇게 생각했다.

피츠는 점심식사를 하며 화이트와인을 두 잔 마셨는데도 식당을 나와 치자나무 방으로 향하는 사이 다시 마음이 불안해지기 시작했다. 에설이 그의 운명을 손에 쥐고 있었다. 그녀는 더할 나위 없이 부드럽고 감성적인 여자지만 그럼에도 시키는 대로 하지는 않을 것이다. 마음대로 통제할 수 없는 상대여서 두려웠다.

하지만 에설은 방에 와 있지 않았다. 피츠는 손목시계를 보았다. 두시 십오분이었다. 그는 '점심 후에 만나지'라고 썼다. 에설은 식사 후 커피가 언제 나오는지 알 테고, 당연히 먼저 와서 기다리고 있어야 했다. 만날 장소를 정하지는 않았지만 그것쯤은 당연히 알 수 있었을 것이다.

불안해지기 시작했다.

오 분 후 피츠는 그냥 가버리고 싶었다. 그를 이런 식으로 기다리게 하는 사람은 없었다. 하지만 이 문제를 해결하지 못한 채 하루를, 아니 단 한 시간도 더 보내기 싫었던 피츠는 그냥 기다렸다.

에설은 두시 삼십분에 나타났다.

피츠는 화를 냈다. "나한테 뭘 어쩌려고 이러는 거야?"

에설은 질문을 못 들은 체했다. "런던에서 온 변호사랑 이야기하게 하다니 도대체 무슨 생각인 거죠?"

"그래야 덜 감정적일 거라고 생각했어."

"그게 무슨 어리석은 소리예요!" 피츠는 충격을 받았다. 어릴 때부터 그에게 이런 식으로 말하는 사람은 아무도 없었다. 에설은 계속 말을 이었다. "나는 당신 아이를 가졌어요. 어떻게 감정이 없을 수 있죠?"

에설의 말이 옳았다. 피츠는 자신이 어리석었다고 생각했고, 에설의 말이 비수처럼 느껴지는 와중에도 그 말투가 사랑스러운 음악처럼 들리는 건 어쩔 수 없었다. 그녀가 쏟아내는 말 한 마디 한 마디가 이어져 마치 노래처럼 느껴졌다. "미안해. 돈을 두 배로⋯⋯"

"상황을 더 악화시키지 마요, 테디." 그렇게 말했지만 좀더 부드러워진 말투였다. "액수가 가장 중요한 문제인 양 나랑 그렇게 흥정하려 들지 말라고요."

피츠는 비난하듯 손가락으로 에설을 가리켰다. "아내한테는 절대 말하지 마. 알았어? 절대 용서 못해!"

"명령하지 마요, 테디. 당신한테 복종해야 할 이유는 없으니까요."

"감히 어떻게 내게 그런 식으로 말할 수 있지?"

"입다물고 내 말 들어요."

그 말투에 화가 치솟았지만 피츠는 에설을 적으로 돌려선 절대 안 된다는 사실을 떠올렸다. "그래, 말해봐."

"당신은 아주 불쾌한 태도로 나를 대했어요."

그 말이 옳다는 걸 알았기 때문에 피츠는 칼로 찔린 듯 죄책감을 느꼈다. 그녀의 마음을 아프게 해서 진심으로 미안했다. 하지만 그런 감정을 겉으로 내색하지 않으려고 애썼다.

에설이 말을 이었다. "나는 아직도 당신을 진정으로 사랑하고 당신의 행복을 망치고 싶지 않아요."

피츠는 더 비참한 기분이었다.

"당신을 괴롭히고 싶지 않아요." 에설이 말했다. 그녀는 눈물을 삼키며 돌아섰다. 피츠가 입을 열었지만 에설이 손을 들어 그의 말을 가로막았다. "당신이 일자리와 집을 버리고 떠나라고 했으니 내가 새로운 삶을 시작할 수 있도록 도와줘야 해요."

"물론이야. 그게 네가 원하는 거라면." 좀더 현실적인 대화를 하니 두 사람 모두 감정을 자제할 수 있었다.

"런던으로 가겠어요."

"좋은 생각이야." 피츠는 기쁜 마음을 자제할 수 없었다. 그렇게 되면 애버로언에서는 에설의 아이가 피츠의 핏줄이라는 사실은커녕 그녀가 아이를 가졌다는 것조차 아무도 모를 것이다.

"작은 집을 사줘요. 멋진 집은 필요 없어요. 노동자들이 사는 곳이 오히려 딱 좋을 거예요. 하지만 방이 여섯 개여야 해요. 내가 1층에 살면서 하숙을 칠 수 있게. 세를 받아서 집을 고치고 관리를 하겠지만, 그래도 내가 일하며 돈을 벌어야 할 거예요."

"아주 열심히 생각을 했군."

"그런 집을 사려면 돈이 얼마나 들지 궁금하겠죠. 하지만 내게 묻고 싶지는 않을 거예요. 신사라면 물건값 따위를 묻는 법이 아니니까요."

그 말은 옳았다.

"신문을 봤어요. 그런 집은 300파운드쯤 해요. 평생을 한 달에 2파운드씩 주는 것보다 쌀 수도 있어요."

피츠에게 300파운드는 아무것도 아니었다. 비가 파리에 가서 옷을 살 때면 단 하루에 그 정도 금액을 쓰는 일도 있었다. 그가 말했다. "하지만 그러면 비밀을 지키겠다고 약속할 거야?"

"거기에 당신 아이를 사랑으로 잘 보살피고, 행복하고 건강하게 키우고, 잘 교육시키겠다고 약속하죠. 비록 당신이 아이에게 아무 신경 쓰지 않는다고 해도 말이에요."

분한 마음도 들었지만 에설의 말이 옳았다. 피츠는 아이 생각은 한 번도 해보지 않았다. "미안해. 내가 너무 비 걱정만 했군."

"알아요." 에설이 말했다. 그가 불안을 드러낼 때면 늘 그랬듯 부드러운 목소리였다.

"언제 떠날 거야?"

"내일 아침에요. 나도 당신만큼이나 마음이 급해요. 런던행 기차를 탈 거예요. 그리고 바로 쓸 만한 집을 찾아볼게요. 적당한 집을 찾으면 솔먼에게 편지를 보내겠어요."

"집을 알아보는 동안 셋집을 얻어야 하잖아." 피츠는 재킷 안주머니에서 지갑을 꺼내더니 하얀 5파운드짜리 지폐 두 장을 건네주었다.

에설은 웃었다. "물가가 어떤지 전혀 모르죠? 안 그래요, 테디?" 그녀는 지폐 한 장을 돌려주었다. "5파운드도 무척 많은 돈이에요."

피츠는 기분이 상한 듯했다. "네게 부당한 대접을 받고 있다는 느낌을 주고 싶지 않아."

에설의 태도는 달라졌고, 피츠도 그 밑에 깔린 분노를 조금이나마 읽을 수 있었다. "당신은 이미 부당한 대접을 하고 있어요, 테디." 에설은 씁쓸한 표정을 지었다. "돈 문제는 그러지 않지만."

"우리 둘이 만든 문제야." 피츠는 침대를 보며 방어적으로 말했다.

"하지만 임신하는 건 한 사람뿐이죠."

"자, 다투지 말자고. 솔먼에게 네가 원하는 걸 말해놓을게."

에설은 손을 내밀었다. "잘 있어요, 테디. 약속 지켜주리라고 굳게 믿어요." 에설의 목소리는 차분했지만, 피츠는 그녀가 평정심을 유지하려고 무던히 애쓰고 있다는 걸 알 수 있었다.

피츠는 에설의 손을 잡고 흔들었다. 열정적으로 사랑하던 두 사람으로서는 기묘한 인사였다. "약속 지킬게." 피츠가 말했다.

"이제 얼른 가세요." 에설은 옆으로 비켜서더니 돌아섰다.

잠시 머뭇거리던 피츠는 방을 나왔다.

복도를 걸어가던 피츠는 남자답지 못하게 흐르는 눈물이 놀랍기도 하고 부끄럽기도 했다. "안녕, 에설." 그는 텅 빈 복도에서 속삭이듯 말했다. "하느님께서 너를 축복하고 지켜주시길 바랄게."

IV

에설은 여행가방을 보관하는 다락에 가서 낡고 오래된 조그만 가방을 하나 몰래 꺼냈다. 아무도 찾지 않을 것 같은 가방이었다. 원래는 피츠의 아버지가 사용하던 것이라 겉면 가죽에 가문의 문장이 새겨져 있었다. 금박은 닳아 없어졌지만 문양을 눌러찍은 흔적은 여전히 알아볼 수 있었다. 에설은 스타킹과 속옷, 비 공주가 쓰는 향비누 몇 개를 가방에 챙겨넣었다.

그날 밤 침대에 누워 에설은 런던으로 가고 싶지 않다고 생각했다. 혼자서 이런 일을 헤쳐가자니 무척 두려웠다. 가족과 함께하고 싶었다. 어머니에게 임신에 관해 이것저것 묻고도 싶었다. 아이를 낳을 때는 아는 사람 가까이 있어야 할 것 같았다. 아이에게는 할머니 할아버지와 빌리 삼촌이 있어야 할 것 같았다.

아침이 되자 에설은 자기 옷을 가방에 넣고 하녀장 드레스는 벽에 박힌 못에 걸어두고는 일찌감치 티 귄에서 빠져나왔다. 진입로 끝까지 걸어간 그녀는 돌아서서 저택 건물을 바라보았다. 석탄가루에 시커메진 돌들과 길게 늘어선 창문들마다 뜨는 해가 비치는 모습. 열세 살 막 학교를 졸업하고 이곳에 처음 일하러 왔던 이후 얼마나 많은 걸 배웠는지 생각했다. 이제 그녀는 최상류층 사람들이 어떻게 사는지 알았다. 그들은 이상한 음식을 복잡하게 준비해서 먹고, 먹는 양보다 더 많은 음식을 내버리며 살았다. 하나같이 목이 졸린 것처럼 들리는 투로 말하는데, 심지어 외국인의 발음 같기도 했다. 부잣집 여자들의 아름다운 속옷도 만져보았다. 고운 면과 매끄러운 실크, 손으로 꿰매고 수를 놓고 레이스로 장식한 속옷이 서랍 안에 수십 벌씩 쌓여 있었다. 이제 그녀는 음식을 잠시 얹어두는 탁자를 한번 슬쩍 보기만 해도 어느 시대 물건인지 단번에 알 수 있었다. 그녀는 씁쓸한 마음으로 생각했다. 다른 무엇보다도, 사랑은 믿을 수 없다는 걸 배웠다고.

산기슭을 따라 애버로언 마을로 간 에설은 웰링턴 로로 향했다. 부모님이 사는 집 현관문은 언제나 그렇듯 잠겨 있지 않았다. 안으로 들어섰다. 거실과 부엌을 합쳐도 티 귄에서 실내장식용 꽃들을 보관하는 방보다 작았다.

빵을 만들려고 반죽을 빚던 어머니는 에설이 손에 든 가방을 보더니 말했다. "뭐가 잘못된 거니?"

"집에 왔어요." 에설이 말했다. 그녀는 가방을 내려놓고 네모난 부엌 탁자에 앉았다. 너무 부끄러워 무슨 일인지 말할 수가 없었다.

하지만 어머니는 눈치가 빨랐다. "너 쫓겨났구나!"

에설은 어머니 얼굴을 볼 수 없었다. "네. 죄송해요, 엄마."

어머니는 행주로 손을 닦았다. "무슨 짓을 한 거야?" 화난 목소리였다. "얼른 말해!"

에설은 한숨을 내쉬었다. 어머니에게 감출 이유가 있을까? "아기를 가졌어요." 에설이 말했다.

"이런, 맙소사. 이런 못된 것!"

에설은 눈물을 삼켰다. 비난이 아니라 연민을 원했다. "못됐죠." 에설은 모자를 벗고 평정심을 잃지 않으려고 애썼다.

"너무 자만한다 했어. 큰 저택에서 일하고 왕과 왕비도 만나고. 그러다보니 전에는 어떻게 살았는지 다 잊어버린 거야."

"엄마 말이 맞아요."

"아버지는 죽어버리고 싶을 거다."

"아버지가 애를 낳을 것도 아니잖아요." 에설은 비꼬듯 말했다. "아버지는 아무렇지도 않을 거예요."

"건방진 소리 마라. 가슴이 찢어질 거야."

"아버지는 어디 계세요?"

"또 파업 회의 간다고 나가셨다. 마을에서 아버지 위치를 생각해봐. 교회 장로고 광부 노조 간부인데다 독립노동당 간사이기도 해. 사람들이 행실이 나쁘다며 자기 딸을 비웃는데 어떻게 고개를 들고 회의에 나갈 수 있겠니?"

에설은 감정이 흔들렸다. "아버지를 남부끄럽게 만들어서 정말 죄송해요." 결국 울음이 터지고 말았다.

어머니의 태도가 바뀌었다. "글쎄다. 옛날부터 늘 있던 일 아니겠니." 그녀는 탁자를 돌아와 에설의 머리를 가슴에 꼭 끌어안았다. "괜찮다, 괜찮아." 그리고 에설이 아이였을 때처럼 쓰다듬었다.

잠시 후 에설의 흐느낌이 잦아들었다.

어머니는 껴안고 있던 팔을 풀더니 말했다. "차를 한잔 하는 게 좋겠구나." 벽난로에 늘 올려두는 작은 주전자가 있었다. 어머니는 주전자에 찻잎을 넣고 끓는 물을 부은 다음, 나무숟가락으로 저었다. "예정일은 언제니?"

"2월이요."

"이런 세상에." 어머니는 벽난로에서 돌아서더니 에설을 바라보았다. "내가 할머니가 되다니!"

두 사람은 함께 웃었다. 어머니가 잔 두 개를 가져와 차를 따랐다. 차를 한 모금 마신 에설은 기분이 나아졌다. "엄마는 우리 낳을 때 힘들었어요?"

"쉽게 애 낳는 사람은 없다. 하지만 어머니 말씀이 내 경우는 쉽게 낳은 거라고 하시더구나. 그래도 빌리를 낳고 나서부터는 늘 등이 아팠지."

빌리가 아래층으로 내려오더니 말했다. "누가 제 얘기를 하는 거죠?" 파업중이라 빌리가 늦잠을 잘 수 있었다는 걸 에설은 알아차렸다. 빌리는 볼 때마다 키와 덩치가 더 커지는 것 같았다. "왔어, 누나?" 빌리는 뻣뻣한 콧수염을 들이대며 뺨에 입을 맞추었다. "무슨 가방이야?" 빌리가 자리에 앉자 어머니가 차를 따라주었다.

"멍청한 짓을 저질렀어, 빌리." 에설이 말했다. "아이를 가졌어."

너무 놀란 빌리는 멍하니 에설을 바라보기만 했다. 그러더니 얼굴이 붉어졌다. 누나가 어떻게 임신하게 되었는지 생각한 게 분명했다. 빌리는 당황한 듯 고개를 숙이고 차를 한 모금 마셨다. 그러더니 한참 만에 말했다. "아빠는 누구야?"

"너는 모르는 사람." 이미 생각해둔 대로 에설은 이야기를 지어내기로 했다. "티 궨에 온 손님을 따라온 아랫사람이었는데, 지금은 군대 갔어."

"하지만 곁에 있어줘야 하는 거 아냐?"

"지금은 어디 있는지도 몰라."

"내가 그 자식을 찾아낼게."

에설은 동생의 팔을 붙잡았다. "우리 귀여운 동생, 화내지 마. 네 도움이 필요하면 말할 테니까."

빌리는 뭐라고 해야 할지 도무지 알 수 없었다. 복수하겠다고 위협하는 것도 좋을 것 없었지만 딱히 다른 반응을 보일 수도 없었기 때문이다. 빌리는 당황한 모양이었다. 그는 이제 겨우 열여섯 살에 불과했다.

에설은 빌리가 아기로만 보였다. 빌리가 태어났을 때 에설은 겨우 다섯 살이었지만, 정말 예쁘고 연약한 아기인 빌리를 보고 완전히 매혹되었다. 나도 이제 예쁘고 나 없이는 못 살 아기를 갖게 되겠지. 그렇게 생각하던 에설은 행복해해야 할지, 두려워해야 할지 알 수 없었다.

빌리가 말했다. "아버지가 뭐라고 하시겠네."

"나도 그게 걱정이야." 에설이 말했다. "뭐든 둘러댈 말이 있었으면 좋을 텐데."

할아버지가 내려왔다. "쫓겨난 거야?" 할아버지도 가방을 보더니 말했다. "너무 건방져서 그런 거지?"

어머니가 말했다. "아버지, 심한 소리 마세요. 아이를 가졌대요."

"이런, 맙소사." 할아버지가 말했다. "저택에 사는 높은 놈 중 하나겠구나. 백작의 애라고 해도 놀랄 일이 아니지."

"바보 같은 소리 마세요, 할아버지." 할아버지가 대번에 진실을 짚어내자 에설은 심장이 덜컥했다.

빌리가 말했다. "저택에 초대받은 분을 모시던 시종이었대요. 지금은 군대에 갔고요. 누나는 그놈을 찾아내려고 하지 말라네요."

"아, 그래?" 할아버지가 말했다. 빌리가 하는 말을 곧이곧대로 믿는 것 같지는 않았지만 그렇다고 집요하게 캐묻지도 않았다. 대신 이렇게 말했다. "너한테 이탈리아인 피가 흘러서 그래. 네 할머니도 피가 뜨거운 여자였지. 나와 결혼하지 않았으면 고생깨나 했을 거다. 네 할머니는 결혼할 때까지 기다리고 싶어하지 않았어. 어떻게 된 거냐 하면—"

어머니가 말을 잘랐다. "아버지! 애들 앞에서 무슨 말씀이에요."

"상황이 이런데 무슨 말을 듣는다고 이 아이들이 놀라겠니? 동화 같은 이야기를 하기엔 나는 너무 늙었어. 젊은 여자라면 젊은 남자랑 자고 싶은 법이야. 그 마음이 얼마나 강한지, 결혼했거나 말거나 저지를 거라고. 그렇지 않은 것처럼 말하는 인간은 바보야. 네 남편도 그중 하나지."

"말씀 좀 조심하세요." 어머니가 말했다.

"그래, 알았다." 할아버지는 가만히 앉아 말없이 차를 마셨다.

잠시 후 아버지가 들어섰다. 어머니는 놀라 아버지를 보았다. "일찍 왔네요!"

아버지는 어머니의 목소리에서 놀란 기색을 느꼈다. "별로 반갑지 않은 모양이군."

어머니는 탁자에서 일어나 아버지가 앉을 자리를 마련했다. "새로 차를 끓일게요."

아버지는 탁자에 앉지 않았다. "회의는 취소되었어." 그의 눈이 에설의 가방을 향했다. "이건 뭐야?"

모두의 시선이 에설을 향했다. 어머니의 얼굴에는 두려움이, 빌리의 얼굴에는 반항의 기색이, 할아버지의 얼굴에는 체념 비슷한 것이 실려 있었다. 대답은 에설이 알아서 해야 했다. "드릴 말씀이 있어요, 아버지. 화내시겠지만, 제가 드릴 수 있는 말씀은 죄송하다는 거예요."

아버지의 얼굴이 어두워졌다. "무슨 짓을 한 거야?"

"티 권 일을 그만두고 나왔어요."

"그런 건 죄송해할 필요 없어. 네가 그런 기생충들에게 허리를 숙이며 사는 게 좋지는 않았으니까."

"그만둔 이유가 있어요."

아버지는 에설 앞에 다가와 섰다. "좋은 일이야, 나쁜 일이야?"

"곤란한 지경에 빠졌어요."

아버지는 몹시 화가 난 것 같았다. "여자애들이 가끔 그런 표현을 쓰던데, 그런 일은 설마 아니겠지."

에설은 탁자를 내려다보며 고개를 끄덕였다.

"너 혹시……" 아버지는 잠시 말을 멈추고 적당한 말을 찾아냈다. "너 혹시 도덕적으로 죄를 저지른 거냐?"

"네."

"이런 못된 것!"

어머니가 했던 말과 같았다. 에설은 아버지가 때릴 거라고 생각하지는 않았지만 옆으로 피하며 몸을 움츠렸다.

"날 봐!" 아버지가 말했다.

에설은 눈물이 그렁그렁한 눈으로 아버지를 쳐다보았다.

"그러니까 지금 아버지한테 간음을 했다고 말하는 거냐?"

"죄송해요, 아버지."

"누구야?" 아버지가 소리를 질렀다.

"시종이요."

"이름이 뭐야?"

"테디예요." 미처 생각할 겨를도 없이 튀어나온 말이었다.

"성은 뭐야?"

"상관없잖아요."

"상관이 없어? 도대체 그게 무슨 말이야?"

"주인을 모시고 티 권에 들렀던 사람이에요. 제가 이렇게 된 걸 알았을 때는 이미 군대에 가버렸더라고요. 지금은 연락도 안 돼요."

"들렀던 사람? 연락이 안 돼?" 아버지는 으르렁거리듯 소리를 질렀다. "그럼 지금 그놈하고 결혼하자는 약속도 없이 그랬단 말이야? 이런 죄를……" 아버지는 도저히 입에 담기 싫었는지 한참을 식식거렸다. "이런 죄를 그렇게 아무렇지도 않게 저질렀다는 거냐?"

어머니가 말했다. "이제 그만 화내요, 여보."

"화를 내지 말라고? 그럼 남자가 언제 화를 내야 하지?"

할아버지도 아버지를 진정시키려 애썼다. "자네, 진정하게. 소리지른다고 좋을 게 없어."

"아버님, 죄송한 말씀이지만 여긴 제 집이고 뭐가 좋은지는 제가 결정합니다."

"그래, 알았네." 할아버지는 버티지 않고 물러섰다. "자네 방식으로 해야지."

그래도 어머니는 숙일 준비가 돼 있지 않았다. "혹시라도 후회할 말은 마요, 여보."

아버지의 화를 누그러뜨리려 한 말이 오히려 화를 더 돋우었다. "내가 여자나 늙은이 말을 들을 거 같아!" 그는 소리를 꽥 질렀다. 그리고 손가락을 들어 에설을 가리키며 말했다. "간음을 저지른 인간은 내 집에 살 수 없어! 나가!"

어머니가 울기 시작했다. "제발, 그런 말은 하지 마요!"

"나가!" 아버지가 소리쳤다. "그리고 다시는 돌아오지 마!"

어머니가 말했다. "하지만 당신 손주잖아요!"

빌리가 입을 열었다. "아버지, 하느님 말씀에는 따르시겠어요? 예수께서 말씀하셨죠. '내가 의인을 부르러 온 것이 아니요 죄인을 불러 회개시키러 왔노라.' 누가복음 5장 32절 말씀이에요."

아버지는 빌리에게 벌컥 화를 냈다. "내 말 잘 들어, 이 무식한 놈아. 나는 정상적인 집안의 자손이 아니야. 내 할아버지가 누구였는지 아는 사람은 아무도 없다고. 할머니는 여자로서 최악의 상황까지 갔다."

어머니는 놀라 숨이 막히는 모양이었다. 에설도 충격을 받았고 그녀가 보기에는 빌리 역시 크게 놀란 것 같았다. 할아버지는 이미 알고 있는 듯 보였다.

"그래, 그랬었지." 아버지는 목소리를 낮추고 말을 이어갔다. "내 아버지는 사창가에서 자랐다고. 사창가가 뭔지는 알겠지. 카디프 부두 근처 선원들이 가는 곳이었다. 그런데 어느 날 할머니가 술에 취해 인사불성일 때 하느님께서 어린 아버지의 발길을 교회 주일학교로 이끄셨다. 그곳에서 아버지는 예수님을 만났어. 그리고 바로 그곳에서 읽고 쓰기를 배웠고, 나중에는 당신 자식들을 옳은 길로 인도하며 키울 수 있었다."

어머니가 부드러운 목소리로 말했다. "나도 처음 듣는 이야기네요, 데이비드." 어머니가 아버지를 세례명으로 부르는 건 아주 드문 일이었다.

"다시는 생각하고 싶지 않았으니까." 아버지의 뒤틀린 얼굴에는 수치심과 분노가 가득했다. 탁자에 몸을 기대고 에설의 눈을 노려보는 아버지의 목소리는 착 가라앉아 속삭임처럼 들렸다. "네 엄마에게 구애할 때 우리는 손만 잡았어. 결혼식 날까지 매일 저녁 뺨에 입만 맞췄다." 아버지가 주먹으로 탁자를 내리치자 잔들이 흔들렸다. "예수그리스도의 은총으로 내 가족은 악취나는 시궁창에서 빠져나올 수 있었던 거야." 목소리가 다시 높아져 고함에 가까워졌다. "다시 돌아갈 수는 없어! 절대! 절대로 안 돼!"

모두 정신이 멍한 듯 한참 침묵이 흘렀다.

아버지가 어머니를 바라보았다. "에설을 내보내."

에설이 일어섰다. "짐은 이미 쌌고 돈도 조금 있어요. 런던 가는 기차를 탈 거예요." 에설은 아버지를 뚫어져라 노려보았다. "가족들까지 시궁창으로 끌고 들어갈 생각은 없어요."

빌리가 가방을 들었다.

아버지가 말했다. "너는 어디 가는 거야?"

"누나를 역까지 데려다줄래요." 빌리는 겁을 집어먹은 것 같았다.

"직접 들고 가라고 해."

빌리는 허리를 숙여 가방을 내려놓는가 싶더니 마음을 바꿔먹었다. 고집스러운 표정이 얼굴에 떠올랐다. "역까지 데려다줄래요." 그는 같은 말을 반복했다.

"시키는 대로 해!" 아버지가 소리를 질렀다.

빌리는 여전히 겁을 먹은 것 같았지만 태도는 도전적으로 변해 있었다. "어떻게 하실래요. 저도 내쫓으실 건가요?"

"엎어놓고 엉덩이를 때려주마." 아버지가 말했다. "넌 아직 애야."

빌리는 얼굴이 하얘지더니 아버지의 눈을 똑바로 바라보았다. "아니에요. 저도 이제 어른이에요." 그는 가방을 왼손으로 옮겨들고 오른쪽 주먹을 꽉 쥐었다.

아버지가 한 발 앞으로 나섰다. "주먹 쓰는 법을 제대로 알려주지."

"그만!" 어머니가 비명을 지르며 두 사람 사이에 끼어들더니 아버지의 가슴팍을 밀쳤다. "그만해요! 우리집에서 싸우는 꼴은 못 봐요." 어머니는 아버지 얼굴에 손가락질을 하며 말했다. "데이비드 윌리엄스, 혹시라도 손댈 생각은 마요. 당신이 베데스다 교회 장로라는 걸 잊지 말라고요. 사람들이 어떻게 생각하겠어요?"

어머니의 말에 아버지는 수그러들었다.

어머니는 에설에게로 돌아섰다. "가는 게 좋겠다. 빌리가 데려다줄 거야. 어서. 가."

아버지는 의자에 주저앉았다.

에설은 어머니에게 키스를 했다. "안녕히 계세요, 엄마."

"편지 보내렴." 어머니가 말했다.

아버지가 말했다. "이 집에 사는 사람에게 편지 쓸 생각은 하지도 마! 뜯지도 않고 태워버릴 테니까!"

어머니는 훌쩍거리며 고개를 돌렸다. 에설이 밖으로 나가자 빌리도 뒤따랐다.

두 사람은 마을 중심지로 향하는 길을 따라 걸었다. 에설은 혹시 아는 사람과 마주쳐 어디 가느냐는 질문을 받을까봐 고개를 푹 숙였다.

기차역에 도착한 에설은 패딩턴행 표를 샀다.

"하루에 두 번 놀라네." 플랫폼에 서서 빌리가 말했다. "처음엔 누나, 그다음엔 아버지."

"그런 사연을 이토록 오래 가슴속에 품고 사신 거야." 에설이 말했다. "그러니 지나치게 엄격한 것도 이해할 수 있어. 나를 내쫓은 것도 용서가 될 지경이라니까."

"용서 못해." 빌리가 말했다. "우리가 믿는 건 구원과 자비야. 가슴속에 뭔가 숨기고 살다가 사람들을 벌주는 게 아니란 말이야."

카디프에서 온 기차가 역으로 들어섰다. 에설은 기차에서 내리는 발터 폰 울리히를 보았다. 발터는 모자에 손을 대며 인사했다. 친절한 행동이었다. 신사는 대개 하인들에게 그런 행동을 하지 않는다. 모드 아가씨는 발터와 헤어지기로 했다고 말했다. 어쩌면 발터는 모드의 마음을 돌리려고 온 것일지도 모른다. 에설은 조용히 발터에게 행운을 빌어주었다.

"신문이라도 한 부 사줄까?" 빌리가 말했다.

"아냐, 괜찮아. 제대로 읽을 수 있을 것 같지도 않아."

기차를 기다리며 에설이 말했다. "우리 암호 기억해?" 어릴 적 두 사람은 부모가 알아볼 수 없는 방식으로 글을 쓰는 간단한 암호를 만들어 냈다.

빌리는 잠시 무슨 소리인지 모르겠다는 표정을 짓더니 이내 얼굴이 환해졌다. "아, 그럼."

"그 암호로 편지 보낼게. 그럼 아버지가 못 읽을 거야."

"그래. 그리고 편지는 토미 그리피스를 통해 보내면 돼."

기차가 증기를 내뿜으며 역으로 들어섰다. 빌리는 에설을 껴안았다. 빌리가 울지 않으려 애쓰는 모습이 보였다.

"건강 조심해. 엄마 잘 보살피고." 에설이 말했다.

"그래." 빌리는 그렇게 말하고 소매로 눈가를 닦았다. "우리는 괜찮을 거야. 누나야말로 런던에서 몸조심해."

"그럴게."

기차에 올라탄 에설은 창가 자리에 앉았다. 잠시 후 기차가 출발했다. 기차가 속도를 올리기 시작하자 그녀는 희미하게 멀어져가는 갱구 권양기들의 모습을 바라보며 생각했다. 애버로언을 다시 볼 수 있을까.

V

모드는 비 공주와 티 권의 작은 식당에서 늦은 아침식사를 하고 있었다. 공주는 매우 기분이 좋았다. 보통은 영국 생활에 대한 불평을 잔뜩 늘어놓았었다. 하지만 모드가 어렸을 때 러시아의 영국 대사관에서 살았던 시절을 떠올려보면 그곳의 삶이 훨씬 불편했다. 집은 춥고, 사람들은 무례하고, 서비스는 신뢰하기 어렵고, 정부 조직은 엉성했다. 그래도 비는 오늘은 별 불만이 없었다. 오랜 고생 끝에 임신에 성공해서 행복했기 때문이다.

심지어 피츠의 칭찬도 했다. "사실 그이가 우리 가족을 살렸죠." 그녀가 모드에게 말했다. "우리 땅 융자금을 대신 갚아주었으니까요. 하지만 지금까지 그 땅을 상속받을 후계자가 없었죠. 우리 오빠도 자식이 없으니까요. 안드레이와 피츠의 땅 전부가 먼 친척에게 간다고 생각하면 그런 비극도 없어요."

모드는 그런 상황을 비극이라고 생각할 수 없었다. 비가 말하는 먼 친척은 모드가 낳은 아들이 될 수도 있기 때문이다. 하지만 재산을 물려받을 생각은 꿈에도 해본 적 없는 그녀는 별로 신경쓰지 않았다.

모드는 오늘 아침 그다지 좋은 이야기 상대가 아니었다. 커피를 마시고 토스트를 만지작거리며 스스로 그렇게 생각했다. 사실 비참한 기분이었다. 평생 보고 지낸 것들이지만, 천장과 벽을 온통 뒤덮은 빅토리아풍 나뭇잎 무늬가 그녀를 짓누르는 것 같았다.

모드는 가족에게 발터와 연애한다는 이야기를 하지 않았다. 그래서 헤어졌다는 말도 할 수 없었다. 그 말은 아무도 그녀를 위로해줄 수 없다는 뜻이었다. 생기 넘치는 어린 하녀장 윌리엄스만이 비밀을 알고 있었지만, 그녀도 어디론가 사라진 것 같았다.

모드는 로이드조지가 전날 저녁 시장 관저에서 한 연설에 관한 〈타임스〉 기사를 읽고 있었다. 그는 발칸사태가 평화적으로 해결될 수 있을 거라고 낙관적으로 전망했다. 모드는 그의 말이 들어맞기를 기도했다. 이미 발터를 포기했지만, 그가 군복을 입고 전쟁에 나가 죽거나 불구가 될지 모른다고 생각하면 여전히 끔찍했다.

모드는 같은 신문에 실린 '세르비아의 공포'라는 빈Wien발 단신을 읽었다. 그리고 비에게 혹시 러시아가 오스트리아에 맞서 세르비아를 지킬 것이라 생각하는지 물었다. "그러면 안 돼요!" 비는 깜짝 놀라 말했다. "오빠가 전쟁에 나가면 안 돼요."

두 사람은 작은 식당에 앉아 있었다. 모드는 학생일 때 피츠, 발터와 함께 이곳에서 식사를 하던 기억을 떠올렸다. 그녀는 열두 살, 피츠와 발터는 열일곱 살이었다. 남자들이 어마어마하게 먹어대던 기억이 났다. 그들은 매일 아침 말을 타거나 호수에 수영하러 가기 전에 달걀과 소시지에다 버터 바른 토스트를 엄청나게 먹어치웠다. 발터는 매력이 철철 넘칠 만큼 잘생기고 이국적이었다. 그런데 그는 그녀가 동갑내기라도 되는 것처럼 깍듯하게 대했다. 어린 소녀의 마음에 그런 면이 좋게 느껴졌는데, 지금 와서 생각하면 발터도 나름 그녀를 여자로 보았던 것 같다.

모드가 추억에 잠겨 있는데, 필이 들어와 비에게 깜짝 놀랄 소식을 전했다. "울리히 씨가 오셨습니다, 마님."

발터가 이곳에 왔을 리 없어. 어리둥절해진 모드가 생각했다. 로베르트가 온 걸까? 그것 역시 말이 안 되었다.

잠시 후 발터가 안으로 들어섰다.

모드는 얼이 빠진 나머지 입을 열지 못했다. 비가 말했다. "반갑고도 놀랍군요, 울리히 씨."

발터는 연한 청회색의 트위드 여름 정장 차림이었다. 그리고 눈동자와 똑같은 파란색 새틴 넥타이를 맸다. 모드는 다른 옷을 입고 있을걸 후회했다. 입고 있는 평범한 크림색 드레스는 올케인 비와 아침식사를 할 때나 어울리는 옷이었다

"느닷없이 찾아와 죄송합니다, 공주님." 발터가 비에게 말했다. "카디프에 있는 영사관에 올 일이 있어서요. 독일 선원들이 이쪽 지역 경

찰하고 문제가 생겨서 골치가 좀 아팠거든요."

말도 안 되는 소리였다. 발터는 대사관에서 무관으로 일했다. 선원들을 감옥에서 빼내는 건 무관의 업무가 아니었다.

"안녕하세요, 모드 양." 발터가 모드와 악수를 나누며 말했다. "여기 계신다니 놀랐습니다. 반갑네요."

더 말도 안 되는 소리라고 모드는 생각했다. 발터는 그녀를 찾아 여기 온 것이다. 발터가 찾아와 조르지 못하게 하려고 그녀가 런던을 떠났기 때문이다. 하지만 그가 이렇게 먼길을 마다치 않고 찾아오자 마음 깊이 기뻐하지 않을 수 없었다. 모드는 허둥지둥 말했다. "네, 안녕하세요."

비가 말했다. "커피 좀 드세요, 울리히 씨. 백작께서는 말을 타러 나가셨는데 금방 돌아올 거예요." 비는 발터가 당연히 피츠를 보러 온 줄 알았다.

"정말 친절하시군요." 발터는 자리를 잡고 앉았다.

"점심 드시고 가겠어요?"

"그러면 좋지요. 그러고 나면 런던으로 돌아가는 기차를 타야 합니다."

비가 일어섰다. "그럼 요리사에게 일러둬야겠군요."

발터는 후딱 일어서서 비의 의자를 빼주었다.

"모드 아가씨와 말씀 나누고 계세요." 비는 방을 나가며 말했다. "기운 좀 내게 해드리세요. 국제정세 때문에 우울해하고 있거든요."

비의 목소리에서 살짝 조롱하는 듯한 느낌을 받은 발터는 눈썹을 치켜세웠다. "양식 있는 사람이라면 걱정해야죠." 발터가 말했다.

모드는 어떻게 해야 할지 몰랐다. 무슨 말이라도 해야 한다는 생각에 신문을 가리켰다. "정말 세르비아가 예비군 칠만 명을 소집할까요?"

"예비군이 칠만이나 되는지 의심스럽군요." 발터가 근엄하게 말했다. "어떻게든 판돈을 키우려는 거죠. 큰 전쟁이 벌어질 것처럼 해서 오스트리아가 겁먹길 바라는 겁니다."

"오스트리아는 세르비아 정부에 요구사항을 보내는 일을 왜 그리 미적거리는 거죠?"

"공식적으로 말하면, 오스트리아는 군대를 소집하는 등 행동을 보여주지 않고도 많은 걸 얻어내고 싶어합니다. 비공식적으로 말하면, 그들은 프랑스 대통령과 외무장관이 현재 우연히 러시아에 있고, 그로 인해 프랑스와 러시아 두 동맹국이 함께 공조해 대응하자는 데 합의할 가능성이 위험할 정도로 높다는 걸 알고 있어요. 프랑스의 푸앵카레 대통령이 상트페테르부르크를 떠나기 전까지 오스트리아의 공식 입장은 나오지 않을 겁니다."

발터는 이렇게 명석한 사람이었다. 모드는 다시금 깨달았다. 그녀는 그런 그를 사랑했다.

신중했던 발터의 태도가 돌연 무너졌다. 꾸며낸 공손함은 사라지고 번민에 찬 표정이 드러났다. 그가 느닷없이 말했다. "제발 돌아와줘요."

모드는 말을 하려고 입을 열었지만 감정이 격해져 목이 잠긴 나머지 소리가 나오지 않았다.

괴로움에 차서 발터가 말했다. "당신이 나를 버린 건 나를 위해서라는 거 압니다. 하지만 이렇게는 안 돼요. 당신을 진정으로 사랑합니다."

모드는 할말이 떠올랐다. "하지만 당신 아버님께서……"

"아버지 운명은 본인이 알아서 하시겠죠. 아버지를 따를 수 없어요. 이번 일만은." 차분히 가라앉은 발터의 목소리는 속삭임처럼 들렸다. "당신을 잃고는 견딜 수 없어요."

"아버님이 옳을 수도 있어요. 어쩌면 독일 외교관은 영국인과 결혼할 수 없을지도 몰라요. 적어도 지금 같아서는요."

"그럼 다른 직업을 찾겠어요. 하지만 당신 같은 여자는 못 찾아요."

이 말에 굳은 마음이 녹아내린 모드의 눈에 눈물이 가득 차올랐다.

발터가 식탁 너머로 손을 뻗어 모드의 손을 잡았다. "당신 오빠한테 말해도 될까요?"

모드는 흰 리넨 냅킨을 그러쥐고 눈물을 닦았다. "아직 오빠한테는 말하지 마요. 며칠만, 세르비아 사태가 지나갈 때까지만이라도 미뤄요."

"며칠로 안 될 수도 있어요."

"그럼 다시 생각해보는 거죠."

"물론 당신이 원하는 대로 할 겁니다."

"사랑해요, 발터. 무슨 일이 있어도 당신의 아내가 되고 싶어요."

발터는 모드의 손등에 입을 맞추었다. "고마워요." 진지한 목소리였다. "당신은 나를 정말로 행복하게 해주었어요."

VI

웰링턴 로의 집에는 불편한 침묵이 내려앉았다. 어머니가 식사 준비를 하고 아버지와 빌리, 할아버지가 먹는 동안 말을 하는 사람은 없었다. 빌리는 식사를 하면서 표현할 길 없는 분노를 느꼈다. 오후에 그는 산에 올라 혼자서 몇 킬로미터를 걸었다.

다음날 아침 그의 마음속에는 간음한 여인과 예수의 이야기가 떠나지 않고 계속 맴돌았다. 가장 좋은 옷을 차려입고 부엌에 앉아 성찬례에 참석하기 위해 베데스다 교회로 함께 갈 어머니, 아버지, 할아버지를 기다리던 빌리는 성경책을 펼치고 요한복음 8장을 펼쳤다. 내용을 읽고 또 읽었다. 그의 가족을 덮친 위기와 정확히 똑같아 보였다.

교회에 가서도 빌리는 계속 같은 생각을 했다. 주변의 친구와 이웃을 둘러보았다. 조랑말 다이 부인, 가겟집 존 존스, 폰티 부인과 덩치 큰 두 아들, 해리 휴잇…… 모두 에설이 어제 티 권을 떠나 패딩턴으로 가는 기차표를 샀다는 걸 알고 있었다. 에설이 떠난 이유는 몰랐지만 짐작할 수 있을 터였다. 그들은 마음속에서 이미 에설을 단죄하고 있었다. 하지만 예수께서는 달랐다.

찬송이 울리고 즉흥적인 기도가 계속되는 사이, 빌리는 성령이 임해 그로 하여금 성경 구절을 읽도록 인도한다고 생각했다. 예배가 끝나갈 무렵 빌리는 일어서서 성경을 펼쳤다.

놀란 듯 작게 웅성거리는 소리가 들렸다. 예배를 이끌기에 빌리는 아직 어렸기 때문이다. 하지만 예배를 올릴 때는 나이를 따지지 않았다. 성령은 누구에게나 깃들 수 있기 때문이다.

"요한복음에서 읽겠습니다." 빌리가 말했다. 목소리가 살짝 떨렸지만 차분하게 내려고 애썼다.

"'예수께 말하되, 선생이여, 이 여자가 간음하다가 현장에서 잡혔나이다.'"

베데스다 교회는 순식간에 조용해졌다. 꼼지락거리거나 속삭이거나 기침하는 사람조차 없었다.

빌리는 계속 읽었다. "'모세는 율법에 이러한 여자를 돌로 치라 명하였거니와, 선생은 어떻게 말하겠나이까? 그들이 이렇게 말함은 고발할 조건을 얻고자 하여 예수를 시험함이러라. 예수께서 몸을 굽히사 손가락으로 땅에 쓰시니. 그들이 묻기를 마지아니하는지라. 이에 일어나 이르시되……'"

이 대목에서 빌리는 멈추고 고개를 들었다.

조심스럽게 힘을 주어 그는 말했다. "'너희 중에 죄 없는 자가 먼저 돌로 치라 하시고.'"

교회 안에 있는 모두가 빌리를 바라보았다. 누구도 움직이지 않았다.

빌리는 다시 입을 열었다. "'다시 몸을 굽혀 손가락으로 땅에 쓰시니. 그들이 이 말씀을 듣고 양심에 가책을 느껴 어른으로 시작하여 젊은이까지 하나씩 하나씩 나가고 오직 예수와 그 가운데 선 여자만 남았더라. 예수께서 일어나사 여자 외에 아무도 없는 것을 보시고 이르시되, 여자여, 너를 고발하던 그들이 어디 있느냐. 너를 정죄한 자가 없느냐. 대답하되 주여 없나이다.'"

빌리는 고개를 들었다. 마지막 구절은 외우고 있어서 성경책을 볼 필요가 없었다. 빌리는 돌처럼 딱딱하게 굳은 아버지의 얼굴을 보며 천천히 말했다. "'예수께서 이르시되, 나도 너를 정죄하지 아니하노니 가서 다시는 죄를 범하지 말라 하시니라.'"

한참을 가만히 서 있던 빌리는 성경책을 탁 소리가 나게 덮었다. 조용한 가운데 책 덮는 소리는 천둥처럼 크게 들렸다. "이는 하느님의 말씀입니다." 빌리가 말했다.

빌리는 자리에 앉지 않았다. 대신 출입문 쪽으로 걸어갔다. 사람들은 넋이 빠진 채 빌리를 바라볼 뿐이었다. 빌리는 커다란 나무문을 열고 밖으로 나가버렸다.

그리고 다시는 돌아가지 않았다.

9장
1914년 7월 하순

I

발터 폰 울리히는 래그타임*을 연주할 만큼 피아노 실력이 좋지는 않았다.

간단한 곡조를 치는 정도는 가능했다. 주로 단7도 음정을 이용해서 독특한 화음을 치는 것도. 양손 연주도 할 수 있었는데, 제대로 된 래그타임처럼 들리진 않았다. 리듬이 손가락을 피해 달아나는 것 같았다. 열심히 노력했지만 그의 연주는 베를린 공원에서 연주하는 밴드의 음악에 더 가까웠다. 베토벤 소나타를 손쉽게 치는 사람의 귀에는 끔찍한 소리일 것이다.

티 귐에서 만났던 그 토요일 오전 모드는 베히슈타인 업라이트피아노 앞에 앉아 발터를 가르치려고 애썼다. 야자수 화분이 가득한 작은

---

* 재즈의 전신으로 당김음을 많이 쓰는 피아노 음악.

응접실의 높은 창문들을 통해 여름 햇살이 쏟아져들어왔다. 두 사람은 피아노 의자 위에서 팔을 서로 엇갈리고 엉덩이를 나란히 붙인 채 앉았고, 모드는 애쓰는 발터를 보며 웃었다. 소중하고 행복한 순간이었다.

아버지가 찾아와 헤어지라고 했다는 말을 모드에게서 전해듣고 발터는 기분이 가라앉았었다. 그날 저녁 런던으로 돌아오자마자 아버지와 마주쳤다면 폭발하고 말았을 것이다. 하지만 오토가 빈으로 떠나고 없어서 발터는 혼자 화를 삭여야 했다. 그때 이후 아버지를 만나지 못했다.

발터는 발칸사태가 잠잠해질 때까지 두 사람의 관계를 비밀로 하자는 모드의 의견에 찬성했다. 위기는 여전했지만 어느 정도는 진정된 상태였다. 사라예보에서 암살사건이 벌어진 지 거의 사 주가 되었지만 오스트리아 황제는 아직도 고민만 할 뿐, 세르비아에 서신을 보내지 않고 있었다. 상황이 그러하니 발터는 빈에서의 분노가 사그라지고 온건론이 우세해진 게 아닐까 하는 희망을 품었다.

피커딜리 독신자 아파트의 좁은 거실, 소형 그랜드피아노 앞에 앉은 발터는 오스트리아가 세르비아를 벌하고 상처받은 자존심을 달래는 데는 전쟁 말고도 여러 방법이 있을 거라는 생각이 들었다. 이를테면 세르비아 정부로 하여금 반오스트리아 경향을 띤 신문사를 폐간시키고 세르비아군과 정부 내부의 민족주의자를 숙청하게 할 수도 있었다. 세르비아도 그 정도는 감수할 수 있을 것이다. 굴욕적이겠지만 이길 가망이 없는 전쟁보다는 나았다.

그렇게 되면 유럽 강대국의 지도자들도 한숨 돌리고 국내 문제에 집중할 수 있다. 러시아는 현재 진행중인 총파업에 대응할 수 있을 테고, 영국은 반기를 들고 나선 아일랜드 신교도들을 달랠 수 있고, 프랑스는 남편의 연서를 실었다며 〈르 피가로〉의 편집자를 총으로 쏴죽인 카요 부인의 재판을 즐길 수 있을 것이다.

그리고 발터는 모드와 결혼할 수 있다.

발터는 오직 결혼에만 신경을 곤두세우고 있었다. 난관이 많다고 생각할수록 극복하고자 하는 의지가 불타올랐다. 모드가 없는 비참한 나날을 경험해본 그는 이제 함께 어떤 대가를 치르든 상관없이 그녀와 결혼하고 싶었다. 유럽이라는 체스판 위에서 벌어지는 외교전을 예의 주시하며 모든 움직임을 면밀히 검토했지만, 언제나 가장 먼저 생각하는 건 자신과 모드에게 미칠 영향이었고 독일과 세계는 그다음이었다.

발터는 오늘밤 서식스 공작부인이 여는 파티에서 모드를 만날 예정이었다. 흰 넥타이와 연미복을 이미 차려입고 있었다. 출발할 시간이 되었다. 하지만 막 피아노 뚜껑을 덮은 순간 초인종이 울리더니, 하인이 들어와 로베르트 폰 울리히 백작이 왔다고 알렸다.

로베르트는 뚱한 얼굴이었다. 익숙한 표정이었다. 빈에서 공부하던 학생 시절, 로베르트는 항상 힘들고 비참해했다. 자라면서 퇴폐적이라고 배웠던 사람들 쪽으로 향하는 자신의 성향을 도저히 억누를 수 없었기 때문이다. 그러다 비슷한 남자들과 저녁시간을 함께 보내고 집에 돌아올 때면 지금처럼 죄책감과 반항심이 뒤섞인 표정을 지었다. 시간이 지나면서 로베르트는 동성애가 불륜과 마찬가지로 공식적으로는 비난받지만—최소한 교양 있는 사람들 사이에서는 그랬다—비공식적으로는 용인된다는 걸 알게 되었고, 그제야 그는 자신의 본모습을 받아들였다. 오늘 로베르트는 전혀 다른 이유로 그런 표정을 짓고 있었다.

"방금 황제께서 보내는 편지 내용을 봤어." 로베르트는 바로 말을 꺼냈다.

발터의 가슴이 희망으로 뛰었다. 그가 기다리던 평화적인 해결책이 나올 수도 있었기 때문이다. "어떤 내용이야?"

로베르트는 종이 한 장을 내밀었다. "중요 부분을 베껴왔어."

"벌써 세르비아 정부에 전달된 건가?"

"그래. 베오그라드 시간으로 여섯시에."

요구사항은 모두 열 가지였다. 처음 세 가지는 발터가 예상했던 내용이어서 마음이 놓였다. 세르비아는 급진적인 신문사들을 폐간하고, '검은 손'이라 부르는 비밀 조직을 해체하고, 민족주의자의 선동을 단속해야 한다는 내용이었다. 아마도 빈에서 벌어진 논쟁에서 온건파가 이긴 모양이라 발터는 고마운 마음이 들었다.

네번째 조항은 그럴듯하게 시작되었다. 세르비아 정부 내 민족주의자들의 숙청을 요구하는 내용인데, 마지막에 악의적인 단서가 붙어 있었다. 바로 오스트리아가 숙청 대상 명단을 제공한다는 것이었다. "이건 좀 세군." 발터는 불안한 목소리로 말했다. "오스트리아가 짚어낸다고 그게 누구든 세르비아 정부가 무조건 날려버릴 순 없잖아."

로베르트는 어깨를 으쓱했다. "그래도 해야지."

"그렇겠지." 발터도 평화를 위해 세르비아가 조건을 받아들이기를 바랐다.

하지만 뒤로 갈수록 문제는 더 커졌다.

다섯번째 조항은 오스트리아가 세르비아 내의 체제전복 활동 분쇄를 지원할 수 있어야 한다는 것이었으며, 세르비아가 진행할 암살사건의 조사와 재판에 오스트리아 관리가 참여해야 한다는 여섯번째 조항에서는 발터도 경악을 금치 못했다. "하지만 세르비아가 받아들일 리 없어!" 발터가 이의를 제기했다. "이건 결국 주권을 포기하라는 말이잖아."

로베르트의 얼굴이 한층 더 어두워졌다. "그렇진 않지." 언짢은 목소리였다.

"세상 어느 나라가 이런 걸 받아들이겠어?"

"세르비아는 받아들여야 해. 반드시. 안 그러면 궤멸당하겠지."

"전쟁에서?"

"필요하다면."

"전쟁이 벌어지면 온 유럽이 휘말릴 거야!"

로베르트는 손가락을 좌우로 흔들었다. "다른 나라 정부가 모두 제정 신이라면 그런 일은 없어."

너희 나라가 문제지. 발터는 속으로 생각했다. 하지만 쏘아붙이고 싶은 걸 꾹 참고 마저 읽었다. 역시 거만하기 짝이 없는 내용이었지만, 세르비아가 받아들일 수 있는 것으로 보였다. 암살사건 연루자들을 체포하고, 오스트리아 영토에 무기 밀수입을 방지하고, 세르비아 관리들이 반오스트리아 성명을 내지 않도록 단속하라는 것이었다.

하지만 48시간 내에 이 최후통첩에 대한 답을 달라는 조항이 있었다.

"맙소사, 이건 너무하네." 발터가 말했다.

"오스트리아 황제를 거역하는 자들은 쓴맛을 봐야 해."

"알아, 안다고. 하지만 그래도 체면은 차릴 수 있게 해줘야지."

"왜 그래야 하지?"

발터는 분노를 드러내고야 말았다. "이런, 빌어먹을. 황제께서는 전쟁을 원하는 거야?"

"폐하의 가문인 합스부르크가는 수백 년간 유럽의 광대한 지역을 지배했어. 프란츠 요제프 황제께서도 본인이 열등한 슬라브족을 지배하는 것은 하느님의 뜻이라는 사실을 알고 계시고. 이건 폐하의 운명이야."

"맙소사, 그 운명으로부터 우리 모두를 구해달라고 하느님께 기도해야겠군." 발터는 중얼거리듯 말했다. "우리 대사관에서도 이 내용을 알고 있나?"

"금방 전달될 거야."

발터는 다른 이들의 반응이 궁금했다. 로베르트처럼 수긍할 것인가, 아니면 발터처럼 분노할 것인가. 국제적인 반발이 있을 것인가, 아니면 어쩔 수 없이 어정쩡한 외교적인 자세를 취할 것인가. 오늘 저녁이면 알 수 있을 것이다. 발터는 벽난로 위 시계를 보았다. "만찬에 늦었군. 이따 서식스 공작부인 파티에 올 거야?"

"그래. 거기서 보자고."

두 사람은 함께 아파트를 나와 피커딜리에서 헤어졌다. 발터는 저녁 식사를 하기로 한 피츠의 집으로 향했다. 마구잡이로 얻어맞은 듯 숨도 제대로 쉴 수 없었다. 그토록 두려워하던 전쟁이 위험할 정도로 가까워지고 있었다.

늦게 도착하는 바람에 발터는 식사가 시작되기 전 간신히 비 공주에게 인사할 수 있었다. 그녀는 실크 리본 장식이 달린 연보라색 드레스 차림이었다. 빳빳한 칼라가 달린 셔츠와 흰색 보타이로 멋을 낸 피츠와도 악수를 나누었는데, 믿을 수 없을 만큼 멋진 모습이었다. 곧 저녁 식사가 시작되었다. 발터는 식사를 하는 식당까지 모드를 에스코트하게 되어 무척 기뻤다. 모드는 짙은 붉은색 드레스를 입었는데, 몸에 달라붙는 부드러운 천이 몸매를 드러내 발터의 마음에 쏙 들었다. 발터는 의자를 뒤로 빼주며 말했다. "정말 멋진 드레스군요."

"폴 푸아레의 옷이에요." 모드는 발터도 들어본 적이 있을 정도로 유명한 디자이너의 이름을 댔다. 그리고 목소리를 조금 낮춰 말했다. "좋아하실 줄 알았어요."

적당히 친한 사람 사이에서도 할 수 있는 말이지만, 그럼에도 발터는 전율을 느꼈다. 그리고 이렇게 황홀한 여인을 잃을 수도 있다는 생각에 곧이어 온몸이 부르르 떨렸다.

피츠의 집은 어마어마한 대저택이라고 할 수는 없었다. 길게 뻗은 식당은 길모퉁이 쪽에 자리잡고 있어서 주요 도로 두 곳이 내려다보였다. 여름이라 저녁인데도 밖이 환했지만 전기 샹들리에를 훤히 밝혀서 크리스털 잔과 은제 나이프와 포크 들이 여기저기서 반짝거렸다. 식탁에 앉은 다른 손님들을 둘러본 발터는 영국 상류층 여성들이 저녁식사 자리에서 외설적일 정도로 가슴을 드러낸 모습에 새삼 놀랐다.

그런 관찰도 애나 할 법한 것이었다. 이제 그는 결혼할 나이였다.

그가 자리에 앉자마자 모드는 구두를 벗고 스타킹을 신은 발을 남몰래 그의 바지 위에 대고 문질렀다. 발터가 웃어 보였지만, 모드는 금세 그에게 걱정거리가 있다는 걸 알아차렸다. "왜 그래요?"

"오스트리아의 최후통첩 이야기를 꺼내줘요." 발터가 속삭였다. "최후통첩이 갔다는 이야기를 어디서 들었다고 해요."

모드는 상석에 앉은 피츠를 향해 말했다. "오스트리아 황제가 드디어 요구사항을 베오그라드에 보냈나봐요. 혹시 오빠는 들은 얘기 없어요?"

피츠는 수프 숟가락을 내려놓았다. "전달했다는 이야기는 나도 들었어. 하지만 그 내용이 뭔지는 아무도 모르지."

발터가 말했다. "내용이 매우 강한 것 같아. 오스트리아는 세르비아가 진행할 재판과정에 참여하길 원한다더군."

"재판과정에 참여하다니!" 피츠가 말했다. "하지만 세르비아 수상이 그걸 받아들인다면 즉시 사임해야 할걸."

발터는 고개를 끄덕였다. 피츠도 상황이 어떻게 변해갈지에 대해 발터와 생각이 같았다. "그걸 보면 오스트리아가 전쟁을 원하는 것 같다고." 발터는 독일의 동맹국 중 하나인 오스트리아에 불충한 위험스러운 발언을 뱉어냈다. 너무 불안한 나머지 의식하지도 못했다. 그는 모드와 눈이 마주쳤다. 그녀는 얼굴이 하얗게 질려 아무 말도 하지 못했다. 그녀 역시 눈앞에 닥친 위협을 직감했다.

"물론 프란츠 요제프 황제에게 공감이 가기도 해." 피츠가 말했다. "민족주의자들의 체제전복 기도는 단호히 대처하지 않으면 제국의 불안 요소가 될 수 있어." 아무래도 피츠는 아일랜드에서 독립을 요구하는 무리와 남아프리카의 보어인들이 대영제국을 위협하고 있음을 떠올린 듯했다. "하지만 땅콩을 깨려고 커다란 망치를 사용할 필요는 없지." 피츠가 말을 마쳤다.

하인들이 수프 접시를 내가고 두번째 와인을 잔에 따랐다. 발터는 술을 마시지 않았다. 긴 저녁이 될 터였고 정신이 말짱해야 했기 때문이다.

모드가 조용히 말했다. "우연히 오늘 애스퀴스 수상과 마주쳤어요. 진정한 아마겟돈이 펼쳐질 수도 있다더군요." 그녀는 두려운 듯했다. "아까는 그 말을 못 믿었는데, 지금 보니 그의 말이 옳을지도 모르겠어요."

피츠가 말했다. "우리 모두가 두려워하는 게 그거야."

늘 그랬듯 발터는 모드의 인맥에 깊은 인상을 받았다. 그녀는 런던에서 가장 유력한 인사들과 스스럼없이 어울렸다. 발터는 모드가 열한 살쯤이던 때를 떠올렸다. 그녀의 아버지가 보수당 정부에서 장관을 지내고 있었는데, 각료들이 티 귄을 방문하면 모드는 진지한 질문을 던지곤 했고, 당시 손님들도 그녀의 말을 정중하게 듣고 참을성 있게 대답해주었다.

모드가 계속 말을 이었다. "한편으로 다행인 건, 전쟁이 벌어진다 해도 영국은 끼어들 필요가 없다고 애스퀴스 수상이 말했다는 거예요."

발터는 희망이 생겼다. 만일 영국이 참전하지 않는다면 전쟁이 벌어진다 해도 모드와 헤어질 일은 없다.

하지만 피츠는 못마땅한 눈치였다. "정말? 만일……" 그는 발터를 보았다. "미안하네, 울리히. 만일 독일이 프랑스를 점령해도 말이야?"

모드가 대답했다. "수상 말로, 우리는 구경만 할 거랬어요."

"오래전부터 우려하던 일이야." 피츠는 거만한 태도로 말했다. "현 정부는 유럽 내 세력 균형을 이해 못하고 있어." 보수당원인 피츠는 자유당 정부를 신뢰하지 않았고, 개인적으로는 상원의회를 약화시킨 애스퀴스를 증오했다. 하지만 무엇보다 중요한 건 전쟁이 불러올 참상을 완전히 두려워하지만은 않는다는 점이었다. 어떤 면에서 피츠도 오토처럼 전쟁이 벌어질지 모른다는 생각을 즐기고 있는 게 아닌지 발터는 두려웠다. 그는 영국의 힘이 약해지느니 전쟁에 참여하는 편이 낫다고 생각하는 게 분명했다.

발터가 말했다. "정말 그렇게 생각하나, 친애하는 친구 피츠? 독일이 프랑스에 이기면 정말 힘의 균형이 뒤집히는 거야?" 저녁식사 자리에서 나누기에는 민감한 대화였지만, 피츠의 집에 깔린 고급 카펫 아래로 쓸어넣어버리기에는 너무나 중요한 주제였다.

피츠가 말했다. "명예로운 자네 조국과 빌헬름 황제 폐하께는 조금 죄송한 말씀이지만, 영국은 독일의 프랑스 통치를 허락해선 안 된다는 게 내 생각이네."

그거 문제로군. 말솜씨 좋은 피츠의 의견을 듣고 발터는 분노와 절망을 드러내지 않으려 애쓰며 속으로 생각했다. 독일이 러시아의 동맹국인 프랑스를 공격한다면, 그건 사실상 방어적인 조치일 터였다. 하지만 영국인들은 마치 독일이 유럽 전체를 정복할 의지가 있는 듯이 말한다. 억지로 다정한 웃음을 지으며 발터가 말했다. "우리는 사십삼 년 전 프로이센-프랑스 전쟁에서 프랑스를 물리쳤어. 그때 영국은 구경만 하고 있었지. 그리고 우리가 이겼다고 해서 영국이 손해본 건 없었어."

모드가 거들었다. "애스퀴스도 그렇게 말했어요."

"그때와는 달라." 피츠가 말했다. "1871년 프랑스를 패배시킨 건 프로이센과 작은 몇몇 왕국이었지. 전쟁이 끝난 후 그 연합체가 하나의 국가를 이뤄 지금의 독일이 되었고. 내 오랜 친구 울리히, 자네도 분명히 동의할 테지만 오늘날 독일은 과거 프로이센보다 훨씬 강력한 존재잖아."

피츠 같은 사람들이 정말로 위험하다고 발터는 생각했다. 흠잡을 데 없이 예의바른 태도를 유지한 채 세계를 멸망으로 몰아가는 사람들. 발터는 가벼운 목소리로 대답하려고 무던히 애써야 했다. "물론 맞는 말이지. 하지만 강력하다고 해서 적으로 삼아야 한다는 법은 없을 수도 있어."

"그게 문제긴 해. 그렇지 않나?"

긴 식탁 반대편에 앉은 비가 못마땅한 듯 기침을 했다. 서로 예의바른 태도로 대화를 이어가기에는 지나치게 민감한 주제라고 생각한 게 틀림없었다. 비는 밝은 목소리로 말했다. "공작부인이 여는 파티가 기다려지시나요, 울리히 씨?"

발터는 꾸짖음을 당한 기분이었다. "분명 굉장히 훌륭한 파티일 거라고 생각합니다." 그는 과장되게 열을 내서 말했고 비는 고맙다는 듯 고개를 끄덕거렸다.

허미아 부인이 끼어들었다. "발터 씨는 정말 춤을 잘 추시잖아요!"

발터는 중년의 허미아를 향해 따뜻한 미소를 지어 보였다. "허미아 부인, 그렇다면 첫 곡을 함께 추는 영광을 허락해주시겠습니까?"

허미아는 기분이 좋아졌다. "어머, 이런 세상에. 저는 춤추기에는 너무 늙었어요. 그리고 요즘 젊은이들은 제가 사교계에 처음 나갈 때는 있지도 않던 스텝을 밟더군요."

"요즘 대유행은 차르다시입니다. 헝가리 전통 무용이죠. 제가 좀 가르쳐드려야겠네요."

피츠가 말했다. "그런 것도 외교적인 사안이라고 생각하는 모양이지?" 별로 우스운 이야기도 아니었지만 모두 웃음을 터뜨렸고, 대화는 소소하지만 안전한 다른 주제로 옮겨갔다.

저녁식사를 마친 뒤, 일동은 마차를 타고 400여 미터를 이동해 파크 레인에 있는 서식스 공작의 대저택으로 향했다.

어둠이 깔린 시간, 창문마다 환한 불빛이 쏟아졌다. 공작부인이 마침내 항복하고 전기를 끌어온 모양이었다. 발터는 웅장한 계단을 올라 세 개의 공간이 연결된 커다란 응접실 가운데 첫번째 방으로 들어섰다. 오케스트라가 최근 가장 유행하는 곡인 〈알렉산더의 래그타임 밴드〉를 연주했다. 발터의 왼손이 움직이기 시작했다. 이 곡은 당김음이 가장 중요한 요소였다.

발터는 약속을 지켜 허미아 부인과 춤을 추었다. 가능하면 그녀가 많은 사람과 춤추기를 바랐다. 그래야 피곤해진 그녀가 곁방에서 졸 때 모드와 단둘이 시간을 보낼 수 있기 때문이다. 바로 이 집 서재에서 몇 주 전 모드와 있었던 일이 머릿속을 떠나지 않았다. 모드의 딱 붙는 드레스 안쪽의 맨몸을 만지고 싶은 생각에 손이 근질거렸다.

하지만 먼저 해야 할 일이 있었다. 발터는 허미아 부인에게 고개를 숙인 뒤, 하인에게서 분홍색 샴페인을 한 잔 받아들고 돌아다니기 시작했다. 그는 소연회장과 응접실, 대연회장을 차례로 돌며 정치인, 외교관 들과 이야기를 나누었다. 런던에 와 있는 모든 외국 대사가 초대를 받아 많은 이가 참석했는데, 그 가운데는 발터의 상관인 리히노프스키 공도 있었다. 영국 의회 의원도 셀 수 없을 정도로 많이 보였다. 대개는 공작부인과 같은 보수당원이지만, 몇몇 각료를 포함해 자유당 소속 의원도 보였다. 로베르트는 육군성 차관 르마크와 진지한 대화를 나누고 있었다. 노동당 하원의원은 아무도 보이지 않았다. 공작부인은 스스로 포용력이 큰 여자라고 생각했지만 그래도 한계가 있었다.

발터는 오스트리아가 세르비아에 보낸 최후통첩의 내용을 빈에 있는 주요 국가 대사관에도 모두 보냈다는 사실을 알아냈다. 전보로 런던에 도착한 최후통첩은 밤새 번역될 테고, 아침이면 모두가 그 내용을 알게 될 것이다. 대부분 오스트리아의 요구에 깜짝 놀랄 테지만, 어떻게 대처해야 할지 아는 사람은 아무도 없을 것이다.

새벽 한시까지 알아낼 수 있는 정보를 모두 알아낸 발터는 모드를 찾아나섰다. 계단을 따라 정원으로 내려가니 줄무늬 천막에 음식이 차려져 있었다. 영국 상류층은 정말 지나칠 정도로 먹어대는군! 모드는 포도를 만지작거리고 있었다. 다행히 주변에 허미아 부인의 모습은 보이지 않았다.

발터는 걱정은 미뤄두기로 했다. "영국인은 어떻게 이렇게 많이 먹을 수 있죠?" 그는 장난스레 모드에게 말했다. "여기 사람들 대부분은 푸짐하게 아침을 먹고 대여섯 코스나 되는 점심, 샌드위치와 케이크를 곁들여 차를 마시고 저녁 만찬으로 적어도 여덟 가지 코스 요리를 먹죠. 그런데도 지금 이 시간에 수프에다 속을 채운 메추라기, 바닷가재, 복숭아, 아이스크림을 먹어야 한답니까?"

모드는 웃었다. "천박하다고 생각하는군요?"

그렇게 생각하지는 않았지만 발터는 모드를 놀리려고 그런 척했다. "하긴 영국에 뭐 문화랄 게 있던가요?" 그는 모드의 팔을 붙들고 발길 닿는 대로 산책하듯 천막을 나와 정원으로 향했다. 나무마다 예쁜 전등이 달려 있어서 아주 어둡지는 않았다. 관목 사이로 구불구불 뻗은 오솔길에 남녀 몇 쌍이 걸으며 이야기를 나누고 있었다. 몇몇은 어둑한 곳에서 조심스럽게 손을 잡기도 했다. 발터는 로베르트가 또 르마크 경과 함께 있는 걸 보고 혹시 두 사람이 사귀는 사이가 아닌가 생각했다. "영국 작곡가요?" 발터는 여전히 모드를 놀리고 있었다. "길버트와 설리번.* 화가? 프랑스 인상파는 세계가 스스로를 관찰하는 방식을 바꾸고 있을 때 영국인은 강아지랑 노는 발그레한 뺨의 아이들이나 그리고 있었죠. 오페라? 독일 아니면 전부 이탈리아 작품이고. 발레? 그건 러시아죠."

"하지만 그래도 우리는 세계의 절반을 지배하고 있죠." 모드는 조롱하듯 웃음지었다.

발터는 모드를 껴안았다. "그리고 당신은 래그타임도 칠 수 있고요."

"일단 리듬만 탈 줄 알면 쉬워요."

"그게 어려워요."

"교습이 필요하다니까요."

발터는 모드의 귓가에 입을 가져가 속삭였다. "가르쳐줄래요?" 모드가 키스해오자 속삭임은 신음으로 변했고 두 사람은 한참 아무 말도 하지 않았다.

II

그것이 7월 24일 금요일 자정을 넘긴 새벽시간이었다. 다음날 저녁, 발터가 다른 저녁식사 자리와 다른 무도회에 참석해 확인해보니 세르비아가 오스트리아의 요구사항 가운데 다섯번째와 여섯번째의 의미를 명확히 해달라고 요청하는 것 말고는 모두 받아들일 거라는 소문이 사람들 사이에 파다했다. 그 정도로 굽실거리는 답변을 오스트리아가 물리칠 리 없지, 발터는 매우 기쁘게 생각했다. 물론 어떻게든 전쟁을 벌

---

* 각각 극작가와 작곡가로 함께 많은 오페레타를 만들었다.

일 생각이라면 얘기가 달라지지만.

토요일 새벽 집으로 돌아가는 길에 발터는 지난밤 수집한 정보에 관한 보고서를 작성하려고 대사관에 들렀다. 책상에 앉아 있는데, 깔끔한 예복 차림의 리히노프스키 공이 회색 실크해트를 손에 들고 나타났다. 깜짝 놀란 발터는 펄쩍 뛰듯 일어나 고개를 숙이며 인사를 건넸다. "안녕하십니까, 각하."

"아주 일찍 나왔군, 울리히." 대사가 말했다. 그러더니 발터가 입은 연미복을 보고는 다시 덧붙였다. "일찍 나온 게 아니라 귀가가 늦은 거로군." 대사는 커다란 매부리코 끄트머리가 콧수염 난 인중까지 내려온 우락부락한 얼굴이지만 잘생긴 편이었다.

"각하께 지난밤 들은 소문에 관해 보고서를 쓰고 있었습니다. 혹시 필요한 게 있으십니까?"

"에드워드 그레이 경으로부터 만나자는 전갈을 받았네. 혹시 다른 옷이 있으면 갈아입고 따라와서 메모를 좀 해주었으면 하네."

발터는 신이 났다. 영국 외무부 장관은 세계에서 가장 큰 권력가 가운데 하나다. 런던 외교계는 좁기 때문에 발터도 물론 그와 마주친 적은 있지만, 단지 몇 마디 인사를 나눈 게 전부였다. 리히노프스키야 별생각 없이 같이 가자고 한 것이지만 발터는 두 사람이 비공식적으로 만나 유럽의 운명을 결정짓는 자리에 참석할 수 있게 된 셈이다. 고트프리트 폰 케셀이 알면 배 아파 죽겠군. 발터는 속으로 생각했다.

발터는 쩨쩨한 생각을 한 자신을 질책했다. 이번 만남은 대단히 중요할 수도 있었다. 오스트리아 황제와 달리, 그레이는 전쟁을 원치 않을 수도 있다. 이것을 계기로 전쟁을 막을 수 있을까? 그레이는 예측하기 어려운 사람이었다. 어느 쪽으로 튈까? 만일 전쟁을 반대한다면 발터는 어떻게든 그를 도울 생각이었다.

혹시 이런 급한 일이 있을 때를 대비해 문 뒤 고리에 프록코트 한 벌을 걸어두었다. 무도회를 위해 입었던 연미복을 벗고 평상시 입을 수 있는 그 코트를 흰색 조끼 위에 걸쳤다. 그리고 노트를 하나 챙긴 다음 대사를 따라 건물을 나섰다.

두 사람은 이른 아침 선선한 공기가 가득한 세인트제임스 공원을 가로질렀다. 발터는 세르비아의 대답에 대한 소문을 대사에게 들려주었다. 대사도 자신이 들은 소식을 말해주었다. "알베르트 발린이 어제저녁 윈스턴 처칠과 식사를 했다더군." 발린은 독일 선박업계의 실력자로, 유대인인데도 카이저와 가까운 사이였다. 처칠은 영국 해군을 책임지고 있었다. "두 사람이 무슨 이야기를 했는지 정말 궁금해." 리히노프스키가 말했다.

카이저가 자기를 무시한 채 발린을 통해 영국에 전갈을 보낼까봐 우려하는 게 분명했다. "알아내보겠습니다." 발터는 기회가 생긴 걸 기뻐하며 말했다.

두 사람은 외무부 건물에 들어섰다. 신고전주의 양식의 그 건물을 보면 발터는 늘 결혼 케이크가 떠올랐다. 두 사람은 공원이 내려다보이는 호화스러운 장관실로 안내받았다. 건물 전체가 이렇게 말하는 듯했다. '영국은 세계에서 가장 부자이고, 당신들에게 무슨 짓이든 마음대로 할 수 있다.'

에드워드 그레이 경은 몸이 비쩍 마르고 얼굴이 해골 같은 남자였다. 외국인을 싫어하고 해외에 나가는 일도 절대 없었다. 영국인들 시각에서는 그런 성격이 외무부 장관에 완벽히 맞는다고 여겨지는 듯했다. "와주셔서 정말 감사합니다." 그레이 경이 공손하게 그들을 맞았다. 회의 내용을 받아적는 보좌관 한 명을 제외하고는 아무도 없었다. 자리를 잡고 앉자마자 그는 바로 용건을 꺼냈다. "발칸 상황을 진정시키기 위해 할 수 있는 일을 해야 합니다."

발터는 희망이 솟았다. 그레이 경의 말이 평화를 원하는 사람처럼 들렸기 때문이다. 그레이는 전쟁을 원치 않았다.

리히노프스키는 고개를 끄덕였다. 그는 독일 정부 내에서 평화를 주장하는 무리에 속했다. 오스트리아가 물러서야 한다고 강하게 주장하는 전보를 베를린에 보낸 적도 있다. 러시아와 프랑스가 더 강력해질지도 모르는 미래보다 아예 지금 전쟁을 하는 편이 독일을 위해 더 낫다고 믿는 발터의 아버지나 그 외 사람들과는 의견이 달랐다.

그레이가 말을 이었다. "오스트리아가 어떤 행보를 보이든, 러시아를 위협해 차르가 군사적 대응을 하도록 하는 것만은 절대 안 됩니다."

바로 이거야. 발터는 흥분하며 속으로 생각했다.

리히노프스키는 그레이 경과 같은 생각임이 분명했다. "장관님, 정확히 맞는 말씀이라고 생각합니다."

그레이는 칭찬도 의식하지 못했다. "제 제안은 독일과 영국이 함께 최후통첩에 명시된 시한을 연장해달라고 오스트리아에 요청하자는 겁니다." 그는 반사적으로 벽에 매달린 시계를 쳐다보았다. 오전 여섯시가 조금 지난 시각이었다. "오스트리아는 최후통첩에 대한 답을 베오그라드 시간으로 오늘 저녁 여섯시까지 요구했습니다. 세르비아에 하루의 시간을 더 주자는 의견을 거부하기는 쉽지 않을 겁니다."

발터는 실망스러웠다. 그레이에게 세상을 구할 계획이 있기를 바랐기 때문이다. 기한 연장은 별 중요한 영향을 못 미칠 것이다. 아무 소용이 없을지도 모른다. 그리고 발터가 생각하기에 오스트리아는 매우 적대적이어서 아무리 사소한 요청도 쉽게 거부할 것 같았다. 하지만 아무도 그의 의견을 묻지 않은데다 이렇게 최고위층이 만나는 자리에서는 지시가 없는 한 발언할 생각은 없었다.

"아주 좋은 생각이군요." 리히노프스키가 말했다. "찬성 의견을 달아서 베를린에 전달하겠습니다."

"고맙습니다." 그레이가 말했다. "혹시 그게 실패할 경우 또다른 제안이 하나 더 있습니다."

그렇다면 그레이도 오스트리아가 세르비아에 시간을 더 줄 거라는 확신이 없는 모양이군. 발터는 생각했다.

그레이가 말했다. "저는 영국과 독일, 이탈리아, 프랑스가 함께 나서서 중재를 하되, 4개국 회담을 열어 오스트리아가 러시아를 위협하지 않고 만족할 수 있는 해법을 찾아낼 것을 제안합니다."

이 방법이 더 낫겠군. 발터는 기분이 다시 들떴다.

"물론 오스트리아는 회담에서 내려질 결정에 대해 미리 동의하겠다고 하진 않을 겁니다." 그레이가 말했다. "하지만 그래도 괜찮습니다. 최소한 회담에서 어떤 결론이 났는지 알 때까지는 추가 행동을 자제하라고 오스트리아 황제에게 요구할 수 있죠."

발터는 무척 기뻤다. 경쟁국과 동맹국이 함께 세운 계획을 거절하기란 오스트리아로서도 쉬운 일은 아니다.

리히노프스키 역시 흡족한 것 같았다. "말씀하신 방안을 베를린에 강력히 추천하겠습니다."

그레이가 말했다. "이렇게 이른 아침시간에 만나러 와주셔서 정말 감사합니다."

리히노프스키는 면담이 끝났음을 알아차리고 자리에서 일어서며 물었다. "천만의 말씀입니다. 오늘 햄프셔에 가십니까?"

낚시와 새 관찰이 취미인 그레이는 햄프셔의 이첸 강 근처 오두막에서 보내는 시간을 가장 행복해했다.

"오늘밤에 갈 수 있으면 좋겠습니다." 그레이가 말했다. "요즘 날씨가 낚시하기에 딱 좋거든요."

"편안한 일요일을 보내실 수 있을 겁니다." 리히노프스키는 인사를 마치고 밖으로 나왔다.

다시 공원을 지나며 리히노프스키가 말했다. "영국인들은 놀라워. 유럽이 전쟁 위기에 몰렸는데 외무부 장관이 낚시를 가다니."

발터는 마냥 기분이 좋았다. 절박함을 내보이진 않았는지 몰라도 어쨌든 그레이는 처음으로 통할 법한 해법을 고안해낸 인물이다. 고마운 마음이 들었다. 내 결혼식에 그레이 경을 초대하고 하객들에게 인사말을 할 때 특별히 감사를 전해야지. 발터는 속으로 생각했다.

리히노프스키와 함께 대사관에 도착했을 때 발터는 아버지가 와 있는 걸 보고 깜짝 놀랐다.

오토는 사무실로 오라며 발터에게 손짓했다. 고트프리트 폰 케셀이 책상 옆에 서 있었다. 발터는 모드 이야기를 꺼내 아버지에게 따지고 싶었지만, 케셀 앞에서 그런 이야기를 할 수는 없었다. 결국 이렇게 말했다. "언제 오셨습니까?"

"방금 전에. 파리에서 야간열차를 타고 왔지. 대사님하고 어디 다녀오는 길이냐?"

"에드워드 그레이 경이 만나자고 해서 다녀오는 길입니다." 케셀의 부러워하는 표정을 보니 발터는 만족스러웠다.

오토가 말했다. "뭐라고 하더냐?"

"오스트리아와 세르비아 사이를 중재하기 위한 4개국 회담을 제안하더군요."

케셀이 말했다. "시간 낭비죠."

발터는 케셀의 말은 무시한 채 아버지에게 물었다. "어떻게 생각하십니까?"

오토는 눈을 가늘게 떴다. "흥미롭군. 그레이는 교활한 자야."

발터는 흥분한 표정을 감추지 못했다. "오스트리아 황제가 제안을 받아들일까요?"

"절대 아닐 거다."

케셀이 킬킬대며 웃었다.

발터는 짓밟힌 기분이 들었다. "왜죠?"

오토가 말했다. "4개국 회담의 결론을 오스트리아가 거부하면?"

"그레이도 그 말을 했습니다. 오스트리아가 회담에서 내려진 권고를 순순히 따르려 하지는 않을 거라고요."

오토는 고개를 저었다. "그야 당연하지. 하지만 그러면 어떻게 되지? 독일이 평화회담에 참석하고 오스트리아가 우리 제안을 거절하면, 오스트리아가 전쟁을 벌였을 때 우리가 어떻게 그들을 지원하지?"

"지원할 수 없죠."

"그러니까 결국 그레이의 제안은 오스트리아와 독일 사이를 이간질하기 위한 것에 불과해."

"이런." 발터는 바보가 된 것 같았다. 그런 생각은 전혀 해보지 못했다. 낙관적이던 마음은 무너지고 말았다. 발터는 우울하게 말했다. "그럼 우리는 그레이의 평화안을 지지할 수 없겠군요."

"절대 안 되지." 아버지가 말했다.

III

에드워드 그레이 경의 제안은 수포로 돌아갔고, 발터와 모드가 지켜보는 가운데 세계는 시시각각 재앙을 향해 다가가고 있었다.

다음날인 일요일, 발터는 안톤을 만났다. 다시 한번 모든 사람이 러시아의 다음 행보를 궁금해했다. 오스트리아의 거의 모든 요구를 받아들인 세르비아는 단지 가장 가혹한 두 가지 조항을 논의할 시간을 좀더 달라고 요청하고 있었다. 하지만 오스트리아는 시간 연장을 받아들일 수 없다고 발표했고, 세르비아는 보잘것없지만 자국 군대를 동원하기 시작했다. 충돌은 피할 수 없을 것 같았다. 문제는 러시아가 끼어들 것인가 하는 점이었다.

발터는 런던에서 가장 교통이 복잡한 교차점인 트래펄가 광장의 세인트 마틴 인 더 필즈 교회로 향했다. 팔라디오*풍으로 지은 이 교회는 18세기 건물이었다. 발터는 안톤과 만나면서 러시아의 의도에 관한 정보를 얻는 동시에 영국 건축사를 공부한다는 생각이 들었다.

발터는 계단을 올라가서 거대한 기둥 사이를 지나 안으로 들어갔다. 주변을 근심스럽게 둘러보았다. 상황이 가장 좋을 때도 그는 안톤이 나타나지 않을까봐 걱정하곤 했다. 더군다나 지금은 안톤이 겁먹을 수 있는 최악의 상황이었다. 건물 동쪽 끝 벽에 난 베네치아풍 창문을 통해 훤히 들여다보이는 실내에서 안톤을 금세 찾아낼 수 있었다. 마음이 놓인 발터는 예배가 시작되기 직전 복수심에 불타는 스파이 옆에 자리를 잡고 앉았다.

늘 그렇듯 두 사람은 사람들이 찬송가를 부를 때를 틈타 이야기를 나누었다. "금요일에 각료회의가 있었습니다." 안톤이 말했다.

발터도 이미 알고 있었다. "결론이 어떻게 났어요?"

"결론은 나지 않아요. 그들은 그저 조언할 뿐입니다. 결론을 내리는 건 차르죠."

---

* 후기 르네상스의 이탈리아 건축가.

발터 역시 모르지 않았다. 참을성을 발휘해야 했다. "알겠습니다. 그들이 무슨 조언을 했죠?"

"네 개의 군관구에서 군사동원 준비체제를 갖출 수 있도록 허락하라는 거였습니다."

"안 돼!" 발터는 자기도 모르게 소리를 질렀다. 찬송가를 부르던 주변 사람들이 고개를 돌려 그를 노려보았다. 동원체제를 갖추는 건 전쟁에 돌입하는 첫번째 예비단계였다. 가까스로 진정한 발터가 말했다. "차르가 동의했나요?"

"어제 재가가 떨어졌습니다."

발터는 절망에 빠져 물었다. "어느 군관구죠?"

"모스크바와 카잔, 오데사, 키예프, 네 곳입니다."

사람들이 기도를 올리는 동안 발터는 러시아 지도를 머릿속에 떠올려보았다. 모스크바와 카잔은 그 거대한 나라 한가운데 위치해 유럽 다른 나라의 국경과 2000킬로미터 가까이 떨어져 있었지만, 러시아 남서쪽의 오데사와 키예프는 발칸반도와 가까웠다. 다음 찬송이 시작되자 발터가 말했다. "오스트리아에 대응하기 위해 군대를 동원하고 있군요."

"아직 동원령을 내린 건 아닙니다. 동원령을 준비하는 거죠."

"그건 압니다." 발터는 참을성 있게 말했다. "하지만 어제까지만 해도 상황은 오스트리아가 세르비아를 공격하는, 발칸반도 내부의 사소한 분쟁이었습니다. 이제 오스트리아와 러시아가 뛰어든 유럽 강대국 사이의 전쟁이 된 겁니다."

찬송이 끝나자 발터는 다음 찬송이 시작되기를 참을성 있게 기다렸다. 독실한 신교도인 어머니를 보고 자란 발터는 은밀한 공작을 위해 교회를 이용한다는 사실이 늘 양심에 걸렸다. 그는 용서해달라고 짧은 기도를 올렸다.

신도들이 다시 노래 부르기 시작하자 발터가 말했다. "왜 그렇게 서둘러 전쟁 준비를 하는 거죠?"

안톤은 어깨를 으쓱했다. "장군들이 차르에게 말합니다. '결심을 하루 미루실 때마다 적에게 유리해집니다.' 항상 그런 식이죠."

"그자들은 전쟁을 준비하면 전쟁이 일어날 가능성이 더 커진다는 걸 모르나요?"

"군인들은 전쟁에서 이기길 원하지, 전쟁을 피하지 않습니다."

찬송이 끝나고 예배도 끝났다. 발터는 일어서는 안톤의 팔을 붙잡았다. "앞으로는 더 자주 만나야겠어요."

안톤은 화들짝 놀란 것 같았다. "그 이야기는 이미 여러 번—"

"상관없어요. 유럽이 전쟁의 문턱에 서 있다고요. 당신은 러시아가 몇몇 군관구에서 병력동원을 준비하고 있다고 했습니다. 다른 지역에서도 같은 조치를 취한다면 어떻게 합니까? 다른 어떤 조치를 취할 수 있을까요? 준비 조치는 언제 실제 움직임이 될까요? 나는 매일 보고를 해야 합니다. 매시간 하면 더 좋겠죠."

"그건 너무 위험해요." 안톤은 붙잡힌 팔을 빼내려 애썼다.

발터는 더 단단히 움켜쥐었다. "매일 아침 당신이 대사관에 출근하기 전에 웨스트민스터 성당에서 만납시다. 남쪽으로 튀어나온 곳에 있는 시인들 묘지 구역에서요. 굉장히 큰 성당이니 아무도 우리를 못 알아볼 겁니다."

"그럴 리 없어요."

발터는 한숨을 내쉬었다. 협박을 해야 했지만 내키지 않았다. 그랬다간 되레 스파이가 모든 걸 포기해버릴 수도 있기 때문이다. 하지만 위험을 무릅쓸 수밖에 없었다. "내일 나오지 않으면 내가 직접 대사관으로 찾아가겠습니다."

안톤은 얼굴이 허예졌다. "그럴 순 없어요! 놈들이 날 죽일 겁니다!"

"나는 정보를 알아내야 해요! 전쟁을 막으려고 애쓰는 겁니다."

"나는 전쟁이 벌어지기를 바랍니다." 키 작은 안톤이 매정하게 말했다. 그의 목소리는 거의 들리지 않을 만큼 작았다. "나는 내 조국이 독일 군대에 의해 부서지고 파괴되기를 원합니다." 발터는 깜짝 놀라 안톤의 얼굴을 보았다. "차르가 잔인하게 살해당하고 그의 가족도 마찬가지 신세가 되기를 바랍니다. 그리고 모두 지옥에 떨어지기를 바랍니다. 그래야 마땅한 일이죠."

안톤은 돌아서더니 종종걸음으로 교회를 빠져나가 왁자지껄한 트래펄가 광장으로 향했다.

IV

비 공주는 화요일 오후 티타임이면 집에 손님들을 초대했다. 그녀의 친구들이 모여 이전에 참석했던 파티에 관해 이야기를 나누고 데이타임 드레스를 자랑하는 시간이었다. 모드와 험 고모 둘 다 피츠의 관대함에 기대어 사는 가난한 존재이므로 참석하지 않을 수 없었다. 신경이 오직 전쟁이 벌어질지 여부에 쏠려 있는 오늘, 모드의 귀에는 오가는 대화가 더 멍청하게 들렸다.

메이페어 저택의 거실은 현대식이었다. 비는 유행에 따라 집을 꾸미는 데 신경을 많이 썼다. 서너 명씩 모여앉아 이야기를 나눌 수 있도록 서로 어울리는 대나무 의자와 소파를 배치했고, 그 사이사이 넓게 공간을 두어 사람들이 돌아다닐 수 있게 했다. 의자와 소파를 덮은 천은 차분한 보라색 무늬에 카펫은 연갈색이었다. 벽은 벽지를 바르지 않고 편안한 베이지색 페인트로 칠했다. 사진 액자나 장식품, 쿠션, 꽃병 같은 빅토리아풍 잡동사니는 없었다. 비는 유행을 아는 사람이라면 굳이 실내에 뭔가를 잔뜩 채워넣어 잘사는 걸 드러낼 필요가 없다는 말을 하곤 했다. 모드도 같은 생각이었다.

비는 공작부인에게 수상의 정부인 베니샤 스탠리에 관한 소문을 이야기하고 있었다. 비도 걱정해야 한다고 모드는 생각했다. 만일 러시아가 전쟁을 벌이면 오빠인 안드레이 왕자도 참전해야 했기 때문이다. 하지만 비는 아무런 걱정도 없는 듯 보였다. 사실 그녀는 오늘 특히 더 아름다워 보였다. 어쩌면 연인이 생겼는지도 모른다. 대부분 정략결혼을 하는 최상류층에서는 흔한 일이다. 어떤 사람들은 간통을 저지른 사람을 못마땅해하지만—공작부인이라면 그런 여자를 초대 명단에서 영원히 삭제해버릴 것이다—어떤 이들은 그저 모르는 체했다. 하지만 모드는 비가 그런 타입이 아닐 거라고 생각했다.

상원의회에 갔다가 한 시간 정도 시간을 내서 돌아온 피츠가 차를 마시러 들어섰고, 뒤이어 바로 발터가 따라왔다. 버튼이 두 줄로 달린 조끼에 회색 정장을 입은 두 사람은 우아한 모습이었다. 모드는 저도 모르게 군복 입은 두 사람의 모습을 머릿속에 떠올렸다. 만일 전쟁이 벌어지면 두 사람은 전투에 나갈 수도 있었다. 서로 적이 되는 건 거의 틀림없었다. 둘 다 장교가 되겠지만 교활하게 본부의 안전한 자리를 지키지는 않을 사람들이었다. 부하들을 이끌고 전방에서 싸우고 싶어할 것이다. 그녀가 사랑하는 두 남자는 결국 서로를 향해 총질을 하게 될지도 모른다. 모드는 몸을 부르르 떨었다. 생각조차 하고 싶지 않았다.

모드는 발터의 눈을 피했다. 비의 손님 가운데 눈치가 빠른 여자라면 그녀가 발터와 이야기하며 얼마나 많은 시간을 보내는지 알아차릴 것 같았기 때문이다. 사람들의 의심이 신경쓰이는 건 아니었다. 어차피 얼마 지나지 않아 다들 사실을 알게 될 터였다. 하지만 정식으로 이야기하기도 전에 피츠의 귀에 소문이 들어가는 건 원치 않았다. 피츠는 엄청나게 기분 나빠할 것이다. 그래서 모드는 어떻게든 감정을 드러내지 않으려고 애썼다.

피츠가 모드의 옆자리에 앉았다. 발터와 상관없는 이야깃거리를 찾던 모드는 티 권을 생각해내곤 물었다. "웨일스 출신 하녀장 윌리엄스는 어떻게 된 거예요? 안 보여서 다른 하인들에게 물었더니 다들 말을 흐리더라고요."

"쫓아낼 일이 있었어." 피츠가 말했다.

"이런!" 모드는 깜짝 놀랐다. "나는 오빠가 그 친구를 마음에 들어하는 줄 알았어요."

"별로 안 그랬어." 피츠는 당황한 듯했다.

"무슨 일로 오빠 기분을 상하게 했어요?"

"부정한 생활의 결과로 괴로워하고 있었어."

"오빠, 그렇게 어렵게 말 안 해도 돼요!" 모드는 웃었다. "그러니까 애를 가졌다는 거예요?"

"제발 목소리 좀 낮춰. 공작부인께서 어떤지 잘 알잖아."

"불쌍한 윌리엄스. 애아버지는 누구래요?"

"맙소사, 내가 그걸 물어봤을 것 같니?"

"물론 안 물어봤겠죠. 상대가 흔히 얘기하듯 나 몰라라 하는 남자가 아니었길 빌어요."

"모르겠어. 윌리엄스는 그저 하인이었을 뿐이야."

"오빠가 하인에게 이렇게 냉담하다니 이상한 일이네요."

"부도덕한 짓을 한 사람은 어쩔 수 없어."

"저는 윌리엄스가 마음에 들었어요. 이런 곳에서 만나는 여자들보다 더 똑똑하고 재미난 아이였는데."

"바보 같은 소리 마."

모드는 포기했다. 웬일인지 피츠는 윌리엄스에게는 전혀 신경쓰지 않는다는 듯 행동하고 있었다. 하지만 피츠는 자기 자신에 대해 해명하는 걸 절대 좋아하지 않는 사람이어서 졸라봐야 소용없었다.

발터가 받침에 받친 찻잔과 케이크 접시를 조심조심 한 손에 들고 다가왔다. 그는 모드에게 웃어 보이고는 피츠에게 말을 걸었다. "자네, 처칠 알지?"

"윈스턴 처칠?" 피츠가 말했다. "그럼 잘 알지. 우리 당에서 정치를 시작했는데 자유당으로 옮겼잖나. 마음속으로는 여전히 우리 보수당과 함께하고 있을 걸세."

"지난 금요일 처칠이 알베르트 발린과 저녁을 먹었어. 그날 발린이 무슨 이야기를 했는지 꼭 알고 싶군."

"내가 알려줄 수 있어. 윈스턴이 모두에게 말하고 다녔거든. 발린이 말하길, 전쟁이 벌어지고 영국이 참전하지 않으면, 독일은 앞으로 프랑스 영토를 탐내지 않겠다고 약속했다는군. 알자스와 로렌 지방을 집어삼킨 지난번과는 전혀 다른 입장이지."

"그렇군." 발터는 만족스러워하며 말했다. "고마워. 무슨 말을 했는지 알아내려고 며칠이나 고생했지."

"독일 대사관에서는 모르고 있다는 건가?"

"이 내용은 애초에 정상적인 외교 경로를 통해 전달할 생각이 없었던 게 분명해."

모드는 흥미가 생겼다. 그 말대로만 된다면 영국은 유럽 전쟁에서 비껴갈 수 있다. 어쩌면 피츠와 발터가 서로 총을 겨누는 일은 없을지도 모른다. 모드가 물었다. "윈스턴은 뭐라고 했대요?"

"별 대답을 안 했지." 피츠가 말했다. "그가 내각에 대화 내용을 보고했지만, 특별히 논의는 없었어."

왜 논의하지 않았는지 모드가 화를 내며 따져물으려는 순간, 방금 사랑하는 사람이 죽었다는 걸 알기라도 한 듯 넋이 나간 로베르트 폰 울리히가 모습을 드러냈다. "로베르트는 도대체 왜 저러는 거죠?" 모드는 비에게 고개 숙여 인사하는 로베르트를 보며 물었다.

로베르트는 방안에 있는 모두에게 말했다. "오스트리아가 세르비아에 전쟁을 선포했습니다."

모드는 잠시 세상이 멈춘 것처럼 느껴졌다. 움직이는 사람도 말하는 사람도 없었다. 모드는 로베르트의 동그랗게 말린 콧수염 아래 입을 바라보며 그가 했던 말을 다시 주워담기를 기도했다. 그 순간 벽난로 위 시계가 울렸고, 방안에 있던 모두가 실망스럽다는 듯 탄식을 내뱉었다.

모드의 눈에 눈물이 차올랐다. 발터가 깔끔하게 접은 흰 손수건을 내밀었다. 모드는 로베르트에게 말했다. "전쟁에 나가서 싸워야겠군요."

"그래야죠." 로베르트가 말했다. 당연하다는 듯 씩씩한 투였지만 그의 얼굴은 겁에 질려 있었다.

피츠가 일어섰다. "의회로 다시 가서 일이 어떻게 돌아가고 있는지 알아봐야겠군."

다른 몇몇도 자리를 떴다. 사람들이 웅성거리는 동안 발터는 모드에게 조용히 말했다. "알베르트 발린의 제안이 갑자기 열 배쯤 중요해졌군요."

모드 역시 같은 생각이었다. "우리가 할 수 있는 일이 있을까요?"

"영국 정부가 발린의 제안을 정말 어떻게 생각하는지 알아야겠습니다."

"내가 알아볼게요." 모드는 할 일이 생겨 기뻤다.

"나는 대사관으로 돌아가야겠어요."

모드는 떠나는 발터를 보며 잘 가라는 키스를 해주고 싶었다. 대부분 손님이 돌아가자 모드는 슬그머니 위층 자신의 방으로 향했다.

드레스를 벗고 침대에 누웠다. 전장으로 떠날 발터를 생각하니, 어쩔 도리 없이 눈물이 흘렀다. 그녀는 한참 울다가 잠들었다.

잠에서 깼을 때는 외출할 시간이었다. 글렌코너 부인이 여는 음악 야회에 초대를 받았기 때문이었다. 집에 있고 싶었지만 부인의 집에 정부 각료가 한두 사람이라도 올지 모른다는 생각이 퍼뜩 들었다. 발터에게 도움이 되는 뭔가를 알아낼 수 있을지 모른다. 모드는 일어나 드레스를 입었다.

험 고모와 함께 피츠의 마차를 타고 하이드파크를 지나 글렌코너 저택이 있는 퀸 앤스 게이트로 향했다. 손님들 중에는 모드의 친구이자 육군성 간부인 조니 르마크도 있었지만, 더 중요한 건 에드워드 그레이 경이 와 있다는 점이었다. 모드는 그레이 경에게 알베르트 발린에 대해 물어보기로 했다.

그레이 경에게 말을 걸기도 전에 음악이 시작되어 모드는 자리에 앉아 노래를 들었다. 캠벨 매킨스가 헨델의 곡들을 불렀다. 헨델은 독일 작곡가이지만 런던에서 삶의 대부분을 보냈지. 모드는 씁쓸한 기분이었다.

음악이 흐르는 동안 은밀히 그레이 경을 지켜보았다. 모드는 그레이를 별로 좋아하지 않았다. 그는 자유당 내에서도 가장 전통을 중시하고 보수적인 '자유제국주의파'라는 그룹에 속해 있었다. 하지만 모드는 그에게 강한 연민을 느꼈다. 단 한 번도 즐거워 보인 적이 없는 사람이었지만, 오늘 저녁은 시체 같은 그 안색이 특히 잿빛이라 온 세상을 어깨에 짊어지기라도 한 듯했다. 물론 실제로 그것은 사실이었다.

매킨스의 노래는 훌륭했다. 너무 바빠 참석하지 못한 발터가 왔더라면 얼마나 좋아했을까. 모드는 안타까웠다.

음악이 끝나자마자 모드는 외무부 장관에게 다짜고짜 말을 걸었다. "처칠 씨가 그러는데 알베르트 발린의 흥미로운 전갈을 경에게 전했다더군요." 그레이의 표정이 딱딱해졌지만, 모드는 굽히지 않았다. "만일 우리가 유럽 전쟁에서 발을 뺀다면 독일은 프랑스의 영토를 탐내지 않겠다고 약속했다고요."

"비슷한 내용이었죠." 그레이는 차갑게 말했다.

모드가 꺼낸 이야기가 마음에 들지 않는 게 분명했다. 그걸 알아차린 순간 즉시 다른 화제로 넘어가는 게 예절이었다. 하지만 이건 단순한 사교성 질문이 아니었다. 피츠와 발터가 전쟁에 나가느냐 마느냐가 걸려 있었다. 모드는 계속 밀어붙였다. "우리가 가장 중요하게 생각하는 건 유럽에서 국가 간 세력의 균형이 무너지는 걸 막는 점이라고 알고 있어요. 그리고 발린 씨의 제안이야말로 만족스러운 것 같은데요. 제 말이 틀렸나요?"

"확실히 틀린 말씀입니다." 그레이가 말했다. "그건 파렴치한 제안입니다." 감정이 거의 상한 목소리였다.

모드는 풀이 죽었다. 어떻게 이렇게 일축할 수 있지? 그래도 조금의 희망은 있지 않은가! 모드가 물었다. "장관님보다 이런 문제에 이해력이 떨어지는 여자인 제게 설명을 좀 해주시겠어요? 왜 그렇게 단정하시는 거죠?"

"발린의 제안을 따른다면 독일에게 프랑스를 침공할 길을 닦아주는 셈입니다. 우리도 공범이 되는 겁니다. 그건 친구를 추잡하게 배반하는 꼴이죠."

"아." 모드가 말했다. "알 것 같아요. 이런 말을 하는 것이나 마찬가지군요. '당신 이웃집을 털러 갈 건데, 당신이 방해하지 않고 물러난다면 그 집에 불까지 지르지는 않겠다고 굳게 약속하겠소.' 제 말 맞나요?"

그레이의 표정이 약간 풀렸다. "좋은 비유군요." 그는 해골 같은 얼굴에 웃음을 지어 보였다. "언제 한번 써먹어야겠어요."

"감사합니다." 모드가 말했다. 끔찍이도 실망스러웠다. 그런 감정이 얼굴에 그대로 드러날 것도 알았지만 달리 어쩔 도리가 없었다. 그녀는 침울하게 말했다. "유감스럽게도 결국 우리는 위태로울 정도로 전쟁에 가까워지고 있군요."

"그런 것 같아 걱정입니다." 외무부 장관이 말했다.

V

세계 대부분의 의회와 마찬가지로 영국도 양원제였다. 피츠는 지위가 높은 귀족과 주교, 고위 판사로 이루어진 상원에 속했다. 하원은 직접선거를 통해 선출된 하원의원으로 이루어져 있다. 상원과 하원 의회는 특별한 목적을 위해 지은 빅토리안 고딕 양식의 웨스트민스터 궁전에 모여 회의를 했다. 시계탑의 시계는 빅벤이라 불렸는데, 피츠는 빅벤이 원래 탑 안에 있는 커다란 종의 이름이라는 사실을 꼬집길 좋아했다.

7월 29일 수요일, 빅벤이 종을 쳐 열두시를 알리자 피츠와 발터는 냄새나는 템스 강 옆 테라스에 앉아 점심 전 마실 셰리를 주문했다. 피츠는 언제나 그랬듯 의사당 건물을 만족스럽게 바라보았다. 웨스트민스터 궁전은 유별나게 크고 호화스럽고 탄탄해 보였으며, 방과 복도마다 제국을 지배하는 기운이 배어 있는 듯했다. 천 년도 끄떡없이 견딜 것처럼 보이는 건물이었다. 하지만 대영제국이 그때까지 살아남을 수 있을까? 피츠는 제국을 둘러싼 이런저런 위협들을 생각하자 몸이 부르르 떨렸다. 대중을 선동하는 노동조합원이나 파업중인 탄광 광부, 독일 황제, 노동당, 아일랜드인, 공격적인 페미니스트까지. 심지어 여동생도 그중 한 명이었다.

그러나 그런 침통한 생각을 입 밖에 낼 수는 없었다. 특히 함께한 손님이 외국인일 때는. "의사당은 클럽과 비슷해." 그는 가벼운 마음으로 말했다. "바도 있고 식당이나 아주 훌륭한 도서관도 있지. 그리고 제대로 된 사람만 들어올 수 있어." 바로 그때 노동당 하원의원 하나가 자유당 의원과 함께 지나가는 모습이 보였다. 피츠가 덧붙였다. "하지만 가끔은 천민들이 경비원 몰래 들어오기도 하지."

발터는 새로 들은 소식을 쏟아냈다. "들었나? 카이저께서 태도를 완전히 바꾸셨다더군."

피츠는 금시초문이었다. "어떤 방향으로?"

"세르비아의 대답을 보면 전쟁을 일으킬 명분이 더는 없으니, 오스트리아군이 베오그라드에 주둔하는 정도로 마무리해야 한다고 하셨대."

피츠는 평화적인 해법이 미덥지 않았다. 그의 가장 큰 관심은 영국이 세계에서 가장 강력한 국가라는 위치를 유지해야 한다는 점이었다. 그는 모든 국가가 평등하게 주권을 갖고 있다는 바보 같은 믿음에 근거해 자유당 정부가 세계 최강인 영국의 지위를 날려버릴까 두려워하고 있었다. 에드워드 그레이 경은 매우 건실한 사람이지만 당의 좌익에 의해 축출당할 수도 있었고―십중팔구 주동자는 로이드조지일 터였다―그러고 나면 무슨 일이 벌어질지 알 수 없었다.

"베오그라드에 주둔한다." 피츠는 생각에 잠긴 채 말했다. 세르비아의 수도 베오그라드는 국경에서 멀지 않았다. 그곳을 점령하려면 오스트리아 군대가 세르비아 영토 안으로 약 2킬로미터만 들어가면 되었다.

러시아는 그런 움직임을 러시아에 대한 위협이 아니라 지역 경찰의 이동 정도로 인식할 수도 있었다. "글쎄."

피츠는 전쟁을 원치 않았지만 마음 한구석으로는 남몰래 전쟁이 벌어질지도 모르는 상황을 즐기고 있었다. 자신이 용감하다는 걸 증명할 수 있는 기회였기 때문이다. 그의 아버지는 해군에서 활약해 이름을 떨쳤지만, 피츠 자신은 단 한 번도 전투에 참여해본 적이 없었다. 누구나 스스로를 남자라고 부르기 전에 당연히 겪어야 할 일들이 있다. 왕과 나라를 위해 싸우는 것도 그중 하나였다.

무릎까지 내려오는 벨벳 반바지에 흰색 실크 스타킹 차림의 예복을 차려입은 사환이 다가왔다. "안녕하십니까, 피츠허버트 백작님. 손님들께서 도착하셔서 바로 식당으로 안내해드렸습니다."

사환이 가고 나자 발터가 말했다. "왜 저런 옷을 입히는 건가?"

"전통이지." 피츠가 말했다.

두 사람은 잔에 남은 셰리를 마저 마시고 안으로 향했다. 복도에는 두꺼운 붉은 카펫이 깔렸고 벽은 리넨폴드*로 장식되어 있었다. 그들은 귀족 전용 식당으로 향했다. 모드와 험 고모는 이미 자리에 앉아 있었다.

이번 점심식사는 모드의 생각이었다. 발터가 의사당에 한 번도 들어가본 적이 없다는 이야기를 꺼냈던 것이다. 발터가 고개 숙여 인사하자 모드는 따뜻한 미소를 지었다. 피츠는 마음속으로 혹시나 하는 생각을 했다. 두 사람 사이에 뭔가 호감이 오가는 걸까? 아니, 바보 같은 생각이야. 모드야 물론 무슨 짓이든 할 수 있지만, 발터는 이렇게 긴장이 흐르는 시기에 영국인과 독일인의 결혼을 고려할 만큼 분별없는 사람은 아니었다. 게다가 두 사람은 그동안 남매처럼 지내왔다.

---

* 리넨의 주름 무늬를 조각한 패널 장식.

두 사람이 자리에 앉자 모드가 말했다. "오늘 오전에 오빠가 운영하는 소아 병원에 갔었어요."

피츠는 눈썹을 치켜세웠다. "내가 운영하는?"

"오빠가 돈을 내잖아요."

"내 기억으로는 네가 이스트엔드에 남편 없이 아이들만 데리고 사는 여자들을 위해 병원이 있어야겠다고 했고, 내가 맞장구쳤더니 바로 영수증이 날아오기 시작한 것 같은데?"

"오빠는 정말 너그러워요."

피츠는 신경쓰지 않았다. 그 정도 사회적 위치에 있는 사람은 자선을 베풀어야 하는데, 오히려 모드가 모든 일을 대신해주니 편리했다. 피츠는 병원에 아이를 데려오는 어머니가 대부분 미혼모라는 사실을 군이 사람들에게 알리지 않았다. 고모인 공작부인이 불쾌해하는 걸 원치 않았기 때문이다.

"오늘 아침 누가 병원에 왔는지 알면 놀라실 거예요." 모드가 이야기를 이어나갔다. "윌리엄스예요. 티 권에서 하녀장으로 일했던 아이 말이에요." 피츠는 온몸이 얼어붙는 것 같았다. 모드가 즐거운 듯 덧붙였다. "우리 어젯밤에도 그 아이 얘기를 했잖아요!"

피츠는 짐짓 태연한 표정을 유지하려고 애썼다. 다른 여자들과 마찬가지로 모드도 피츠가 무슨 생각을 하는지 곧잘 꿰뚫어보았다. 피츠는 모드가 그와 에설의 깊은 관계를 들춰보길 바라지 않았다. 너무나 창피한 일이었다.

피츠는 에설이 런던에 있다는 사실을 알고 있었다. 에설은 올드게이트에서 적당한 집을 발견했고, 피츠가 솔먼에게 지시해 그 집을 에설의 이름으로 사주도록 했다. 길에서 에설과 마주치는 당황스러운 일이 벌어질까봐 걱정했는데, 우연히 그녀와 마주친 건 그가 아니라 모드였다.

병원에는 왜 간 걸까? 피츠는 에설에게 별일이 없기를 바랐다. "몸이 아픈 건 아니었겠지." 피츠는 그저 의례적인 질문으로 들리게 하려고 애썼다.

"별일 아니었어요." 모드가 말했다.

여자가 임신하면 사소하게 병원에 갈 일이 생긴다는 걸 피츠도 알았다. 비 역시 약간 피가 비치는 바람에 걱정했지만, 래스본 교수는 임신 삼 개월째가 되면 흔히 있는 일이며 대개 별일 아니라고 했다. 하지만 무리하지 않도록 조심해야 한다고 했는데, 비는 무리할 일 자체가 거의 없었다.

발터가 말했다. "나도 윌리엄스는 기억나는군. 곱슬머리에 발랄하게 웃던 아이지? 남편이 누구죠?"

모드가 대답했다. "몇 달 전 티 권에 손님을 모시고 따라왔던 사람이라더군요. 이름은 테디 윌리엄스래요."

피츠는 살짝 얼굴이 붉어졌다. 에설은 꾸며낸 남편 이름을 테디라고 부르고 있었다. 모드가 에설을 만나지 않았더라면 좋았을걸. 에설을 잊고 싶었다. 하지만 에설이 그냥 사라지지는 않을 것이다. 피츠는 당황한 모습을 감추려고 두리번거리며 웨이터를 찾는 시늉을 했다.

피츠는 속으로 민감하게 굴 것 없다고 생각했다. 에설은 하녀고 그는 백작이었다. 지위가 높은 남자들은 늘 원하는 대로 쾌락을 즐기곤 했다. 이런 일은 수백 년 전부터, 아니, 수천 년 전부터 있었다. 그런 일로 감상에 빠지는 건 멍청한 짓이었다.

피츠는 주제도 바꿀 겸, 아직 소식을 듣지 못한 여자들을 위해 발터가 들려준 카이저 이야기를 꺼냈다.

"저도 들었어요." 모드가 말했다. "세상에, 오스트리아가 말을 좀 들었으면 좋겠군요." 절실한 말투였다.

피츠는 눈썹을 치켜세우며 물었다. "왜 그렇게 열을 내는 거야?"

"오빠가 총을 맞는 게 싫으니까요!" 모드가 말했다. "그리고 발터가 우리 적이 되는 것도 원하지 않아요." 목이 메는 듯한 소리였다. 여자들은 감정이 지나치다.

발터가 말했다. "모드 양, 혹시 카이저의 제안에 대해 애스퀴스나 그레이가 어떻게 생각하는지 아십니까?"

모드는 감정을 추슬렀다. "그레이는 자신이 제안한 4개국 회담과 연결한다면 전쟁을 막을 수 있다고 했어요."

"잘됐군요!" 발터가 말했다. "바로 제가 바라던 바입니다." 발터의 얼굴에 떠오른 어린아이처럼 들뜬 표정을 본 피츠는 그들이 함께 학교에 다니던 때를 떠올렸다. 발터는 마치 학기 마지막날 음악상을 받았을 때처럼 보였다.

험 고모가 말했다. "무시무시한 카요 부인이 무죄판결을 받았다는 소식 들었니?"

피츠는 깜짝 놀랐다. "무죄요? 하지만 사람을 총으로 쐈잖습니까? 가게에 가서 총을 사서 직접 장전하고 〈르 피가로〉 사무실로 가서 편집자를 찾은 다음 총으로 쏴서 죽였어요. 어떻게 무죄가 될 수 있죠?"

험 고모가 대답했다. "이렇게 말했대. '총이 저절로 발사되었습니다.' 진짜로 말이야!"

모드는 웃었다.

"배심원들이 카요 부인을 좋아했나보군요." 피츠가 말했다. 모드가 웃음을 터뜨리자 그는 기분이 상했다. 변덕스러운 배심원들은 질서 잡힌 사회에 위협적인 요소다. 제대로 된 사회라면 살인을 가볍게 받아들여선 안 되었다. "그야말로 프랑스답군." 피츠는 역겹다는 듯 말했다.

"저는 카요 부인이 멋진걸요." 모드가 말했다.

피츠는 못마땅하다는 듯 툴툴거렸다. "살인자를 두고 어떻게 그런 말을 할 수 있어?"

"뉴스 편집자를 총으로 쏘는 사람이 더 많아야 한다고 생각해요." 모드는 쾌활하게 말했다. "그러면 언론이 발전할지도 모르죠."

VI

다음날인 목요일, 로베르트를 만나러 갔을 때도 발터는 여전히 희망에 부풀어 있었다.

카이저는 오토 같은 사람들의 압력에도 불구하고 벼랑 끝에서 망설이고 있었다. 육군성 장관인 에리히 폰 팔켄하인은 '전쟁 임박 상황'을 선포해달라고 요청했는데, 그것이 전쟁을 시작하는 예비단계가 될 수 있었다. 하지만 카이저는 오스트리아가 베오그라드에 주둔하면 큰 충돌은 피할 수 있다고 믿고 이를 거부했다. 그리고 차르가 군 동원령을 내렸을 때도 개인적으로 전보를 보내 재고를 간청하기도 했다.

독일과 러시아 황제는 친척 간이었다. 카이저의 어머니와 차르의 장모가 빅토리아 여왕의 딸로 자매였기 때문이다. 카이저와 차르는 영어로 대화하며 서로 "니키" "윌리"라고 불렀다. 차르 니콜라이는 친척인 윌리의 전보에 감동해 동원령을 철회했다.

만일 그 두 사람 다 꿋꿋이 버틴다면 발터와 모드, 그리고 둘과 마찬가지로 단지 평화롭게 살기만을 원하는 수백만 사람들의 미래는 밝을 수도 있었다.

오스트리아 대사관은 멋진 건물이 많은 벨그레이브 광장에서도 눈에 띄게 으리으리한 건물이었다. 발터는 로베르트의 사무실로 찾아갔다.

그들은 항상 새 소식을 나누었다. 그러지 않을 이유가 없었다. 그들의 조국은 가까운 동맹국이었기 때문이다. "카이저께서는 당신이 생각한 '베오그라드 주둔' 계획을 실행시키기로 마음먹은 것 같아." 발터가 앉으며 말했다. "그러면 나머지 문제들은 모두 해결될 수 있겠지."

로베르트는 발터처럼 낙관적이지 않았다. "성공하지 못할 거야."

"왜?"

"우리는 베오그라드에 주둔하지 않을 거니까."

"이런 젠장." 발터가 말했다. "확실해?"

"내일 아침 빈에서 열릴 각료회의에 안건으로 올라갈 텐데, 내가 보기에 결론은 이미 나 있어. 러시아가 보증하지 않으면 우리는 베오그라드에 주둔군을 보낼 수 없어."

"보증?" 발터는 화를 내며 말했다. "일단 싸움을 멈추고 나서 문제에 관해 이야기해야지. 먼저 보증을 요구할 수는 없어!"

"미안하게도 우리는 그런 식으로 생각하지 않아." 로베르트는 딱딱하게 말했다.

"하지만 우리는 동맹국이잖아. 어떻게 우리의 평화안을 거절할 수 있지?"

"그야 쉽지. 생각해봐. 우리가 어떻게 할 수 있겠어? 만일 러시아가 동원령을 내려 위협적인 상황이 되면, 우리도 마찬가지로 동원령을 내릴 수밖에 없겠지."

발터는 반박하려 했지만 로베르트의 말이 옳다는 걸 알았다. 일단 동원령이 내려지면 러시아군은 너무나 큰 위협 요소였다.

로베르트는 가차없이 말을 이어나갔다. "독일은 원하든, 원치 않든 우리 편이 되어 싸워야 해." 그는 미안하다는 표정을 지었다. "오만하게 들린다면 용서해줘. 단지 현실을 그대로 말하는 것뿐이야."

"젠장." 발터는 울고 싶었다. 희망에 기대고 있었지만 로베르트의 암울한 말에 그만 모든 게 부서져버리고 말았다. "일이 잘못 돌아가고 있어. 안 그래? 평화를 원하는 사람들이 져야 한다니."

로베르트는 목소리가 변하더니 갑자기 슬픈 표정을 지었다. "나는 처음부터 알고 있었어. 오스트리아는 공격해야 해."

지금까지 로베르트는 슬픈 게 아니라 열정적이었다. 왜 기분이 변한 거지? 발터는 로베르트를 살피며 말했다. "어쩔 수 없이 런던을 떠나야겠군."

"그건 피차 마찬가지잖아."

발터는 고개를 끄덕였다. 만일 영국이 참전한다면 오스트리아와 독일 대사관 직원들은 속히 자국으로 돌아가야 한다. 발터는 목소리를 낮추었다. "혹시…… 특별히 그리워할 사람이라도 있어?"

고개를 끄덕이는 로베르트의 눈에 눈물이 고였다.

발터는 무턱대고 찔러보았다. "르마크 경?"

로베르트는 서글픈 웃음을 지었다. "그렇게 눈에 띄었나?"

"너를 잘 아는 사람한테만 그랬지."

"조니하고 나는 조심한다고 했는데." 로베르트는 괴로운 듯 고개를 저었다. "최소한 너는 모드와 결혼할 수라도 있지."

"그럴 수 있으면 좋겠어."

"안 될 게 뭐야?"

"독일과 영국이 전쟁을 벌이게 생겼는데 둘이 결혼한다고? 모드는 아는 사람 전부에게 따돌림당할 거야. 나도 마찬가지고. 나야 별로 신경쓰지 않지만 그녀에게 그런 운명을 지우고 싶지는 않아."

"비밀 결혼을 해."

"런던에서?"

"첼시에서 결혼식을 올리는 거야. 거기라면 아무도 못 알아볼걸."

"그 지역에 거주하지 않아도 되나?"

"이름하고 그곳 주소가 적힌 편지봉투를 만들면 돼. 내가 첼시에 사니까 울리히라는 이름이 찍힌 편지를 하나 주면 되지." 로베르트는 책상 서랍을 뒤적거렸다. "여기 있군. 양복점에서 받은 영수증이야. 받는 사람이 폰 울리히 씨라고 적혀 있어. 폰von이 이름인 줄 알더라고."

"시간이 걸릴 텐데."

"특별 결혼 허가를 받아낼 수 있잖아."

"이런, 맙소사." 발터는 깜짝 놀랐다. "맞아. 그래. 그러면 되겠군."

"시청에 먼저 가야 할 거야."

"그렇지."

"내가 길을 알려줄까?"

발터는 한참 생각한 다음 대답했다. "그래."

VII

"장군들이 이겼습니다." 7월 31일 금요일, 웨스트민스터 성당의 참회왕 에드워드의 묘지 앞에 선 안톤이 말했다. "차르는 어제 오후 포기하고 말았어요. 러시아에 동원령이 내려집니다."

사형선고나 다름없었다. 발터는 가슴 언저리에서 차가운 냉기를 느꼈다.

"이제 종말의 시작이군요." 안톤이 말을 이었다. 발터는 그의 눈이 복수심에 번쩍거리며 빛나는 걸 보았다. "러시아는 세계에서 가장 큰 군대가 있으니 자국이 가장 강하다고 생각합니다. 하지만 지도력은 약해요. 아마겟돈이 될 겁니다."

발터는 이번주 들어 아마겟돈이라는 말을 두번째로 들었다. 그리고 이번에는 그 말이 당연하게 어울린다는 생각이 들었다. 몇 주만 지나면 러시아의 육백만이나 되는 병력이 독일과 헝가리 국경에 총집결할 것이다. 자그마치 육백만이. 유럽에서 그런 위협을 무시할 수 있는 지도자는 없었다. 독일도 동원령을 내려야 했다. 카이저도 더는 다른 선택을 할 수 없다.

발터도 할 수 있는 일이 없었다. 베를린에서는 참모본부가 독일도 동원령을 내려야 한다고 압박중이었고, 총리인 테오발트 폰 베트만홀베크는 오늘 정오까지 결정하겠다고 약속한 상태였다. 안톤의 소식이 뜻하는 바는 독일 총리가 내릴 수 있는 결정이 한 가지뿐이라는 사실이었다.

발터는 즉시 베를린에 보고해야 했다. 그는 곧장 안톤과 헤어져 커다란 성당 밖으로 나왔다. 스토리스 게이트라는 좁은 길을 최대한 빠르게 지나서 세인트제임스 공원의 동쪽 끝을 뛰다시피 건너가 요크 공작 기념비 계단을 오른 발터는 독일 대사관으로 들어섰다.

대사의 사무실 문이 열려 있었다. 리히노프스키 공은 책상 앞에 앉았고, 오토가 곁에 서 있었다. 고트프리트 폰 케셀은 수화기를 들고 서 있었다. 방안에는 다른 사람도 열 명쯤 보였고 사환들이 바삐 드나들었다.

발터는 거친 숨을 몰아쉬었다. 그는 헐떡이며 아버지에게 물었다. "무슨 일이죠?"

"상트페테르부르크 주재 우리 대사관이 베를린에 전문을 보냈다. '동원령 첫날 7월 31일.' 베를린이 사실을 확인하려고 노력중이야."

"케셀은 뭐하는 겁니까?"

"소식을 즉시 파악하려고 베를린과의 통화선을 확보하는 거야."

발터는 깊이 숨을 들이마시고 앞으로 한 걸음 나섰다. "대사님." 그는 리히노프스키 공에게 말했다.

"뭐지?"

"러시아군에 내려진 동원령을 확인했습니다. 정보원 말로는 한 시간 도 채 안 된 소식이라고 합니다."

"좋아." 리히노프스키가 손을 뻗자 케셀이 수화기를 넘겨주었다.

발터는 손목시계를 확인했다. 열한시 십 분 전이었다. 베를린 시각으로는 동원령 발령 여부를 결정하기로 한 정오가 코앞이었다.

리히노프스키가 수화기에 대고 말했다. "믿을 만한 소식통으로 러시아군 동원령을 확인했습니다."

그는 한참 수화기에 귀를 기울였다. 방안은 조용해졌다. 아무도 움직이지 않았다. "네." 리히노프스키가 한참 만에 대답했다. "알았습니다. 그러죠."

대사가 수화기를 내려놓는 찰칵 소리가 마치 천둥처럼 들렸다. "총리께서 결정을 내렸소." 그리고 그는 발터가 그토록 두려워하던 말을 꺼냈다. "전쟁 임박 상황이 선포되었소."

10장
1914년 8월 1일에서 3일

I

모드는 걱정스러워 미칠 것 같았다. 토요일 아침 그녀는 메이페어 저택 식당에서 아침식사를 앞두고 앉아 있었지만 아무것도 먹지 못했다. 높은 창문으로 여름 햇살이 쏟아져들어왔다. 페르시아 카펫, 엷은 초록색으로 칠한 벽, 파란색 커튼으로 이루어진 차분한 실내장식도 기분을 달래주지는 못했다. 전쟁이 닥쳐오고 있었지만 멈출 수 있는 사람은 아무도 없는 듯했다. 카이저도, 차르도, 에드워드 그레이 경도 마찬가지였다.

속이 거의 다 비칠 정도로 얇은 여름 드레스에 레이스 숄 차림으로 비가 식당에 들어섰다. 집사인 그라우트가 장갑 낀 손으로 커피를 따라주었고, 비는 접시에서 복숭아 하나를 집어들었다.

모드는 신문을 보고 있었지만 헤드라인 말고는 제대로 눈에 들어오지 않았다. 불안해서 도무지 집중할 수가 없었다. 결국 신문을 옆으로 치웠다. 그라우트는 신문을 집어들고 깔끔하게 접어 다시 내려놓았다. "너무 걱정 마십시오. 싸워야 한다면 우리가 독일에 따끔한 맛을 보여 줄 테니까요." 집사가 말했다.

모드는 그를 노려보았지만 아무 말도 하지 않았다. 하인들과 다투는 건 바보짓이었다. 그들은 늘 윗사람을 존중해 장단을 맞추며 마무리를 짓기 때문이다.

험 고모가 눈치 있게 집사를 내보냈다. "자네 말이 맞겠지, 그라우트. 따뜻한 빵 좀더 가져다주겠나?"

피츠가 들어왔다. 그가 기분이 어떠냐고 묻자 비는 어깨를 으쓱해 보였다. 모드는 두 사람 관계가 뭔가 달라졌다는 걸 알아차렸지만, 깊이 생각해보기에는 너무 경황이 없었다. 모드는 얼른 피츠에게 물었다. "어젯밤 무슨 일이 있었죠?" 그녀는 피츠가 워그레이브라는 시골 저택 에서 열린 보수당 지도자 회의에 참석했다는 걸 알고 있었다.

"F. E.가 윈스턴의 전갈을 가져왔어." 보수당 하원의원인 F. E. 스미스는 자유당의 윈스턴 처칠과 대단히 가까운 사이였다. "윈스턴이 자유당과 보수당의 연립정부를 제안했다더군."

모드는 충격을 받았다. 자유당원 사이에서 벌어지는 일은 그녀도 대강 파악하고 있었는데, 애스퀴스 수상이 이런 일을 비밀로 했다는 사실 때문이었다. "정말 터무니없군요! 그러면 더 전쟁에 가까워지잖아요!"

피츠는 비위에 거슬릴 만큼 차분한 태도로 한쪽에 차려진 뜨거운 음식들 가운데 소시지 몇 개를 집었다. "자유당의 좌익은 반전주의자와 다를 게 없어. 애스퀴스는 그자들이 자기 손을 묶어버릴까봐 두려워하고 있을 거야. 그렇다고 그들을 누를 만큼 당의 지지를 받고 있지도 못하지. 그러니 어디다 도움을 청하겠어? 보수당뿐이지. 그래서 연립정부를 제안한 거야."

모드가 두려워하던 대로였다. "보너 로는 제안에 대해 뭐라고 하던가요?" 앤드루 보너 로는 보수당 당수였다.

"거절했어."

"천만다행이네요."

"나도 그러라고 했지."

"왜요? 보너 로가 내각에서 자리를 차지하는 게 싫어요?"

"나는 그보다 더 큰 걸 원해. 만일 애스퀴스가 전쟁을 선택하고 로이드조지가 좌익을 이끌고 반란을 일으키면 자유당이 잘게 쪼개지면서 정권이 무너질 거야. 그럼 어떻게 되겠어? 우리 보수당이 정권을 잡는 거지. 그리고 보너 로가 수상이 되는 거야."

모드는 불같이 화를 냈다. "다들 전쟁을 일으키려고 난리를 피우는 거 안 보여요? 애스퀴스는 더 호전적이라는 이유로 보수당과 연합하려고 해요. 로이드조지가 애스퀴스에 반기를 들면 어쨌든 보수당이 집권하겠죠. 모두 자리나 차지하려고 하지, 평화를 위해 투쟁하지 않아요!"

"너는 어땠니?" 피츠가 말했다. "너 어젯밤 홀킨 하우스에 갔었지?" 비첨 백작의 집은 평화를 원하는 세력의 본부였다.

모드는 얼굴이 환해졌다. 한줄기 희망은 있었다. "애스퀴스가 오늘 아침 각료회의를 소집했어요." 토요일인 걸 생각하면 드문 일이었다. "몰리와 번스가 영국은 어떤 상황에서도 독일과 싸우지 않겠다는 성명을 발표하길 원한대요."

피츠는 고개를 흔들었다. "그런 식으로 속단하면 안 되지. 그레이가 사임할 거야."

"그레이는 그러겠다고 늘 위협하지만 절대 사임하지 않아요."

"하지만 우리가 정권을 차지하려고 눈을 부릅뜨고 기다리는데 내각이 쪼개지는 걸 바랄 순 없을걸."

모드는 피츠의 말이 옳다는 걸 알았다. 절망스러워 비명이라도 지르고 싶었다.

비가 이상한 소리를 내며 나이프를 떨어뜨렸다.

피츠가 말했다. "당신, 괜찮아?"

비는 배를 움켜잡고 자리에서 일어섰다. 얼굴이 창백했다. "실례해요." 그녀는 쏜살같이 밖으로 사라졌다.

모드가 걱정스러워하며 자리에서 일어섰다. "따라가봐야겠어요."

"내가 갈게. 너는 아침이나 마저 먹어." 피츠의 말에 모드는 깜짝 놀랐다.

모드는 궁금해서 그냥 넘어갈 수 없었다. 그녀는 밖으로 나가는 피츠에게 물었다. "입덧하는 거예요?"

피츠는 문간에 잠시 멈춰 섰다. "아무한테도 말하지 마."

"축하해요. 정말 잘된 일이에요."

"고맙다."

"하지만 그 아이는……" 모드의 목소리가 갑자기 잠겼다.

"아!" 험 고모는 그제야 알아차렸다. "경사로구나!"

모드가 겨우 말을 이었다. "전쟁이 벌어진 세상에 태어나는 건가요?"

"이런, 세상에." 험 고모가 말했다. "그 생각은 못했네."

피츠가 어깨를 으쓱했다. "갓난아기라면 어차피 아무것도 모를 거야."

모드는 눈물이 쏟아질 것 같았다. "언제 태어나요?"

"1월." 피츠가 말했다. "왜 그렇게 속상해하는 거야?"

"오빠." 모드는 주체할 수 없이 흐르는 눈물을 닦으며 말했다. "오빠가 그때까지 살아 있을까요?"

II

토요일 아침, 독일 대사관은 정신없이 움직이고 있었다. 발터는 대사 집무실에서 전화를 받고 전보문을 가져오고 필요한 것을 받아적었다. 모드와의 미래에 대한 걱정만 없었더라면 태어나서 가장 흥미진진한 시간이었을 터였다. 하지만 그는 강대국들의 국제적인 파워게임에 직접 참여한 사람의 전율을 즐기지 못했다. 전쟁이 벌어지면 사랑하는 여인과 적이 되어야 한다는 두려움에 지독히도 괴로웠다.

윌리와 니키 사이에 더는 우정 어린 전보가 오가지 않았다. 어제 오후, 독일 정부는 러시아에 냉정한 최후통첩을 보내면서 열두 시간 이내에 대규모 병력동원을 멈추라고 요구했다.

시한이 지날 때까지 상트페테르부르크에서는 아무 답변이 없었다.

그러나 발터는 여전히 전쟁이 동유럽에 국한될 것이며 그 결과 독일과 영국은 친선관계를 유지할 수 있으리라 믿었다. 리히노프스키 대사 역시 그같이 낙관적으로 생각했다. 심지어 애스퀴스 수상까지 프랑스와 영국은 전쟁에 참여하지 않을 수 있다고 말하기도 했다. 어쨌든 두 나라 모두 세르비아와 발칸반도의 미래와는 크게 관련이 없었다.

프랑스가 열쇠였다. 베를린은 어제 오후 또다른 최후통첩을 파리로 보내 프랑스가 중립임을 선언하라고 요구했다. 큰 기대는 하지 않았지만 발터는 필사적으로 매달렸다. 최후통첩 시한은 정오까지였다. 그사이 프랑스군 총사령관 조제프 조프르는 군에 즉각 동원령을 내릴 수 있도록 해달라고 요구했고, 내각은 그 요구에 대해 오늘 오전 회의로 결정을 내릴 예정이었다. 모든 국가의 군 장성들이 전쟁의 첫 단계를 취할 수 있게 해달라고 정치권을 압박하고 있는 꼴이군. 발터는 우울하게 생각했다.

프랑스가 어떤 방향으로 튈지 예측하는 건 괴로울 정도로 어려운 일이었다.

열한시 십오 분 전, 프랑스에 대한 최후통첩 시한이 칠십오 분 남았을 때 리히노프스키는 깜짝 놀랄 손님을 맞았다. 윌리엄 티렐 경이었다. 그는 외교 분야에서 오랜 경험을 쌓은 주요 인사로, 에드워드 그레이 경의 개인 보좌관이었다. 발터는 즉시 그를 대사 집무실로 안내했다. 리히노프스키는 발터에게 남아 이야기를 들으라는 손짓을 했다.

티렐이 독일어로 말했다. "외무장관께서 말씀 전하셨습니다. 현재 각료회의가 열리고 있는데 결과에 따라 전해드릴 말씀이 있을 수도 있다는 것이었습니다."

사전에 연습한 게 분명한 내용으로, 티렐의 독일어는 유창했다. 하지만 그럼에도 무슨 말을 하는 건지 발터는 알 수 없었다. 슬쩍 리히노프스키 대사를 봤더니 그 역시 이해할 수 없다는 표정을 짓고 있었다.

티렐이 말을 이었다. "전해드릴 말씀이란, 아마도 거대한 참상을 막는 데 도움이 될지 모를 내용을 담고 있습니다."

희망이 보였지만 확실치는 않았다. 발터는 소리를 지르고 싶었다. 용건을 말해!

리히노프스키는 여전히 외교관답게 정중한 자세로 대답했다. "전달할 내용이 어떤 주제를 담고 있을지 혹시 아십니까, 윌리엄 경?"

빌어먹을, 지금 우리는 사람이 죽고 사는 문제를 다루고 있다고! 발터는 머릿속으로 외쳤다.

윌리엄 경은 조심스럽고 정확하게 말을 꺼냈다. "말하자면 독일이 프랑스를 공격하지 않는다면, 프랑스와 대영제국이 동유럽에서 벌어지는 분쟁에 굳이 개입해야 할지 그 필요성을 재고할 수도 있다는 겁니다."

너무 놀란 발터는 들고 있던 펜을 떨어뜨릴 뻔했다. 프랑스와 영국이 참전하지 않는다. 바로 그가 그토록 바라던 소식이었다! 발터는 리히노 프스키를 바라보았다. 대사 역시 놀라고 기분이 좋은 듯 보였다. "아주 고무적인 내용이군요."

티렐은 경고하듯 한 손을 들어 보였다. "아무런 약속도 할 수 없는 걸 이해해주시기 바랍니다."

좋아. 발터는 속으로 생각했다. 하지만 그렇다고 그냥 수다나 떨러 온 건 아니겠지.

리히노프스키가 말했다. "그럼 간단히 말하죠. 전쟁을 동유럽 지역으 로 제한하자는 제안에 관해 카이저 빌헬름 폐하와 독일 정부에서 지대 한 관심을 갖고 검토해볼 수 있도록 하겠습니다."

"감사합니다." 티렐이 자리에서 일어섰다. "에드워드 경에게 그렇게 보고해야겠군요."

발터는 티렐을 밖으로 안내했다. 마냥 기분이 좋았다. 프랑스와 영국 이 전쟁에 휘말리지 않을 수만 있다면 모드와 결혼하는 데 장애가 될 것은 없었다. 이게 꿈일까 생시일까?

발터는 다시 대사 집무실로 돌아왔다. 두 사람이 티렐이 가져온 제안 에 관해 이야기를 채 나눠보기도 전에 전화가 울렸다. 발터가 수화기를 들자 영어로 말하는 익숙한 목소리가 들렸다. "그레이입니다. 대사님과 통화할 수 있을까요?"

"물론입니다." 발터는 대사에게 수화기를 건네주었다. "에드워드 그 레이 경입니다."

"리히노프스키입니다. 안녕하십니까. 네, 윌리엄 경은 막 돌아갔습니 다만……"

발터는 수화기 너머 목소리에 필사적으로 귀기울이며 대사의 표정을 읽으려고 애썼다.

"더할 나위 없이 흥미로운 제안입니다. 우리 입장을 확실히 해두었으면 합니다. 독일은 프랑스나 영국과 싸울 이유가 전혀 없습니다."

옆에서 듣기로는 그레이가 티렐이 했던 이야기를 반복하는 것 같았다. 영국측은 이번 제안을 매우 진지하게 여기고 있는 게 분명했다.

리히노프스키가 말했다. "러시아군의 동원령은 도저히 무시할 수 없는 위협입니다만, 그건 우리 동쪽 국경과 우리의 우방인 오스트리아-헝가리 국경에 대한 위협입니다. 우리는 프랑스에 중립을 지켜줄 것을 보장해달라고 했습니다. 만일 프랑스가 그럴 수 있다면, 아니 대신 영국이 프랑스의 중립을 보장해줄 수 있다면 서유럽에서 전쟁이 벌어질 이유는 없을 겁니다…… 감사합니다, 외무장관님. 완벽합니다. 제가 오늘 오후 세시 반에 전화 드리겠습니다." 대사는 전화를 끊었다.

대사는 발터를 바라보았다. 두 사람은 승리의 웃음을 지었다. "정말 뜻밖이군!" 리히노프스키가 말했다.

III

모드는 서식스 공작부인 저택에 있었다. 영향력 있는 보수당 하원의원과 귀족 들이 그곳 응접실에 모여 차를 마시고 있었다. 피츠가 잔뜩 성이 난 채 들어왔다. "애스퀴스와 그레이가 무너지고 있어!" 피츠는 은제 케이크 쟁반을 손으로 가리켰다. "저 뭉개진 스콘처럼 무너지고 있다고. 그들은 우리 우방을 배반하려고 해. 영국인이라는 사실이 부끄러울 지경이군."

모드가 두려워하던 일이었다. 피츠는 타협을 몰랐다. 그는 영국이 명령을 내리면 세계가 복종해야 한다고 믿었다. 영국 정부가 다른 국가와 동등하게 협상해야 한다는 생각을 혐오했다. 그리고 그런 생각에 동조하는 사람은 괴로울 정도로 많았다.

공작부인이 말했다. "진정해, 피츠. 무슨 일인지 얘기해봐."

피츠가 말했다. "애스퀴스가 오늘 아침 더글러스에게 편지를 보냈습니다." 모드는 참모총장인 찰스 더글러스 경을 말하는 거라고 짐작했다. "우리 수상은, 프랑스가 독일과 전쟁에 돌입할 경우 프랑스에 영국군을 보내겠다고 약속한 적이 절대 없다는 사실을 기록으로 남겨두고 싶었던 겁니다!"

모드는 유일한 자유당 지지자로서 정부를 변호해야 한다는 생각이 들었다. "하지만 그건 사실이잖아요, 오빠. 애스퀴스는 우리가 어떤 선택이든 할 수 있다는 걸 분명히 해두고 싶었을 뿐이에요."

"그러면 그동안 우리가 프랑스군과 수없이 했던 회담들은 전부 뭐란 말이야?"

"이런저런 가능성을 알아보기 위한 거죠! 만일의 사태에 대한 대책을 세우기 위해서요! 회담은 계약이 아니에요. 특히 국제정치에서는 더욱 그렇죠."

"친구는 친구야. 영국은 세계를 이끄는 나라야. 여자들이야 이런 걸 잘 이해 못하겠지만, 사람들은 우리가 우리 이웃의 편에 서리라 기대하지. 신사로서 조금이라도 남을 속이는 건 혐오스러운 짓이야. 국가로서도 똑같이 행동해야 하는 거라고."

피츠가 하는 말은 바로 영국을 전쟁에 휘말리게 할 수도 있는 논리였다. 모드는 두려움에 몸을 떨며 생각했다. 오빠에게 이 위험한 상황을 이해시킬 방법이 없었다. 두 사람은 정치적 견해가 달라도 늘 서로 사랑했다. 하지만 지금은 두 사람 다 너무 화가 난 상태여서 심각하게 다툴 수도 있었다. 그리고 피츠는 누군가와 사이가 나빠지면 절대 화해하는 법이 없었다. 하지만 전쟁에 나가 싸우고 혹시라도 총에 맞거나 대검에 찔리거나 몸이 산산조각나서 죽을지도 모르는 사람이 바로 피츠였고, 발터도 마찬가지 신세였다. 피츠는 왜 그런 사실을 모르는 걸까? 그런 생각을 하니 모드는 비명을 지르고 싶었다.

모드가 적당한 말을 찾고 있는 동안, 손님 중 하나가 말했다. 스티드라는 이름의 〈타임스〉 외신 부장인 듯했다. "더러운 독일계 유대인들이 우리 신문사로 하여금 영국의 중립을 옹호하게 하려는 금전적 시도가 있었습니다."

공작부인은 불만스러운 듯 입을 오므렸다. 그녀는 황색신문의 언어를 혐오했다.

"무슨 근거로 그런 말씀을 하시죠?" 모드는 차갑게 물었다.

"로스차일드 경이 어제 우리 신문사 경제 부장에게 이야길 했습니다." 스티드가 말했다. "평화를 위해 우리 기사에 등장하는 반독일적인 논조를 누그러뜨렸으면 좋겠다고 했답니다."

모드는 자유당원인 내티 로스차일드를 잘 알았다. 그녀가 말했다. "로스차일드의 요구를 노스클리프 경은 어떻게 생각하던가요?" 노스클리프는 〈타임스〉의 소유주였다.

스티드는 씩 웃었다. "더 강경한 머리기사를 내라고 지시하셨죠." 그는 옆 탁자에서 〈타임스〉를 한 부 집어들고 흔들었다. "'우리의 가장 중요한 관심사는 평화가 아니다.'" 그가 기사 제목을 읽었다.

모드는 일부러 전쟁을 조장하는 것보다 더 경멸해야 할 행동은 생각해낼 수 없었다. 그녀가 보기에는 피츠조차 스티드의 경솔한 태도에 혐오를 느끼는 듯했다. 그녀가 무슨 말을 하려는 순간, 아무리 형편없는 사람에게조차 공손한 태도를 절대 버리지 않는 피츠가 화제를 바꾸었다. "방금 외무부에서 나오던 프랑스 대사 폴 캉봉을 만났습니다. 얼굴이 식탁보처럼 하얗게 질려서 이러더군요. '저들은 우리를 실망시키려 합니다.' 그레이와 만나고 나오던 길이었습니다."

공작부인이 물었다. "그레이가 뭐라고 했기에 그렇게 화났는지 아니?"

"네, 캉봉에게 들었습니다. 듣자하니 독일은 프랑스가 전쟁에 뛰어들지 않겠다고 약속만 하면 프랑스를 침공하지 않을 작정인가봅니다. 그리고 그런 제안을 프랑스가 거절한다면, 영국이 굳이 프랑스를 도와 전쟁까지 해야 하는 의무감을 느끼지 않겠죠."

모드는 프랑스 대사에게 미안했지만, 혹시라도 영국이 전쟁에서 벗어날 수 있는 제안에 대한 희망으로 가슴이 뛰었다.

"하지만 프랑스는 그 제안을 거절할 수밖에 없잖아." 공작부인이 말했다. "프랑스가 러시아와 맺은 조약에 따르면, 어느 한쪽이 전쟁에 돌입하면 다른 한쪽은 도와야 하니까."

"바로 그겁니다!" 피츠가 화를 내며 말했다. "위기의 순간 무너지고 마는 것이라면 대체 국제 동맹이라는 게 무슨 소용 있겠어요?"

"말도 안 돼요." 모드가 말했다. 스스로 무례한 말투라고 생각했지만 신경쓰지 않았다. "국제 동맹은 필요하면 깨지는 거예요. 그건 중요하지 않아요."

"그럼 도대체 중요한 건 뭐지?" 피츠가 냉담하게 물었다.

"제가 보기에 애스퀴스와 그레이는 그저 현실이 어떤지 보여주면서 프랑스를 겁주려는 것에 불과해요. 프랑스는 우리 도움 없이는 독일을 무찌를 수 없어요. 만일 단독으로 전쟁을 치러야 할지 모른다고 생각하면 분쟁을 조정하려고 나설 수도 있고, 동맹국인 러시아를 설득해 독일과의 전쟁에서 뒤로 물러나도록 압박할 수도 있죠."

"그럼 세르비아는?"

모드가 말했다. "러시아와 오스트리아가 협상 테이블에 앉아서 발칸반도에 대해 양쪽이 만족할 수 있는 해결책을 도출해내는 건 지금 상황에서도 늦지 않아요."

한참 침묵이 흐르고 피츠가 말했다. "그런 일이 생길 수 있을 거란 생각은 전혀 안 드는군."

"하지만……" 모드는 입을 열었지만 자신의 목소리에서 절망을 느낄 수 있었다. "하지만 희망을 포기해선 안 되지 않나요?"

IV

방에 들어와 앉은 모드는 저녁식사를 위해 옷을 갈아입을 힘도 없었다. 하녀가 가운과 장신구를 내놓았지만 그저 멍하니 바라보기만 했다.

그녀는 런던에 있는 동안 거의 매일 밤 파티에 참석했다. 그녀의 관심을 온통 사로잡은 정치와 외교가 대부분 사교 모임에서 이루어지기 때문이다. 하지만 오늘밤은 도저히 그럴 수 없었다. 화려하고 매력적인 모습으로 꾸밀 수도, 영향력 있는 인사들로 하여금 그들이 무슨 생각을 하는지 털어놓도록 유인할 수도, 그들이 설득당하고 있다는 사실을 의심도 못하는 사이 마음을 바꿔놓는 머리싸움을 할 수도 없었다.

발터가 전쟁에 나가게 된다. 그가 군복을 입고 총을 들고 전장에 나가면 적군은 총과 대포, 기관총으로 쏴죽이거나 큰 상처를 입혀 일어나지 못하게 할 것이다. 다른 경우는 생각할 수 없었고 걸핏하면 눈물이 나왔다. 심지어 사랑하는 오빠에게 거친 말을 쏟아내기도 했다.

누군가 문을 두드렸다. 그라우트가 밖에 서 있었다. "울리히 씨가 오셨습니다."

모드는 깜짝 놀랐다. 발터가 온다는 말은 없었기 때문이다. 왜 온 거지?

놀란 표정을 보고 그라우트가 말했다. "백작님이 안 계시다고 했더니 아가씨를 뵙겠다고 하셨습니다."

"고마워요." 모드는 서 있는 그라우트 앞을 지나 아래층으로 내려가는 계단으로 향했다.

뒤에서 그라우트가 말하는 소리가 들려왔다. "울리히 씨는 응접실에 계십니다. 허미아 마님도 오시라고 말씀드리겠습니다." 심지어 그라우트조차 모드가 젊은 남자와 단둘이 있어선 안 된다는 사실을 안다. 하지만 험 고모는 재빨리 움직이지 못하니 오려면 몇 분은 걸릴 터였다.

모드는 응접실 안으로 뛰어들어가 발터의 품에 몸을 던졌다. "우리 어떻게 하죠?" 그녀는 울부짖었다. "발터, 우리 어떡해요?"

발터는 모드를 힘껏 안고서 진지한 눈빛으로 그녀를 바라보았다. 핼쑥한 얼굴이 누가 죽었다는 소식이라도 들은 사람처럼 어두웠다. 발터가 말했다. "프랑스가 독일의 최후통첩에 답하지 않았어요."

"아예 아무 말도 하지 않았다고요?" 모드는 울부짖었다.

"파리의 우리 대사가 대답을 달라고 했습니다. 비비아니 총리의 대답은 이랬어요. '프랑스는 자국의 이익을 존중할 것이다.' 중립을 약속하지 않았습니다."

"하지만 여전히 시간은 있다고……"

"아닙니다. 프랑스는 동원령을 내리기로 했어요. 조프르가 논쟁에서 이겼습니다. 다른 모든 나라에서 군부가 이긴 것과 마찬가지로 말이죠. 파리 시각으로 오늘 오후 네시에 전문이 날아갔어요."

"당신이 할 수 있는 일이 뭔가 있을 거예요!"

"독일은 더는 선택의 여지가 없어요." 발터가 말했다. "우리에게 적대적인 생각을 품고 무장한 채 어떻게든 알자스로렌 지방을 회복하려는 프랑스를 등뒤에 두고 러시아와 전쟁을 할 수는 없습니다. 결국 우리는 프랑스를 공격해야 해요. 슐리펜 계획이 이미 실행에 들어갔습니다. 베를린 거리에서는 〈황제 찬가〉가 울려퍼지고 있어요."

"당신 독일로 돌아가야겠군요." 모드는 눈물을 도저히 참을 수가 없었다.

"물론입니다."

모드는 눈물을 닦았다. 그녀의 손수건은 바보스러울 정도로 작은데다 얇은 천에 수까지 놓은 것이었다. 그녀는 대신 소매로 얼굴을 문질렀다. "언제요? 언제 런던을 떠나야 하죠?"

"며칠 안 남았어요." 모드는 발터 역시 가까스로 눈물을 참고 있다는걸 깨달았다. 발터가 물었다. "혹시 영국이 전쟁에서 빠져나갈 가능성은 있을까요? 그러면 최소한 당신 조국과는 싸우지 않아도 될 텐데요."

"모르겠어요. 내일이면 알 수 있겠죠." 모드는 발터를 끌어안았다. "꼭 안아주세요." 모드는 그의 어깨에 머리를 기대고 눈을 감았다.

V

일요일 오후, 트래펄가 광장에서 벌어진 반전시위를 본 피츠는 잔뜩화가 났다. 노동당 소속 하원의원 키어 하디가 트위드 정장 차림으로연설을 하고 있었다. 사냥터지기 같군. 피츠는 생각했다. 하디는 넬슨기념탑 받침대에 올라서서 스코틀랜드 악센트를 섞어 목이 터져라 소리지르며 트라팔가르 전투에서 영국을 위해 목숨을 바친 영웅의 기억을 훼손하고 있었다.

하디는 앞으로 닥칠 전쟁이 전 세계에서 유례가 없는 어마어마한 재앙이 될 거라고 말했다. 그는 애버로언 근처 머서라는 탄광 지역에서

뽑힌 의원이었다. 하녀의 몸에서 서자로 태어나 광부로 일하다가 정치인이 되었다. 그런 자가 전쟁에 대해 뭘 안단 말인가?

피츠는 넌더리를 내며 성큼성큼 걸어서 공작부인 저택으로 차를 마시러 갔다. 저택에 들어서니 모드가 발터와 열중한 채 이야기하는 모습이 보였다. 이번 사태로 두 사람 모두와 멀어진 것이 피츠에게는 가장 유감스러운 일이었다. 여동생을 사랑하고 발터를 좋아했지만, 모드는 자유당을 지지했고 발터는 독일인이었다. 그리고 이런 시절에는 두 사람과 이야기하는 것조차 쉽지 않았다. 하지만 피츠는 최대한 아무렇지도 않은 듯 쾌활하게 모드에게 말을 건넸다. "아침에 열린 각료회의가 아주 격렬했다더군."

모드는 고개를 끄덕였다. "처칠이 어젯밤 아무 허락도 구하지 않고 함대에 동원령을 내렸대요. 그에 대한 항의로 존 번스가 오늘 아침 사임했고요."

"안타까운 척하고 싶진 않아." 번스는 늙고 급진적인데다 가장 열심히 전쟁을 반대하는 각료였다. "그럼 나머지는 윈스턴의 행동을 지지했다는 얘기군."

"어쩔 수 없었겠죠."

"그거라도 얻은 걸 다행으로 생각할 수밖에." 피츠는 끔찍하다는 생각이 들었다. 이런 국가적인 위기에, 우왕좌왕하는 좌파들이 정부를 장악하고 있다니.

노드가 말했다. "하지만 그들은 그레이가 요청한 프랑스 수호에 대한 의무 이행도 기각시켰어요."

"여전히 겁쟁이 짓들을 하고 있군." 피츠가 말했다. 그는 자신이 동생을 무례한 태도로 대하고 있다는 걸 알았지만, 답답한 마음에 참을 수가 없었다.

"그렇진 않아요." 모드는 차분하게 말했다. "각료들은 독일 해군이 프랑스를 공격하기 위해 영국해협을 통과하는 걸 막자는 데 동의했어요."

피츠의 얼굴이 조금 밝아졌다. "그래, 그건 괜찮군."

발터가 끼어들었다. "독일 정부는 영국해협에 배를 보낼 의도가 없다는 말로 거기에 대응했지."

피츠는 모드에게 말했다. "이제 굳게 버티면 어떻게 되는지 알겠지?"

"너무 우쭐거릴 것 없어요, 오빠." 모드가 말했다. "만일 우리가 전쟁을 해야 한다면 그건 오빠 같은 사람들이 전쟁을 막으려고 열심히 노력하지 않은 탓일 거예요."

"아, 그래?" 피츠는 기분이 상했다. "이걸 알아둬. 어젯밤 브룩스 클럽에서 에드워드 그레이 경을 만나 이야기했어. 그레이 경은 프랑스인과 독일인 모두에게 벨기에가 중립국임을 존중해달라고 요구했지. 프랑스인들은 즉시 동의했어." 피츠는 도전하듯 발터를 바라보았다. "독일인들은 대답하지 않았고."

"그건 맞아." 발터는 사과한다는 듯 어깨를 으쓱했다. "내 친구, 피츠. 자네도 군인이니까 우리가 전쟁 계획 자체를 포기하지 않는 한 그 요구에 어떤 식으로든 대답할 수 없다는 걸 알 거야."

"알지. 하지만 그런 관점에서 볼 때 내 여동생은 왜 이 오빠만 전쟁광이고 자네는 평화를 사랑하는 사람으로 보는지 궁금할 뿐이야."

모드는 의문에 대답하지 않았다. "로이드조지는 독일 군대가 벨기에 영토를 심각하게 침범했을 때에 한정해서 영국이 전쟁에 개입할 수 있다고 생각해요. 어쩌면 오늘밤 각료회의에서 그 이야기를 할 수도 있죠."

피츠는 그 말이 무슨 뜻인지 알았다. 그가 벌컥 화를 내며 말했다. "그러니까 독일이 벨기에 남쪽 구석을 통과해 프랑스를 공격할 수 있도록 허락한다는 건가?"

"바로 그런 이야기인 것 같아요."

"이럴 줄 알았지." 피츠가 말했다. "반역자들. 그들은 의무를 회피하려는 거야. 전쟁을 피하려면 무슨 짓이든 할 거라고!"

"그 말이 맞았으면 좋겠군요." 모드가 말했다.

VI

월요일 오후 모드는 에드워드 그레이 경이 하원에서 하는 연설을 들으러 의사당에 가야 했다. 다들 이번 연설이 중요한 전환점이 될 거라고 여겼다. 험 고모가 그녀와 동행했다. 이번만은 나이든 고모가 함께 가주어 든든하다는 생각이 들었다.

오늘 오후, 모드의 운명과 함께 전쟁에 나가 싸울 나이인 수많은 남자의 운명이 결정될 것이다. 그레이가 무슨 말을 하느냐에 따라, 그리고 의회가 어떤 반응을 보이느냐에 따라 전 유럽의 여자들이 과부가 되고 아이들은 고아가 될 수도 있었다.

모드는 더는 화를 내지 않았다. 어쩌면 지쳐버렸는지 모른다. 이제는 그저 두렵기만 했다. 전쟁이든 평화든, 결혼이든 외로운 삶이든, 살든 죽든 운명에 맡기는 수밖에 없었다.

휴일이라 도시를 움직이던 수많은 은행 직원, 공무원, 변호사, 주식 중매인, 상인은 모두 하루를 쉬었다. 사람들은 대부분 뉴스를 먼저 들으려고 웨스트민스터의 정부기관 건물들 주위로 모여든 듯했다. 운전기사는 피츠의 7인승 캐딜락 리무진 자동차를 몰고 트래펄가 광장과 화이트홀, 의회 광장에 잔뜩 몰려든 사람들 사이로 천천히 움직였다. 흐리지만 날씨가 더워 유행에 민감한 젊은이들은 밀짚모자를 쓰고 있었다. "재앙의 문턱에서"라고 쓴 〈이브닝 스탠더드〉 신문이 내건 현수막이 모드의 눈에 띄었다.

자동차가 웨스트민스터 궁전 앞에 다다르자 사람들이 환호성을 올렸지만, 여자 둘밖에 내리지 않자 실망한 듯 작은 신음이 흘러나왔다. 구경꾼들은 로이드조지나 키어 하디 같은 그들의 영웅을 보고 싶어했다.

모드는 의사당 건물이야말로 빅토리아 양식에 대한 열광을 보여주는 전형이라고 생각했다. 정성 들여 조각한 돌과 여기저기 보이는 리넨폴드 장식, 온갖 색깔의 바닥 타일, 스테인드글라스에다 카펫에도 무늬가 있을 정도였다.

휴일인데도 하원의회가 열렸고, 의사당에는 상하원의원이 대거 나와 있었다. 대부분 검은 실크해트에 검은 모닝코트를 제복처럼 입고 있었다. 노동당 의원들만 규정된 복장에 반항하듯 트위드 정장 차림이었다.

내각에는 평화를 바라는 각료가 여전히 다수라는 걸 모드는 알고 있었다. 어젯밤 로이드조지는 각료들을 설득했고, 결국 정부는 독일이 벨기에의 영토 침범을 최소한으로 제한한다면 이에 개입하지 않기로 했다.

다행히 이탈리아는 오스트리아와 맺은 조약이 오직 방어 목적의 전쟁에만 적용되는데, 세르비아에 대한 오스트리아의 조치가 명백히 공격적이라는 이유를 들어 중립을 선언했다. 지금껏 제대로 된 상식을 보인 나라는 이탈리아뿐이군. 모드는 속으로 생각했다.

피츠와 발터는 팔각형인 중앙 로비에서 기다리고 있었다. 모드는 두 사람을 보자마자 물었다. "오늘 아침 각료회의 소식 있어요?"

"세 사람이 더 사임했어." 피츠가 말했다. "몰리, 사이먼, 비첨이야."

셋 모두 전쟁 반대파였다. 모드는 낙담하는 동시에 이상하다는 생각이 들었다. "로이드조지는 안 했고요?"

"안 했어."

"이상하네요." 모드는 서늘한 예감에 몸이 오싹했다. 혹시 평화를 원하는 사람들 사이에 균열이 생긴 걸까? "그 사람은 어쩌려는 거죠?"

발터가 말했다. "모르겠지만 추측은 가능합니다." 침통한 얼굴이었다. "어젯밤 독일은 군대가 벨기에를 통과할 수 있게 해달라고 요청했습니다."

모드는 숨이 멎는 것 같았다.

발터가 말을 이었다. "벨기에 내각은 어젯밤 아홉시부터 오늘 새벽 네시까지 회의를 했고, 요청을 거부하고 맞서 싸우겠다고 했습니다."

끔찍한 상황이었다.

피츠가 말했다. "그러니까 로이드조지가 틀린 거야. 독일군은 벨기에 영토를 최소한으로 한정해 통과하는 걸로 그치지 않을 거라고."

발터는 말없이 양손을 펼치며 어쩔 수 없다는 듯한 표정을 지었다.

모드는 무자비한 독일의 최후통첩과 무모한 벨기에 정부의 저항이 영국 내각의 평화파를 약화시킬까 두려웠다. 벨기에와 독일은 정말 다윗과 골리앗처럼 보였다. 로이드조지는 대중의 의견을 파악하는 데는 타고난 소질이 있다. 그는 분위기가 바뀐 기미를 알아챈 걸까?

"가서 자리잡아야지." 피츠가 말했다.

모드는 잔뜩 불안한 마음을 품은 채 작은 문을 지나서 긴 계단을 올라가 하원의회 회의장이 내려다보이는 방청석에 들어섰다. 대영제국의 최고 권력기구를 구성하는 사람들이 앉은 모습이 보였다. 여러 형태로 영국의 지배를 받으며 살아가는 4억4천4백만 명의 삶과 죽음에 관한 문제가 바로 이곳에서 결정된다. 모드는 의사당에 올 때마다 회의장이 너무 작고, 방의 개수도 웬만한 런던 교회보다 더 적다는 사실에 놀랐다.

여당과 야당은 층마다 줄지어 놓인 긴 의자에 서로 마주보고 앉았다. 전해지는 얘기로 양측 좌석 사이의 거리는 긴 칼 두 자루만큼 떨어져 있어서 서로 싸울 수 없다고 했다. 토론이 열려도 늘 회의장은 텅 비다시피 해서, 의원 열 명 정도가 녹색 가죽을 씌운 의자에 팔다리를 벌리고 편히 앉아 있는 경우가 대부분이었다. 하지만 오늘은 긴 의자들이 꽉 찰 만큼 모여들어서 빈자리를 못 찾은 의원들이 입구 주변에 서 있을 정도였다. 양쪽 맨 앞줄만 비어 있었는데, 전통적으로 여당 쪽은 정부 각료, 야당 쪽은 야당 지도자를 위해 비워두었다.

모드는 오늘 토론이 상원회의장이 아니라 이곳에서 열린다는 게 중요하다고 생각했다. 실제로 피츠처럼 많은 상원의원은 방청석에서 지켜보고 있었다. 비록 성인 남성의 절반 정도만 투표권이 있고 여성은 아예 투표를 못했지만, 하원의회는 국민이 선출했다는 사실에서 오는 권위가 있었다. 수상 취임 후 애스퀴스는 대부분 시간을 상원과 싸우며 보냈다. 특히 논란이 된 것은 노인들에게 소액 연금을 지급하자는 로이드조지의 계획이었다. 전투는 치열했지만 싸움이 벌어질 때마다 하원이 늘 이겼다. 그렇게 된 근본적인 이유는 이 나라에서 프랑스혁명이 재연되는 걸 두려워한 영국 귀족이 늘 타협안을 받아들였기 때문이라고 모드는 믿었다.

앞줄에 앉을 사람들이 들어오는 모습을 보자마자 모드는 자유당 인사들의 분위기에 충격을 받았다. 수상인 애스퀴스는 퀘이커교도 조지프 피스가 하는 말에 웃고 있었고, 로이드조지는 에드워드 그레이 경과 이야기를 나누고 있었다. "아, 맙소사." 모드는 중얼거렸다.

곁에 앉은 발터가 말했다. "왜 그래요?"

"저들 좀 봐요." 모드가 말했다. "전부 친구가 되었군요. 서로 이견이 정리된 모양이에요."

"겉으로 봐선 알 수 없죠."

"아니에요, 알 수 있어요."

전통에 따라 가발을 쓴 하원의장이 들어오더니 높은 곳에 따로 놓인 의자에 앉았다. 그가 외무장관을 호명하자 그레이가 일어섰다. 수척한 얼굴은 창백하고 근심으로 초췌했다.

그레이는 연설에 재능이 없었다. 말투가 장황하고 지루했다. 그럼에도 의원들은 긴 의자에, 방문객들은 방청석에 빽빽이 앉아서 귀를 쫑긋 세운 채 중요한 내용이 나오기를 끈기 있게 기다렸다.

연설을 시작한 지 사십오 분이 지나고 나서야 벨기에가 등장했다. 그리고 마침내 그레이는 한 시간 전쯤 발터가 모드에게 들려준 독일의 최후통첩의 상세한 내용을 밝혔다. 의원들은 모두 깜짝 놀랐다. 모드는 두려워하던 대로 이 상황이 모든 걸 바꿔놓았음을 알아차렸다. 자유당 양측—우익 제국주의자와 약소국의 권리를 지키려 하는 좌익—은 모두 격분했다.

그레이는 글래드스턴*의 말을 인용해 물었다. "이런 상황에서 영향력과 막강한 힘을 가진 우리나라가 일찍이 역사에 없던 오점으로 남을 끔찍하기 그지없는 범죄를 잠자코 지켜보기만 하고, 그래서 죄악을 저지르는 데 한몫해야 합니까?"

헛소리로군. 모드는 생각했다. 벨기에 영토의 침범은 역사에 남을 끔찍하기 그지없는 범죄가 아니다. 그럼 칸푸르의 학살은 뭐란 말인가? 노예무역은? 영국은 다른 나라가 침략당할 때마다 매번 개입하진 않았다. 그때마다 대응하지 않았다고 해서 영국 국민들이 죄악을 저지르는 데 한몫했다는 건 터무니없는 말이었다.

하지만 모드와 같은 시각으로 상황을 보는 사람은 많지 않았다. 양측

---

* 1868년 이후 네 차례 수상을 지낸 자유당 당수. 1870년 프로이센-프랑스 전쟁 당시 벨기에의 중립 보장을 재확인했다.

에 나눠 앉은 의원들은 환호성을 올렸다. 실망한 모드는 정부측 인사들 쪽을 멍하니 바라보았다. 어제까지만 해도 열렬히 전쟁을 반대하던 각료들도 모두 동조하듯 고개를 끄덕이고 있었다. 젊은 허버트 새뮤얼, '룰루'라는 별명의 루이스 하코트, 평화협회 회장인 퀘이커교도 조지프 피스도 그랬고, 가장 끔찍한 건 로이드조지 역시 마찬가지였다는 점이다. 절망에 빠진 모드는 로이드조지가 그레이를 지지한다는 건 정치적 다툼이 끝났다는 의미라는 걸 알아차렸다. 독일이 벨기에를 위협한 사실이 적대적인 정파들을 하나로 묶었다.

그레이는 로이드조지처럼 사람의 감정에 호소하지도 못했고, 그렇다고 처칠처럼 구약성서에 등장하는 예언자처럼 말하지도 못했다. 하지만 오늘의 그에게는 그런 기술이 필요 없을 것이다. 눈앞에 벌어진 상황이 모든 걸 해결해주었다. 모드는 발터에게로 고개를 돌려 사납게 속삭였다. "왜죠? 독일은 왜 이런 짓을 한 거예요?"

발터의 얼굴이 고통으로 일그러졌지만, 대답은 여느 때와 다를 바 없이 차분하고 논리적이었다. "벨기에 남쪽에 있는 독일과 프랑스 국경 지역은 어마어마하게 요새화되어 있어요. 거길 공격하면 이기기야 하겠지만 너무 오래 걸릴 겁니다. 그사이 러시아는 군사동원을 마치고 배후에서 우리를 공격할 거예요. 빠른 승리를 장담하려면 벨기에를 지나는 수밖에 없습니다."

"하지만 그렇게 되면 영국이 독일을 상대로 싸우지 않을 리 없잖아요!"

발터는 고개를 끄덕였다. "하지만 영국 군대는 수가 많지 않아요. 영국은 해군에만 의지하는데, 이번 전쟁은 해전이 아닙니다. 우리 장군들은 영국이 참전해도 별로 달라질 게 없다는 생각이에요."

"당신도 같은 생각인가요?"

"나는 돈 많고 힘있는 이웃을 적으로 만드는 건 똑똑하지 못한 짓이라고 믿습니다. 하지만 내 논리로는 이기지 못했어요."

지난 이 주간 그런 일이 반복되었죠. 모드는 절망하며 속으로 생각했다. 모든 나라에서 전쟁을 반대하는 의견이 묵살되었다. 오스트리아는 뒤로 물러설 수도 있는 상황에서 세르비아를 공격했다. 러시아는 협상하는 대신 동원령을 내렸다. 독일은 국제평화회담에 나와 문제를 해결하길 거부했다. 프랑스는 중립으로 남을 기회를 얻었지만 일축했다. 그리고 이제 영국은 방관자로 남을 수도 있는 쉬운 길을 두고 전쟁으로 향하는 대열에 합류하려 하고 있다.

그레이의 연설은 마무리에 들어갔다. "저는 매우 중대한 사안을 하원의회에 설명했습니다. 그리고 우리가 어쩔 수 없이 빠른 시일 내에 최근 벌어진 문제들에 대해 입장을 정해야 한다면, 물론 그럴 가능성이 높아 보입니다만, 지금까지 제가 여러분께 보여드리고자 했던 것처럼 무엇이 위기인지, 진정으로 중요한 게 무엇인지, 서유럽에 닥쳐온 위험이 얼마나 큰지 온 국민이 알아차린 현상황에서, 우리 정부는 하원의회뿐 아니라 전 국민의 투지와 다짐, 용기, 그리고 인내로부터 지지를 얻어야 한다고 저는 믿습니다."

그레이가 자리에 앉자 모든 의원이 환호성을 올렸다. 표결은 없었고 그레이가 무슨 제안을 한 것도 아니었지만 반응으로 보아 하원이 전쟁할 준비가 되었다는 사실은 명백했다.

야당 지도자인 앤드루 보너 로가 일어서더니 보수당은 정부를 지지할 거라고 말했다. 모드는 놀라지 않았다. 보수당은 늘 자유당보다 호전적이었다. 하지만 다른 사람들과 마찬가지로 모드 역시 아일랜드 민족당 당수마저 똑같은 발언을 하자 놀라지 않을 수 없었다. 마치 정신병원에 와 있는 기분이었다. 세상에 평화를 원하는 건 나 혼자란 말인가?

오로지 노동당 당수만이 반대했다. "그의 말은 틀렸다고 생각합니다." 램지 맥도널드는 그레이를 가리키며 말했다. "그레이 경이 대표하는 정부, 그리고 그의 연설은 잘못되었습니다. 역사는 그들이 틀렸다고 평가할 것입니다."

하지만 귀기울이는 사람은 아무도 없었다. 일부 의원은 벌써 회의장을 빠져나가는 중이었다. 방청객 역시 빠져나가기 시작했다. 피츠가 일어서자 일행도 뒤따랐다. 모드는 내키지 않는 걸음을 옮겼다. 아래쪽 회의장에서는 맥도널드가 발언하고 있었다. "만일 올바르고 정직한 신사가 오늘 이 자리에 와서 우리나라가 위험에 처했다고 했다면, 저는 그가 어떤 정당에 호소하는지, 어떤 계층에 호소하는지 상관치 않고 뜻을 같이했을 겁니다…… 실제로는 온 유럽이 뛰어든 전쟁에 나갈 준비를 하는 마당에, 벨기에를 지원하겠다는 말이 무슨 소용입니까?" 방청석 밖으로 나가니 맥도널드의 목소리는 더이상 들리지 않았다.

태어난 이래 최악의 날이었다. 그녀가 태어난 조국이 쓸데없는 전쟁에 참전하게 된다. 오빠와 사랑하는 남자의 목숨이 위험해진다. 그리고 그녀는 결혼을 약속한 사람과 헤어지게 된다. 어쩌면 영원히. 모든 희망이 사라졌고, 그녀는 끝없는 절망에 빠지고 말았다.

그들은 피츠를 따라 계단을 내려왔다. "무척 흥미롭더구나, 피츠." 험 고모가 점잖게 말했다. 마치 전시회 구경을 갔는데 예상보다 훨씬 좋았다고 말하는 사람 같았다.

발터가 모드의 팔을 붙잡더니 슬며시 뒤로 처졌다. 그녀는 서너 사람을 앞서가도록 보냈다. 피츠는 그들의 이야기를 들을 수 없을 정도로 멀어졌다. 모드는 발터가 하는 말에 깜짝 놀라지 않을 수 없었다.

"결혼해줘요." 발터가 조용히 말했다.

모드는 가슴이 뛰었다. "네?" 그녀가 속삭였다. "이떻게요?"

"결혼해주세요. 제발. 내일."

"그냥 한다고 되는 게……"

"특별 허가를 받았어요." 발터는 코트 가슴에 달린 주머니를 툭툭 두드려 보였다. "금요일에 첼시 등기소에 갔었어요."

모드는 정신이 혼란스러웠다. 겨우 생각해낸 말이라고는 이것뿐이었다. "기다리기로 했잖아요." 그 즉시 자기가 한 말을 취소하고 싶었다.

하지만 발터가 먼저 입을 열었다. "이미 기다렸어요. 위기단계는 끝났습니다. 당신 나라와 우리나라는 내일이나 모레면 전쟁을 벌일 거예요. 나는 영국을 떠나야 합니다. 떠나기 전에 당신과 결혼하고 싶어요."

"무슨 일이 생길지 모르잖아요!" 모드가 말했다.

"사실은 그렇죠. 하지만 미래가 어떻든, 당신이 아내가 돼주었으면 좋겠어요."

"하지만……" 모드는 말을 멈추었다. 나는 왜 반대하는 걸까? 발터의 말이 옳다. 앞으로 무슨 일이 벌어질지 아무도 모르지만, 그렇다고 달라질 건 없다. 모드는 발터의 아내가 되고 싶었고, 장차 무슨 일이 생기든 그 사실이 바뀐다는 건 상상조차 할 수 없었다.

모드가 미처 다른 말을 하기도 전에 두 사람은 계단 맨 아래까지 내려와 중앙 로비에 들어섰다. 흥분한 사람들이 웅성거리며 이야기를 나누고 있었다. 모드는 발터에게 좀더 많은 걸 꼭 묻고 싶었지만, 피츠가 몰려선 사람들을 피해 그녀와 험 고모를 정중하게 밖으로 이끌었다. 의회 광장에서 피츠는 두 여자를 자동차에 태웠다. 운전기사가 시동을 걸었고, 자동차는 피츠와 발터만 도로에 남겨두고 부드럽게 움직여 사라졌다. 길거리에는 구경꾼이 잔뜩 몰려와 자신들의 운명을 들으려 기다리고 있었다.

VII

모드는 발터의 아내가 되고 싶었다. 확실한 건 오직 그뿐이었다. 머릿속에서 온갖 의문과 추측이 윙윙 맴돌았지만 모드는 그 생각에만 매달렸다. 발터의 계획대로 움직일 것인가, 아니면 그냥 기다리는 편이 나을까? 내일 그와 결혼하기로 한다면 누구에게 말해야 할까? 결혼식이 끝나면 어디로 가야 하나? 함께 살 수 있을까? 만일 그렇다면 어디서 살게 될까?

그날 저녁식사 시간이 되기 전 하녀가 은쟁반에 올린 봉투를 하나 가져왔다. 봉투 속에 든 진한 크림색 종이에는 정확하고 똑바른 발터의 글씨가 파란 잉크로 쓰여 있었다.

오후 여섯시

내 가장 소중한 사랑,

내일 세시 반 피츠의 저택 길 건너편에서 차에 타고 기다리겠습니다. 결혼에 필요한 증인 두 명도 데려갈 겁니다. 등기소 호적 담당자는 네시에 예약해두었습니다. 하이드 호텔에 방을 잡아두었습니다. 체크인도 미리 해두었으니 로비에서 시간 보낼 것 없이 곧장 방으로 올라가도 됩니다. 이름은 울리지 부부로 했어요. 베일을 쓰고 나와요.

사랑해요, 모드.

당신의 약혼자 W.

모드는 떨리는 손으로 종이를 화장대 맨 위 서랍에 넣었다. 숨이 가빠지기 시작했다. 그녀는 꽃무늬 벽지를 멍하니 보며 차분하게 생각하려고 애썼다.

발터는 좋은 시간을 잡았다. 오후 중반이면 모드가 집에서 눈에 띄지 않고 빠져나갈 수 있는 조용한 때였다. 험 고모는 점심식사 후 낮잠을 잤고, 피츠는 의사당에 가 있을 시간이었다.

피츠는 미리 알면 안 된다. 분명 가로막고 나설 것이기 때문이다. 어쩌면 문을 잠그고 그녀를 가둬버릴지 모른다. 정신병원에 보내버릴 수도 있었다. 돈 많은 귀족 남자라면 집안의 여자 하나쯤은 별 어려움 없이 병원에 가둘 수 있다. 피츠가 해야 할 일은 독일인과 결혼하려는 그녀가 미친 게 틀림없다고 생각하는 의사 두 명을 찾아내는 것뿐이다.

아무에게도 말하지 말아야 했다.

가짜 이름과 베일이 필요한 걸로 보아 발터는 비밀리에 일을 진행하려는 것 같았다. 하이드는 나이츠브리지에 있는 눈에 띄지 않는 호텔로, 두 사람이 아는 사람과 마주칠 가능성이 없는 곳이었다. 발터와 함께 밤을 보낼 생각을 하니 황홀감에 몸이 떨렸다.

하지만 다음날이 되면 어떻게 하나? 결혼을 영원히 비밀로 할 수는 없었다. 발터는 이삼일 안에 영국을 떠나야 했다. 그를 따라가야 할까? 발터의 미래를 망칠까봐 걱정스러웠다. 영국 여자와 결혼한 발터가 조국을 위해 싸울 수 있다고 누가 믿어줄 것인가? 그리고 발터가 전쟁에 나가 싸운다면 멀리 떠날 것이다. 그럼 그를 따라 독일로 가는 게 무슨 의미가 있을까?

온통 알 수 없는 일뿐이었지만, 모드는 달콤한 기대에 가득차 있었다. "울리지 부인이라." 그녀는 혼잣말을 하고 혼자만의 기쁨에 빠졌다.

11장
1914년 8월 4일

I

해 뜰 무렵 자리에서 일어난 모드는 화장대에 앉아 편지를 썼다. 서랍에는 피츠가 사용하는 파란 편지지가 잔뜩 들었고, 은으로 만든 잉크병에는 매일 새로 잉크를 채웠다. 내 사랑. 편지를 시작하던 모드는 잠시 손을 멈추고 생각했다.

타원형 거울에 그녀의 얼굴이 보였다. 머리는 온통 헝클어졌고 잠옷도 구겨져 있었다. 이마에는 주름이 지고 입꼬리는 아래로 축 처졌다. 모드는 잇새에 낀 녹색 채소 조각을 빼냈다. 그이가 지금 내 모습을 본다면 나와 결혼하고 싶지 않을 거야. 모드는 생각했다. 그러다가 발터가 세운 계획대로 결혼한다면, 지금 거울에 비친 그녀의 모습을 내일 아침 그가 보게 된다는 사실을 깨달았다. 두려움과 흥분이 동시에 찾아드는 묘한 기분이었다.

모드는 편지를 썼다.

네, 진심으로 당신과 결혼하고 싶어요. 하지만 어떻게 할 생각이 죠? 우리는 어디서 살죠?

모드는 뒤의 두 문장에 대해 생각하느라 새벽까지 잠을 이루지 못했다. 장애물은 너무나 거대했다.

당신이 영국에 남으면 전쟁포로가 되어 갇힐 거예요. 우리가 독일로 간다면 저는 당신을 못 보고 살겠죠. 당신은 군대와 함께 멀리 떠날 테니까요.

당국보다 더 큰 문제를 일으킬 존재는 가족들인지 모른다.

양쪽 집안에는 언제 알리죠? 결혼 전에는 안 돼요. 오빠는 어떻게든 막을 방법을 찾아낼 거예요. 결혼 후라고 해도 오빠와 당신 아버님이 쉽게 넘어갈 리 없어요. 어떤 생각인지 말해주세요.
진정으로 사랑해요.

모드는 봉투를 단단히 봉하고 발터가 사는 아파트 주소를 썼다. 겨우 몇백 미터 떨어진 곳이었다. 종을 당기자, 잠시 후 하녀가 문을 두드렸다. 샌더슨은 포동포동하고 활짝 잘 웃는 여자아이였다. 모드가 말했다. "울리히 씨가 외출하셨으면 칼턴 하우스 테라스에 있는 독일 대사관으로 찾아가. 전달하고 나서는 기다렸다가 답장을 받아오고. 알겠지?"
"네, 아가씨."
"다른 하인들에게는 어디 가는지 말하지 말고."

어린 샌더슨의 얼굴에 근심 어린 표정이 떠올랐다. 많은 하녀가 여주인들의 은밀한 사랑에 끼어들어 도움을 주었지만 모드는 몰래 남자를 만나는 일이라곤 없었고, 샌더슨은 누군가를 속이는 일에 익숙하지 않았다. "그럼 그라우트 씨가 어디 가느냐고 물으면 뭐라고 하죠?"

모드는 잠시 생각했다. "내가 쓸 여성용품을 사러 간다고 해." 그 말을 들으면 그라우트는 당황스러워하며 더는 궁금해하지 않을 것이다.

"네, 아가씨."

샌더슨은 편지를 전달하러 떠났고, 모드는 옷을 입었다.

가족 앞에서 어떻게 평소처럼 행동할지 걱정이었다. 피츠는 그녀의 기분을 잘 알아차리지 못할 테지만—남자들은 대개 그렇다—험 고모는 그렇게 어수룩하지 않았다.

아침식사를 하러 아래층으로 내려갔지만 어찌나 긴장했는지 배도 고프지 않았다. 험 고모가 훈제 청어를 먹고 있었는데, 모드는 냄새를 맡자 오히려 속이 뒤집혔다. 그녀는 커피를 한 모금 마셨다.

잠시 후 피츠가 나타났다. 탁자 위에 놓인 훈제 청어를 조금 자기 앞으로 덜더니 〈타임스〉를 펼쳤다. 보통 때 내가 뭘 했더라? 모드는 속으로 물었다. 정치 이야기를 했지. 그러면 이제 정치 이야기를 해야 해. "어젯밤에는 별일 없었어요?"

"각료회의가 끝나고 윈스턴을 만났지." 피츠가 말했다. "영국은 독일 정부에 벨기에에 대한 최후통첩을 거둬달라고 부탁하고 있어." 그는 경멸하듯 부탁이라는 단어를 힘주어 말했다.

모드는 희망을 품을 엄두조차 나지 않았다. "그럼 우리가 평화를 도모하는 일을 완전히 포기하진 않았다는 거예요?"

"포기하는 게 낫지." 피츠가 무시하듯 말했다. "독일이 무슨 생각을 하는지 몰라도, 우리가 정중히 나간다고 해서 마음을 바꿀 것 같지는 않으니까 말이야."

"물에 빠진 사람은 지푸라기라도 잡는 법이에요."

"우리는 지푸라기에 매달리려는 게 아니야. 의례적인 예비 행위를 거쳐서 선전포고를 하려는 거지."

옳은 말이야. 모드는 우울해졌다. 모름지기 정부라면, 스스로 전쟁을 원한 게 아니라 어쩔 수 없이 말려들었다고 말하고 싶을 것이다. 피츠는 자신에게 닥칠 위험을 깨닫지 못한 것 같았다. 이런 식의 외교적 공방이 결과적으로 그에게도 치명상을 줄지 모른다는 사실을 알아채지 못하고 있는 듯했다. 모드는 오빠를 보호하고 싶은 동시에 바보처럼 완고하게 구는 그의 목을 조르고 싶었다.

모드는 주의를 딴 데로 돌리려고 〈맨체스터 가디언〉을 펼쳤다. 중립동맹에서 게재한 전면 광고가 눈에 띄었다. "영국인들이여, 의무를 다해 우리 조국을 사악하고 어리석은 전쟁에서 구하라." 모드는 그녀와 같은 생각인 사람들이 여전히 있다는 걸 알게 되어 기뻤다. 하지만 그런 사람들이 우세해질 기회는 없었다.

샌더슨이 은쟁반에 편지봉투 하나를 올려들고 들어왔다. 봉투에 쓰인 발터의 손글씨를 알아본 순간 모드는 가슴이 철렁 내려앉았다. 넋이 나갈 만큼 겁이 났다. 도대체 샌더슨은 무슨 생각인 걸까? 보낸 편지가 비밀이면 답장도 당연히 비밀이어야 한다는 걸 모르나?

피츠 앞에서는 편지를 읽어볼 수가 없었다. 가슴이 두근거렸지만 그녀는 신경쓰지 않는 척 편지를 접시 옆에 무심히 내려놓고는 그라우트에게 커피를 더 달라고 말했다.

모드는 신문을 들여다보며 놀란 표정을 감추었다. 피츠가 그녀의 편지를 일일이 열어보지는 않았지만, 가장으로서 한집에 사는 여성 가족 구성원에게 온 모든 편지를 읽어볼 권리가 있었다. 점잖은 여성이라면 거부할 리 없었다.

최대한 빨리 아침식사를 마치고 뜯지 않은 편지를 들고서 자리를 떠야 했다. 모드는 토스트 한 조각을 마른 목에 억지로 밀어넣었다.

피츠가 〈타임스〉에서 고개를 들고는 물었다. "편지 안 읽어?" 그러더니 무시무시하게도 이렇게 덧붙였다. "울리히 글씨 같은데?"

어쩔 도리가 없었다. 모드는 깨끗한 버터나이프로 편지봉투를 뜯고 억지로 아무렇지도 않은 표정을 지었다.

오전 아홉시

사랑하는 당신에게,

대사관에 근무하는 모든 사람에게 짐을 싸고, 지급해야 할 돈은 처리하고, 몇 시간 안에 영국을 떠날 수 있도록 준비해두라는 지시가 내려졌습니다.

우리 계획은 숨겨야 합니다. 오늘밤이 지나면 나는 독일로 돌아가야 하고, 당신은 여기 남아 오빠와 살아야 합니다. 모든 사람이 이번 전쟁은 몇 주, 길어봐야 몇 달 이상 가지 않을 거라고 보더군요. 전쟁이 끝나는 대로, 만일 우리 두 사람 모두 살아 있다면, 세상에 우리의 행복한 소식을 알리고 새로운 삶을 시작하는 겁니다.

그리고 혹시 우리가 전쟁에서 살아남지 못할 경우를 생각해 부디 남편과 아내로서 행복한 하룻밤을 보냈으면 좋겠습니다.

사랑합니다.

W.

추신. 한 시간 전 독일이 벨기에를 침공했습니다.

모드는 혼란스러웠다. 비밀 결혼이라니! 아무도 모르게 결혼하는 것이다. 발터의 상관들은 그가 적과 결혼한 걸 모른 채 계속 신뢰할 테고, 발터는 명예롭게 싸울 수 있을 것이다. 심지어 군 정보부서에서도 복무할 수 있다. 남자들은 모드가 여전히 독신이라고 생각해 구애를 계속하겠지만, 그 정도는 빠져나갈 수 있다. 그녀는 오랫동안 구혼자들을 싹 무시해왔다. 두 사람은 길어봐야 몇 달 정도 지속될 전쟁이 끝날 때까지 떨어져 살아야 했다.

모드는 피츠의 말에 정신을 차렸다. "뭐래?"

모드는 아무 생각도 나지 않았다. 어느 한 구절도 오빠에게 말해줄 수 없었다. 오빠의 질문에 뭐라고 대답해야 한단 말인가. 모드는 짙은 크림색 편지지를 채운 또박또박한 손글씨를 내려다보았다. 그러다 추신에 눈길이 갔다. "오늘 오전 여덟시에 독일이 벨기에를 침공했대요."

피츠가 포크를 내려놓았다. "드디어 시작이군." 이번에는 피츠도 놀란 듯했다.

힘 고모가 말했다. "그 작은 벨기에를! 독일인들은 정말이지 끔찍한 깡패 같아." 그러더니 혼란스러운 표정을 지으며 덧붙였다. "울리히 씨는 빼야지. 그분은 좋은 사람이니까."

피츠가 말했다. "영국 정부가 그렇게까지 정중히 요청했는데."

"미친 짓이에요." 모드가 어두운 표정으로 말했다. "아무도 원치 않는 전쟁에서 수많은 사람이 죽고 말 거예요."

"너도 전쟁을 지지하게 될 줄 알았다." 피츠는 따지듯 말했다. "어쨌든 우리는 유럽에서 우리 말고는 유일한 민주국가인 프랑스를 지켜낼 거야. 그리고 우리의 적은 국민이 선출한 의회가 실질적으로는 아무 힘도 발휘하지 못하는 독일과 오스트리아가 되겠지."

"하지만 러시아도 우리와 같은 편이잖아요." 모드는 씁쓸한 표정으로 말했다. "그럼 우리는 유럽에서 가장 잔혹하고 후진적인 왕조를 유지하기 위해 싸우는 거예요."

"무슨 뜻인지는 알겠다."

"대사관 직원에게 짐을 싸라는 명령이 내려왔대요." 모드가 말했다. "발터를 다시는 못 볼지 몰라요." 그녀는 무심히 편지를 내려놓았다.

통하지 않았다. 피츠가 말했다. "나도 좀 볼까?"

모드는 얼어붙었다. 편지만은 절대 보여줄 수 없었다. 그냥 방에 갇히는 걸로 끝날 리 없었다. 피츠가 행복한 하룻밤이라는 구절을 봤다간 총으로 발터를 쏠 수도 있었다.

"봐도 되지?" 피츠는 재차 말하며 손을 내밀었다.

"그럼요." 모드는 대답하고 잠시 머뭇거리다 편지를 집어들었다. 마지막 순간에야 좋은 생각이 떠오른 그녀는 잔에 담긴 커피를 편지 위에 엎질렀다. "이런, 세상에." 커피에 파란색 잉크가 번져 글씨를 읽을 수 없게 된 걸 보고는 안심했다.

그라우트가 앞으로 나서더니 식탁 위를 치우기 시작했다. 모드는 그를 거드는 척하면서 편지를 얼른 접어 아직 젖지 않은 부분까지 커피가 번지게 했다. "미안해요, 오빠. 하지만 그거 말고는 별 내용 없었어요."

"알았다." 피츠는 다시 신문을 읽기 시작했다.

모드는 떨리는 두 손을 들키지 않으려고 허벅지 사이에 쑤셔넣었다.

II

그건 시작에 불과했다.

혼자 몸으로 집에서 빠져나가는 일도 모드에게는 쉽지 않았다. 상류층 여인이 모두 그렇듯 모드는 동반자 없이는 아무데도 갈 수 없었다. 남자는 여자를 보호하려고 꽤나 신경쓰는 것처럼 굴지만 실은 여자를 통제하려는 방법에 불과하다. 여성이 투표권을 얻어낼 때까지 그런 상황은 달라지지 않을 게 분명했다.

모드는 이런 식의 통제를 무시하는 법을 찾아내는 데 인생의 절반을 바쳤다. 눈에 띄지 않고 집에서 빠져나가야 했다. 정말 쉽지 않은 일이다. 피츠의 메이페어 저택에 사는 가족은 넷뿐이지만 적어도 열 명은 되는 하인이 늘 함께 있었다.

게다가 모드는 아무도 모르게 밖에서 꼬박 하룻밤을 보내야 했다.

모드는 조심스럽게 작전을 짰다.

"머리가 아파요." 모드는 점심식사가 끝날 무렵 말했다. "비, 저녁 먹으러 안 내려와도 괜찮겠죠?"

"그럼요." 비가 말했다. "혹시 뭐 필요한 것 있어요? 래스본 교수를 불러줄까요?"

"아니에요, 고마워요. 그 정도로 심각하지는 않아요." 심각하지 않은 두통이라면 대개 생리를 완곡하게 표현하는 것으로, 누구나 그 말을 들으면 더는 캐묻지 않았다.

아직까지는 성공적이었다.

모드는 자기 방으로 올라가 종을 울려 하녀를 불렀다. "난 잘 거야, 샌더슨." 모드는 미리 짜두었던 말을 조심스레 시작했다. "어쩌면 밤까지 내리 잘 수도 있어. 다른 하인들에게는 무슨 일이 있어도 깨우지 말라고 전해줘. 저녁 가져오라고 종을 울릴지도 모르지만, 아마 그러지 않을 거야. 내일 아침까지라도 잘 수 있을 것 같으니까 말이야."

이렇게 해두면 모드가 밤까지 보이지 않아도 눈치채는 사람이 없을 것이다.

"어디 불편하세요, 아가씨?" 샌더슨이 걱정스러운 표정으로 물었다. 상류층 여인은 자주 앓아누웠지만 모드는 그런 일이 별로 없었다.

"여자들만 아는 평범한 고통이야. 평소보다 좀 심할 뿐이지."

샌더슨은 모드의 말을 믿지 않는 듯했다. 그녀는 오늘 이미 비밀 편지를 들고 심부름을 다녀왔다. 전에는 단 한 번도 없던 일이다. 뭔가 심상치 않은 일이 벌어지고 있다는 걸 알 테지만, 하녀는 주인에게 그 무엇도 꼬치꼬치 캐물을 수 없었다. 샌더슨은 그저 무슨 일인지 의아해할 수밖에 없을 것이다.

"그리고 아침에도 깨우지 마." 모드가 덧붙였다. 몇시에 집에 돌아올 수 있을지, 어떻게 들키지 않고 몰래 집안으로 들어올지는 아직 생각하지 못했다.

샌더슨이 방을 떠났다. 세시 십오분이었다. 모드는 재빨리 옷을 벗고 옷장 안을 살펴보았다.

모드는 입을 옷을 직접 챙기는 일이 익숙지 않았다. 보통 샌더슨이 대신 챙겨주었기 때문이다. 검은 외출복에는 모자와 베일이 달렸지만 결혼식에 검은 옷을 입을 수는 없었다.

벽난로 위 시계를 보았다. 세시 이십분이었다. 이제 망설일 시간이 없었다.

모드는 우아한 프랑스풍 차림으로 결정했다. 칼라가 높고 몸에 붙는 흰색 레이스 블라우스는 그녀의 긴 목을 강조해주었다. 그 위에 아주 흐린 하늘색이어서 거의 흰색으로 보이는 드레스를 입었다. 최신 유행인 대담한 모양의 드레스는 발목에 한 뼘 못 미치는 길이였다. 짙은 파란색의 챙 넓은 밀짚모자도 꺼내 썼다. 같은 색 베일이 달린 모자였다. 양산은 화려한 파란색에 흰색 안감이 달린 것으로 골랐다. 파란색 벨벳 소재의 드로스트링 백을 꺼내 빗과 작은 향수병 한 개, 그리고 깨끗한 속바지 한 벌을 챙겨넣었다.

시계가 세시 삼십분을 알렸다. 발터는 지금 밖에서 기다리고 있을 터였다. 가슴이 쿵쾅거리며 뛰었다.

베일을 내려 얼굴을 가리고 전신거울 속 모습을 점검했다. 딱히 결혼식 예복이라고 볼 수는 없지만 그만하면 등기소에서는 괜찮을 것 같았다. 등기소에서 하는 결혼식에 가본 적이 없어서 확실치는 않지만.

모드는 열쇠구멍에서 열쇠를 뽑아든 다음 닫힌 문 안쪽에서 가만히 귀를 기울였다. 혹시라도 의심을 살 만한 누군가와 맞닥뜨리고 싶지 않았다. 남자 하인과는 마주쳐도 별문제가 되지 않을 것이다. 그녀가 어떤 행동을 하든 관심을 갖지 않으리라. 하지만 하녀들은 지금쯤 모드가 아파 누워 있다는 사실을 알 테고, 다른 식구라도 마주쳤다간 그 즉시 그녀의 속임수가 드러나게 된다. 창피한 건 문제되지 않았다. 가족들이 그녀를 막아설 게 두려웠다.

문을 막 열려는데 묵직한 발소리가 들리고 담배 냄새가 훅 끼쳤다. 점심을 마치고 시가를 피우며 상원의회나 화이트 클럽에 가려고 집을 나서는 피츠일 게 분명했다. 모드는 초조하게 기다렸다.

한참 아무 소리도 들리지 않자 모드는 밖을 내다보았다. 넓은 복도에는 아무도 보이지 않았다. 모드는 밖으로 나와 문을 닫고 잠근 다음, 열쇠를 벨벳 백에 집어넣었다. 이제부터 문고리를 돌려보는 사람은 모드가 안에서 자고 있다고 생각할 것이다.

카펫이 깔린 복도를 따라 살금살금 걸어서 계단으로 다가가 아래를 내려다보았다. 아래층 홀 역시 아무도 없었다. 재빨리 계단을 내려갔다. 반쯤 내려가던 중 무슨 소리가 나자 모드는 그 자리에 얼어붙었다. 지하실로 통하는 문이 열리더니 그라우트가 모습을 드러냈다. 모드는 숨을 죽였다. 그녀는 포트와인이 담긴 디캔터 두 개를 들고 홀을 가로

질러가는 그라우트의 벗어진 정수리를 내려다보았다. 그라우트는 계단을 등진 채 위는 쳐다보지 않고 식당으로 들어갔다.

그라우트가 안으로 들어가 문을 닫자, 모드는 과감하게 몇 단 남은 계단을 뛰어내려갔다. 그리고 현관문을 열고 밖으로 나간 다음 쾅 소리나게 닫았다. 조용히 닫았어야 했다는 생각이 들었지만 이미 늦었다.

조용한 메이페어 거리는 8월의 햇살에 불타고 있었다. 이리저리 둘러보니, 말이 끄는 생선장수의 수레와 유모차를 끌고 나온 유모, 자동차 택시의 바퀴를 갈고 있는 운전사 한 사람이 보였다. 100여 미터 떨어진 도로 반대편에 파란색 캔버스 덮개가 달린 흰색 자동차 한 대가 서 있었다. 자동차를 좋아하는 모드는 그 차가 발터의 사촌인 로베르트의 벤츠 10/30이라는 걸 알아보았다.

모드가 길을 건너자 발터가 차에서 내렸고, 그녀의 가슴은 기쁨으로 가득찼다. 발터는 연회색 예복 차림에 가슴에 흰색 카네이션 한 송이를 달고 있었다. 눈을 맞추고 발터의 표정을 본 모드는 발터가 방금 전까지도 그녀가 빠져나올 수 있을지 확신하지 못했음을 알 수 있었다. 그런 생각을 하자 눈물이 흘러내렸다.

하지만 이제 그녀를 만난 발터의 얼굴은 기쁨으로 달아올랐다. 다른 사람에게 이렇게 행복을 줄 수 있다니 얼마나 묘하고 멋진 일인지. 모드는 생각했다.

모드는 불안한 듯 뒤돌아 집을 바라보았다. 그라우트가 문밖에 나와 어리둥절한 듯 얼굴을 찌푸리며 도로 양옆을 훑어보고 있었다. 문이 쾅 닫히는 소리를 들은 거야. 모드는 짐작했다. 얼른 고개를 반대로 돌린 모드의 머릿속에 이런 생각이 떠올랐다. 마침내 자유야!

발터가 그녀의 손에 입을 맞추었다. 모드는 그와 제대로 입맞추고 싶었지만, 얼굴이 베일에 덮여 있었다. 게다가 결혼식 전에는 부적절한 행동이기도 했다. 모든 예의범절을 굳이 창밖으로 내던질 필요는 없다.

모드는 운전석에 앉은 로베르트를 보았다. 로베르트는 그녀를 향해 모자에 손을 대며 인사했다. 발터는 로베르트를 믿었다. 그는 두 증인 중 한 사람일 것이다.

발터가 문을 열어줘서 모드는 뒷좌석에 올랐다. 누군가 안에 앉아 있었다. 티 귄에서 하녀장으로 일하던 여자였다. "윌리엄스!" 모드는 큰 소리를 질렀다.

윌리엄스는 웃었다. "이제는 에설이라고 부르시는 게 더 좋아요. 저도 아가씨 결혼식 증인으로 왔어요."

"그래야지. 미안해." 모드는 감정에 이끌려 에설을 껴안았다. "와줘서 고마워."

자동차가 출발했다.

모드는 앞으로 몸을 기울여 발터에게 물었다. "어떻게 에설을 찾았어요?"

"당신이 있는 병원에 온 적 있다고 말했잖아요. 그린워드 박사에게서 주소를 알아냈어요. 티 귄에서 우리가 만날 때 데리고 나온 걸 보고 당신이 에설을 신뢰한다는 걸 알았죠."

에설이 모드에게 작은 꽃다발을 건넸다. "부케예요."

산홋빛 장미. 정열의 꽃이었다. 발터가 꽃말을 아는 사람이었던가? "누가 이 꽃을 골랐지?"

"제가 추천해드렸어요." 에설이 말했다. "꽃말을 설명했더니 발터 씨도 좋아하셨고요." 그녀는 얼굴을 붉혔다.

우리가 키스하는 모습을 본 에설은 우리 둘이 얼마나 정열적인지 안 거야. 모드는 깨달았다. "정말 완벽한 부케야." 모드가 대답했다.

에설은 새것으로 보이는 연분홍색 드레스를 입었고 분홍색 장미로 장식한 모자를 썼다. 발터가 사준 게 분명했다. 정말 자상한 사람이었다.

그들은 차를 타고 파크 레인의 거리를 지나 첼시로 향했다. 이제 결혼하는 거야. 모드는 생각했다. 전에는 결혼을 떠올릴 때마다 친구들의 결혼이 그랬던 것처럼 온종일 계속되는 지루한 예식만 생각났다. 이런 식으로 하는 편이 더 나았다. 계획을 세우거나, 초청할 하객 명단을 작성하거나, 음식 준비를 할 필요도 없었다. 찬송을 부르거나, 연설을 하거나, 술 취한 친척이 신부에게 달려들어 키스라도 할까봐 마음 졸일 필요도 없었다. 그저 신랑과 신부, 그들이 좋아하고 믿을 수 있는 두 사람만 있으면 되었다.

모드는 마음속에서 미래에 대한 생각들을 밀쳐내버렸다. 유럽은 전쟁터가 되었고 이제 무슨 일이 벌어질지 모른다. 그냥 그날을 즐기기로 했다. 그리고 밤도.

자동차가 킹스 로드를 지나자 모드는 갑자기 긴장했다. 그녀는 용기를 내려고 에설의 손을 잡았다. 피츠가 자동차 뒤에서 소리를 지르며 따라오는 무서운 환상이 떠올랐다. "저 여자 잡아!" 모드는 뒤를 돌아보았다. 물론 피츠나 그가 탄 차는 보이지 않았다.

그들이 탄 자동차는 첼시 구청의 고전적인 청사 건물 밖에 멈춰 섰다. 로베르트가 모드의 팔을 가볍게 잡고 계단 위 입구로 이끌었고, 발터는 에설과 함께 뒤따랐다. 행인들이 발길을 멈추고 그들을 지켜보았다. 결혼식은 모두가 좋아하게 마련이다.

안으로 들어서니 실내는 화려한 색의 바닥 타일과 회반죽으로 장식한 벽 등 온통 빅토리아풍으로 사치스러울 만큼 꾸며놓았다. 혼인하기에 딱 알맞은 곳이었다.

네 사람은 로비에서 기다려야 했다. 세시 삼십분에 시작된 다른 결혼식이 아직 끝나지 않았기 때문이다. 그들은 조그맣게 원을 그리고 서 있었지만, 무슨 말을 해야 할지 누구도 알지 못했다. 장미 향을 들이마신 모드는 꽃향기가 머릿속까지 스미자 꼭 샴페인 한 잔을 들이켠 느낌이었다.

잠시 후 먼저 결혼식을 올린 사람들이 로비로 나왔다. 신부는 평상복을 입었고, 신랑은 육군 군복 차림이었다. 어쩌면 전쟁 때문에 급히 결혼 결정을 내린 한 쌍일 수도 있었다.

모드와 세 사람은 안으로 들어갔다. 예복에 은색 넥타이를 맨 호적 담당자가 평범한 책상 너머에 앉아 있었다. 가슴에는 카네이션 한 송이를 달았는데, 모드는 세심하게 신경썼다고 생각했다. 그의 옆에는 정장 차림의 직원 하나가 보였다. 울리히와 모드 피츠허버트라고 이름을 밝힌 후 모드는 베일을 걷어올렸다.

호적 담당자가 말했다. "피츠허버트 양, 신분증명서 있습니까?"

모드는 남자가 무슨 말을 하는지 알아들을 수 없었다.

그녀의 멍한 표정을 보더니 남자가 다시 물었다. "혹시 출생증명서 있으신가요?"

모드는 출생증명서를 갖고 있지 않았다. 그런 게 필요한 줄도 몰랐고, 알았다 해도 가져올 수 없었을 터였다. 그런 서류는 피츠가 그의 유언장 및 가족의 다른 서류들과 함께 금고에 보관해두기 때문이다. 모드는 극심한 공포에 빠졌다.

발터가 말했다. "이거면 될 겁니다." 그는 자선병원 주소가 적혀 있고 우표에 소인이 찍힌 편지봉투 하나를 주머니에서 꺼냈다. 그린워드 박사를 만나러 간 김에 가져온 게 분명했다. 정말이지 똑똑한 남자였다.

호적 담당자는 말없이 편지봉투를 돌려주더니 말했다. "제 직분상 이제 두 분이 서약하시면 정식으로 혼인이 인정되어 법적 효력이 생긴다는 점을 말씀드립니다."

남자의 말에 모드는 자기가 어떤 상황에 처했는지도 모르는 사람 취급을 받은 것 같아 살짝 기분이 상했지만 이내 생각했다. 이곳에 오는 사람은 누구나 같은 말을 들을 거라고.

발터는 전보다 더 몸을 꼿꼿이 세우고 서 있었다. 이게 그 순간이구나. 모드는 생각했다. 이제 되돌릴 수 없어. 그녀는 자신이 진정으로 발터와 결혼하고 싶어한다는 걸 알았다. 그리고 그 이상으로, 그녀가 스물세 살이 될 때까지는 남편감으로 조금이라도 고려해볼 만한 사람이 전혀 존재하지 않았다는 사실을 절실하게 깨닫고 있었다. 그전까지 만났던 남자들은 하나같이 그녀와 여자들을 모두 덩치만 큰 어린애로 취급했다. 발터만이 달랐다. 발터가 아니면 결혼할 남자는 없었다.

호적 담당자가 따라 하라며 서약 내용을 발터에게 읽어주었다. "나, 월터 폰 울리히는 모드 피츠허버트와 혼인하는 데 법적인 장애가 전혀 없음을 엄숙히 선서합니다." 발터는 자기 이름을 독일식 발음 "발터"가 아닌 영어식 "월터"로 읽었다.

모드는 담당자의 말을 따라 하는 발터의 얼굴을 바라보았다. 그의 맑은 목소리는 흔들리지 않았다.

그는 자기 순서를 마치고 모드가 선서하는 모습을 엄숙한 표정으로 지켜보았다. 모드는 그의 진지한 모습을 사랑했다. 꽤 똑똑한 축에 속한다 해도 대부분의 남자는 여자에게 말할 때 바보가 된다. 발터는 로베르트나 피츠를 대할 때와 전혀 다름없이 모드에게도 재치 있게 말할 줄 알았고, 오히려 다른 사람과 대화할 때보다 훨씬 더 집중해서 그녀의 대답을 들었다.

다음은 혼인서약을 할 차례였다. 발터는 모드의 눈을 보면서 그녀를 아내로 맞이하겠다는 서약을 했다. 이번에는 모드가 듣기에도 감정이 복받쳐 약간 흔들리는 목소리였다. 이 점 또한 모드가 사랑하는 것이었다. 모드는 자신이 발터의 진지함을 무너뜨릴 수 있다는 사실을 알았다. 사랑이나 행복, 욕망으로 그를 떨리게 할 수 있었다.

모드도 같은 내용의 서약을 했다. "나, 모드 엘리자베스 피츠허버트는 여기 두 사람의 증인 앞에서 당신, 월터 폰 울리히를 적법한 남편으로 맞이합니다." 목소리에서 떨림이라곤 느껴지지 않았다. 눈에 띄게차분한 자신의 모습 때문에 모드는 약간 쑥스럽기도 했지만, 이런 상황에서 떠는 건 그녀답지 않았다. 이런 상황이 아닐 때도 침착해 보이는걸 더 좋아했다. 발터는 모드의 그런 점을 이해했고, 그녀의 가슴속에불고 있는 보이지 않는 정열의 폭풍에 대해 다른 누구보다 잘 알았다.

"반지 가져오셨나요?" 호적 담당자가 물었다. 모드는 결혼반지는 생각해본 적도 없었다. 하지만 발터는 달랐다. 그는 조끼 주머니에서 평범한 결혼 금반지를 꺼내 모드의 손을 잡더니 손가락에 끼웠다. 크기를눈짐작한 듯했지만, 거의 맞았다. 한 치수 정도만 큰 것 같았다. 두 사람의 결혼이 비밀이므로 오늘 이후로는 이 반지를 낄 수 없을 것이다.

"이제 두 사람이 부부가 되었음을 선포합니다." 호적 담당자가 말했다. "신부에게 키스하셔도 됩니다."

발터는 모드의 입술에 가볍게 입맞추었다. 모드는 발터의 허리에 팔을 두르고 그를 가까이 끌어당겼다. "사랑해요." 그녀는 속삭였다.

호적 담당자가 말했다. "여기 혼인증명서가 있습니다. 원하면 앉으셔도 됩니다…… 울리히 부인."

발터는 미소지었고, 로베르트는 킬킬거리며 웃었고, 에설은 작은 소리로 환호성을 질렀다. 모드는 호적 담당자가 결혼식이 끝나고 신랑의성을 붙여 신부를 처음 부르는 일을 즐기고 있다는 생각이 들었다. 모두 자리를 잡고 앉았고, 호적 담당자 옆에 앉은 직원이 증명서 빈칸을채우기 시작했다. 발터는 아버지 직업을 육군장교로, 출생지는 단치히로 적었다. 모드는 아버지 이름을 조지 피츠허버트로, 직업을 농부로 적었다. 사실 티 귄에서 몇 마리 안 되지만 양을 키우고 있으니 아예 거짓말은 아닌 셈이었다. 출생지는 런던으로 적었다. 로베르트와 에셜이 증인으로 서명했다.

결혼식은 금세 끝났고 네 사람은 밖으로 나와 로비로 향했다. 그곳에는 또다른 예쁜 신부가 긴장한 신랑과 함께 평생의 약속을 하기 위해 기다리고 있었다. 두 사람이 팔짱을 끼고 계단을 따라 도로 가장자리에 세워놓은 자동차를 향해 내려가는 사이, 에셜이 그들의 머리 위로 잘게 자른 색종이 조각을 한 움큼 뿌렸다. 지나가던 사람 중 하나가 모드의 눈에 띄었다. 중산층으로 보이는 여인은 모드와 비슷한 나이였고, 가게에서 산 물건을 한 꾸러미 들고 있었다. 여자는 발터를 한껏 노려보더니 고개를 돌려 모드를 보았다. 모드는 여자의 눈에서 시샘을 보았다. 그래, 나는 행운의 여자야. 모드는 속으로 생각했다.

발터와 모드는 자동차 뒷좌석에, 로베르트와 에셜은 앞에 앉았다. 자동차가 움직이자 발터가 모드의 손을 들어올려 입을 맞추었다. 두 사람은 서로 눈을 보며 웃었다. 모드는 사랑하는 남녀의 그런 모습을 볼 때마다 멍청하고 감상적이라고 생각했다. 하지만 지금은 이런 행동이 세상에서 가장 자연스럽게 느껴졌다.

잠시 후 그들은 하이드 호텔에 도착했다. 모드는 베일을 다시 내렸다. 발터가 모드의 팔을 붙잡고 로비를 지나 계단으로 안내했다. 로베르트가 말했다. "샴페인을 주문하지."

발터는 가장 좋고 넓은 스위트룸을 빌려 안을 꽃으로 가득 채워놓았다. 분홍색 장미가 백 송이는 되어 보였다. 모드는 눈물을 글썽였고, 에셜은 경이로운 듯 방안을 둘러보았다. 한쪽 탁자 위에는 과일이 담긴 커다랗고 우묵한 접시와 초콜릿 한 상자가 놓여 있었다. 커다란 창문으

로 쏟아지는 오후 햇살이 화려한 천으로 덮인 의자와 소파 들을 비추고
있었다.

"편하게 즐깁시다!" 발터가 쾌활하게 말했다.

모드와 에설이 방을 구경하는 사이 로베르트가 들어왔고, 그를 뒤따
라 급사가 샴페인 한 병과 잔들을 접시에 받쳐들고 들어왔다. 발터가
병을 따더니 잔에 샴페인을 따랐다. 모두 샴페인을 한 잔씩 손에 들자
로베르트가 말했다. "제가 건배 제의를 하겠습니다." 헛기침하는 로베
르트를 보고 모드는 결혼식 연설을 하려는 모양이라고 생각해 즐거워
졌다.

"내 친척 발터는 흔치 않은 사람입니다." 로베르트가 이야기를 시작
했다. "저와 동갑이지만 늘 형 같았죠. 빈에서 함께 공부할 때도 절대
술에 취하는 법이 없었습니다. 밤에 무리지어 시내로 나가 그렇고 그런
집에 놀러갈 때도 이 친구는 집에 남아 공부를 했습니다. 저는 이 친구
가 여자를 사랑하지 않는 남자일지 모른다고 생각했죠." 로베르트는 쓸
쓸한 미소를 지었다. "사실 여자를 사랑하지 않는 남자로 태어난 건 저
였습니다. 딴 이야기입니다만. 발터는 가족을 사랑하고 일을 사랑하고
독일을 사랑합니다. 하지만 여자를 사랑한 적은 단 한 번도 없었습니
다. 지금까지는요. 발터는 변했습니다." 로베르트는 짓궂게 웃어 보였
다. "넥타이를 새로 사더군요. 제게 이것저것 묻기도 하고요. 언제 여자
한테 키스를 하느냐. 남자도 향수를 뿌려야 하느냐. 자기에게 어떤 색
이 잘 어울리느냐. 제가 마치 여자들이 뭘 좋아하는지 아는 사람이라
도 되는 것처럼 말입니다. 그리고 제가 보기에 가장 끔찍한 일은 이겁
니다." 로베르트는 극적인 효과를 위해 연설을 멈추었다. "바로 발터가
래그타임을 연주한다는 겁니다!"

세 사람은 웃음을 터뜨렸다. 로베르트가 술잔을 들어올렸다. "이런

변화를 가능하게 한 여인을 위해 건배합시다. 신부를 위해!"

모두 샴페인을 마시고 나서 에설이 로베르트에 이어 입을 열어 모드를 깜짝 놀라게 했다. "신랑을 위해 건배사를 하는 건 제 몫이 되었네요." 에설은 평생 연설을 해왔던 사람처럼 말했다. 웨일스 출신 하녀가 어쩌면 저렇게 자신감이 넘치는 걸까? 그렇게 생각하던 모드는 에설의 아버지가 설교자이자 정치활동가이니 어려서부터 보고 배웠을 거라는 점을 떠올렸다.

"모드 아가씨는 제가 지금까지 만나본 귀족 여자분들과는 전혀 달라요." 에설이 연설을 시작했다. "티 권에서 하녀로 일하기 시작했을 때 아가씨는 가족분들 가운데 유일하게 저를 사람으로 대접해주셨죠. 여기 런던에서 미혼의 젊은 여자가 아이를 가지면 점잖은 부인들은 대개 정조관념이 무너졌다면서 툴툴거립니다. 하지만 모드 아가씨는 그들에게 실질적인 도움을 주세요. 런던의 이스트엔드에서는 성자로 통하시는 분입니다. 하지만 아주 심각한 단점도 있죠."

모드는 생각했다. 이건 무슨 말이람?

"아가씨는 평범한 남자에게 마음을 주기에는 지나치게 진지한 분이에요." 에설은 연설을 이어갔다. "신랑감 자격이 있는 런던의 거의 모든 남자는 깜짝 놀랄 만큼 아름답고 쾌활한 아가씨에게 관심이 있었어요. 하지만 너무 똑똑하고 과격하고 현실적인 정치관념에 지레 겁먹고 달아나버렸죠. 저는 아가씨를 얻으려면 보통 남자는 안 될 거라고 한참 전부터 알고 있었어요. 똑똑하지만 마음이 열린 사람이어야 했죠. 더할 나위 없이 도덕적이지만 보수적이지 않은 사람, 강인하지만 군림하지 않는 사람 말이에요." 에설은 미소지었다. "그런 사람은 없다고 생각했어요. 그런데 1월에 발터 씨가 기차역에서 택시를 타고 애버로언의 언덕길을 달려 티 권에 들어선 순간, 기다림은 끝났습니다." 에설은 술잔을 들어올렸다. "신랑을 위해!"

네 사람은 다시 샴페인을 들이켰다. 에설은 로베르트와 팔짱을 꼈다. "이제 리츠 호텔에 가서 저녁을 사주셔야죠, 로베르트 씨."

발터는 깜짝 놀란 듯했다. "우리 모두 함께 여기서 저녁을 먹을 줄 알 았는데요."

에설은 장난꾸러기 같은 표정을 지었다. "어리석은 소리 마세요." 에 설은 로베르트의 팔을 잡아끌며 문으로 향했다.

"좋은 밤 보내." 로베르트가 말했다. 하지만 이제 겨우 여섯시가 되 었을 뿐이다. 두 사람이 나가고 문이 닫혔다.

모드가 웃었다. 발터는 말했다. "에설은 정말이지 똑똑하군."

"나를 이해하는 친구예요." 모드가 말했다. 그리고 문으로 다가가 열 쇠를 돌려 잠갔다. "자, 이제 침실로 가요."

"옷은 당신 혼자 벗는 게 낫겠죠?" 발터는 걱정스러운 표정을 지으며 물었다.

"그럴 것 없어요." 모드가 말했다. "보고 싶지 않아요?"

발터는 침을 꿀꺽 삼켰다. 그러고는 약간 쉰 목소리로 말했다. "그러 죠. 보고 싶어요." 발터가 침실 문을 열어주자 모드는 안으로 들어섰다.

용감한 척하긴 했지만 침대 끝에 걸터앉아 신발을 벗는 동안 모드는 불안했다. 여덟 살 이후로 벗은 몸을 남에게 보여주는 건 처음이었다. 다른 여자의 몸을 본 적이 없으니 자신의 몸매가 매력적인지조차 알 수 없었다. 박물관에서 본 작품 속 나신과 비교하면 가슴은 작고 엉덩이는 컸다. 그리고 사타구니에는 털이 났는데, 그림에서는 그런 모습을 찾아 볼 수 없었다. 발터가 몸을 보고 예쁘지 않다고 생각하면 어쩌지?

발터는 아무렇지도 않은 듯 코트와 조끼를 벗어 옷걸이에 걸었다. 모 드는 언젠가 이런 일도 익숙해질 거라는 생각이 들었다. 모든 사람이

늘 하는 일이기 때문이다. 하지만 왠지 기분이 묘했다. 흥분된다기보다
는 겁이 났다.

모드는 스타킹과 모자를 벗었다. 이제 벗으나마나 한 옷가지는 남지
않았다. 다음 차례부터는 진짜였다. 모드는 일어섰다.

발터는 넥타이를 풀던 손을 멈추었다.

모드는 재빨리 드레스를 벗어 바닥에 떨어뜨렸다. 속치마를 벗고 레
이스 블라우스도 머리 위로 벗었다. 그리고 발터 앞에 속옷 차림으로
서서 그를 바라보았다.

"정말 아름다워요." 발터는 속삭이듯 말했다.

모드는 웃었다. 그는 늘 옳은 말만 했다.

발터가 모드를 껴안고 입을 맞추었다. 모드는 긴장이 조금 풀렸고 어
느 정도 여유를 찾았다. 그녀는 발터의 입이 자신의 입에 닿는 감촉을
즐겼다. 부드러운 입술과 빳빳한 콧수염이 느껴졌다. 모드는 발터의 뺨
을 어루만지고, 귓불을 손끝으로 꼭 쥐고, 뒷목을 쓰다듬었다. 흥분으
로 고양된 감각으로 모든 걸 느끼며 생각했다. 이제 이 모든 게 내 거야.

"이제 누워요." 발터가 말했다.

"아니에요. 아직 안 돼요." 모드가 말했다. 그녀는 한 걸음 뒤로 물러
섰다. "잠깐만요." 슈미즈를 벗자 요즘 유행인 최신식 브래지어를 한
가슴이 드러났다. 그녀는 등뒤로 손을 돌려 호크를 풀고 브래지어를 바
닥에 떨어뜨렸다. 그리고 자기 가슴을 좋아하지 않을 수 있느냐는 듯
도도한 표정으로 발터를 바라보았다.

발터가 말했다. "아름답군요. 가슴에 키스해도 되나요?"

"하고 싶은 대로 다 해요." 모드는 아주 기분좋게 야한 느낌이 들었다.

발터가 고개를 숙이더니 한쪽 가슴에 입을 맞추고 다른 쪽으로 입술
을 옮겼다. 입술이 부드럽게 어루만지자 갑자기 추워지기라도 한 듯 젖

꼭지가 일어섰다. 모드는 문득 자기도 발터의 젖꼭지에 입맞추고 싶은 생각이 간절했다. 혹시 발터가 이상하게 여기지 않을지 걱정이었지만.

발터는 그녀의 가슴에서 영원히 입술을 떼지 않을 것 같았다. 모드는 부드럽게 그를 밀어냈다. "당신 남은 옷을 벗어요. 얼른요."

발터는 신발과 양말, 넥타이, 셔츠, 속셔츠, 바지까지 벗고는 머뭇거렸다. "부끄럽네요." 그는 웃으며 말했다. "이유를 모르겠어요."

"그럼 내가 먼저 벗을게요." 모드가 말했다. 그녀는 끈을 풀고 속옷을 벗어버렸다. 고개를 들었더니 발터 역시 발가벗은 채였다. 모드는 발터의 사타구니에 무성하게 난 금발 음모 속에서 위를 향해 솟은 그의 남성을 보고 충격을 받았다. 오페라를 보러 갔을 때 옷 위로 움켜쥐었던 기억이 떠올랐다. 다시 만져보고 싶어졌다.

발터가 말했다. "이제 침대에 누울까요?"

지나칠 정도로 반듯한 말투여서 모드는 웃음이 나왔다. 발터의 얼굴에 감정이 상한 듯한 표정이 떠올라 금세 미안한 마음이 들었다. "사랑해요." 모드가 말하자 발터의 얼굴이 환해졌다. "우리 함께 누워요." 모드는 어찌나 기분이 좋은지 금방이라도 울음이 터질 것 같았다.

둘은 처음에는 옆으로 나란히 누워 입을 맞추고 서로 몸을 만졌다. "사랑해요." 모드가 다시 말했다. "내가 하는 이런 말도 언젠간 지겨워지겠죠?"

"그럴 일 없어요." 발터가 씩씩하게 말했다.

모드는 발터를 믿었다.

잠시 후 발터가 말했다. "이제?" 모드는 고개를 끄덕였다.

모드는 다리를 양쪽으로 벌렸다. 발터는 몸무게를 팔꿈치에 싣고 모드의 몸 위에 엎드렸다. 모드는 기대감으로 온몸이 팽팽해졌다. 발터가 몸무게를 왼팔로 옮기더니 그녀의 허벅지 쪽으로 손을 뻗었다. 모드는 발터의 손가락이 촉촉하게 젖은 부드러운 속살을 벌리자 뭔가 더 큰 게 들어오는 걸 느낄 수 있었다. 발터가 몸을 밀어붙이자 느닷없이 고통스러웠다. 모드는 비명을 질렀다.

"미안해요!" 발터가 말했다. "아프게 했군요. 정말 미안해요."

"그냥 잠시만 기다려요." 모드가 말했다. 못 참을 정도의 고통은 아니었다. 무엇보다 많이 놀란 탓이었다. "다시 해봐요. 조금 부드럽게요."

모드는 발터의 물건 끄트머리가 그녀의 아래쪽 입술에 닿는 게 느껴졌다. 도저히 들어갈 수 없다는 걸 알 수 있었다. 발터가 너무 크거나 그녀가 너무 작거나 아니면 둘 다인 것 같았다. 하지만 모드는 운 좋게 해결되길 바라며 발터가 몸을 밀어붙이도록 두었다. 아팠지만 이번에는 이를 악물고 비명을 참았다. 그녀의 인내는 별 도움이 되지 않았다. 잠시 후 발터가 움직임을 멈추었다. "안 들어갈 것 같아요." 발터가 말했다.

"뭐가 잘못된 거죠?" 모드는 비참한 심정이었다. "그냥 자연스럽게 되는 줄 알았는데."

"잘 모르겠어요. 내가 경험이 없어서."

"나도 당연히 처음이에요." 모드는 손을 아래로 뻗어 발터의 물건을 움켜쥐었다. 손에 느껴지는 딱딱하지만 매끄러운 감촉이 좋았다. 엉덩이를 들어올려 어떻게든 안으로 받아들이려 해봤지만 잠시 후 발터가 몸을 빼며 말했다. "아! 미안해요. 그렇게 하면 나도 아프네요."

"혹시 당신이 보통사람보다 큰 건가요?" 모드가 망설이며 물었다.

"아뇨. 군대에 있을 때 다른 남자들 벗은 몸을 많이 봤어요. 어떤 친구들은 정말 거대할 정도로 커서 우쭐하기도 했지만 나는 평균이었어요. 그리고 지나치게 큰 친구들도 이런 어려움이 있다며 불평하는 건 단 한 번도 들어보지 못했습니다."

모드는 고개를 끄덕였다. 그녀가 본 다른 남자의 성기라고는 오빠인 피츠가 유일했다. 그리고 기억하기로는 발터와 크기가 비슷했다. "어쩌면 내가 너무 작은가봐요."

발터는 고개를 저었다. "열여섯 살 때 로베르트의 가족이 소유한 헝가리 성에 간 적이 있어요. 거기 그레타라고 하녀가 있었는데, 상당히…… 명랑한 여자였죠. 정식으로 행위를 하지는 않았지만 시험해본 적은 있었어요. 전에 서식스 공작 서재에서 당신을 만질 때처럼 만져보기도 했고요. 괜한 말을 해서 화나게 하는 건 아닌지 모르겠군요."

모드는 발터의 뺨에 입을 맞추었다. "전혀 그렇지 않아요."

"그레타의 그곳도 당신과 크게 다를 건 없었어요."

"그럼 뭐가 잘못된 거죠?"

발터는 한숨을 쉬더니 몸을 굴려 모드의 몸 위에서 내려갔다. 그리고 팔을 모드의 머리 아래로 넣더니 그녀를 끌어당겨 안고 이마에 입을 맞추었다. "갓 결혼한 사람들은 어려움을 겪기도 한다는 말을 들었어요. 가끔 남자가 너무 긴장한 나머지 물건이 서지 않는다고도 하더라고요. 심지어 너무 흥분하는 바람에 관계를 맺기도 전에 사정하는 남자들도 있고요. 참을성 있게 서로 사랑하면서 어떻게 되는지 두고봐야 한다고 생각해요."

"하지만 우리에겐 하룻밤뿐이잖아요!" 모드는 눈물을 흘리기 시작했다.

발터가 모드를 쓰다듬었다. "이런, 이런." 하지만 소용없었다. 모드는 완전히 실패한 기분이었다. 나는 내가 엄청 똑똑한 줄 알았는데. 오빠한테서 도망쳐나와 몰래 발터와 결혼식까지 올렸는데, 이제 모든 게 재앙이 돼버렸어. 자기 처지도 실망스러웠지만 발터를 생각하니 더욱 그런 마음이 들었다. 스물여덟 살이 될 때까지 기다렸는데, 남편을 만족시켜주지 못하는 여자와 결혼하다니 얼마나 끔찍할까?

모드는 누군가 다른 여자와 이야기를 하고 싶었다. 하지만 그럴 사람이 누가 있단 말인가? 험 고모와 이런 이야기를 한다는 건 터무니없는 생각이었다. 어떤 여자들은 하녀와 비밀 이야기를 나누기도 한다지만 모드는 샌더슨과 그런 사이가 되는 걸 한 번도 생각해본 적 없었다. 어쩌면 에설에게는 말할 수 있을지 모른다. 그런 생각을 하고 보니 사타구니에 털이 나는 게 당연한 일이라고 말해준 사람도 에설이었다. 하지만 에설은 로베르트와 함께 떠나고 없었다.

발터는 일어나 앉았다. "저녁을 주문합시다. 와인을 한 병 시켜도 되고요." 그가 말했다. "남편과 아내로 함께 앉아서 잠시 이런저런 이야기를 하죠. 그리고 조금 있다가 다시 해보는 겁니다."

모드는 식욕도 없었고 '이런저런' 이야기를 할 기분도 아니었다. 하지만 달리 좋은 생각이 나지 않아 그러자고 했다. 그녀는 괴로운 심정으로 다시 옷을 입었다. 발터는 재빨리 옷을 입더니 옆방으로 가서 종을 울려 급사를 불렀다. 그가 냉육과 훈제 생선, 샐러드, 와인을 주문하는 소리가 들렸다.

모드는 열려 있는 창문 앞에 앉아 아래쪽 거리를 내려다보았다. '영국, 독일에 최후통첩'이라고 쓰인 신문 광고판이 보였다. 이번 전쟁에서 발터는 목숨을 잃을 수도 있다. 모드는 그가 숫총각인 채 죽게 하고 싶지 않았다.

음식이 도착하고 발터가 부르자 모드는 거실로 나갔다. 급사가 하얀 식탁보를 깔고 훈제 연어와 저민 햄, 상추, 토마토, 오이, 얇게 썬 흰 빵을 차려놓았다. 배가 고프지는 않았지만 모드는 발터가 따라준 화이트와인을 마시고서 먹는 시늉이라도 하려고 연어를 집어 조금 우물거렸다.

결국 두 사람은 이런저런 이야기를 나누었다. 발터는 어렸을 적 일과 어머니, 이튼 학교에 다닐 때 추억을 말해주었다. 모드는 아버지가 살아 있을 때 티 권에서 열렸던 파티 이야기를 했다. 영국에서 가장 유력한 인사들이 손님으로 왔고, 모드의 어머니는 남자들이 그들의 정부와 가까이 지낼 수 있도록 침실을 배정하느라 고심해야 했다.

처음에 모드는 자신이 마치 잘 모르는 사람과 마주앉은 양 의식적으로 대화를 이어나가려 한다는 생각이 들었다. 하지만 이내 두 사람만의 친밀감이 살아나며 마음이 편해졌고, 머릿속에 떠오르는 대로 말하게 되었다. 급사가 식탁을 치우고 나가자 두 사람은 긴 소파로 자리를 옮겨 손을 맞잡고 이야기를 계속했다. 그들은 다른 사람들의 성생활을 추측해보기 시작했다. 두 사람의 부모, 피츠, 로베르트, 에설, 심지어 고모인 공작부인까지. 모드는 로베르트 같은 남자들의 세계에 관해 듣고는 흥미를 보였다. 그들이 어디서 만나고, 어떻게 서로 알아보고, 뭘 하는지. 남자와 여자가 하는 것처럼 그들도 키스를 한다고 발터가 말해주었다. 오페라 극장에서 모드가 그에게 해준 일도, 또다른 것도…… 발터 말로는 자기도 정확히는 모른다고 했지만, 모드는 그가 잘 알면서도 입에 담기 쑥스러운 모양이라고 생각했다.

벽난로 위 시계가 자정을 알리자 모드는 깜짝 놀랐다. "다시 침실로 가요. 혹시 생각한 대로 잘되지 않더라도 당신 팔베개를 베고 눕고 싶어요."

"좋아요." 발터가 일어섰다. "잠깐 한 가지만 먼저 처리해도 될까요? 로비에 투숙객이 사용할 수 있는 전화가 있더군요. 대사관에 전화 한 통 해야겠어요."

"물론 괜찮아요."

발터는 밖으로 나갔다. 모드는 복도에 있는 화장실에 들렀다가 다시 객실로 돌아왔다. 옷을 벗은 채 알몸으로 침대에 누웠다. 이제 일이 어떻게 돌아가더라도 크게 마음 쓰지 않을 작정이었다. 두 사람은 서로 사랑하고, 함께 있었다. 그것만으로도 충분했다.

발터는 몇 분 뒤 돌아왔다. 어두운 표정을 보자마자 즉시 모드는 나쁜 소식이 있다는 걸 알아차렸다. "영국이 독일에 선전포고를 했어요." 발터가 말했다.

"이런, 발터. 정말 유감이에요."

"한 시간 전 대사관에 정식으로 접수되었다는군요. 니컬슨이 영국 외무부에서 전갈을 받아와서 리히노프스키 공을 급히 깨웠답니다."

이런 일이 벌어질 것임을 이미 알고 있었지만, 실제로 닥치자 모드는 마치 한 대 얻어맞은 것 같았다. 발터 역시 무척 속이 상한 모습이었다.

발터는 오랫동안 그래온 것처럼 자연스럽게 모드 앞에서 옷을 벗었다. "우린 내일 떠나요." 발터가 말했다. 그는 속옷도 벗었다. 그의 남성은 작고 쭈글쭈글한, 평범한 모습이었다. "짐을 싸들고 열시까지 리버풀 스트리트 역으로 가야 해요." 발터는 전등을 끄고 침대 위 모드 옆으로 올라와 누웠다.

두 사람은 따로 떨어져 옆으로 나란히 누워 있었다. 순간적으로 모드는 발터가 그냥 잠드는 게 아닐까 하는 끔찍한 생각을 했다. 그 순간 발터가 고개를 돌리더니 그녀를 안고 키스를 했다. 엄청난 상황에도 불구하고 발터를 향한 모드의 욕망은 넘칠 것 같았다. 그들 사이에 놓인 온갖 장애가 오히려 그녀로 하여금 발터를 더 끈질기고 필사적으로 사랑하게 했다. 발터의 남성이 부풀어올라 딱딱해지더니 그녀의 부드러운 배를 찌르는 게 느껴졌다. 잠시 후 발터가 위로 올라왔다. 아까처럼 발터는 왼팔로 몸을 지탱하고 그녀의 깊은 곳을 오른손으로 어루만졌다. 아까처럼 모드는 딱딱한 발터의 성기가 그녀의 깊은 곳 입술을 강하게 찌르는 걸 느꼈다. 아까처럼 고통스러웠지만, 그것도 한순간이었다. 이번에는 발터의 남성이 그녀의 몸속으로 미끄러져들어왔다.

　뭔가 한번 더 걸리는 것을 느끼는 순간, 모드는 처녀성을 잃었다. 그리고 그의 몸이 그녀의 몸 깊숙한 곳까지 불쑥 들어왔고, 두 사람은 가장 오래된 방식을 통해 하나가 되었다.

　"아, 다행이에요." 모드가 말했다. 안도감은 이내 쾌감으로 바뀌었다. 그녀는 발터와 박자를 맞춰 행복한 몸동작을 시작했고, 마침내 두 사람은 사랑을 나누었다.

:

2부
거인들의 전쟁

:

12장
1914년 8월 초순에서 하순

I

카테리나는 제정신이 아니었다. 상트페테르부르크 전역에 동원령 포스터가 나붙자 그녀는 하숙집 그리고리의 방에 앉아 울면서 정신 나간 사람처럼 긴 금발을 손으로 연신 쓸어넘겼다. "어쩌죠? 난 어떡해요?"

그리고리는 카테리나를 품에 안고 입을 맞춘 다음, 절대 그녀를 떠나지 않겠다고 약속하고 싶었다. 하지만 그런 약속은 할 수 없었고 어쨌든 그녀는 그의 동생을 사랑하고 있었다.

병역을 마친 그리고리는 예비군 소속이어서 원칙적으로는 전쟁에 나갈 예비 병력이었다. 사실 훈련시간에 하는 일이라곤 행군이나 도로 공사가 대부분이었다. 하지만 전쟁이 시작되면 그는 제일 먼저 동원될 터였다.

그리고리는 머리끝까지 화가 나 있었다. 이번 전쟁은 니콜라이 항제가 벌인 다른 모든 일처럼 멍청하고 의미 없는 짓이었다. 보스니아에서 살인사건이 벌어졌는데 한 달 후 러시아가 독일과 전쟁을 하다니! 양측에서 수없이 많은 노동자와 농민들이 죽어갈 테고, 남는 건 아무것도 없을 것이다. 그리고리와 그가 아는 모든 사람에게 이번 상황은 나라를 운영하기에 러시아 귀족들이 너무 어리석다는 걸 증명하고 있었다.

만일 살아남는다 해도 전쟁은 그리고리의 계획을 망쳐놓을 것이다. 그는 미국행 표를 사기 위해 다시 돈을 모으고 있었다. 푸틸로프 공장에서 받는 임금이면 이삼년 걸릴 테지만, 군대에서라면 영원히 불가능한 일이었다. 차르가 지배하는 나라의 부당함과 만행에 앞으로 얼마나 더 오래 고통받아야 한단 말인가.

더 걱정되는 건 카테리나였다. 그가 전장으로 떠나야 한다면 그녀는 어떻게 하나? 그녀는 하숙집에서 다른 여자 셋과 함께 셋방을 나눠 쓰며 푸틸로프 공장에서 소총 탄창을 여러 개 묶어 종이상자에 포장하는 일을 했다. 하지만 아이가 태어나면 최소한 당분간은 일을 그만두어야 한다. 그리고리가 없으면 그녀와 아이는 어떻게 살아간단 말인가? 그녀는 절망에 빠질 테고, 그리고리는 시골에서 올라온 여자들이 상트페테르부르크에서 돈이 간절해지면 무슨 일을 하게 되는지 잘 알았다. 제발 카테리나가 거리에서 몸을 팔아야 하는 상황만은 벌어지지 않기를.

하지만 동원령이 떨어진 첫날, 그리고 첫 주가 지나도록 그리고리는 동원 명령을 받지 않았다. 신문기사에 따르면 이백오십만 명이나 되는 예비군이 7월 말일자로 동원 명령을 받았다지만, 그건 그저 꾸며낸 이야기에 불과했다. 그렇게 많은 병력을 소집해서 군복을 입히고 기차에 태워 전선으로 보내는 일은 하루는커녕 한 달이 걸려도 불가능했다. 예비군은 몇몇 부대로 나눠 일부는 일찍, 또 일부는 늦게 동원 명령을 받게 될 것이다.

8월 초여름이 지나면서 그리고리는 어쩌면 후방에 그냥 남게 될지도 모른다는 생각이 들었다. 가망이 없을 정도로 체계가 없는 이 나라에서 군대는 가장 관리가 엉망인 조직 가운데 하나였다. 어쩌면 상상을 뛰어 넘게 무능한 공무원들 덕에 수천 명 정도는 동원령에서 빠져나갈 수 있을지 모른다.

카테리나는 매일 아침 일찍 그리고리가 식사 준비를 할 때마다 그의 방으로 건너오는 버릇이 생겼다. 그리고리는 그 시간이 가장 좋았다. 그 시간이면 그는 깨끗이 씻고 옷을 갖춰입고 기다렸지만, 카테리나는 잠자리에 들 때 입었던 차림에 머리칼이 매력적으로 헝클어진 모습으로 하품을 하며 나타났다. 이제 몸무게가 제법 늘어서 옷도 작아졌다. 그리고리의 계산으로는 임신한 지 사 개월 반 정도 된 듯했다. 가슴과 엉덩이가 더 커졌고 약간이지만 알아볼 수 있을 만큼 배도 볼록 나왔다. 카테리나의 관능적인 모습은 기분좋은 고문이었다. 그리고리는 그녀의 몸을 빤히 보지 않으려고 애써야 했다.

어느 날 아침, 그리고리가 불에 올린 프라이팬에서 달걀 두 개를 뒤적거리며 익히고 있는데 카테리나가 방으로 들어왔다. 요새 그리고리는 예전처럼 오트밀에 우유를 부어 대충 끓인 것으로 아침을 해결하지 않았다. 아직 태어나지 않은 조카가 튼튼하고 건강하게 자라려면 더 좋은 음식이 필요했기 때문이다. 그리고리는 거의 매일 영양가 있는 음식을 사와서 카테리나와 함께 먹었다. 햄, 청어, 또는 그녀가 가장 좋아하는 소시지도 있었다.

카테리나는 늘 배가 고팠다. 그녀는 탁자에 앉더니 허기를 참을 수 없는지 빵을 한 조각 두툼하게 잘라내 먹기 시작했다. 그리고 입안 가득 빵을 씹으며 물었다. "전쟁 나간 군인이 죽으면 밀린 급료는 누가 받아요?"

그리고리는 가장 가까운 친족의 이름과 주소를 떠올려보았다. "내 경우라면 레프겠죠."

"그이가 미국에 도착했는지 모르겠네요."

"당연히 도착했죠. 그곳까지 팔 주가 조금 안 걸린다고 들었어요."

"일자리를 구했어야 할 텐데."

"걱정할 필요 없어요. 잘 있을 겁니다. 누구나 레프를 좋아하니까요." 동생 생각을 하자 억울한 마음에 격렬한 분노가 치밀어올랐다. 그리고리가 돈을 모으며 계획했던 대로 새로운 삶을 시작하는 동안, 러시아에 남아 카테리나와 뱃속 아기를 돌보며 군대에 끌려갈 걱정을 하는 건 레프여야 했다. 하지만 레프가 그리고리의 기회를 훔쳐가버렸다. 그리고 카테리나는 여전히 그리고리가 아닌, 자기를 버리고 간 사내를 걱정하며 살고 있었다.

카테리나가 말했다. "그이가 미국에서 잘하고 있으리라 믿어요. 그래도 편지 한 장은 받아봤으면 좋겠네요."

그리고리는 달걀 위에 딱딱한 치즈 한 조각을 잘라넣고 소금을 뿌렸다. 미국에서 레프로부터 연락이 오기나 할까 하는 슬픈 생각이 들었다. 레프는 감상적이었던 적이 단 한 번도 없었다. 어쩌면 도마뱀이 오래된 허물을 벗듯 과거에서 벗어나겠다고 마음먹었을지도 모른다. 하지만 그리고리는 이런 생각을 입 밖에 내지 않았다. 레프가 미국으로 불러줄 날을 고대하는 카테리나에게 미안해서였다.

카테리나가 말했다. "당신도 전쟁에 나가 싸울 거예요?"

"천만에요. 우리가 뭣하러 싸워야 하나요?"

"사람들 말로는 세르비아 때문이라던데요."

그리고리는 달걀 요리를 접시 두 개에 담아 탁자에 놓고 앉았다. "문제는 세르비아를 오스트리아 황제나 러시아 차르 중 누가 차지하느냐 하는 거예요. 어느 쪽이 가져가든 세르비아 사람들조차 관심이 있는지 모르겠군요. 나는 전혀 관심 없습니다." 그리고리는 먹기 시작했다.

"그럼 차르를 위해서요."

"싸운다면 당신을 위해, 레프와 나, 당신의 아기를 위해 싸우겠죠. 하지만 차르를 위해 싸운다고요? 그건 절대 아니에요."

카테리나는 달걀 요리를 재빨리 먹어치우더니 새로 빵을 한 조각 떼어내어 접시를 닦아 먹었다. "아이 이름은 뭘로 하면 좋겠어요?"

"우리 아버지 이름은 세르게이였고 할아버지는 티혼이었죠."

"나는 미하일이 좋아요. 대천사 이름이잖아요." 카테리나가 말했다.

"다들 좋아해요. 그래서 그 이름이 그렇게 흔하죠."

"그냥 레프라고 부를까봐요. 아니면 그리고리라고 하든지."

그리고리는 카테리나의 말에 감동했다. 그의 이름을 갖고 태어난 조카가 생긴다니 설레는 마음이었다. 하지만 그래달라고 하고 싶진 않았다. "레프가 괜찮겠네요." 그리고리가 대답했다.

공장에서 사이렌 소리가 울렸다. 나르바 지구 어디서도 그 소리가 들렸다. 그리고리는 공장에 가려고 일어섰다.

"설거지는 내가 할게요." 카테리나가 말했다. 그녀는 일곱시나 되어야 일을 시작했기 때문에 그리고리보다 출근이 한 시간 늦었다.

카테리나가 얼굴을 내밀자 그리고리는 뺨에 입을 맞추었다. 그저 단순한 인사였고 그리고리는 그녀의 얼굴에 입술을 오래 대고 있지도 않았다. 그럼에도 그녀의 부드러운 피부와 목에서 풍기는 따뜻하고 나른한 향기를 즐길 수 있었다.

그리고리는 모자를 쓰고 밖으로 나왔다.

이른 시간이었지만 여름 날씨는 덥고 눅눅했다. 힘차게 거리를 걷기 시작하자 금세 땀이 났다.

레프가 떠난 후 두 달 동안, 둘 사이에는 불편한 친구관계가 성립되었다. 카테리나는 그리고리에게 의지했고 그리고리는 카테리나를 돌봐주었다. 그러나 그런 관계는 두 사람 다 원치 않았다. 그리고리는 우정이 아닌 사랑을 원했다. 카테리나는 그리고리가 아닌 레프를 원했다. 하지만 그리고리는 카테리나를 잘 챙겨 먹이는 일에서 일종의 성취감을 느꼈다. 그것이 사랑을 표현하는 유일한 방법이었다. 이런 식으로 지내는 게 오래가지는 않겠지만 지금 당장은 앞을 내다보기 어려웠다. 그리고리는 여전히 러시아를 빠져나가 약속의 땅 미국에서 앞길을 찾고 싶었다.

공장 출입문에 새 동원령 포스터가 붙어 있었다. 남자들이 주변에 몰려서 있었고 글을 못 읽는 사람은 다른 사람에게 큰 소리로 읽어달라고 부탁했다. 그리고리 옆에는 축구팀 주장인 이사크가 서 있었다. 두 사람은 동갑에다 예비군 훈련도 함께 받았다. 그리고리는 포스터 내용을 살피며 그가 속한 부대 이름을 찾아보았다.

오늘은 있었다.

다시 들여다봤지만 틀림없었다. 나르바 연대.

그는 포스터에 적힌 명단에서 자신의 이름을 찾아냈다.

사실 이런 일이 벌어지리라고는 믿지 않았다. 하지만 자신을 속이고 있었을 뿐이었다. 스물다섯 살의 건강하고 강인한 그는 군인으로서 완벽한 몸이었다. 전쟁에 불려가는 것이 당연했다.

카테리나는 어떻게 될까? 아이는?

이사크가 큰 소리로 욕설을 내뱉었다. 그의 이름 역시 명단에 있었다.

두 사람 뒤에서 누군가 말했다. "걱정할 것 없어."

돌아보니 키가 크고 비쩍 마른 카닌이 서 있었다. 주물부서를 감독하는 명랑한 카닌은 삼십대 기술자였다. "걱정할 필요가 없어요?" 그리고리가 믿기지 않는다는 듯 말했다. "카테리나는 레프의 아이를 가졌고 돌봐줄 사람이 없어요. 어떻게 해야 하죠?"

"이 지역 동원령 담당자를 만나러 갔었어." 카닌이 말했다. "내 밑에서 일하는 사람들은 빼주겠다더군. 말썽꾼들이나 끌려가는 거야."

그리고리의 가슴이 다시 희망으로 두근거렸다. 사실이라고는 믿기 어려울 정도로 반가운 소식이었다.

이사크가 말했다. "그럼 어떻게 해야 해요?"

"동원령 집결지에 안 가면 돼. 그래도 괜찮아. 다 얘기가 되었어."

이사크는 저돌적인 성격이었고 그래서 운동에 뛰어난 기량을 보이는 게 틀림없었다. 그는 카닌의 대답만으로는 만족하지 못했다. "어떻게 얘기가 됐다는 겁니까?"

"동원 명령을 받고도 안 온 사람 명단을 군에서 경찰에 보내. 그러면 경찰이 돌아다니면서 잡아들이는 거지. 자네들 이름이 그 명단에서 빠지는 거야."

이사크는 만족스럽지 않다는 듯 툴툴거렸다. 그리고리 역시 그런 식의 깔끔하지 못한 일처리는 달갑지 않았다. 그렇게 진행하는 일은 중간에 틀어질 가능성이 너무 많았다. 하지만 정부를 상대로 하는 일은 늘 이런 식이다. 카닌이 관리에게 뇌물을 먹였거나 다른 방식으로 청탁을 했을 것이다. 불만을 표해봐야 의미 없는 짓이었다. "정말 잘됐네요. 감사합니다." 그리고리가 카닌에게 말했다.

"내게 감사할 것 없어." 카닌은 부드럽게 말했다. "나를 위해 한 거니까. 그리고 러시아를 위한 일이지. 자네들처럼 숙련된 기술자는 기차를 만들어야 해. 독일군 총알받이가 될 필요는 없다고. 그런 일은 못 배운 농민들이 할 수 있으니까 말이야. 아직 정부에서 명확하게 정리하지는 않았지만 곧 이런 식으로 굴릴 거야. 그때는 나라에서 내게 고마워해야지."

그리고리와 이사크는 출입문을 지나 공장으로 들어섰다. "카넌을 믿는 게 낫겠어." 그리고리가 말했다. "그렇다고 손해볼 건 없잖아?" 두 사람은 줄을 서서 번호가 적힌 금속조각을 상자에 넣어 출근 확인을 했다. "이건 좋은 소식이라고."

이사크는 확신이 서지 않는 모습이었다. "좀더 확실히 정리가 되었으면 좋겠어."

두 사람은 바퀴를 만드는 작업장으로 향했다. 그리고리는 마음속 걱정은 잊고 하루 일을 준비했다. 푸틸로프 공장은 다른 어느 때보다 더 많은 기차를 생산하고 있었다. 기관차와 객차 들이 포격에 파괴당할 테니 전투가 시작되자마자 군 당국은 새로운 기차를 필요로 할 것이다. 그리고리의 부서는 기차 바퀴를 더 빨리 생산해야 하는 부담을 지게 되었다.

그리고리는 소매를 걷으며 작업장에 들어섰다. 작은 창고나 다름없는 작업장은 용광로가 있어서 겨울에도 더울 정도였고, 지금 같은 한여름에는 완전히 찜통 안이었다. 선반이 바퀴를 깎고 다듬느라 쇠끼리 부딪치며 찢어지는 듯한 소리를 냈다.

콘스탄틴이 자기 선반 옆에 서 있었다. 친구인 그의 태도를 보고 그리고리는 얼굴을 찌푸렸다. 콘스탄틴은 조심하라는 듯한 표정이었다. 뭔가 잘못 돌아가고 있었다. 이사크도 마찬가지로 눈치챘다. 한발 앞서 반응한 이사크가 멈춰 서더니 그리고리의 팔을 붙잡고 말했다. "무슨 일이—"

이사크는 말을 마치지 못했다.

검은색과 녹색이 섞인 제복을 입은 사람이 용광로 뒤에서 모습을 드러내더니 커다란 망치로 그리고리의 얼굴을 때렸다.

피하려 했지만 한발 늦었다. 고개를 숙였는데도 커다란 망치의 나무

머리에 광대뼈를 맞고 바닥에 쓰러졌다. 참을 수 없는 고통이 머릿속을 가득 채웠고, 커다란 비명이 터져나왔다.

눈앞이 다시 보이게 되기까지는 제법 시간이 걸렸다. 한참 만에 고개를 들어보니 지역 경찰인 미하일 핀스키의 통통한 얼굴이 보였다.

예상했어야 했다. 2월에 싸운 일을 너무 가볍게 생각하고 있었다. 경찰은 그런 일을 절대 잊지 않는다.

이사크가 핀스키의 부하인 일리야 코즐로프, 그리고 다른 두 경관과 맞붙어 싸우는 모습도 보였다.

그리고리는 쓰러진 채 가만있었다. 가능하면 저항해 싸우지 않을 생각이었다. 마음껏 복수하게 두면 핀스키도 만족할지 몰랐다.

하지만 바로 다음 순간 그 결심을 깨야 했다.

핀스키가 망치를 들어올렸다. 그 찰나의 순간에도 그리고리는 그것이 주물용 모래에 목형을 넣고 두들길 때 사용하는 자기 망치임을 알아보았다. 그때 망치가 머리를 향해 날아들었다.

재빨리 오른쪽으로 몸을 피했지만, 핀스키도 옆으로 휙 방향을 바꿔서 묵직한 나무망치는 그리고리의 왼쪽 어깨를 때렸다. 그리고리는 고통과 분노로 울부짖었다. 핀스키가 균형을 되찾느라 주춤하는 사이 그리고리는 벌떡 일어섰다. 축 늘어진 왼팔은 움직일 수 없었지만 오른팔은 아무 문제 없었다. 그리고리는 핀스키를 노리고 오른쪽 주먹을 뒤로 뺐다. 나중에 일이 어떻게 될지 생각할 여유도 없었다.

그리고리는 주먹을 날리지 못했다. 느닷없이 양쪽에서 검은색과 녹색 제복을 입은 두 사람이 나타나 그의 팔을 붙잡고 꼼짝 못하게 한 것이었다. 뿌리치려고 해봤지만 소용없었다. 분한 눈물로 뿌예진 시야에 망치를 휘두르는 핀스키의 모습이 들어왔다. 망치가 가슴을 때리자 갈비뼈가 부서지는 게 느껴졌다. 두번째 타격은 배를 때렸다. 그리고리는 경련을 일으키며 아침에 먹은 걸 게워냈다. 또다시 망치가 날아와 옆머리를 때렸다. 잠시 정신을 잃었다가 눈을 떠보니 축 늘어진 그를 경관 둘이서 붙잡고 서 있었다. 이사크 역시 비슷한 꼴로 다른 두 명에게 붙잡혀 있었다.

"이제 좀 차분해지셨나?" 핀스키가 말했다.

그리고리는 피를 뱉었다. 온몸이 욱신거리며 아파 제대로 생각을 할 수도 없었다. 무슨 일이지? 아무리 그를 싫어하는 핀스키라지만 이런 일이 벌어진 데는 뭔가 이유가 있다. 게다가 공장 한복판에서, 그것도 경찰에게 호의적일 리 없는 노동자들에게 둘러싸인 것치고 핀스키는 상당히 대담했다. 뭔가 자신만만해할 이유가 있는 게 분명했다.

핀스키는 망치를 들어올리고 한 대 더 날릴까 고민하듯 그를 빤히 보았다. 그리고리는 스스로를 다잡으며 봐달라고 빌고 싶은 유혹을 가까스로 참았다. 핀스키가 말했다. "이름이 뭐지?"

그리고리는 입을 열었다. 하지만 피만 흘러나올 뿐이었다. 한참 만에야 소리를 낼 수 있었다. "그리고리 세르게이비치 페시코프."

핀스키는 그리고리의 복부를 한 대 더 때렸다. 그리고리는 신음과 함께 피를 토했다. "거짓말." 핀스키가 말했다. "너 이름이 뭐야?" 그리고 다시 망치를 들어올렸다.

콘스탄틴이 선반에서 떨어져 앞으로 나섰다. "경관님, 이 사람은 그리고리 페시코프가 맞습니다!" 그가 큰 소리로 항의하듯 말했다. "여기 사람들 모두 몇 년 동안 알고 지낸 사람이에요!"

"거짓말 마." 핀스키가 말했다. 그리고 망치를 들었다. "아니면 너도 이걸로 한번 맛을 봐야 할 거야."

콘스탄틴의 어머니 바랴가 끼어들었다. "거짓말 아니야, 미하일 미하일로비치." 핀스키의 부칭父稱을 아는 걸 보니 바랴는 그와 아는 사이인 모양이었다. "그리고리 말이 맞아." 거대한 가슴 위로 팔짱을 낀 그녀의 모습은 마치 경관들에게 의심할 테면 의심해보라고 하는 것 같았다.

"그럼 이걸 설명해봐." 핀스키는 주머니에서 종이 한 장을 꺼냈다. "그리고리 세르게이비치 페시코프는 두 달 전 천사 가브리엘 호를 타고 상트페테르부르크를 떠났다고."

관리자 카닌이 모습을 드러냈다. "무슨 일이야? 왜 다들 일을 안 하고 있는 거지?"

핀스키가 그리고리를 손으로 가리켰다. "이자는 그리고리의 동생 레프 페시코프요. 경관을 살해한 죄로 수배중이지."

사람들은 한꺼번에 큰 소리로 떠들기 시작했다. 카닌이 손을 들어 사람들을 조용히 시키더니 말했다. "경관님, 난 그리고리와 레프 형제를 잘 압니다. 두 사람을 몇 년 동안 매일 보다시피 했어요. 둘이 닮았습니다. 형제들이 대개 그렇죠. 하지만 분명히 말하는데 이 사람은 그리고리입니다. 그리고 지금 경관님은 이 부서의 작업을 방해하고 있습니다."

"이자가 그리고리라고 치자." 핀스키는 마치 카드놀이라도 하는 사람처럼 말했다. "그럼 천사 가브리엘 호를 타고 떠난 자는 누구지?"

핀스키가 입 밖으로 질문을 내뱉는 순간 누구나 그 답을 알 수 있었다. 잠시 후 핀스키도 어떻게 된 사정인지 눈치챘다. 그는 바보 꼴이 되고 만 셈이었다.

그리고리가 말했다. "내 여권과 배표를 도둑맞았습니다."

핀스키가 고함치기 시작했다. "왜 경찰에 신고 안 했지?"

"신고해서 뭐합니까? 레프는 외국으로 달아났어요. 경찰이 레프를 잡아오거나 내 물건을 찾아줄 것도 아니잖습니까."

"그러니까 너는 동생을 빼돌린 공범인 거야."

카닌이 다시 끼어들었다. "핀스키 지구대장님, 처음에는 이 친구가 살인자라고 하셨습니다. 그 정도면 바퀴 제작소의 생산을 가로막을 중대한 이유가 되겠죠. 하지만 그 혐의가 잘못된 거라고 인정하시더니, 이제 단지 서류를 도둑맞았다고 신고하지 않은 죄를 물으시는군요. 지금 조국은 전쟁을 치르고 있습니다. 그런데 대장님은 러시아 군대에서 절실히 필요로 하는 기관차 생산을 방해하고 있습니다. 우리가 다음에 군 최고사령부에 제출할 보고서에 대장님 이름을 거론하는 걸 원치 않으면 빨리 용무를 마치시는 게 좋을 겁니다."

핀스키는 그리고리를 바라보았다. "너 예비군 소속 부대가 어디야?"

그리고리는 아무 생각 없이 대답했다. "나르바 연대입니다."

"이런!" 핀스키가 말했다. "오늘 소집된 부대로군." 그는 이사크를 바라보았다. "너도 같은 부대겠지."

이사크는 아무 말도 하지 않았다.

"놔줘." 핀스키가 말했다.

경관들이 팔을 놓았고, 그리고리는 비틀거리긴 했지만 넘어지지 않고 서서 버텼다.

"동원 명령을 받은 대로 집결지에 나타나는 게 좋을 거야." 핀스키는 그리고리와 이사크에게 말했다. "안 그러면 내가 찾아갈 테니까." 그는 몸을 돌려 촐싹거리는 걸음으로 사라졌다. 부하들도 그를 따라 밖으로 나갔다.

그리고리는 의자에 털썩 주저앉았다. 눈앞이 보이지 않을 만큼 머리가 지끈거리고 갈비뼈가 욱신거리는데다 복부는 전체가 멍이 든 듯 아팠다. 구석에서 웅크리고 누워 정신을 놓고 싶었다. 의식을 잃지 않은 건, 핀스키와 그자가 속한 사회체계를 몽땅 부숴버리겠다는 타오르는 분노 덕분이었다. 언젠가 우리는 핀스키와 차르, 그리고 그들이 상징하는 모든 걸 쓸어내버릴 거야. 그리고리는 그 생각만 했다.

카닌이 말했다. "군은 너희 둘을 안 찾을 거야. 그건 확실히 해놨어. 하지만 경찰이 나서면 어떻게 될지 모르겠군."

그리고리는 우울한 표정으로 고개를 끄덕였다. 두려워했던 상황이었다. 핀스키가 준 가장 잔인한 타격은 커다란 망치로 때린 일보다 오히려 그리고리와 이사크가 반드시 군대에 소집될 거라 장담한 일이었다.

카닌이 말했다. "자네들 없으면 아쉬울 거야. 아주 훌륭한 기술자였는데." 카닌은 진정으로 딱하게 여기는 것 같았지만 두 사람을 도와줄 능력은 없었다. 그는 잠시 아무 말도 못하고 머뭇거리더니 어쩔 수 없다는 듯 양손을 위로 들어올려 보이고는 제작소에서 나갔다.

바랴가 물 한 바가지와 깨끗한 천을 들고 그리고리 앞에 나타났다. 그리고 그의 얼굴에 묻은 피를 닦아주었다. 덩치가 산만한 여자였지만 커다란 손은 부드럽게 움직였다. "공장 기숙사로 가는 게 좋겠어. 빈 침대에 누워 한 시간쯤 쉬어." 바랴가 말했다.

"아뇨. 집에 갈래요." 그리고리가 말했다.

바랴는 어깨를 으쓱하더니, 그리고리보다는 덜 다친 이사크에게 다가갔다.

그리고리는 간신히 일어섰다. 잠시 세상이 빙글빙글 도는 듯했다. 비틀거리는 몸을 콘스탄틴이 부축해주었다. 시간이 조금 지나자 혼자 버티고 설 수 있을 것 같았다.

콘스탄틴이 바닥에 떨어진 모자를 주워 건네주었다.

걸음을 떼기 시작한 그리고리가 비틀거리자 주위 사람들이 도와주려 다가왔지만, 그는 손을 내저었다. 몇 발짝 움직이자 평소처럼 걸을 수 있었다. 머리가 아픈 건 겨우 가셨지만 갈비뼈에서 느껴지는 통증 때문에 조심스럽게 걷지 않을 수 없었다. 그리고리는 미로처럼 복잡하게 널린 의자와 선반, 용광로와 프레스 사이를 천천히 지나서 건물 밖으로 나와 공장 정문으로 향했다.

거기서 공장으로 들어서는 카테리나와 마주쳤다.

"그리고리!" 그녀가 말했다. "당신도 동원 명령을 받았군요. 포스터 봤어요!" 그녀는 그의 얼굴에 난 상처를 알아보았다. "무슨 일이에요?"

"당신이 좋아하는 지구대장과 좀 마주쳤어요."

"그 돼지 같은 핀스키. 다쳤군요!"

"멍든 건 나을 겁니다."

"집에 데려다줄게요."

그리고리는 깜짝 놀랐다. 두 사람의 역할이 뒤바뀐 것이다. 카테리나는 전에는 한 번도 그를 챙겨준 적이 없었다. "혼자 갈 수 있어요." 그리고리가 말했다.

"어쨌거나 함께 갈래요."

카테리나는 그리고리의 팔을 잡았고, 두 사람은 공장을 향해 좁은 골목으로 무리지어 몰려오는 수천 명의 노동자를 거슬러 반대로 걸었다. 그리고리는 몸이 욱신거리고 속이 뒤집어질 것 같았지만 그래도 카테리나와 팔짱을 끼고 다 허물어져가는 집들과 지저분한 거리 위로 떠오르는 해를 보며 걸으니 즐거웠다.

하지만 늘 오가던 길을 걷는 것도 생각보다 힘들었다. 마침내 집에 도착한 그리고리는 침대에 털썩 주저앉았다가 잠시 후에는 드러누웠다.

"우리 방에 숨겨둔 보드카가 한 병 있어요." 카테리나가 말했다.

"아뇨, 괜찮아요. 차를 한잔 마시면 좋겠군요."

그리고리의 방에는 사모바르가 없었다. 카테리나는 냄비에 차를 끓여서 설탕을 한 덩어리 넣은 다음 그에게 건넸다. 차를 마신 그리고리는 기분이 조금 나아졌다. "최악은, 징집을 피할 수도 있었다는 거예요. 하지만 핀스키가 어떻게든 나를 끌고 가겠다고 으름장을 놓더군요."

카테리나는 침대 위 그리고리 곁에 앉더니 주머니에서 팸플릿 한 장을 꺼냈다. "공장 친구가 이걸 줬어요."

그리고리는 팸플릿을 흘깃 보았다. 따분하고 공적인 내용을 담은 종이는 정부의 홍보물인 듯했다. 제목은 '군인 가족을 위한 지원'이었다.

카테리나가 말했다. "군인 아내에게는 군에서 수당을 준대요. 가난한 사람뿐 아니라 누구에게나 말이에요."

그리고리도 그런 이야기를 들었던 기억이 어렴풋하게 났다. 그와는 관련없는 말이어서 별로 신경쓰지 않았었다.

카테리나가 계속 말을 이었다. "더 있어요. 난방용 기름도 싼값에 살수 있고 기차표도 할인해주고 아이들 학비도 지원해준대요."

"좋네요." 그리고리가 말했다. 그는 자고 싶었다. "군대가 그런 배려를 하다니 별일이네요."

"하지만 혜택을 받으려면 결혼해야 하죠."

그리고리는 왠지 이상한 기분이 들었다. 설마 카테리나가 그런 생각을 할 리 없겠지…… "왜 이런 말을 하는 겁니까?"

"나는 아무 혜택도 못 받을 거예요."

그리고리는 상체를 일으켜 팔꿈치로 몸을 지탱하고 카테리나를 바라보았다. 갑자기 가슴이 쿵쾅거리며 뛰었다.

카테리나가 말했다. "군인과 결혼했더라면 훨씬 형편이 나았을 거예요. 태어날 아기도 그렇고."

"하지만…… 당신은 레프를 사랑하잖아요."

"알아요." 카테리나는 울음을 터뜨렸다. "하지만 레프는 미국에 있고, 내가 어떻게 사는지는 궁금하지도 않은지 편지 한 통 안 보내잖아요."

"그럼…… 어떻게 하고 싶은데요?" 그리고리는 대답을 알았지만 직접 귀로 들어야만 했다.

"당신이랑 결혼하고 싶어요." 카테리나가 말했다.

"단지 군인 배우자로 수당을 받기 위해."

카테리나는 고개를 끄덕였다. 그리고리의 마음속에서 순간적으로 타올랐던 희미하고 어리석은 희망은 곧장 사그라지고 말았다. "정말 큰 도움이 될 거예요. 아이가 태어났을 때 조금이라도 돈이 나온다면 말이에요. 특히 당신이 전쟁으로 멀리 떠나 있을 테니 더 그렇죠."

"그렇겠네요." 그리고리는 마음이 무거웠다.

"결혼해줄 수 있어요? 제발 부탁해요." 카테리나가 말했다.

"네. 그럼요." 그리고리가 말했다.

II

성모마리아 교회에서는 동시에 다섯 쌍이 결혼식을 올리고 있었다. 서둘러 예배를 진행하는 사제는 누구와도 눈을 마주치지 않았고, 그리고리는 그런 광경을 짜증스레 바라보고 있었다. 저 사제는 신부 중 하나가 고릴라라고 해도 눈치채지 못할 것이다.

그리고리는 개의치 않았다. 어딘든 교회 앞을 지나갈 때마다 열한 살짜리 레프를 성적 노리개로 삼으려 했던 사제가 떠올랐다. 그러지 않아도 기독교를 경멸하던 그리고리는 나중에 콘스탄틴이 주도하는 볼셰비키 토론 모임에서 무신론 강의를 듣고 그런 마음을 더욱 굳혔다.

그리고리와 카테리나는 다른 네 쌍의 남녀와 함께 촉박하게 식을 올리고 있었다. 신랑은 모두 군복 차림이었다. 동원령이 내려지면서 급히 결혼하는 사람이 많아졌고, 교회는 많은 결혼식을 진행하느라 애를 먹었다. 그리고리는 노예가 된 상징이라는 생각에 군복을 증오했다.

결혼한다는 말은 아무에게도 하지 않았다. 축하받을 일이 아니라고 생각했기 때문이다. 카테리나는 결혼이 수당을 타내기 위한 실질적인 수단일 뿐이라고 분명히 못박았다. 상당히 좋은 생각이었고, 그리고리 역시 자신이 전쟁에 나갔을 때 카테리나가 금전적인 혜택을 받는 걸 안다면 훨씬 덜 불안할 것 같았다. 그럼에도 그리고리는 왠지 이번 결혼이 끔찍한 웃음거리가 될 수도 있다는 생각을 머릿속에서 지울 수 없었다.

카테리나는 부끄러워하지 않았고, 하숙집에서 한방을 쓰는 친구들은 물론 푸틸로프 공장에서 함께 일하는 동료도 여러 명 하객으로 초대했다.

결혼식이 끝나고 하숙집 여자들 방에서 맥주와 보드카로 피로연을 벌였다. 바이올린 연주자가 와서 모두 잘 아는 민속음악을 연주하기도 했다. 사람들이 취하기 시작하자 그리고리는 슬쩍 빠져나와 자기 방으로 돌아왔다. 신발을 벗고 군복 바지와 셔츠를 입은 채 침대에 누웠다. 촛불을 불어 껐지만, 창밖 도로에서 빛이 비쳐들어 방안은 그리 어둡지 않았다. 핀스키에게 얻어맞은 상처가 여전히 아팠다. 왼팔은 제대로 움직이기도 어려웠고 침대에서 돌아누울 때마다 다친 갈비뼈 주위에서 칼로 찌르는 듯한 통증이 느껴졌다.

내일이면 서쪽으로 향하는 기차를 타야 했다. 이제부터는 언제라도 총격이 벌어질 수 있었다. 그리고리는 두려웠다. 그렇지 않다면 미친 사람이다. 하지만 그는 똑똑했고, 어떻게든 최선을 다해 살아남기로 마음먹었다. 어머니가 돌아가신 후 늘 해오던 생각이었다.

잠을 이루지 못하고 있는데 카테리나가 들어왔다. "왜 먼저 빠져나왔어요?" 불만스러운 투였다.

"취하고 싶지 않았어요."

카테리나는 드레스 자락을 걷어올렸다.

그리고리는 깜짝 놀랐다. 가로등 불빛에 드러난 몸매를 바라보았다. 길게 굴곡진 허벅지 사이로 금빛 털이 보였다. 흥분한 그리고리는 혼란스러웠다. "뭐하는 겁니까?"

"잠을 자야죠. 당연하잖아요."

"여기서 자면 안 돼요."

카테리나는 신발을 벗어던졌다. "무슨 말을 하는 거예요? 우린 결혼했어요."

"그건 그냥 수당을 받으려고 한 거죠."

"당신도 뭔가 받는 게 있어야죠." 카테리나는 침대에 눕더니 그리고리에게 입을 맞추었다. 입김에서 보드카 냄새가 풍겼다.

그리고리는 솟구치는 욕망을 억누를 수 없었다. 욕정과 수치심으로 얼굴이 붉게 달아올랐다. 그럼에도 그는 목멘 소리로 말했다. "안 돼요."

카테리나는 그리고리의 손을 잡아서 젖가슴을 만지게 했다. 속마음과 달리 그리고리는 그녀의 몸을 어루만지기 시작했다. 부드러운 젖가슴을 가만히 주물렀고 손끝은 거친 천으로 만든 드레스 위를 움직여 젖꼭지를 찾았다. "봤죠? 당신도 원하잖아요." 카테리나가 말했다.

이겼다는 듯 내뱉은 그녀의 말이 그리고리를 화나게 했다. "당연히 원하죠. 처음 본 날부터 사랑했으니까. 하지만 당신은 레프를 사랑하잖아요."

"이런, 왜 만날 레프 생각만 하는 거죠?"

"레프가 어리고 힘없을 때부터 버릇이 되었어요."

"이제 레프도 어른이에요. 그리고 그이는 당신이나 내게는 눈곱만큼도 신경 안 써요. 당신 여권하고 배표, 돈을 가지고 우리를 떠났다고요. 뱃속 아기만 남겨두고요."

그녀 말이 옳았다. 레프는 늘 이기적이었다. "하지만 가족이란 친절하고 나를 생각해주기 때문에 사랑하는 게 아니에요. 가족이기 때문에 사랑하는 겁니다."

"아, 당신 생각도 해야죠." 카테리나는 짜증을 냈다. "내일이면 전쟁에 나갈 거잖아요. 기회가 있었는데도 나랑 안 잤다고 후회하면서 죽고 싶지는 않겠죠?"

상당히 유혹적인 말이었다. 반쯤 취했지만 옆에 누운 카테리나의 몸은 따뜻하고 매력적이었다. 하룻밤쯤은 행복을 누려도 되지 않을까?

카테리나는 그리고리의 다리를 어루만지더니 단단해진 남성을 움켜쥐었다. "자, 어서요. 결혼했으니까 이럴 자격이 있어요."

바로 그게 문제야. 그리고리는 생각했다. 카테리나는 그를 사랑하지 않았다. 그녀는 그가 베푼 호의에 대한 대가를 지불하려는 것이었다. 이건 매춘이었다. 모욕당했다는 느낌을 넘어 분노가 느껴졌다. 항복하고 싶은 자신 때문에 더 괴로웠다.

카테리나는 그의 물건을 잡고 위아래로 흔들기 시작했다. 분노로 감정이 격해진 그리고리는 카테리나를 밀쳤다. 생각했던 것보다 힘이 더 들어갔는지 그녀는 침대 아래로 떨어져 바닥에 나동그라졌다.

깜짝 놀란 카테리나는 아프다고 비명을 질렀다.

의도한 것은 아니었지만 그리고리는 너무 화가 나서 사과하기도 싫었다.

카테리나는 한참을 바닥에 쓰러진 채 울면서 욕을 퍼부었다. 그리고리는 그녀를 일으켜주고 싶은 마음을 간신히 억눌렀다. 보드카에 취한 그녀는 비틀거리며 겨우 몸을 일으켰다. "돼지 새끼! 어쩜 이렇게 잔인해?" 그녀는 옷매무새를 고쳐 아름다운 다리를 감추었다. "어떤 여자가 결혼 첫날밤을 이렇게 보내겠어? 신랑이 신부를 발로 차서 침대에서 내쫓아?"

카테리나의 말이 가슴을 찔렀지만, 그리고리는 가만히 누워 아무 말도 하지 않았다.

"이렇게 무정한 사람인 줄은 정말 몰랐네." 카테리나는 고함을 질렀다. "지옥에나 가버려! 지옥에나 가라고!" 그녀는 신발을 집어들더니 문을 활짝 열고 밖으로 뛰쳐나갔다.

그리고리는 더할 나위 없이 비참했다. 민간인으로 보내는 마지막 밤에 짝사랑하는 여자와 싸움을 벌이다니. 만약 당장 전쟁에 나가 죽는다면 불행 속에서 죽어갈 것이다. 썩어빠진 세상 속 비참한 인생이로군. 그는 속으로 생각했다.

그리고리는 문을 닫으려고 몸을 일으켰다. 옆방에서 억지로 유쾌한 척 말하는 카테리나의 목소리가 들렸다. "그리고리가 너무 취해서 첫날밤을 못 치르겠대! 보드카나 더 마시고 춤이나 추자고!"

그리고리는 문을 쾅 닫고 침대에 털썩 누웠다.

III

한참 만에 그리고리는 간신히 잠들었다. 다음날 아침에는 일찍 일어났다. 세수를 하고 군복을 입은 다음 빵을 조금 먹었다.

여자들 방에 고개를 들이밀고 살폈더니 모두 깊이 잠들었고, 바닥에 온통 술병이 나뒹굴고 담배 냄새와 흘린 맥주 냄새가 퀴퀴하게 진동했다. 그리고리는 입을 벌린 채 잠든 카테리나를 한참 바라보았다. 그리고는 집을 나섰다. 그녀를 다시 볼 수 있을지 몰랐지만 마음속으로 상관없다고 되뇌었다.

하지만 소속 부대를 찾아가 신고를 하고 총과 탄약을 배급받고 타야 할 기차를 찾고 새로운 동료를 만나는 사이, 흥분과 혼란스러움에 그리고리는 기운을 되찾았다. 이제 카테리나 생각은 그만두고 미래만 생각하기로 했다.

그리고리는 새로 지급받은 회색과 녹색 군복 바지에 재킷을 입은 이사크, 그리고 또다른 수백 명의 예비군과 함께 기차에 올랐다. 다른 사람들처럼 그도 러시아제 모신나강 소총을 들고 있었다. 총에 꽂은 긴 대검까지 포함하면 거의 그의 키만큼 길었다. 커다란 나무망치에 맞아 생긴 커다란 멍이 얼굴 한쪽을 뒤덮은 모습을 보고 다들 그리고리가 불량배라도 된다고 생각했는지 경계하며 두려워했다. 상트페테르부르크를 빠져나간 기차는 칙칙폭폭 소리를 내며 들판과 숲 사이로 천천히 달렸다.

지는 해가 대체로 앞쪽과 오른쪽으로 보이는 걸 보니 그들은 남서쪽의 독일로 향하고 있었다. 그 뻔한 사실을 말했을 뿐인데도 동료 병사들은 깜짝 놀랐다. 그들 대부분은 독일이 어느 쪽에 있는지조차 알지 못했다.

태어나서 두번째로 타보는 기차에서 그리고리는 처음 기차를 탔던 날이 생생히 떠올랐다. 그가 열한 살 때 어머니가 그와 동생 레프를 데리고 상트페테르부르크로 오는 길이었다. 며칠 전 아버지가 교수형을 당해 죽은 터여서 어린 그리고리의 머릿속은 두려움과 슬픔으로 꽉 차 있었다. 하지만 다른 아이들과 마찬가지로 기차를 탔다는 생각에 흥분되기도 했다. 웅장한 기관차가 풍기는 기름 냄새, 거대한 바퀴, 3등칸에 몰려 탄 시골 농민들의 동지애, 사람을 들뜨게 하는 속도로 멀어져가는 시골 풍경. 그때의 유쾌한 느낌이 조금 되살아났고, 그리고리는 흥미진진할 수도, 끔찍할 수도 있는 모험을 떠나는 기분이 드는 걸 막을 길이 없었다.

하지만 이번 기차 여행에서는 장교를 제외한 다른 병사들과 함께 가축 운송용 화물열차를 타고 있었다. 화차 한 칸에는 대략 사십 명이 탔다. 얼굴이 허옇고 눈매가 교활하게 생긴 사람들은 상트페테르부르크의 공장 노동자, 수염을 길게 기르고 말투가 느릿하고 모든 것에 놀라며 호기심을 보이는 사람들은 농민이었다. 눈동자와 머리칼이 검은 유대인도 대여섯 명 섞여 있었다.

그리고리 옆에 앉은 유대인은 자기를 다비드라고 소개했다. 아버지가 집 뒷마당에서 철 양동이를 만들면 그가 마을마다 가지고 다니며 팔았다고 했다. 다비드의 말로는 군대에 유대인이 많은데, 유대인은 징집 면제를 받기가 더 힘들기 때문이라고 했다.

그들은 모두 가브리크 하사의 지휘를 받았다. 정규군 소속인 그는 불안한 모습으로 고함치며 명령을 내렸는데, 입만 열었다 하면 욕이었다. 자기 부하들이 다 농부 출신이라는 듯 소와 붙어먹을 놈들이라고 싸잡아 불렀다. 그리고리 또래로 보이는 가브리크는 1904년부터 1905년까지 이어진 일본과의 전쟁에 참전했다기에는 너무 어렸다. 그리고리는 고함치는 그의 마음속에 두려움이 자리잡고 있다고 생각했다.

기차가 몇 시간마다 한 번씩 시골역에 멈춰 서면 병사들은 화차에서 내릴 수 있었다. 가끔은 수프와 맥주가 제공되었고, 어떤 때는 그냥 물만 마실 수 있었다. 기차가 달리는 동안에는 화차 바닥에 앉아 있어야 했다. 가브리크는 소총 닦는 법과 계급에 관해, 장교들을 부르는 법에 관해서 귀에 못이 박히도록 가르쳤다. 위관 장교에게는 계급 뒤에 꼭 '님'을 붙여야 했고, 그보다 더 높은 장교에게는 다양한 경칭이 붙는데 귀족인 상관에는 '존경해 마지않는'이라는 말까지 붙는 경우도 있었다.

둘째 날이 되자 그리고리는 그들이 탄 기차가 러시아의 지배를 받는 폴란드 땅에 들어선 게 틀림없다고 계산했다.

그는 가브리크 하사에게 그들이 어느 부대에 배속되느냐고 물었다. 그들이 나르바 연대 소속이라는 건 알고 있었다. 하지만 전체적으로 어느 부대에 속하는지 말해준 사람은 아무도 없었다. "너 같은 놈은 알 것 없어. 그냥 가라는 곳에 가서 시키는 대로 하면 돼." 그리고리는 가브리크 하사 역시 질문에 대한 답을 모른다는 생각이 들었다.

하루 반 정도 지난 다음, 기차는 오스트로웽카라는 곳에 멈췄다. 들어본 적 없는 도시였지만 철로가 거기서 끊긴 것으로 보아 독일 국경과 가까운 곳이라고 추측할 수 있었다. 수백 량의 기차에서 병사들이 내리고 있었다. 병사와 말 들이 커다란 대포를 기차에서 끌어내리느라 땀을 뻘뻘 흘리며 끙끙대고 있었다. 기차에서 내린 병사 수천 명이 서성거렸고, 장교들은 화를 내며 그들을 소대와 중대별로 나누어 정리하려고 애쓰는 중이었다. 동시에 수천 톤이 넘는 보급품을 마차까지 옮겨야 했다. 커다란 고깃덩어리와 밀가루 부대, 맥주통, 탄약상자, 상자에 포장한 포탄에다 말들이 먹을 엄청난 양의 귀리 부대가 보였다.

그리고리의 눈에 언뜻 안드레이 왕자의 혐오스러운 얼굴이 보였다. 화려한 군복을 입고 커다란 밤색 말에 올라탄 모습이었다. 그리고리는 배지와 소매의 수장을 보고 계급이나 부대를 알 수 있을 만큼 군복에 익숙하지 않았다. 왕자 뒤에는 병사 하나가 카나리아 한 마리가 든 새장을 들고 걸어가고 있었다. 지금 총을 쏴서 아버지 원수를 갚을 수도 있어. 그리고리는 생각했다. 물론 명청한 생각이었다. 하지만 왕자와 새장을 든 병사가 사람들 사이로 사라지는 모습을 바라보며 그리고리는 소총 방아쇠를 살짝 어루만져보았다.

날씨는 덥고 건조했다. 그날 밤 그리고리는 같은 열차에서 내린 병사들과 함께 땅바닥에서 잤다. 그리고리는 함께 있는 병사들이 한 소대이며, 당분간 미래를 함께하게 되리라는 걸 깨달았다. 다음날 아침 그들은 소대장을 만날 수 있었다. 불안할 정도로 젊어 보이는 소위의 이름은 톰차크였다. 그는 병사들을 이끌고 오스트로웽카를 벗어나 북서쪽으로 향하는 도로를 따라갔다.

톰차크 소위는 그리고리에게 그들이 클류에프 장군이 지휘하는 13군단 소속이라고 일러주었다. 13군단은 삼소노프 장군의 제2군 휘하였다. 다른 병사들에게 그가 들은 정보를 알려주었더니 모두 겁을 집어먹었다. 13이 불길한 숫자였기 때문이다. 가브리크 하사가 말했다. "그런 일에 신경쓰지 말라고 했잖아, 페시코프. 이 역겨운 호모 새끼."

시내를 벗어난 지 얼마 되지 않아 자갈 도로는 숲속의 모랫길로 이어졌다. 군수품을 실은 마차 바퀴가 모래에 빠져 움직이지 못하자 병사들은 물품을 가득 실은 군용마차를 말 한 마리로는 도저히 끌 수 없다는 걸 알게 되었다. 모든 말을 떼어내 마차 한 대에 두 마리씩 다시 연결한 다음, 마차의 절반은 길가에 그냥 버려두고 갈 수밖에 없었다.

그들은 온종일 행군하고 다시 야외에서 잠을 잤다. 잠자리에 들 때마다 그리고리는 속으로 생각했다. 또 하루가 갔군. 나는 아직 살아 있고 카테리나와 아기를 보살펴줄 수 있어.

그날 저녁 톰차크가 아무런 명령도 받지 못해서 그의 부대는 다음날 오전 내내 나무 아래 앉아 있었다. 그리고리는 기뻤다. 어제 행군으로 다리가 아팠고 새 신발이 발에 상처를 냈기 때문이다. 농사를 짓다 온 병사들은 온종일 걷는 데 익숙한지 도시 출신은 허약하다며 웃어댔다.

정오가 되자 한 전령이 와서 네 시간 전인 아침 여덟시에 출발하라는 명령을 뒤늦게 전달했다.

행군하는 동안에는 식수가 공급되지 않아 병사들은 길을 걷다가 마주치는 우물과 개울에서 물을 마셔야 했다. 곧 그들은 기회가 있을 때마다 물을 최대한 많이 마시고 지급받은 수통도 가득 채워두어야 한다는 걸 깨닫게 되었다. 요리할 방법도 없어서 먹을 수 있는 것이라곤 건빵이라고 부르는 딱딱한 과자가 전부였다. 몇 킬로미터마다 진흙탕이나 모래밭에 대포 바퀴가 빠지는 통에 병사들이 달려들어 끌어내야 했다.

그들은 해가 질 때까지 행군하고, 다시 나무 아래서 잠을 청했다.

사흘째 되던 날 오후로 접어들 무렵, 숲에서 벗어난 그들은 밀과 귀리가 익어가는 들판 한가운데서 깔끔한 농가 한 채와 마주했다. 지붕이 뾰족하게 솟은 높은 2층집이었다. 마당에는 콘크리트로 만든 우물이 있고, 돌로 지은 돼지우리도 보였지만 안은 텅 비어 있었다. 상당히 부유한 지주가 살던 곳이거나 귀족의 젊은 아들 집인 것 같았다. 하지만 문이 단단히 잠긴 채 버려진 상태였다.

1.5킬로미터쯤 더 나아가니 비슷한 집들이 모인 마을이 나왔는데, 역시 하나같이 버려져 있어서 병사들은 깜짝 놀랐다. 그리고리는 그들이 국경을 넘어 독일에 들어왔고 이 화려한 농가 주택들은 달아난 독일 농부들의 집이라는 사실을 눈치챘다. 다들 몰려오는 러시아 군대를 피해 가족과 가축을 이끌고 달아난 것이다. 가난한 농민들이 사는 가축우리 같은 집은 어디 있는 거지? 돼지나 소의 악취는 왜 안 풍기지? 나무를 누덕누덕 엮어 만든, 지붕에 구멍이 숭숭 뚫리고 다 허물어진 외양간은 왜 보이지 않는 거야?

병사들은 의기양양했다. "우리를 피해 모두 달아났어!" 농사꾼 출신 병사가 말했다. "러시아인을 무서워하는 거야. 총도 한 발 안 쏘고 독일을 먹겠어."

그리고리는 우선 프랑스부터 점령하고 러시아와 싸우는 것이 독일의 전략이라는 걸 콘스탄틴이 진행하는 토론 모임에서 배웠다. 독일인들은 항복한 게 아니라 싸움의 최적기를 고르는 중이었다. 아무리 그렇디 해도 이렇게 좋은 지역을 싸워보지도 않고 포기하는 건 상당히 놀랄 일이었다.

"여기는 독일 어디입니까, 소대장님?" 그리고리는 톰차크에게 물었다.

"독일인들이 동프로이센이라고 부르는 곳이지."

"독일에서 가장 잘사는 곳인가요?"

"아마 아닐 거야." 소대장이 말했다. "성이 안 보이잖아."

"보통사람도 이렇게 좋은 집에 살 정도로 독일이 부자인가요?"

"그런 것 같군."

톰차크 역시 이제 막 학교를 졸업한 나이여서 그리고리보다 많이 알지는 못하는 게 분명했다.

그리고리는 계속 걷긴 했지만 완전히 풀이 죽었다. 나름 세상물정에 밝다고 생각했는데 독일 사람들이 이렇게 잘산다는 생각은 전혀 해보지 못했기 때문이다.

머릿속에서 맴도는 생각을 말로 옮긴 사람은 이사크였다. "우리 군대는 아직 총 한 발 안 쐈는데 벌써 밥도 제대로 못 챙겨 먹잖아." 그가 소곤댔다. "돼지도 돌집을 지어 키울 만큼 철저한 사람들인데 우리가 무슨 수로 싸울 수 있겠어?"

IV

발터는 유럽에서 벌어지는 여러 상황에 들떴다. 다들 전쟁은 짧게 끝날 것이며 독일이 금방 승리를 거둘 거라고 예상했다. 그렇게 되면 크리스마스쯤에는 모드와 다시 만날 수 있었다.

물론 그러려면 목숨을 지켜야 했다. 하지만 설사 죽게 된다고 해도 행복하게 죽을 수 있었다.

모드와 함께 보낸 밤을 머릿속에 떠올리기만 해도 기쁨으로 몸이 떨렸다. 두 사람은 소중한 시간을 잠으로 허비하지 않았다. 세 번이나 사랑을 나누었다. 맨 처음 가슴이 아프도록 어려웠던 게 결국 나중에는 더 강한 희열을 안겨주었다. 사랑을 하고 나면 두 사람은 나란히 누워 이야기를 나누며 한가롭게 서로를 어루만졌다. 다른 때 나누던 대화와는 전혀 달랐다. 마음속 생각 전부를 모드에게 스스럼없이 털어놓을 수 있었다. 다른 사람과 그렇게 가까운 느낌이 든 것은 처음이었다.

새벽 무렵 두 사람은 그릇에 담긴 과일과 상자에 들어 있던 초콜릿을 모두 먹어치웠다. 그리고 마침내 떠나야 할 시간이 되었다. 모드는 살그머니 집으로 숨어들어가 하인들에게는 마치 일찍 산책에 다녀오는 것처럼 행동해야 했다. 발터는 아파트로 돌아가 옷을 갈아입고 가방을 싼 다음, 하인에게 나머지 짐은 모두 싸서 베를린으로 부치라고 지시를 내려야 했다.

택시를 타고 킹스브리지에서 메이페어까지 짧은 거리를 가면서 두 사람은 손만 꼭 붙잡은 채 별 이야기를 나누지 않았다. 발터는 운전사에게 일러 피츠의 저택이 보이는 길모퉁이에 차를 세웠다. 모드는 마지막으로 발터에게 키스를 했다. 그녀의 혀는 필사적이라 할 만큼 정열적으로 그의 혀를 찾았다. 두 사람이 다시 만날 수나 있을지 궁금해하는 발터를 남겨두고 모드는 집으로 돌아갔다.

전쟁은 이미 시작되었다. 독일군은 벨기에로 쇄도해들어갔다. 그보다 남쪽 지역에서는 프랑스가 전략이라기보다 감정에 사로잡혀 로렌 지방으로 쳐들어왔으나 독일군 포병에게 살육당하고 말았다. 이제 프랑스군은 전면적으로 후퇴하는 중이었다.

일본이 프랑스, 영국과 같은 편에 서는 바람에 아쉽게도 여유가 생긴 극동의 러시아군은 유럽 전선으로 이동할 수 있게 되었다. 그러나 미국의 중립 유지 선언에 발터는 크게 안심할 수 있었다. 세상이 얼마나 좁아진 거야. 발터는 속으로 생각했다. 일본은 가장 먼 동쪽 끝이고 미국은 서쪽 맨 끝이었다. 이번 전쟁은 온 지구를 둘러싸고 있었다.

독일 정보기관이 파악하기로는 프랑스가 상트페테르부르크로 연달아 전보를 보내 차르에게 독일의 전선을 분산할 수 있도록 공격해달라며 매달렸다고 했다. 그리고 러시아군은 모두의 예상을 뛰어넘을 만큼 빨리 움직였다. 제1군은 동원령이 떨어진 지 단 십이 일 만에 독일 국경을 넘어 행진했다. 그러는 사이 제2군은 그보다 남쪽을 공격했는데, 철도가 끝나는 지점인 오스트로웽카를 통해 마치 펜치로 조이듯 타넨베르크로 밀고 들어왔다. 양쪽 모두 아무런 저지도 받지 않았다.

독일답지 않은 이런 무기력한 대응은 금세 끝났다. 최고사령부는 '뚱보'라는 별명으로 알려진 해당 지역 사령관 프리트비츠 장군을 재빨리 해임하고 대신 이미 전역한 파울 폰 힌덴부르크를 다시 불러내 사령관 자리에 앉힌 다음, 에리히 루덴도르프로 하여금 그를 돕게 했다. 루덴도르프는 귀족 칭호인 '폰'이 붙지 않은 몇 안 되는 장성이었고, 마흔아홉 살로 장군들 가운데서도 젊은 축에 속했다. 발터는 오직 실력으로만 높은 자리에 오른 그를 존경했고, 그 밑에서 정보장교로 일할 수 있게 되어 기뻤다.

루덴도르프를 따라 벨기에에서 프로이센으로 가던 발터는 8월 23일 일요일, 베를린에 들러 기차역 플랫폼에서 어머니를 잠깐 만날 수 있었다. 어머니의 뾰족한 코끝이 여름 감기로 빨개져 있었다. 그녀는 발터를 힘껏 끌어안고 감정이 북받쳐 몸을 덜덜 떨었다. "무사했구나." 어머니가 말했다.

"네, 어머니. 무사하죠."

"춤발트가 어떨지 정말 걱정이 커. 러시아놈들이 금방 쳐들어올 수 있는 곳이잖니!" 춤발트는 동프로이센 지역에 있는 울리히 가문의 영지였다.

"틀림없이 아무 문제 없을 거예요."

어머니는 쉽게 넘어가려 하지 않았다. "황후 폐하께도 말씀드렸다." 발터의 어머니는 황후와 잘 알고 지내는 사이였다. "다른 부인들도 말씀드렸다고 하더구나."

"황실 분들을 귀찮게 하면 안 돼요." 발터는 잔소리를 했다. "안 그래도 이미 걱정거리가 많으세요."

어머니는 콧방귀를 뀌었다. "우리 땅을 러시아 군대에 넘겨줄 수는 없어!"

발터 역시 같은 생각이었다. 러시아의 미개한 촌놈들과 야만스럽게 채찍이나 휘둘러대는 귀족들이 울리히 가문 대대로 내려오는 잘 가꾼 농지와 과수원을 짓밟을 거라 생각하면 울화가 치밀었다. 열심히 일하는 독일 농부들과 튼튼한 부인들, 작은 아이들, 토실토실 살진 가축들은 마땅히 보호해야 했다. 그런 걸 지키려고 전쟁을 하는 게 아니었나. 게다가 발터는 언젠가 모드를 춤발트에 데려가 아내가 된 그녀에게 보여주고 싶었다. "루덴도르프 장군이 러시아의 공격을 막을 거예요, 어머니." 발터가 말했다. 그 말이 들어맞기를 기도했다.

어머니가 미처 대답하기도 전에 호루라기 소리가 울렸다. 발터는 어머니 뺨에 입을 맞추고 기차에 올랐다.

독일이 동부전선에서 패한 일에 대한 개인적 책임감이 발터의 가슴을 찔렀다. 그도 러시아가 동원령을 내린 뒤 이렇게 금방 공격을 개시하지는 못할 거라고 예측한 정보 전문가 중 한 사람이었기 때문이다. 그 생각만 하면 부끄러워 고개를 들 수 없었다. 하지만 자신의 예측이 모두 틀린 건 아닐지 모른다는 생각도 했다. 어쩌면 러시아는 보급이 불충분하고 준비가 안 된 병력을 보낸 것일 수도 있다.

같은 일요일 오후 루덴도르프의 참모진과 동프로이센에 도착한 발터는 북쪽에서 내려오던 러시아의 제1군이 멈춰 섰다는 보고를 듣고 그런 의심을 더욱 굳혔다. 러시아 제1군은 이제 막 독일 영토 안으로 겨우 들어왔을 뿐이었고, 군사 논리로 보면 계속 밀어붙여야 옳았다. 뭘 기다리는 걸까? 발터는 러시아군에 식량 보급이 제대로 되지 않고 있다고 추측했다.

하지만 남쪽에서 펜치의 다른 한쪽 턱 역할을 하는 제2군은 여전히 전진중이었고, 루덴도르프는 가장 먼저 그쪽을 막아야 했다.

다음날 아침인 8월 24일 월요일, 발터는 루덴도르프에게 매우 귀중한 두 가지 정보를 보고했다. 모두 러시아측 무선전신을 독일 정보기관에서 가로채 해석한 것이었다.

첫번째 전문은 그날 새벽 다섯시 삼십분에 렌넨캄프 장군이 러시아 제1군에 내린 행군 명령이었다. 마침내 렌넨캄프가 다시 움직이기 시작한 것이었다. 그러나 방향은 제2군이 있는 남쪽이 아니었다. 이해할 수 없었지만 제1군은 독일군 병력이라곤 찾아볼 수 없는 서쪽을 향하고 있었다.

두번째 전문은 첫번째보다 삼십 분 늦게 러시아 제2군 사령관 삼소노프 장군이 보낸 것이었다. 그는 휘하의 13군단과 15군단에게 퇴각중인 듯 보이는 독일 20군단을 추격하라고 명령했다.

"이거 정말 놀랍군!" 루덴도르프가 말했다. "이런 정보를 어떻게 얻어낸 거지?" 마치 발터가 그를 속이기라도 한 듯 의심하는 눈치였다. 발터는 루덴도르프가 그를 구시대의 귀족 장교로 생각해 신뢰하지 않는 듯한 인상을 받았다. "우리가 저쪽 암호를 풀 수 있나?" 루덴도르프가 물었다.

"러시아는 암호를 안 씁니다." 발터가 말했다.

"그럼 명령을 그냥 보낸다고? 이런, 세상에. 왜?"

"러시아 병사들은 암호를 다룰 수 있을 만큼 교육받지 못했습니다." 발터가 설명했다. "전쟁 시작 전 우리 정보기관에서 추측한 바로는 그들 중 글을 알아서 무선전문을 다룰 수 있는 자조차 거의 없습니다."

"그럼 왜 야전 전화를 사용하지 않지? 전화는 가로챌 수 없잖아?"

"아마 전화선이 부족한 모양입니다."

루덴도르프는 입꼬리가 아래로 처지고 턱은 비쭉 튀어나온데다 늘 잔뜩 찌푸린 듯한 표정이었다. "설마 기만전술은 아니겠지?"

발터는 고개를 저었다. "그럴 리는 없습니다. 러시아는 정상적인 통신체계를 이제 막 세운 상태입니다. 적을 속이기 위해 허위 무선전신을 보낸다는 건 그들에게 달까지 날아가는 것만큼이나 어려운 이야기입니다."

루덴도르프는 벗어지기 시작한 머리를 숙여 앞에 놓인 지도를 들여다보았다. 그는 지치지 않고 일하는 정력가였지만 가끔은 끔찍할 정도로 의심에 사로잡혀 괴로워했고, 발터는 그것이 아마도 실패에 대한 두려움 때문일 거라고 생각했다. 루덴도르프는 지도 위에 손가락을 짚었다. "삼소노프의 13군단과 15군단이 러시아군의 중심에 있어. 만일 그들이 전진한다면……"

발터는 루덴도르프가 무슨 생각을 하는지 즉시 알아차렸다. 러시아를 삼면으로 둘러싸인 덫 안으로 유인할 수도 있었다.

루덴도르프가 말했다. "우리 우익에는 프랑수아의 1군단이 있네. 중앙에는 숄츠의 20군단이 있어. 20군단은 후퇴중이지만, 러시아 생각과는 달리 급히 달아나는 건 아니야. 그리고 북쪽으로 50킬로미터 떨어지긴 했지만 좌익에는 마켄젠의 17군단이 있어. 마켄젠은 러시아의 북쪽 병력을 주시하고 있지만, 만일 그들이 방향을 바꾼다면 잠깐 무시하고 마켄젠을 남쪽으로 돌릴 수도 있겠지."

"고전적인 전술이군요." 발터가 말했다. 간단했지만 발터 자신은 루덴도르프가 말할 때까지 생각해내지 못한 작전이었다. 이 사람이 왜 장군인지 알겠군. 발터는 속으로 감탄했다.

루덴도르프가 말했다. "하지만 작전이 통하려면 렌넨캄프의 러시아 제1군이 계속 엉뚱한 쪽으로 움직여야 해."

"가로챈 전문을 보셨잖습니까. 러시아군에 이미 명령이 떨어진 상태입니다."

"렌넨캄프가 마음을 바꾸지 않길 빌어야겠군."

V

그리고리가 속한 대대는 식량이 없었으나 도착한 건 삽이 가득 실린 마차였다. 그래서 그들은 참호를 파기 시작했다. 병사들이 삼십 분씩 돌아가며 교대로 팠기 때문에 그다지 오래 걸리지는 않았다. 작업을 그리 깔끔하게 해내지는 못했지만 그럭저럭 쓸 만한 참호가 완성되었다.

그보다 이른 시각, 그리고리와 이사크는 동료 병사들과 함께 독일군이 지키다가 포기하고 떠난 지역을 넘었다. 그리고리는 독일군이 파놓은 참호가 일정 간격으로 꺾여 지그재그 모양을 그리고 있어서 옆으로 멀리 볼 수 없다는 사실을 알아차렸다. 톰차크 소위는 그렇게 지그재그로 꺾인 부분을 트래버스라고 부른다고 말했지만, 무슨 용도인지는 그도 모르는 것 같았다. 톰차크는 독일식으로 참호를 파라고 명령하지 않았다. 하지만 그리고리는 독일군이 참호를 그런 식으로 판 데는 반드시 이유가 있을 거라고 생각했다.

그리고리는 아직 총을 쏴보지 못한 상태였다. 소총이나 기관총, 대포 소리는 들었고 소속 부대가 독일 영토 깊숙이 들어오긴 했지만, 아직까지 직접 누군가를 쏴본 적은 없었고 그를 향해 총을 쏜 사람도 없었다. 13군단은 가는 곳마다 방금 독일인들이 떠난 흔적만 발견할 뿐이었다.

도무지 이해할 수 없는 일이었다. 그리고리는 전쟁터에서는 모든 게 혼란이라는 사실을 깨닫고 있었다. 그들이 있는 곳이 어딘지, 적은 어디 있는지 정확히 아는 이는 아무도 없었다. 그리고리의 소대에서 두 명이 죽었지만 독일군의 소행은 아니었다. 한 사람은 소총을 오발해 자기 허벅지를 쏘았는데 놀랄 만큼 출혈이 심해 금세 죽었고, 다른 사람은 달아나던 말에 짓밟혀 의식을 되찾지 못하고 그대로 죽었다.

그들은 취사 마차를 며칠째 보지 못했다. 비상식량도 다 먹어치웠고 건빵마저 떨어졌다. 어제 아침 이후 뭔가 입에 넣어본 사람은 아무도 없었다. 그들은 참호를 판 뒤 주린 배를 안고 잠을 청했다. 그나마 여름이어서 날씨가 춥지는 않았다.

다음날 새벽 전투가 시작되었다.

총성은 그리고리의 왼편 저멀리서 시작되었다. 하지만 파편들이 구름처럼 하늘로 자욱이 피어오르고 포탄이 떨어진 곳에서 별안간 흙더미가 위로 솟구치는 광경을 눈으로 볼 수 있었다. 무서운 생각이 들어야 마땅한데 그렇지 않았다. 배고프고 목마르고 피곤하고 몸이 아프고 지겨웠지만 무섭지는 않았다. 그리고리는 독일군도 같은 느낌일지 궁금했다.

오른편, 북쪽으로 몇 킬로미터 떨어진 곳에서도 시끄러운 총소리가 들렸지만 그리고리가 있는 곳은 조용했다. "폭풍의 눈 같군." 양동이를 팔다 왔다는 유대인 다비드가 말했다.

곧 전진 명령이 떨어졌다. 잔뜩 지친 병사들은 참호에서 나와 앞을 향해 걸었다. "고마워해야겠어." 그리고리가 말했다.

"왜?" 이사크가 물었다.

"싸우는 것보단 행군이 낫잖아. 발에 물집이 잡히긴 해도 살아 있고."

오후에 그들은 톰차크 소위가 올슈틴이라고 일러준 마을에 가까이 접근했다. 그들은 마을 외곽에서 행진 대형으로 모여선 다음, 마을 중심으로 걸어들어갔다.

놀랍게도 올슈틴에는 수많은 독일 시민이 잘 차려입고 돌아다니며 편지를 부치고 식료품을 사고 유모차에 아이를 태우고 산책하는 등 평범한 목요일 오후를 보내고 있었다. 그리고리의 소속 부대는 커다란 나무 그늘에 남자들이 앉아 있는 작은 공원에 멈춰 섰다. 톰차크는 근처 이발소로 들어가더니 머리를 깎고 면도를 하고 나왔다. 보드카를 사러 간 이사크는 이내 빈손으로 돌아와선 사령부에서 술집마다 보초를 세워 군인들이 들어가지 못하게 막았다고 말했다.

한참 후 말 한 마리가 끄는 마차가 커다란 식수통을 싣고 나타났다. 병사들이 줄을 서서 수통에 물을 채웠다. 서늘한 저녁으로 접어들면서, 샀는지 아니면 마을 빵집에서 징발했는지 모를 빵을 실은 마차들도 도착했다. 밤이 되자 그들은 나무 아래서 눈을 붙였다.

새벽이 되었지만 아침은 제공되지 않았다. 1개 대대를 남겨 마을을 지키고 그리고리와 13군단의 나머지 부대는 올슈틴을 떠나 남서쪽으로 향하는 도로를 통해 타넨베르크로 향했다.

뭔가 별다른 행동을 직접 본 건 아니지만 그리고리는 장교들의 분위기가 심상치 않은 걸 눈치챘다. 그들은 말을 타고 앞뒤로 오가며 몇 명씩 모여 수군거리고, 뭔가에 관해 상의했다. 다툼이 있는지 목소리가 커지기도 했고, 소령 하나가 한쪽을 가리키자 대위 하나가 반대쪽을 가리키는 모습도 보였다. 북쪽과 남쪽에서는 계속 포성이 들렸는데 13군단이 서쪽으로 이동하는 동안 포성은 동쪽으로 움직이는 것 같았다. "저건 누가 쏘는 포 소리지?" 가브리크 하사가 물었다. "우리야, 놈들이야? 우리가 서쪽으로 가는데 왜 저 소리는 동쪽으로 움직이는 거냐고?" 욕설을 섞지 않고 말하다니 가브리크도 심각하게 걱정되는 모양이라고, 그리고리는 생각했다.

올슈틴을 몇 킬로미터 벗어난 곳에서 부대는 배후 경계를 위해 1개 대대를 배치했다. 적이 뒤가 아니라 앞에 있을 거라고 짐작했던 그리고리는 깜짝 놀랐다. 13군단이 너무 긴 지역에 걸쳐 늘어지듯 배치되는 것 같다는 생각에 얼굴이 찌푸려졌다.

점심 무렵이 되자 그리고리의 대대는 행군 대열에서 떨어져나왔다. 나머지 병력이 남서쪽으로 향하는 사이, 그들은 숲 사이로 난 큰길을 통해 남동쪽으로 이동하기 시작했다.

그곳에서 마침내 그리고리는 적과 맞닥뜨리게 되었다.

그리고리의 대대는 휴식을 위해 시냇가에서 멈췄고 병사들은 수통에 물을 채웠다. 그리고리는 소변을 보러 나무들 사이로 들어갔다. 굵은 소나무 뒤에 자리를 잡고 섰는데, 왼쪽에서 무슨 소리가 들려와서 깜짝 놀라 살피니 몇 미터 떨어진 곳에 뿔 달린 철모까지 갖춰쓴 독일군 장교 하나가 멋진 말에 올라타 있었다. 망원경으로 그리고리의 부대가 멈춰 선 쪽을 살피는 중이었다. 그리고리는 그가 뭘 보고 있는지 궁금했다. 나무에 가려 멀리까지는 보이지 않을 터였다. 상대가 입은 군복으로 러시아군인지 독일군인지 판단하려는 것일 수도 있었다. 독일군 장교는 상트페테르부르크 광장의 동상처럼 꼼짝도 하지 않았지만 그가 탄 말은 가만있지 못했다. 그리고리가 경계 태세를 취하게 된 것도 말이 자꾸 움직이며 소리를 냈기 때문이었다.

그리고리는 조심스럽게 바지 단추를 채우고 소총을 집어든 다음, 나무 뒤로 몸을 감추고 뒷걸음쳤다.

그때 갑자기 독일군 장교가 움직였다. 순간 그리고리는 들킨 건 아닌지 두려움에 빠졌다. 하지만 장교는 능숙하게 말머리를 서쪽으로 돌려 빠른 속도로 멀어지기 시작했다.

그리고리는 가브리크 하사에게 달려갔다. "독일군을 봤어요!"

"어디서?"

그리고리는 손가락으로 가리키며 말했다. "저기요. 저는 오줌 싸고 있었습니다."

"확실히 독일군이었어?"

"뿔 달린 철모를 썼습니다."

"놈은 뭘 하고 있었지?"

"말에 앉아서 망원경으로 우리를 보고 있었습니다."

"정찰병이군!" 가브리크가 말했다. "쐈나?"

그제야 그리고리는 독일군 병사를 보면 달아날 게 아니라 죽여야 한다는 생각이 머릿속에 떠올랐다. "보고부터 해야 한다고 생각했습니다." 그는 맥없이 대답했다.

"이 빌어먹을 새끼, 총은 뭐하러 가지고 다니는 거야?" 가브리크가 소리를 질렀다.

그리고리는 무시무시한 대검이 달리고 장전까지 돼 있는 소총을 바라보았다. 당연히 총을 쐈어야 했다. 무슨 생각이었던 걸까? "죄송합니다." 그리고리가 말했다.

"이제 놈을 달아나게 두었으니 적들이 우리 위치를 파악했잖아!"

그리고리는 굴욕적이었다. 예비군일 때 이런 상황에 대해 교육받은 적은 없었지만, 이 정도면 스스로 알아서 행동할 수 있어야 했기 때문이다.

"어느 쪽으로 갔지?" 가브리크가 물었다.

그나마 그리고리가 대답할 수 있는 질문이었다. "서쪽입니다."

가브리크는 돌아서더니 나무에 기대 담배를 피우고 있는 톰차크 소위에게 재빨리 다가갔다. 잠시 후 톰차크는 피우던 담배를 집어던지더니, 잘생기고 나이가 들어 머리가 은색으로 물들기 시작한 보브로프 소령에게 달려갔다.

그후로는 모든 일이 일사천리로 진행되었다. 대포는 없어도 대신 기관총을 마차에서 내려 준비시켰다. 육백여 명에 달하는 대대 병사들은 들쑥날쑥하지만 남북으로 1킬로미터 가까이 줄지어 자리를 잡았다. 병사 몇 명이 선발되어 앞장섰다. 나머지는 서쪽을 향해 천천히 움직였다. 오후의 태양이 나뭇잎 사이로 기울고 있었다.

몇 분 뒤 첫번째 포탄이 떨어졌다. 찢어지는 비명 같은 소리를 내며 날아온 포탄은 지붕처럼 높이 솟은 나뭇가지들 사이로 떨어져 결국 그리고리의 뒤쪽 먼 곳 땅바닥을 때렸다. 낮은 폭발음과 함께 대지가 뒤흔들렸다.

"정찰병이 위치를 알린 거야." 톰차크가 말했다. "우리가 있던 곳을 향해 쏘고 있어. 전진하길 잘했군."

하지만 마찬가지로 논리적인 독일군 역시 자신들의 실수를 알아차린 듯했다. 다음번 포탄은 전진하는 러시아군 대열 약간 앞쪽에 떨어졌다.

그리고리 주변의 병사들이 동요하기 시작했다. 그들은 끊임없이 주변을 둘러보고 소총을 앞으로 내민 채 조금이라도 자극받으면 서로 욕지거리를 퍼부었다. 다비드는 날아오는 포탄을 찾아내 피할 수 있기라도 한 듯 연신 하늘을 올려다보았다. 이사크는 축구장에서 상대 팀이 지저분하게 나올 때처럼 공격적인 표정을 짓고 있었다. 누군가 최선을 다해 나를 죽이려고 애쓰고 있다는 사실은 그 자체로 뭔가에 잔뜩 짓눌리는 압박감을 준다는 걸 그리고리는 깨달았다. 마치 끔찍할 정도로 나쁜 소식을 전해들었는데 그 내용이 도저히 기억나지 않는 느낌이었다. 땅속에 굴을 파고 들어가 숨고 싶다는 말도 안 되는 상상을 하기도 했다.

그리고리는 대포를 쏘는 포병들이 어디까지 볼 수 있을지 궁금했다. 누군가 높은 언덕에 올라가 성능 좋은 독일제 쌍안경으로 숲속을 훑어보는 걸까? 한 명이라면 찾아낼 수 없겠지만 육백 명이 무리지어 숲속에서 움직인다면 아마도 찾아낼 수 있을 것 같았다.

누군가 제대로 위치를 잡아냈는지, 몇 초 후 여러 개의 포탄 가운데 몇 개는 정확한 곳에 떨어졌다. 그리고리 양쪽에서 귀청이 찢어질 듯한 굉음이 울리며 흙더미가 솟구쳐오르더니, 병사들이 비명을 지르고 찢겨나간 몸뚱이가 허공을 날았다. 그리고리는 두려움에 떨었다. 자기 몸을 지키기 위해 할 수 있는 일이 아무것도 없었다. 적의 포격에 맞든 안맞든 사정은 같았다. 빨리 움직이면 살아날 수 있기라도 한 듯 그는 더 잽싸게 움직였다. 다른 병사들 역시 같은 생각인 것 같았다. 아무도 명령을 내리지 않았는데 그들은 모두 앞으로 내달리고 있었다.

그리고리는 땀이 밴 양손으로 소총을 움켜쥐고 허둥대지 않으려고 애썼다. 앞뒤 좌우로 더 많은 포탄이 떨어졌다. 그는 더 빨리 달렸다.

포격이 너무 격렬해져서 이제는 포탄이 떨어져 터지는 소리를 하나씩 구분할 수도 없었다. 마치 급행열차 백 대가 동시에 굴러가는 것처럼 하나의 소음이 계속 이어졌다. 그러다 그리고리의 대대가 적의 포격 최소 사정거리 안쪽으로 들어섰는지, 포탄이 계속 뒤쪽에만 떨어지기 시작했다. 포격은 점차 잦아들었다. 잠시 후 그 이유를 알 수 있었다. 전방에서 기관총이 총탄을 퍼붓기 시작했고, 그리고리는 적진에 가까워졌다는 두려움에 속이 뒤집히는 것 같았다.

기관총 총탄이 숲에 쏟아지자 나뭇잎이 찢어지고 소나무가 쪼개졌다. 그리고리 옆에서 비명이 울리더니 톰차크가 쓰러졌다. 쓰러진 소위 옆에 무릎을 꿇고 살펴보니, 얼굴과 재킷 가슴 부분에서 피가 흐르고 있었다. 끔찍하게도 한쪽 눈이 날아간 상태였다. 톰차크는 움직이려고 안간힘을 쓰다가 고통에 비명을 질렀다. 그리고리가 말했다. "어쩌죠? 어떡하죠?" 깊지 않은 상처라면 붕대를 두르면 되겠지만, 총알에 눈이 뚫린 사람을 어떻게 도울 수 있을까?

누군가 머리를 때려 고개를 들어보니 가브리크가 뛰어가며 소리를 질렀다. "계속 움직여, 페시코프. 이 멍청한 새끼!"

그리고리는 잠시 더 톰차크를 바라보았다. 그가 보기에는 숨이 멎은 것 같았다. 확신할 수는 없었지만 그냥 일어서서 앞으로 달렸다.

총격이 더 격렬해졌다. 그리고리의 두려움은 분노로 바뀌었다. 적의 총탄이 분노를 솟구치게 했다. 마음 한구석으로는 비논리적이라는 생각이 들었지만 왠지 어쩔 수가 없었다. 갑자기 적들을 죽여버리고 싶어졌다. 몇백 미터 앞, 텅 빈 공간 너머에 회색 군복을 입고 뿔 달린 철모를 쓴 적이 보였다. 그리고리는 나무 뒤에 한쪽 무릎을 꿇고 몸을 숨기고서 고개만 내민 채 소총을 들어올렸다. 독일군 한 명이 보이자 처음으로 방아쇠를 당겼다.

방아쇠는 꼼짝하지 않았다. 그제야 안전장치가 머릿속에 떠올랐다.

모신나강 소총은 견착상태로는 안전장치를 풀 수 없었다. 그리고리는 나무 뒤 땅바닥에 앉아서 개머리판을 팔꿈치 안쪽으로 받친 다음, 커다랗고 깔쭉깔쭉한 동그란 모양의 손잡이를 돌려 안전장치를 풀었다.

주위를 둘러보았다. 동료들 역시 달리기를 멈추고 몸을 숨기고 있었다. 일부는 사격을 하고, 일부는 장전을 하고, 일부는 상처를 입어 고통에 온몸을 비틀고, 일부는 죽어 쓰러진 채 꼼짝도 하지 않았다.

그리고리는 나무 뒤에 숨어서 소총을 어깨에 받친 다음 눈을 가늘게 뜨고 총신 너머를 살폈다. 덤불에서 튀어나온 소총 하나와 그 위로 뿔 달린 철모가 보였다. 가슴이 증오로 가득찬 그는 방아쇠를 빠르게 다섯 번 당겼다. 그가 겨누었던 소총의 총신이 허둥지둥 덤불 속으로 사라졌지만, 사람이 쓰러지는 기척은 없었다. 그리고리는 겨냥이 빗나갔다고 생각했다. 실망한 그는 좌절감을 느꼈다.

모신나강은 한 번에 다섯 발밖에 쏠 수 없었다. 그리고리는 탄알을 꺼내 다시 장전했다. 이제 어떻게든 빨리 독일군을 죽이고 싶었다.

다시 나무 주변을 살피니 숲 사이로 뛰어가는 독일군 하나가 보였다. 다섯 발을 모두 쐈지만 독일군은 계속 뛰어 덤불 속으로 사라졌다.

무작정 쏘기만 해서는 안 될 것 같았다. 총으로 적을 맞히기가 쉽지 않았다. 몇 번 해보지도 못한 사격 훈련 때와 달리 실제 전투에서는 비교도 안 되게 어려웠다. 좀더 노력해야 할 것 같았다.

다시 장전하고 있는데 기관총이 불을 뿜는 소리가 나더니, 주변 나뭇잎과 나무가 이리저리 흩어졌다. 그리고리는 등을 나무에 바짝 붙이고 다리도 오므려 표적이 된 몸의 면적을 최대한 작게 만들었다. 소리로 판단할 때 기관총은 왼쪽으로 100여 미터 떨어진 곳에 있었다.

기관총 소리가 잠시 멈추었을 때 가브리크의 외침이 들렸다. "기관총을 향해 쏴, 이 멍청한 새끼들아! 저놈들이 다시 장전할 때 쏴야지!" 그리고리는 고개를 내밀고 기관총 쪽을 바라보았다. 커다란 나무 두 그루 사이에 기관총을 얹는 삼각대가 보였다. 소총으로 그곳을 겨냥한 후 잠시 그대로 있었다. 그냥 쏘면 안 돼. 그리고리는 속으로 생각했다. 차분히 숨을 쉬며 무거운 총신이 흔들리지 않도록 중심을 잡고 있는데, 뾰족한 철모가 눈에 띄었다. 상대의 가슴이 보이도록 총신을 살짝 내렸다. 사내는 재킷의 목 단추를 풀어헤친 상태였다. 총을 쏴대느라 더운 모양이었다.

그리고리는 방아쇠를 당겼다.

빗나갔다. 독일군 사내는 총을 쐈는지조차 모르는 것 같았다. 그리고리는 그가 쏜 총알이 어디로 간 건지 도무지 알 수 없었다.

다시 방아쇠를 당겨 남은 총알을 모두 날렸지만 소용없었다. 미칠 노릇이었다. 돼지 같은 적군 병사들이 그를 죽이려고 하는데, 도대체 한 놈도 맞힐 수가 없었다. 어쩌면 거리가 너무 먼 것일 수도 있었다. 아니면 그저 솜씨가 형편없는지도.

기관총이 다시 불을 뿜었고, 모두 꼼짝 못하고 숨어야 했다.

보브로프 소령이 두 손으로 땅을 짚고 풀밭 위를 기는 모습으로 나타났다. "모두 들어라!" 그가 소리질렀다. "내 명령에 따라 기관총을 향해 돌격한다!"

미쳤군. 그리고리는 생각했다. 난 안 미쳤어.

가브리크 하사가 소령의 명령을 복창했다. "기관총 진지로 돌격 준비! 명령을 기다려라!"

보브로프는 벌떡 일어나더니 진열을 따라 달리다가 다시 바닥에 엎드렸다. 그리고리가 들으니 그는 조금 멀리 떨어진 곳에서도 같은 명령을 내리고 있었다. 말 같지도 않은 소리로 헛수고를 하는군. 그리고리는 생각했다. 우리 모두 자살이라도 할 거라고 생각하는 거야?

기관총 소리가 멈췄고 소령이 과감하게 모습을 드러내며 일어섰다. 모자는 어디론가 사라지고 없었고 그의 은빛 머리는 아주 잘 보이는 표적이 되었다. "공격!" 그가 소리질렀다.

가브리크가 명령을 복창했다. "공격. 공격, 공격!"

보브로프와 가브리크는 둘 다 솔선수범해 나무들 사이를 뚫고 기관총 진지를 향해 내달렸다. 어느새 그리고리도 그들을 따라 뛰고 있었다. 그는 덤불 사이 쓰러진 나무들을 뛰어넘는 와중에도 거추장스러운 소총을 떨어뜨리지 않으려고 애쓰며 반쯤 허리를 숙인 자세로 달리고 있었다. 기관총은 여전히 잠잠했지만 독일군은 나머지 화기를 총동원해 사격을 가했다. 소총 십여 정이 한꺼번에 불을 뿜자 기관총과 다를 게 없었다. 그리고리는 달리 할 일이라곤 없는 사람처럼 달렸다. 기관총에 매달린 적병들이 두려움으로 얼굴이 허예져서 장전하려고 애쓰다가 탄창을 떨어뜨리는 모습이 보였다. 몇몇 러시아 병사는 사격도 했지만 그리고리는 정신이 없어서 그럴 수 없었다. 그냥 계속 달리기만 했다. 기관총까지는 아직 조금 남은 지점에서, 덤불 뒤에 숨은 독일군 병사 세 명이 눈에 띄었다. 지독히 어려 보이는 그들은 겁을 집어먹은 얼굴로 그리고리를 빤히 보고 있었다. 그리고리는 대검 꽂은 소총을 마치 중세의 긴 창처럼 앞세우고 그들을 향해 돌진했다. 누군가 비명을 지르고 있다고 생각했는데, 정신을 차려보니 자기 목소리였다. 어린 세 병사는 달아나버렸다.

그리고리는 그들을 뒤쫓았지만 먹지 못해 약해진 몸으로는 도저히 따라잡을 수가 없었다. 100미터쯤 뛰다 지친 그리고리는 멈춰 섰다. 주변을 돌아보니 독일군은 모두 달아나고 러시아군이 뒤쫓고 있었다. 기관총도 버려진 채였다. 그리고리는 총을 쏴야 한다는 생각이 들었지만, 지금 당장은 소총을 들어올릴 힘도 없었다.

보브로프 소령이 다시 모습을 드러내더니 러시아 병사들 사이로 뛰기 시작했다. "전진!" 그가 소리쳤다. "달아나게 두지 마라! 모두 죽이지 않으면 언젠가 너희를 죽이러 올 것이다! 돌격!"

그리고리는 마지못해 다시 뛰기 시작했다. 그 순간 상황이 급변했다. 왼쪽에서 총성과 고함, 욕설이 뒤섞여 들려왔다. 갑자기 그 방향에서 러시아 병사들이 나타나 필사적으로 뛰었다. 그리고리 옆에 선 보브로프가 말했다. "이건 또 뭐야?"

그리고리는 측면공격을 받았다는 걸 알아차렸다.

보브로프가 소리를 질렀다. "버텨라! 은폐하고 사격해!"

아무도 귀기울이지 않았다. 갑자기 아군이 나타나 허둥지둥 숲속을 뛰자 그리고리의 동료들도 우르르 그 무리에 끼어들어 오른쪽인 북쪽 방향으로 달아나기 시작했다.

"전부 제자리에 서!" 보브로프가 소리지르고는 권총을 뽑았다. "멈 추라고 했잖아!" 그는 자신을 지나쳐 물밀듯 달아나는 러시아 병사들 을 향해 총을 겨누었다. "경고한다. 탈주병은 총살하겠다!" 그때 탕 소 리가 들리더니 보브로프의 머리가 피로 물들었다. 그는 그 자리에 쓰러 졌다. 독일군이 쏜 총알이 날아든 것인지, 러시아 쪽에서 쏜 것인지 그 리고리는 알 수 없었다.

그리고리는 돌아서서 다른 병사들과 함께 도망쳤다.

사방에서 총성이 울렸다. 누가 누구를 쏘는지 알 수 없었다. 러시아 군은 숲 전체로 퍼져 달아났고, 그리고리는 점차 총성이 뒤로 멀어지는 걸 느꼈다. 최대한 멀리까지 달아나 마침내 나뭇잎이 푹신하게 깔린 곳 에 쓰러졌다. 도저히 움직일 수가 없었다. 온몸이 마비된 듯 꼼짝도 못 하고 한참을 누워 있었다. 아직도 소총을 움켜쥐고 있다는 사실이 스스 로도 놀라웠다. 어떻게 떨어뜨리지 않을 수 있었을까.

그리고리는 한참 만에 느릿느릿 일어섰다. 언젠가부터 오른쪽 귀가 아팠다. 귀에 손을 댔다가 고통으로 비명을 질렀다. 손가락에 끈적거리 는 피가 묻어났다. 조심스럽게 다시 만져보았다. 끔찍하게도 오른쪽 귀 대부분이 사라지고 없었다. 귀를 다치고도 몰랐던 것이다. 언제인지 모 르지만 총알이 귀의 위쪽 절반을 날려버린 상태였다.

소총을 확인했다. 탄창이 비어 있었다. 다시 장전하면서도 왜 그러는지 그 자신도 알 수 없었다. 어차피 아무도 못 맞힐 것 같았다. 그리고리는 소총의 안전장치를 잠갔다.

러시아군이 매복공격을 당했다는 생각이 들었다. 독일군은 러시아군을 둘러쌀 수 있을 때까지 끌어들인 다음 덫을 닫아버린 것이었다.

어떻게 해야 할까? 주변에 보이는 사람이 전혀 없어서 장교의 명령을 받을 수가 없었다. 하지만 그 자리에 그냥 있을 순 없었다. 군단 전체가 후퇴하고 있는 게 명확했으므로 어떻게든 왔던 쪽으로 움직여야 했다. 혹시 남은 러시아 병력이 있다면 아마도 동쪽에 있을 것이다.

그리고리는 지는 해를 등지고 걷기 시작했다. 독일군이 어디 있을지 모르는 상황이라 최대한 조용히 숲속을 걸었다. 혹시 러시아 제2군 전체가 패하고 달아나는 게 아닌가 하는 생각이 들었다. 이러다 숲속에서 굶어죽을 수도 있었다.

한 시간쯤 후, 그리고리는 걸음을 멈추고 시냇물을 떠서 마셨다. 물로 귀의 상처도 씻을까 했지만 그냥 내버려두는 편이 가장 좋겠다고 결론지었다. 물을 양껏 마신 다음 눈을 감고 땅바닥에 누워 몸을 웅크린 채 쉬었다. 금세라도 잠이 들 것 같았다.

꾸벅꾸벅 졸고 있는데 무슨 소리가 들렸다. 고개를 든 그리고리는 10여 미터 떨어진 나무들 사이로 독일군 장교가 말을 타고 천천히 지나가는 모습에 깜짝 놀랐다. 상대는 개울가에 웅크리고 있던 그리고리를 전혀 보지 못한 상태였다.

그리고리는 조용히 소총을 집어들고 안전장치를 풀었다. 무릎을 꿇고 어깨에 총을 붙인 다음 장교의 등 한가운데를 조심스럽게 겨누었다. 거리는 15미터 정도로, 소총으로 쏘기만 하면 맞힐 수 있는 정도였다.

마지막 순간 독일군 장교가 느낌이 이상했는지 안장 위에 앉은 채로 휙 뒤돌아보았다.

그리고리는 방아쇠를 당겼다.

조용한 숲에서 울린 총소리에 귀가 먹먹해졌다. 말이 앞으로 펄쩍 뛰었다. 독일군 장교는 말 옆으로 고꾸라졌지만 한쪽 발이 등자에 걸려 빠지지 않았다. 말은 남자를 매단 채 덤불 사이로 100여 미터를 내달리다가 속도를 줄이고 멈춰 섰다.

그리고리는 누군가 총소리를 듣고 나타나지는 않는지 가만히 귀를 기울였다. 나뭇잎을 쓸고 지나는 부드러운 저녁 바람 소리 말고는 아무 소리도 들리지 않았다.

말을 향해 다가갔다. 가까이 다가서면서 소총을 독일군 장교에게 겨누었지만 그럴 필요는 없었다. 남자는 하늘을 향한 채 눈을 부릅뜨고 꼼짝도 하지 않았다. 옆에 뿔 달린 철모가 떨어져 있었다. 금발을 짧게 깎았고 녹색 눈이 아름다운 남자였다. 아까 처음 숲속에서 봤던 그자일지도 몰랐다. 확실하게 알 수는 없었다. 레프라면 알았을 것이다. 동생은 말의 특징을 잘 기억하기 때문이다.

그리고리는 안장주머니를 열었다. 한쪽에는 지도 여러 장과 망원경이 들어 있었다. 다른 쪽에서는 소시지 하나와 검은 빵 한 덩이가 나왔다. 배가 고파 죽을 지경이었던 그리고리는 소시지를 한입 베어물었다. 후추와 허브, 마늘 냄새가 강하게 풍겼다. 후추 때문에 양쪽 뺨 안쪽이 후끈거리더니 얼굴에 땀이 배어났다. 재빨리 씹어 삼킨 다음 빵을 한 조각 떼서 입에 넣었다. 어찌나 맛이 좋은지 눈물이 날 지경이었다. 그리고리는 커다란 말 옆구리에 기대선 채 최대한 빨리 그것들을 먹었다. 그가 죽인 남자가 녹색 눈을 치켜뜨고 쳐다보고 있었다.

VI

발터는 루덴도르프에게 말했다. "장군님, 러시아군 사상자는 삼만 정도로 추정됩니다." 그는 지나치게 기쁜 내색을 하지 않으려고 애썼다. 하지만 독일의 압도적인 승리가 확실했기 때문에 얼굴에서 웃음기를 지울 수는 없었다.

루덴도르프는 아무렇지도 않은 듯 말했다. "포로는?"

"최소한으로 잡아도 구만이천입니다."

놀라운 숫자였지만 루덴도르프는 여전히 침착함을 잃지 않았다. "장군도 있나?"

"삼소노프 장군은 총으로 자살했습니다. 러시아 15군단 사령관인 마르토스를 포로로 잡았습니다. 포획한 대포가 오백 문입니다."

"간단히 말해 러시아 제2군을 모조리 쓸어버렸군." 루덴도르프는 마침내 야전용 책상에서 눈을 떼고 발터를 쳐다보았다. "이제 아예 존재하지를 않아."

발터는 비어져나오는 웃음을 참을 수 없었다. "네, 그렇습니다."

그래도 루덴도르프는 웃지 않았다. 그는 들여다보고 있던 문서를 들어 보였다. "그렇다면 이 소식은 더욱더 앞뒤가 맞지 않는군."

"뭡니까?"

"우리에게 증원군이 온다는 거야."

발터는 깜짝 놀랐다. "네? 무슨 말씀이십니까, 장군님? 증원이라뇨?"

"나도 자네만큼 놀랐어. 3개 군단에 기병 1개 사단이야."

"그런 병력이 어디서 옵니까?"

"프랑스에서. 슐리펜 계획이 성공하려면 단 한 사람이라도 더 필요한 곳에서 병력을 뺀단 말이지."

발터는 루덴도르프가 슐리펜 계획의 세부 내용을 잡았다는 사실을 떠올렸다. 온 힘을 기울여 세심한 부분까지 다듬었던 루덴도르프는 프랑스 전선에서 필요한 것이라면 병력 한 사람부터 말, 탄환까지 훤히 꿰고 있을 터였다. "하지만 뭐 때문에 온다는 겁니까?" 발터가 물었다.

"모르지. 하지만 추측은 가능해." 루덴도르프의 말투가 매서워졌다. "정치적인 문제야. 베를린 황족과 귀족 마나님들이 그들의 지방 영지와 저택이 러시아군에게 짓밟힌다면서 황후께 매달려 울고불고 난리쳤을 거야. 결국 최고사령부도 압력에 굴복하고 만 거지."

발터는 얼굴이 붉어졌다. 그의 어머니도 황후에게 매달린 사람 중 하나이기 때문이다. 자기 영지가 걱정스러워 보호해달라며 매달린 여자들의 심정은 이해할 수 있지만, 군의 입장에서 그들의 애원에 굴복해 작전 계획 전체를 위태롭게 한 것은 용서할 수 없는 일이었다. "바로 이게 연합국이 바란 거 아닙니까?" 발터는 분개했다. "프랑스는 아직 준비도 안 된 러시아로 하여금 참전하도록 설득했습니다. 우리가 당황해서 동부전선으로 병력을 빼낸다면 프랑스를 상대하는 힘이 약해질 테니까 말입니다."

"바로 그거야. 프랑스는 후퇴중이야. 병력이나 무기에서 열세인 상태로 깨지고 있지. 프랑스의 유일한 바람은 우리 힘이 분산되는 거라고. 그런데 놈들의 바람대로 돼버린 거지."

"그렇군요." 발터는 절망적으로 말했다. "우리가 동부전선에서 대승을 거두었는데도 러시아는 같은 편인 프랑스가 서부전선에서 필요로 하는 전략적 이득을 얻어낸 거군요!"

"그래." 루덴도르프가 말했다. "바로 그거야."

13장
1914년 9월에서 12월

I

피츠는 여자의 울음소리에 잠이 깼다.

처음에는 비인 줄 알았다. 그러다 아내는 런던에 있고 자기는 지금 파리에 있다는 사실이 머릿속에 떠올랐다. 침대 옆자리에 누운 여자는 스물세 살의 임신한 러시아 공주가 아니라 천사 같은 얼굴의 열아홉 살 짜리 프랑스 술집 아가씨였다.

피츠는 팔꿈치를 짚고 상체를 일으켜 옆에 누운 여자를 바라보았다. 뺨 위의 금빛 속눈썹이 마치 꽃잎에 앉은 나비 같았다. 속눈썹은 눈물에 젖어 있었다. "제 푀르(무서워요)." 그녀가 흐느꼈다.

피츠는 여자의 머리를 쓰다듬었다. "캄 투아(진정해)." 피츠가 말했다. 그는 학교에서보다 지니 같은 여자들로부터 프랑스어를 더 많이 배웠다. 지니는 지네트의 애칭이었는데, 지네트도 가짜 이름 같기는 마찬가지였다. 어쩌면 그녀의 세례명은 프랑수아즈처럼 따분한 것인지도 모른다.

맑은 아침, 따뜻한 바람이 지니의 방 열린 창문으로 들어왔다. 피츠의 귀에는 총성도, 자갈길을 행진하는 군인들의 발소리도 들리지 않았다. "파리는 아직 점령당한 게 아니야." 피츠는 안심시키는 목소리로 중얼거렸다.

공연히 그런 말을 한 게 잘못이었던 모양이다. 지니는 다시 눈물을 흘리기 시작했다.

피츠는 손목시계를 들여다보았다. 여덟시 반. 열시까지는 틀림없이 호텔로 돌아가야 했다.

지니가 말했다. "독일군이 오면 절 돌봐주실 거죠?"

"물론이지, 내 사랑." 그렇게 말하면서 피츠는 죄책감을 느꼈다. 그래줄 수 있다면 그러겠지만, 제일 먼저 챙겨야 할 대상은 아니었다.

"독일군이 올까요?" 지니는 작은 목소리로 물었다.

피츠도 그게 알고 싶었다. 독일군의 규모는 프랑스 정보기관에서 예측한 바의 두 배나 되었다. 독일군은 프랑스 북동부 국경을 물밀듯이 넘은 다음 모든 전투에서 승승장구하고 있었다. 이제 그 눈사태는 파리 북쪽까지 접근해왔다. 북쪽 정확히 어디까지 왔는지는 앞으로 몇 시간 안에 알게 될 것이다.

"사람들이 파리를 포기하고 달아날 거라고 했어요." 지니가 훌쩍거리며 말했다. "정말 그런가요?"

그것 역시 피츠는 알 수 없었다. 후퇴하지 않고 저항한다면 도시는 독일군의 포격으로 엉망이 될 것이다. 아름다운 건물이 파괴되고, 넓은 도로는 깊게 파이고, 식당과 가게가 무너질 것이다. 일단 항복해서 그 사태는 모면하는 것이 옳다는 쪽으로 자꾸 생각이 기울었다. "당신한텐 그게 나을 수도 있어." 피츠는 짐짓 아무렇지도 않은 것처럼 말했다.

"당신은 당신을 '리블링'*이라고 부르는 뚱뚱한 프로이센 장군과 잠자리를 하겠지."

"프로이센 사람은 싫어요." 지니는 기어들어가는 목소리로 말했다. "전 당신을 사랑해요."

아마 그렇겠지. 피츠는 속으로 생각했다. 아니면 지니는 그를 그저 이곳에서 빠져나가는 수단으로 여기는 것일 수도 있다. 능력이 되는 사람들은 파리를 벗어나고 있었지만 쉽지는 않았다. 개인 소유 차량은 대부분 징발당했다. 철도 역시 언제든 그 대상이 될 수 있었고, 민간인 승객들은 어딘지도 모르는 곳에서 강제로 쫓겨나 헤맬 수도 있었다. 보르도까지 택시를 타고 가려면 150프랑을 내야 했는데, 그 정도면 작은 집 한 채를 살 수 있을 정도였다.

"독일군이 오지 않을 수도 있어." 피츠는 지니에게 말했다. "독일군도 지금쯤은 지쳤을 거야. 한 달이나 행군하고 전투를 치렀으니까. 그런 식으로 계속 움직일 수는 없다고."

피츠는 자신이 한 말을 절반 정도는 믿었다. 프랑스군은 퇴각중에도 장렬히 싸웠다. 지친 병사들은 굶주린데다 사기가 떨어졌지만 포로로 잡힌 경우는 많지 않았고, 무기도 거의 잃지 않았다. 흔들림 없는 총사령관 조프르는 연합국 병력을 지휘해 파리 남동쪽까지 물러난 다음 전열을 가다듬고 있었다. 일정 수준에 이르지 못한 프랑스군 장교들을 가차없이 해임하기도 했다. 사령관 둘, 군단장 일곱에 다른 장성 열두어 명이 무자비하게 자리에서 쫓겨났다.

독일은 이런 사실을 모르고 있었다. 해독을 마친 독일군의 암호문에서는 지나친 자신감이 느껴졌다. 독일 총사령부는 실제로 프랑스 전선

---

* 연인 사이에 쓰이는 독일어 호칭.

에서 병력을 빼내 동프로이센을 지원하러 보내기도 했다. 피츠는 그게 실수일 거라고 생각했다. 프랑스는 아직 완전히 끝장나지 않았다.

영국에 대해서는 피츠도 확신할 수가 없었다.

영국 원정군 규모는 크지 않았다. 실전에 배치된 프랑스군이 70개 사단인 데 반해, 영국군은 5개 반쯤 되는 사단 병력으로 이루어졌다. 몽스에서는 용감하게 싸웠고 피츠도 자랑스러웠지만, 닷새 만에 십만 병력 가운데 만오천 명을 잃고 퇴각하기 시작했다.

웨일스 소총연대도 영국 원정군에 포함되었지만 피츠는 합류하지 않았다. 처음에 그는 연락장교로 파리에서 일하게 되어 실망스러웠다. 자신의 연대를 이끌고 싸우길 원했다. 그를 아마추어로 여긴 장군들이 아군에게 가장 손해를 입히기 어려운 곳으로 보낸 게 아닌가 싶었다. 하지만 파리를 잘 알고 프랑스어를 할 줄 아는 피츠는 자신이 적임자라는 사실을 부인하기 어려웠다.

알고 보니 그가 맡은 일은 생각보다 훨씬 중요했다. 프랑스군 지휘부와 영국군 지휘부의 관계는 위험하리만큼 좋지 않았다. 영국 원정군 지휘자는 화를 잘 내고 까다롭기로 유명했는데, 이름은 희한하게도 존 프렌치 경이었다. 그는 처음부터 조프르 장군이 자신과 별 상의를 하지 않는다며 언짢아했고 이제는 단단히 성이 나 있었다. 피츠는 연합국 양측의 적대적인 기류에도 불구하고 어떻게든 첩보와 정보가 서로 오갈 수 있게 하려고 무던히 애썼다.

모든 상황이 당혹스러운데다 약간은 수치스러웠고, 프랑스 지휘관들이 교묘한 방식으로 영국 대표격인 자기를 무시하는 바람에 피츠는 모멸감까지 느꼈다. 일주일 전 상황은 극적으로 더욱 악화되었다. 존 경은 휘하 부대에 이틀간의 휴식을 달라고 조프르에게 요구했다. 다음날 그는 휴식 기간을 열흘로 바꾸었다. 프랑스측은 경악했고 피츠는 영국의 태도 때문에 부끄러워 얼굴을 들 수 없었다.

피츠가 존 경의 참모인 아첨꾼 허비 대령에게 항의했지만, 그는 오히려 화를 내며 받아들이지 않았다. 결국 육군성 차관인 르마크 경과 전화 통화를 했다. 르마크는 피츠와 이튼에서 함께 공부를 한데다 여동생 모드와는 함께 수다떠는 친구 사이였다. 상관들 뒤에서 이런 식으로 영향력을 미치는 게 내키지는 않았지만, 파리에서 주도권을 잡으려는 암투가 도무지 해결되지 않을 것 같아서 뭔가 해야겠다고 생각했다. 애국이 이렇게 단순하지 않다는 걸 피츠는 배우게 되었다.

그가 전달한 불만은 폭발적인 효과를 일으켰다. 애스퀴스 수상은 신임 육군성 장관인 키치너 경을 부리나케 파리로 보냈고, 존 경이 상관에게 호된 질책을 받은 게 바로 이틀 전이었다. 피츠는 존 경이 곧 사령관에서 물러날 거라 기대했다. 설사 그렇지 않다 해도 이제 존 경은 지금까지처럼 축 늘어져 있지만은 못할 것이다.

결과는 곧 알게 될 터였다.

피츠는 몸을 돌려 침대 옆 바닥에 두 발을 디뎠다.

"갈 거예요?" 지니가 물었다.

피츠는 일어섰다. "할 일이 있어."

지니가 시트를 걷어찼다. 피츠는 그녀의 완벽한 가슴을 내려다보았다. 그의 시선을 눈치챈 지니는 눈물을 흘리던 얼굴에 웃음을 띠더니 유혹하듯 양다리를 벌렸다.

피츠는 유혹을 이겨냈다. "커피 좀 끓여줘."

지니가 연녹색 실크 가운을 어깨에 걸치고 물을 끓이는 사이, 피츠는 옷을 입었다. 전날 저녁 영국 대사관에서 야전용 식기로 식사를 했지만 다 먹고 나서는 눈에 띄는 빨간색 군복 재킷을 벗어버리고 짧은 턱시도로 갈아입은 다음 술을 마시러 나섰다.

지니가 사발만큼 큰 잔에 진한 커피를 따라왔다. "오늘밤 알베르 클럽에서 기다릴게요." 그녀가 말했다. 나이트클럽은 극장이나 영화관과 마찬가지로 공식적으로는 문을 열지 못했다. 폴리베르제르*의 불도 꺼져 있었다. 카페는 여덟시에, 식당은 아홉시 삼십분에 문을 닫았다. 하지만 거대한 도시의 밤 문화를 완전히 막기는 쉽지 않았다. 알베르처럼 약삭빠른 곳에서는 불법 영업을 통해 샴페인을 터무니없이 비싼 값에 팔고 있었다.

"자정까지 가도록 해볼게." 피츠가 말했다. 커피는 씁쓸했지만 마지막까지 남은 졸음을 씻어내주었다. 그는 지니에게 1파운드짜리 영국 금화를 하나 주었다. 하룻밤 대가치고는 후한 금액이었고, 이런 시절에는 지폐보다 금화가 훨씬 더 환영받았다.

마지막으로 입을 맞추자 지니가 그에게 매달렸다. "오늘밤 꼭 와요. 알았죠?"

피츠는 지니가 가여웠다. 지니를 둘러싼 세상이 무너지고 있었지만 그녀는 어떻게 해야 할지 몰랐다. 그런 그녀를 자신의 날개 밑에 숨기고 보살펴주고 싶었지만 그럴 수 없었다. 그에게는 임신한 아내가 있었고, 만일 아내가 속이 상하면 아이를 잃을 수도 있다. 그가 홀몸이라고 해도 프랑스 매춘부와 엮여 일을 그르쳤다가는 웃음거리가 될 터였다. 어쨌거나 지니는 그저 수백만 희생자 가운데 하나일 뿐이었다. 이미 죽은 자들을 제외한 모두가 두려워하고 있었다. "최선을 다해보지." 피츠는 그렇게 말하고 그녀의 품에서 몸을 빼냈다.

건물 앞 도로에 피츠의 파란색 캐딜락이 서 있었다. 보닛에는 작은 영국 국기가 꽂혀 있었다. 도로에 일반 승용차라고는 몇 대 보이지 않

---

* 파리에서 가장 오래된 뮤직홀.

았는데, 대개 중요한 전쟁 업무를 수행한다는 의미로 깃발을 달고 있었다. 보통은 프랑스의 삼색기나 적십자 깃발이었다.

런던에서 파리로 자동차를 공수하기 위해 온갖 인맥을 다 동원하고 적지 않은 돈을 뇌물로 바쳐야 했지만, 피츠는 그런 수고를 아끼지 않은 게 다행이라고 생각했다. 매일 영국과 프랑스 사령부를 오가야 했는데, 차가 있으면 형편이 좋지 않은 군대 차량을 빌리려고 아쉬운 소리를 하지 않아도 되기 때문이다.

그는 크랭크를 눌러 엔진 시동을 걸었다. 도로에는 오가는 차량이 거의 없었다. 심지어 버스마저 징발되어 전선에서 병사들이 이동하는 데 사용되고 있었다. 어마어마하게 많은 양떼가 도로를 가로지르는 바람에 피츠는 멈춰 서야 했다. 아마도 파리 동역에서 기차에 실어 전선으로 보내는 식량인 듯했다.

피츠는 부르봉 궁전 벽에 새로 붙은 포스터 주위로 모여든 사람들을 보고 무슨 일인지 궁금해졌다. 그는 차를 세우고 사람들 사이에 끼어 내용을 읽었다.

파리의 군인 및 시민들에게

피츠는 공고문 아래쪽에서 파리 방위군 사령관인 갈리에니 장군의 서명을 확인했다. 나이 많고 신경질적인 장군인 그는 이미 퇴역했다가 다시 불려나온 인물이었다. 그는 아무도 앉지 못하게 회의를 서서 진행하는 것으로 유명했다. 그렇게 하면 좀더 빨리 결론이 난다고 생각하는 모양이었다.

공고문 내용은 그답게 간결했다.

우리 공화국 정부 요인들은 국가 방위를 위한 새로운 추진력을 제
공하고자 파리를 떠났습니다.

피츠는 깜짝 놀랐다. 정부가 달아났다니! 지난 며칠 동안 각료들이
서둘러 보르도로 떠날 거라는 소문이 돌았지만, 정작 정치인들은 수도
를 버리고 싶지 않다는 생각에 머뭇거리고 있었다. 그런데 이제 정말
떠나버린 것이다. 아주 심각한 신호였다.

나머지 내용은 공격적이었다.

이제 제가 침략자에 맞서 파리를 방어하는 의무를 맡게 되었습니다.

그렇다면 파리는 절대 항복하지 않겠군. 피츠는 속으로 생각했다. 파
리는 맞서 싸울 것이다. 좋아! 그편이 영국의 국익에 도움이 되지. 수도
가 함락된다 해도 최소한 적은 점령의 대가를 무겁게 치러야 할 터였다.

저는 최후의 순간까지 이 의무를 수행할 것입니다.

피츠는 미소를 참을 수 없었다. 멋진 노장이시군.

주변에 모여든 사람들은 심경이 복잡한 듯했다. 감탄하는 사람들도
있었다. 갈리에니가 진짜 군인이야. 누군가 만족스러운 듯 말했다. 이
사람이면 파리가 당하진 않겠지. 좀더 현실적인 사람들도 있었다. 한
여자는 정부가 사람들을 버렸다면 그 말은 독일군이 오늘내일 쳐들어
온다는 뜻이라고 했다. 서류가방을 든 남자는 아내와 아이들을 시골에
있는 동생 집으로 보냈다고 했다. 잘 차려입은 어느 여자는 부엌 찬장
에 말린 콩 30킬로그램을 비축해두었다고 말하기도 했다.

피츠는 영국이 이번 전쟁에 공헌하는 바와 그에 속한 자신의 역할이 더욱 중요해졌다고 생각했다.

파멸이 다가오고 있다는 강렬한 실감을 느끼며 그는 리츠 호텔로 차를 몰았다.

그는 가장 좋아하는 호텔 로비에 들어서서 전화부스로 향했다. 그리고 영국 대사관에 전화를 걸어 대사에게 방금 본 갈리에니의 공고문에 관해 전갈을 남겼다. 혹시라도 대사관에서 관련 소식을 듣지 못했을 경우를 대비해서였다.

전화부스에서 나오던 피츠는 우연히 존 경의 참모인 허비 대령과 마주쳤다.

허비는 턱시도 차림인 피츠를 보더니 말했다. "피츠허버트 소령! 도대체 무슨 일로 그런 복장을 한 건가?"

"안녕하십니까, 대령님." 피츠는 상대의 질문에 즉답을 피했다. 누가 봐도 밤새 돌아다녔다는 게 뻔했기 때문이다.

"벌써 아침 아홉시라고! 전쟁중이라는 걸 잊었나?"

이번 질문 역시 굳이 대답할 필요는 없었다. 피츠는 아무렇지도 않은 듯 말했다. "뭐 도와드릴 게 있습니까?"

허비는 약자를 괴롭혔고 기죽지 않는 사람을 미워했다. "건방진 태도나 고치게, 소령." 허비가 말했다. "할 일이 너무 많아. 런던에서 오신 빌어먹을 손님들이 하도 간섭을 해대니까."

피츠는 눈썹을 치켜세웠다. "키치너 경은 육군성 장관이십니다."

"정치인들은 우리를 방해하지 말고 내버려둬야 해. 그런데 누군가 높은 자리에 친구가 있는 놈이 그들을 흔들어놓은 거야." 허비는 피츠를 의심하듯 보았지만, 대놓고 말할 배짱은 없는 모양이었다.

"육군성에서 걱정하는 것도 무리는 아닙니다." 피츠가 말했다. "독일군이 코앞까지 왔는데 열흘이나 쉰다니!"

"병사들은 지쳤어!"

"열흘이면 전쟁은 끝나고 말 겁니다. 파리를 구하지 않을 거라면 우리가 뭐하러 여기 온 겁니까?"

"전투의 가장 중요한 날 키치너 때문에 존 경이 사령부를 비우게 되었어!" 허비가 고함을 질렀다.

"제가 보기에 존 경은 서둘러 부대로 돌아갈 생각도 없는 것 같더군요." 피츠가 응수했다. "그날 저녁에도 이 리츠 호텔에서 식사를 하시던데요." 피츠는 자신이 무례하다는 걸 알았지만 도저히 참을 수 없었다.

"내 눈앞에서 꺼져!" 허비 대령이 말했다.

피츠는 몸을 돌려 위층으로 올라갔다.

겉으로는 태평한 척했지만 사실 그렇지 못했다. 무슨 일이 있어도 허비 같은 멍청이에게 굽실대진 않을 테지만 그래도 성공적인 군 경력을 쌓는 건 중요했다. 사람들로부터 자신이 아버지 같지 않다는 평가를 들을 생각만 해도 끔찍했다. 허비는 육군에 전혀 도움이 되지 않았다. 시간만 나면 온 힘을 다해 자기 좋은 일이나 하고 경쟁자의 뒤를 캐는 인간이니까. 하지만 바로 그 때문에 그는 다른 일, 이를테면 전쟁에서 이기는 일에 집중하고 있는 사람들의 경력을 망쳐놓을 수도 있었다.

피츠는 목욕과 면도를 하고 웨일스 소총연대 소령의 카키색 군복으로 갈아입으면서 화를 삭였다. 저녁까지 아무것도 못 먹을 수도 있어서 오믈렛과 커피를 자기 방으로 보내달라고 주문했다.

열시 정각에 업무가 시작되었고 피츠는 괘씸한 허비 일은 잊기로 했다. 똑똑하고 젊은 스코틀랜드 출신 머리 중위가 영국군 사령부에서 받은 당일 아침의 항공정찰 보고서를 들고 들어왔다.

피츠는 문서를 프랑스어로 빠르게 번역한 다음, 리츠 호텔의 옅은 파란색 편지지 위에 깔끔하고 힘있는 글씨로 옮겨적었다. 매일 아침 영국 정찰기가 독일군 진영 위를 돌면서 적들이 어느 방향으로 이동하는지 파악하고 있었다. 그 정보를 최대한 빨리 갈리에니 장군에게 전달하는 게 피츠의 업무였다.

피츠가 로비를 지나 밖으로 나가려는데, 프런트 담당자가 전화가 와 있다며 그를 불렀다.

상대의 목소리가 들렸다. "오빠, 맞아요?" 잡음이 섞인 먼 소리였지만 놀랍게도 분명 여동생 모드였다.

"어떻게 여기까지 전화를 걸었어?" 피츠가 물었다. 런던에서 파리까지 전화를 건다는 건 정부기관이나 군 소속이 아니고는 불가능한 일이었다.

"지금 조니 르마크의 육군성 사무실에 있어요."

"목소리 들으니 반갑구나. 잘 지내니?" 피츠가 말했다.

"모두 엄청나게 걱정하고 있어요." 모드가 말했다. "처음에는 신문에 좋은 소식만 나왔어요. 그쪽 지리에 밝지 않은 사람들은 프랑스군이 용감하게 싸워 이겼다고 할 때마다 독일군이 프랑스 국경 안쪽으로 80킬로미터씩 더 들어온다는 게 대체 무슨 뜻인지 알지도 못했어요. 그런데 일요일에 〈타임스〉가 호외를 발행했어요. 이상하지 않아요? 매일 거짓 기사만 써대다보니, 진실을 말하려면 호외를 발행해야 하는 거예요."

모드는 재치 넘치고 냉소적인 척하려 애쓰고 있었지만, 피츠는 그녀의 목소리에 깃든 두려움과 분노를 느낄 수 있었다. "그래서 호외에 무슨 기사가 실렸는데?"

"우리 군대가 '패배해서 퇴각한다'고요. 애스퀴스는 난리가 났어요. 이제 다들 파리가 언제 함락될지 모른다고 해요." 강한 척하던 모드가 무너졌다. 수화기 속 목소리에 흐느낌이 섞여 있었다. "오빠는 괜찮을 것 같아요?"

거짓말을 할 수는 없었다. "나도 모르겠다. 정부는 보르도로 옮겨간 상태야. 존 프렌치 경은 혼이 나긴 했지만 아직 자리를 지키고 있어."

"키치너가 육군 원수 군복을 입고 파리에 왔다면서 존 경이 육군성에 불평을 했대요. 이제 키치너는 장관이고 그럼 민간인이니까 그런 식으로 행동하면 예절에 어긋난다면서요."

"이런 세상에. 이런 때 예절이나 생각하고 있다니! 왜 잘라버리지 않는 거지?"

"조니 말로는 그렇게 하면 실책을 인정하는 꼴이래요."

"그러다 파리가 독일 수중에 들어가면 무슨 꼴이 나는지는 아나?"

"오빠!" 모드는 울기 시작했다. "비가 낳을 오빠 아기는 어떡해요?"

"비는 어때?" 피츠는 어젯밤 일이 떠올라 죄책감을 느끼며 물었다.

모드가 코를 훌쩍이며 들이마시는 소리가 들렸다. 조금 차분해진 목소리로 그녀가 말했다. "비는 여전히 예뻐요. 지긋지긋한 입덧도 이제는 지나가서 고생이 덜하네요."

"보고 싶다고 전해줘."

뭔가 큰 잡음이 들리더니 다른 사람 목소리가 몇 초간 섞여들었다 사라졌다. 이제 곧 언제든 전화가 끊길 수 있다는 뜻이었다. 다시 들리는 모드의 목소리는 애처로웠다. "오빠, 전쟁이 언제 끝날까요?"

"며칠이면 될 거야." 피츠가 말했다. "어느 쪽이 이기든 말이야."

"부디 몸조심해요."

"걱정 마."

전화가 끊겼다.

피츠는 수화기를 내려놓고 프런트 담당자에게 팁을 준 다음 방돔 광장으로 나섰다.

그는 차에 올라타 출발했다. 임신중인 비 이야기를 듣고 나니 마음이 편치 않았다. 피츠는 조국을 위해 목숨을 바칠 작정이었고 용감하게 죽을 수 있기를 바랐지만, 태어날 아기가 보고 싶었다. 아직 부모가 돼보지 못한 그는 태어날 아기를 꼭 만나고 싶었고, 그 아이가 배우며 자라는 모습을 보고 싶었고, 어른이 될 수 있도록 돕고 싶었다. 자신의 아들이나 딸이 아버지 없이 크는 건 원치 않았다.

그는 센 강을 건너 앵발리드라 불리는 군용단지에 들어섰다. 갈리에니 장군은 나무들로 가려진 근처의 빅토르 뒤뤼 고등학교를 사령부로 이용하고 있었다. 입구를 단단히 지키고 있는 보초병들은 밝은 파란색 재킷에 빨간 바지와 빨간 모자 차림으로 진흙색에 가까운 영국의 카키색 군복보다 훨씬 더 말쑥해 보였다. 현대의 소총이 더욱 정교해졌다는 건 군인들이 어떻게든 눈에 띄지 않아야 한다는 뜻이라는 걸 프랑스인들은 아직도 이해하지 못한 듯했다.

보초들도 누군지 잘 알고 있기에 피츠는 멈출 필요 없이 건물 안으로 들어섰다. 여학교인 이곳에 걸려 있던 애완동물이나 꽃 그림, 라틴어 동사 변화형이 쓰인 칠판은 이제 모두 치운 상태였다. 보초병의 소총이나 장교의 군화가 전에 있던 것들의 품위에 어긋나는 것 같았다.

피츠는 지체 없이 상황실로 들어갔다. 안으로 들어서자마자 흥분된 분위기가 느껴졌다. 벽에는 커다란 프랑스 중부 지도가 걸렸는데, 각 부대 위치가 핀으로 표시돼 있었다. 키가 크고 마른 갈리에니는 전립샘암에 걸려 지난 2월 퇴역했는데도 여전히 꼿꼿이 서 있었다. 이제 다시 군복을 입은 그는 코안경을 쓰고 지도를 열심히 들여다보고 있었다.

피츠는 경례한 다음 그가 주로 함께 일하는 프랑스측 담당자인 뒤퓌 대령과 프랑스식으로 악수를 나누며 무슨 일이냐고 속삭여 물었다.

"클루크의 위치를 추적중이네." 뒤퓌가 말했다.

갈리에니는 아홉 대의 낡은 항공기로 이뤄진 비행 중대로 침략군의 움직임을 파악하고 있었다. 클루크 장군은 파리에 가장 근접한 독일 부대인 제1군 사령관이었다.

"결과가 나왔습니까?" 피츠가 물었다.

"두 가지 보고야." 뒤퓌는 지도를 가리켰다. "항공정찰 내용에 따르면 클루크는 마른Marne 강을 향해 남동쪽으로 이동하고 있네."

영국이 파악한 바를 확인해주는 내용이었다. 그 방향이라면 독일 제1군은 파리 동쪽을 지나게 된다. 그리고 클루크가 우익을 맡고 있으므로 결국 독일군 전체 전력은 파리를 우회하게 될 터였다. 파리가 상황을 모면할 수 있게 된단 말인가?

뒤퓌가 계속 말했다. "그리고 기병 정찰대 역시 같은 보고를 해왔네."

피츠는 생각에 잠긴 채 고개를 끄덕였다. "독일의 군사이론은 먼저 적의 군대를 무찌르고 나중에 도시를 점령하는 겁니다."

"하지만 이거 안 보이나?" 뒤퓌가 신난 듯 말했다. "그러면서 측면을 노출하게 된다고!"

피츠도 그 생각은 하지 못했다. 오로지 파리의 운명에만 신경쓰고 있었기 때문이다. 그제야 그는 뒤퓌의 말이 옳다는 것과 상황실 분위기가 왜 들떠 있었는지 이해할 수 있었다. 입수한 정보가 옳다면 클루크는 고전적인 실수를 저지른 셈이었다. 부대의 측면은 머리보다 훨씬 취약한 법이다. 측면공격은 등을 칼로 찌르는 것이나 같았다.

클루크는 왜 그런 실수를 저질렀을까? 프랑스군이 너무 약해서 도저히 반격할 수 없으리라 판단한 게 틀림없었다.

만일 그렇다면 그건 오산이었다.

피츠는 갈리에니 장군에게 말을 걸었다 "이걸 보면 아주 흥미로우실 겁니다, 장군님." 그는 들고 있던 봉투를 건네주었다. "오늘 아침 저희가 찍은 항공정찰 자료입니다."

"왔군!" 갈리에니 장군이 신이 난 듯 대답했다.

피츠는 지도 앞으로 다가섰다. "설명을 드려도 되겠습니까?"

장군은 고개를 끄덕여 허락했다. 영국인은 인기가 없었지만, 정보는 언제든 환영이었다.

영어로 된 보고서 원본을 보며 피츠가 설명을 시작했다. "클루크의 부대는 여기 있습니다." 그는 새로운 핀 하나를 지도에 꽂았다. "그리고 이 방향으로 움직이고 있습니다." 프랑스가 이미 생각하던 바를 확인해주는 내용이었다.

잠시 상황실이 조용해졌다.

"그럼 사실이군." 뒤퓌가 조용히 말했다. "놈들은 측면을 노출하고 있어."

갈리에니 장군의 눈이 코안경 뒤에서 번쩍였다. "그렇다면 우리가 공격할 기회군." 그가 말했다.

II

새벽 세시, 지니의 날씬한 몸 곁에 누운 피츠는 더할 나위 없이 비관적이었다. 섹스가 끝나고 나니 자기가 아내를 그리워하고 있다는 사실을 깨닫게 되었다. 그러고 나서는 클루크가 분명 실수를 깨닫고 방향을 바꿀 거라는 의기소침한 생각마저 들었다.

그러나 다음날인 9월 4일 금요일 아침, 방어하는 입장인 프랑스로서는 다행스럽게도 클루크는 계속 남동쪽으로 움직였다. 조프르 장군에겐 그걸로 충분했다. 그는 프랑스 제6군에 명령을 내려 파리를 벗어나 다음날 아침 클루크의 배후를 공격하도록 했다.

그러나 영국군은 계속 후퇴했다.

그날 저녁 알베르에서 지니를 만난 피츠는 처참한 기분이었다. "이건 우리의 마지막 기회야." 지니에게 설명하며 샴페인 칵테일을 마셨지만 도무지 기분이 나아지지 않았다. "독일군은 지쳤고 보급선도 늘어질 대로 늘어진 상태이니까, 지금 당장 그들에게 심각한 타격을 입힌다면 더 전진하지 못하게 막을 수 있어. 하지만 이번 반격이 실패하면 파리는 함락될 거야."

바 스툴에 앉은 지니가 긴 다리를 꼬자 실크 스타킹에서 사각거리는 소리가 났다. "그런데 왜 그렇게 우울한 거예요?"

"왜냐하면 이 같은 시기에 영국군은 후퇴하고 있기 때문이지. 만일 파리가 함락되면 우리는 씻을 수 없는 수치심을 안고 살아야 할 거야."

"조프르 장군이 존 경에게 항의하고 영국도 싸우도록 요구해야죠! 직접 조프르 장군에게 말하세요!"

"조프르 장군은 영국 소령의 말 따위에 귀기울이지 않아. 또 그에게 접근하면 존 경은 내가 무슨 일을 꾸민다고 생각할지 몰라. 나는 아주 난처한 지경에 처하겠지. 그런 걸 신경쓰는 건 아니지만."

"그럼 조프르 장군의 참모에게 말해요."

"마찬가지 문제가 있어. 내가 프랑스군 사령부에 걸어들어가 영국이 그들을 배반하고 있다고 말할 순 없어."

"하지만 루르소 장군에게 몰래 말할 수도 있잖아요. 아무도 모르게 말이에요."

"어떻게?"

"지금 저기 앉아 있어요."

지니의 시선을 따라가자 민간인 복장을 한 예순가량의 프랑스 남자가 빨간 드레스 차림의 젊은 여인과 함께 앉아 있는 모습이 보였다.

"저분 성격이 아주 좋아요." 지니가 말했다.

"저 사람 알아?"

"잠시 친구로 지냈죠. 하지만 저분은 리제트를 더 마음에 들어했어요."

피츠는 망설였다. 다시 한번 상관들 몰래 일을 진행하게 된다. 하지만 지금 정석대로 일처리를 할 때가 아니다. 파리가 위태롭다. 할 수 있다면 뭐라도 해야 한다.

"소개해줘." 피츠가 말했다.

"잠시만요." 지니가 미끄러지듯 의자에서 일어서더니 피아노 연주에 맞춰 살짝 몸을 흔들며 장군이 앉은 테이블로 다가갔다. 그녀는 장군의 입술에 입을 맞추고는 함께 앉은 여자에게 웃어 보이더니 자리에 앉았다. 한참 진지하게 대화를 나누던 지니가 피츠에게 손짓했다.

루르소가 자리에서 일어섰고, 두 사람은 악수를 나누었다. "만나서 영광입니다, 장군님." 피츠가 말했다.

"여기는 심각한 대화를 할 만한 곳이 아니지." 장군이 말했다. "하지만 지니 말로는 당신이 대단히 급박한 용무가 있다고 하더군."

"틀림없이 매우 급박한 일입니다." 피츠는 대답하고 자리를 잡고 앉았다.

III

다음날 파리에서 남동쪽으로 40킬로미터 떨어진 믈룅의 영국군 사령부로 간 피츠는 영국 원정군이 여전히 퇴각하고 있음을 알고 충격을 받았다.

어쩌면 그가 한 말이 조프르에게 전달되지 않은 것인지 모른다. 아니면 전달되긴 했지만 조프르도 달리 어찌할 도리가 없었는지도.

피츠는 존 경이 본부로 사용하는, 루이 15세 시대에 지은 거대한 보르페닐 성에 들어섰다가 복도에서 허비 대령과 우연히 마주쳤다. "동맹국이 반격을 가하고 있는 시기에 왜 우리는 후퇴하고 있는지 여쭤봐도 되겠습니까?"

"아니, 묻지 마." 허비가 말했다.

피츠는 화를 누르고 따져물었다. "프랑스는 그들이 독일과 군사력이 엇비슷하다고 생각합니다. 그러니 우리 영국이 아무리 작은 추를 올려놓아도 저울은 한쪽으로 기울 거라고요."

허비는 경멸하듯 웃었다. "당연히 그렇게들 생각하겠지." 마치 프랑스가 동맹인 영국의 도움을 요구할 권리가 없다는 듯한 투였다.

피츠는 자제력을 잃을 것 같았다. "겁을 먹은 우리 때문에 파리를 잃을 수도 있습니다!"

"그따위 말이 어디 있나, 소령!"

"우리는 프랑스를 구하러 왔습니다. 이번 전투가 결정적인 기회일 수도 있습니다." 피츠는 목소리를 높이지 않을 수 없었다. "만일 파리를 잃으면 프랑스를 잃게 될 겁니다. 돌아가서 뭐라고 설명할 겁니까? 앉아서 쉬고 있었다고 할까요?"

허비는 대답하는 대신 피츠의 어깨 너머로 시선을 던졌다. 뒤돌아선 피츠의 눈에 프랑스 군복을 입은 덩치 큰 사내가 천천히 움직이는 모습이 들어왔다. 뚱뚱한 허리 때문에 검은 재킷의 단추는 풀어헤쳤고, 몸에 맞지 않는 빨간 반바지와 레깅스를 입고 있었다. 빨간색과 금색이 섞인 장군 모자는 아래로 내려와 이마를 가리고 있었다. 희끗희끗한 눈썹 아래로 흐릿해 보이는 두 눈이 피츠와 허비를 일별했다. 피츠는 조프르 장군을 알아보았다.

조프르가 참모들을 거느리고 느릿느릿 지나가는 사이 허비가 말했다. "자네 짓인가?"

피츠는 도저히 거짓말을 할 수는 없었다. "글쎄요."

"내 얘기 아직 안 끝났어." 허비는 돌아서서 서둘러 조프르를 뒤따라갔다.

존 경은 작은 방에서 소수의 장교가 배석한 가운데 조프르 장군을 맞았고, 피츠는 거기에 포함되지 않았다. 장교 식당에서 기다리던 그는 조프르가 뭐라고 할지, 과연 영국이 부끄러운 후퇴를 멈추고 공격에 동참하도록 존 경을 설득할 수 있을지 궁금했다.

두 시간 뒤, 머리 중위로부터 답을 들을 수 있었다. "조프르가 온갖 방법을 다 동원했다고 하더군요." 머리가 보고했다. "빌고, 울고, 영국의 명예가 영원히 더럽혀질 위기라는 뜻을 비치기도 했답니다. 그리고 끝내 관철시켰다는군요. 내일 우리는 북쪽으로 방향을 바꿉니다."

피츠는 활짝 웃었다. "할렐루야."

잠시 후 허비 대령이 다가왔다. 피츠는 일어서서 예의를 갖추었다.

"자네, 너무 나갔어." 허비가 말했다. "루르소 장군이 자네가 한 짓을 말해주더군. 아마 칭찬이라도 해주고 싶었던 모양이야."

"부인하지는 않겠습니다." 피츠가 말했다. "결과를 보니 제가 한 일이 옳았다는 걸 알겠습니다."

"잘 들어, 피츠허버트." 허비가 목소리를 낮추고 말했다. "넌 완전히 끝장났어. 상관을 농락하다니. 네 이름에는 절대 지워지지 않는 오점이 남은 거야. 전쟁이 일 년 동안 이어진다고 해도 진급은 물건너갔어. 너는 앞으로도 소령에서 절대 벗어나지 못한다."

"솔직히 말씀해주셔서 감사합니다, 대령님." 피츠가 말했다. "하지만 저는 이기려고 입대했지, 진급하려고 입대한 게 아닙니다."

IV

존 경의 일요일 진격은 피츠가 보기에 부끄러울 만큼 소극적인 것이었지만, 다행히 영국의 공격은 클루크로 하여금 위협에 맞서기 위해 병력을 쪼개는, 쉽지 않은 결정을 내리게 했다. 결국 독일군은 서쪽과 남쪽 두 개의 전선에서 전투를 벌이게 되었는데, 이는 지휘관으로서 악몽이 아닐 수 없었다.

월요일 아침, 사령부 바닥에 담요를 깔고 잠을 청했던 피츠는 기대에 부푼 채 일어났다. 장교 식당에서 식사를 하고, 아침에 출격한 정찰기들이 돌아오길 조바심을 내며 기다렸다. 전쟁은 미친 것처럼 몰아치기도 하지만 하염없이 지지부진할 때도 있다. 사령부로 쓰는 성안에 1000년도에 지은 교회가 있다고 해서 가보았지만, 사람들이 왜 오래된 교회만 보면 대단하게 여기는지 알 수가 없었다.

항공정찰 결과 보고는 공원과 강이 내려다보이는 널따란 거실에서 이루어졌다. 실내는 온통 화려한 18세기 장식으로 가득했지만, 장교들은 싸구려 탁자 앞에 접의자를 놓고 앉아 있었다. 존 경은 흰 팔자수염 아래 주걱턱이 튀어나왔고, 자존심에 상처를 입어 일그러진 입이 영영 돌아오지 않을 듯한 모습이었다.

항공기 조종사들은 독일군이 줄지어 북쪽으로 물러났기 때문에 영국군 전방이 탁 트였다고 보고했다.

피츠는 마냥 기뻤다. 연합국의 반격이 워낙 의외여서 독일군은 허를 찔린 듯했다. 물론 금세 다시 전열을 가다듬을 테지만 지금 당장은 고전을 면치 못하는 것이다.

재빨리 전진하라는 지시를 기대한 피츠의 바람과 달리 실망스럽게도 존 경은 애초에 정했던 제한된 작전 목표를 재확인하는 데 그쳤다.

피츠는 프랑스어로 보고서를 작성한 다음 차에 올랐다. 그는 파리까지 40킬로미터를 최대한 빨리 달렸다. 맞은편 도로에는 사람이 빼곡히 들어차고 짐을 높게 실은 트럭과 자동차, 말이 끄는 탈것이 독일군을 피해 도시를 버리고 남쪽으로 물밀듯 이동하고 있었다.

파리 시내에서는 한 기차역에서 다른 역으로 행군하는 검은 피부의 알제리 군인들을 맞닥뜨리는 바람에 잠시 지체했다. 밝은 빨간색 망토를 걸친 장교들은 노새를 타고 있었다. 지나가는 군인들에게 여자들은 꽃과 과일을 던져주었고 카페 주인들은 시원한 음료수를 대접했다.

행렬이 지나자 피츠는 앵발리드로 차를 몰고 가서 프랑스군 사령부에 보고서를 전달했다.

이번에도 영국의 정찰 정보는 프랑스의 자체 보고와 일치했다. 일부 독일군이 후퇴하고 있었다. "밀어붙여야 해!" 갈리에니 장군이 말했다. "영국군 위치는 어딘가?"

피츠는 지도 앞으로 가서 영국군의 위치를 표시하고, 존 경이 오늘 안에 이동하라며 지정한 위치도 설명했다.

"너무 약해!" 갈리에니는 화를 냈다. "더 공격적으로 나와야지! 영국이 공격을 해야 클루크가 정신이 없어서 측면을 못 챙긴단 말이야. 마른 강은 언제 넘을 생각인가?"

피츠는 대답할 수가 없었다. 부끄러운 일이었다. 갈리에니가 내뱉는 온갖 신랄한 말에 피츠도 동의했지만, 그렇다고 인정할 수는 없었다. 그는 그냥 이렇게만 말했다. "존 경에게 최대한 강력하게 강조해 전달하겠습니다."

그러나 갈리에니는 이미 영국의 소극적인 움직임을 상쇄할 방법을 찾고 있었다. "오늘 오후 4군단의 7사단을 보내서 우르크 강에 있는 모누리 장군의 부대를 지원하도록 해야겠군." 그는 단호하게 말했다.

참모들이 즉시 갈리에니의 명령을 받아적기 시작했다.

그때 뒤퓌 대령이 말했다. "장군님, 그렇게 많은 병력을 오늘 저녁까지 보낼 수 있을 만큼 기차가 충분하지 못합니다."

"그럼 자동차를 써." 갈리에니가 말했다.

"자동차요?" 뒤퓌는 이해할 수 없다는 표정이었다. "그렇게 많은 자동차를 어디서 구합니까?"

"택시를 불러!"

방안에 있던 모든 사람이 갈리에니를 바라보았다. 장군이 정신이 나간 걸까?

"경찰청장에게 전화를 해." 갈리에니가 말했다. "경찰에게 지시를 내려서 파리 시내에 있는 모든 택시를 세워 승객을 내리게 하고 이곳으로 보내라고 해. 택시에 병력을 태워 전장으로 보내는 거야."

피츠는 갈리에니가 농담으로 하는 말이 아니라는 걸 알아차리고 씩 웃었다. 그는 장군의 이런 태도가 딱 마음에 들었다. 승리를 위해서라면 무슨 일이든 해보는 거야.

뒤퓌는 어깨를 으쓱하더니 수화기를 집어들었다. "즉시 경찰청장과 연결해."

피츠는 생각했다. 이건 보고 가야겠군.

그는 밖으로 나가 시가에 불을 붙였다. 오래 기다릴 것도 없었다. 몇 분이 지나자 빨간 르노 택시 한 대가 알렉산드르 3세 다리를 건너 멋지게 꾸민 널따란 잔디밭 주위를 돌더니 건물 앞에 멈췄다. 그뒤로 두 대가 더 오고, 열 대 정도가 한꺼번에 도착하더니 택시는 백여 대로 늘어났다.

몇 시간 만에 똑같이 생긴 빨간색 택시 수백 대가 앵발리드에 나란히 섰다. 피츠는 난생처음 보는 광경이었다.

택시기사들은 자동차에 기대서서 파이프 담배를 피우거나 왁자지껄 떠들며 지시를 기다렸다. 왜 불려왔는지에 대한 의견은 기사마다 모두 달랐다.

한참 만에 학교 건물에서 나와 도로를 건너는 뒤퓌의 한 손에는 휴대용 확성기가, 다른 손에는 군에서 사용하는 징발용 문서용지가 잔뜩 들려 있었다. 그가 한 택시의 보닛 위에 올라서자 기사들이 조용해졌다.

"파리 총사령관은 여기서 가니까지 주행할 택시 오백 대가 필요합니다." 뒤퓌가 확성기에 대고 소리를 질렀다.

기사들은 믿을 수 없다는 듯 입을 다문 채 뒤퓌를 쳐다보기만 했다.

"각 택시는 그곳에서 병사 다섯 명을 태우고 낭퇴유까지 이동해야 합니다."

낭퇴유는 동쪽으로 50여 킬로미터 떨어진 곳으로, 전선에서 매우 가까웠다. 기사들은 무슨 일인지 이해하기 시작했다. 그들은 서로 고개를 끄덕이고 웃었다. 전쟁에 도움을 줄 수 있어서 기쁜 거라고 피츠는 생각했다. 게다가 그 방법도 기발했다.

"이 문서를 한 장씩 가져가시고 작성해서 돌아왔을 때 금액을 청구하면 됩니다."

택시기사들이 웅성거렸다. 돈까지 받을 수 있다니! 뒤퓌의 말은 기사들을 더욱 적극적으로 만들었다.

"일단 오백 대가 떠나면, 그다음 오백 대에 지침을 내리겠습니다. 파리 만세! 프랑스 만세!"

기사들도 신이 나 소리를 질렀다. 다들 뒤퓌에게 달려들어 서류를 받왔다. 피츠도 기쁜 마음에 나눠주는 일을 도왔다.

금세 조그만 택시들이 출발하기 시작했다. 햇빛을 받으며 커다란 건물을 돌아 다리를 건너는 택시들은 신이 난 듯 경적을 울려댔다. 길게 빛나는 붉은색 줄은 전선의 군인들을 구해낼 구명 밧줄처럼 보였다.

V

영국군은 사흘 동안 40킬로미터를 전진했다. 피츠는 수치스러웠다. 진군을 방해하는 건 거의 없었다. 더 빨리 움직였다면 독일에 결정적인 타격을 가할 수 있었을 것이다.

어쨌든 9월 9일 수요일 아침, 피츠가 본 갈리에니 참모들의 분위기는 매우 낙관적이었다. 클루크가 퇴각하고 있었다. "독일놈들이 겁을 먹었습니다!" 뒤퓌 대령이 말했다.

피츠는 독일군이 겁먹었다는 걸 믿지 않았다. 지도를 보면 좀더 이치에 맞는 이유를 찾아낼 수 있었다. 느리고 소심하기는 하지만 영국군은 독일의 제1군과 2군 사이에 생긴 빈틈을 비집고 공격해들어갔고, 그걸 알아차린 클루크는 파리로부터의 공격에 대응하기 위해 병력을 서쪽으로 돌리는 것이다. "우리가 약한 곳을 찾아냈고, 거기에 쐐기를 박고 있어서 그런 겁니다." 피츠의 목소리는 희망으로 약하게 떨렸다.

피츠는 차분해지자고 생각했다. 지금까지 독일군은 전투에서 패한 적이 없었다. 한편으로 보면, 그들의 보급선은 너무 길어졌고 병사들은 지친데다 동프로이센으로 원군을 보내느라 병력도 줄었다. 반대로 이 지역의 프랑스군은 많은 병력을 보강했고, 근거지에서 전투를 벌이고 있으니 보급선에 관한 한 걱정할 필요가 없었다.

영국군이 마른 강 북쪽 8킬로미터 지점에서 멈추자 피츠의 희망은 거꾸로 걱정으로 변했다. 존 경은 왜 멈춘 거지? 적들의 반격이 있을 리 없잖아!

하지만 독일군이 계속 후퇴하는 걸 보니 그들은 영국군이 소극적이라는 사실을 눈치채지 못한 것 같았다. 희망이 다시 피어오르기 시작했다.

학교 창밖으로 나무들의 그림자가 길어지면서 그날의 마지막 보고가 들어왔고, 갈리에니의 참모들 사이에서는 조심스레 승리에 도취한 분위기가 감돌기 시작했다. 그날 오후가 끝날 무렵 독일군은 달아나고 있었다.

피츠는 도저히 믿을 수가 없었다. 일주일 전의 절망이 희망으로 바뀌었기 때문이다. 그는 체격에 맞지도 않는 작은 의자에 앉아 벽에 걸린 지도를 응시했다. 일주일 전 독일군이 형성한 전선은 마치 마지막 공격을 위한 도약대처럼 보였다. 이제 그들은 마치 벽에 가로막힌 듯 되돌아가고 있었다.

해가 에펠탑 너머로 졌을 무렵, 연합국은 정확히 말해 승리는 아니었지만 몇 주 만에 처음으로 독일군의 전진을 막아내는 데 성공했다.

뒤뤼는 피츠를 얼싸안고 양쪽 뺨에 입을 맞추었다. 이번만은 피츠도 기분 나쁘게 여기지 않았다.

"놈들을 막았군." 갈리에니가 말했다. 놀랍게도 노장군의 코안경 뒤에서 눈물이 반짝였다. "우리가 놈들을 막은 거야."

VI

마른 강 전투가 끝나자마자 양측은 참호를 파기 시작했다.

9월 더위는 10월의 우울한 비와 함께 추위로 바뀌었다. 동부전선의 교착상태는 죽어가는 사람의 몸에 찾아온 마비처럼 서서히 서부전선으로 퍼져갔다.

가을의 가장 결정적 전투는 전선의 최서단, 바다에서 30여 킬로미터 떨어진 벨기에의 이프르라는 소도시에서 벌어졌다. 독일은 영국군의 측면을 돌파하기 위해 총력을 다해 몰아붙였다. 전투는 사 주간이나 맹렬히 이어졌다. 지금까지의 양상과 달리 이번 전투는 양측이 참호 속에서 상대의 포격을 견뎌내다 적의 기관총을 향해 자살이나 다름없는 돌격을 감행할 뿐 전세에 별 변화가 없었다. 전투 막바지에 이르러 영국은 열대지방에나 어울리는 군복을 입고 벌벌 떠는 갈색 얼굴의 인도군 1개 군단을 포함해 증원군의 도움으로 살아남을 수 있었다. 이 전투로 칠만오천 명의 전사자를 내며 영국 원정군은 와해되었다. 하지만 연합국측은 스위스 국경에서부터 영국해협까지 이어지는 방어선 구축을 완료했고, 침공하던 독일군은 멈춰 설 수밖에 없었다.

12월 24일, 칼레에서 멀지 않은 생토메르에 있던 피츠는 기분이 우울했다. 그는 다른 장교들과 함께 병사들에게 크리스마스는 집에서 보낼 수 있을 거라고 큰소리를 떵떵 쳤던 걸 기억했다. 이제 보니 전쟁은 일 년 혹은 그 이상 이어질 듯했다. 양측 군은 참호 속에서 상한 음식을 먹으며 이질, 참호족,* 이에 시달렸고 가끔은 두 진영 사이 무인지대에 버려진 시체를 파먹고 늘어난 쥐들을 잡으며 하루를 보냈다. 피츠는 영국이 전쟁에 참여해야 하는 이유가 명확하다고 생각했었지만, 이제는 그게 뭐였는지 기억도 나지 않았다.

그날은 비가 그치더니 날씨가 추워졌다. 존 경은 적의 크리스마스 공

---

* 습하고 차가운 환경에 장기간 노출되어 생기는 발의 질병.

세가 예상되니 대비하라는 지시를 각 부대에 내렸다. 전혀 근거 없는 지시라는 것을 피츠는 잘 알았다. 뒷받침할 첩보가 전혀 없었기 때문이다. 사실 존 경은 병사들이 크리스마스를 맞아 경계를 늦추는 걸 방지하고 싶을 뿐이었다.

국왕의 열일곱 살 난 딸 메리 공주와 왕비가 모든 병사에게 선물을 보냈다. 담배와 공주의 사진, 국왕의 크리스마스카드가 든 금속통이었다. 비흡연자와 시크교도, 간호사에게 전달된 선물에는 담배 대신 초콜릿과 사탕이 들어 있었다. 피츠는 웨일스 소총연대에 선물상자 배급하는 일을 도왔다. 저녁이 되고 시간이 늦어지는 바람에 그나마 쾌적한 생토메르의 숙소로 돌아가지 못한 그는 4대대 본부에 머물게 되었다. 전선에서 후방으로 400미터 정도 떨어진 축축한 대피호에서 그는 셜록 홈스의 소설을 읽으며 작고 가느다란 시가를 피우고 있었다. 원래 피우던 시가와는 비교조차 되지 않는 물건이었지만, 어차피 요즘은 커다란 시가를 피울 시간도 없었다. 이프르 전투가 끝나고 대위로 진급한 머리도 함께였다. 피츠는 진급하지 못했다. 허비가 약속을 지키고 있었기 때문이다.

어둠이 내리자마자 산발적으로 들리는 총소리에 피츠는 깜짝 놀랐다. 알고 보니 병사들이 불빛을 보고 적의 기습으로 착각한 것이었다. 사실 그 불빛은 독일군이 진지에 장식을 하느라 걸어둔 색깔 전등이었다.

얼마간 전방에서 싸운 경험이 있는 머리 대위가 인접 지역을 방어하는 인도군 이야기를 꺼냈다. "불쌍한 녀석들이 여름군복을 입고 도착한 겁니다. 누군가 날씨가 추워지기 전에 전쟁이 끝날 거라고 했나봐요. 어쨌거나 재미있는 이야기가 있습니다. 저 인도 녀석들은 정말 기발한 놈들이에요. 저희가 독일군이 쓰는 박격포를 보급해달라고 육군성에 요청한 것 아시죠? 참호 너머로 포탄을 쏠 수 있는 거 말입니다. 그걸 인도 녀석들이 남는 철파이프로 만들어냈더라고요. 공중화장실에서 쓰려고 대충 만든 배관처럼 생겼는데, 제대로예요!"

아침이 되자 차가운 안개가 깔리고 발밑 땅이 딱딱해졌다. 피츠와 머리는 동이 트자마자 공주의 선물을 배급했다. 일부 병사는 추위에 몸을 녹이려고 난로 주위로 몰려들기도 했지만 대개는 진창보다 낫다며 차갑게 언 땅을 고마워했는데, 참호족으로 고생하는 사람들이 특히 그랬다. 피츠는 평소 장교들과 대화할 때는 영어를 사용하던 병사들 가운데 몇몇이 서로 웨일스어를 쓰는 걸 눈여겨보았다.

350미터쯤 떨어진 독일군 참호는 독일군 군복과 같은 색인 아침 안개에 가려 보이지 않았다. 흔히 필드그레이라고 부르는 바랜 은청색이었다. 피츠의 귀에 희미한 노랫소리가 들려왔다. 독일군이 크리스마스 캐럴을 부르고 있었다. 피츠는 노래에 별 관심이 없었지만 그래도 "고요한 밤, 거룩한 밤"이라는 가사는 귀에 익었다.

피츠는 대피호로 돌아와 다른 장교들과 함께 오래된 빵과 깡통 햄으로 형편없는 아침식사를 했다. 식사를 마친 그는 담배를 피우러 밖에 나왔다. 태어나서 이렇게 비참한 꼴은 처음이었다. 티 귄에서 이 시간쯤이면 즐기던 아침식사가 떠올랐다. 뜨거운 소시지와 신선한 달걀, 맵게 양념한 콩팥 요리, 훈제 청어, 버터를 바른 토스트, 크림이 든 향긋한 커피. 깨끗한 속옷과 빳빳하게 다린 셔츠, 부드러운 울 양복이 그리웠다. 열기를 뿜어내는 거실 난로 옆에 앉아 『펀치』 잡지에 실린 멍청한 농담이나 읽을 수 있으면 다른 소원이 없을 것 같았다.

머리가 그를 따라 대피호 밖으로 나오더니 말했다. "전화가 와 있습니다. 사령부입니다."

피츠는 깜짝 놀랐다. 누군지 몰라도 그를 찾아내려면 고생깨나 했을 것이다. 크리스마스 선물을 나눠주러 온 사이 영국과 프랑스 사이에 다

톰이 벌어진 게 아니었으면 했다. 걱정으로 얼굴을 찌푸린 채 대피호 안으로 들어가 수화기를 들었다.

"피츠허버트입니다."

"안녕하십니까, 소령님." 처음 듣는 목소리였다. "데이비스 대위입니다. 저를 모르시겠지만, 댁에서 전갈이 와서 전달해드립니다."

집에서? 피츠는 나쁜 소식이 아니길 빌었다. "고맙네, 대위. 무슨 전갈이지?"

"사모님께서 건강한 아드님을 출산하셨습니다, 소령님. 산모와 아기 모두 건강하다고 합니다."

"이런!" 피츠는 상자 위에 털썩 주저앉았다. 아직 예정일은 남아 있었다. 한두 주 이른 것 같았다. 예정보다 빨리 태어난 아이들은 연약하다. 하지만 소식대로라면 아기는 괜찮은 것 같았고 비도 건강하다고 했다.

이제 백작 작위를 넘겨줄 후계자 아들이 생겼다.

"듣고 계십니까, 소령님?" 데이비스 대위가 말했다.

"아, 듣고 있네." 피츠가 말했다. "조금 놀란 것뿐이야. 예정일보다 이르거든."

"크리스마스 아닙니까, 소령님. 소식을 전해드리면 기뻐하실 것이라고 생각했습니다."

"정말 기쁘군!"

"제가 맨 처음 축하드려도 되겠습니까?"

"정말 친절하군." 피츠가 말했다. "고맙네." 하지만 데이비스 대위는 이미 전화를 끊어버린 뒤였다.

잠시 후 피츠는 대피호의 장교들이 아무 말 없이 그를 지켜보고 있다는 걸 알아차렸다. 마침내 그중 한 명이 말했다. "좋은 소식입니까, 나쁜 소식입니까?"

"좋은 거야!" 피츠가 말했다. "아주 끝내주는 소식이지. 내가 아버지가 되었어."

모두 다가와 악수를 건네고 피츠의 등을 두드렸다. 머리가 위스키 병을 따자 이른 시간인데도 다들 아기의 건강을 빈다며 한 모금씩 돌려 마셨다. "뭐라고 부르실 겁니까?" 머리가 물었다.

"내가 살아 있는 동안에는 애버로언 자작이 되겠지." 피츠는 그렇게 말하고 나서야 머리가 아기 이름을 물어본 것임을 알아차렸다. "아버님 이름을 따면 조지, 할아버지 이름을 따면 윌리엄이지. 비의 아버님은 페트르 니콜라예비치고. 그러니까 그 세 가지를 모두 합쳐야 할지 몰라."

머리는 재미있는 듯했다. "그럼 애버로언 자작 조지 윌리엄 피터 니컬러스 피츠허버트가 되겠군요. 당분간 부를 이름이 모자랄 걱정은 없겠는데요!"

피츠는 기분좋은 웃음을 지었다. "몸무게가 3킬로그램이나 나가는 분에게 걸맞은 이름이지."

기쁘고 자랑스러운 기분이었고, 얼른 다른 사람들과도 이 소식을 나누고 싶었다. "최전선으로 가봐야겠군." 위스키 병이 비자 피츠는 말했다. "병사들에게 시가라도 돌려야겠어."

그는 대피호에서 나와 전방으로 연결된 참호를 따라 걸었다. 기분이 더할 나위 없이 좋았다. 총성도 들리지 않았고 화장실 구덩이 근처를 지날 때를 제외하면 공기도 깨끗하고 상쾌했다. 문득 자신이 비가 아니라 에설에 대해 생각하고 있음을 알아차렸다. 아직 아기를 안 낳았겠지? 피츠로부터 뜯어낸 돈으로 산 집에서 행복할까? 에설의 거친 협상 방식에 기가 차긴 했어도 그녀가 자기 아이를 뱃속에 품고 있다는 사실을 머릿속에서 떨쳐낼 수는 없었다. 비처럼 에설도 무사히 아기를 낳았으면 하고 바랐다.

전방 진지에 도착하자 그런 생각은 머릿속에서 몽땅 사라졌다. 모퉁이를 돌아 최전방 참호에 들어선 그는 깜짝 놀랐다.

병사들이 아무도 보이지 않았다.

지그재그로 연결된 참호를 돌아다니며 이리저리 살폈지만, 아무도 없었다. 마치 유령 이야기 같았다. 아니면 멀쩡히 바다에 떠다니지만 한 사람도 남김없이 사라진 유령선을 보는 느낌.

무슨 이유가 있을 것이다. 공격을 받았는데, 피츠에게 내용이 전달되지 않은 것일까?

참호 바깥쪽을 살펴야겠다는 생각이 들었다.

무작정 고개를 내밀 순 없었다. 전방에 배치된 첫날, 슬쩍 참호 밖을 내다보다가 죽은 병사가 수두룩했다.

피츠는 야전삽이라 부르는, 짧은 자루가 달린 삽 하나를 집었다. 천천히 삽날을 참호 위로 들어올렸다. 그리고 사격용 디딤판을 밟고 올라서서 삽날과 참호 흉벽의 좁은 틈새로 밖을 내다볼 수 있을 때까지 천천히 머리를 들었다.

피츠는 눈앞에 펼쳐진 광경에 깜짝 놀랐다.

무인지대의 움푹 파인 구덩이에 병사들이 모여 있었다. 하지만 전투 중은 아니었다. 다들 둘러서서 이야기를 나누고 있었다.

병사들의 겉모습에 이상한 점이 있었다. 잠시 후 피츠는 카키색과 필드그레이 군복이 뒤섞여 있다는 걸 알아차렸다.

병사들은 적군과 이야기를 나누고 있었다.

피츠는 야전삽을 옆으로 던지고 고개를 참호 밖으로 내밀었다. 좌우를 살펴보니 시야가 닿는 끝까지 수백 명의 영국과 독일 병사들이 무인지대에 뒤섞여 있었다.

이게 도대체 무슨 일이지?

피츠는 디딤판을 딛고 참호 위로 기어올라갔다. 흙탕물로 엉망이 된 땅을 지나 병사들에게 다가갔다. 그들은 서로 가족과 애인 사진을 보여주며 담배를 권하고 대화를 해보려 애쓰고 있었다. "나는 로버트. 너는 이름 뭐?" 하는 식이었다.

한쪽에서 대화에 열중하고 있는 영국군과 독일군 하사관들이 보였다. 피츠는 영국군의 어깨를 두드렸다. "자네! 도대체 지금 뭐하는 짓이야?"

남자는 나지막한 목구멍소리가 섞인 카디프 부둣가의 말씨로 대답했다. "정확히 어쩌다 이렇게 된 건지 잘 모르겠습니다, 소령님. 독일놈들 몇 명이 무장도 안 한 채로 진지 밖으로 나오더니만 '크리스마스 잘 보내'라고 말했고, 우리 쪽에서도 하나가 같은 식으로 인사를 했습니다. 그러고는 서로를 향해 다가갔고, 누가 뭐라고 할 새도 없이 모두 참호 밖으로 나오게 됐죠."

"하지만 참호에 남은 병력이 전혀 없잖아!" 피츠가 화를 냈다. "이게 적의 전술일지도 모른다는 생각은 안 했나?"

하사관은 양쪽을 번갈아 둘러보았다. "아뇨. 솔직히 말씀드리면 그런 생각은 전혀 못했습니다." 아무렇지도 않다는 투였다. 남자의 말이 옳았다. 최전선의 양측 병사들이 친구가 된다고 해서 적에게 무슨 이득이 있단 말인가?

하사관은 그와 대화를 나누던 독일인을 가리켰다. "이 친구는 한스 브라운입니다, 소령님. 런던 사보이 호텔에서 급사로 일했답니다. 영어 잘해요!"

독일군 하사관이 피츠에게 경례를 했다. "만나뵙게 되어 반갑습니다, 소령님. 즐거운 크리스마스 보내십시오." 한스 브라운은 카디프에서 온 영국군보다 오히려 발음이 더 좋았다. 그가 휴대용 술병을 내밀었다.

"슈냅스 한 모금 하시겠습니까?"

"이런 세상에." 피츠는 돌아서서 걷기 시작했다.

어떻게 해볼 방법이 없었다. 조금 전 웨일스 출신 하사 같은 하사관들이 돕고 나섰어도 이런 상황을 막기는 어려웠을 터였다. 또한 그들의 도움 없이는 막을 수 없었다. 피츠는 현재 상황을 상관에게 보고해 다른 사람에게 떠넘기기로 마음먹었다.

하지만 현장을 미처 떠나기도 전에 그의 이름을 부르는 소리가 들렸다. "피츠! 피츠! 정말 자네야?"

귀에 익은 목소리였다. 돌아보니 독일군 하나가 다가오는 모습이 보였다. 가까이 다가오는 상대방을 살펴보니 아는 얼굴이었다. "울리히?" 피츠는 깜짝 놀랐다.

"그래, 나야!" 발터는 활짝 웃으며 손을 내밀었다. 피츠는 무의식적으로 손을 마주잡았다. 발터는 잡은 손을 신나게 흔들었다. 약간 말랐고, 희던 피부는 거무튀튀해졌군. 피츠는 생각했다. 나도 변했겠지.

발터가 말했다. "정말 놀랍군. 이런 우연이 있나!"

"건강한 모습을 보니 반갑군." 피츠가 말했다. "이래서는 안 될 것 같지만 말이야."

"마찬가지야!"

"이거 어떻게 해야 해?" 피츠는 서로 어울리는 병사들을 손으로 가리키며 말했다. "걱정스러워."

"나도 그래. 내일이 되면 아마 새로 사귄 친구들에게 총을 쏘고 싶지 않을 수도 있지."

"그럼 그때는 어떻게 하지?"

"병사들을 정상으로 되돌리려면 얼른 전투를 다시 시작해야겠지. 아침에 서로 포격을 하면 금세 다시 증오하게 될 거야."

"자네 말이 맞았으면 좋겠군."

"그건 그렇고, 어떻게 지내?"

피츠는 즐거운 소식을 떠올리고 활짝 웃었다. "아버지가 되었지. 비가 아들을 낳았어. 시가 한 대 피워."

두 사람은 시가를 피워물었다. 발터는 동부전선에 있었다고 했다. "러시아놈들은 썩었어." 그는 혐오스럽다는 듯 말했다. "장교들이 보급품을 암시장에 내다팔고, 병사들은 추위와 굶주림에 허덕이지. 동프로이센 사람들의 절반은 싸게 산 러시아의 군용부츠를 신고 있지만, 러시아 병사들은 맨발이야."

피츠는 자신은 파리에 있었다고 말했다. "자네가 좋아하는 식당 부아쟁은 여전히 영업중이야."

병사들은 영국과 독일로 편을 나누고 모자를 쌓아둔 곳을 골대 삼아 축구를 시작했다. "이거, 보고해야겠어." 피츠가 말했다.

"나도." 발터가 말했다. "하지만 우선 그보다 물어볼 게 있어. 레이디 모드는 어떻게 지내?"

"잘 있겠지."

"그녀에게 내가 꼭 좋은 기억으로 남았으면 좋겠군."

피츠는 다른 때였으면 발터가 아무렇지도 않게 했을 법한 말을 강조하는 데 충격을 받았다. "물론 그렇겠지. 특별한 이유라도 있나?"

발터는 고개를 돌렸다. "런던에서 떠나기 직전에…… 웨스트햄프턴 부인이 연 파티에서 함께 춤을 췄지. 이 빌어먹을verdammten 전쟁터에 오기 전 민간인으로는 마지막 기억이거든."

발터는 깊은 감상에 빠진 듯했다. 목소리도 살짝 떨렸거니와, 그가 영어를 하면서 독일어를 섞는 건 극히 보기 드문 일이었다. 어쩌면 크리스마스 분위기에 젖은 건지도 모른다.

발터가 말을 이었다. "크리스마스에 내가 자기를 생각하고 있다는 걸 알아준다면 정말 좋겠군." 그는 촉촉하게 젖은 눈으로 피츠를 바라보았다. "내 말 꼭 전해주겠나, 친구?"

"그러지." 피츠가 말했다. "모드도 분명 아주 기뻐할 거야."

14장
1915년 2월

I

"의사한테 갔었어." 에설 옆에 앉은 여자가 말했다. "내가 이랬지. '아래쪽 거시기가 가려워요.'"

방안 사람들이 와 웃었다. 올드게이트 근처 이스트런던의 작은 집 꼭 대기층이었다. 긴 작업 탁자 양쪽 옆으로 다닥다닥 줄지어 붙은 재봉틀 에 여자 스무 명이 매달려 있었다. 난방이 전혀 되지 않는 방이어서 2월 추위를 막느라 하나뿐인 창문은 꼭 닫아두었다. 바닥은 마루가 그대로 드러난 모습이었다. 벽에 바른 회반죽은 오랜 세월에 바스러져 떨어졌 고, 군데군데 욋가지가 밖으로 드러난 곳도 있었다.

여자들은 잠시 휴식을 취하는 중이었고 재봉틀 발판도 잠시나마 소 리를 내지 않고 멈추어 있었다. 밀드러드 퍼킨스는 에설의 이웃으로, 그녀 또래의 코크니였다. 밀드러드는 에설의 집에 세를 얻어 살고 있기 도 했다. 튀어나온 앞니만 없었더라면 예뻤을 얼굴이었다. 지저분한 농담이 밀드러드의 특기였다. 그녀가 말을 이었다. "그랬더니 의사가 이러는 거야. '그런 단어는 저속하니까 쓰시면 안 됩니다.'"

에설은 씩 웃었다. 밀드러드는 하루에 열두 시간이나 일해야 하는 우울한 이곳에서도 즐거운 순간을 만들어내는 재주가 있었다. 예전에는 이런 지저분한 농담이 세상에 있는 줄도 몰랐다. 티 권에서 함께 일했던 사람들은 고상한 편이었다. 이곳 런던 여자들은 입에 못 담는 이야기가 없었다. 나이도 제각각이고 여러 나라에서 모였기 때문에 독일에 점령당한 벨기에 난민 둘을 포함해 영어를 제대로 못하는 사람도 더러 있었다. 이 여자들의 유일한 공통점은 모두 절박하게 일자리를 원한다는 것이었다.

"그래서 내가 말했지. '그럼 뭐라고 해야 하나요, 의사 선생님?' 그러자 이러는 거야. '그냥 손가락이 가렵다고 합시다.'"

여자들은 영국군 군복 재킷과 바지를 수천 벌씩 만들고 있었다. 매일 옆 동네 재단공장에서 자른 두꺼운 카키색 천이 커다란 종이상자에 담겨 배달되었다. 상자 안에는 소매와 등판, 다리 부분이 따로따로 가득 담겨 있었고, 이곳 여자들은 그것들을 서로 재봉틀로 이어붙이고 단춧구멍을 만든 다음 단추를 다는 다른 작은 공장으로 보냈다. 옷을 많이 만들수록 돈을 많이 받을 수 있었다.

"그러더니 이렇게 물어보데. '퍼킨스 부인, 손가락이 항상 가려운가요, 아니면 가끔 그런가요?'"

밀드러드는 잠시 말을 멈추었다. 여자들은 잠자코 결정적인 한마디를 기다렸다.

"내가 이랬지. '아뇨, 의사 선생님. 손가락 사이로 오줌 쌀 때만 가려워요.'"

여자들이 박수를 치며 웃음을 터뜨렸다.

열두 살짜리 깡마른 여자아이 하나가 막대기를 어깨에 걸친 채 문을 열고 들어왔다. 막대기에는 커다란 머그잔과 손잡이 달린 맥주잔이 모두 스무 개 매달려 있었다. 아이는 막대기를 작업 탁자에 조심스레 내려놓았다. 머그잔에는 차나 코코아, 맑은 수프, 연한 커피가 들어 있었다. 다들 각자의 머그잔이 있었고, 하루에 두 번, 오전과 오후에 1페니나 반 페니 동전을 앨리라는 여자아이에게 주면 아이는 잔을 가져가 옆집 카페에서 음료를 받아왔다.

여자들은 음료를 마시고 기지개를 펴고 눈을 비볐다. 에설은 재봉 일이 석탄을 캐는 것처럼 고되지는 않다고 생각했다. 하지만 온종일 재봉틀에 붙어 허리를 구부리고 한 줄로 이어지는 바늘땀을 노려보는 일은 상당히 피곤했다. 게다가 실수가 없어야 했다. 사장인 매니 리토프가 한 벌씩 일일이 검사했는데, 실수한 물건이 나오면 그 옷에 대해서는 돈을 주지 않았다. 하지만 에설은 사장이 불량도 그냥 납품하는 것 같다고 의심했다.

오 분 후, 매니가 작업장에 나타나 손뼉을 치며 말했다. "자, 이제 다시 일해야지." 여자들은 남은 음료를 마셔버리고 각자 자리로 향했다.

매니는 혹독한 경영자지만 최악은 아니라고 여자들은 말하곤 했다. 적어도 일하는 여자들을 건드리거나 성 상납을 요구하지는 않았다. 나이는 서른 정도였고 검은 눈에 검은 수염을 길렀다. 그의 아버지는 러시아에서 건너온 재단사로, 마일엔드 로드에 양복점을 열고 은행 사무원이나 주식중개인의 심부름꾼들이 입는 싸구려 양복을 만들어 팔았다. 매니는 아버지에게 기술을 배워 좀더 야심찬 사업을 시작했다.

전쟁은 좋은 사업 기회였다. 8월부터 크리스마스까지 지원병은 백만 명이나 되었고, 그들 전원에게 군복이 지급되었다. 매니는 찾아낼 수 있는 재봉사는 모조리 찾아내 고용했다. 다행히 에설도 티 권에서 일할 때 틀일을 배워두었다.

에설은 일자리가 필요했다. 집값은 이미 치렀고 밀드러드로부터 집세도 받고 있었지만, 아이가 태어날 때를 대비해 저축을 해야 했다. 하지만 일자리를 구하러 돌아다니며 좌절과 분노를 느끼지 않을 수 없었다.

새로 생긴 갖가지 일자리가 여성들을 받아들이긴 했지만, 에설은 남녀차별이 여전하다는 걸 금방 알 수 있었다. 남자라면 일주일에 3, 4파운드를 받을 수 있는 일거리도 여자는 1파운드를 받고 해야 했다. 그러고도 적대감과 괴롭힘을 추가로 견뎌야 했다. 남자들은 여자 버스 차장에게는 표를 보여주지 않는가 하면 여자 동료 기술자의 공구 상자에 예사로 기름을 부었고, 여자 노동자들은 공장 입구 주위의 술집에 드나들 수도 없었다. 특히 에설을 화나게 한 건 그런 남자들이 옷차림이 지저분한 아이들을 보면 그 엄마가 게으르고 의욕이 없다며 욕을 한다는 점이었다.

화도 나고 내키지는 않았지만 결국 에설은 여자들의 전통적인 직종을 선택했고, 죽기 전에 이런 부당한 체제를 바꾸겠다고 맹세했다.

그녀는 등을 문질렀다. 이제 예정일까지는 한두 주밖에 남지 않았다. 언제 일을 그만두어야 할지 알 수 없었다. 배가 많이 불러 틀일이 힘들기도 했지만, 가장 견디기 어려운 것은 피로한 몸을 제대로 가눌 수 없다는 점이었다.

두 여자가 문을 열고 들어왔다. 한 사람은 손에 붕대를 감고 있었다. 틀일을 하는 여자들은 재봉 바늘이나 바느질이 끝난 물건을 다듬을 때 사용하는 날카로운 가위에 자주 다쳤다.

에설이 말했다. "이거 봐요, 매니. 여기 조그만 구급상자를 마련해야 해요. 붕대랑 소독약 한 병, 다른 몇 가지를 깡통에 넣어두면 된다고요."

매니가 말했다. "내가 돈 찍어내는 사람인 줄 아나?" 일하는 사람이 무슨 요구를 해도 그의 대답은 똑같았다.

"하지만 우리가 일하다 다치면 당신은 그 시간 동안 돈을 못 벌잖아요." 에설은 타이르는 말투로 대답했다. "여기 두 사람이 거의 한 시간 동안 일을 못했어요. 약국에 가서 상처를 보여주느라고요."

붕대를 감은 여자가 웃으며 말했다. "게다가 나는 마음을 가라앉히느라 '개와 오리' 술집에도 들러야 했지."

매니가 비꼬듯 에설에게 대답했다. "그러면 이제 구급상자에 독한 술도 한 병 준비해둬야 한다고 하겠구먼."

에설은 매니의 말을 못 들은 체했다. "상자에 담을 물건 목록과 가격을 조사해서 알려줄게요. 그럼 그때 결정하세요."

"아무것도 약속 못해." 매니가 말했다. 그나마 약속과 가장 비슷한 말이었다.

"좋아요, 그럼." 에설은 자신의 재봉틀로 다시 돌아갔다.

매니에게 작업장에서 개선해야 할 소소한 점을 요구하거나, 가위를 날카롭게 갈 때 드는 돈을 여자들이 부담하는 것처럼 불리한 규정에 항의하는 일은 늘 에설의 몫이었다. 일부러 의도한 것도 아닌데 아버지가 하던 역할을 맡게 되는 것 같았다.

지저분한 창문 밖으로 짧은 오후가 지나고 어둠이 내리기 시작했다. 에설은 마지막 세 시간이 가장 견디기 어려웠다. 등도 아프고 머리 위에 매달린 환한 불빛 때문에 골이 지끈거렸다.

하지만 일곱시가 되자 집에 돌아가고 싶지 않았다. 저녁시간을 혼자 보내야 한다는 생각만 해도 우울하기 짝이 없었다.

에설이 처음 런던에 왔을 때는 젊은 남자들이 제법 그녀에게 관심을 보였다. 누구도 썩 마음에 들진 않았지만 그래도 에설은 그들과 어울려 영화를 보러 가거나 보드빌 극장에 가기도 하고 술집에서 저녁시간을 보내기도 했다. 그중 한 명과는 키스까지 했지만 그렇다고 열정이 끓어 오르지는 않았다. 하지만 눈에 띄게 배가 불러오자 남자들은 하나같이 그녀에게 흥미를 잃었다. 아무리 인물이 반반해도 아이 딸린 여자를 좋아할 사람은 없었다.

다행히 오늘밤에는 노동당원 모임이 있었다. 에설은 집을 산 다음 바로 독립노동당 올드게이트 지구당에 가입했다. 그녀는 가끔 아버지가 알았다면 어떻게 생각했을지 궁금했다. 집에서 쫓아낸 것처럼 당에서도 쫓아내고 싶었을까? 아니면 속으로 기뻐했을까? 아마 영원히 알 수 없을 것이다.

오늘 모임에서 연설할 사람은 여성참정권 지도자 가운데 하나인 실비아 팽크허스트였다. 저 유명한 팽크허스트 집안은 전쟁으로 갈라졌다. 어머니 에멀라인 팽크허스트는 전쟁중에는 활동을 중단하겠다고 선언했다. 큰딸 크리스터벨은 어머니를 따랐지만 작은딸 실비아는 그들과 떨어져 활동을 계속했다. 에설은 실비아의 결정을 지지했다. 여자들은 전쟁중에도 평화로울 때와 마찬가지로 억압당했고, 참정권을 얻어낼 때까지는 정당한 대우를 받지 못할 것이다.

공장 밖으로 나온 에설은 동료들과 인사하고 헤어졌다. 가스등이 불을 밝힌 길에는 집으로 돌아가는 노동자들과 저녁거리를 사는 사람들, 밤늦게까지 놀려고 작정한 듯 술 취한 사람들이 북적거렸다. 개와 오리술집의 열린 문으로 따뜻하고 활기 넘치는 공기가 흘러나왔다. 에설은 그런 곳에서 저녁시간을 보내는 여자들을 이해했다. 대부분의 집보다 술집이 더 나았고, 다정한 친구들과 모든 걸 잊게 해주는 싸구려 술이 있었다.

술집 옆에는 리프만이라는 식료품점이 있었지만 문을 닫았다. 이름이 독일식이라는 이유로 애국심에 불타는 패거리가 몰려들어 엉망으로 만들어놓는 바람에 아예 문과 창문을 판자로 둘러쳐버린 상태였다. 얄 궂게도 가게 주인은 글래스고에서 온 유대인으로 아들이 경보병으로 전쟁에 참전했다고 했다.

에설은 버스를 탔다. 두 정거장밖에 안 되는 거리였지만 너무 피곤해 걸을 수가 없었다.

모임은 레이디 모드가 병원을 운영하는 갈보리 복음교회에서 열릴 예정이었다. 에설이 올드게이트에 자리잡은 이유는 런던에서 유일하게 들어본 지역이기 때문이었다. 모드가 이곳에 대해 여러 번 얘기한 적이 있었다.

벽에 줄지어 매달린 가스등이 화사하게 불을 밝혔고, 실내 한가운데 놓인 석탄난로가 공기를 따뜻하게 덥혀주었다. 싸구려 접의자가 늘어서 있었고 정면에는 랜턴이 놓인 탁자가 하나 보였다. 에설은 지구당 서기인 버니 레크위드와 인사를 나누었다. 학구적이고 세세한 규칙에 매달리긴 했지만 친절한 남자였다. 그는 근심스러운 표정이었다. "연사가 못 오게 되었습니다."

실망스러웠다. "어떻게 하죠?" 에설은 주위를 둘러보았다. "벌써 오십 명은 모인 것 같은데요."

"대신 연설을 할 사람이 오기로 했는데 아직 도착 전입니다. 괜찮은 사람일지 모르겠습니다. 우리 당도 아니랍니다."

"누군데요?"

"레이디 모드 피츠허버트라고 하네요." 버니는 못마땅하다는 듯 말했다. "듣기로는 탄광사업을 하는 집안 사람이라고 합니다."

에설이 웃었다. "놀랄 일이네요! 예전에 그 집에서 일했거든요."

"연설은 잘하나요?"

"그건 모르겠어요."

에설은 궁금했다. 모드가 발터 폰 울리히와 결혼한 날, 동시에 영국이 독일에 선전포고를 한 운명의 화요일 이후로 그녀를 본 적이 없었기 때문이다. 에설은 발터가 사준 드레스를 여전히 간직하고 있었다. 얇은 종이로 조심스럽게 감싸서 옷장에 잘 걸어두었다. 속이 은은하게 비치는 분홍색 실크 드레스는 그녀가 가져본 옷 중에서 가장 아름다웠다. 물론 지금은 몸에 맞지 않았다. 게다가 노동당 모임에 입고 오기에는 지나치게 고급이었다. 모자도 본드 가에 있는 가게에서 살 때 받은 상자에 그대로 모셔두었다.

자리를 잡고 앉은 에설은 무거운 몸을 다리로 지탱하고 서 있지 않아도 되어 감사하다는 생각을 하며 행사가 시작되길 기다렸다. 그녀는 결혼식이 끝나고 발터의 잘생긴 사촌 로베르트와 함께 리츠 호텔에 갔던 일을 절대 잊지 못할 것 같았다. 식당 안으로 들어서자 여자 손님 한둘이 그녀에게 따가운 시선을 보냈다. 비싼 드레스를 입었는데도 왠지 노동자계급으로 보였던 모양이다. 하지만 에설은 별로 신경쓰지 않았다. 로베르트는 다른 여자들의 옷차림과 장신구에 대해 심술궂은 말을 늘어놓으며 그녀를 웃겼고, 에설은 웨일스 탄광 마을의 삶을 조금 들려주었다. 로베르트는 에스키모의 존재보다 더 신기하다는 듯 이야기에 귀기울였다.

그들은 지금 어디 있을까? 발터와 로베르트는 물론 전쟁에 나갔다. 발터는 독일군이고 로베르트는 오스트리아군이니, 에설은 그들이 죽었는지 살았는지 알 도리가 없었다. 피츠에 대해서도 마찬가지로 아무것도 알 수 없었다. 웨일스 소총연대와 함께 프랑스로 간 것 같기는 하지만 그것도 확실하진 않았다. 어쨌든 에설은 신문에 전사자 명단이 나면 피츠허버트라는 이름이 있는지 두려운 마음으로 살피곤 했다. 그녀를 버린 그가 미웠지만, 그래도 그의 이름이 신문에서 보이지 않으면 진심으로 감사하는 마음이 들곤 했다.

진료가 있는 수요일에 찾아오면 모드와는 연락하며 지낼 수도 있지만, 무슨 핑계를 댈지가 문제였다. 7월에 조금 놀랄 일이 있었던 걸 빼면―속옷에 피가 묻어났는데 그린워드 박사는 전혀 걱정할 일이 아니라고 했다―몸에는 아무 이상이 없었다.

6개월이 지났지만 모드는 전혀 달라지지 않았다. 그녀는 어느 때보다 화려하게 차려입은 모습으로 교회에 들어섰다. 거대할 정도로 챙이 넓은 모자에 꽂은 긴 깃털이 마치 요트의 돛처럼 보였다. 에설은 문득 낡은 갈색 코트 차림인 자신이 부끄러웠다.

모드가 그녀를 보더니 다가왔다. "안녕, 윌리엄스! 이런, 미안해. 에설이라고 해야지. 만나서 정말 반가워!"

에설은 모드의 손을 잡고 흔들었다. "일어서지 않아도 용서해주세요." 그녀는 잔뜩 부른 배를 토닥거렸다. "지금 같아서는 국왕께서 오신다고 해도 못 일어날 것 같아요."

"일어날 생각도 마. 모임 끝나고 잠시 이야기라도 나눌까?"

"저도 그러고 싶어요."

모드는 앞쪽 탁자로 향했고 버니는 모임을 정식으로 시작했다. 버니는 런던 이스트엔드의 많은 거주자처럼 러시아 출신 유대인이었다. 사실 원래부터 이스트엔드에 사는 사람 가운데 잉글랜드 출신은 거의 없었다. 대부분이 웨일스, 스코틀랜드, 아일랜드에서 왔다. 전쟁 전에는 독일인도 많이 살았는데, 이제 그 대신 벨기에 난민이 대거 들어왔다. 난민들이 배에서 내린 곳이 이스트엔드라 그들은 자연스럽게 그 주위에 자리를 잡았다.

대신 연설할 특별 연사가 와 있지만 버니는 원래 연설하기로 한 사람이 오지 않은 걸 사과하고 지난번 회의 내용을 정리하고 다른 지루한 과정을 진행했다. 지역위원회에서 도서관 업무를 맡고 있는 버니는 자잘한 일에 매우 까다로웠다.

마침내 그가 모드를 소개했다. 그녀는 자신감 넘치고 박식한 언설로 여자들이 탄압받고 있다고 주장했다. "남자와 똑같은 일을 하는 여자는 같은 임금을 받아야 합니다. 하지만 사람들은 종종 남자는 가족을 부양해야 한다고 합니다."

청중 가운데 몇몇 남자가 단호하게 고개를 끄덕였다. 그들이 늘 하던 말이었기 때문이다.

"하지만 가족을 부양해야 하는 여자들은 어떻습니까?"

모드의 말에 여자들이 두런두런 동조했다.

"지난주 액턴에서 일주일에 2파운드를 벌어서 다섯 아이를 먹이고 입히려고 애쓰는 여자를 만났습니다. 그녀를 버리고 달아난 남편은 토트넘에서 배에 쓰는 프로펠러를 만들고 일주일에 4파운드 10실링을 버는데, 모두 술집에서 날리고 있었습니다!"

"맞아요!" 에설 뒤에 앉은 여자가 말했다.

"최근 남편이 이프르 전투에서 전사한 여자를 버몬지에서 만났습니다. 아이 넷을 먹여 살려야 하는데, 여성 임금을 받고 있다고 했습니다."

"창피한 일이지!" 몇몇 여자들이 말했다.

"남자가 피스톤핀 하나를 생산할 때 1실링을 받는다면, 여자가 만드는 물건에도 똑같은 돈을 지불해야 마땅합니다."

남자들은 듣기 불편한지 의자에서 자세를 고쳐앉았다.

모드는 날카로운 눈빛으로 사람들을 바라보았다. "사회주의를 신봉한다는 남자들이 동등한 임금에 반대한다는 소리를 하면 저는 이렇게 말해줍니다. 당신은 탐욕스러운 고용주가 여자를 싸구려 노동자로 취급하도록 허락한다는 겁니까?"

에설은 모드 같은 배경의 사람이 이런 견해를 가지려면 용기가 넘치고 독립적이어야만 할 거라는 생각이 들었다. 모드가 부럽기도 했다. 아름다운 옷과 유려하게 연설하는 모습에 질투가 나기도 했다. 다른 무엇보다 모드는 사랑하는 남자와 결혼했다.

연설이 끝나자 노동당 남자들이 모드에게 공격적으로 질문을 해댔다. 지구당 회계 담당자로 얼굴색이 붉은 스코틀랜드 출신 자크 리드는 이렇게 물었다. "우리 아들들이 프랑스에서 죽어가는 마당에 어떻게 여자들 투표권에 관해 불평이나 하고 있을 수 있습니까?" 동조하는 사람이 많은 듯 실내가 웅성거렸다.

"그 질문을 해주셔서 감사합니다. 남자들만 아니라 여자들도 많이 고민하는 지점이기 때문입니다." 모드가 말했다. 에설은 상대를 달래는 모드의 말투가 대단하다고 생각했다. 공격성을 드러낸 질문과 반대로 부드러운 투였다. "전쟁중에도 일상적인 정치 행위를 계속하는 게 맞을까요? 노동당 모임에 참석해야 할까요? 노동자는 고용주의 착취에 맞서 계속 싸워야 할까요? 보수당은 전쟁중에는 일을 안 합니까? 갖은 불의와 탄압이 전쟁이라고 멈춥니까? 그렇지 않습니다, 동지. 우리는 발전을 가로막는 요인들이 전쟁으로 덕을 보도록 그냥 둬서는 절대 안 됩니다. 보수주의자들에게 우리를 주저앉힐 핑계를 줘서는 안 됩니다. 로이드조지 씨가 말한 대로 모든 게 여느 때와 다름없는 겁니다."

모임이 끝나고 차가 제공되었다. 물론 차는 여자들이 준비했다. 에설 옆자리에 앉은 모드는 장갑을 벗고 부드러운 손으로 두꺼운 푸른색 도기 찻잔과 접시를 들었다. 모드에게 오빠에 대한 진실을 알리는 것도 잔인한 일 같아서 에설은 가장 최근에 꾸며낸 이야기를 해주었다. 바로 '테디 윌리엄스'가 프랑스에서 전사했다는 것이었다. "사람들에게는 그냥 결혼했다고 말해요." 에설은 손가락에 낀 싸구려 반지를 만지작거리며 말했다. "요새는 아무도 신경 안 쓰잖아요. 결혼하든 안 하든 전쟁터로 떠날 남자들을 여자들이 즐겁게 해주고 싶어하니까요." 에설은 목소리를 낮추었다. "발터 씨 소식은 못 들으셨겠죠?"

모드는 웃어 보였다. "정말 놀라운 일이 벌어졌어. 신문에서 크리스마스 휴전이라고 떠드는 기사 읽었어?"

"그럼요. 영국군과 독일군이 선물을 교환하고 무인지대에서 축구를 했다면서요. 계속 전투를 거부하고 휴전을 이어가지 못했다니 안타까운 일이에요."

"그러게 말이야. 그런데 피츠가 발터를 만났대!"

"네? 정말 믿기 어려운 일이네요."

"정말 그렇지? 오빠는 우리가 결혼한 걸 모르니까 발터는 말을 조심해야 했어. 하지만 크리스마스에 내 생각을 하고 있다는 말을 오빠에게 전했더라고."

에설은 모드의 손을 꼭 잡았다. "그럼 괜찮으신 거네요!"

"동프로이센에서 전투에 참여했고 지금은 프랑스 전선에 있는데 다치지는 않았대."

"정말 다행이에요. 하지만 다시 소식을 들을 수는 없을 거잖아요. 그런 행운이 또 있을 것 같지는 않으니까요."

"그렇지. 유일한 희망은 어떤 이유에서든 그이가 중립국으로 가게 되는 거야. 스웨덴이나 미국처럼 내게 편지를 보낼 수 있는 곳으로 말이야. 안 그러면 전쟁이 끝날 때까지 기다리는 수밖에 없어."

"그럼 백작님은 어떠세요?"

"오빠는 괜찮아. 전쟁이 나고 처음 몇 주 동안 파리에서 신나게 보냈다던걸."

나는 허름한 공장 일자리를 알아보느라 전전하고 있었는데. 에설은 분한 생각이 들었다.

"비 공주는 아들을 낳았어."

"백작님이 후계자가 생겨서 좋아하셨겠군요."

"우리 모두 기뻤지." 모드가 말했다. 에설은 모드가 사회를 뒤집고자 하는 사람이지만 동시에 귀족이라는 걸 떠올렸다.

모임은 끝났다. 모드를 위해 택시 한 대가 기다리고 있었고 두 사람은 작별인사를 나누었다. 버니 레크워드는 에설과 함께 버스를 탔다. "생각했던 것보다는 괜찮더군요." 버니가 말했다. "물론 상류층이지만 상당히 건전했어요. 친절하기도 하고. 특히 당신한테는 말이죠. 그 집에서 일할 때 주인 가족과 잘 알고 지낸 모양이군요."

당신은 상상도 못할 거야. 에설은 속으로 생각했다.

에설은 조그만 테라스가 딸린 집들이 모인 조용한 구역에 살았다. 오래되었지만 잘 지은 집들에는 대개 형편이 좋은 노동자나 기술자, 관리자가 가족과 함께 살고 있었다. 버니는 현관 앞까지 에설을 바래다주었다. 어쩌면 작별인사를 하며 키스하고 싶은 건지도 몰랐다. 에설은 세상에 그녀에게 매력을 느끼는 사람이 여전히 남아 있다는 사실이 고마워 장난삼아 키스를 받아줄까 고민했다. 하지만 상식이 승리했다. 버니에게 공연한 희망을 주고 싶지 않았다. "잘 가요, 동지!" 에설은 쾌활하게 말하고 집으로 들어갔다.

깜깜한 위층에서는 아무 소리도 들리지 않았다. 밀드러드와 그녀의 아이들은 이미 모두 잠들었다. 에설은 옷을 벗고 침대에 누웠다. 피곤했지만 머릿속이 어지러워 잠이 오지 않았다. 한참 만에 일어나 차를 끓였다.

동생에게 편지를 쓰기로 했다. 편지지를 앞에 놓고 쓰기 시작했다.

내가 진정으로 사랑하는 어린 여동생 리비에게,

어릴 적 동생과 함께 만든 암호였는데, 두 단어 걸러 세번째 단어만 의미가 있고 아는 이름은 철자를 뒤섞었다. 그러니까 그녀가 쓴 첫 줄의 의미는 사랑하는 빌리에게였다.

에설은 어렸을 때 일단 원하는 내용을 쓴 다음 그 사이에 엉뚱한 단어를 채워넣는 방법으로 암호 편지를 쓰곤 했다는 걸 떠올렸다. 계속 편지를 써내려갔다.

정말 비참한 심정으로 혼자 앉았어.

그리고 쓴 글을 암호문으로 바꾸었다.

네가 지금 정말 행복한지 아니면 비참한 모습인지 모르는 심정으로 편지를 쓰며 혼자 아무 곳에나 앉았어.

어렸을 때 에설은 이 암호 놀이를 정말 좋아해서 엉뚱한 말을 지어내 진짜 전하려는 내용을 감추곤 했다. 빌리와 편리한 방법을 따로 고안하기도 했다. 줄을 그어 삭제한 게 진짜 말하려는 내용이고, 밑줄 그은 부분은 가짜인 방식도 있었다.

런던의 도로라고 해서 금을 덮은 건 아니야. 다른 곳은 몰라도 올드게이트는 그래.

자기가 겪는 괴로움은 가볍게 줄이고 유쾌한 편지를 써볼까도 싶었다. 그러다 이런 생각이 들었다. 빌어먹을, 동생한테조차 참말을 못해서야.

나는 내가 특별하다고 생각하곤 했어. 왜냐고 묻지는 마. 사람들이 그랬지. 쟤는 스스로 애버로언에서 썩기 아깝다고 생각하나봐. 그 말이 맞았어.

옛날을 떠올리니 눈물이 나서 눈을 깜박거려야 했다. 빳빳한 하녀 제복, 얼룩 하나 없는 하인 식당에서 먹던 따뜻한 음식, 그리고 한때는 다른 누구보다 날씬하고 아름답던 그녀의 몸.

지금 날 봐. 매니 리토프의 거지같은 공장에서 하루에 열두 시간씩 일해. 저녁이면 늘 두통이 오고 등은 아파. 나는 아무도 원치 않는 아이를 낳게 될 거야. 나를 원하는 사람도 없어. 지루한 안경잡이 도서관 사서 하나만 빼면.

그리고 연필 끝을 입에 물고 한참을 생각하다가 썼다.

나는 죽은 거나 다름없어.

II

매달 두번째 일요일이 되면 러시아정교회 사제가 조심스레 포장한 성상과 촛대들을 큰 가방에 챙겨담고 카디프에서 기차를 타고 애버로언 골짜기로 와서, 러시아인들을 위한 성찬식을 진행했다.

레프 페시코프는 사제를 증오했지만 성찬식에 늘 참석했다. 성찬식 후 공짜 식사를 제공하기 때문에 꼭 가야 했다. 식은 공공도서관 열람실에서 열렸다. 로비의 명판을 보면, 이 도서관은 미국 독지가의 기부로 세웠고 그의 이름을 따서 카네기 도서관이라 이름지었다고 나와 있었다. 레프는 글을 읽을 수 있었지만 사람들이 어째서 독서를 즐기는지는 전혀 이해하지 못했다. 이곳의 신문은 훔쳐가지 못하도록 커다란 나무막대에 매달아두었고, 여기저기 '정숙'이라는 팻말이 걸려 있었다. 이런 곳에 재미가 있어봐야 얼마나 있겠는가?

레프는 애버로언이라면 뭐든지 싫었다.

말을 다루는 일은 어디나 똑같지만, 지하에서 일하는 게 싫었다. 늘 어두컴컴하고 석탄가루가 자욱해서 기침이 나왔다. 지상에는 항상 비가 왔다. 그렇게 많은 비는 평생 처음이었다. 폭풍우처럼 몰아치거나 갑자기 억수같이 퍼부은 다음 맑은 하늘이 드러나며 날씨가 개는 그런 비가 아니었다. 온종일 부슬부슬 내렸고, 어떨 때는 일주일 내내 추적추적 내리면서 바지 밑단부터 슬그머니 적시고 셔츠 등허리까지 적셨다.

8월에 전쟁이 터지면서 파업은 잠잠해졌고 광부들은 어영부영 일터로 복귀했다. 대부분은 다시 고용되었고 예전에 살던 집으로 다시 들어갔다. 경영진에게 말썽꾼으로 낙인찍힌 자들은 예외였는데, 그들은 대개 웨일스 소총연대 소속으로 전쟁터에 나갔다. 쫓겨났던 과부들도 살 곳을 찾았다. 파업 때 대신 일하러 왔던 사람들도 더는 배척당하지 않았다. 주민들은 이 외국인들 역시 자본주의 체제의 희생자로 여기게 되었다.

하지만 레프가 상트페테르부르크에서 달아날 때 원했던 곳은 여기가 아니었다. 물론 영국은 러시아보다는 좋았다. 노동조합도 만들 수 있고 경찰도 완전히 제멋대로 굴지는 않았으며 심지어 유대인도 자유로웠다. 하지만 레프는 어딘지도 알 수 없는 탄광촌에 정착해 등이 부러져라 일하고 살 생각은 없었다. 이곳은 그와 그리고리가 꿈꾸던 곳이 아니었다. 미국이 아니었다.

혹시 애버로언에 자리를 잡고 싶다는 생각이 있다 하더라도 레프는 그리고리에 대한 의무 때문에라도 미국으로 가야 했다. 형에게 몹쓸 짓을 한 건 사실이지만, 그래도 형이 미국으로 올 수 있도록 돈을 보내겠다고 약속했다. 짧은 인생을 살면서 수많은 약속을 어겼지만 이 약속만은 지킬 생각이었다.

카디프에서 뉴욕까지 갈 뱃삯은 거의 모았다. 모은 돈은 웰링턴 로의 집 부엌 바닥 널돌 아래 형의 여권, 권총과 함께 숨겨두었다. 물론 일주일마다 받는 급료로 그만큼을 모을 수는 없었다. 일하고 받는 돈은 간신히 맥주와 담배를 살 정도에 불과했다. 저축한 돈은 주말마다 벌이는 카드놀이에서 나왔다.

지금은 스피랴의 도움을 받지 않았다. 그는 애버로언에 온 지 며칠 만에 더 쉬운 일자리를 찾아 카디프로 돌아갔다. 하지만 탐욕스러운 사람을 찾아내는 건 전혀 어렵지 않았다. 레프는 탄광에서 반장으로 일하는 리스 프라이스와 친구가 되었다. 레프는 리스가 조금씩 꾸준히 돈을 따도록 확실히 밀어주었고, 나중에 딴 돈을 함께 나눴다. 지나치지 않은 게 중요했다. 가끔은 다른 사람도 딸 수 있게 해줘야 했다. 광부들이 어찌된 일인지 내막을 알아차린다면 카드놀이만 끝내는 게 아니라 레프를 죽이려 들 터였다. 그래서 돈을 모으는 데 시간이 많이 걸렸고, 레프는 공짜 식사를 외면할 처지가 못 되었다.

사제가 기차역에 내리면 늘 백작의 자동차가 기다리고 있었다. 그는 차를 타고 티 권에 가서 와인과 케이크를 대접받았다. 비 공주가 티 권에 있는 경우에는 함께 도서관으로 왔다. 공주는 사제가 들어오기 직전에 열람실로 들어왔는데, 그러면 평민들과 함께 오래 기다리지 않아도 되기 때문이었다.

오늘은 열람실 벽에 걸린 커다란 시계가 열한시를 가리키고 몇 분이 지나자, 2월 추위를 막기 위해 흰 모피코트를 걸치고 모자를 쓴 비가 모습을 드러냈다. 레프는 몸이 부들부들 떨리는 걸 간신히 진정시켰다. 비를 볼 때마다 목매달리던 아버지 앞에서 느꼈던 여섯 살 때의 끔찍한 공포가 되살아났다.

비를 뒤따라 사제가 크림색 가운에 금색 띠를 늘어뜨린 복장으로 들어섰다. 오늘은 처음으로 수련사제 복장의 다른 남자가 그를 뒤따르고 있었다. 수련사제가 전에 함께 도박사기를 저질렀던 스피라라는 걸 알아차린 레프는 소스라치게 놀란 동시에 두려워졌다.

두 사람이 빵 다섯 덩어리를 꺼내고 레드와인에 물을 타서 예식을 준비하는 모습을 지켜보면서 레프는 무척 혼란스러웠다. 스피라는 신을 만나고 삶의 방식을 바꾼 것일까? 아니면 그저 훔치고 속이려고 사제의 옷을 걸친 걸까?

나이든 사제가 기도를 시작했다. 성가대를 결성한 독실한 신자 몇 사람이—웨일스 주민들은 그들의 이런 발전한 모습을 진심으로 좋아했다—이제 첫 아멘을 부르고 있었다. 레프는 다른 사람들을 따라 성호를 그었지만, 불안한 마음은 스피라에게 향해 있었다. 성직자가 얼떨결에 진실을 털어놓아 모든 걸 망치는 경우는 허다했다. 그러면 카드놀이도 끝, 미국으로 가는 일도 끝이고 그리고리에게 돈을 보내줄 수도 없었다.

레프는 천사 가브리엘 호에서의 마지막날을 떠올렸다. 배신하면 어쩔 거냐는 질문에 레프는 배 난간에서 밀어버리겠다며 스피라를 위협했다. 스피랴는 그 일을 지금도 똑똑히 기억하고 있을 터였다. 그때 공연히 그에게 창피를 주었다는 생각이 들었다.

레프는 예배 내내 스피랴를 살펴보며 표정을 읽으려고 애썼다. 영성체를 하러 앞에 나가서도 예전 친구와 눈을 마주치려 했다. 하지만 스피랴가 그를 알아보는 기색은 없었다. 그는 오로지 의식에만 정신이 팔려 있거나 그런 척하고 있었다.

예배가 끝나고 두 사제가 공주와 함께 차를 타고 떠나자 삼십 명쯤 되는 러시아인 신자가 뒤따라 걸어갔다. 레프는 티 귄에서 식사를 하는 동안, 스피랴가 말을 걸어올까 궁금했다. 과연 그가 뭐라고 할지 조바심이 났다. 함께 사기도박 따위 벌인 적 없는 듯 행세할까? 아니면 모든 걸 털어놓아서 광부들의 분노가 레프에게 쏟아지는 건 아닐까? 혹시 입을 다무는 대가를 요구한다면?

레프는 얼른 마을에서 달아나고 싶은 마음이었다. 카디프행 기차는 한 시간이나 두 시간마다 있었다. 돈이 더 많았다면 그대로 달아났을지도 몰랐다. 하지만 아직 배표를 살 만큼 돈을 모으지 못한 레프는 터덜터덜 언덕을 걸어서 오후의 성찬을 제공하는 마을 밖 백작의 저택으로 향했다.

러시아인들은 계단 아래쪽의 하인 공간에서 식사를 했다. 음식은 푸짐했다. 양고기 수프에 빵은 얼마든지 먹을 수 있고 맥주도 마실 수 있었다. 공주의 하녀로 일하는 중년의 러시아인 니나가 식사 자리에서 통역 역할을 했다. 그녀는 레프가 마음에 들었는지 맥주를 실컷 마실 수 있도록 챙겨주곤 했다.

사제는 비 공주와 따로 식사를 했지만 스피랴는 러시아인들이 단체로 식사하는 곳에 와서 레프 옆자리에 앉았다. 레프는 최대한 반가운 웃음을 지었다. "이런, 옛친구! 정말 놀랐어!" 그는 러시아어로 말했다.

"축하해!"

스피랴는 넘어가지 않았다. "신도여, 여전히 카드놀이를 하는가?"

레프는 웃는 낯을 그대로 유지하면서 목소리를 낮추었다. "자네만 동의한다면 그 이야기는 서로 비밀로 하지. 그럼 되겠지?"

"식사 끝나고 얘기하지."

레프는 좌절하지 않을 수 없었다. 스피랴는 어느 쪽으로 튀어오를 것인가? 옳은 길을 택할까? 아니면 협박을 해올까?

식사가 끝나자 스피랴가 뒷문을 열고 밖으로 나가서 레프도 따라갔다. 스피랴는 말없이 레프를 데리고 그리스 신전을 축소한 듯 생긴 원형 건물 안으로 들어갔다. 바닥이 주변보다 높아서 누군가 다가오면 즉시 알 수 있었다. 내리는 비가 대리석 기둥을 타고 흘러내렸다. 레프는 젖은 모자를 툭툭 털고 다시 머리에 썼다.

스피랴가 말했다. "내가 배에서 물어본 것 기억하나? 내가 만일 딴돈을 안 나누겠다고 하면 어떻게 하겠느냐고 했던 거 말이야."

레프는 스피랴를 뱃전 밖으로 밀어붙이며 목을 부러뜨리고 바다에 던져버리겠다고 협박했었다. "아니, 기억 안 나." 그는 거짓말을 했다.

"상관없어." 스피랴가 말했다. "난 그저 너를 용서해주고 싶을 뿐이야."

그럼 옳은 길을 택했다는 말이군. 레프는 안심했다.

"우리는 죄를 지었어." 스피랴가 말했다. "나는 고해하고 죄를 용서받았지."

"그럼 네가 모시는 사제에겐 카드놀이를 하자고 덤비지 말아야겠군."

"농담은 그만둬."

레프는 배에서 그랬던 것처럼 스피랴의 멱살을 잡고 싶었지만, 왠지 이제 스피랴는 괴롭힐 수 없는 존재가 되어버린 듯 보였다. 아이러니하게도 사제의 가운을 입고 배짱을 얻은 것 같았다.

스피랴가 말했다. "나는 너에게 돈을 강탈당한 사람들에게 네가 저지른 짓을 밝혀야 해."

"그렇다고 놈들이 고마워하진 않아. 나뿐 아니라 너한테도 복수하려 들걸."

"나는 사제의 옷을 입었으니 보호받을 수 있어."

레프는 고개를 저었다. "너와 내게 돈을 뺏긴 자들은 대부분 가난한 유대인이야. 아마도 카자크 기병대에게 얻어맞을 때 웃으며 지켜보던 사제들을 기억할 거라고. 오히려 사제 옷을 입은 네가 죽을 때까지 발길질을 할 수도 있지."

앳된 스피랴의 얼굴에 분노의 그림자가 스쳐갔지만, 그는 억지로 상냥한 웃음을 지어 보였다. "나는 오히려 네가 더 걱정스러워. 너에게 폭력이 가해지는 상황은 만들고 싶지 않군."

레프는 협박을 눈치채지 못할 사람이 아니었다. "어쩌겠다는 건데?"

"네가 어떻게 하느냐가 문제지."

"내가 그만두면 입다물고 있을 텐가?"

"네가 고해하고 진정으로 죄를 뉘우친 다음, 더는 죄를 짓지 않으면 하느님께서 용서하실 거야. 그러면 내가 벌주지 않아도 되겠지."

그럼 네놈도 벌을 면하는 거지. 레프는 속으로 생각했다. "좋아. 그렇게 하지." 그 말을 입 밖에 내놓는 순간 레프는 너무 쉽게 포기했다는 생각이 들었다.

스피랴는 쉽게 속지 않겠다는 듯 말했다. "내가 확인해볼 거야. 네가 나와 하느님께 한 약속을 어긴 걸 확인하면, 네 범죄를 피해자들에게 알리겠어."

"그럼 놈들이 나를 죽이겠지. 잘하는 짓이군, 사제 나리."

"아무리 생각해도 도덕적인 딜레마에 빠져나오려면 이 길이 최선이야. 내가 모시는 사제께서도 같은 의견이셨지. 싫으면 마음대로 해."

"다른 방법이 없군."

"하느님의 은총이 함께하길." 스피랴가 말했다.

레프는 그 자리를 벗어났다.

화가 난 그는 티 귄을 나와 씩씩거리며 빗속을 걸어 애버로언으로 돌아왔다. 사람이 좀 살아보겠다는데, 사제씩이나 되는 자가 어떻게 그 기회를 빼앗는단 말인가? 레프는 화가 났다. 스피랴는 이제 삶이 편안해졌다. 교회가 영원히 음식과 옷, 숙소를 제공할 테고 굶주린 숭배자들은 형편도 안 되면서 돈을 갖다바칠 것이다. 스피랴는 남은 평생 아무 일도 안 하고 그저 예배를 올리며 찬송을 부르고 복사 아이들 몸이나 주무르면서 살아가면 되었다.

레프는 어떻게 해야 할까? 사기도박을 그만둔다면 필요한 돈을 도저히 모으지 못할 것이다. 수백 미터 지하에서 조랑말이나 돌보면서 몇 년을 보내야 한다. 그러면 그리고리에게 미국행 배표 값을 부쳐주고 그걸로 과거의 죄를 갚을 수도 없을 터였다.

그는 단 한 번도 안전한 길을 선택한 적이 없었다.

레프는 투 크라운스 술집으로 향했다. 안식일을 지키는 웨일스의 술집은 일요일에는 문을 열 수 없지만 애버로언에서는 그런 규칙을 가볍게 여겼다. 마을에 하나 있는 경관도 일요일에는 다른 사람과 마찬가지로 일을 쉬었다. 투 크라운스는 체면상 현관문을 닫아두었지만 단골들은 부엌 뒷문을 통해 드나들었고, 안으로 들어가면 평상시와 아무 차이가 없었다.

조이와 조니라는 폰티 형제가 바에 앉아 있었다. 두 사람은 평소와는 달리 위스키를 마시고 있었다. 광부들은 대개 맥주를 마셨다. 위스키는 부자들이나 마시는 술이었고 투 크라운스에서 위스키 한 병이 완전히 비려면 일 년은 걸렸다.

레프는 맥주를 한 잔 주문하고 형 조이에게 말을 걸었다. "어이, 조이."

"어이, 그리고리." 레프는 여전히 여권에 적힌 형의 이름을 사용했다.

"기분좋은가보네?"

"그래. 어제 동생이랑 권투 구경하러 카디프에 갔었거든."

레프는 폰티 형제야말로 권투선수 같다는 생각을 했다. 두 사람 모두 어깨가 떡 벌어졌고 목이 굵은데다 손이 컸다. "재미있었나?"

"깜둥이 젱킨스하고 로마인 토니의 경기였어. 우리와 같은 이탈리아 인인 토니에게 돈을 걸었지. 배당이 13 대 1로 불리했는데 토니가 3회 에 젱킨스를 때려눕혔다고."

레프는 가끔 어려운 영어를 알아듣느라 고생했지만 '13 대 1'이 무슨 뜻인지는 잘 알았다. "그럼 와서 카드놀이 좀 해야겠군. 그래야……" 머뭇거리던 레프는 원하는 표현이 떠올랐다. "그래야 행운을 계속 이어 가지."

"아니야, 한 방에 벌었는데 한 방에 잃을 수야 없지." 조이가 말했다.

하지만 삼십 분 후 헛간에서 열린 카드놀이 모임에 조이와 조니도 모 습을 드러냈다. 나머지는 러시아인과 웨일스인이었다.

그들은 이 지역의 포커인 브래그라는 세 장짜리 게임을 했다. 레프는 이 게임이 마음에 들었다. 처음 세 장을 받고 나서는 카드를 더 받거나 바꿀 필요가 없었고, 그래서 진행이 빨랐다. 만일 한 사람이 판돈을 올 리면 다음 사람은 즉시 판돈을 더 올려야 했고, 그럴 수 없으면 게임에 서 빠졌다. 그러니 판돈은 금세 크게 불어났다. 그런 식으로 두 사람이 남을 때까지 판돈을 올리다가, 한쪽이 판돈을 두 배로 올리면 상대방은 카드를 내보여야 했다. 가장 좋은 패는 같은 숫자 세 장이고, 그중에서 도 최고는 그 숫자가 3일 경우였다.

레프는 도박에 대한 타고난 육감으로 속임수를 쓰지 않고도 대개 돈을 딸 수 있었지만, 그러면 빨리 벌 수가 없었다.

판이 시작될 때마다 왼쪽으로 돌아가며 한 번씩 패를 돌렸기 때문에 레프의 차례가 와 패를 조작하려면 제법 기다려야 했다. 하지만 속임수는 수없이 많았다. 레프는 리스가 좋은 패를 들었을 때 신호를 보낼 수 있도록 간단한 암호를 고안했다. 그러면 레프는 나쁜 패를 들었을 때도 죽지 않고 계속 돈을 걸면서 판돈을 키웠다. 대부분은 떨어져나가게 마련이었고 그러면 레프도 리스에게 돈을 잃어주는 척했다.

첫번째 판이 진행되는 동안 레프는 오늘을 마지막으로 도박을 그만두겠다고 결심했다. 폰티 형제가 가진 돈만 털면 배표 살 돈을 손에 쥘 수 있을 것이다. 다음주 일요일 스피라는 레프가 여전히 도박을 하는지 알아보려 할 것이다. 레프는 그때쯤 자신이 배를 타고 바다로 나가 있기를 바랐다.

두 시간 동안 레프는 리스가 딴 돈이 불어나는 걸 보며 속으로 미국이 조금씩 가까워지고 있다고 생각했다. 보통 그는 다른 사람이 한푼도 남김없이 잃게 두지 않았다. 사람들이 다음주에도 돈을 잃으러 와주기를 바랐기 때문이다. 하지만 오늘은 대박을 터뜨려야 했다.

땅거미가 내려앉는 늦은 오후가 되면서 레프가 패를 돌리게 되었다. 그는 조이 폰티에게 A를 세 장, 리스에게는 3을 세 장 주었다. 이 게임에서는 3이 A를 이긴다. 자신은 킹 두 장을 가졌는데, 그 정도면 판돈을 올리는 구실이 될 수 있었다. 레프는 조이가 가진 돈이 거의 바닥날 때까지만 죽지 않고 돈을 걸었다. 차용증 따위는 필요 없었다. 조이는 마지막으로 남은 돈을 털어넣고 리스와 카드를 확인했다. 리스가 3을 세 장 내밀 때 조이가 지은 표정은 우스꽝스러우면서도 측은해 보였다.

리스가 돈을 쓸어담았다. 레프는 일어서며 말했다. "난 다 털렸어."

게임은 그렇게 끝났고 사람들은 모두 다시 술집으로 향했다. 리스는 잃은 사람들을 달래느라 술을 한 잔씩 샀다. 폰티 형제는 다시 맥주나 마시는 신세가 되었고, 조이가 말했다. "이런, 젠장. 쉽게 번 돈은 쉽게 잃는다니까."

잠시 후 레프가 밖으로 나가자 리스가 따라나왔다. 투 크라운스에는 화장실이 없어서 손님들은 헛간 뒤 좁은 골목길에서 볼일을 해결하곤 했다. 빛이라고는 멀리 떨어진 가로등 불빛뿐이었다. 리스는 재빨리 딴 돈의 절반을 레프에게 내밀었다. 동전도 있었고 일부는 새로 색깔이 바뀐 지폐도 있었다. 1파운드짜리는 녹색이고 10실링짜리는 갈색이었다.

레프는 받을 돈이 얼마인지 정확히 알고 있었다. 카드 도박을 할 때 확률을 따지는 것과 함께, 돈 계산은 그의 타고난 능력이었다. 액수는 나중에 확인해볼 셈이었지만 리스가 자기를 속이리라고는 전혀 생각하지 않았다. 딱 한 번 속이려 든 적이 있었다. 그때 레프는 자기 몫이 생각보다 5실링 적다는 걸 알아냈다. 허술한 사람이라면 놓치고 넘어갈 수 있는 액수였다. 레프는 리스의 집으로 찾아가 권총을 그의 입안으로 밀어넣고 공이치기를 뒤로 당겼다. 리스는 겁에 질려 오줌까지 지렸다. 그후 그는 동전 하나까지 정확히 셈해서 돈을 나누었다.

레프는 돈을 코트 주머니에 쑤셔넣고 다시 술집으로 돌아갔다.

술집 안으로 들어서던 레프는 스피랴를 보았다.

그는 사제 가운을 벗고 배에서 입었던 오버코트를 걸치고 있었다. 술은 마시고 있지 않았지만 바 앞에 서서 러시아인 몇 명과 진지하게 이야기를 나누고 있었다. 그중에는 도박을 했던 이들도 섞여 있었다.

스피랴가 흘깃 레프와 눈을 마주쳤다.

레프는 곧장 몸을 돌려 밖으로 나왔지만 너무 늦었다는 걸 스스로도 알고 있었다.

재빨리 움직여 웰링턴 로로 향하는 언덕길을 올라갔다. 스피라는 분명 그를 배신할 것 같았다. 어쩌면 지금 레프가 돈을 잃는 척하면서 어떻게 속임수를 쓰는지 설명하고 있을지도 모른다. 사람들은 불같이 화를 낼 게 뻔했고, 특히 폰티 형제는 잃은 돈을 돌려받으려 할 것이다.

집에 거의 다 왔을 때, 맞은편에서 다가오는 여행가방을 든 남자의 모습이 보였다. 가로등 불빛에 보니 예수님 친구라는 별명이 붙은 젊은이 빌리였다. "어이, 빌리." 레프는 인사를 건넸다.

"어이, 그리고리."

마을을 떠나는 듯한 빌리의 모습에 레프는 궁금증이 일었다. "어디 가?"

"런던."

레프는 관심이 더욱 커졌다. "몇시 기차?"

"여섯시에 카디프 가는 기차가 있어." 런던으로 가려면 카디프에서 기차를 갈아타야 했다.

"지금 몇시지?"

"이십 분 남았어."

"그럼 잘 가." 레프는 집으로 들어갔다. 빌리가 말한 기차를 타야겠다고 생각했다.

부엌 전등을 켜고 바닥에 깔린 돌을 들어올렸다. 그 안에서 그동안 모은 돈과 형의 이름과 사진이 박힌 여권, 총알 한 상자, 권총을 꺼냈다. 나강 M1895 권총은 카드 도박을 하다가 어느 군 장교로부터 딴 물건이었다. 그는 탄창에 실탄이 들어 있는지 확인했다. 탄환을 발사하고 남은 탄피가 자동으로 제거되지 않아서 일일이 손으로 빼내고 다시 총알을 채워야 했다. 코트 주머니에 돈과 여권, 권총을 챙겨넣었다.

그리고 위층으로 올라가 총알구멍이 난 종이 여행가방을 꺼냈다. 가방 안에 총알과 셔츠, 속옷, 카드 두 벌을 집어넣었다.

시계는 없었지만 빌리와 헤어진 지 오 분쯤 지났다고 계산했다. 기차역까지 십오 분 안에 가야 하는데, 그 정도면 충분히 도착할 수 있을 것 같았다.

길거리 쪽에서 남자 여럿의 목소리가 들려왔다.

싸움을 벌이고 싶지는 않았다. 거칠기로는 자신 있었지만 그건 광부들도 마찬가지였다. 혹시 싸움에서 이긴다고 해도 기차를 놓칠 공산이 컸다. 물론 권총을 사용할 수도 있지만 이 나라 경찰은 희생자가 별 볼일 없는 사람일 경우에도 살인자를 열심히 쫓아 체포하는 것 같았다. 최소한 카디프의 항구에서 배를 타려는 승객들을 검문할 테고, 그러면 배표를 사기가 어려워질 것이다. 어떤 경우를 따져봐도 폭력사태 없이 마을에서 떠나는 편이 최선이었다.

레프는 뒷문으로 나가 무거운 부츠를 신은 발 소리를 최대한 죽이고 서둘러 골목길을 따라 움직였다. 웨일스가 거의 언제나 그렇듯 진흙탕 길이었고 그래서 다행히 걷는 동안 소리가 잘 나지 않았다.

골목길이 끝나 레프는 가로등 불빛 아래로 나섰다. 길 가운데 자리잡은 화장실들이 집밖에 있던 사람들의 시야로부터 그를 가려주었다. 서둘러 움직였다.

한참을 걷던 레프는 기차역으로 가려면 투 크라운스를 지나야 한다는 걸 깨달았다. 멈춰 서서 잠시 생각해보았다. 마을 지리에 훤한 그는 술집을 피해서 가려면 시간이 두 배로 걸린다는 걸 알고 있었다. 집 주위에서 들리던 목소리의 주인공들은 아직 그곳에 있을 것 같았다.

위험하지만 술집 주위를 지나야 했다. 다른 골목으로 들어가 술집 뒷골목을 따라 움직였다.

카드 도박을 하던 헛간 근처에 이르렀을 때 사람들 목소리가 들리더니, 남자 두어 명이 골목길 끝에 선 모습이 가로등 불빛 아래 희미하게 보였다. 시간이 없었지만 그래도 멈춰 서서 그들이 다시 안으로 들어가기를 기다렸다. 최대한 눈에 띄지 않으려고 높은 나무울타리에 바싹 붙어섰다.

남자들은 꼼짝도 하지 않았다. "제발." 레프는 속삭이듯 말했다. "어디 따뜻한 곳으로 얼른 들어가." 모자에서 떨어진 빗물이 목뒤로 흘러내렸다.

마침내 그들이 안으로 들어갔고 레프는 어둠 속에서 나와 서둘러 걸음을 재촉했다. 아무 문제 없이 헛간을 지났다고 생각한 순간 또 사람들 목소리가 들렸다. 욕이 절로 나왔다. 오후부터 술집에서 시간을 보내는 사람들은 이맘때쯤이면 자주 골목길에 나와 볼일을 보았다. 누군가 그를 부르는 소리가 들렸다. "이봐, 친구." 그렇게 부르는 걸 보면 그를 알아보지는 못한 것 같았다.

레프는 못 들은 척 계속 걸었다.

중얼중얼 대화를 나누는 소리가 들렸다. 대부분 알아들을 수 없었지만 한 사람이 "러시아놈 같은데"라고 하는 게 들렸다. 러시아인은 영국인과는 옷을 다르게 입었다. 아마도 남자들은 그가 급히 지날 때 가로등 불빛에 비친 코트 모양과 모자를 알아본 모양이었다. 하지만 보통 술집에서 나온 사람은 볼일이 급하게 마련이니, 그들이 소변을 보기도 전에 그를 따라오지는 않을 터였다.

그는 다음 골목으로 접어들면서 사내들의 시야에서 벗어났다. 유감스럽게도 시야에서 벗어났다고 그들이 그를 잊어버릴 것 같지는 않았다. 스피랴는 분명 지금쯤 레프가 사기쳤다는 사실을 털어놓았을 테고, 러시아놈 하나가 손에 가방을 들고 큰길을 걸어가던 모습이 그냥 넘길 일이 아니었다는 걸 누군가 곧 깨닫게 될 터였다.

기차를 놓치면 큰일이었다.

레프는 뛰기 시작했다.

철로는 골짜기 밑바닥을 따라 깔려 있었고, 기차역으로 향하는 길은 계속 내리막이었다. 레프는 성큼성큼 힘들이지 않고 뛰었다. 지붕들 너머 기차역 불빛이 보였고, 가까이 다가가니 플랫폼에 서 있는 기차가 뿜어내는 연기도 보였다.

역광장을 가로질러 역사 안으로 들어섰다. 커다란 벽시계의 바늘은 여섯시 일 분 전을 가리키고 있었다. 서둘러 매표구 앞으로 가서 주머니에서 돈을 꺼냈다. "표 주세요."

"이런 저녁에 어딜 가나?" 매표원이 즐거운 듯 물었다.

레프는 황급히 플랫폼을 가리켰다. "저기 저 기차요!"

"이 기차는 애버데어와 폰티프리드를 거쳐……"

"카디프요!" 레프가 고개를 들고 보니 시계의 분침이 딸깍 움직여 정각 위치에 서더니 살짝 흔들렸다.

"편도, 왕복?" 매표원이 느긋하게 물었다.

"편도, 빨리!"

기적 소리가 들렸다. 레프는 미친 사람처럼 손에 든 동전을 헤아렸다. 요금이 얼마인지는 잘 알았다. 카디프에는 지난 육 개월 사이 두 번 다녀온 적이 있었다. 그는 요금을 카운터에 올려놓았다.

기차가 움직이기 시작했다.

매표원이 표를 내주었다.

레프는 표를 집어들고 돌아섰다.

"잔돈 가져가야지!" 매표원이 말했다.

레프는 성큼성큼 개찰구로 다가섰다. "표 봅시다." 표 검사를 맡은 역무원은 방금 레프가 표를 사는 걸 봤으면서도 그렇게 말했다.

개찰구 너머로 점차 속도를 올리는 기차가 보였다.

역무원이 표에 구멍을 뚫어 표시하고 말했다. "잔돈 안 가져가나?"

그때 역사 문이 벌컥 열리고 폰티 형제가 들이닥쳤다. "저기 있다!" 조이가 소리를 지르며 레프를 향해 뛰어왔다.

레프는 오히려 그에게 달려들어 얼굴에 주먹을 날렸다. 조이는 그 자리에 멈춰 설 수밖에 없었다. 함께 달려들던 조니가 형의 등에 부딪혔고, 두 사람은 모두 무릎을 꿇고 주저앉았다.

레프는 역무원에게서 표를 낚아채고는 플랫폼으로 뛰었다. 기차는 상당히 빠른 속도로 달리고 있었다. 레프는 기차를 따라 한참 뛰었다. 갑자기 기차 문이 열리더니, 예수님 친구 빌리의 친근한 얼굴이 보였다.

빌리가 소리쳤다. "뛰어!"

레프는 기차로 펄쩍 뛰어 한 발을 계단에 걸쳤다. 빌리가 그의 팔을 붙잡았다. 두 사람은 잠시 불안하게 휘청거렸고, 레프는 기차에 올라가려고 필사적으로 허우적댔다. 그 순간 빌리가 레프를 확 끌어당겼다.

레프는 감사하는 마음으로 좌석에 앉았다.

빌리도 문을 닫고 맞은편 자리에 앉았다.

"고맙다." 레프가 말했다.

"아슬아슬했네." 빌리가 말했다.

"그래도 성공했잖아." 레프가 씩 웃으며 말했다. "그럼 된 거지."

III

다음날 아침, 빌리는 패딩턴 역에서 올드게이트로 가는 길을 묻고 있었다. 친절한 런던 시민 한 명이 빠른 말투로 자세히 설명해주었지만, 한 마디도 알아들을 수 없었다. 빌리는 그에게 감사하다고 말하고 역을 빠져나왔다.

빌리는 런던이 처음이었지만 패딩턴은 서쪽에 속하고 가난한 사람들은 동쪽에 산다는 걸 알고 있었다. 그는 아침나절의 해를 향해 걷기 시작했다. 도시는 빌리가 상상했던 것보다 컸으며, 카디프보다 훨씬 더 바쁘고 복잡한 것 같았다. 하지만 빌리는 런던이 마음에 들었다. 시끄러운 소리, 바쁘게 오가는 자동차들, 사람들. 그리고 가게가 많은 게 가장 좋았다. 세상에 그렇게 많은 가게가 있다는 걸 처음 알았다. 매일 이 가게들에서 사람들이 쓰는 돈은 얼마나 될까? 빌리는 궁금했다. 수천 파운드도 더 될 게 틀림없었다. 아니, 어쩌면 수백만 파운드일지도.

빌리는 의기양양한 자유로움을 느꼈다. 이곳에서는 아무도 그를 알지 못했다. 애버로언이나 심지어 가끔 가는 카디프에서도 늘 친구나 친척들 눈을 의식하지 않을 수 없었다. 런던에서는 예쁜 여자와 손을 잡고 길을 걸어도 부모님이 알 수 없다. 꼭 그래야겠다는 마음은 없었지만 주변에 잘 차려입은 아름다운 여자가 워낙 많아서 그럴 수도 있다는 생각만으로 마음이 들떴다.

한참 걷다보니 '올드게이트'라고 앞쪽에 써붙인 버스가 보여 얼른 올라탔다. 에설이 편지에서 올드게이트를 언급한 적이 있었다.

누나의 편지를 해독한 빌리는 매우 걱정스러웠다. 당연히 부모님과 상의할 수는 없었다. 두 사람이 저녁 예배를 보러 교회에 갈 때까지 기다렸다가 편지를 쓰기 시작했다. 그는 이제 교회에 다니지 않았다.

어머니에게,
    누나가 걱정돼서 찾으러 가야겠어요. 몰래 떠나서 죄송하지만 다투고 싶지 않았어요.

                                    사랑하는 아들 빌리

전날은 일요일이어서 빌리는 이미 목욕과 면도를 마치고 가장 좋은 옷을 차려입은 상태였다. 양복은 아버지로부터 물려받은 것이었지만 흰 셔츠는 깨끗했고 뜨개질한 검은색 넥타이도 맸다. 그는 카디프 기차역 대합실에서 꾸벅꾸벅 졸며 기다리다가, 월요일 아침 일찍 떠나는 완행열차에 몸을 실었다.

차장에게 올드게이트가 어딘지 물어 버스에서 내렸다. 허물어져가는 집에 가난한 사람들이 모여사는 지역이었다. 헌옷을 파는 길거리 좌판이 보이고, 아이들이 지저분한 계단통에서 맨발로 놀고 있었다. 빌리는 에설이 어디 사는지 알지 못했다. 편지에 주소는 쓰여 있지 않기 때문이다. 단서가 될 만한 내용은 매니 리토프의 거지같은 공장에서 하루에 열두 시간씩 일해라는 말뿐이었다.

얼른 누나를 만나 애버로언의 소식을 전해주고 싶었다. 에설도 과부들의 파업이 실패로 돌아갔다는 사실을 신문에서 보고 알 터였다. 빌리는 그 생각만 하면 분노가 끓어올랐다. 경영진은 전적으로 유리한 입장이어서 아무렇게나 행동할 수 있었다. 광산과 집을 차지한 그들은 사람들마저 소유하고 있다고 생각했다. 여러 가지 복잡한 선거 관련 규정 탓에 광부들은 대부분 투표권이 없었다. 결국 애버로언의 하원의원은 보수당에서 나왔고, 그는 언제나 회사 편을 들었다. 토미 그리피스의 아버지는 프랑스처럼 혁명이 일어나기 전에는 상황이 전혀 바뀌지 않을 거라고 말했다. 빌리의 아버지는 노동당이 이끄는 정부가 필요하다고 했다. 빌리는 누구 말이 옳은지 알 수 없었다.

그는 친절해 보이는 젊은 남자에게 다가가 물었다. "혹시 매니 리토프의 공장으로 가는 길 아세요?"

남자는 러시아어처럼 들리는 말로 대답했다.

다시 영어를 하는 다른 사람에게 물었지만, 매니 리토프라는 이름은 들어본 적이 없다는 대답이었다. 올드게이트는 길에 돌아다니는 사람이 동네 가게 이름을 모두 아는 애버로언과는 달랐다. 비싼 돈을 써가며 기차를 타고 먼 곳까지 와서 아무것도 할 수 없게 되는 걸까?

아직 포기할 생각은 없었다. 붐비는 거리를 보면서 뭔가 연장을 들었거나 수레를 밀고 가면서 일하는 듯 보이는 영국 사람을 찾기 시작했다. 다섯 사람을 더 골라 물었지만 줄줄이 실패하다가, 사다리를 들고가는 창문닦이를 마주쳤다.

"매니 리토프?" 남자가 되물었다. 발음이 이상해 알아듣기 어려웠다. "옷 공당?"

"잘 못 알아듣겠네요." 빌리는 예의바르게 말했다. "뭐라고 하셨죠?"

"옷 공당요. 옷 만드는 곳 마덥니다. 지킷이나 바디 그던 거요."

"아, 네 맞는 것 같습니다." 빌리는 어떻게 해야 할지 알 수 없었다.

창문닦이 남자는 고개를 끄덕였다. "뚝 가요. 오배 미트 가더 오든똑, 아크 라브 라드."

"쭉 가라고요?" 빌리가 대답했다. "500미터요?"

"그디, 그고 오든똑."

"오른쪽으로 돌아요?"

"아크 라브 라드."

"아크 라브 로드요?"

"금세 차다요."

찾아가보니, 남자가 말한 곳은 오크 그로브 로드라는 곳이었다. 좁고 꼬불거리는 골목 안으로 허물어져가는 벽돌 건물이 들어찼고 사람과 말, 손수레가 북적거렸다. 두 사람에게 더 묻고 나서야 빌리는 개와 오리 술집, 그리고 판자로 창문을 막아버린 리프만이라는 가게 사이의 납작한 건물에 도착했다. 현관문이 열려 있었다. 빌리는 계단을 따라 꼭 대기층으로 올라갔다. 안으로 들어서니 스무 명 정도 되는 여자들이 재봉틀에 붙어앉아 영국군 군복을 만들고 있었다.

여자들은 빌리가 들어온 줄도 모르고 틀일에만 매달려 있었다. 그러다 한 사람이 말했다. "어서 와, 총각. 안 잡아먹어. 아니지, 가만히 생각해보니 입맛 좀 당기는데?" 여자들이 왁 웃음을 터뜨렸다.

"에설 윌리엄스를 찾습니다." 빌리가 말했다.

"여기 없어." 조금 전 말했던 여자가 대답했다.

"왜요? 아픈가요?" 빌리는 불안해져 물었다.

"그 사람은 왜 찾는데?" 여자가 재봉틀에서 일어섰다. "나는 밀드러드야. 넌 누구지?"

빌리는 여자를 빤히 보았다. 뻐드렁니가 났지만 예쁘장한 얼굴이었다. 밝은 빨강색 립스틱을 발랐고 모자 아래로 금발 곱슬머리가 흘러내렸다. 두껍고 볼품없는 회색 코트를 입었지만, 그럼에도 그를 향해 다가오는 동안 좌우로 흔들리는 엉덩이 모양이 그대로 드러났다. 빌리는 여자의 매력에 사로잡혀 제대로 입을 열 수 없었다.

밀드러드가 말했다. "설마 네가 에설을 임신시키고 달아난 그 녀석은 아니겠지?"

빌리는 그제야 정신을 차렸다. "동생입니다."

"이런, 젠장! 너 빌리니?"

빌리는 입이 떡 벌어졌다. 여자가 그런 말을 입에 담는 걸 처음 들었기 때문이다.

밀드러드는 거리낌없는 눈빛으로 빌리를 꼼꼼히 살폈다. "에설 동생이구나. 그래, 그런데 열여섯 살은 훨씬 더 돼 보이는걸." 부드러워진 그녀의 목소리에 왠지 빌리는 몸이 후끈한 느낌이었다. "에설처럼 눈동자가 검고 곱슬머리구나."

"누나 어디 있나요?"

밀드러드는 도전적인 표정을 지었다. "에설은 가족들이 자기 사는 곳을 몰랐으면 하던데."

"누나가 무서워하는 건 아버지예요." 빌리가 말했다. "제게는 편지를 보냈어요. 걱정돼서 기차를 타고 올라왔어요."

"에설이 살았다는 웨일스의 쓰레기장 같은 곳에서 여기까지 왔다는 거야?"

"쓰레기장 아닙니다." 빌리는 분한 표정으로 말했다. 그러더니 어깨를 으쓱하고 덧붙였다. "글쎄요, 생각해보니 맞는 말이네요."

"네 말투 마음에 드는데." 밀드러드가 말했다. "꼭 노래하는 것처럼 들려."

"누나가 어디 사는지 아세요?"

"여기는 어떻게 찾았지?"

"누나 편지에 올드게이트에 있는 매니 리토프 공장에서 일한다고 쓰여 있었어요."

"그래, 셜록 홈스가 따로 없구나?" 밀드러드는 감탄한 듯 말했다.

"누나가 어디 사는지 말해주기 싫으면 다른 사람에게 물어서 찾겠습니다." 빌리는 실제로 느끼는 것보다 더 대담하게 말했다. "누나를 만날 때까지는 돌아가지 않을 겁니다."

"에설이 날 죽이려 들 텐데. 하지만 괜찮아." 밀드러드가 말했다. "너틀리 가 23번지야."

빌리는 그리로 가는 길을 천천히 일러달라고 했다.

"감사할 것 없어." 밀드러드는 떠나는 빌리에게 말했다. "그냥 에설이 나를 죽이려 할 때 막아주기만 해."

"그러죠, 그럼." 빌리는 밀드러드가 어떤 일을 당하지 않도록 보호하는 일이 얼마나 신날까 생각했다.

다른 여자들이 큰 소리로 인사하며 손으로 키스를 날려, 빌리는 부끄러웠다.

너틀리 가는 오아시스처럼 조용했다. 테라스가 딸린 집들이 나란히 있었는데, 런던에 온 지 하루밖에 되지 않은 빌리에게도 익숙한 광경이었다. 집들은 현관문을 열고 나오면 바로 길인 광부들의 오두막보다 훨씬 컸고 조그만 앞마당도 딸려 있었다. 열두 개의 판유리로 된 똑같은 창문들이 테라스를 따라 줄지어 있는 모습에서는 질서와 규칙이 느껴졌다.

23번지를 찾아 문을 두드렸지만 인기척이 없었다.

걱정스러웠다. 왜 공장에 일하러 가지 않았을까? 아픈가? 아픈 게 아니라면 왜 집에 없는 걸까?

우편함으로 안쪽을 들여다보니 깨끗이 닦은 마룻바닥과 옷걸이에 걸린 눈에 익숙한 낡은 코트가 보였다. 추운 날씨였다. 에설이 코트 없이 밖에 나갔을 리 없었다.

빌리는 창문에 가까이 얼굴을 대고 안을 들여다보려고 했지만, 커튼이 드리워 있어 잘 보이지 않았다.

다시 현관문으로 돌아와 우편함 덮개를 들춰보았다. 실내 풍경은 아무것도 변한 게 없었지만, 이번에는 뭔가 소리가 들렸다. 길고 괴로움에 찬 신음이었다. 빌리는 우편함 구멍에 입을 대고 소리질렀다. "누나! 누나야? 나야, 빌리!"

한참 아무 소리도 들리지 않더니 또 신음소리가 이어졌다.

"이런 젠장."

문에는 실린더자물쇠가 달려 있었다. 그렇다면 아마 문틀에 나사 두 개로 고정되어 있을 터였다. 손바닥 아래쪽 살이 도도록한 곳으로 문을 두들겨보았다. 특별히 튼튼한 것 같지는 않았고, 빌리가 보기엔 오래된 싸구려 소나무 같았다. 오른발을 들어서 광부들이 신는 무거운 부츠로 문짝을 걷어찼다. 나무 쪼개지는 소리가 났다. 여러 번 더 찼지만 문은 열리지 않았다.

망치가 있었으면 했다.

혹시 연장을 가진 일꾼이 지나가지 않는지 길을 양옆으로 살폈다. 하지만 얼굴이 지저분한 아이 둘이 흥미로운 듯 지켜보는 것 외에 인기척이라고는 없었다.

빌리는 뒤로 돌아서 앞마당을 가로질러 몇 걸음 간 다음, 다시 돌아서서 문을 향해 달려들어 오른쪽 어깨로 들이받았다. 문이 벌컥 열리며 빌리는 안쪽으로 쓰러졌다.

그는 아픈 어깨를 문지르며 일어나 부서진 문을 대충 닫았다. 집안은 조용한 것 같았다. "누나? 어디 있어?"

신음소리가 다시 들렸고, 빌리는 소리를 따라 1층의 방으로 향했다. 여자가 사용하는 방인지 난로 위 선반에 도자기 장식품들이 놓였고 창문에는 꽃무늬 커튼이 드리워 있었다. 침대에 에설이 있었다. 그녀가 입은 회색 드레스가 마치 몸에 덮인 텐트처럼 보였다. 에설은 누워 있는 게 아니라 손과 무릎을 침대에 대고 엎드려 끙끙 앓고 있었다.

"왜 그래, 누나?" 빌리는 겁에 질려 날카로운 소리를 냈다.

에설이 호흡을 가다듬고 말했다. "아기가 나오려고 해."

"이런, 세상에. 의사를 불러야겠어."

"너무 늦었어, 빌리. 맙소사, 너무 아파."

"누나, 이러다 죽겠어!"

"아냐, 빌리. 아기 낳을 때는 다 이래. 이리 와서 내 손 좀 잡아줘."

빌리가 침대 옆에 무릎을 꿇고 앉자 에설이 손을 잡았다. 에설은 빌리의 손을 힘껏 쥐고는 다시 신음을 내기 시작했다. 전보다 더 길고 고통스러운 소리였다. 어찌나 손을 세게 움켜쥐는지 빌리는 손뼈가 부러질 것 같았다. 신음은 비명으로 이어졌고, 에설은 멀리서 뛰어온 사람처럼 헐떡거렸다.

잠시 후 에설이 말했다. "미안해, 빌리. 하지만 네가 내 치마 좀 들춰봐줘야겠어."

"아! 어, 그래." 빌리가 말했다. 하지만 사실 무슨 상황인지 이해하지는 못했다. 어쨌든 누나가 시키는 대로 해야겠다는 생각이 들었다. 그는 에설의 드레스를 들추었다. "이런, 맙소사!" 치마 밑 침대보는 피에 흠뻑 젖었고 그 한가운데 점액질로 덮인 작은 분홍색 덩어리가 놓여 있었다. 잘 보니 커다랗고 동그란 머리에 두 눈을 꼭 감았고, 작은 두 팔과 두 다리가 달려 있었다. "아기야!" 빌리가 말했다.

"아기를 안아, 빌리." 에설이 말했다.

"뭐, 내가? 아, 알았어." 빌리는 침대 위로 몸을 숙였다. 한 손을 아기머리 아래로 넣고 다른 손으로 엉덩이를 받쳤다. 사내아이였다. 아기는 미끈거리고 끈적였지만, 그래도 조심스럽게 안아올렸다. 탯줄이 여전히 에설과 아기를 연결하고 있었다.

"안았어?"

"그래. 안았어. 아들이야."

"숨쉬니?"

"몰라. 어떻게 알지?" 빌리는 두려움을 꾹 눌러 참았다. "아, 숨 안 쉬어. 안 쉬는 거 같아."

"엉덩이를 때려. 너무 세진 않게."

빌리는 아기를 뒤집은 다음 한 손으로 조심스럽게 안고서 엉덩이를 탁 때렸다. 아기는 금세 입을 열더니 숨을 들이마시고는 아프다는 듯 울음을 터뜨렸다. 빌리는 정말 기뻤다. "들어봐!"

"내가 몸을 돌릴 때까지 잘 안고 있어." 에설은 몸을 일으켜 앉은 다음 드레스를 잘 폈다. "이리 줘."

빌리는 조심조심 아기를 건네주었다. 에설은 한쪽 팔로 아기를 안아 든 다음 소매로 얼굴을 닦아주었다. "정말 잘생겼네." 에설이 말했다.

빌리는 진짜 그런지 알 수 없었다.

아기 배꼽에 연결된 탯줄은 파란색으로 탱탱했지만 이제 쪼글쪼글해 지고 색이 연해지기 시작했다. 에설이 말했다. "저기 서랍에서 가위랑 실 좀 가져와."

에설은 탯줄 두 군데를 실로 묶은 다음 그 사이를 잘랐다. "됐어." 그 리고 드레스 앞섶을 열었다. "아기 낳는 것도 봤으니 이 정도는 부끄럽 지 않겠지?" 에설은 한쪽 젖가슴을 꺼내 아이 입에 젖꼭지를 물렸다. 아기가 빨기 시작했다.

에설의 말이 옳았다. 빌리는 부끄럽지 않았다. 한 시간 전이었다면 누이의 젖가슴을 보고 당황했을 테지만, 그런 감정은 이제 하찮게 느껴 졌다. 오직 아기가 건강하다는 생각에 더할 나위 없는 안도감이 들었 다. 빌리는 젖을 빠는 아기를 멍하니 보았다. 조그만 손가락이 경이로 웠다. 마치 기적이 일어나는 장면을 직접 본 것 같았다. 빌리의 얼굴이 눈물로 축축해졌다. 마지막으로 울었던 게 언제였는지 떠올려보았지 만, 아예 기억도 나지 않았다.

아기는 금세 잠들었다. 에설은 드레스 단추를 잠갔다. "얼른 아기를 씻겨야 해." 에설이 말했다. 그리고 그녀는 눈을 감았다. "맙소사, 이렇 게 아플 줄은 정말 몰랐어."

빌리가 말했다. "아버지는 누구야, 누나?"

"피츠허버트 백작." 에설은 말을 내뱉자마자 눈을 떴다. "이런, 세상에. 나도 모르게 말해버렸네."

"그 빌어먹을 돼지 새끼. 죽여버리겠어." 빌리가 말했다.

15장
1915년 6월에서 9월

I

배가 뉴욕 항구에 들어서자 레프 페시코프는 미국이 형 그리고리가 말한 것처럼 좋은 곳은 아닐지도 모른다는 생각이 들었다. 그는 끔찍한 실망에 대비해 마음을 단단히 먹었다. 하지만 필요 없는 짓이었다. 미국은 그가 바라던 모든 걸 갖추고 있었다. 풍요롭고 바쁘고 흥미진진하고 자유로웠다.

석 달 후 6월 뜨거운 오후, 레프는 버펄로의 한 호텔 마구간에서 투숙객들의 말 돌보는 일을 하고 있었다. 조지프 뱔로프가 운영하는 호텔로, 그는 오래된 호텔을 사들여 러시아에서 흔히 볼 수 있는 양파 모양 돔을 만들어 꼭대기에 얹은 다음 상트페테르부르크 호텔로 이름을 바꾸었다. 아마도 어릴 때 살았던 도시에 대한 향수 때문인 듯했다.

레프는 버펄로에 있는 많은 러시아 이민자와 마찬가지로 뱔로프를 위해 일했지만, 한 번도 마주친 적은 없었다. 혹시 그런다 해도 무슨 말을 해야 할지 알 수 없었다. 레프는 러시아에 있는 뱔로프 가문 사람들에게 사기를 당해 카디프에 버려졌고, 그 일로 마음에 맺힌 게 있었다. 하지만 또 한편으로는 상트페테르부르크의 뱔로프 가문이 제공한 서류 덕분에 아무 거침 없이 미국 이민국 심사를 통과할 수 있었다. 게다가 커낼 가에 있는 한 술집에서 뱔로프의 이름을 꺼냈더니 그 자리에서 일 자리도 얻었다.

카디프에 도착한 후 일 년간 매일같이 영어를 썼더니 이제는 제법 영어가 유창했다. 이곳 사람들은 레프의 억양이 영국식이라고 했고, 그가 애버로언에서 배워 말끝마다 덧붙이는 몇몇 표현들을 낯설어했다. 하지만 그는 원하는 건 뭐든 말로 표현할 수 있었고, 여자들은 그가 영어로 예쁜이라고 부르면 기분좋아했다.

일이 끝나는 오후 여섯시를 몇 분 앞두고 친구인 닉이 입에 담배를 문 채 마구간 마당으로 들어섰다. "파티마야." 닉은 만족스럽다는 듯 과장된 표정으로 연기를 들이마셨다. "터키 담배지. 아주 멋져."

닉의 본래 이름은 니콜라이 다비도비치 포메크였지만, 이곳에서는 닉 포먼이라고 통했다. 그는 가끔 스피랴나 리스 프라이스가 카드 도박에서 맡았던 역할을 하기도 했지만, 그보다는 주로 도둑질을 했다.

"얼만데?" 레프가 물었다.

"가게에서 백 개들이 깡통 하나에 50센트야. 너한테는 10센트에 줄게. 사람들한테 25센트에 팔아."

파티마가 인기 있는 담배라는 건 레프도 잘 알았다. 절반 가격이면 쉽게 팔 수 있다. 그는 마당을 둘러보았다. 마구간 감독은 보이지 않았다. "좋아."

"얼마나 줄까? 트렁크에 가득 있어."

레프의 주머니에는 1달러가 있었다. "스무 깡통 줘. 1달러는 지금 주고 1달러는 나중에 줄게."

"외상은 안 돼."

레프는 씩 웃으며 한 손을 닉의 어깨에 얹었다. "왜 이래, 친구. 나는 믿을 수 있잖아. 우리 친구 아니었어?"

"스무 깡통이라고 했지? 금방 돌아올게."

레프는 구석에서 오래된 사료 부대를 찾아냈다. 닉이 긴 녹색 깡통 스무 개를 가지고 돌아왔다. 뚜껑에는 베일을 쓴 여자 그림이 그려져 있었다. 레프는 담배 깡통을 사료 부대에 넣고 닉에게 1달러를 주었다. "러시아 동포를 돕는 일은 언제나 기분좋다니까." 닉은 이렇게 말하고 한가로운 걸음으로 사라졌다.

레프는 말빗과 말굽 청소 주걱을 깨끗이 닦았다. 여섯시 오분이 되자 그는 마구간 감독에게 인사를 하고 제1구 쪽으로 향했다. 사료 부대를 들고 거리를 걷자니, 약간은 사람들 눈에 띄는 기분이었다. 혹시 경찰이 불러세워 뭐가 들었는지 보자고 하면 어떡하나 싶기도 했다. 하지만 크게 걱정하지는 않았다. 어떤 상황에서든 말로 상황을 모면할 자신이 있었기 때문이다.

레프는 아이리시 로버라는 이름의 크고 유명한 술집으로 향했다. 사람들 사이를 헤집고 들어가 큰 잔으로 맥주를 시키고 단번에 벌컥벌컥 절반을 마셨다. 그러고는 폴란드어와 영어를 섞어 쓰는 노동자들 옆자리에 앉았다. 잠시 후 그들에게 말을 걸었다. "혹시 파티마 담배 피우는 사람 있어요?"

가죽 앞치마를 입은 대머리 남자가 말했다. "내가 가끔 파티마를 피우지."

"절반 가격에 살래요? 백 개비에 25센트요."

"어떻게 그리 싸지?"

"잃어버린 물건이죠. 길에서 누가 주웠나봐요."

"왠지 조금 위험하게 들리는군."

"그럼 이렇게 합시다. 돈을 탁자 위에 올려놔요. 당신이 가져가랄 때까지 돈에 손대지 않을 테니."

남자들은 관심을 보이기 시작했다. 대머리 남자가 주머니에 손을 넣더니 25센트짜리 동전 하나를 꺼냈다. 레프는 부대 안에서 담배 깡통을 꺼내 건네주었다. 남자가 깡통을 열었다. 둥글게 말린 작은 사각형 종이를 꺼내 풀어보니 사진이었다. "이봐, 야구 카드도 들었네!" 남자가 말했다. 그는 담배 한 개비를 입에 물고 불을 붙였다. "좋아. 돈 가져가도 돼." 그는 레프에게 말했다.

다른 남자가 레프의 어깨 너머로 이 광경을 지켜보다 물었다. "얼마지?" 레프가 가격을 말하자 남자는 두 깡통을 샀다.

그후 삼십 분 동안 레프는 담배를 전부 팔았다. 그는 기분이 좋았다. 한 시간도 되지 않아 2달러를 5달러로 불린 것이다. 3달러면 하루하고도 반나절을 일해야 벌 수 있는 돈이었다. 어쩌면 내일 닉에게서 훔친 담배를 더 살 수도 있을 것이다.

레프는 맥주를 한 잔 더 마신 다음, 빈 부대를 바닥에 버려두고 밖으로 나왔다. 그는 버펄로의 빈민가인 러브조이 지구로 향했다. 대부분의 러시아인이 사는 곳으로 이탈리아인과 폴란드인도 많았다. 집으로 돌아가는 길에 고기를 사고 감자도 튀겨 먹을 수 있었다. 마르가를 데리고 춤추러 갈 수도 있었다. 새 옷을 한 벌 살 수도 있었다.

그리고리가 미국에 올 수 있도록 저축을 해야 한다고 생각했지만, 스스로 그럴 자신이 없다는 걸 알기에 죄책감이 들었다. 3달러로는 어림도 없었다. 정말 크게 한탕 벌여야 했다. 그러면 쓰고픈 유혹을 느끼기도 전에 그리고리에게 돈을 보낼 수 있을 것이다.

레프는 누군가 어깨를 두드리는 바람에 백일몽에서 깨어났다.

죄책감으로 가슴이 크게 뛰었다. 혹시 경찰인가 생각하며 뒤돌아보았지만, 그를 멈춰 세운 사람은 경찰이 아니었다. 덩치가 크고 코가 내려앉은 작업복 차림의 남자가 그를 무섭게 노려보고 있었다. 레프는 긴장했다. 이렇게 생긴 남자라면 하는 일이 뻔했다.

그가 말했다. "누가 아이리시 로버에서 담배 팔라고 했어?"

"그냥 몇 푼 벌려고 한 겁니다." 레프는 웃으면서 말했다. "누구든 기분 상하신 분은 없으면 좋겠네요."

"니키 포먼 짓이지? 그 자식이 담배 한 트럭 분량을 훔쳤다던데."

낯도 모르는 녀석에게 그런 이야기를 털어놓을 수는 없었다. "그런 사람은 만난 적 없습니다." 레프는 여전히 아무 영문도 모르는 사람처럼 대답했다.

"너 아이리시 로버가 미스터 V 소유라는 거 몰라?"

레프는 욱 화가 치밀었다. 미스터 V라면 조제프 발로프를 말하는 게 틀림없었다. 그는 고분고분한 목소리를 버렸다. "그럼 팻말이라도 세우라고요."

"미스터 V의 술집에서는 시키지 않는 한 물건을 팔지 마."

레프는 어깨를 으쓱했다. "몰랐어요."

"앞으로 기억하게 도와주지." 남자가 주먹을 휘둘렀다.

주먹이 날아올 걸 알고 있던 레프는 재빨리 뒤로 물러섰다. 팔이 허공을 가르자 건달 녀석은 균형을 잃고 휘청거렸다. 레프는 한 걸음 내디디며 녀석의 정강이를 찼다. 주먹은 대개 무기로서 별 위력이 없다. 부츠를 신은 발에 비하면 더욱 그렇다. 레프는 있는 힘껏, 하지만 뼈가 부러지지 않을 정도로 찼다. 열받은 놈은 소리를 지르며 다시 팔을 휘둘렀지만 이번에도 빗나가고 말았다.

이런 녀석의 얼굴을 때리는 건 의미 없는 짓이었다. 아마 얼굴의 감각이 완전히 사라졌을지도 몰랐다. 레프는 남자의 사타구니를 걷어찼다. 그는 양손으로 아랫도리를 움켜쥐더니 허리를 숙이고 숨을 몰아쉬었다. 레프가 배를 발로 걷어차자, 숨이 막히는지 금붕어처럼 입을 벌렸다 다물었다. 이번에는 옆으로 움직이며 발로 남자의 발목을 후려 뒤로 벌렁 자빠뜨렸다. 그가 다시 일어나더라도 빨리 움직이지 못하도록 조심스레 무릎을 노리고 걷어찼다.

레프는 숨을 몰아쉬며 말했다. "미스터 V한테 예의나 지키라고 해."

그리고 헐떡이며 자리를 벗어났다. 뒤에서 누군가의 목소리가 들렸다. "이봐, 일리야. 대체 무슨 일이야?"

두 블록쯤 떨어진 곳까지 와서야 호흡이 진정되고 심장박동이 원래 빠르기로 돌아왔다. 조지프 발로프야 어떻게 되겠지. 그는 속으로 생각했다. 나한테 사기친 놈에게 당하고 살 수야 없어.

발로프는 누가 일리야를 두들겨팼는지 알 수 없을 것이다. 아이리시 로버에 있던 사람들 가운데 그를 아는 이는 없었다. 발로프가 미쳐 날뛸 수도 있지만 달리 어쩔 도리가 없다.

레프는 기분이 좋아지기 시작했다. 일리야를 때려눕혔어. 게다가 한 대도 안 맞고 말이야!

주머니에는 여전히 돈이 가득했다. 가게에 들러 스테이크 고기 두 덩어리와 진 한 병을 샀다.

그가 사는 동네는 다 허물어져가는 벽돌집이 늘어서 있고 각각의 건물에 여러 세대가 살았다. 바로 옆집 문 앞에서 마르가가 고개를 숙인 채 손톱을 다듬고 있었다. 마르가는 검은 머리의 러시아 여자로, 나이는 열아홉 정도에 웃는 모습이 섹시했다. 웨이트리스로 일했지만 가수가 되고 싶어했다. 레프는 마르가에게 술을 몇 번 샀고, 키스도 한 번 한 적이 있었다. 마르가는 그에게 열렬한 입맞춤을 돌려주었었다. "이봐, 자기." 레프가 큰 소리로 불렀다.

"누구더러 자기래?"

"오늘밤에 뭐할 거야?"

"남자랑 약속 있어."

레프는 마르가의 말을 곧이듣지 않았다. 아무 할 일도 없다는 걸 인정할 리 없기 때문이었다. "그 자식 차버려. 입냄새 나잖아."

마르가는 씩 웃었다. "누군지도 모르면서!"

"나랑 놀자." 레프는 종이봉투를 들어 보였다. "스테이크 구울 거야."

"생각해볼게."

"얼음 가져와." 레프는 집으로 들어갔다.

레프가 세 들어 사는 집은 미국 기준으로 보면 싸구려지만 그에게는 꽤 넓고 편안했다. 침실과 부엌이 있었고 수도와 전기를 사용할 수 있는데다, 그게 다 혼자만의 소유였다! 상트페테르부르크에서는 이런 아파트에서 열 명 이상이 함께 살았다.

겉옷을 벗고 소매를 걷은 다음, 부엌 싱크대에서 손과 얼굴을 씻었다. 마르가가 왔으면 싶었다. 레프와 잘 맞는 여자였다. 늘 웃거나 춤추거나 파티를 열 준비가 돼 있었고 미래에 대한 걱정은 거의 하지 않았다. 레프는 뜨거운 불에 달군 프라이팬에 감자 몇 개를 깎아서 얇게 썰어넣은 다음 고깃기름을 둘렀다. 감자가 익는 사이, 마르가가 잘게 부순 얼음이 든 큰 맥주잔을 들고 나타났다. 그녀는 진과 설탕을 넣어 마실 것을 만들었다.

레프는 그녀가 만든 술을 한 모금 마시고 입술에 가볍게 입을 맞췄다. "정말 맛있군."

"너무 앞서가지 마." 마르가가 말했지만 심각한 느낌은 아니었다. 레프는 그녀를 나중에 침대로 끌어들이면 어떨지 궁금했다.

레프는 스테이크를 굽기 시작했다. 그러자 마르가가 말했다. "감동이야. 요리할 줄 아는 남자는 많지 않거든."

"아버지가 나 여섯 살 때 돌아가셨고 어머니는 열한 살 때 세상을 떠났어." 레프가 말했다. "형 그리고리가 날 키웠어. 모든 걸 스스로 하도록 배웠지. 그래도 러시아에서는 스테이크를 먹어본 적 없지만."

마르가는 그리고리에 대해 물었고, 레프는 저녁을 먹으며 살아온 이야기를 들려주었다. 여자들은 대개 부모 없는 두 소년이 거대한 기관차 공장에서 일하면서 잠자리를 구걸하고 투쟁하듯 살아온 이야기에 감동하게 마련이었다. 임신한 여자친구를 버리고 왔다는 이야기는 죄책감을 느끼는 가운데 슬그머니 빼먹었지만.

두 사람은 두번째 술잔을 들고 침실 겸 거실로 자리를 옮겼다. 세번째 잔을 기울일 때쯤 밖이 어두워졌고 마르가는 레프의 무릎 위에 앉아 있었다. 술을 마시며 레프는 마르가에게 키스했다. 마르가가 입을 열어 레프의 혀를 받아들이자 그는 그녀의 가슴에 손을 넣었다.

그 순간 문이 벌컥 열렸다.

마르가가 비명을 질렀다.

세 남자가 안으로 들어왔다. 마르가는 비명을 계속 지르며 레프의 무릎에서 뛰듯이 펄쩍 일어났다. 한 남자가 손등으로 마르가의 뺨을 후려갈기며 말했다. "아가리 닥쳐, 이년아." 마르가는 피가 흐르는 입술을 양손으로 가린 채 문으로 달려갔다. 남자들은 그녀를 붙잡지 않았다.

레프는 튀어오르듯 벌떡 일어서서 마르가를 때린 남자에게 주먹을 날렸다. 주먹은 남자의 눈 위쪽에 정확히 꽂혔다. 그러자 다른 두 남자가 레프의 양팔을 붙들었다. 워낙 억센 자들이어서 뿌리칠 수 없었다. 레프가 두 남자에게 붙잡힌 사이 그들의 우두머리 격으로 보이는 첫번째 남자가 주먹으로 레프의 입과 배를 여러 차례 때렸다. 레프는 피를 뱉다가 먹은 스테이크를 토했다.

남자들은 힘이 빠져 비틀거리는 레프의 팔을 붙들어 끌고 계단을 내려와 집밖으로 나왔다. 길가에 파란색 허드슨 자동차 한 대가 시동이 걸린 채 서 있었다. 그들은 레프를 뒷좌석 바닥으로 밀어넣었다. 두 사람이 레프를 발로 밟고서 뒷좌석에 올라탔고, 한 사람은 운전석에 앉아 차를 몰았다.

고통이 어찌나 심한지 레프는 그들이 어디로 가는지 생각할 겨를도 없었다. 뱔로프 밑에서 일하는 자들 같지만, 도대체 어떻게 찾아낸 걸까? 그리고 어쩌려는 속셈일까? 레프는 두려움에 굴복하지 않으려 애썼다.

잠시 후 자동차가 멈추고 남자들이 레프를 끌어내렸다. 어느 창고 밖이었다. 어두운 도로 위에 개미새끼 한 마리 보이지 않았다. 물비린내가 나는 걸 보니 아마 부둣가에서 가까운 곳인 듯했다. 사람 죽이기 좋은 곳이군. 오싹해진 레프는 체념하고 말았다. 목격자도 없을 테고, 시체는 부대에 넣어서 호수 밑바닥까지 가라앉도록 벽돌 몇 개를 묶어 이리 호湖에 던져넣으면 그만이었다.

남자들을 레프를 끌고 창고 안으로 들어갔다. 레프는 몸을 추스르려고 애썼다. 지금까지 살면서 이렇게 위험한 상황은 처음이었다. 살아서 빠져나갈 수 있을지 확신이 서지 않았다. 내가 왜 이런 짓을 저질렀지? 레프는 스스로 물었다.

창고 안에는 새 타이어가 열다섯 개에서 스무 개 높이로 쌓여 있었다. 그들은 타이어 더미 뒤쪽으로 레프를 끌고 갔다. 그곳에 문이 하나 보였는데, 그 앞을 지키고 있던 덩치 큰 남자 하나가 손을 들어 가로막았다.

아무도 말을 꺼내지 않았다.

잠시 후 레프가 말했다. "좀 기다려야 하는 모양이군. 누가 카드 가진 사람 없나?"

아무도 웃지 않았다.

한참 만에 문이 열리고 닉 포먼이 밖으로 나왔다. 윗입술이 부어올랐고 한쪽 눈이 감긴 상태였다. 레프를 보더니 닉이 말했다. "어쩔 수 없었어. 날 죽이겠다고 했어."

그러니까 닉을 통해 날 찾은 거군. 레프는 생각했다.

안경을 쓰고 깡마른 남자가 사무실 문 앞에 모습을 드러냈다. 이자가 뱔로프일 리는 없어. 레프는 생각했다. 너무 말랐어. "데리고 들어와, 테오." 남자가 말했다.

"그러죠, 나이얼 씨." 깡패들의 우두머리가 대답했다.

사무실 내부를 보니 레프는 그가 태어난 시골 오두막이 떠올랐다. 지나치게 더웠고 담배연기가 자욱했다. 한쪽 구석에는 성화聖畵가 놓인 작은 탁자가 보였다.

철제 책상 뒤에 비정상적이리만큼 어깨가 넓은 중년 남자가 앉아 있었다. 고급스러운 양복에 넥타이를 맸고, 담배를 든 손가락에는 반지를 두 개나 끼고 있었다. 남자가 말했다. "이 빌어먹을 냄새는 뭐야?"

"죄송합니다. 미스터 V. 토해서 그렇습니다." 테오가 말했다. "이 자식이 덤비는 바람에 조금 진정시켰더니 토했습니다."

"놔줘."

그들은 레프의 팔을 놓았지만 곁에 붙어 떨어지려고 하지 않았다.

미스터 V가 레프를 바라보았다. "자네가 전한 말 들었어. 나더러 예의를 지키라고 했다더군."

레프는 용기를 냈다. 징징거리다 죽고 싶지는 않았다. "당신이 조지프 뱔로프요?"

"이런 맙소사, 정말 깡도 좋군. 감히 내가 누군지 묻다니."

"당신을 찾고 있었습니다."

"네가 나를 찾고 있었다고?"

"뱔로프 가문 녀석들이 상트페테르부르크에서 뉴욕으로 오는 표를 팔아먹곤 나를 카디프에 내버렸습니다." 레프가 말했다.

"그래서?"

"돈을 돌려받아야겠습니다."

뱔로프는 한참 레프를 쳐다보더니 웃음을 터뜨렸다. "못 말리겠군. 마음에 들어."

레프는 숨을 참았다. 그럼 나를 안 죽이겠다는 뜻인가?

"일자리는 있나?" 뱔로프가 말했다.

"당신 밑에서 일하고 있습니다."

"어디?"

"상트페테르부르크 호텔 마구간에서요."

뱔로프는 고개를 끄덕였다. "내 생각엔 더 좋은 자리를 줄 수 있을 것 같군."

II

1915년 6월, 미국은 전쟁에 한 걸음 더 가까워졌다.

거스 듀어는 간담이 서늘해졌다. 그는 미국이 유럽 전쟁에 뛰어들어선 안 된다는 생각이었다. 미국 사람들도 같은 생각이었고 우드로 윌슨 대통령도 마찬가지였다. 하지만 무슨 영문인지 전쟁의 위협은 점점 더 가까이 다가왔다.

5월에 독일 잠수함이 173톤의 소총과 탄약, 유산탄을 싣고 가던 영국 배 루시타니아 호를 어뢰로 공격했을 때 위기가 닥쳤다. 배에는 128명의 미국인을 포함한 이천 명의 승객이 타고 있었다.

미국인들은 암살사건이라도 일어난 양 충격을 받았다. 신문들은 분노를 이기지 못해 발작을 일으키다시피 했다. "국민들은 불가능한 걸 요구하고 있습니다!" 집무실 안에서 거스는 분한 목소리로 대통령에게 말했다. "사람들은 각하께서 독일에 단호한 태도를 보이면서도 전쟁에 뛰어드는 위험은 감수하지 말라는 겁니다."

윌슨이 고개를 끄덕여 동의했다. 그리고 타이프라이터에서 눈을 떼고 고개를 들며 말했다. "여론이 꼭 일관성이 있어야 한다는 법은 없지."

거스는 흥분하지 않는 대통령이 존경스럽기도 했지만, 한편으로는 불만스럽기도 했다. "어떻게 이런 상황을 참아내십니까?"

윌슨은 못생긴 치열을 드러내며 웃었다. "거스, 정치를 누가 쉽다고 했나?"

결국 윌슨은 선박에 대한 공격을 멈추길 독일 정부에 단호하게 요청했다. 윌슨과 거스를 포함한 보좌진은 독일이 어느 정도 타협해주기를 희망했다. 하지만 독일이 미국의 입장을 무시하기로 결정한다면 그 심각한 사태를 윌슨이 어떻게 피할지 거스는 알 수 없었다. 미국은 위험한 게임을 하고 있었고, 거스는 위험에 대해 윌슨 대통령처럼 아무렇지도 않은 듯 초연한 태도를 유지할 수 없었다.

외교 전보문이 대서양을 건너는 사이 윌슨은 뉴햄프셔에 있는 여름 별장으로 향했고, 버펄로로 간 거스는 델라웨어 애비뉴에 있는 부모의 저택에 머물렀다. 거스의 아버지가 워싱턴에 집을 갖고 있었지만 거스는 따로 독립해서 살았고, 버펄로에 올 때면 어머니가 살림을 책임지는 집에서 지내며 편안함을 즐겼다. 침대 옆 탁자 위에는 장미꽃들이 담긴 은그릇들이 놓였고, 아침에는 따뜻한 빵을 먹을 수 있고, 식사 때마다 식탁에는 희고 빳빳한 테이블보가 깔렸고, 옷장 속 정장은 가져간다는 말도 없이 깨끗하게 빨아서 잘 다린 모습으로 다시 나타나곤 했다.

어머니는 이전 세대의 화려한 실내장식에 대한 반발로 집안을 일부러 평범하게 꾸몄다. 가구 대부분은 새롭게 다시 유행중인 실용적인 독일 스타일인 비더마이어 양식이었다. 식당에는 벽마다 멋진 그림이 하나씩 걸리고 식탁에 세 갈래의 촛대가 놓였다. 첫째 날 점심에 어머니가 말했다. "빈민가에서 돈을 걸고 벌이는 싸움을 보러 갈 생각이니?"

"권투가 나쁜 짓은 아니잖아요." 거스는 권투광이었다. 무모했던 열여덟 살 시절에는 직접 배운 적도 있었다. 긴 팔 덕택에 몇 번 이기기도 했지만 그는 공격 본능이 부족했다.

"천민canaille 짓이야." 어머니는 경멸조로 말했다. 이 속물적인 표현을 어머니는 유럽에서 배워왔다.

"할 수만 있다면 국제정치 말고 다른 생각을 하고 싶어서 그래요."

"오늘 오후 올브라이트에서 환등기로 티치아노에 대한 강연을 한다더라." 어머니가 말했다. 올브라이트 미술관은 델라웨어 파크에 자리한 그리스풍의 흰색 건물로, 버펄로 시에서는 가장 중요한 문화시설이었다.

거스는 르네상스 시대 그림들에 둘러싸여 자랐고 특히 티치아노의 초상화들을 좋아했지만 강연에는 크게 관심이 일지 않았다. 하지만 이런 식의 강연이라면 도시의 부유하고 젊은 남녀들이 후원할 테고, 참석하면 오랜만에 아는 사람들과 관계를 다질 수도 있었다.

올브라이트는 델라웨어 애비뉴를 통해 조금만 가면 되었다. 거스는 기둥으로 장식한 아트리움에 들어가 자리를 잡고 앉았다. 모인 사람들 가운데 기대했던 대로 아는 얼굴이 몇 보였다. 옆자리에 앉은 눈이 번쩍 뜨일 만큼 아름다운 여자도 어딘가 낯익었다.

거스가 여자를 향해 희미하게 웃자 상대방도 활짝 웃었다. "절 잊으셨군요, 듀어 씨?"

거스는 바보가 된 느낌이었다. "에…… 한참 다른 곳에 다녀와서 그렇습니다."

"올가 뱔로프예요." 여자가 흰 장갑을 낀 손을 내밀었다.

"물론 기억하고 있습니다." 여자의 아버지는 러시아 이민자로, 처음에는 커넬 가 술집에서 만취한 사람 내쫓는 일을 했고 지금은 커넬 가일대 전부를 소유하고 있었다. 시의원이자 러시아정교회의 대들보이기도 했다. 거스는 올가와 여러 번 만났지만 그녀가 이렇게 매력적으로 보인 적은 한 번도 없었던 게 기억났다. 못 보는 사이 올가가 부쩍 성장했거나 다른 뭔가가 있을 것이다. 올가는 스무 살쯤 돼 보였고, 피부는 희고 눈은 푸른색이었다. 칼라를 세운 분홍색 재킷을 입었고 종 모양의 모자에는 분홍색 실크로 만든 꽃이 달려 있었다.

"대통령 밑에서 일하신다고 들었어요. 윌슨 대통령을 어떻게 생각하세요?" 올가가 물었다.

"더할 나위 없이 존경하죠." 거스가 대답했다. "이상을 버리지 않는 현실적인 정치인입니다."

"권력의 중심에서 일하는 건 정말 흥미진진하겠어요."

"흥미롭긴 하지만, 이상하게도 권력의 중심이라는 생각은 안 듭니다. 민주주의국가에서 대통령은 유권자에게 복종해야 하죠."

"하지만 대통령이 국민이 원하는 대로만 행동하는 건 당연히 아니겠지요."

"그렇긴 합니다. 윌슨 대통령께서는 지도자란 모름지기 뱃사람이 바람을 대하듯 여론을 대해야 한다고 했습니다. 바람을 이용해 배를 이쪽이나 저쪽으로 가게 할 수는 있지만 절대 거스르려 하면 안 된다는 거였죠."

올가는 한숨을 내쉬었다. "저도 그런 공부를 했다면 정말 좋았을 텐데, 아버지가 대학에 보내주시질 않아요."

거스는 씩 웃었다. "아마 아버님께서는 대학에 가면 담배와 술을 배울 거라고 생각하시나보네요."

"분명 그보다 더 끔찍한 일도 생각하실걸요." 올가의 말은 처녀가 입에 담기에는 위태로운 내용이었다. 거스의 표정에 놀라움이 스쳤는지 올가가 말했다. "죄송해요. 저 때문에 놀라셨나보네요."

"괜찮습니다." 사실 거스는 마음을 사로잡힌 느낌이었다. 그는 올가에게 계속 말을 붙였다. "대학에 간다면 뭘 전공하실 건가요?"

"역사를 택할 것 같아요."

"저도 역사를 좋아합니다. 혹시 특별히 관심 가는 시대가 있나요?"

"제 과거를 이해하고 싶어요. 왜 아버지는 러시아를 떠나야 했을까요? 왜 미국이 훨씬 더 좋았을까요? 이런 일들에는 분명히 이유가 있었을 거예요."

"바로 그렇습니다!" 거스는 이렇게 예쁜 여자가 그와 비슷한 지적 호기심을 갖고 있다는 사실이 황홀했다. 문득 올가와 결혼하는 장면이 떠올랐다. 파티를 마치고 옷방에서 잠자리에 들 준비를 하며 세계정세에 관해 이야기를 나누다가, 올가가 천천히 장신구를 떼어내고 옷을 벗는 모습을 잠옷 차림으로 앉아 지켜보며…… 문득 올가와 눈이 마주친 거스는 자신이 무슨 생각을 하는지 들킨 것 같아 창피했다. 무슨 말이라도 해보려고 했지만 긴장해서 잘 나오지 않았다.

그때 강연자가 도착해 좌중이 조용해졌다.

강연은 거스가 예상했던 것보다 더 좋았다. 강연자는 티치아노의 그림 일부를 컬러슬라이드로 만들어왔고, 그것들을 환등기로 커다랗고 흰 스크린에 비추어 보여주었다.

강연이 끝나자 거스는 올가와 대화를 더 나누고 싶었지만 그럴 수 없었다. 학생 때부터 알던 척 딕슨이 두 사람에게 다가왔다. 척은 거스가 부러워하는 부드러운 매력이 있었다. 그들은 스물다섯 살 동갑이었지만, 척을 보면 거스는 자신이 미숙한 학생처럼 느껴졌다. "올가, 제 사촌과 꼭 인사 나누세요." 척이 유쾌하게 말했다. "저기 반대편에서 당신을 멍하니 보고 있어요." 그는 거스에게 상냥한 웃음을 지었다. "황홀한 이야기 상대를 빼앗아 미안하군, 듀어. 하지만 오후 내내 이분을 독차지하면 안 되잖아." 그는 자기 것이라도 되는 양 올가의 허리에 팔을 감더니 그녀를 데려가버렸다.

거스는 뭔가를 뺏긴 것 같았다. 올가와 잘돼가는 중이라고 느끼던 차였다. 여자들과 처음 이야기를 나눌 때가 보통은 가장 힘들었는데, 올가와는 소소한 대화를 나누는 게 어렵지 않았다. 그런데 학교에서는 바닥을 기던 척 딕슨이 나타나 마치 웨이터의 쟁반에서 술잔을 낚아채듯 그녀를 데려가버린 것이다.

거스가 다른 아는 사람이 없는지 둘러보고 있는데 애꾸눈 여자가 다가왔다.

처음 로사 헬먼을 보았을 때—그녀의 오빠가 소속된 버펄로 심포니 오케스트라의 기금 마련 만찬이었다—거스는 그녀가 윙크를 하는 줄 알았다. 알고 보니 한쪽 눈을 아예 뜨지 못하는 상태였다. 눈만 제외하면 아름다운 얼굴이었고, 그래서 감긴 한쪽 눈이 더 끔찍해 보였다. 게다가 그녀는 장애에 저항이라도 하듯 늘 유행하는 옷차림을 했다. 오늘은 밀짚모자를 삐딱하게 썼는데, 그 모습이 어느 정도 귀여워 보이기도 했다.

마지막으로 만났을 때 그녀는 발행부수가 얼마 안 되는 급진적인 신문 〈버펄로 아나키스트〉의 편집자였다. 거스가 말했다. "그 신문이 미술에 관심 있나보죠?"

"지금은 〈이브닝 애드버타이저〉에서 일해요."

거스는 깜짝 놀랐다. "거기 편집장이 당신의 정치적 견해를 아나요?"

"제 생각은 예전처럼 극단적이지 않아요. 하지만 어쨌든 회사에서도 제 이력을 모르지는 않아요."

"무정부주의를 표방하는 신문을 잘 꾸릴 정도면 능력이 있다고 생각하는 모양이네요."

"우리 편집장은 불알 달린 동료 둘보다 제가 더 깡이 좋아 보여 채용했다더군요."

로사가 사람 놀래기 좋아하는 성격이라는 걸 알면서도 거스는 그녀가 내뱉은 말에 입이 딱 벌어졌다.

로사가 웃었다. "하지만 여전히 미술 전시회나 패션쇼 취재나 보내죠." 그녀는 화제를 바꾸었다. "백악관에서 일하는 건 어때요?"

거스는 혹시라도 자신의 말이 신문에 실릴까봐 조심스러웠다. "엄청나게 흥미롭습니다. 윌슨 대통령은 대단히 훌륭하신 분 같아요. 아마 역사상 가장 위대한 대통령일 수도 있습니다."

"어떻게 그런 말씀을 하시죠? 지금 대통령은 미국을 이끌고 유럽 전쟁에 위험할 정도로 가까이 다가가고 있잖아요."

아무래도 독일 입장을 생각하는 독일계 이민자들, 러시아 차르가 몰락하길 원하는 좌익 인사들 사이에서는 로사와 같은 태도가 일반적이었다. 하지만 독일계 이민자나 좌익이 아니더라도 많은 이가 같은 의견이었다. 거스는 조심스럽게 대답했다. "독일 잠수함이 미국 시민들을 살해하는 마당에 대통령이……" 원래는 장님인 척할 수는 없다라는 표현을 쓰려 했지만, 머뭇거리다 얼굴을 붉히며 말했다. "무시할 수는 없습니다."

그녀는 거스가 난처해하는 걸 눈치채지 못한 것 같았다. "하지만 영국은 독일 항구를 봉쇄하고 있어요. 국제법을 어기는 행위죠. 그 결과 독일 여자들과 어린아이들이 굶주리고 있습니다. 그사이 프랑스에서의 전쟁은 교착상태에 빠졌고요. 지난 육 개월 동안 양쪽 모두 단 몇 걸음도 움직이지 못했어요. 독일로서는 당연히 영국 배를 침몰시킬 수밖에 없죠. 안 그러면 전쟁에서 질 테니까요."

로사 헬먼은 복잡한 상황을 놀라우리만큼 잘 이해하고 있었고, 그래서 거스는 항상 그녀와 이야기하는 게 즐거웠다. "저는 국제법을 공부했습니다." 거스가 말했다. "엄밀히 말해 영국의 행위는 불법이 아닙니다. 1909년 런던 선언에서 해상봉쇄가 금지되긴 했습니다. 하지만 그 선언은 비준된 적이 없지요."

그녀는 논의에서 쉽사리 옆길로 벗어나지 않았다. "적법성 여부는 잊기로 하죠. 독일은 영국 배를 타지 말라고 미국에 경고했어요. 신문광고까지 했다고요. 이런 세상에! 더 어떻게 해야 하죠? 우리가 멕시코와 전쟁을 한다고 생각해보세요. 그리고 만일 루시타니아 호가 미국 병사들을 죽이는 데 사용할 무기를 싣고 가는 멕시코 배라면요? 그냥 지나가게 됐을까요?"

훌륭한 질문이었다. 거스는 마땅한 대답을 찾아낼 수 없었다. "글쎄요, 브라이언 국무장관도 같은 의견이었습니다." 윌리엄 제닝스 브라이언은 윌슨이 독일에 보낸 전보문 때문에 사임했다. "그는 미국 시민들에게 전쟁중인 국가의 배를 이용해 여행하지 말라고 경고하면 충분하다고 생각했습니다."

로사는 거스가 달아나게 내버려두지 않았다. "브라이언 장관은 윌슨 대통령이 심각한 위험에 빠지고 있다고 본 거죠. 이제 독일이 뒤로 물러서지 않으면 우리는 전쟁을 피하기 어려워요."

거스는 기자인 그녀에게 자신도 똑같은 걱정을 하고 있음을 인정할 생각은 없었다. 윌슨은 독일이 상선을 의도적으로 공격한 게 아니라고 발표하고 손해배상과 재발 방지 약속을 요구했다. 달리 말해 독일의 자국 배들이 봉쇄에 막혀 항구에 갇혀 있는데도 영국에 자유로운 해상권을 허용하라는 것이다. 어떤 국가도 그런 요구를 받아들이기는 어렵다. "하지만 여론은 대통령의 뜻을 지지하고 있습니다."

"여론이 틀릴 수도 있는 거죠."

"하지만 대통령은 그걸 무시할 수 없어요. 자, 윌슨 대통령은 줄타기 곡예를 하고 있습니다. 전쟁에 말려들길 원치 않지만, 미국이 국제정치에서 약해 보이는 것도 원치 않아요. 현재는 제대로 균형을 잡고 있다고 생각합니다."

"하지만 앞으로는 어쩌죠?"

그게 바로 걱정스러운 점이었다. "아무도 미래를 예측할 수는 없어요." 거스가 말했다. "우드로 윌슨 대통령도 마찬가지입니다."

로사가 웃었다. "정치인의 대답이군요. 워싱턴에서 크게 성공하시겠어요." 누군가 말을 거는 바람에 그녀는 뒤돌아섰다.

거스는 다른 곳으로 움직였다. 무승부로 권투 시합을 마친 느낌이었다.

강연에 참석했던 사람들 중 일부는 강연자와 차를 마시는 자리에 초대받았다. 거스도 어머니가 미술관의 후원자라 그 자리에 참석하게 되었다. 그는 로사로부터 멀어져 따로 마련된 조용한 공간으로 향했다. 안에 들어갔더니 반갑게도 올가가 보였다. 그녀의 아버지도 후원금을 내는 게 분명했다.

차를 한 잔 받아들고 올가에게 다가갔다. "워싱턴에 오실 일이 있으면 백악관을 구경시켜드리고 싶군요." 거스가 말했다.

"어머! 대통령께 인사드릴 수 있을까요?"

그럼요, 얼마든지! 그렇게 말하고 싶었지만 지킬 수 있을지 모르는 약속을 하기가 망설여졌다. "어쩌면 가능할 겁니다. 그때 대통령께서 얼마나 바쁜지에 달렸죠. 타이프라이터 앞에 앉아 연설문이나 기고문을 쓰실 때는 아무도 방해할 수 없어요."

"영부인께서 세상을 떠나 정말 슬펐어요." 올가가 말했다. 유럽에서 전쟁이 터진 직후, 엘렌 윌슨이 사망한 지도 거의 일 년이 다 되었다.

거스는 고개를 끄덕였다. "큰 충격을 받으셨죠."

"하지만 벌써 돈 많은 과부와 연애를 하신다고 들었어요."

거스는 당황스러웠다. 윌슨 대통령이 영부인과 사별한 지 겨우 팔 개월 만에 관능적인 이디스 골트 부인과 젊은이처럼 열정적인 사랑에 빠졌다는 사실은 워싱턴에서는 공공연한 비밀이었다. 대통령은 쉰여덟 살, 그의 연인은 마흔한 살이었다. 그들은 바로 지금 뉴햄프셔에 함께 있었다. 거스는 대통령이 한 달 전 골트 부인에게 청혼했지만 아직 대답을 받지 못했다는 사실을 아는 몇 안 되는 사람 가운데 하나였다. 그가 올가에게 말했다. "누가 그러던가요?"

"사실이에요?"

거스는 자신만이 아는 비밀로 그녀에게 깊은 인상을 주고 싶다는 생각이 굴뚝같았지만, 간신히 유혹을 견뎌냈다. "그런 일은 말씀드릴 수가 없군요." 그는 주저하며 말했다.

"아, 실망스럽네요. 내부의 비밀 이야기를 들을 수 있으리라 기대했거든요."

"실망을 드려서 미안합니다."

"바보 같은 말씀 마요." 올가가 팔을 건드리자 거스는 마치 전기충격을 받은 것처럼 떨렸다. "내일 오후에 테니스 모임을 열 거예요. 테니스 치세요?" 올가가 물었다.

거스는 팔다리가 길었고 테니스 실력도 수준급이었다. "네. 아주 좋아합니다."

"오시겠어요?"

"기꺼이요." 거스가 대답했다.

III

레프는 하루 만에 운전을 배웠다. 기사로 일하는 데 필요한 또하나의 중요 기술인 펑크난 타이어 교체는 두어 시간 만에 익혔다. 일주일이 지날 무렵, 연료를 채우고 오일을 교환하고 브레이크를 조절하는 것까지 배웠다. 차가 움직이지 않을 때 배터리가 방전됐는지, 연료 파이프가 막혔는지 점검하는 방법도 알게 되었다.

조지프 뱔로프는 이제 말은 구시대의 교통수단이라고 말했다. 마구간에서 일하는 사람은 임금이 적었다. 말을 돌보는 사람은 넘치도록 많았기 때문이다. 운전기사는 일손이 부족해 돈을 많이 받을 수 있었다.

게다가 뱔로프는 경호원 노릇까지 할 수 있는 거친 기사를 원했다.

뱔로프의 차는 새로 나온 7인승 리무진인 패커드 트윈식스였다. 다른 운전기사들이 모두 부러워했다. 새로 나온 지 겨우 이 주인 이 차의 12기통 엔진은 캐딜락 V8을 모는 사람들조차 부러워했다.

레프는 뱔로프의 초현대적인 저택을 보고도 멋지다는 생각이 들지 않았다. 그에게는 그저 세계에서 가장 큰 외양간처럼 보일 뿐이었다. 저택은 낮고 긴 모양으로 넓은 처마가 튀어나와 있었다. 정원사 감독

말로는 가장 최근 유행하는 '프레리 하우스' 양식이라고 했다.

"만일 내가 이렇게 큰 집을 짓는다면 성 모양으로 만들고 싶을 겁니다." 레프가 말했다.

레프는 그리고리에게 편지를 보내 버펄로와 일자리, 차에 대해 말해주고 싶었다. 하지만 망설여졌다. 그리고리를 불러올 배표 살 돈을 따로 준비하는 중이라고 쓰고 싶었지만 사실 저축은 전혀 하지 않았다. 레프는 조금이라도 돈을 모으면 편지를 쓰기로 다짐했다. 그때까지는 그리고리도 레프가 있는 곳을 모르니 편지를 보낼 수 없을 것이다.

뱔로프 가족은 모두 셋이었다. 조지프 본인과 입을 여는 일이 거의 없는 부인 레나, 그리고 올가라고, 레프와 나이가 비슷하고 눈초리가 대담해 보이는 예쁘장한 딸이 하나 있었다. 조지프는 밤이면 대개 친구들과 밖에서 시간을 보냈지만 부인에게는 마음을 쓰며 정중하게 대했다. 딸에게는 다정했지만 엄하기도 했다. 가끔은 낮에도 차를 타고 집으로 돌아와 레나, 올가와 식사를 할 때가 있었다. 점심식사를 마치면 레나와 낮잠을 잤다.

레프는 조지프를 다시 시내로 모셔가기 위해 기다리는 동안 가끔 올가와 이야기를 나누기도 했다.

올가는 담배를 피우고 싶어했다. 하지만 그녀가 점잖은 숙녀로 지내다가 버펄로의 엘리트 집안 남자와 결혼해야 한다고 단호히 주장하는 아버지는 절대로 담배를 못 피우게 했다. 조지프가 집에서 절대 가지 않는 곳이 몇 군데 있었는데, 차고가 그중 하나였다. 그래서 올가는 차고에 와서 담배를 피웠다. 그녀는 패커드 자동차의 뒷좌석, 새 가죽 시트에 실크 드레스 차림으로 앉았고, 레프는 문에 기대서서 한쪽 발을 발판에 올린 채 올가와 잡담을 나누었다.

운전기사 제복을 입은 자신이 잘생겨 보인다는 걸 잘 아는 레프는 모자를 멋지게 뒤로 젖혀 썼다. 그는 상류층이라는 것과 관련지어 올가를 칭찬하면 좋아한다는 걸 금방 알아차렸다. 그녀는 공주처럼 걷는다든가, 영부인처럼 말한다든가, 파리 사교계 명사처럼 입었다고 말해주면 좋아 어쩔 줄 몰라했다. 그녀는 속물이었고 아버지인 발로프 역시 마찬가지였다. 대부분의 경우 조지프는 깡패에다 악당이었지만, 레프는 그가 은행장이나 의회 의원처럼 지위가 높은 사람에게는 친절하다 못해 공손해지는 걸 자주 보았다.

레프는 눈치가 빨랐고, 올가 역시 그런 사실을 금세 알아차렸다. 과보호로 둘러싸인 부잣집 딸인 그녀는 타고난 낭만이나 성적인 충동을 해소할 배출구가 없었다. 레프가 상트페테르부르크에서 알고 지내던 빈민가의 여자들과 달리 올가는 해질녘 몰래 빠져나가 가게 문가의 어둠 속에 숨어서 남자와 몸을 더듬을 수도 없었다. 스무 살이나 되었지만 여전히 숫처녀였다. 어쩌면 키스 한 번 못해봤을 수도 있었다.

레프는 테니스 모임을 멀리서 지켜본 적이 있었다. 그는 올가의 탄탄하고 날씬한 몸을 바라보며 술을 마셨다. 그녀가 코트를 이리저리 뛰자, 얇은 면 드레스 안에서 가슴이 출렁거렸다. 올가와 테니스를 치는 키가 매우 큰 남자는 흰 플란넬 바지를 입고 있었다. 문득 아는 사람이라는 생각이 들었다. 가만히 남자를 노려보던 레프는 결국 그를 예전에 본 적 있다는 사실이 떠올랐다. 푸틸로프 공장이었다. 레프가 그를 속여 1달러를 땄고, 그리고리는 그에게 조지프 발로프가 정말 버펄로에서 거물이냐고 물었다. 이름이 뭐였더라? 위스키 브랜드랑 같았는데. 듀어, 그거야. 거스 듀어.

젊은이 대여섯 명이 경기를 지켜보고 있었다. 여자들은 밝은색 여름 드레스 차림이고 남자들은 밀짚모자를 썼다. 발로프 부인은 파라솔 아래서 만족스러운 웃음을 지으며 지켜보고 있었다. 제복을 입은 하녀가 레모네이드를 내왔다.

거스 듀어가 올가를 이겼고, 두 사람은 코트 밖으로 나왔다. 두 사람이 비운 코트는 금세 다른 남녀로 채워졌다. 대담하게도 올가는 듀어로부터 담배 한 개비를 받아들었다. 레프는 듀어가 올가의 담배에 불을 붙여주는 모습을 지켜보았다. 그도 젊은이들과 함께 멋진 옷을 입고 테니스를 치며 레모네이드를 마시고 싶다는 생각에 견딜 수가 없었다.

엉뚱하게 튄 공이 레프 쪽으로 굴러왔다. 공을 주운 그는 던져주는 대신 코트까지 들고 가서 경기하던 사람에게 건네주었다. 그는 올가를 바라보았다. 듀어와의 대화에 푹 빠진 그녀는 차고에 레프와 있을 때처럼 추파를 던지듯 애교를 부리고 있었다. 질투가 솟구친 레프는 키 큰 남자의 얼굴에 주먹을 한 대 날리고 싶었다. 올가와 눈이 마주쳐 최대한 멋지게 웃어 보였지만, 그녀는 알아차리지도 못하고 고개를 돌려버렸다. 모임에 온 다른 젊은이들 역시 그를 철저히 무시했다.

지극히 정상이지. 레프는 속으로 말했다. 여자라면 차고에서 담배를 피울 때는 운전기사와 친하게 지냈다가도 친구들과 있을 때는 그를 가구처럼 대할 수도 있다. 그걸 알면서도 그는 자존심에 상처를 입었다.

돌아서던 레프는 올가의 아버지가 테니스코트로 향하는 자갈길에 들어서는 모습을 발견했다. 냘로프는 조끼까지 갖춰입고 있었다. 레프가 보기에는 다시 일하러 나가기 전 딸이 초대한 손님들에게 인사를 하려는 것 같았다.

올가가 담배를 피우는 모습을 당장이라도 볼 수 있었다. 그렇게 되면 그 대가는 어마어마할 것이다.

레프에게 한 가지 생각이 떠올랐다. 두어 걸음 성큼성큼 움직여 올가가 앉은 곳으로 다가갔다. 그리고 불붙은 담배를 재빨리 그녀의 손가락 사이에서 빼냈다.

"이봐요!" 올가가 말했다.

거스 듀어가 얼굴을 찌푸리더니 말했다. "이게 대체 뭐하는 짓이야?"

레프는 돌아서면서 담배를 입에 물었다. 바로 그 순간 뱔로프가 레프를 보았다. "여기서 뭐하는 거야? 차 꺼내와." 짜증스러운 목소리였다.

"네." 레프가 대답했다.

"그리고 나랑 얘기할 때는 그 빌어먹을 담배 좀 꺼."

레프는 불똥을 떨어내고 담배꽁초를 주머니에 넣었다. "죄송합니다. 제가 깜박했습니다."

"다시는 이런 일 없도록 해."

"네."

"어서 가봐."

레프는 서둘러 발길을 옮기다가 어깨 너머로 돌아보았다. 젊은 남자들이 벌떡 일어섰고, 뱔로프는 유쾌한 듯 그들과 일일이 악수를 했다. 올가는 켕기는 표정으로 친구들을 아버지에게 소개했다. 위기에서 가까스로 벗어났다. 그녀는 레프를 향해 고맙다는 표정을 지었다.

레프는 그녀에게 윙크하고 자리를 떴다.

IV

어슐러 듀어의 거실에는 몇 가지 장식품이 있었다. 모두 제각기 다른 방식으로 귀중한 물건이었다. 조각가 엘리 나델만의 대리석 두상과 제네바 성경 초판본 한 권, 유리로 세공한 화병에 꽂힌 장미 한 송이, 할아버지의 사진이 든 액자. 그녀의 할아버지는 미국에서 최초로 백화점 사업을 했던 사람 중 하나였다. 여섯시에 거스가 방에 들어섰을 때 그녀는 실크 이브닝드레스 차림으로 『훌륭한 군인』*이라는 신간 소설을 읽고 있었다.

"책 어때요?" 거스는 어머니에게 물었다.

"작가가 무서울 정도로 비열한 사람이라고 들었는데, 작품은 아주 훌륭하니 묘하구나."

거스는 어머니가 좋아하는 식으로 쓴 술에 설탕 없이 올드패션드 칵테일을 한 잔 만들었다. 긴장이 됐다. 이 나이에 어머니를 두려워해서야 안 될 말이지, 그는 속으로 생각했다. 하지만 어머니는 가차없는 공격을 퍼부을 수도 있었다. 거스는 술잔을 건넸다.

"고맙구나. 여름휴가 좋니?"

"아주 좋아요."

"지금쯤이면 신나는 일들이 기다리는 워싱턴과 백악관으로 돌아가고 싶어서 좀이 쑤실까봐 걱정했다."

거스 역시 같은 걱정을 했었다. 하지만 이번 휴가에서는 기대하지 않았던 즐거움을 찾을 수 있었다. "대통령께서 돌아오시면 즉시 돌아가야겠죠. 하지만 그때까지는 아주 즐겁게 보내려고요."

"대통령이 독일에 전쟁을 선포할 것 같니?"

"안 그랬으면 좋겠어요. 독일은 물러설 생각이 있지만, 미국이 연합국에 무기를 판매하는 건 싫어하죠."

"그럼 우리가 그만둘까?" 거스의 어머니는 버펄로 주민의 절반가량이 그렇듯 독일계였지만, '우리'라고 할 때는 미국을 의미했다.

"당연히 아니죠. 우리 공장들이 영국의 주문을 받아서 돈을 얼마나 많이 벌고 있는데요."

---

* 영국 작가 포드 매덕스 포드의 작품.

"그럼 이러지도 저러지도 못하는 건가?"

"아직은 아니에요. 여전히 독일과 밀고 당기는 중이거든요. 그사이 중립을 선언한 국가에게 어떤 압박이 있는지 일깨워주기라도 하듯 이탈리아가 연합국에 합류했어요."

"그럼 뭐가 달라지니?"

"별건 아니죠." 거스는 숨을 깊이 들이마셨다. "오늘 오후 뱔로프 씨 집에 가서 테니스를 쳤어요." 거스의 목소리는 그가 의도했던 것처럼 가볍게 들리지 않았다.

"이겼니?"

"네. 프레리 하우스라고, 그 집 모양이 상당히 특이하더군요."

"벼락부자가 그렇지 뭐."

"저희도 처음엔 벼락부자였겠죠? 아마 외증조부께서 처음 사업을 하실 때 말이에요."

"네가 사회주의자처럼 말할 때면 아주 피곤하구나, 앵거스. 물론 너는 그런 뜻이 없겠지만." 어머니는 술을 한 모금 마셨다. "음, 아주 딱 좋구나."

거스는 심호흡을 했다. "어머니, 절 위해 한 가지만 해주시겠어요?"

"물론이지, 우리 아들. 내가 할 수 있는 일이면 말이지."

"아마 마음에 안 드실 거예요."

"뭔데?"

"뱔로프 부인을 티타임에 초대해주세요."

거스의 어머니는 술잔을 천천히 조심스럽게 내려놓았다. "알았다."

"왜 그러는지 안 물어보세요?"

"이유야 아니까. 그런 걸 원하는 이유야 딱 하나지 기가 막히게 예쁜 그 집 딸은 나도 본 적 있다."

"언짢으시지는 않을 거예요. 뱔로프는 이 도시에서 잘나가는 양반이고 엄청나게 부자잖아요. 올가는 천사고요."

"천사인지는 모르지만 적어도 기독교인이긴 하지."

"뱔로프 가문은 러시아정교회 신자예요." 거스가 말했다. 시작한 김에 불편한 이야기는 모두 꺼내놓자는 생각이 들었다. "아이딜 가에 있는 성 베드로와 바울 교회에 다니죠." 듀어 가족은 성공회교도였다.

"유대인이 아닌 걸 고마워해야지." 그녀는 거스가 상당히 좋아했지만 사랑하지는 않았던 레이철 아브라모프와 결혼할까봐 두려워한 적이 있었다. "그리고 내 생각에 올가가 재산을 노리고 결혼할 사람은 아니니 그 점도 고마워할 수 있겠구나."

"그건 확실하죠. 뱔로프가 아버지보다 더 부자인 것 같으니까요."

"솔직히 그건 내가 잘 모르겠다." 어슐러 같은 여자들은 돈에 대해서는 몰라야 했다. 거스는 여자들이 자기 재산과 남편의 재산이 얼마나 되는지 동전 하나까지 정확하게 헤아리고 있지만 모르는 척하는 게 아닌가 생각했다.

어머니의 반응은 거스가 두려워하던 것만큼 부정적이지는 않았다. "그럼 초대하실 거예요?" 거스는 두려운 마음으로 물었다.

"물론이지. 뱔로프 부인에게 초대장을 보내마."

거스는 신이 났지만 다른 두려운 생각이 떠올랐다. "혹시라도 고상한 척하는 친구분들 불러서 뱔로프 부인을 무시하시면 안 돼요."

"난 고상한 척하는 친구는 없다."

어머니의 대답은 워낙 터무니없어서 달리 대꾸할 말도 없었다. "피셔 부인 초대하세요. 정감 있는 분이잖아요. 거트루드 숙모님하고요."

"알았다."

"고마워요, 어머니." 거스는 마치 신의 심판에서 살아남기라도 한 듯 큰 안도감을 느꼈다. "올가가 어머니가 꿈꾸던 며느릿감이 아니라는 건 알아요. 하지만 곧 마음에 들어하실 것 같다는 생각이 강하게 들어요."

"아들아, 넌 이제 스물여섯 살이 다 되었어. 오 년 전만 했어도 그런 수상한 구석이 있는 사업가의 딸과 결혼하는 걸 말리려고 했을 거야. 하지만 최근에는 이러다 손주라도 안아볼 수 있을까 걱정되는구나. 지금 당장 이혼한 폴란드 출신 웨이트리스와 결혼하고 싶다고 나서도, 내가 가장 먼저 할 걱정은 혹시 그 여자가 너무 늙어서 아기를 못 가지는 건 아닐까, 하는 거지 싶다."

"너무 앞서가지 마세요. 올가는 결혼하겠다고 안 했어요. 제가 아직 청혼하지도 않았고요."

"어떻게 널 싫다고 하겠니?" 어슐러는 일어서서 아들에게 키스했다. "칵테일이나 한 잔 더 만들어주렴."

V

"덕분에 살았어요!" 올가가 레프에게 말했다. "아버지가 날 죽이려고 했을 거야."

레프는 씩 웃었다. "오시는 걸 봤어요. 재빨리 나서야 했죠."

"얼마나 고마운지 몰라요." 올가는 레프의 입술에 입을 맞추었다.

레프는 깜짝 놀랐다. 좋은 느낌을 제대로 누리기도 전에 올가가 얼른 떨어졌지만, 레프는 즉시 그와 올가의 관계가 백팔십도 달라졌다는 걸 느꼈다. 그는 불안한 듯 차고 안을 두리번거렸지만 두 사람 말고는 아무도 없었다.

올가는 담뱃갑을 꺼내더니 한 개비를 입에 물었다. 레프는 거스 듀어가 어제 한 행동을 흉내내어 불을 붙여주었다. 여자가 머리를 숙여 남자로 하여금 자신의 입술을 자세히 살펴볼 기회를 허락하는 건 꽤나 친밀한 제스처였다.

그녀는 패커드 자동차 뒷좌석에 등을 기대고 앉아 연기를 뿜어냈다. 레프도 차에 올라타 옆자리에 앉았다. 올가는 싫은 내색을 하지 않았다. 레프도 담배 한 개비를 피워물었다. 두 사람은 어두침침한 가운데 한참 말없이 앉아 있었다. 담배연기가 기름과 가죽 냄새, 올가가 뿌린 향수의 꽃향기와 뒤섞였다.

침묵을 깨려고 레프가 말했다. "테니스 모임 즐거웠겠어요."

올가는 한숨을 내쉬었다. "이 도시에 사는 남자들은 모두 아버지를 두려워해요. 내게 키스라도 하면 아버지가 총을 쏴죽일 거라고 생각하나봐요."

"그럼 쏘실까요?"

올가는 웃었다. "쏠 수도 있죠."

"나는 아버님이 두렵지 않아요." 완전히 진실은 아니었다. 정말로 두렵지 않은 게 아니었다. 그저 어떤 상황이든 혀를 잘 놀려서 곤경에서 벗어날 수 있길 바라며 두려움을 무시할 뿐이었다.

하지만 올가는 믿지 않는 눈치였다. "정말?"

"그래서 아버님이 내게 일자리를 주신 거죠." 이 말 역시 진실과는 아주 살짝 다른 말이었다. "직접 물어보세요."

"진짜 물어볼지도 몰라요."

"거스 듀어는 정말 아가씨를 좋아하나봐요."

"그 사람이랑 결혼하면 아버지가 정말 좋아할 텐데."

"왜요?"

"그 사람 부자고, 집안도 옛날부터 버펄로에서 상류층이었고, 아버지가 상원의원이거든요."

"항상 아버지가 원하는 대로 해요?"

올가는 생각에 잠긴 듯 담배를 빨아들였다. "네." 그녀는 대답과 함께 담배연기를 내뿜었다.

레프가 말했다. "담배 피울 때 그 입술을 보면 아주 좋아요."

올가는 그 말에 대답하지 않고 뭔가 가늠하는 눈빛을 던졌다.

그 정도면 충분한 반응이라고 생각한 레프는 그녀에게 키스했다.

올가는 목 깊은 곳에서 약한 신음을 내며 레프의 가슴을 손으로 살짝 밀었다. 하지만 거센 저항은 느껴지지 않았다. 레프는 피우던 담배를 차 밖으로 던지고 그녀 가슴에 손을 얹었다. 그녀는 뿌리치려는 듯 그의 손목을 잡더니, 오히려 부드러운 자기 가슴에 대고 세게 눌렀다.

레프는 올가의 닫힌 입술에 혀를 댔다. 그녀는 몸을 빼더니 깜짝 놀란 표정을 지어 보였다. 이런 식으로 키스해본 적이 없는 것 같았다. 정말 경험이 없는 여자였다. "괜찮아. 날 믿어." 레프가 말했다.

올가는 손에 든 담배를 내던지더니 레프를 가까이 끌어당기며 눈을 감고 입을 벌린 채 키스했다.

그뒤부터는 모든 게 엄청날 정도로 빨리 진행되었다. 올가는 절박하다고 할 정도로 달아오른 상태였다. 여러 여자와 경험이 있는 레프는 상대가 원하는 대로 맞춰주는 게 현명하다고 믿었다. 머뭇거리는 여자와는 서둘러서는 안 되고, 안달하는 여자 앞에서는 머뭇거려서는 안 되는 법이다. 레프가 속옷 안으로 손을 넣어 부드럽게 솟아오른 곳을 건드리자 올가는 흥분한 나머지 흐느끼기 시작했다. 스무 살이 될 때까지 소심한 버릇으로 남자들과 키스 한 번 못해본 것이 진짜라면, 그동안 마음속으로 쌓아둔 불만이 상당하리라. 올가는 레프가 팬티를 내릴 수 있도록 엉덩이를 들어올렸다. 다리가 갈라진 부분에 레프가 입을 맞추자 올가는 놀라움과 흥분으로 소리를 질렀다. 숫처녀인 게 분명했지만 레프는 너무 열이 오른 나머지 그런 생각을 하면서도 멈출 수가 없었다.

올가는 한쪽 발을 시트에, 다른 한쪽은 차 바닥에 대고 비스듬히 누워 치마를 허리까지 올리고는 레프를 향해 다리를 벌렸다. 그녀는 입을 벌린 채 숨을 몰아쉬고 있었다. 그러고는 눈을 크게 뜨고 레프가 단추 푸는 모습을 바라보았다. 어린 여자의 그곳이 얼마나 다치기 쉬운지 잘 아는 레프는 조심스럽게 허리를 움직였다. 하지만 올가는 그의 엉덩이를 손으로 잡고 못 참겠다는 듯 끌어당겼다. 마치 그녀가 원하는 마지막 순간에 레프가 마음을 바꿀까봐 걱정이라도 하는 듯했다. 올가의 처녀막이 잠시 걸리는 듯하더니 레프의 몸이 쉽게 안으로 들어갔고, 약간의 고통이 순간적으로 찾아왔다가 사라진 듯 그녀는 작은 신음을 토해냈다. 올가는 레프의 몸에 매달려 자신의 리듬에 맞춰 움직였고, 레프는 이번에도 그녀가 하는 대로 내버려두었다. 그녀가 도저히 거부할 수 없는 힘에 이끌리고 있는 게 느껴졌다.

레프의 과거 그 어떤 경험보다 더 황홀했다. 어떤 여자들은 모르는 게 없었다. 어떤 여자들은 순진했지만 너무 예민해 만족시키기 어려웠다. 어떤 여자들은 남자를 만족시키는 데 신경쓰느라 스스로 만족하지 못했다. 하지만 올가처럼 원초적인 욕구를 가진 여자는 처음이었고, 레프 역시 끝을 알 수 없을 정도로 달아올랐다.

레프는 움직임을 멈추었다. 올가가 큰 소리로 흐느끼자 그는 소리를 죽이려고 한 손으로 그녀의 입을 막았다. 그녀는 조랑말처럼 버둥거리더니 그의 어깨에 얼굴을 묻었다. 그리고 나지막이 날카로운 비명을 지르며 절정에 도달했고, 잠시 후 레프도 절정을 느꼈다.

레프는 그녀로부터 떨어져 바닥에 앉았다. 올가는 여전히 드러누운 채 숨을 헐떡거리고 있었다. 두 사람 모두 한참 말이 없었다. 마침내 올가가 똑바로 앉았다. "아, 맙소사. 이런 건지는 정말 몰랐어."

"대개는 이렇지 않아." 레프가 대답했다.

뭔가 생각하는 듯 한동안 침묵하던 올가는 더 조용한 목소리로 말했다. "내가 무슨 짓을 한 거지?"

레프는 대답하지 않았다.

올가는 자동차 바닥에 떨어진 팬티를 집어 다시 입었다. 그리고 한참을 더 가만히 앉아 있더니 숨을 가다듬고 차에서 내렸다.

레프는 올가가 무슨 말을 하길 기다리며 바라보았지만, 그녀는 아무말도 하지 않았다. 그저 차고 뒷문으로 다가가 문을 열고 밖으로 사라졌다.

하지만 그녀는 다음날 다시 차고에 나타났다.

VI

6월 29일 이디스 골트가 윌슨 대통령의 청혼을 받아들였다. 7월이 되자 대통령은 백악관으로 잠시 돌아왔다. "며칠 워싱턴으로 돌아가야 해요." 올가와 버펄로 동물원을 산책하던 거스가 말했다.

"얼마나 오래요?"

"대통령께서 절 필요로 하는 동안이죠."

"정말 멋져요!"

거스는 고개를 끄덕였다. "세계에서 가장 멋진 일이죠. 하지만 제 몸을 제 마음대로 하지 못한다는 뜻이기도 해요. 만일 독일과의 위기가 고조되면 오랫동안 버펄로에 돌아오지 못할 수도 있습니다."

"우리 모두 보고 싶을 거예요."

"저도 당신이 보고 싶을 겁니다. 이번에 돌아왔을 때 이후로 우리, 아주 친하게 지냈잖아요." 두 사람은 델라웨어 공원에서 뱃놀이를, 크리스털 비치에서 수영을 했다. 증기선을 타고 강을 거슬러올라 나이아가라에도 갔고, 호수를 건너 캐나다에도 갔다. 하루걸러 한 번씩 테니스를 쳤다. 늘 젊은 친구들과 함께였고 최소한 그중 한 사람의 어머니가 자리를 지켰다. 오늘은 발로프 부인이 두 사람과 함께 나와 몇 걸음 뒤에서 척 딕슨과 이야기를 나누며 따라오고 있었다. 거스가 말했다. "제가 당신을 얼마나 그리워할지 아시는지 모르겠군요."

올가는 웃기만 할 뿐 아무 대답이 없었다.

거스가 말했다. "제 인생에서 가장 행복한 여름이었습니다."

"저도 그래요!" 올가는 빨간색과 흰색 물방울무늬 양산을 빙빙 돌리며 대답했다.

거스는 올가의 말을 듣고 기뻤지만, 그와 함께라서 행복하다는 건지는 확신할 수 없었다. 그는 아직 올가를 잘 이해할 수 없었다. 그녀는 그를 보면 늘 즐거워했고, 여러 시간을 함께 보내도 기꺼이 기분좋게 대화를 나누었다. 하지만 그가 보기에는 감정이 없었다. 그를 향한 그녀의 느낌은 열정이라기보다는 단순히 우정 같았다. 물론 점잖은 숙녀라면 적어도 약혼하기 전에는 그런 감정을 드러내선 안 되는 법이긴 했다. 하지만 그렇게 생각해도 어떻게 해야 할지 알 수 없긴 마찬가지였다. 어쩌면 그런 점이 올가의 매력 중 하나인지도 모른다.

캐롤라인 위그모어가 스스로 원하는 바를 오해의 여지 없이 깔끔하게 표현하던 것이 생생히 기억났다. 깨닫고 보니 그는 지금까지 유일하게 사랑했던 여자인 캐롤라인을 자꾸 떠올리고 있었다. 캐롤라인은 자신이 원하는 걸 말할 수 있었는데, 올가는 왜 그러지 못할까? 그러나 캐롤라인은 유부녀였고, 올가는 부모의 보호 아래 자란 숫처녀였다.

거스는 곰 우리 앞에 멈춰 섰다. 쇠창살 틈으로 들여다보니 작은 불곰 한 마리가 쭈그리고 앉아 두 사람을 마주보았다. "우리가 살아가는 나날이 모두 이렇게 행복할 수는 없을까요." 거스가 말했다.

"안 될 것 있나요?" 올가가 말했다.

이건 격려인가? 거스는 올가를 바라보았다. 그녀는 거스가 아닌 곰을 보고 있었다. 그는 그녀의 푸른 눈, 분홍색 뺨의 부드러운 곡선, 연약한 듯한 목덜미를 뚫어져라 보았다. "제가 티치아노였으면 좋겠어요. 그러면 당신을 그림으로 그릴 텐데요."

올가의 어머니와 척은 두 사람을 지나쳐갔고, 거스와 올가는 둘만 남았다. 이렇게 단둘이 있게 된 건 처음이었다.

올가가 마침내 거스에게로 눈길을 돌렸고, 그는 그 시선에서 뭔가 애정 비슷한 것을 보았다고 생각했다. 그것이 용기를 주었다. 부인을 잃은 지 채 일 년도 안 된 대통령도 하는데 내가 못하겠어?

"사랑해요, 올가."

올가는 아무 말 없이 거스를 바라보기만 했다.

거스는 침을 꿀꺽 삼켰다. 역시 올가는 뭔가 모를 여자라는 생각이 들었다. 거스가 말했다. "혹시라도…… 언젠가 당신도 나를 사랑하게 되리라는 희망을 품어도 될까요?" 거스는 숨을 참은 채 올가를 바라보았다. 이 순간만은 그의 목숨이 그녀의 손에 달려 있었다.

한참 침묵이 흘렀다. 고민하는 건가? 나를 저울질하는 건가? 아니면 그저 인생이 뒤바뀔 수도 있는 결정을 내리기 전에 주저하는 걸까?

마침내 올가가 웃음지으며 말했다. "그래요."

거스는 자신이 들은 말을 믿을 수가 없었다. "정말요?"

올가는 행복히게 웃었다. "정말이죠."

그는 올가의 손을 잡았다. "저를 사랑하나요?"

올가는 고개를 끄덕였다.

"직접 말로 해야죠."

"네, 거스. 당신을 사랑해요."

거스는 올가의 손에 입을 맞추었다. "워싱턴으로 떠나기 전에 당신 아버님을 찾아뵙고 말씀드리겠습니다."

올가는 웃으면서 말했다. "아버지가 뭐라고 하실지 알 것 같아요."

"그러고 나서 모두에게 말하는 겁니다."

"그래요."

"고마워요." 거스는 들떠 말했다. "당신은 저를 정말 행복하게 해주었어요."

VII

거스는 아침에 조지프 뱔로프의 사무실로 찾아가 따님에게 청혼해도 되겠느냐고 정식으로 허락을 구했다. 뱔로프는 기꺼이 허락하겠다고 말했다. 그런 대답을 듣게 되리라 예상했지만, 거스는 자신이 안도하고 있음을 깨달았다.

거스는 곧장 역으로 가서 워싱턴행 기차를 타야 했고, 두 사람은 그가 돌아오는 대로 식을 올리기로 했다. 그때까지 거스는 즐거운 마음으로 양가 어머니에게 결혼 준비를 맡겨두기로 했다.

가벼운 발걸음으로 익스체인지 가의 중앙역에 들어서던 거스는 빨간 모자를 쓰고 작은 여행가방을 든 로사 헬먼과 마주쳤다. "안녕하세요. 가방 좀 들어드릴까요?"

"아뇨, 괜찮아요. 가벼운걸요. 하루 밖에서 묵고 돌아오는 길이에요.

뉴스 통신사 면접을 보고 왔어요."

거스는 눈썹을 치켜세워 보였다. "기자 일을 하려고요?"

"네. 합격했어요."

"축하합니다! 너무 놀란 것처럼 보인다면 죄송하네요. 통신사에서는 여자를 별로 좋아하지 않는다고 알고 있어서요."

"채용이 드물죠. 하지만 가끔 있긴 해요. 〈뉴욕 타임스〉는 1869년에 처음으로 여기자를 채용했죠. 이름이 마리아 모건이에요."

"어떤 일을 하시게 됩니까?"

"워싱턴 특파원 보조로 일할 예정이에요. 사실은 대통령이 연애를 하게 되면서 통신사에서도 여자 기자가 있어야겠다고 생각한 것 같아요. 남자들은 로맨틱한 이야기들을 놓치기 십상이니까요."

거스는 그녀가 면접을 보면서 혹시 대통령의 가장 가까운 보좌관과 친분이 있다는 말을 했을지 궁금했다. 했을 거라는 생각이 들었다. 기자들은 내숭을 떨지 않는 법이다. 그 점이 면접을 통과하는 데 도움이 된 건 틀림없었다. "저는 돌아가는 중입니다." 거스가 말했다. "워싱턴에서 볼 수 있겠군요."

"그랬으면 좋겠어요."

"좋은 소식도 있습니다." 거스는 신이 나서 말했다. "올가 발로프 양에게 청혼했습니다. 그녀도 좋다고 했고요. 곧 결혼할 겁니다."

로사는 거스를 한참 바라보더니 말했다. "바보군요."

그녀에게 뺨을 한 대 얻어맞았다 해도 이보다 더 놀라지는 않았을 것이다. 거스는 입을 벌린 채 그녀를 바라보았다.

"당신 정말 바보예요." 로사는 그렇게 말하고 획 가버렸다.

VIII

8월 19일 독일이 다시 영국 상선 아라빅 호를 어뢰로 격침하면서 미국인 두 사람이 사망했다.

희생자가 가엾긴 했지만 그보다 미국이 유럽 분쟁에 어쩔 수 없이 휘말릴까봐 덜컥 겁부터 났다. 그가 보기에 대통령은 절체절명의 상황에 몰려 있었다. 거스는 평화와 행복이 가득한 세상에서 결혼하고 싶었다. 전쟁의 대혼란과 잔인한 파괴로 엉망이 될 미래가 두려웠다.

윌슨 대통령의 지시에 따라 거스는 몇몇 기자에게 오프더레코드를 전제로 대통령이 독일과의 외교관계를 단절하기 일보 직전이라고 정보를 흘렸다. 그러는 사이, 새로 국무장관에 취임한 로버트 랜싱은 독일 대사인 요한 폰 베른슈토르프 백작과 모종의 협상을 벌이려고 애쓰고 있었다.

끔찍한 결과가 나올지 모른다고 거스는 생각했다. 독일이 윌슨 대통령의 허세를 눈치채고 해볼 테면 해보라며 도전할 수도 있었다. 그럼 어떻게 해야 할까? 아무 행동도 취하지 못한다면 윌슨 대통령은 바보꼴이 되고 말 것이다. 대통령은 거스에게 외교 단절이 반드시 전쟁을 의미하는 건 아니라고 말했다. 거스는 이제 걷잡을 수 없는 위기 상황이라는 끔찍한 생각을 하게 되었다.

하지만 독일 카이저는 미국과의 전쟁을 원치 않았고, 윌슨의 도박이 먹혀들어서 거스는 크게 안심했다. 8월 말, 독일은 경고 없이는 여객선을 공격하지 않기로 약속했다. 완벽하게 만족할 만한 수준의 보장은 아니었지만 어쨌든 교착상태는 끝났다.

미국 신문들은 약간의 차이는 있었지만 전반적으로 열광하는 분위기였다. 9월 2일 거스는 그날 발행된 〈뉴욕 이브닝 포스트〉를 들고 칭송으로 가득한 사설을 의기양양하게 윌슨 대통령에게 읽어주었다. "군대를 동원하거나 함대를 끌어모으지 않고도 오로지 옳은 것을 확고하고 끈덕지게 옹호함으로써 대통령은 세계에서 가장 자부심 강하고 오만하며 최강으로 무장한 나라를 굴복시켰다."

"아직 굴복한 건 아니지." 대통령이 말했다.

IX

늦은 9월 어느 날 저녁, 남자들이 레프를 예의 창고로 데려가 옷을 벗기고 양손을 뒤로 묶었다. 잠시 후 발로프가 사무실에서 나왔다. "이 개자식. 이 미친 개자식아."

"왜 이러십니까?" 레프가 애타게 물었다.

"네놈이 한 짓을 알 거 아냐, 이 더러운 개새끼." 발로프가 말했다.

레프는 겁이 더럭 났다. 발로프가 들으려 하지 않는다면, 말만으로 이 상황을 빠져나갈 수는 없을 터였다.

발로프는 재킷을 벗더니 소매를 걷었다. "가져와."

비쩍 마른 회계사 노면 나이얼이 사무실 안으로 들어가더니 채찍을 가지고 나왔다.

레프는 멍하니 채찍을 바라보았다. 러시아에서는 흔한 종류로, 전통적으로 범죄자를 벌줄 때 쓰는 것이었다. 긴 나무손잡이가 달렸고 단단하게 무두질한 가죽이 세 갈래로 갈라졌는데, 끝에는 각각 동그란 납덩어리가 달려 있었다. 레프는 태형을 받아본 적이 없지만 구경한 경험은 있었다. 시골에서는 소소한 도둑질이나 간통을 대개 태형으로 다스렸고, 상트페테르부르크에서는 정치범을 채찍으로 때리는 일이 자주 있었다. 스무 대를 맞으면 다리를 절게 되고, 백 대를 맞으면 목숨을 부지하기 힘들었다.

금으로 만든 회중시곗줄을 늘어뜨린 조끼를 여전히 걸치고 있던 뱔로프가 채찍을 들어올렸다. 나이얼은 킬킬 웃었다. 일리야와 테오도 흥미로운 듯 지켜보고 있었다.

레프는 겁을 집어먹은 채 등을 돌리고 쌓인 타이어 사이로 몸을 묻었다. 채찍이 잔혹한 소리를 내며 목과 어깨에 상처를 냈고 레프는 고통스러워 비명을 질렀다.

뱔로프가 다시 채찍을 휘둘렀다. 이번에는 더 아팠다.

레프는 자신이 얼마나 바보짓을 했는지 믿어지지 않았다. 대단한 영향력에, 폭력까지 행사할 수 있는 인간의 숫처녀 딸을 범하다니. 대체무슨 생각이었던 걸까? 왜 유혹을 이겨내지 못한 걸까?

뱔로프가 다시 채찍을 날렸다. 이번에는 피해보려고 몸을 재빨리 틀었다. 채찍 끄트머리만 닿았는데도 납덩어리가 고통스럽게 살을 파고들었고, 레프는 다시 고통의 비명을 질러야 했다. 달아나려고 해봤지만뱔로프의 부하들이 웃으며 그를 붙잡아 원래 자리로 밀어넣었다.

뱔로프는 다시 채찍을 들어 휘두르려다가 레프가 피하는 걸 보고 잠시 멈칫하더니 그대로 갈겼다. 그 바람에 채찍이 레프의 다리에 감겼고, 레프는 상처에서 피가 터져나오는 걸 눈으로 보았다. 뱔로프가 다시채찍을 들자, 레프는 필사적으로 몸을 던져 피하려다 발을 헛디뎌 콘크리트 바닥에 쓰러졌다. 배를 보이고 나동그라진 뒤부터는 금세 기진맥진했다. 뱔로프가 그의 몸 앞쪽 배와 허벅지에 채찍을 날렸다. 너무 고통스럽고 겁을 먹어서 일어서지도 못한 채 다시 몸을 굴렸지만, 채찍은계속 날아들었다. 남은 힘을 끌어모아 아기처럼 무릎을 꿇고 기던 레프는 자신의 피에 미끄러졌고 채찍이 또다시 날아들었다. 그는 비명도 지르지 못했다. 숨을 쉴 수가 없었다. 뱔로프는 그를 때려죽일 셈이었다. 레프는 차라리 어서 정신을 잃었으면 했다.

하지만 뱔로프는 그런 위안도 허락하지 않았다. 그는 거칠게 숨을 몰아쉬며 채찍을 내던졌다. "널 죽여야 마땅해." 그는 숨을 고르고 나서 말했다. "하지만 그럴 수가 없어."

레프는 어리둥절했다. 그는 자신의 피로 물든 바닥에 누워 뱔로프를 쳐다보았다.

"내 딸이 임신했다." 뱔로프가 말했다.

두려움과 고통으로 정신이 없는 가운데 레프는 생각을 하려고 애썼다. 그와 올가는 콘돔을 사용했다. 미국 대도시라면 어디서나 콘돔을 살 수 있다. 레프는 늘 콘돔을 착용했다. 물론 아무 예상도 하지 못했던 첫날은 그럴 수 없었다. 그리고 올가의 안내로 빈집을 구경하던 중 손님방에 있는 커다란 침대에서 할 때도…… 그리고 어두워진 다음 정원에서도……

콘돔 없이 몇 번의 관계가 있었던 건 사실이었다.

"내 딸은 듀어 상원의원의 아들과 결혼할 예정이었어." 뱔로프가 말했다. 레프는 그의 날카로운 목소리에서 분노와 함께 비통함을 느꼈다. "내 손자가 대통령이 될 수도 있었다고."

레프는 제대로 생각을 할 수 없는 상태였지만 어쨌든 결혼을 취소해야 하리라는 건 알았다. 아무리 사랑에 빠졌다 해도, 거스 듀어가 다른 사람의 아이를 가진 여자와 결혼할 리 없다. 그렇다면……

레프는 다 죽어가는 목소리로 간신히 몇 마디를 내뱉었다. "아이를 낳을 필요는 없습니다. 여기 시내에도 의사들이……"

뱔로프가 다시 채찍을 집어드는 걸 보고 레프는 웅크리며 피했다. 뱔로프는 소리를 질렀다. "그런 짓은 꿈도 꾸지 마! 그건 신의 뜻을 어기는 거야!"

레프는 어안이 벙벙했다. 매주 일요일 뱔로프 가족을 태우고 교회에
갔지만, 레프는 조지프가 엉터리 신자라고 생각했다. 부정한 방법과 폭
력으로 살아가는 인간이었기 때문이다. 그런데 낙태라는 말이 나오는
것조차 참지 못하다니! 레프는 조지프에게 그가 믿는 종교가 뇌물과 사
람을 두들겨패는 일은 금하고 있지 않느냐고 묻고 싶었다.

뱔로프가 말했다. "네놈이 내게 안긴 굴욕을 상상이나 할 수 있어?
내 딸이 약혼한다는 소식은 신문이란 신문에 죄다 났어." 그는 얼굴이
벌게져 으르렁거렸다. "듀어 상원의원에게는 뭐라고 한단 말이야? 교
회까지 예약했어! 음식도 다 준비했다고! 청첩장을 인쇄하는 중이야!
그 잘난 체하는 듀어 부인이라는 년이 쪼글쪼글하게 주름진 손으로 입
을 가리고 비웃는 꼴을 두고볼 수밖에 없단 말이야. 이 모든 게 빌어먹
을 운전기사놈 때문이라니!"

뱔로프는 다시 채찍을 들어올렸다가 난폭하게 집어던지고 말았다.
"네놈을 죽일 순 없어." 그는 테오를 향해 돌아섰다. "이 빌어먹을 자식
을 의사에게 데려가. 대충 치료하라고 해. 내 딸과 결혼시켜야 하니까."

16장
1916년 6월

I

아버지가 말했다. "얘야, 잠시 이야기 좀 하겠니?"

빌리는 깜짝 놀랐다. 빌리가 베데스다 교회에 나가지 않기 시작한 뒤로 거의 이 년간 아버지와 이야기를 나눈 적이 없었기 때문이다. 웰링턴 로의 작은 집에는 늘 긴장이 흘렀다. 빌리는 부엌에서 들려오던 상냥한 목소리들이 이제 거의 기억조차 나지 않았다. 가끔 열정적으로 목소리를 높여가며 다투던 일마저도. 그런 불쾌한 분위기는 빌리가 군 입대를 하게 된 이유의 절반쯤을 차지했다.

방금 아버지의 말투는 겸손하기까지 했다. 빌리는 조심스럽게 아버지의 얼굴을 살폈다. 표정도 마찬가지로 겸손했다. 공격성이나 해볼 테면 해보라는 태도도 없이 애원하는 듯한 얼굴이었다.

그럼에도 빌리는 아비지의 장단에 맞춰 춤출 준비가 되어 있지 않았다. "왜요?"

아버지가 쏘아붙이려다가 참는 모습이 눈에 보였다. "나는 남부끄럽지 않게 행동한 거야. 그건 죄악이었다. 너 역시 네 행동이 부끄럽진 않겠지만, 그건 너와 하느님 사이의 일일 뿐 내게는 변명이 되지 않아."

"그걸 알아차리시는 데 이 년이나 걸렸군요."

"네가 입대한다고 하지 않았으면 더 오래 걸렸을 거다."

빌리와 토미는 작년에 나이를 속이고 군에 지원했다. 그들은 흔히 '애버로언 친구들'로 불리는 웨일스 소총연대 제8대대에 소속되었다. 그런 식으로 부대를 편성한 것은 새로운 시도였다. 같은 지역에서 온 병사들을 한데 묶어 같이 자란 사람들과 훈련과 전투를 함께 할 수 있게 했다. 사기 진작에 도움이 되리라는 생각이었다.

빌리를 포함한 병사들은 일 년의 훈련 기간을 거쳤는데, 대부분 카디프 외곽에 새로 생긴 기지에서 진행되었다. 빌리는 훈련을 즐겼다. 탄광 일보다 쉬웠고 덜 위험했다. 지루함을 견뎌야 하는 일도 많았지만—훈련이란 가끔 기다림과 같은 의미였다—운동을 하거나 게임을 했고, 새로운 걸 배우며 젊은이들끼리 동지애를 키울 수 있었다. 아무 할 일 없이 오랜 시간을 보내면서 아무 책이나 골라 읽다보니 어느덧 『맥베스』라는 희곡을 읽고 있었다. 놀랍게도 그는 그런 이야기가 흥미진진했고 시적 표현이 묘하게 매력적으로 느껴졌다. 17세기에 쓰인 프로테스탄트 성경을 오래 공부한 그에게 셰익스피어의 문장은 그리 어렵지 않았다. 빌리는 그때부터 셰익스피어의 모든 작품을 섭렵했고 그중 좋은 것들은 여러 번 반복해서 읽었다.

이제 훈련은 끝났고 전 부대원이 프랑스로 떠나기 전 이틀의 휴가를 얻었다. 아버지는 지금이 살아 있는 빌리를 볼 마지막 기회일지도 모른다고 생각한 듯했다. 그래서 자존심을 죽여가며 아들에게 말을 거는 것이다.

빌리는 시계를 보았다. 집에는 그저 어머니에게나 작별인사를 하려고 들렀다. 휴가는 런던에서 누나 에설과 누나 집에 세 들어 사는 섹시한 여자와 보내려고 계획을 세워두었다. 입술이 빨갛고 앞니가 토끼처럼 튀어나온 밀드러드의 예쁜 얼굴은 그녀가 말 한마디로 그를 놀라게 한 이후 머릿속에 생생히 박혀 있었다. 이런, 젠장! 너 빌리니? 짐을 모두 챙겨넣은 빌리의 군용배낭이 문가 바닥에서 그를 기다리고 있었다. 셰익스피어 전집도 들어 있었다. 토미도 기차역에서 기다리고 있었다. "가서 기차 타야 해요." 빌리가 말했다.

"기차는 많아." 아버지가 말했다. "앉아봐라, 빌리…… 제발."

빌리는 아버지가 이렇게 나오는 게 편치 않았다. 아버지는 정의롭고 오만했으며 가혹하기도 했지만 무엇보다 강인했다. 아버지의 약한 모습은 보고 싶지 않았다.

할아버지는 늘 앉는 의자에 앉아 듣고 있었다. "말 좀 들어라, 빌리." 할아버지가 설득하듯 말했다. "네 아비에게도 기회를 줘야 하지 않겠니?"

"좋아요, 그럼." 빌리는 식탁 의자에 자리를 잡고 앉았다.

부엌방에 있던 어머니도 들어왔다.

잠시 침묵이 흘렀다. 빌리는 이 집에 다시는 돌아오지 못할 수도 있다는 걸 알았다. 훈련소에서 돌아온 그는 집이 조그맣고, 방들은 어둡고, 석탄가루와 요리하는 냄새로 공기가 무겁다는 걸 처음 깨달았다. 다른 무엇보다 막사에서 동료들과 편하게 농담하며 지내다보니, 이 집에서는 오로지 성경만을 받들도록 배우며 자랐을 뿐 자연스럽고 인간적인 표현이라곤 없었다는 사실을 깨닫게 되었다. 그럼에도 떠나야 한다고 생각하니 슬펐다. 그저 집이 아니라 그가 살아온 인생과 헤어지는 것이었다. 여기서는 모든 게 단순했다. 하느님을 믿었고 아버지에게 복종했으며 지하에서 함께 일하는 동료를 신뢰했다. 탄광 주인은 사악했고 노조는 사람들을 보호했고 사회주의는 더 밝은 미래를 약속했다. 하지만 인생은 그렇게 단순하지 않았다. 웰링턴 로로 돌아올 수 있을지는 몰라도, 두 번 다시 이곳에서 살던 소년이 될 수는 없을 것이다.

아버지는 양손을 포개고 눈을 감더니 말했다. "오, 주여. 당신의 종으로 하여금 예수그리스도처럼 겸손하고 온순하게 하시옵소서." 그러고는 눈을 뜨고 말했다. "왜 그랬니, 빌리? 어째서 군대에 들어간 거냐?"

"나라가 전쟁중이니까요. 싫든 좋든 싸워야 해요."

"도대체 너는 왜……" 아버지는 말을 멈추더니 손을 들어올리며 스스로를 다스리려 애썼다. "다른 말로 하마. 악마 같은 독일군이 수녀들을 강간한다며 떠드는 신문기사를 전부 믿는 건 아니겠지?"

"안 믿어요." 빌리가 말했다. "신문에 등장하는 광산 경영자 이야기도 순 거짓말이잖아요. 그러니 독일군에 대해서도 진실을 말하고 있지는 않겠죠."

"내가 보기에 이번 전쟁은 자본가의 문제일 뿐 노동자와는 아무 상관 없다. 하지만 너는 동의하지 않을 수도 있겠지." 아버지가 말했다.

빌리는 아버지가 그를 회유하기 위해 열심히 노력하는 걸 보고 깜짝 놀랐다. 이제까지 너는 동의하지 않을 수도 있겠지 같은 말을 한 적은 한 번도 없었다. 빌리는 대답했다. "저는 자본주의에 대해서는 많이 모르지만 아버지 말이 옳을 거예요. 그래도 독일군은 막아내야 해요. 독일은 자기들이 세계를 지배해야 한다고 생각해요!"

아버지가 말했다. "우리는 영국인이야. 우리 제국은 사억 명이 넘는 사람들을 지배하고 있지. 그들 대부분은 투표권도 없어. 자기들 조국에 대해 아무런 결정권도 없다고. 평범한 영국인에게 왜 그런지 물어봐. 아마 우리가 열등한 민족을 지배할 운명을 타고났다고 할 거다." 아버지는 뻔하지 않아?라고 말하듯 양손을 펼쳐 보였다. "빌리, 세계를 지배해야 한다고 생각하는 건 독일이 아니야. 우리라고!"

빌리는 한숨을 내쉬었다. 아버지의 말에 전적으로 동의했다. "하지만 우리는 공격을 받고 있어요. 전쟁을 벌일 이유는 잘못됐더라도 어쨌든 싸워야 해요."

"지난 이 년간 얼마나 많은 사람이 죽었니?" 아버지가 말했다. "수백만 명이야!" 목소리가 한층 높아졌다. 하지만 화가 났다기보다는 슬픈 것 같았다. "젊은이들이 네 말대로 어쨌든 서로 죽이려 하는 한 전쟁은 안 끝나."

"제 생각에 전쟁은 누군가 이길 때까지 계속될 거예요."

어머니가 말했다. "내가 보기에 너는 사람들이 너를 겁쟁이라고 놀릴까봐 두려워하는 것 같구나."

"아니에요." 빌리는 그렇게 말했지만 어머니 말이 옳았다. 군대에 지원한 이유를 이성적으로 설명했지만 그게 전부는 아니었다. 늘 그랬듯 어머니는 그의 마음을 꿰뚫어보았다. 지난 이 년간 빌리는 그처럼 몸성한 젊은이가 군대에 가지 않는다면 겁쟁이라는 말을 듣고 또 읽었다. 신문에도 그런 내용이 실렸다. 가게와 술집에서도 그런 말을 했다. 카디프 시내에서는 예쁜 여자들이 군복을 입지 않은 젊은이들에게 흰 깃털을 나눠주었고* 모병을 맡은 하사관들은 거리를 돌아다니는 젊은이들을 향해 비아냥거리곤 했다. 빌리는 그 모든 게 과장된 선전에 불과하다는 걸 알았지만 어쨌든 영향을 받지 않을 수 없었다. 사람들이 그를 겁쟁이라고 생각하는 건 도저히 참을 수 없었다.

빌리는 흰 깃털을 나눠주는 여자들에게 탄광에서 일하는 게 군대에 있는 것보다 더 위험하다고 설명하는 상상을 하기도 했다. 최전선에서

---

* 겁쟁이의 표시. 싸움닭은 꽁지깃이 희면 약한 증거라는 속설에서 유래했다.

싸우는 병사를 제외하면 대부분 군인은 광부보다 죽거나 다칠 확률이 낮았다. 그리고 영국은 석탄이 필요했다. 해군이 사용하는 연료의 절반이 석탄이었다. 정부는 실제로 광부들이 군에 지원하는 걸 권하지 않는다고 발표하기도 했다. 하지만 아무것도 상황을 바꾸지는 못했다. 빌리는 거칠거칠한 카키색 군복과 새 부츠, 챙 달린 모자를 쓰고 난 후부터 기분이 나아졌다.

아버지가 말했다. "사람들이 이번 월말에 대규모 공세가 있을 거라고 하더라."

빌리는 고개를 끄덕였다. "장교들은 아무 말도 안 해요. 하지만 그들만 빼고는 모두 그 얘기를 하죠. 그래서 갑자기 많은 병사를 전선으로 보내는 것 같아요."

"신문에서는 이번 전투가 전쟁의 향방을 바꿔놓을 거라던데. 마무리를 시작한다는 거지."

"어쨌든 그랬으면 좋겠어요."

"로이드조지 덕분에 탄약이 떨어질 걱정은 안 해도 되겠더구나."

"그러게요." 작년에 탄약이 떨어지는 상황이 발생했다. 탄약 스캔들로 언론이 난리를 피우자 애스퀴스 정부는 거의 무너질 위기에 처하기도 했다. 애스퀴스는 연립정부를 구성하고 군수장관이라는 자리를 신설해 내각에서 가장 인기가 좋은 데이비드 로이드조지에게 맡겼다. 그때부터 탄약 생산량은 급증하기 시작했다.

"부디 몸조심해라." 아버지가 말했다.

어머니가 말했다. "영웅이 되려고 하지 마. 그건 전쟁을 시작한 상류층이나 보수주의자, 장교에게 맡겨. 시키는 일이나 하고 가만있으럼."

할아버지가 말했다. "전쟁은 전쟁이야. 안전한 길은 없지."

빌리는 가족과 작별인사를 했다. 울컥 울음이 나왔지만 꾹 참았다.

"그럼 갈게요." 그는 자리에서 일어서며 말했다.

할아버지가 악수를 했다. 어머니는 볼에 입을 맞추었다. 악수를 한 아버지는 감정이 북받쳐오르는지 빌리를 껴안았다. 빌리는 전에 아버지에게 안긴 게 언제였는지 기억도 나지 않았다.

"하느님께서 축복하시고 너를 지켜주실 거다, 빌리." 아버지가 말했다. 눈에 눈물이 그렁그렁했다.

빌리의 자제력이 거의 무너질 상황이었다. "갑니다." 그는 배낭을 집어들었다. 어머니가 우는 소리가 들렸다. 그는 뒤돌아보지 않고 밖으로 나와 문을 닫았다.

깊이 숨을 들이마시고 마음을 가다듬었다. 그리고 가파른 길을 따라 기차역을 향해 걷기 시작했다.

II

솜 강은 프랑스를 동쪽에서 서쪽으로 가로지르며 구불구불 바다로 흘러간다. 남북으로 펼쳐진 최전방 전선은 아미앵에서 멀지 않은 곳에서 솜 강을 건너질렀다. 강 남쪽에서 스위스까지 이어지는 연합국측 전선은 프랑스군이 전체를 맡고 있었다. 북쪽 전선에 배치된 병력 대부분은 영국과 영연방의 부대였다.

이곳에서 북서쪽으로 30여 킬로미터가량 구릉지가 펼쳐졌다. 독일군은 이 지역 언덕 경사면에 참호를 파고 들어갔다. 그중 한곳에서 발터 폰 울리히가 고성능 차이스 쌍안경으로 영국군 배치 상황을 살피고 있었다.

이른 여름의 맑은 날이었고 새소리가 들렸다. 아직까지는 포격의 피해를 입지 않은 근처 과수원 사과나무가 화려하게 꽃을 피웠다. 인간은 동족을 수백만 단위로 학살하고 눈에 보이는 모든 곳을 포탄 구멍과 가시철조망으로 뒤덮는 유일한 동물이다. 어쩌면 인류는 스스로 존재를 말살하고 이 세상을 새와 나무 들에게 넘겨줄지 모른다. 발터는 종말이라도 온 것처럼 생각했다. 어쩌면 그렇게 되는 편이 최선일지도.

높은 곳에 진지를 구축하면 이점이 많아. 그는 다시 현실로 돌아왔다. 영국은 언덕 위를 향해 공격해야 했다. 독일군 입장에서 더 유용한 점은 영국군이 뭘 하는지 훤히 볼 수 있다는 점이다. 그리고 발터가 보기에 영국은 현재 대규모 공격을 준비하는 중이었다.

그런 움직임은 숨기기가 거의 불가능했다. 불길하게도 지난 몇 달간 영국은 이전까지 생기라곤 없던 이 프랑스 시골 지역에 도로와 철도를 닦았다. 이제 그들은 이 보급로를 이용해 수백 문의 중화기와 말 수천 마리, 수만 명의 병력을 전방으로 이동시키고 있었다. 최전선 뒤편으로 트럭과 기차가 끝없이 이어지며 도착해 탄약상자와 식수통, 건초 더미를 하역했다. 쌍안경으로 자세히 살펴보니 통신부대 병사들이 좁은 참호를 팠고, 거대한 방차에서 풀어내고 있는 건 분명 전화선이었다.

꽤 큰 기대를 품고 있는 게 틀림없어. 발터는 냉정하게 추측했다. 병력이나 자금, 노력의 규모가 엄청났다. 이건 영국이 이번 공세로 결판을 낼 수 있으리라 판단하고 있다는 걸 보여준다. 발터는 그들의 생각이 옳기를 바랐다. 승자가 어느 쪽이든 상관없었다.

적진을 살필 때면 늘 모드를 생각했다. 『태틀러』지에서 오려내 지갑에 넣어둔 사진 속 그녀는 단순해서 오히려 인상적인 야회복을 입고 사보이 호텔을 배경으로 서 있었다. 사진 위에는 레이디 모드 피츠허버트는 늘 최신 유행의 패션을 즐긴다는 캡션이 있다. 그녀도 요즘은 자주 춤추러 다니지 못할 것 같다는 생각이 들었다. 베를린에 있는 발터의 누이 그레타가 군 병원을 돌아다니며 부상병들을 위문하듯 그녀도 뭔가 전쟁에 도움이 될 만한 역할을 찾아내지 않았을까? 아니면 발터의 어머니처럼 조용한 시골로 가서 먹을 것이 부족하다는 이유로 화단에 감자를 가꾸고 있을까?

발터는 영국군이 식량이 부족한지 여부를 알지 못했다. 독일 해군이 영국의 해상봉쇄로 항구에 묶여 있었고, 그 탓에 독일은 거의 이 년간 해상을 통한 해외 수입을 하지 못하고 있었다. 하지만 영국은 미국으로부터 계속 보급받을 수 있었다. 독일 잠수함이 대서양을 건너는 배를 간헐적으로 공격했지만, 독일군 총사령부는 미국이 참전할 빌미를 제공할까봐 잠수함을 동원해 무조건 공격을 퍼붓는 이른바 '총력전'만은 유보하고 있었다. 그러니 발터는 모드가 자기처럼 배를 곯지는 않으리라 추측할 수 있었다. 그런 그도 일반 독일 국민보다는 사정이 나았다. 일부 도시에서는 식량 부족을 이유로 파업과 시위가 벌어지기도 했다.

발터와 모드는 서로 편지를 주고받지 못했다. 독일과 영국 사이에 우편물이 오갈 수 없었기 때문이다. 혹시 둘 중 하나가 미국이나 스웨덴 같은 중립국으로 가게 된다면 편지를 보낼 수 있겠지만, 그에게 그런 기회는 아직 오지 않았고 짐작건대 모드 역시 마찬가지인 것 같았다.

그녀의 소식을 전혀 알 수 없다는 것이 고통스러웠다. 혹시 그녀가 아파서 병원에 있는데도 모르는 게 아닐까 하는 두려움은 고문과도 같았다. 하루빨리 전쟁이 끝나 함께 있고 싶었다. 물론 독일이 이기길 필사적으로 바랐지만, 어떤 때는 모드만 괜찮다면 패해도 별 상관 없을 것 같다는 생각도 들었다. 전쟁이 끝나고 모드를 찾아 런던에 갔는데 그녀가 죽었다는 말을 전해듣는 것이 그가 상상하는 가장 악몽 같은 상황이었다.

그런 끔찍한 생각은 머릿속 깊은 곳으로 밀어넣었다. 시선을 아래로 낮춰 좀더 가까운 곳에 초점을 맞춘 다음, 독일측 무인지대에 방어용으로 설치한 가시철조망을 살펴보았다. 5미터 폭인 철조망 두 개가 띠처럼 둘러져 있었다. 땅속에 박힌 쇠기둥에 단단히 고정된 철조망은 쉽게 제거할 수 없을 것이다. 그 정도면 안심할 수 있을 만큼 강력한 방어선이었다.

방벽에서 참호 아래로 내려온 발터는 긴 나무사다리를 타고 깊은 대피호로 들어갔다. 높은 지대를 차지한 쪽의 약점은 참호가 상대 포격에 더 쉽게 노출된다는 것이다. 이를 보완하고자 이 지역의 부드러운 석회질 암석을 깊이 파들어간 대피호를 마련해두었다. 어찌나 깊이 팠던지, 대구경 포탄에 정통으로 맞지만 않으면 무슨 일이 있어도 안전했다. 넓이는 적이 포격을 퍼붓는 동안 참호에 있는 모든 병력이 몸을 피할 수 있을 정도였다. 어떤 대피호들은 서로 연결되어 있어서 포격으로 입구가 무너질 경우 다른 곳으로 탈출할 수도 있었다.

발터는 긴 나무의자에 앉아 공책을 꺼냈다. 방금 본 상황을 모두 요약해 한참 정리했다. 그의 보고는 다른 첩보들을 확인해주는 용도로 사용될 터였다. 비밀첩보원들은 영국인들이 말하는 소위 '대공세'를 이미 전부터 경고하고 있었다.

발터는 미로처럼 이어진 참호를 따라 후방으로 향했다. 독일군은 약 2, 3킬로미터 간격을 두고 세 줄의 참호를 구축했는데, 최전방 참호에서 밀려나면 둘째 참호로 후퇴하고, 그곳도 지키지 못하면 셋째로 물러났다. 무슨 일이 있어도 영국이 단기간에 승리를 거두지는 못할 거야. 그 생각을 하니 상당히 흡족했다.

발터는 묶어두었던 말을 타고 점심시간에 제2군 사령부에 도착했다. 장교식당에서 놀랍게도 아버지와 마주쳤다. 참모본부의 고위급 장성인 아버지는 평화로운 시기에 유럽의 이 도시 저 도시를 돌아다니던 것처럼 이곳저곳의 전장을 둘러보고 다녔다.

오토는 늙어 보였다. 몸무게도 준 것 같았다. 하기야 모든 독일인이 몸무게가 줄고 있었다. 수도승처럼 정수리가 벗어진 머리를 어찌나 바짝 깎았는지 꼭 대머리 같았다. 그래도 원기왕성하고 쾌활해 보였다. 전쟁이 체질에 맞는 모양이었다. 그는 흥분되고 급박하게 돌아가는 일들, 속전속결의 의사 결정, 지속적인 위기 상황을 좋아했다.

모드 이야기는 꺼내지도 않았다.

"뭘 봤니?" 오토가 물었다.

"이 지역에서 몇 주 안으로 대규모 공세가 있을 겁니다." 발터가 말했다.

아버지는 회의적이라는 듯 고개를 저었다. "솜 강 일대는 우리 전선에서 가장 방어벽이 두꺼운 곳이야. 우리가 고지대를 점유하고 있고, 참호도 세 단계로 파놓았지. 전쟁에서는 적의 가장 강한 부분이 아니라 가장 약한 부분을 공략하는 법이다. 아무리 영국이라도 그 정도는 알아."

발터는 방금 보고 온 상황을 들려주었다. 트럭, 기차, 전화선을 가설하던 통신부대.

"기만전술일 거야." 오토가 말했다. "만일 정말 이 지역을 공격할 거라면 오히려 그런 모습을 보여주지 않으려고 애쓰겠지. 여기서 속임수를 쓰면서 실제 공격은 멀리 북쪽 플랑드르에서 시작할 거라고."

발터가 말했다. "팔켄하인의 생각은 어떤가요?" 에리히 폰 팔켄하인은 이 년 가까이 참모총장직을 수행하고 있었다.

발터의 아버지는 빙그레 웃었다. "내 말을 그대로 믿지."

III

점심식사가 끝나고 커피가 나오자 모드는 험 고모에게 물었다. "고모님, 비상 상황이 생기면 오빠 변호사랑 연락하는 방법 알고 계세요?"

험 고모는 약간 놀란 듯 보였다. "세상에, 내가 변호사들이랑 무슨 볼일이 있겠니?"

"그야 모르죠." 모드는 삼발이 위에 뜨거운 커피 주전자를 내려놓는 집사를 보며 말했다. "그라우트, 미안하지만 종이하고 연필 좀 가져다 줘요." 그라우트는 밖으로 나가더니 필기구를 챙겨 돌아왔다. 모드는 가족 변호사의 이름과 주소를 적었다.

"내가 왜 이런 게 필요해요?" 험 고모가 말했다.

"오늘 오후 제가 체포될지도 몰라요." 모드는 명랑하게 말했다. "만일 그렇게 되면 이분에게 연락해서 저를 감옥에서 빼내달라고 해요."

"이런! 진담은 아니겠지!" 험 고모가 말했다.

"그럼요, 그럴 일이야 없겠죠." 모드가 말했다. "하지만 만에 하나 모르니까……" 그녀는 고모의 뺨에 입을 맞추고 방을 떠났다.

모드는 고모의 태도가 엄청나게 짜증스러웠지만, 여자들은 대개 이런 식이었다. 법에서 정한 자신의 권리를 이해하는 건 고사하고 자기 변호사 이름을 알아두는 것조차 숙녀답지 않다고 생각한다. 이러니 가차없이 착취당한대도 놀랄 게 없지.

모드는 모자를 쓰고 장갑을 끼고 가벼운 여름코트를 입은 다음 밖으로 나와 올드게이트로 가는 버스를 탔다.

그녀는 혼자였다. 샤프롱을 대동하는 관례는 전쟁이 터지는 바람에 느슨해졌다. 미혼 여성이 대낮에 홀로 돌아다닌다고 해서 소문이 나는 일도 없었다. 험 고모는 이런 변화를 못마땅해했지만 모드를 가둬놓을 순 없었고 프랑스에 있는 피츠에게 하소연할 수도 없어서 얼굴을 찌푸리면서도 상황을 받아들일 수밖에 없었다.

모드는 〈병사의 아내〉라는 신문의 편집장으로 일했다. 발행부수가 얼마 되지 않는 이 신문은 전쟁에 나간 군인들의 가족에게 좀더 나은 대우를 주장하는 운동을 펼쳤다. 한 보수당 하원의원은 이 신문을 두고 "정부에게 지독하게 성가신 존재"라고 했는데, 이후로 그 표현은 이 신문의 제호를 고정적으로 장식했다. 모드는 안 그래도 여자가 남자에게 종속돼 있는 상황에 분개하던 차에 무의미한 학살이 자행되는 전쟁에 대한 공포까지 겹쳐 더욱 사회운동에 매진하게 되었다. 얼마 안 되는 상속재산도 신문사 운영자금으로 썼다. 어차피 돈은 그다지 필요 없었다. 필요로 하는 건 늘 피츠가 대주었기 때문이다.

신문사의 간사는 에설 윌리엄스였다. 그녀는 더 나은 임금에 사회운동까지 할 수 있게 되자 기꺼이 공장을 그만두었다. 그녀도 모드와 함께 분개했지만 가진 능력은 전혀 달랐다. 모드는 상류층 정치를 이해했다. 각료들을 만나며 교유하고 그들과 세상 돌아가는 이야기를 나누었다. 에설은 전혀 다른 정치 세계를 알고 있었다. 전국 의류노동자조합, 독립노동당, 파업과 직장 폐쇄, 가두시위 같은 것들이었다.

모드는 약속한 대로 '육군 및 해군 가족협회'의 올드게이트 지부 길 건너편에서 에설과 만났다.

전쟁 전, 좋은 의미로 설립된 이 자선단체는 부유한 귀부인들이 쪼들리는 군인 가족들에게 우아하게 도움과 조언을 줄 수 있도록 서로를 연결해주는 기관이었다. 하지만 이제는 새로운 역할을 맡고 있었다. 남편이 참전했고 아이가 둘 이상 딸린 부인들에게 정부가 1파운드 1실링을 지급했다. 광부가 버는 돈의 절반 정도라 많지는 않지만, 뼈를 깎는 가난 속에 사는 수백만의 여인과 아이들을 먹이기에는 충분했다. '육군

및 해군 가족협회'는 이 가족수당의 운용을 맡고 있었다.

하지만 이 수당은 오직 "품행이 바른" 여자들에게만 지급되었다. 자선가 부인들은 가끔 양육이나 살림에 대한 조언을 받아들이지 않거나 극장에 가거나 독한 술을 마시는 등 행실이 좋지 못한 여자에게는 보조금 지급을 유보하기도 했다.

모드도 여자가 독한 술은 마시지 않는 편이 낫다고 생각했다. 하지만 그렇다고 그들을 극심한 빈곤 속으로 밀어넣을 권리는 그 누구에게도 없었다. 모드는 안락한 중산층 사람들이 군인의 부인들을 마음대로 재단하고 그들로부터 아이를 먹일 수단을 박탈한다는 사실에 격렬한 분노를 느꼈다. 만일 여성에게 투표권이 있다면 의회가 이런 권리의 남용을 용인할 리 없었다.

에설 옆에는 노동자로 보이는 여성 열두어 명과 독립노동당 올드게이트 지구당 서기인 버니 레크워드가 함께 서 있었다. 그들은 모두 모드의 신문과 그 신문이 주도하는 사회운동을 지지하는 사람들이었다.

모드가 도로에 선 그들과 합류했을 때, 에설은 노트를 든 젊은 남자와 이야기를 나누고 있었다. "가족수당은 자선금이 아닙니다." 에설이 말했다. "군인들 아내의 권리입니다. 기자님도 월급을 받기 전에 품행이 올바른지 시험을 보는 건 아니잖아요? 애스퀴스 수상이 의회의 구성원으로서 급여를 받기 전에 마데이라 와인을 얼마나 마셨는지 밝혀야 합니까? 여기 이 여인들은 마땅히 가족수당을 받아야 합니다. 임금과 같은 개념입니다."

에설이 제 목소리를 찾아냈군. 모드는 생각했다. 에설은 간단하고 명료하게 자신을 표현할 줄 알았다.

기자는 감탄한 듯 에설을 바라보았다. 반쯤 사랑에 빠진 듯한 모습이었다. 그는 오히려 미안하다는 듯 말했다. "반대 의견인 쪽에서는 군인 남편을 두고도 부정을 저지르는 여자에게 도움을 주지 말아야 한다고 합니다."

"남편 쪽도 확인하나요?" 에설은 분한 듯 물었다. "제가 알기로는 프랑스와 메소포타미아, 그리고 다른 지역도 우리 장병들이 가 있는 곳마다 매음굴이 있다고 합니다. 군 당국에서는 그런 곳에 드나드는 기혼자의 이름을 파악해서 월급을 지급하지 않고 있습니까? 외도는 죄악입니다. 하지만 그걸 이유로 죄지은 자와 그 아이들의 밥을 굶길 수는 없습니다."

에설은 자신의 아이 로이드를 옆으로 안고 있었다. 아이는 이제 십육 개월 되었고 아장아장 걸음마를 했다. 매끄러운 검은 머리칼에 눈동자는 녹색이었고 어머니만큼 예뻤다. 모드가 양손을 내밀자 로이드는 신이 나서 달려들었다. 모드는 갑자기 가슴이 찌릿했다. 아무리 모진 고생을 한다 해도 발터와 보낸 하룻밤으로 임신을 했더라면 얼마나 좋았을까 바라기도 했다.

모드는 이 년 전 크리스마스 이후 발터로부터 아무 소식도 듣지 못했다. 그가 죽었는지 살았는지도 알 수 없었다. 어쩌면 그녀는 이미 과부가 된 건지도 모른다. 깊이 생각하지 않으려 애썼지만 가끔은 느닷없이 끔찍한 생각이 머릿속에 떠올랐고, 그때마다 울음을 눌러 참아야 했다.

기자를 매혹시키던 에설은 인터뷰를 마치고 모드에게 젊은 여자를 소개했다. 두 아이가 여자의 치맛자락에 매달려 있었다. "이쪽은 제가 말했던 제인 매컬리예요." 제인은 얼굴이 예쁘고 표정이 단호해 보였다.

모드는 악수하며 말했다. "오늘 우리가 당신이 정당한 대우를 받도록 해줄 수 있으면 좋겠어요, 매컬리 부인."

"정말 친절하시네요. 해낼 수 있으리라 믿어요, 마님." 평등주의를 옹호하는 정치운동가 사이에서도 경칭과 관련된 습관은 쉽게 사라지 않았다.

"모두 준비됐죠?" 에설이 말했다.

모드는 로이드를 다시 에설에게 안겨주고 모인 사람들과 함께 길을 건너 단체 사무소 현관으로 향했다. 안으로 들어서니 접수대 책상에 중년 여자가 앉아 있었다. 여자는 사람들이 몰려오자 겁먹은 것 같았다.

모드가 여자에게 말했다. "걱정할 것 없어요. 윌리엄스 부인과 나는 당신 상사인 하그리브스 부인을 만나러 왔어요."

여자가 일어섰다. "계신지 보고 오겠습니다." 긴장한 말투였다.

에설이 말했다. "사무실에 있는 것 알아요. 삼십 분 전 이 문으로 들어가는 걸 봤습니다."

접수대 여자는 허둥거리며 안으로 사라졌다.

접수원과 함께 나타난 여자는 쉽사리 겁먹을 인상이 아니었다. 하그리브스 부인은 통통한 사십대 여자로, 프랑스풍 치마정장을 입고 주름 잡힌 커다란 리본이 달린 요즘 유행하는 모자를 쓰고 있었다. 체격이 워낙 다부져서 프랑스식 조화와는 거리가 멀군, 모드는 심술궂게 생각했다. 하지만 하그리브스 부인은 돈에서 오는 자신감을 풍기고 있었다. 게다가 코도 엄청나게 컸다. "뭐죠?" 그녀는 무례하게 물었다.

여성 평등을 위해 싸우다보면 남자뿐 아니라 가끔은 여자와도 싸워야 해. 모드는 생각했다. "당신이 매컬리 부인을 부당하게 대우하고 있는 것 같아서 항의하러 왔어요."

하그리브스 부인은 깜짝 놀란 것 같았다. 모드의 상류층 말투 때문인 것이 분명했다. 그녀는 모드를 위아래로 훑어보았다. 어쩌면 모드가 입은 옷이 자기 옷과 마찬가지로 비싼 물건임을 눈치챘는지도 모른다. 다시 입을 열었을 때는 덜 오만한 말투였다. "개별적인 사안을 논의할 수는 없을 것 같군요."

"하지만 매컬리 부인은 제게 당신과 이야기해달라고 했어요. 여기 함께 왔으니 확인할 수 있습니다."

제인 매컬리가 말했다. "저를 기억하시죠, 하그리브스 부인?"

"사실, 기억해요. 내게 아주 무례하게 굴었죠."

제인이 모드에게로 고개를 돌렸다. "그렇게 코 들이밀고 남 일에 참견하려거든 나 말고 다른 사람한테나 가보라고 제가 그랬거든요."

여자들은 코 이야기가 나오자 킬킬대며 웃었고, 하그리브스 부인은 얼굴을 붉혔다.

모드가 말했다. "하지만 신청자가 당신에게 무례했다는 이유로 가족수당 지급을 거부할 수는 없어요." 모드는 화를 눌러 참아가며 못마땅한 점을 냉철하게 말하려 애쓰고 있었다. "그건 당연히 알겠죠?"

하그리브스 부인은 밀릴 수 없다는 듯 고개를 한쪽으로 기울였다. "매컬리 부인은 개와 오리 술집과 스테프니 극장에 드나들었어요. 두 번 모두 젊은 남자와 함께였죠. 가족수당은 행실이 바른 아내들을 위한 겁니다. 정부는 정숙하지 못한 행동을 하는 데 쓸 돈이 지급되는 걸 바라지 않아요."

모드는 상대방의 목을 조르고 싶었다. "본인의 역할을 오해하고 있군요. 당신은 의심만으로 수당 지급을 거절할 수 없어요."

하그리브스 부인은 자신감이 한풀 꺾이는 것처럼 보였다.

에설이 끼어들었다. "남편께서는 집에 안전하게 계시겠죠?"

"그렇지 않아요." 하그리브스 부인이 얼른 대답했다. "그이는 이집트로 간 부대 소속이죠."

"이런! 그럼 당신도 가족수당을 받겠군요." 에설이 말했다.

"그건 숭요한 세 아니에요."

"하그리브스 부인, 당신 행실이 바른지 점검하는 사람은 있나요? 사람들이 당신 집 술병에 술이 얼마나 남았는지 들여다봐요? 식료품점에서 배달 온 남자와 얼마나 친한 사이인지 누가 물어보나요?"

"감히 어떻게 그런 말을!"

모드가 말했다. "당신이 화내는 것 이해해요. 하지만 아마 이제 당신에게 추궁당했을 때 매컬리 부인이 왜 그렇게 반응했는지도 알겠죠."

하그리브스 부인은 목소리를 높였다. "말도 안 돼요. 어떻게 그렇게 비교를 하죠?"

"어떻게 비교하느냐고요?" 모드가 화가 난 듯 말했다. "매컬리 부인의 남편 역시 당신 남편처럼 나라를 위해 목숨을 걸고 있어요. 두 사람다 가족수당을 신청할 수 있다고요. 하지만 당신은 매컬리 부인의 행동을 재단하고 수당 지급을 거절할 권리가 있죠. 아무도 당신을 재단하지는 않아요. 왜죠? 장교 부인들도 가끔은 술을 지나치게 마시는데요."

에설이 말했다. "장교 부인들도 바람을 피우고요."

"그만해요!" 하그리브스 부인이 소리를 질렀다. "더는 모욕당하지 않겠어요."

"제인 매컬리도 마찬가지입니다." 에설이 말했다.

모드가 말했다. "당신이 본 남자는 매컬리 부인의 동생이에요. 프랑스에 있다가 휴가를 보내러 왔죠. 겨우 이틀뿐인 휴가라 매컬리 부인은 동생이 참호로 돌아가기 전에 즐거운 시간을 보내길 바랐어요. 그래서 술집과 극장에 데려갔던 거예요."

하그리브스 부인은 겸연쩍은 표정이었지만 오히려 상대를 무시하는 태도를 보였다. "그럼 내가 물어봤을 때 그렇게 설명을 했어야죠. 자, 이제 우리 사무소에서 나가주셔야겠어요."

"이제 어찌된 일인지 아셨으니 매컬리 부인의 신청을 받아들일 걸로 믿겠어요."

"고려해보죠."

"지금 이 자리에서 즉시 처리하시죠."

"불가능해요."

"해결할 때까지 여기서 기다리겠어요."

"그럼 경찰을 불러야겠군요."

"그러세요."

하그리브스 부인은 안쪽 사무실로 모습을 감추었다.

에설은 감탄하며 보고 있는 기자에게 물었다. "사진기자는 어딨어요?"

"밖에서 기다립니다."

몇 분 후, 몸이 건장한 경관 한 명이 나타났다. "자, 숙녀분들, 문제 일으키지 말고 그냥 조용히 돌아가세요."

모드가 앞으로 나섰다. "나는 떠나지 않겠어요. 다른 사람들은 상관없어요."

"누구시기에 이러시는 겁니까?"

"레이디 모드 피츠허버트라고 해요. 만일 내쫓으려면 나를 들어내야 할 겁니다."

"원하신다면 그러죠." 경관이 모드를 안아올려 끌어냈다.

그들이 건물 밖으로 나가는 순간, 사진기자가 사진을 찍었다.

IV

"안 무서워?" 밀드러드가 물었다.

"무섭죠. 조금 무서워요." 빌리가 말했다.

밀드러드에게는 털어놓을 수 있었다. 그녀는 빌리에 대해 모르는 게 없는 듯했다. 빌리의 누나와 함께 산 지 몇 년이 되었고, 여자들은 늘 서로 모든 걸 들려주기 때문이다. 하지만 그것 말고도 밀드러드가 편하게 느껴지는 다른 이유가 있었다. 애버로언의 여자들은 늘 남자에게 예쁘게 보이려고 애썼다. 말도 골라서 하고 거울 앞에서 외모를 꾸몄다. 하지만 밀드러드는 있는 그대로 행동했다. 가끔은 터무니없는 이야기를 해서 빌리를 웃겼다. 빌리는 그녀에게라면 무슨 얘기든지 할 수 있을 것 같았다.

게다가 얼마나 매력적인지 압도당하는 느낌마저 들 정도였다. 곱슬 머리의 금발이나 파란 눈 때문이 아니라 명랑하고 쾌활한 성격이 그에게 최면을 거는 듯했다. 게다가 나이 차도 났다. 빌리는 아직 만으로 열 여덟 살도 되지 않았는데 그녀는 스물세 살이나 되었다. 세상물정에 지나치게 밝은 것 같기는 했지만 워낙 숨기지 않고 그에게 관심을 보여서 빌리로서는 기분이 으쓱했다. 빌리는 맞은편에 앉은 밀드러드를 동경의 눈길로 바라보았다. 가능하면 둘이서만 대화를 하고 싶었고, 혹시라도 손을 잡거나 끌어안고 키스할 수는 없을까 생각했다.

빌리와 토미, 에설, 밀드러드는 에설의 집 부엌의 네모난 식탁에 둘러앉아 있었다. 더운 여름 저녁이라 뒷마당으로 통하는 문도 열어놓았다. 널돌이 깔린 바닥에서 밀드러드의 어린 두 딸이 로이드와 함께 놀고 있었다. 이니드와 릴리언은 각각 세 살과 네 살이었는데, 빌리는 아직 누가 누군지 구분하지 못했다. 아이들 때문에 여자들이 밖에 나가고 싶어하지 않아서 결국 빌리와 토미가 술집에서 맥주 몇 병을 사와 마셨다.

"괜찮을 거야." 밀드러드가 빌리에게 말했다. "훈련도 받았잖아."

"그렇죠." 훈련을 받았다고 해서 자신감이 높아지진 않았다. 이리저리 행군이나 하고 경례법과 총검술을 배운 게 전부였다. 죽지 않고 살아남는 방법을 배운 것 같지는 않았다.

토미가 말했다. "만일 독일군이 모두 기둥에 묶인 허수아비로 변한다면야 대검으로 찔러 해치울 수 있겠죠."

밀드러드가 말했다. "그래도 총은 쏠 줄 알 것 아냐?"

그들은 한동안 '훈련용'이라는 도장이 찍혀 있는 녹슬고 부서진 소총으로 훈련을 받았다. 어떤 상황에서도 쏠 수 없는 총이었다. 그래도 나중에는 수동식 노리쇠가 달리고 303구경 탄환이 열 발까지 들어가는 탄창을 사용하는 리 엔필드 소총을 한 정씩 지급받았다. 알고 보니 빌리는 총을 잘 쐈다. 탄창 한 개를 일 분 이내에 쏘면서 270여 미터 밖 사람 크기의 목표물에 명중시킬 수 있었다. 훈련병들이 듣기로, 리 엔필드 소총은 발사 속도가 빠른 걸로 유명하다고 했다. 세계기록은 일 분에 서른여덟 발이었다.

"장비는 괜찮아요." 빌리는 밀드러드에게 말했다. "걱정되는 건 장교들이죠. 탄광 갱도에서도 비상사태가 생겼을 때 믿고 기댈 만한 사람을 본 적이 없거든요."

"훌륭한 장교는 다 프랑스에 가 있겠지." 밀드러드는 희망을 가지라는 듯 말했다. "재수없는 놈들이나 본국에 남아 훈련을 책임지는 거야."

빌리는 밀드러드의 걸쭉한 말투에 웃음이 나왔다. 그녀는 거리낌이라곤 없었다. "당신 말이 맞길 바라야죠."

빌리가 진짜로 두려워하는 건 독일군이 총을 쏘기 시작하면 자기가 돌아서서 달아날지도 모른다는 점이었다. 그게 다른 무엇보다 무서웠다. 상처를 입는 것보다 굴욕이 더 끔찍할 거야. 그는 생각했다. 가끔은 그 생각만 하면 어찌나 짜증이 나는지 오히려 그 끔찍한 순간이 와서 어느 쪽이든 빨리 결론이 나길 바라기도 했다.

"어쨌든 너희가 사악한 독일군을 쏴죽일 거라니 기뻐. 그놈들은 모조리 강간범이래." 밀드러드가 말했다.

토미가 말했다. "나라면 〈데일리 메일〉에서 읽은 모든 걸 믿지는 않겠어요. 그 신문을 보면 노조원은 죄다 국가에 충성하지 않는다고 생각하게 되잖아요. 그게 사실이 아니라는 걸 난 알아요. 우리 지부 조합원들은 거의 대부분 자원입대했거든요. 그러니까 독일군도 〈데일리 메일〉이 말하는 것처럼 전부 나쁜 놈은 아닐지 몰라요."

"그래, 네 말이 맞을 수도 있어." 밀드러드는 빌리를 바라보았다. "너 〈방랑자〉 봤니?"

"그럼요, 난 찰리 채플린 정말 좋아해요."

에셜이 아들 로이드를 안았다. "빌리 삼촌한테 안녕히 주무세요, 해야지." 자러 가고 싶지 않은 아기는 엄마 품에서 몸부림쳤다.

빌리는 처음 태어나던 날 로이드가 입을 벌리고 울던 모습이 떠올랐다. 지금은 얼마나 크고 튼튼해 보이는지 모른다. "잘 자, 로이드." 빌리는 말했다.

에셜은 로이드조지를 따라 아기 이름을 지었다. 아이에게 가운데 이름이 따로 있다는 사실을 아는 사람은 빌리뿐이었다. 피츠허버트였다. 출생신고서에도 적어넣었지만 에셜은 다른 사람에게는 절대 말하지 않았다.

빌리는 그의 리 엔필드 소총 가늠구멍에 피츠허버트 백작이 보였으면 좋겠다고 생각했다.

에셜이 말했다. "우리 할아버지 닮지 않았니?"

빌리는 별로 그런 생각이 안 들었다. "나중에 콧수염을 기르면 혹시 모르겠네."

밀드러드는 두 딸을 한꺼번에 데려가 재웠다. 아이들이 잠자리에 들자 여자들은 저녁을 제대로 먹자고 했다. 에셜은 빌리와 밀드러드만 남겨두고 토미와 함께 굴을 사러 나갔다.

둘이 나가자마자 빌리가 말했다. "당신이 정말 좋아요, 밀드러드."

"나도 너 좋아해." 밀드러드의 말을 듣고 빌리는 옆자리로 옮겨앉아 그녀에게 키스했다.

밀드러드도 열정적으로 응했다.

빌리는 키스가 처음이 아니었다. 쿰 가에 있는 마제스틱 극장 뒷줄에 앉아 키스해본 여자가 여럿이었다. 여자들은 늘 입술이 닿으면 입을 벌렸고, 빌리는 이번에도 같은 식으로 키스했다.

밀드러드는 가볍게 빌리의 몸을 밀어냈다. "너무 급해. 이렇게 해." 밀드러드는 입을 다문 채 입술로 빌리의 뺨과 눈꺼풀, 목을 스치며 문지르다 입술로 옮겨갔다. 묘했지만 기분이 좋았다. 밀드러드가 말했다. "나처럼 해봐." 빌리는 시키는 대로 따라 했다. "자, 이렇게." 밀드러드는 혀끝을 최대한 가볍게 빌리의 입술에 댔다. 이번에도 빌리는 따라 했다. 이번에 밀드러드는 전혀 다른 방법을 보여주었다. 목과 귓불을 물고 빨았다. 빌리는 아무리 오래해도 질릴 것 같지 않았다.

잠시 숨을 돌리는 사이 밀드러드가 빌리의 뺨을 손으로 톡톡 치며 말했다. "너 빨리 배우는구나."

"당신 정말 예뻐요." 빌리가 말했다.

빌리는 다시 키스하며 그녀의 가슴을 주물렀다. 밀드러드는 잠시 그냥 두더니 빌리의 숨소리가 거칠어지기 시작하자 그의 손을 밀쳐냈다. "너무 흥분하지 마. 두 사람이 언제 돌아올지 모르잖아."

잠시 후 현관문 소리가 났다. "이런, 젠장." 빌리가 말했다.

"조금 참아." 밀드러드가 속삭였다.

"참으라고요? 나는 내일 프랑스로 떠나요." 빌리가 말했다.

"글쎄, 아직 내일이 온 건 아니잖아."

빌리는 에설과 토미가 안으로 들어서는 모습을 보면서도 밀드러드가 무슨 말을 한 건지 이해하지 못하고 있었다.

네 사람은 저녁을 먹고 술자리를 마쳤다. 에설은 제인 매컬리 이야기를 했고, 레이디 모드가 구호단체 사무실에서 어떻게 경찰에 끌려나왔는지 설명했다. 에설은 우스운 이야기처럼 말했지만, 빌리는 누나가 불쌍한 여자들의 권리를 위해 노력하는 모습에 뿌듯한 자부심을 느꼈다. 게다가 누나는 신문사의 간사였고 귀족 레이디 모드의 친구였다! 빌리는 언젠가 자기도 평범한 사람들을 위해 싸우는 대변자가 되기로 마음먹었다. 아버지를 보며 동경하던 모습이었다. 아버지는 속이 좁고 엄격하지만 평생 노동자를 위해 싸우는 데 헌신했다.

어둠이 깊어지자 에설이 이제 잠자리에 들 시간이라고 말했다. 그녀는 쿠션을 부엌 바닥에 깔아 빌리와 토미가 잘 공간을 마련했다. 네 사람은 각자 잠자리에 들었다.

빌리는 밀드러드가 아직 내일이 온 건 아니잖아라고 한 말이 무슨 뜻인지 궁금해 잠을 이룰 수 없었다. 어쩌면 아침에 그가 사우샘프턴행 기차를 타러 떠날 때 또 키스해주겠다는 말일 수도 있었다. 하지만 그보다는 더 깊은 뜻이 담긴 것 같았다. 정말 오늘밤 그를 다시 만나고 싶다는 걸까?

밀드러드의 방으로 찾아갈 생각을 하니 흥분되어 잠이 완전히 달아났다. 잠옷을 입고 있겠지, 시트 아래 그 몸을 만지면 따뜻할 거야. 그는 생각했다. 베개를 벤 그녀의 얼굴을 떠올렸다. 그녀의 뺨에 닿아 있는 베갯잇이 부러웠다.

토미의 숨소리가 규칙적으로 변하자 빌리는 조용히 몸을 일으켰다.

"어디 가?" 토미가 말했다. 빌리가 생각했던 것처럼 금세 잠들지는 않은 모양이었다.

"화장실." 빌리가 속삭였다. "맥주를 너무 마셨나봐."

토미는 뭐라고 중얼대더니 돌아누웠다.

속옷만 입은 빌리는 기다시피 위층으로 올라갔다. 2층에는 세 개의 문이 보였다. 망설여졌다. 만일 밀드러드의 말을 잘못 이해한 거라면? 어쩌면 그녀는 그를 보고 소리를 지를 수도 있었다. 그렇게 된다면 얼마나 민망한 일인가.

아니야. 그는 생각했다. 소리지를 성격이 아니지.

빌리는 첫번째 문을 열었다. 도로에서 희미한 빛이 비쳐 두 금발 여자아이가 베개를 베고 좁은 침대에 누운 모습이 보였다. 그는 조용히 문을 닫았다. 도둑놈이 된 기분이었다.

다음 문을 열었다. 촛불 하나가 방을 밝히고 있었다. 흔들리는 불빛에 눈이 익숙해지느라 시간이 조금 걸렸다. 아까보다 큰 침대 위 베개에 누군가의 머리가 보였다. 밀드러드였다. 얼굴은 그를 향해 있었지만 눈을 뜨고 있는지 어떤지는 빌리 쪽에서 보이지 않았다. 그녀가 싫은 소리를 하지 않을까 기다렸지만, 아무 말도 들리지 않았다.

빌리는 안으로 한 걸음 들어가 등뒤로 문을 닫았다.

머뭇거리며 속삭였다. "밀드러드?"

밀드러드가 맑은 목소리로 대답했다. "딱 맞춰 왔네, 빌리. 얼른 침대로 들어와."

빌리는 시트 속으로 들어가 양팔로 밀드러드를 안았다. 그녀는 빌리가 생각한 것과 달리 잠옷 차림이 아니었다. 그녀가 알몸이라는 걸 알아차리고 빌리는 황홀한 충격을 받았다.

빌리는 문득 긴장되었다. "나는 처음이라……"

"알아." 밀드러드가 말했다. "나도 숫총각은 처음이야."

V

1916년 6월, 소령 피츠허버트 백작은 웨일스 소총연대의 제8대대에 배속되어 B중대를 지휘하게 되었다. 128명의 병사와 네 명의 위관급 장교로 이루어진 부대였다. 그는 실제 전투에서 지휘해본 경험이 전무해서 남몰래 무척 긴장하고 있었다.

그는 프랑스에 있었지만 그가 맡은 제8대대는 여전히 영국에 있었다. 부대원들은 이제 막 훈련을 마친 신병이었다. 연대장의 설명에 따르면 경험 많은 병사들로 보강할 예정이라고 했다. 1914년 프랑스로 파견했던 노련한 병사들의 부대는 이제 존재하지 않았다. 그들 가운데 절반 이상이 목숨을 잃었다. 이제 도착할 병사들은 키치너가 만들어낸 새로운 부대였다. 피츠가 지휘할 부대는 애버로언 친구들이라는 이름으로 불렸다. "아마 대부분 자네가 아는 자들일 거야." 연대장이 말했다. 그는 백작과 탄광 광부들 사이의 거리가 얼마나 먼지 모르는 모양이었다.

피츠는 장교 대여섯 명과 함께 한자리에서 명령을 하달받았다. 그는 지휘관이 된 걸 자축하기 위해 장교식당에서 술을 한 잔씩 돌렸다. A중대를 맡게 된 대위가 위스키 잔을 들더니 말했다. "피츠허버트 소령님이라고 하셨나요? 광산을 갖고 있다는 분이겠군요. 저는 귄 에번스고, 가게를 합니다. 아마 소령님께서도 시트하고 수건은 전부 저희 가게에서 사실 겁니다."

요즘 군대에는 이런 식으로 건방을 떠는 장사꾼들이 넘쳐났다. 이런 자들은 마치 자기가 피츠와 동등한 입장이며 그저 사업 분야가 다른 것뿐이라는 식으로 말하곤 했다. 하지만 피츠는 장사치의 조직관리술이 군에서 유용하다는 사실도 알고 있었다. 스스로 가게를 한다고 소개한 이 대위는 그 나름으로 겸손한 척하는 것이었다. 귄 에번스는 사우스 웨일스의 큰 도시 여러 곳에 자리잡은 백화점 운영자의 이름이었기 때문이다. 그에게 월급을 받아 생활하는 사람이 A중대 병사보다 많을 터였다. 피츠는 크리켓 한 팀의 열한 명보다 더 복잡한 조직은 이끌어본 적이 없었다. 게다가 주눅들 만큼 복잡한 무기들은 그가 경험이 없다는 사실을 생생히 일깨웠다.

"샹티이에서 열린 회의에서 이번 공격을 결정했겠죠?" 에번스가 말했다.

피츠는 그의 말이 무슨 뜻인지 알았다. 지난해 12월, 존 프렌치 경이 마침내 해임되고 더글러스 헤이그 경이 프랑스 내 영국군 사령관이 된 며칠 후, 여전히 연락장교 역할을 하던 피츠는 샹티이에서 열린 연합군 회의에 참석했다. 프랑스군은 1916년 서부전선에서 대규모 공세를 벌이자고 제안했고, 러시아군 역시 동부에서 비슷한 작전을 전개하기로 동의했다.

에번스가 계속 말했다. "그때 듣기로는 프랑스 40개 사단과 영국군 25개 사단을 동원한다고 했습니다. 지금 보니 그 말과는 다르게 돌아가네요."

피츠는 이런 식의 부정적인 말은 듣고 싶지 않았다. 그도 이미 불안해하고 있었기 때문이다. 하지만 안타깝게도 에번스의 말은 옳았다. "베르됭 때문이지." 피츠가 대답했다. 지난 12월 회의 이후 프랑스군은 베르됭을 지키느라 이십오만의 병사를 희생했다. 그래서 솜 강 쪽으로 병력을 지원하기가 어려웠다.

에번스가 말했다. "이유야 어떻든 이곳엔 사실상 우리뿐입니다."

"그렇다고 달라질 건 없을 거라고 믿네." 피츠는 전혀 그런 기분이 아니었지만 의언한 태도로 말했다. "프랑스가 어떤 식으로 움직이든 상관없이 우리는 우리가 맡은 지역에서 공격해야지."

"제 생각은 다릅니다." 에번스의 태도는 자신감이 넘쳤지만 그다지 무례해 보이진 않았다. "프랑스가 후퇴하면서 독일은 예비병력에 많은 여유가 생겼습니다. 그들이 전부 우리 지역으로 증원될 수도 있습니다."

"그런 상황이 오기 전에 우리가 더 빨리 움직일 거야."

"정말 그렇게 생각하십니까?" 에번스는 차분하게 물었다. 이번에도 무례하다고는 할 수 없었다. "만일 우리가 독일의 첫째 가시철조망 방어선을 뚫어낸다고 해도 여전히 둘째, 셋째 방어선을 넘어야 합니다."

에번스의 태도에 피츠도 슬슬 짜증이 났다. 이런 식의 대화는 사기에 좋을 게 없었다. "가시철조망은 우리 포병대가 파괴할 거야." 피츠가 말했다.

"제 경험에 따르면 포격은 가시철조망에 그다지 효과가 없습니다. 유산탄이 터지면 속에 든 탄알들이 전방과 하방으로 날면서……"

"나도 유산탄이 뭔지는 알아. 설명은 됐네."

에번스는 피츠의 말을 무시했다. "그러니까 유산탄이 효과를 발휘하려면 목표물에서 한 걸음 못 미친 지점 윗부분에서 터져야 합니다. 안 그러면 아무 효과가 없죠. 우리 포는 그럴 만큼 정교하지 못해요. 그리고 고폭탄은 땅에 떨어졌을 때 폭발하는데, 직접 타격한다고 해도 가시철조망은 그냥 공중으로 솟구쳐올랐다가 손상도 없이 그 자리로 다시 떨어진단 말입니다."

"자네는 우리가 퍼부을 사격의 규모를 과소평가하고 있군." 에번스의 말에 일리가 있을 수도 있다는 느낌에 피츠는 더욱 짜증스러웠다. 더 나쁜 건 그런 느낌이 들수록 자신은 점점 더 긴장한다는 사실이었다. "사격이 끝나면 아무것도 남지 않을 거야. 독일군 참호는 완벽히 파괴될 테니까."

"소령님 말씀이 맞았으면 좋겠습니다. 만일 놈들이 우리 일제 포격

때 대피호에 몸을 피했다가 다시 기어나와 기관총으로 사격한다면 우리 병사들은 무차별적으로 살육당할 테니까요."

"이해를 못하는 것 같군." 피츠는 화를 내며 말했다. "전쟁 역사상 지금 예정된 포격처럼 대규모는 없었어. 우리는 전선 전역 20미터마다 포를 배치할 거야. 백만 발 이상을 퍼부을 거라고! 그러면 살아남을 수 있는 건 없어."

"글쎄요, 어쨌든 소령님과 제 의견이 한 가지만은 일치하네요." 에번스 대위가 말했다. "소령님 말씀대로 이런 공세는 역사상 없던 일입니다. 그러니까 어떻게 돌아갈지는 아무도 모른다는 거죠."

VI

모드는 리본과 타조 깃털이 달린 커다랗고 빨간 모자를 쓰고 올드게이트 치안재판소에 출석해 치안을 어지럽힌 죄로 1기니의 벌금을 부과받았다. "애스퀴스 수상이 이런 상황을 좀 알았으면 좋겠어." 모드는 법정에서 나오면서 에설에게 말했다.

에설은 그리 낙관적이지 못했다. "이런 문제를 해결하도록 수상을 움직일 방법은 없어요." 그녀가 씩씩거리며 말했다. "여자들이 투표권을 행사해 정부를 몰아낼 힘을 갖기 전까지는 이런 일이 계속될 거예요." 여성참정권 운동가들은 1915년 총선에서 여성 투표권을 주요 의제로 설정하기로 계획했었다. 하지만 의회는 전쟁중이라는 이유로 총선을 연기했다. "어쩌면 전쟁이 끝날 때까지 기다려야 할지 몰라요."

"꼭 그렇진 않지." 모드가 말했다. 두 사람은 재판소 계단에 멈춰 서서 사진을 위해 포즈를 취한 다음 〈병사의 아내〉 사무실로 향했다. "애스퀴스는 자유당과 보수당 연립내각을 지키려고 기를 쓰고 있어. 둘이 갈라서면 선거를 치러야 해. 그럼 우리에게 기회가 올 수도 있지."

에설은 깜짝 놀랐다. 여성참정권 문제를 거의 포기해야 하는 상태라고 생각했기 때문이다. "왜요?"

"정부에 문제가 있어. 현재 체제대로라면 복무중인 군인들은 세대주가 아니기 때문에 투표할 수가 없어. 군복무중인 사람이 십만 명밖에 안 됐던 전쟁 전에는 별문제가 되지 않았지. 하지만 지금은 군인이 백만이 넘어. 정부는 군인들을 배제한 채 선거를 치를 자신이 없을 거야. 그들이야말로 나라를 위해 목숨을 바치고 있으니까. 그랬다간 반란이 일어날걸."

"만일 선거제도를 바꾼다면 어떻게 여자를 빼놓을 수 있겠어요?"

"줏대 없는 애스퀴스가 바로 지금 여자를 배제할 방법을 찾고 있지."

"하지만 그럴 순 없어요! 여자들은 남자들만큼이나 전쟁에 기여하고 있다고요. 군수품 공장에서 일하고, 프랑스에서 부상병을 보살피고, 남자들만 해내던 수없이 많은 일을 하고 있잖아요."

"애스퀴스는 어떻게든 그 문제를 거론하지 않고 피해가려 할 거야."

"그럼 반드시 그자를 실망시켜야겠네요."

모드는 웃었다. "바로 그거야. 그게 우리의 다음번 운동이 되어야 할 것 같아."

VII

"보스틀에서 빠져나오려고 지원했어." 조지 배로가 사우샘프턴 항구를 빠져나가는 해군 수송선 갑판 난간에 기대서서 말했다. 보스틀은 미성년 범죄자를 위한 교도소였다. "주거침입죄로 열여섯 살 때 붙잡혀서 삼 년 받았지. 일 년 지나니까 교도관놈들 물건 빨아대기가 지치더라고. 그래서 군에 자원하겠다고 했지. 교도관이 바로 징병관에게 데려가더라. 그렇게 왔어."

빌리는 그를 바라보았다. 코가 비뚤어지고 귀가 뭉개졌고 이마에 흉터가 있었다. 꼭 은퇴한 권투선수 같았다. "몇 살이야?" 빌리가 물었다.

"열일곱."

열여덟 살 밑으로는 군에 지원할 수 없었고, 해외에 파병되려면 공식적으로는 열아홉 살이 되어야 했다. 군은 그 두 가지 규칙을 계속 어기고 있었다. 모병을 맡은 하사관과 군의관은 한 사람을 입대시킬 때마다 각각 반 크라운씩 받았고, 대상자가 나이가 되었다고 말하면 다시 캐묻는 일이 거의 없었다. 이 부대의 오언 베빈이라는 병사는 딱 열다섯 살로 보였다.

"지금 저기 보이는 게 섬이야?" 조지가 말했다.

"그래." 빌리가 말했다. "와이트 섬이지."

"아, 나는 또 프랑스인가 했지." 조지가 말했다.

"아니야, 프랑스는 훨씬 멀어."

프랑스까지 이동은 다음날 새벽까지 이어졌고, 그들은 르아브르에 도착해 배에서 내렸다. 빌리는 다릿널을 건너 난생처음 외국 땅에 발을 디뎠다. 정확히 말하면 자갈로 덮은 포장도로였는데, 징 박은 부츠를 신고 그 위로 행진하는 건 고된 일이었다. 마을 한가운데를 지나는 그들을 프랑스 사람들이 무심히 바라보았다. 빌리는 예쁜 프랑스 아가씨들이 항구에 도착하는 영국 군인들을 고맙다고 포옹하며 맞아준다는 이야기도 들었지만, 그의 눈에 보이는 건 머리에 스카프를 두른 심드렁한 중년 여인들뿐이었다.

그들은 야영지까지 행군한 다음 그곳에서 밤을 보냈다. 다음날 아침에는 기차를 탔다. 외국에서 지내는 일은 빌리가 기대한 것처럼 흥미진진하지 않았다. 모든 게 달랐지만 그저 약간씩이었다. 영국처럼 프랑스도 대부분 들판과 마을이었고 도로와 철로도 비슷했다. 들판의 울타리가 생나무 대신 막대로 세운 것이고 오두막집도 영국보다 크고 튼튼해 보였지만, 그게 전부였다. 실망스러운 결말이었다. 저녁이 되었을 때 병사들은 숙영지에 도착했다. 급히 지은 막사로 이뤄진 거대한 규모의 야영지였다.

빌리는 계급이 상병이어서 토미와 어린 오언 베빈, 그리고 소년원 출신 조지 배로를 포함한 여덟 명을 지휘하는 분대장이 되었다. 분대원 중에는 로빈 모티머라는 의문의 인물도 있었다. 겉으로는 서른 살쯤 돼 보였지만 계급은 이등병이었다. 거의 천 명을 수용하는 식당에 모두 모여 차를 마시고 잼 바른 빵을 먹는 시간에 빌리가 물었다. "저, 로빈, 우린 모두 신병인데 당신은 좀 경험이 있어 보이네요. 여기 오기 전에는 뭐했습니까?"

모티머는 제대로 교육받은 웨일스 사람의 억양이 희미하게 느껴지는 말투로 험하게 내뱉었다. "남의 일에 신경 꺼, 웨일스놈." 그러더니 다른 자리로 가버렸다.

빌리는 어깨를 으쓱했다. 그 정도는 욕도 아니었다. 더구나 그 말을 한 사람이 웨일스 출신이면 더욱 그랬다.

분대 네 개가 모여 소대를 이루었고, 그들이 속한 소대의 하사관인 일라이자 존스는 스무 살로 가겟집 존 존스의 아들이었다. 그는 전선에 일 년간 있었기 때문에 단련된 전문가로 대접받았다. 존스 역시 베데스다 교회에 다녔고, 빌리와는 학교 다닐 때부터 아는 사이였다. 학교 다닐 때 그는 구약성서에 등장하는 이름 탓에 '예언자 존스'라는 별명으로 불렸다.*

예언자는 빌리가 모티머와 나누는 대화를 옆에서 들었다. "내가 이야기 좀 해볼게, 빌리. 나이 먹고 거만한 자식이지만, 상병에게 그런 식으로 말하면 안 되지."

"왜 저렇게 심술을 부리는 거야?"

"저 친구 전에 소령이었어. 무슨 짓을 저질렀는지는 몰라도 군사재판에서 징계를 받았지. 장교 계급을 뺏긴 거야. 그런데 군복무 대상자니까 다시 이등병으로 징집당했지. 군대에서 장교가 나쁜 짓을 하면 그런 처벌을 내려."

차를 마시고 나서 그들은 소대장인 제임스 칼턴 스미스 소위를 만났다. 그는 빌리와 동갑이었다. 누군가를 지휘하기에는 너무 뻣뻣하고 쑥스러움이 많고 어려 보였다. "제군." 그는 목이 졸린 듯 들리는 상류층 말투로 입을 열었다. "여러분의 지휘관이 되어 영광이다. 다가오는 전투에서 여러분이 사자처럼 용맹하게 싸울 것을 잘 안다."

"애송이 자식." 모티머가 중얼거렸다.

소위들은 애송이라고 불리지만, 장교들끼리만 그런다는 걸 빌리는 알고 있었다.

이어서 칼턴 스미스는 B중대 지휘관이자 소령인 피츠허버트 백작을 소개했다.

"이런 세상에." 빌리가 말했다. 그는 입을 벌린 채 세상에서 가장 증오하는 남자가 의자 위에 올라서서 중대원들에게 말하는 걸 들었다. 피츠는 카키색 군복을 멋지게 맞춰입고 일부 장교들이 멋을 내느라 가지고 다니는 물푸레나무 지팡이를 들었다. 그리고 칼턴 스미스와 같은 말

---

* '일라이자'는 구약성서 열왕기에 나오는 하느님의 예언자 엘리야를 영어식으로 읽은 것.

투로 비슷하게 진부한 이야기를 늘어놓았다. 빌리는 그의 불운을 도저히 믿을 수 없었다. 프랑스 하녀나 임신시키고 있어야 할 피츠가 여기서 뭘 하는 걸까? 이런 가망 없는 식충이 자식의 명령을 받는 신세가 되었다는 사실을 참을 수 없었다.

장교들이 가버리자, 예언자가 조용히 빌리와 모티머에게 말했다. "칼턴 스미스 소위는 일 년 전만 해도 이튼에 다니고 있었지." 이튼은 상류층이 다니는 학교였고, 피츠 역시 그 학교를 나왔다.

빌리가 말했다. "그럼 어떻게 장교가 된 거야?"

"이튼에서 반장이었던 모양이야."

"이런, 맙소사." 빌리는 비꼬는 투로 말했다. "그럼 우리는 아무 걱정도 없겠네."

"저 친구 전쟁에 대해선 아무것도 몰라. 하지만 권위를 앞세우는 성격은 아닌 것 같으니까 잘 지켜보기만 하면 괜찮을 거야. 정말 멍청한 짓을 하려는 걸 보면 내게 말해." 예언자 존스는 모티머에게서 눈을 떼지 않았다. "내 말 무슨 말인지 알죠?"

모티머는 퉁명스럽게 고개를 끄덕였다.

"앞으로는 당신을 믿겠어요."

잠시 후 소등시간이 되었다. 침대도 없이 짚을 넣어 만든 잠자리가 바닥에 줄지어 깔려 있었다. 잠자리에 누운 빌리는 예언자가 모티머를 처리한 것을 다시 떠올리며 그 솜씨에 감탄했다. 그는 불편한 부하와 동맹을 맺고 거래를 했다. 아버지도 말썽꾼을 처리할 때는 같은 방법을 썼다.

예언자는 모티머에게 했던 그 말을 빌리에게도 한 셈이었다. 빌리 역시 반골기질이 있다고 여긴 걸까? 그는 교회에서 성경 속 간통죄로 몰린 여인의 구절을 읽었던 일요일, 신도들 사이에 예언자도 있었다는 걸 기억해냈다. 그럴 만도 하군. 빌리는 생각했다. 나는 말썽꾼이야.

졸리지도 않았고 밖이 아직 깜깜하지도 않았지만 빌리는 금세 곯아떨어졌다. 그러다 머리 위에서 울리는 천둥 같은 끔찍한 소리에 잠에서 깼다. 그는 일어나 앉았다. 흐릿한 새벽빛이 스며들고 있었다. 창문에 빗방울이 주룩주룩 흘렀지만 폭풍우는 아니었다.

다른 병사들도 모두 빌리처럼 놀랐다. 토미가 말했다. "이런 제기랄, 이건 뭐야?"

모티머가 담배를 피워물었다. "포격 소리야. 우리 쪽 공격이지. 프랑스에 온 걸 환영한다, 웨일스놈들아."

빌리는 모티머의 말을 듣고 있지 않았다. 그는 맞은편 자리의 오언 베빈을 보고 있었다. 일어나 앉은 오언은 시트 자락을 입에 물고 울고 있었다.

VIII

모드는 로이드조지가 치마 속으로 손을 넣는 꿈을 꾸었다. 그녀는 독일인과 결혼했다고 말했고, 로이드조지가 신고하는 바람에 경찰이 그녀를 잡으러 와서 침실 창문을 두드렸다.

그녀는 침대에서 벌떡 일어나 멍하니 앉아 있었다. 한참이 지나고 나서야 경찰이 아무리 그녀를 붙잡고 싶어한다 해도 2층 침실 창문을 두드린다는 게 얼마나 현실성 없는 일인지 깨달았다. 꿈은 사라졌지만, 소리는 그대로였다. 멀리 떨어진 곳에서 기차가 지나가는 것처럼 깊고 낮게 우르릉거리는 소리기 들렸다.

그녀는 침대 머리맡 등을 켰다. 벽난로 위 선반에 놓인 아르누보 양식 시계는 새벽 네시를 가리키고 있었다. 지진이 난 걸까? 무기공장에서 폭발이 났나? 열차끼리 충돌했나? 모드는 자수가 놓인 침대보를 차고 일어섰다.

그녀는 녹색과 짙은 감색 줄이 쳐진 커튼을 열고 창밖 메이페어 거리를 내려다보았다. 집으로 돌아가던 창녀로 보이는 빨간 드레스 차림의 젊은 여자가 불안한 표정으로 마차로 우유를 나르던 남자와 대화하는 모습이 새벽빛 아래로 보였다. 다른 사람들은 보이지 않았다. 모드의 방 창문은 아무 이유 없이 계속 흔들렸다. 그녀는 문을 열고 복도로 나갔다.

나이트캡을 쓴 험 고모가 모드의 하녀인 샌더슨 옆에 서 있었다. 샌더슨의 둥그런 얼굴은 겁에 질려 하얬다. 그때 그라우트가 계단에서 모습을 드러냈다. "안녕하세요, 레이디 모드. 좋은 아침입니다, 레이디 허미아." 그는 차분하게 예의를 갖추며 말했다. "놀라실 필요 없습니다. 대포 소리입니다."

"무슨 대포요?" 모드가 말했다.

"프랑스에서 쏘는 소리입니다, 아가씨." 그라우트 집사가 말했다.

IX

영국군은 일주일 동안 일제 포격을 퍼부었다.

원래는 닷새 예정이었지만, 그 가운데 날씨가 좋았던 때는 딱 하루뿐이라 피츠는 실망스러웠다. 여름인데도 그 하루를 제외하고는 낮게 구름이 깔리고 비가 왔다. 비가 오면 정밀한 포격이 어려웠다. 또한 탄착 정찰기가 포격 결과를 관측해 포대에 전달할 수도 없다. 이런 상황은 특히 독일군 포진지를 찾아내 타격하는 임무를 띤 포대에게 불리했다. 독일군은 교묘하게 포진지를 이리저리 이동했고, 영국군의 포탄은 전혀 피해를 입히지 못한 채 빈 땅에 떨어질 것이기 때문이다.

피츠는 대대본부로 사용하는 축축한 대피호에 앉아 울적한 표정으로 시가를 피우며 끝없이 울리는 포성을 무시하려 애썼다. 항공정찰 사진도 없는 상태라서 그를 포함한 지휘관들은 적의 참호 정탐을 감행했다. 최소한 적을 육안으로 살필 기회를 얻기 위해서였다. 하지만 위험하기 짝이 없는 일이고 적진에 너무 오래 머물면 아예 돌아올 수 없었다. 그래서 병사들은 좁은 지역을 급히 돌아보고 나서 허둥지둥 돌아오곤 했다.

그들이 가져온 보고가 제각각이어서 피츠는 몹시 짜증스러웠다. 독일군 참호는 일부는 파괴되었지만 끄떡없는 곳도 있었다. 가시철조망이 잘려나간 곳도 있었지만 전부 그렇다고는 할 수 없었다. 가장 큰 걱정은 정찰 나간 일부 병력이 적탄에 밀려 돌아왔다는 점이었다. 아직 독일군이 사격을 할 수 있다면, 포격으로 그들을 참호 속에서 완전히 쓸어버리겠다는 목적이 좌절되었음은 명백했다.

피츠는 일제 포격을 하는 동안 제4군이 독일군을 포로로 잡았다는 걸 알고 있었다. 정확히 열두 명이었다. 그들을 전부 심문했지만 짜증스럽게도 알아낸 사실은 제각각 달랐다. 어떤 자들은 그들의 대피호가 파괴되었다고 했고, 다른 자들은 머리 위에서 영국군이 탄약을 낭비하는 사이 그들은 깊은 땅속에서 안전하고 편안하게 앉아 있다고 했다.

영국은 포격으로 인한 적의 피해를 확신할 수 없었고, 결국 헤이그 장군은 6월 29일로 예정된 공격을 연기했다. 하지만 날씨는 계속 나빠졌다.

"공격 계획을 섭어야 합니다." 6월 30일 아침식사를 하던 중 에번스 대위가 말했다.

"그럴 것 같진 않아." 피츠가 말했다.

"적의 방어선이 파괴되었다는 확증이 나오기 전에는 공격해선 안 됩니다." 에번스가 말했다. "포위 공격전에서는 당연한 겁니다."

처음 이 작전을 수립할 때는 그러기로 원칙을 세웠지만, 나중에 달라졌다는 사실을 피츠는 알고 있었다. "현실을 봐야지." 그가 에번스에게 말했다. "우리는 이번 공격을 지난 육 개월간 매달려 준비했어. 1916년 들어 가장 대규모 작전이라고. 우리의 모든 역량이 여기 집중되었어. 어떻게 포기할 수 있나? 헤이그는 사임하게 될 거야. 어쩌면 애스퀴스 정부 전체가 무너질 수도 있지."

에번스는 피츠의 말에 화가 난 것 같았다. 뺨이 붉어지고 목소리가 높아졌다. "견고한 참호 속에 숨은 기관총 앞으로 우리를 내모는 정부라면 차라리 무너지는 편이 낫습니다."

피츠는 고개를 저었다. "여기까지 수송해온 수백만 톤의 보급품을 봐. 그리고 물품을 나르려고 우리가 만든 도로와 철로를. 수십만 명을 훈련시키고 무장시켜서 영국부터 여기까지 이동시켰어. 어떻게 하겠어? 전부 집으로 돌려보내나?"

한참 말이 없던 에번스가 입을 열었다. "물론 소령님 말씀이 옳습니다." 그의 말투는 차분해졌지만 가까스로 분노를 억누르는 듯했다. "병사들을 집으로 돌려보내지는 않을 겁니다." 그는 이를 악물고 말했다. "이곳 땅에 묻겠죠."

오후가 되면서 비가 멈추고 해가 모습을 드러냈다. 잠시 후 명령이 하달되었다. 내일 공격 개시.

17장
1916년 7월 1일

I

발터 울리히는 지옥을 겪고 있었다.

영국의 포격은 일주일 밤낮 동안 계속 이어지고 있었다. 독일군 참호 속에 있는 사람들은 하나같이 일주일 전보다 십 년은 더 늙어 보였다. 그들은 재빨리 뛰어서 대피호―땅을 깊이 파 만든 굴로 참호 뒤편에 있다―로 피했지만, 포성은 여전히 귀가 멀 듯 시끄러웠고 발밑 땅은 계속 흔들렸다. 가장 끔찍한 건 대구경 포탄에 직격으로 맞기라도 하는 날이면 가장 튼튼한 대피호도 무너질 수 있다는 사실을 그들 모두 알고 있다는 점이었다.

포격이 멈추기만 하면 그들은 참호로 기어올라가 다들 예상하는 적의 대공세를 물리치기 위해 준비했다. 영국이 아직은 공격을 개시하지 않으리라는 확신이 충분히 들면 피해 상황을 확인했다. 참호가 무너진 적도, 대피호 입구가 흙더미에 깔린 적도 있었고, 어느 끔찍한 오후에는 대피호 매점이 완전히 무너져 부서진 그릇과 깡통에서 줄줄 새는 잼, 물비누로 난리가 난 적도 있었다. 그들은 기진맥진한 채로 흙을 모두 퍼내고 새 널빤지를 대어 옹벽을 보강하고 물품들을 다시 주문했다.

하지만 주문한 물품은 오지 않았다. 최전선까지 도착하는 보급품은 극소수였다. 포격 때문에 전선으로의 모든 접근이 위험해졌기 때문이다. 병사들은 허기지고 목이 말랐다. 발터는 포탄으로 팬 땅에 고인 빗물을 고마운 마음으로 떠 마시기도 했다.

병사들은 영국의 포격이 멈추면 대피호에 머물 수 없었다. 참호로 나가서 영국군의 공격에 대비했다. 보초들은 감시를 계속했다. 나머지는 대피호 입구 주위에 앉아 쉬다가 다시 대규모 포격이 시작되면 계단을 뛰어내려가 지하에 숨고, 다른 공격이 있으면 얼른 발판을 밟고 올라서서 방어할 준비를 하고 있었다. 기관총은 포격이 있을 때마다 지하로 옮겼다가 돌아올 때는 원래 자리로 다시 가져다놓아야 했다.

포격과 포격 사이 영국이 박격포 공격을 해왔다. 이 작은 포탄들은 발사 소리는 작지만 진지 구축에 사용된 목재를 박살낼 만큼 위력이 충분했다. 하지만 무인지대의 하늘 위로 천천히 곡선을 그리며 날아오기 때문에 미리 보고 몸을 숨길 수도 있었다. 발터도 피한 적이 한 번 있었는데, 멀리 피해서 다치지 않을 정도는 되었지만 들고 있던 저녁식사에 온통 흙이 튀는 걸 막지는 못했다. 접시에 푸짐하게 담은 돼지고기 스튜는 그냥 버릴 수밖에 없었다. 그후로는 식사를 한 번도 하지 못했다. 지금이었다면 음식에 떨어진 흙까지 같이 먹어버렸을 거라는 생각이 들었다.

포탄이 전부가 아니었다. 이 지역은 가스 공격에도 시달리고 있었다. 병사들은 방독면을 갖고 있었지만, 참호 바닥에는 염소가스로 죽은 크고 작은 쥐나 다른 작은 동물의 시체가 널려 있었다. 소총 총신도 녹색이 도는 검은색으로 변해버렸다.

　포격이 시작된 지 칠 일째 되는 날, 자정이 지나고 포성이 뜸해지자 발터는 정찰을 나가기로 마음먹었다.

　얇은 털모자를 쓰고 얼굴에 진흙을 검게 발랐다. 그리고 독일군 장교들에게 기본적으로 지급되는 9밀리미터 루거 권총을 뽑았다. 권총 손잡이에서 탄창을 꺼내 탄환을 확인했다. 가득 장전되어 있었다.

　사다리를 타고 참호 위로 올라섰다. 낮이었다면 목숨을 거는 행동이었겠지만 밤에는 비교적 안전했다. 허리를 숙인 채 독일군이 설치한 가시철조망까지 이어지는 완만한 경사를 달려내려갔다. 독일군 기관총진지 바로 앞쪽에 일부러 가시철조망을 벌려놓은 부분이 있었다. 그는 무릎을 꿇고 그 사이로 기어나갔다.

　어렸을 적 읽었던 모험담이 떠올랐다. 대개 턱이 네모진 독일 젊은이가 미국 인디언이나 가느다란 통을 불어 활을 쏘는 피그미족, 교활한 영국 스파이의 위협을 받는다. 덤불이나 정글, 초원의 풀밭에서 기어다니는 내용이 많았던 게 기억났다.

　덤불은 거의 보이지 않았다. 십팔 개월 동안 이어진 전쟁으로 주위에는 포탄 구멍과 진흙의 황무지 사이로 띄엄띄엄 보이는 풀밭과 덤불, 작은 나무뿐이었다.

　몸을 숨길 곳이 없어서 더욱 위험했다. 달이 없는 밤이긴 했지만 가끔 폭발로 인한 불꽃이나 조명탄의 어마어마한 불빛에 주위가 환해지기도 했다. 그러면 발터가 할 수 있는 행동이라고는 납작 엎드려 꼼짝도 하지 않는 것뿐이었다. 우연히 포탄 구멍 속에 있을 때라면 그나마 눈에 띄지 않겠지만, 그렇지 않다면 그저 아무도 그가 있는 쪽을 보지 않기를 바라는 수밖에 없었다.

　바닥에는 수없이 많은 영국군 불발탄이 버려져 나뒹굴고 있었다. 발터의 계산으로는 3분의 1이 불발탄인 듯했다. 로이드조지가 군수품 생산을 맡았다는 사실을 아는 발터는, 대중의 비위를 맞추는 선동정치가인 그가 질보다는 양에 초점을 맞추고 있는 게 아닌가 싶었다. 독일군은 그따위 실수는 하지 않아. 발터는 속으로 생각했다.

영국군이 설치한 철조망에 다다른 발터는 옆으로 기어서 빈틈을 찾아내 통과했다.

영국군 진지가 보이기 시작했다. 짙은 회색 하늘에 검은 물감을 묻힌 붓을 문지른 듯한 풍경이었다. 발터는 배를 깔고 엎드려 조용히 움직이려고 애썼다. 가까이 다가가야 했다. 그게 중요했다. 참호 속 병사들이 무슨 말을 하는지 듣고 싶었기 때문이다.

양측은 매일 밤 정찰병을 내보냈다. 발터는 대개 지겨움을 견디다 못해 위험해도 모험을 바라는 병사들 가운데 똑똑해 보이는 둘을 골라 보내곤 했다. 하지만 가끔은 스스로 나섰다. 그 역시 목숨을 걸 수 있다는 걸 보여주기 위함이기도 했고, 직접 자기 눈으로 확인하는 게 더 상세히 알 수 있기 때문이기도 했다.

발터는 혹시라도 기침이 나올까봐 조심하며 귀를 기울였다. 소곤거리는 소리가 나더니 이어서 트림과 만족스럽다는 듯 숨을 내쉬는 소리도 들리는 것 같았다. 너무 조용한 곳을 택한 모양이었다. 왼쪽으로 방향을 바꾸어 50여 미터를 기어가 다시 멈추었다. 멀리서 기계가 돌아가는 것처럼 윙윙거리는 소리가 들렸다. 귀에 익숙지 않은 소리였다.

방향을 잃지 않으려고 애쓰며 계속 기었다. 어둠 속에서는 방향감각을 잃는 일이 허다하다. 어느 날 밤인가는 한참 기다보니 삼십 분 전에 이미 지난 가시철조망으로 되돌아온 적도 있었다. 그제야 자신이 둥글게 원을 그리며 돌고 있다는 걸 알아차렸었다.

조용히 말하는 목소리가 들렸다. "여기야." 발터는 얼어붙었다. 천으로 덮은 손전등 불빛 하나가 반딧불이처럼 까딱거리며 움직이는 모습이 시야에 들어왔다. 30여 미터 떨어진 곳에서 희미한 전등빛에 영국군으로 보이는 철모 쓴 병사 셋이 보였다. 얼른 몸을 굴려 멀어지고 싶은 마음이었지만, 움직이면 오히려 주의를 끌 것 같았다. 발터는 권총을 뽑았다. 죽게 된다면 적 몇 명이라도 함께 데리고 갈 작정이었다. 안전장치는 권총 손잡이 왼쪽 위에 달려 있었다. 엄지손가락으로 안전장치를 앞으로 밀었다. 찰칵 소리가 발터에게는 천둥소리처럼 들렸지만 영국군 병사들은 못 들은 것 같았다.

영국군 둘은 두루마리 모양으로 말린 가시철조망을 운반하는 중이었다. 발터가 보기에는 낮에 독일군 포격으로 망가진 부분을 보수하려는 것 같았다. 어쩌면 저놈들을 하나, 둘, 셋, 하고 재빨리 쏴죽여야 하는 건 아닐까. 그는 생각했다. 내일이면 나를 죽이려 들 녀석들이야. 하지만 더 중요한 일이 있었다. 그는 방아쇠를 당기려던 걸 참고 영국 병사들이 멀어져 어둠 속으로 모습을 감출 때까지 지켜보았다.

발터는 권총 안전장치를 다시 잠가서 총집에 넣은 다음, 영국군 참호 쪽으로 더 가까이 기어갔다.

조금 시끄러운 소리가 들렸다. 잠시 멈춰 정신을 집중했다. 여러 사람이 떠드는 소리였다. 그들은 조용히 하려고 애쓰고 있었지만 사람이 많이 모이면 소리가 새어나가는 법이다. 발을 이리저리 끌거나 옷깃이 스치는 소리, 코를 훌쩍이거나 하품하고 트림하는 소리가 섞인 그런 소리였다. 가끔은 조용히 명령을 내리는 듯한 소리도 들렸다.

발터가 신경쓰이고 놀란 건 병력 규모가 어마어마하게 느껴졌기 때문이었다. 얼마나 많은지 수를 가늠할 수조차 없었다. 최근 들어 영국군은 새로 더 넓게 참호를 팠다. 어마어마하게 많은 군수품을 저장하거나 엄청난 규모의 포대를 들여놓으려는 것처럼 보였다. 하지만 지금 보니 대규모 병력을 수용하기 위해서인 듯했다.

눈으로 확인해야 했다.

앞으로 기어갔다. 소리가 더 커졌다. 참호 안쪽을 들여다봐야 했지만, 과연 모습을 드러내지 않고 그럴 수 있을까?

뒤쪽에서 목소리가 들려와 발터는 심장이 멎는 줄 알았다.

돌아보니 반딧불이 같은 손전등 불빛이 보였다. 가시철조망 보수를 나갔던 병사들이 돌아오고 있었다. 발터는 몸을 진창 속으로 밀어넣은 다음 천천히 권총을 뽑았다.

병사들은 소리를 죽이려고 애쓰는 기색도 없이 서둘러 돌아오고 있었다. 임무를 마쳐서 기쁜데다 얼른 안전한 곳으로 돌아가고픈 마음뿐인 듯했다. 가까이 다가와서도 발터를 알아보지 못했다.

그들이 앞을 지나자 발터는 좋은 생각이 떠올라 얼른 일어섰다.

만일 누군가 그를 보고 불을 비춘다면 병사들과 일행인 줄 알 것이다.

발터는 그들을 따라갔다. 앞서가는 영국군 병사들은 본인들의 발소리와 뒤섞인 발터의 발소리를 분간하지 못하리라 생각했다. 아무도 돌아보지 않았다.

발터는 갖가지 사람 소리가 나던 곳을 살폈다. 참호 속이 들여다보였지만 처음에는 그저 손전등인 듯한 불빛 몇 개만 알아볼 수 있었다. 하지만 눈이 조금씩 적응하면서 마침내 앞에 보이는 광경을 알아차리고 발터는 소스라쳤다.

병사들이 수천 명이었다.

발터는 멈춰 섰다. 용도를 알 수 없었던 넓은 참호는 알고 보니 많은 병력이 숨을 공간이었던 것이다. 영국은 대규모 공세를 앞두고 병력을 보강하고 있었다. 그들은 선 채 꼼지락거리며 기다리고 있었다. 장교들이 든 손전등 불빛에 줄지어 늘어선 대검과 철모가 반짝거리며 빛났다.

발터는 수를 가늠해보았다. 병사 열이 열 줄로 서면 백 명이고, 그런 식으로 이백 명, 사백 명, 팔백 명…… 그가 볼 수 있는 곳에만 천육백 명이고, 그 외에는 어둠에 가려 보이지 않았다.

곧 공세가 시작될 터였다.

정보를 가지고 최대한 빨리 복귀해야 했다. 만일 지금 독일군이 포격을 퍼붓는다면 바로 이곳에서만 수천 명의 적을 해치울 수 있다. 그것도 영국의 공격이 시작되기 전에 영국군 진지 안쪽에서. 하늘이 준 기회였다. 아니, 어쩌면 악마가 잔인한 전쟁의 주사위를 던진 건지도 모른다. 아군 진지로 돌아가자마자 유선으로 본부에 알려야 했다.

조명탄 하나가 날아올랐다. 참호 안쪽에서 영국군 보초병 하나가 소총을 겨눈 채 그가 있는 쪽을 바라보는 모습이 불빛에 드러났다.

발터는 재빨리 바닥에 엎드려 얼굴을 진창에 처박았다.

총소리가 울렸다. 그러자 가시철조망 작업을 나갔던 병사 하나가 소리를 질렀다. "쏘지 마, 미친놈아! 우리야!" 피츠의 웨일스 저택에서 일하던 아랫사람들과 비슷한 말투였다. 발터는 이들이 웨일스 소총연대이리라 추측했다.

조명탄 불빛이 사그라졌다. 발터는 벌떡 일어나 독일군 쪽을 향해 달리기 시작했다. 보초병은 조금 전 조명탄 불빛 때문에 몇 초 동안은 앞을 제대로 보지 못할 터였다. 발터는 과거 어느 때보다 더 빨리 달렸다. 언제 뒤에서 총알이 날아올지 알 수 없었다. 삼십 초 만에 그는 영국군이 설치한 철조망에 도착해 기쁜 마음으로 무릎을 꿇었다. 재빨리 좁은 틈을 통해 기어나갔다. 다시 조명탄이 날아올랐다. 그는 여전히 영국군의 사정권 안에 있었지만 쉽게 눈에 띌 정도로 가깝지는 않았다. 재빨리 바닥에 엎드렸다. 조명탄은 바로 그의 머리 위에 있었고, 불이 붙어 위험한 마그네슘 덩어리가 손에서 한 걸음 거리에 떨어지기도 했지만 총성은 들리지 않았다.

조명탄 불빛이 사그라지자 발터는 일어서서 독일군 진지가 있는 곳까지 내처 달렸다.

II

영국측 전선에서 후방으로 3킬로미터가량 떨어진 곳. 피츠는 새벽 두시가 조금 지난 시각 줄지어 선 8대대 병사들을 근심스러운 듯 지켜보고 있었다. 이제 막 훈련소에서 나온 신병들이 그에게 망신이나 주지 않을까 걱정했지만, 결과는 그렇지 않았다. 병사들은 차분함을 유지하며 민첩하게 명령에 따랐다.

연대장이 말을 탄 채 부대원들에게 간단히 연설을 했다. 하사관 하나가 옆에 서서 손전등으로 연대장을 비췄는데, 그렇게 빛을 받은 연대장의 모습은 마치 미국 영화에 등장하는 악당처럼 보였다. "우리 포병이 독일의 방어 병력을 궤멸했다. 적진에 가보면 죽은 독일군밖에는 아무것도 없을 것이다."

가까운 곳에서 웨일스 사투리로 누군가 중얼거렸다. "대단하군. 그럼 독일군은 뒈져서도 우리에게 총을 쏠 수 있다는 거 아냐."

피츠는 누가 그랬는지 이리저리 훑어봤지만 주위가 어두워 찾아낼 수 없었다.

연대장은 계속 말을 이어나갔다. "적의 참호를 확보하라. 그러면 야전 취사장이 제군을 따라가 따뜻한 저녁을 제공할 것이다."

B중대는 소대 선임하사관을 선두로 열을 맞춰 전장으로 떠났다. 그들은 수송 차량을 위해 도로를 비워둔 채 들판을 가로질러 이동했다.

행군을 시작하며 병사들은 〈전능하신 여호와여〉라는 찬송가를 부르기 시작했다. 병사들이 어둠 속으로 사라진 다음에도 그들의 노랫소리는 밤공기 속에서 한참 울려퍼졌다.

피츠는 대대본부로 돌아왔다. 장교들을 전선으로 데려가기 위해 뚜껑 없는 트럭 한 대가 대기중이었다. 피츠는 애버로언 탄광 소장의 아들인 롤런드 모건 소위 옆자리에 앉았다.

피츠는 패배주의적인 말은 어떻게든 삼가려고 애써왔지만, 연대장이 지나치게 안이하지 않나 하는 마음이 드는 건 어쩔 수 없었다. 이런 식의 공세는 처음이었기 때문에 결과가 어떻게 나올지는 아무도 알 수 없었다. 일주일 동안 포격을 퍼부었지만 그렇다고 적의 방어벽이 무력화된 건 아니었다. 조금 전 누군지 모를 병사가 비꼬듯 지적한 대로 독일군은 여전히 응사해오고 있었다. 피츠도 실제로 그 병사와 같은 의견을 보고서에 포함시켰는데, 그걸 본 허비 대령은 그에게 겁이 나느냐고 묻기도 했다.

피츠는 근심하고 있었다. 작전참모들이 나쁜 소식에 눈을 감으면 병사들이 죽는 법이다.

마치 그의 생각을 증명이라도 하듯 뒤쪽 도로에서 포탄이 터졌다. 피츠가 돌아보니, 그가 탄 것과 똑같은 트럭 한 대가 공중으로 튀어오르는 모습이 보였다. 뒤따르던 차량이 배수로 쪽으로 방향을 틀다가 다른 트럭과 부딪쳤다. 대학살의 현장이었지만 피츠가 탄 트럭의 운전병은 미리 정해진 대로 공격당한 동료를 돕기 위해 차를 세우지 않았다. 부상병들은 위생병들에게 남겨두어야 했다.

양쪽 들판에 더 많은 포탄이 떨어졌다. 독일군은 영국군 진지가 아닌 최전선으로 향하는 접근로를 목표로 포격을 가하고 있었다. 대규모 공세가 시작되리라는 걸 알아낸 게 틀림없었다. 이렇게 대규모 병력의 이동이 그들의 정보망에 걸리지 않을 리 없었다. 독일군은 아직 참호에 도착하지도 못한 병사들을 무시무시할 만큼 효과적으로 해치우고 있었다. 피츠는 극심한 공포를 참으려 애썼지만 여전히 두려웠다. B중대는 어쩌면 전장에 도착조차 못할 수 있었다.

더이상의 사고 없이 피츠는 집결지에 도착했다. 이미 수천 명의 병사가 도착해 소총을 짚고 서서 낮은 목소리로 이야기를 나누고 있었다. 일부 병력은 포탄에 희생되었다는 소리도 들렸다. 피츠는 혹시 그가 지휘할 중대가 아직 살아 있기나 한지 궁금해하며 기다렸다. 다행히 애버로언 친구들은 한참 만에 아무 피해 없이 도착해 대열을 이루어 섰다. 피츠는 몇백 미터가량 떨어진 대기용 참호까지 부대원들을 이끌고 이동했다.

그곳에서 그들은 공격이 시작될 때까지 아무 할 일 없이 기다려야 했다. 참호 바닥에 물이 차 있어서 피츠의 각반이 금세 젖었다. 이제는 노래도 부를 수 없었다. 적진에 들릴 수도 있기 때문이다. 흡연 역시 금지였다. 기도하는 병사들도 보였다. 키 큰 병사 하나가 군인수첩을 꺼내 일라이자 존스 하사가 비추는 가느다란 손전등 불빛에 의지해 '유서' 페이지를 채우기 시작했다. 왼손으로 글을 쓰는 모습을 보면서 피츠는 그 병사가 예전에 티 귄에서 하인으로 일했고 크리켓팀에서 왼손잡이 투수로 활약했던 모리슨임을 알아차렸다.

새벽은 일찍 찾아왔다. 하지가 지나고 겨우 며칠 후였다. 주위가 밝아지자 몇몇 병사가 사진을 꺼내 멍하니 보거나 입을 맞추었다. 감상적으로 보여서 피츠는 그들을 따라 하기가 망설여졌지만 잠시 후 그도 사진을 꺼냈다. 그가 꺼낸 건 '보이'라고 부르는 아들 조지의 사진이었다. 지금은 십팔 개월이 넘었지만 사진은 첫돌 때였다. 조지의 얼굴 뒤쪽에 조악하긴 하지만 꽃이 핀 숲속 빈터의 배경막이 보이는 걸 보니, 비가 아이를 데리고 사진관에 가서 찍은 게 분명했다. 흰 드레스 비슷한 옷에 턱밑에 끈이 달린 모자를 쓰고 있어서 그다지 사내아이처럼 보이지 않았지만 어디 하나 나쁜 곳 없이 건강했다. 오늘 피츠가 죽는다면 아이는 백작의 지위를 이어받게 된다.

비와 '보이'는 지금 런던에 있을 거라고 피츠는 생각했다. 지금은 7월로, 활발하지야 않겠지만 사교 시즌이기 때문이었다. 어린 숙녀들은 사교계에 데뷔를 해야 했다. 안 그러면 어떻게 어울리는 남편감을 만날 수 있겠는가.

주위가 더 밝아지더니 해가 모습을 드러냈다. 애버로언 친구들이 쓴 철모가 빛나고 그들의 대검이 새로 떠오른 태양빛을 받아 반짝였다. 대부분 전투에 처음 참여하는 병사였다. 지든 이기든 엄청난 시련을 겪게 될 터였다.

해가 뜨자 영국군의 대규모 포격이 시작되었다. 포병들은 모든 걸 쏟아붓고 있었다. 어쩌면 이번 마지막 시도로 마침내 독일군 방어선이 무너질 수도 있다. 헤이그 장군은 그렇게 되기를 기도하고 있을 것이다.

애버로언 친구들이 선봉으로 나서지는 않았지만 피츠는 B중대를 소대장들에게 맡겨두고 전선을 살펴보러 앞으로 나아갔다. 전방 참호로 가기 위해 대기중인 병사들 사이를 헤치고 사격용 발판을 딛고 올라선 다음, 모래주머니 사이로 난 구멍으로 내다보았다.

떠오르는 태양빛이 이리저리 흩어지는 아침 안개를 뒤쫓고 있었다. 포탄이 폭발한 자리에서 피어오른 연기로 파란 하늘이 얼룩졌다. 피츠가 보기에는 프랑스의 아름다운 여름날이 될 것 같았다. "독일놈들 죽이기 좋은 날씨군." 그는 누구에게랄 것도 없이 말했다.

그는 공격시간이 될 때까지 전방에 머물렀다. 처음 공격이 시작되면 무슨 일이 벌어질지 보고 싶었다. 어쩌면 배울 점이 있을지 모른다. 프랑스에서 장교로 거의 이 년이나 복무했지만 직접 부하들을 지휘해 전투에 참여하는 건 이번이 처음이라는 사실이 죽을 수도 있다는 것보다 더 신경쓰였다.

모든 병사에게 약간의 럼주가 배급되었다. 피츠는 럼주를 조금 마셨다. 뱃속이 따뜻해지는 기분이 들면서도 스스로 더 긴장하는 걸 느낄수 있었다. 공격개시시간은 일곱시 삼십분이었다. 일곱시가 지나면서 병사들은 조용해졌다.

일곱시 이십분이 되면서 영국군의 포격이 멈추었다.

"안 돼!" 피츠는 소리내어 말했다. "아직 안 돼. 너무 일러!" 물론 아무도 듣는 사람은 없었다. 하지만 그는 겁에 질렸다. 포격을 멈추면 공격이 임박했다는 걸 독일군에게 알려주는 꼴이 될 터였다. 독일군이 지금쯤 대피호에서 몰려나와 기관총 진지로 달려가 자리를 잡는 모습이 눈에 선했다. 아군 포병들은 적에게 준비할 시간을 정확히 십 분이나 준 거다! 마지막 순간인 7시 29분 59초까지 최대한 포격을 멈추지 말았어야 했다.

하지만 지금 당장은 어찌할 방법이 없었다.

이 단순한 실수 때문에 얼마나 많은 병사가 죽을지 생각하니 으스스해졌다.

하사관들이 큰 소리로 명령을 내리자, 피츠 주위의 병사들이 사다리를 타고 참호 위쪽으로 기어올라가기 시작했다. 그들은 영국군 철조망 가까운 곳에 몰려 자리를 잡았다. 독일군 진지와의 거리는 불과 400여 미터였지만, 아직은 아무도 사격을 가해오지 않았다. 그때 하사관들의 외침에 피츠는 소스라쳤다. "구령에 따라 열을 맞춘다. 하나, 우로나란히!" 병사들은 마치 광장에서 행진하듯 열을 맞추기 시작했다. 그들은 볼링장의 핀들처럼 완벽히 간격을 맞출 때까지 조심스럽게 서로의 거리를 조절했다. 피츠가 보기에는 미친 짓이었다. 이건 그저 독일군에게 준비시간을 더 주는 짓밖에 안 되었다.

일곱시 삼십분이 되자 호각이 울렸고, 모든 신호병이 깃발을 흔들자 첫째 열이 앞으로 움직이기 시작했다.

병사들은 몸에 지닌 장비가 무거워 전속력으로 뛸 수가 없었다. 예비용 탄약, 방수포, 전투식량과 물 말고도 한 사람당 밀스 수류탄 두 개를 소지하고 있었는데, 수류탄 한 개의 무게가 거의 1킬로그램에 가까웠다. 병사들은 포탄 구멍 속에서 첨벙거리며 조깅하는 속도로 움직여 영국군 철조망의 구멍을 통과했다. 미리 지시받은 대로 그들은 다시 열을 맞춘 뒤 어깨와 어깨를 맞대고 무인지대를 가로질러 전진했다.

중간쯤 이동했을 때 독일군 기관총이 불을 뿜기 시작했다.

귀에 익숙한 그 소음이 들리기 직전 피츠는 병사들이 쓰러지기 시작하는 모습을 보았다. 한 사람이 쓰러지더니 열 명, 스무 명, 이어서 더 많은 병사들이 쓰러졌다. "이런, 맙소사." 오십 명, 백 명이 쓰러지는 모습을 보며 피츠가 말했다. 그는 겁에 질린 채 대학살의 현장을 지켜보았다. 어떤 병사는 총에 맞는 순간 양손을 위로 뻗었다. 어떤 병사는 비명을 지르거나 몸을 부들부들 떨었다. 가방이 툭 떨어지듯 그냥 축 처져서 바닥에 쓰러지는 사람도 있었다.

비관적인 귄 에번스가 예상했던 것보다 더, 그리고 피츠가 품었던 가장 끔찍한 두려움보다 더 나빴다.

병사들은 독일군 철조망에 도착하기도 전에 대부분 쓰러졌다.

또다시 호각이 울렸고, 둘째 열이 전진하기 시작했다.

III

로빈 모티머 이등병은 화가 치밀었다. "이런 멍청한 새끼들." 그는 기관총이 불을 뿜는 소리를 듣자 말했다. "어두울 때 공격했어야지. 이렇게 환할 때 무인지대를 넘어갈 순 없어. 연막탄도 없이 말이야. 이거 완전히 자살공격이군."

대기용 참호에 있던 병사들은 불안해졌다. 빌리는 애버로언 친구들의 사기가 떨어지는 것 같아 걱정이었다. 숙영지에서 전선으로 행군하면서 그들은 처음으로 적의 포격을 경험했다. 직격탄을 맞지는 않았지만 앞뒤 부대의 병사들이 대거 전사했다. 마찬가지로 끔찍했던 것은 행군하는 도중 보았던, 구덩이들을 줄지어 새로 파놓은 광경이었다. 모두 정확히 1.8미터 깊이였는데 오늘 죽을 병사들을 한꺼번에 묻을 묘지 자리라는 걸 누가 봐도 알 수 있었다.

"바람 방향이 반대여서 연막탄은 안 되는 거죠." 예언자 존스가 부드럽게 말했다. "그래서 저놈들도 가스 공격을 안 하는 거고."

"모두 미친놈이야." 모티머는 중얼거렸다.

조지 배로는 즐거운 듯 말했다. "높으신 분들이 제일 잘 알겠지, 뭐. 사람 다스리는 피를 타고났는데. 알아서 하게 놔둬."

토미 그리피스가 그런 말을 그냥 넘길 리 없었다. "그자들이 널 소년 원에 보냈을 때도 그렇게 생각했냐?"

"나 같은 놈을 감옥에 안 넣고 배기겠냐?" 조지가 퉁명스레 말했다. "안 그러면 도둑놈들로 난리가 날 텐데. 나도 강도를 당할 수 있다고!"

뚱한 표정의 모티머를 빼고 모두 웃음을 터뜨렸다.

근심스러운 기색으로 피츠허버트 소령이 럼주 병을 들고 다시 나타났다. 소대장은 부대원들이 각자 내민 반합에 럼주를 조금씩 부어주었다. 빌리는 럼주를 마셨지만 기분은 전혀 나아지지 않았다. 입안의 뜨거운 기운이 병사들에게 힘을 주었지만 오래가지는 못했다.

오늘 말고 이런 기분을 느껴본 건, 처음 탄광에 일하러 갔을 때 리스 프라이스가 그를 혼자 두고 떠난 상황에서 안전등마저 꺼졌을 때가 유일했다. 그래도 그때는 머릿속 환영이 도움이 되었다. 예수님은 열정적인 상상력을 가진 소년에게는 모습을 드러냈지만, 상상력이 모자라는 냉철한 어른 앞에는 나타나지 않았다. 빌리는 오늘 혼자였다.

일생일대의 시험이 눈앞에 다가와 있었다. 어쩌면 채 몇 분도 남지 않았는지 모른다. 정신을 똑바로 차릴 수 있을까? 만일 실패해서 땅바닥에 엎드려 몸을 웅크린 채 눈을 감거나 눈물을 흘리거나 달아나버린다면 그 창피함은 평생 견딜 수 없을 것이다. 차라리 죽는 게 낫지. 빌리는 생각했다. 하지만 총질이 시작되어도 같은 기분일까?

그들은 모두 몇 걸음 앞으로 나섰다.

빌리는 지갑을 꺼냈다. 밀드러드가 사진을 한 장 주었다. 코트 차림에 모자를 쓴 모습이었다. 그보다는 그녀의 침대로 들어가던 날 밤 그녀의 모습을 더 기억해두고 싶었다.

밀드러드는 지금 뭘 하고 있을지 궁금했다. 오늘은 토요일이니 아마도 매니 리토프의 공장에서 군복을 만들고 있을 것이다. 오전이 절반쯤 지났으니 다들 일손을 멈추고 쉬고 있겠지. 밀드러드가 사람들에게 재미난 이야기라도 들려주고 있을지 모른다.

빌리는 늘 밀드러드 생각만 했다. 그들이 함께 보낸 밤은 키스 교육의 연장이었다. 그녀는 서툴게 달려드는 그를 밀어내며 좀더 천천히, 그리고 재미있게 애무하는 법을 가르쳤다. 그로서는 도저히 상상할 수 없을 만큼 강렬한 쾌감이었다. 그녀는 그의 물건에 입을 맞추더니 자기에게도 똑같이 해달라고 했다. 더욱 좋은 건 어떻게 하면 그녀를 절정에 겨워 울부짖게 할 수 있는지 알려주었다는 점이다. 마지막에는 침대 옆 서랍에서 콘돔을 하나 꺼냈다. 빌리는 처음 보았지만, 친구들 사이에서는 고무장화라 부르며 자주 회자되던 물건이었다. 밀드러드가 콘돔을 씌워주었는데 그마저도 황홀했다.

그 기억이 마치 꿈처럼 느껴져서 빌리는 자꾸 곱씹어 실제로 일어난 일임을 되새겨야 했다. 배우고 자라면서 그렇게 속 편하고 적극적인 섹스에 대한 태도에 아무 준비가 되어 있지 않던 그에게는 마치 계시처럼 찾아온 일이었다. 부모님과 애버로언 사람들 대부분은 남편도 없이 애가 둘이나 딸린 그녀를 가리켜 '부적절하다'고 할 터였다. 하지만 빌리는 딸린 아이가 여섯이라고 해도 상관없었다. 그녀는 그에게 지상낙원의 문을 열어주었고, 그의 바람은 오로지 그곳에 다시 가는 것뿐이었다. 다른 무엇보다 빌리는 어떻게든 오늘 살아남아서 밀드러드를 다시 만나 하룻밤을 더 보내고 싶었다.

부대가 조금씩 앞으로 걸음을 옮겨 전방 참호로 천천히 이동하는 사이 빌리는 자신이 땀을 흘리고 있음을 깨달았다.

오언 베빈이 울기 시작했다. 빌리는 무뚝뚝하게 말했다. "정신 바짝 차려, 베빈 이병. 울어봐야 소용없잖아."

베빈이 말했다. "집에 가고 싶어요."

"나도 그래, 녀석아. 나도."

"제발요, 상병님. 저는 전쟁이 이런 건지 몰랐어요."

"근데 너 몇 살이냐?"

"열여섯이요."

"이런 빌어먹을. 여긴 어떻게 들어온 거야?"

"의사한테 나이를 제대로 말했어요. 의사가 그러더군요. '갔다가 아침에 다시 와. 그 나이치고는 키가 크구나. 내일이면 열여덟 살이 될지도 모르지.' 그러더니 저한테 한쪽 눈을 찡긋하더라고요. 그래서 거짓말을 해야 한다는 걸 알았어요."

"개자식." 빌리가 말했다. 그는 오언을 바라보았다. 전쟁에 아무 소용도 없을 어린애였다. 그는 그저 부들부들 떨며 울고 있었다.

빌리는 칼턴 스미스 소위에게 말했다. "소대장님, 베빈은 겨우 열여섯 살이랍니다."

"맙소사." 칼턴 스미스가 말했다.

"돌려보내야 합니다. 골칫거리가 될 겁니다."

"그건 모르겠군." 칼턴 스미스는 당황한 나머지 어찌할 바를 몰랐다.

빌리는 예언자 존스가 모티머를 어떻게 자기편으로 끌어들이려 했는지 기억해냈다. 예언자는 문제 발생을 막기 위해 앞을 내다보고 행동하는 훌륭한 지도자였다. 그와 반대로 칼턴 스미스는 완전히 보잘것없어 보였지만, 그래도 그가 더 상급 장교였다. 계급제도란 그런 거야. 아버지는 그렇게 말하곤 했다.

잠시 후 칼턴 스미스는 피츠허버트에게 다가가 낮은 목소리로 뭐라고 말했다. 소령은 안 된다는 듯 고개를 흔들었고, 칼턴 스미스는 어쩔 수 없다는 듯 어깨를 으쓱했다.

빌리는 불공정한 일을 보면 항의하라는 가르침을 받고 자랐다. "저 아이는 겨우 열여섯 살입니다, 중대장님!"

"지금 그런 말을 하기엔 너무 늦었어." 피츠허버트가 말했다. "그리고 내가 묻기 전에는 말하지 마, 상병."

빌리는 피츠허버트가 자신을 알아보지 못한다는 걸 알았다. 빌리는 백작의 탄광에서 일하던 수백 명의 사람 중 하나에 불과했다. 피츠허버트는 그가 에설의 동생인 것도 몰랐다. 그럼에도 백작이 아무렇지 않게 무시하자 빌리는 화가 났다. "법에 어긋나는 일입니다." 그는 고집스레 말했다. 다른 상황이었다면 피츠허버트 자신이 다른 누구보다 앞장서서 법을 존중하라며 거들먹거렸을 터였다.

"그건 내가 정해." 피츠는 짜증스럽다는 듯 말했다. "그래서 내가 장교인 거야."

빌리는 피가 거꾸로 솟았다. 몸에 꼭 맞게 맞춘 군복을 입은 피츠허버트와 칼턴 스미스가 거친 카키색 천으로 만든 군복 차림의 빌리를 노려보았다. 그들은 뭐든 자기 마음대로 할 수 있다고 생각하고 있었다. "법은 법입니다." 빌리가 말했다.

예언자가 조용히 말했다. "피츠허버트 소령님, 오늘 아침은 지팡이를 잊으신 것 같습니다. 베빈을 본부에 보내 가져오라고 할까요?"

체면을 세워주려는 꿍꿍이로군. 빌리는 생각했다. 잘했어, 예언자.

하지만 피츠허버트는 받아들이지 않았다. "바보 같은 소리 마."

그때 베빈이 휙 몸을 돌려 달아났다. 북적거리는 병사들 사이를 뚫고 뒤쪽으로 향하더니 이내 시야에서 사라졌다. 놀랍게도 웃는 병사들도 있었다.

"멀리 못 갈 거야." 피츠허버트가 말했다. "그리고 붙잡히면 아주 괴로울 거다."

"베빈은 어린애예요!"

피츠허버트는 빌리를 노려보았다. "너 이름 뭐야?"

"윌리엄스입니다."

피츠허버트는 깜짝 놀란 것 같았지만 금세 태연한 척했다. "윌리엄스야 수백 명이지. 성 말고 이름 말이야."

"윌리엄입니다. 사람들이 빌리 곰빼기라고 부릅니다."

피츠허버트는 빌리를 쏘아보았다.

알아차렸군. 빌리는 생각했다. 에설에게 빌리 윌리엄스라는 동생이 있다는 걸 아니까. 빌리도 피츠를 쏘아보았다.

피츠허버트가 말했다. "윌리엄 윌리엄스 상병, 한마디만 더 하면 처벌하겠다."

위쪽에서 휘파람 소리가 났다. 빌리는 몸을 숙였다. 뒤쪽에서 귀청이 찢어질 듯한 굉음이 울렸다. 주변에 회오리바람이 몰아쳤다. 흙덩어리와 나무판자 조각이 날아들었다. 비명이 난무했다. 빌리는 어느새 땅바닥에 납작 엎드려 있음을 깨달았다. 쓰러진 건지, 몸을 숙여 피한 건지 알 수 없었다. 뭔가 묵직한 게 머리를 때려 욕설을 퍼부었다. 그 순간 얼굴 바로 옆으로 군화 한 짝이 툭 떨어졌다. 군화에는 한쪽 다리만 달렸고 몸뚱이는 보이지 않았다. "으악, 맙소사."

빌리는 일어섰다. 다친 곳은 없었다. 분대원들이 어떻게 되었는지 주위를 둘러보았다. 토미, 조지 배로, 모티머…… 다들 몸을 일으키고 있었다. 모두 앞쪽을 향해 몰려들었다. 갑자기 최전선이 탈출로로 보였기 때문이다.

피츠허버트 소령이 소리질렀다. "모두 자리를 지켜라!"

예언자 존스가 말했다. "제자리, 제자리!"

앞으로 몰리던 병사들이 멈춰 섰다. 빌리는 군복에 묻은 진흙을 떨어내려 해보았다. 그 순간 뒤쪽에 또 포탄이 떨어졌다. 다른 게 있다면 이번에는 상당히 거리가 있는 곳이라는 점이었는데, 그래도 아까와 상황은 크게 다르지 않았다. 폭발음이 나고 회오리바람이 분 다음 파편과 살조각이 비처럼 떨어졌다. 병사들이 미친듯이 대기용 참호를 벗어나 앞과 양옆으로 뛰쳐나갔다. 빌리와 그의 분대원들도 뛰기 시작했다. 피츠허버트와 칼턴 스미스, 롤런드 모건이 그 자리에서 꼼짝하지 말라고 소리를 질렀지만, 듣는 사람은 아무도 없었다.

병사들은 포탄이 떨어지는 곳으로부터 안전거리를 확보하기 위해 앞을 향해 뛰었다. 영국군이 설치한 철조망 가까이 가서야 뛰는 속도가 느려졌고, 무인지대 끄트머리에 이르자 모두 멈춰 섰다. 더 가면 그들이 벗어나려던 위험에 맞먹게 큰 위험이 기다리고 있다는 걸 깨달았기 때문이다.

그나마 다행히 장교들이 뒤따라와 합류했다. "열을 지어 서라!" 피츠허버트가 소리질렀다.

빌리는 예언자를 바라보았다. 그는 잠시 머뭇거리더니 명령에 따랐다. "줄 서, 줄을 맞춰 서!" 예언자가 말했다.

"저걸 봐." 토미가 빌리에게 말했다.

"뭐?"

"철조망 너머."

빌리는 고개를 돌렸다.

"시체야." 토미가 말했다.

빌리는 토미가 무슨 말을 하는지 알아들었다. 땅에는 군복을 입은 시체들이 널려 있었다. 일부는 끔찍하게 뭉개진 모습이었고, 일부는 누워서 잠든 듯 평화로워 보였고, 또 몇몇은 연인처럼 서로 엉켜 있었다.

시체는 수천 구가 넘었다.

"주여, 도우소서." 빌리가 중얼거렸다.

속이 울렁거렸다. 도대체 어떻게 된 세상이란 말인가? 신께서는 어떻게 이런 일이 벌어지게 하신단 말인가?

A중대는 줄을 지어 섰고, 빌리와 살아남은 B중대원도 그뒤로 모여들었다.

빌리의 두려움은 분노로 바뀌었다. 피츠허버트 백작과 그가 속한 무리가 이런 일을 계획한 것이다. 그들이 책임져야 했고, 그들이 이 대학살에 대한 비난을 받아야 했다. 한 놈도 남김없이 총살해야 해. 빌리는 극단적인 생각이 들었다.

모건 소위가 호각을 불자 A중대가 마치 럭비 선수들처럼 달려나갔다. 칼턴 스미스도 호각을 불었고 빌리는 천천히 뛰기 시작했다.

그러자 독일군이 기관총을 쏘았다.

모건을 시작으로 A중대 병사들이 쓰러지기 시작했다. 그들은 아직 총도 한 발 쏴보지 못했다. 이것은 전투가 아니라 학살이었다. 빌리는 주위 병사들을 둘러보았다. 반항심이 생겼다. 장교들은 전혀 도움이 안 되었다. 병사들은 각자 알아서 판단해야 했다. 명령 따위는 필요 없었다. "빌어먹을, 몸을 숨겨!" 빌리는 소리지르고 포탄 구멍 속으로 몸을 던졌다.

포탄 구멍의 경사면은 진창이고 밑바닥에는 썩은 물이 고여 있었지만, 빌리는 고마운 마음으로 질척거리는 땅에 몸을 묻었다. 머리 위로 총알이 날아다녔다. 잠시 후 옆으로 토미가 뛰어들었고 나머지 분대원들도 합류했다. 다른 분대 병사들도 빌리 분대를 따라 하고 있었다.

피츠허버트가 그들이 숨은 구멍 옆을 달려갔다. "너희, 계속 전진해!" 그가 소리질렀다.

빌리가 말했다. "계속 저러면 저 새끼를 쏴버리고 말겠어."

그때 피츠허버트가 기관총탄에 맞았다. 뺨에서 피가 튀더니 한쪽 다리가 뒤로 꺾였다. 그는 바닥에 쓰러졌다.

장교들도 병사들과 똑같은 위험을 무릅쓰고 있었다. 빌리는 이제 화가 나지 않았다. 대신 영국군이 부끄럽다는 생각이 들었다. 어떻게 이렇게까지 무기력할 수 있을까? 그동안 어마어마한 노력을 기울이고, 돈을 쏟아붓고, 오랜 계획을 세웠다는 대공세는 낭패로 돌아가고 말았다. 굴욕이었다.

빌리는 주위를 돌아보았다. 피츠는 정신을 잃은 채 쓰러져 꼼짝도 하

지 않았다. 칼턴 스미스 소위나 예언자 존스는 보이지 않았다. 다른 분
대원들은 모두 빌리를 보고 있었다. 그는 겨우 상병이었지만 병사들은
그의 지시를 바라고 있었다.

빌리는 과거에 장교였다는 모티머를 바라보았다. "이제 어떻게……"

"날 보지 마, 촌놈아." 모티머는 심술궂게 말했다. "빌어먹을 상병은
너잖아."

빌리는 어찌해야 할지 결정해야 했다.

병사들을 이끌고 후퇴할 생각은 없었다. 그런 건 생각조차 해보지 않
았다. 달아나는 건 이미 죽은 병사들의 목숨을 헛되이 하는 짓이기 때
문이다. 이 상황에서 뭐든 얻어내야 해. 우리 스스로 뭐든 해내지 않으
면 안 되는 거야.

하지만 기관총 앞으로 뛰어들 수도 없었다.

제일 먼저 해야 할 일은 주변 상황을 파악하는 것이었다.

빌리는 혹시 독일군이 이 포탄 구멍을 보고 있을지도 모른다는 생각
에 철모를 미끼 삼아 벗어 들고 팔을 쭉 뻗어 구멍 밖으로 드러내보았
다. 하지만 아무 일도 없었다.

그는 언제 머리에 총알이 날아들지 모른다고 생각하며 고개를 내밀
었다. 이번에도 잠잠했다.

독일군 철조망과 언덕을 파서 만든 독일군 진지를 살펴보았다. 참호
방벽에 뚫린 구멍으로 비쭉 튀어나온 소총 총신이 보였다. "빌어먹을
기관총은 어디 있는 거야?" 그는 토미에게 물었다.

"모르겠어."

C중대가 그들이 숨은 포탄 구멍 옆을 지나 돌격했다. 몸을 숨긴 일
부를 제외하고는 열을 지키고 있었다. 기관총이 다시 불을 뿜으며 열을
지어 선 병사들을 휩쓸었다. 병사들이 볼링핀처럼 쓰러졌다. 빌리는 이

제 더는 놀라지 않았다. 그는 총알이 날아드는 곳을 찾고 있었다.

"찾았어." 토미가 말했다.

"어디?"

"여기서 언덕 꼭대기에 보이는 덤불까지 똑바로 선을 그어봐."

"그래."

"그 선이 독일군 참호랑 만나는 곳 보이지?"

"응."

"거기서 조금 오른쪽으로 움직여봐."

"얼마나…… 아니야, 됐어. 보여, 이 새끼들." 전방에서 약간 오른쪽으로 참호 위에 철판으로 만든 보호막 같은 뭔가가 보였는데, 그곳에 기관총 총신이 분명한 물건이 비쭉 나와 있었다. 빌리가 보기에는 그 주위에 독일군 철모가 세 개 있었는데, 확실하진 않았다.

독일군은 분명 영국군 철조망의 벌어진 틈에 집중하고 있을 거야. 빌리는 생각했다. 그들은 철조망 구멍을 통과해 돌격하는 병사들에게 끊임없이 사격을 가하고 있었다. 기관총 진지를 공격하려면 다른 각도에서 접근해야 할 것 같았다. 만일 그가 지휘하는 분대가 무인지대를 대각선으로 가로지를 수 있다면, 오른쪽을 보고 있는 독일군 기관총 진지를 왼쪽에서 공격할 수도 있었다.

빌리는 커다란 포탄 구멍 세 개를 거쳐 접근하는 것으로 작전을 짜보았다. 세번째 구멍은 포격으로 끊어진 독일군 철조망 바로 너머에 있었다.

이게 제대로 된 군사작전인지 알 도리가 없었다. 하지만 제대로 세운 작전에 따르던 병사들이 오늘 아침에만 수천 명 죽었으니 그런 건 상관할 필요가 없었다.

빌리는 다시 몸을 숙이고 주위 병사들을 바라보았다. 조지 배로는 어렸지만 소총 사격 실력이 꽤 괜찮았다. "기관총이 다음에 사격을 시작하면 너도 준비해. 기관총이 멈추는 즉시 사격을 시작해. 운이 좋으면 놈들이 몸을 숨기겠지. 나는 저기 다음 구멍으로 뛰어갈 거야. 탄창이 빌 때까지 꾸준히 계속 쏴. 열 발을 쏘는 거야. 삼십 초 정도 걸리도록. 독일놈들이 고개를 다시 들 때쯤이면 나는 다음 구멍에 가 있을 거야." 빌리는 다른 병사들을 보았다. "다시 기관총이 멈출 때까지 기다렸다가 모두 다음 포탄 구멍으로 달려오고, 토미가 엄호를 해. 세번째에는 내가 엄호하고 토미가 달리는 거야."

D중대가 무인지대 안쪽으로 돌격해들어갔다. 기관총이 사격을 시작했다. 소총과 박격포도 동시에 불을 뿜었다. 하지만 이전과 달리 많은 병사가 쏟아지는 총알 속으로 뛰어드는 대신 포탄 구멍에 몸을 숨겼기 때문에 학살의 정도는 덜했다.

이제 곧 나가야 해. 빌리는 생각했다. 병사들에게 뛰어나가겠다고 했으니 이제 와서 못하겠다고 하면 망신이다. 그는 이를 갈았다. 겁쟁이가 되느니 죽는 게 나아. 그는 다시 속으로 말했다.

기관총이 사격을 멈추었다.

빌리는 재빨리 벌떡 일어섰다. 이제 그는 독일군에게 뻔히 보이는 목표물이 된 셈이었다. 빌리는 몸을 숙이고 뛰었다.

뒤에서 배로가 총 쏘는 소리가 들렸다. 빌리의 목숨은 소년원 출신 열일곱 살짜리의 손에 달려 있었다. 조지는 꾸준히 이어서 총을 쏘았다. 탕, 둘, 셋, 탕, 둘, 셋. 지시한 대로였다.

빌리는 군복에 장비까지 걸쳐 무거운 몸으로 최대한 빠르게 들판을 달렸다. 군화가 진창에 빠지고 숨이 턱까지 차올라 가슴이 아팠지만, 머릿속에는 오로지 더 빨리 달려야 한다는 생각뿐이었다. 이렇게 죽을 것 같았던 적도 없었다.

포탄 구멍까지 몇 걸음 안 남았을 때, 총을 먼저 안으로 집어던지고 마치 럭비 경기에서 상대방에게 태클을 날리듯 몸을 던졌다. 구멍 가장자리에 떨어진 빌리는 앞으로 구르며 진창에 처박혔다. 아직도 살아 있다는 게 믿기 어려웠다.

열렬한 환호성이 들렸다. 분대원 전체가 그가 뛰는 모습에 박수를 보내고 있었다. 이런 대학살의 현장에서도 이렇게 긍정적일 수 있다는 게 놀라웠다. 인간이란 얼마나 묘한 존재인지.

숨을 고른 빌리는 조심스럽게 구멍 밖을 내다보았다. 그가 달린 거리는 100여 미터였다. 이런 식으로 무인지대를 완전히 건너가려면 시간이 꽤 걸릴 것 같았다. 하지만 이 방법이 아니고는 자살행위나 다름없었다.

기관총이 다시 살아났다. 그 사격이 멈추자 토미가 총을 쏘기 시작했다. 그는 조지가 이미 해 보인 것처럼 시차를 두고 사격을 했다. 목숨이 위험하니까 금방 배우는구나. 빌리는 생각했다. 토미의 탄창에 든 열번째이자 마지막 총알이 발사되자 나머지 분대원도 구멍 속 빌리 옆에 도착했다.

"이쪽으로 와." 빌리는 앞쪽으로 병사들을 불렀다. 독일군이 구멍보다 높은 지대에 자리를 잡고 있었기 때문에, 구멍 뒤쪽은 그들의 시야에 잡힐 수도 있다고 판단했다.

빌리는 소총을 구멍 가장자리에 걸쳐두고 기관총 진지를 바라보았다. 잠시 후 독일군이 다시 사격을 시작했다. 그들이 멈추자 빌리가 쏘기 시작했다. 그는 토미가 빨리 달리기를 바랐다. 그는 나머지 분대원 전체보다 토미에게 더 마음이 쓰였다. 소총을 차분히 들고 오 초 간격으로 쏘았다. 누굴 맞힐 수 있는지는 중요하지 않았다. 토미가 달리는 동안 독일군이 고개를 못 들게만 하면 되었다.

탄환이 떨어진 순간 토미가 바로 옆으로 뛰어들었다.

"이런 젠장." 토미가 말했다. "이런 짓을 몇 번이나 더 해야 하는 거야?"

"내 생각에는 두 번 더야." 빌리가 탄창을 채우며 말했다. "그때쯤이면 수류탄을 던져넣을 수 있을 만큼 가까이 접근했든가…… 아니면 전부 뒈져버렸겠지, 씨발."

"제발 욕 좀 하지 마, 빌리." 토미가 정색을 하고 말했다. "듣기 불쾌하다고."

빌리는 킬킬거리며 웃었다. 그러고 나니 어떻게 웃을 수 있는지 궁금했다. 포탄 구멍 속에서 독일군이 쏘는 총알을 피하는 중인데 웃고 있네. 빌리는 속으로 생각했다. 하느님, 저를 도우소서.

그들은 같은 방식으로 다음 포탄 구멍까지 이동했다. 하지만 이번에는 거리가 아까보다 멀었고 한 사람이 희생당했다. 조이 폰티가 뛰다가 머리에 총을 맞았다. 조지 배로가 그를 안고 옮겼지만, 머리에 구멍이 난 채 죽은 뒤였다. 빌리는 조이 폰티의 동생인 조니가 어디 있는지 궁금했다. 조니는 대기용 참호를 벗어난 후로 보지 못했다. 어쩔 수 없이 내가 이 소식을 전해야 해. 빌리는 생각했다. 조니는 그의 형을 우상처럼 여겼다.

이번 구멍에는 다른 시체들이 있었다. 더껑이가 앉은 물 위에 군복을 입은 시체 세 구가 둥둥 떠 있었다. 처음 돌격했던 병사들이 틀림없었다. 빌리는 그들이 어떻게 이렇게 멀리까지 왔는지 궁금했다. 어쩌면 그냥 확률의 문제인지도 모른다. 왼쪽에서 오른쪽으로 쓸어내듯 일제 사격을 할 때 살아남은 사람들을, 다시 반대편으로 총구가 움직이며 해치운 것이다.

다른 병사들도 비슷한 전법을 이용해 독일군 진지 가까이로 접근하고 있었다. 빌리 무리를 보고 따라 하는 것일 수도 있지만, 그보다는 그들과 비슷한 판단과정을 거쳐 장교들이 지시한 대로 멍청하게 열을 지어 돌격하는 방식을 포기하고 더 합리적인 작전을 스스로 짜내고 있는 듯했다. 그 결과 독일군은 이제 모든 걸 원하는 대로 이끌어가지는 못했다. 계속 공격당하는 신세가 되자 그들도 처음처럼 가차없는 폭풍우 같은 총격은 유지할 수 없었다. 어쩌면 그래서 빌리가 이끄는 무리가 마지막 포탄 구멍까지 그 이상의 희생자를 내지 않고 전진할 수 있었는지도 모른다.

게다가 그들은 이제 한 명이 늘었다. 전혀 낯모르는 사람이 빌리 옆에 엎드려 있었다. "넌 도대체 어디서 나타난 놈이야?" 빌리가 말했다.

"소속을 잃었습니다." 병사가 말했다. "상병님이 제대로 하시는 것 같아서 따라왔습니다. 꼭 함께 가고 싶습니다."

빌리가 듣기엔 캐나다 사람 말투였다. "던지기 잘해?" 빌리가 물었다.

"고등학교 때 야구팀에서 활동했습니다."

"좋아. 내가 신호하면 저기 있는 기관총 진지에 수류탄을 던져서 맞힐 수 있는지 살펴봐."

빌리는 여드름쟁이 루얼린과 앨런 프리처드에게 나머지 병사들이 엄호사격을 하는 사이 수류탄을 던지라고 지시했다. 그들은 다시 기관총이 멈추길 기다렸다. "지금이야!" 빌리는 소리지르며 벌떡 일어섰다.

독일군 참호에서 이쪽으로 한바탕 소총 사격이 날아들었다. 여드름쟁이와 앨런은 총알이 날아오자 겁을 집어먹고 수류탄을 아무렇게나 던지고 말았다. 두 수류탄은 50미터도 채 떨어지지 않은 참호까지 다다르지 못하고 중간에서 터져 아무 피해도 입히지 못했다. 빌리는 욕이 나왔다. 기관총에 타격을 입히지 못한 건 당연한 일이었다. 게다가 잠시 후 기관총이 다시 불을 뿜기 시작하더니 여드름쟁이가 온몸에 쏟아지는 총알을 맞고 끔찍하게 몸부림쳤다.

빌리는 이상하리만큼 차분했다. 그는 잠시 목표물에 정신을 집중한 다음 팔을 뒤로 최대한 당겼다. 그리고 마치 럭비공을 던지듯 거리를 계산했다. 옆에 선 캐나다 말투를 쓰는 병사도 마찬가지로 침착한 상태를 유지하고 있다는 사실이 어렴풋이 느껴졌다. 기관총이 총알을 뿜어내며 그들을 노리고 총구를 돌렸다.

두 사람은 동시에 수류탄을 던졌다.

두 개 모두 기관총 진지에서 가까운 참호 속으로 들어갔다. 쿵 소리가 두 번 겹치듯 울렸다. 기관총 총신이 하늘로 날아가는 모습을 확인한 빌리는 승리감에 소리를 질렀다. 그는 두번째 수류탄의 안전핀을 뽑은 뒤 경사면을 뛰어올라가며 외쳤다. "돌격!"

핏줄 속으로 마약이 도는 것처럼 흥분이 일었다. 빌리는 자신이 위험하다는 것을 자각하지 못했다. 참호 속에서 얼마나 많은 독일군이 그에게 총을 겨누고 있는지도 생각하지 못했다. 다른 병사들도 뒤따랐다. 빌리는 두번째 수류탄을 던졌고 나머지도 그를 따라 했다. 일부는 엉뚱한 곳으로 날아갔지만 몇 개는 참호 속에 떨어져 폭발했다.

빌리는 참호에 도착했다. 그제야 소총을 어깨에 그대로 메고 있다는 걸 알아차렸다. 총을 앞으로 들고 사격 자세를 취하는 사이 독일군의 총에 죽을 수도 있었다.

하지만 참호에는 살아남은 독일군이 없었다.

수류탄은 끔찍한 피해를 입혔다. 참호 바닥은 시체와 끔찍하게 잘린 몸뚱이 조각으로 그득했다. 그나마 맹공격을 피해 살아남은 독일군이 있다 해도 이미 달아난 듯했다. 빌리는 참호 속으로 뛰어내려서 마침내 양손으로 소총을 움켜쥐고 사격 준비자세를 취했다. 하지만 총은 필요 없었다. 사용할 대상이 하나도 남아 있지 않았기 때문이었다.

토미가 빌리 옆으로 뛰어내렸다. "해냈어!" 그는 승리감에 도취되어 외쳤다. "우리가 독일군 참호를 점령한 거야!"

빌리는 야만적인 기쁨을 느꼈다. 그를 죽이려던 독일군들을 오히려 죽였다. 이런 극한의 만족감은 지금까지 단 한 번도 느껴보지 못한 것이었다. "맞아. 우리가 해냈어!" 빌리는 토미에게 말했다.

빌리는 독일군이 건설한 참호의 우수성에 충격을 받았다. 광부인 그의 눈은 안전한 구조물을 귀신같이 알아볼 수 있었다. 벽에는 무너지지 않도록 널빤지를 댔고, 사격에 대비한 방벽도 튼튼했고, 대피호는 놀랍게도 깊이가 7미터에서 10미터에 이를 만큼 깊었는데 입구에 깔끔하게 문틀까지 달았고 나무계단을 통해 드나들 수 있었다. 그걸 보니 일주일 동안 가해진 가차없는 포격에도 많은 독일군이 어떻게 살아남았는지 알 수 있었다.

짐작건대 독일군은 참호와 참호 사이에 통로를 파서 전방의 방어진지와 후방의 보급 및 지원 용도로 사용하는 공간을 연결해두었을 터였다. 빌리는 혹시 적군이 매복하고 있지는 않은지 확인해야 했다. 다른 병사들을 시켜 숨은 적병이 있는지 총을 겨누고 살펴보게 했지만, 아무도 없었다.

그렇게 이어진 참호는 언덕 꼭대기에서 끝났다. 그곳에서 빌리는 주위를 둘러보았다. 왼쪽을 보니 포격으로 엄청난 피해를 입은 곳 너머에 다른 영국군 부대가 장악한 지역이 보였다. 오른쪽으로는 참호가 끝나고 냇물이 흐르는 작은 계곡으로 이어지는 절벽이었다.

빌리는 적이 장악하고 있는 동쪽 지역을 바라보았다. 2, 3킬로미터 떨어진 곳에 독일군의 2차 방어선인 다른 참호가 있다는 걸 그는 잘 알았다. 몇 안 되는 분대원을 이끌고 더 전진할 수도 있었지만 망설여졌다. 다른 영국군 부대가 전진하는 모습이 전혀 보이지 않았고, 그가 이

끄는 병사들은 대부분 탄약이 바닥났을 것 같았다. 금방이라도 보급 트럭들이 탄약을 싣고 포탄 구멍을 넘어서 나타나 다음 작전 명령을 전해줄 거라는 생각이 들었다.

빌리는 하늘을 올려다보았다. 한낮이었다. 병사들은 지난밤 이후 아무것도 먹지 못했다. "혹시 독일군이 먹을 걸 남기고 갔는지 보자고." 빌리가 말했다. 혹시 독일군이 반격해올 경우에 대비해 기름덩어리 휴잇을 언덕 꼭대기에 보초로 세워두었다.

먹을 것은 별로 보이지 않았다. 독일군은 그다지 잘 먹고 지낸 것 같지 않았다. 오래된 검은 빵과 딱딱한 살라미 소시지를 찾아냈다. 독일 하면 맥주가 유명하다는데 맥주도 남은 게 전혀 없었다.

연대장은 전진하는 부대를 야전 취사장이 따라올 거라고 약속했었지만, 빌리가 조바심을 내며 뒤쪽 무인지대를 아무리 봐도 보급 차량들이 다가오는 모습은 찾아볼 수 없었다.

병사들은 자리를 잡고 앉아 딱딱한 비스킷과 통조림 고기 같은 전투 식량을 먹었다.

빌리는 누군가 후방으로 보내 보고를 해야 했다. 하지만 그러기도 전에 독일군 포병대가 목표지점을 변경해 공격을 시작했다. 처음에는 영국군 후미를 때리던 그들은 이제 무인지대를 노렸다. 영국군과 독일군 진지 사이의 흙이 화산 터지듯 솟구쳐올랐다. 워낙 강력한 포격이어서 아무도 살아서는 되돌아갈 수 없었다.

다행히 독일군 포병은 본인들의 진지 쪽은 공격하지 않았다. 아마도 영국군에 뺏긴 지역과 여전히 지키고 있는 지역을 구분하지 못하는 듯했다.

빌리가 이끄는 무리는 오도 가도 못한 채 갇히고 말았다. 탄약 없이는 전진할 수 없고 적의 포격 때문에 후퇴할 수도 없었다. 하지만 그들이 처한 상황을 걱정하는 건 빌리뿐인 듯했다. 다른 사람들은 기념이 될 만한 전리품을 찾아나섰다. 다들 뾰족한 뿔이 달린 철모나 모자표, 주머니칼 등을 주웠다. 조지 배로는 죽은 독일군의 몸을 일일이 뒤져 시계와 반지를 챙겼다. 토미는 한 장교가 갖고 있던 9밀리미터 루거 권총과 탄약 한 상자를 차지했다.

그들은 졸음이 쏟아졌다. 놀랄 일도 아니었다. 밤을 꼬박 새웠기 때문이다. 빌리는 보초를 둘 세우고 나머지는 잠시 눈을 붙이게 했다. 실망스러운 기분이었다. 전투 첫날 작은 승리를 거둔 그는 누군가에게 이야기를 들려주고 싶었다.

저녁이 되자 포격이 약해졌다. 빌리는 후퇴할 것인지 고민했다. 후퇴하는 것밖에 다른 방법이 없었지만 혹시 적을 앞두고 물러났다는 죄로 처벌당할까 두려웠다. 고위 장교들이 어떻게 나올지는 아무도 알 수 없었다.

하지만 독일군이 대신 결정을 내려주었다. 능선에서 보초를 서던 기름덩어리 휴잇이 동쪽에서 다가오는 독일군을 발견했다. 빌리가 보니 오십 명에서 백 명에 이르는 대규모 적이 계곡을 넘어 접근하고 있었다. 새로 탄약을 공급받지 못한 상태에서 빌리와 병사들이 방어해낼 수 있을 것 같진 않았다.

그래도 그들은 퇴각했다는 이유로 비난받을 수 있었다.

빌리는 몇 안 되는 분대원을 한자리에 모았다. "좋아, 알아서 응사해. 그리고 총알이 떨어지면 후퇴하는 거야." 그는 여전히 800미터쯤 떨어진 적군의 선두를 향해 탄창에 남은 총알을 날린 다음 돌아서서 뛰었다. 다른 병사들도 똑같이 했다.

그들은 독일군 참호를 넘어 무인지대를 가로질러 지는 해를 향해 앞다퉈 달렸다. 시체를 뛰어넘고, 부상자를 들것으로 옮기는 사람들을 요리조리 피하며 뛰었다. 하지만 아무도 그들에게 총을 쏘지 않았다.

영국군 진지에 도착한 빌리는 참호로 뛰어들었다. 참호 속에는 시체와 부상자, 빌리처럼 탈진한 생존자로 북적거렸다. 피츠허버트 소령이 들것 위에 누워 있었다. 얼굴은 피투성이였지만 눈을 뜬 상태로 살아 숨쉬고 있었다. 죽어도 괜찮았을 놈은 살아 있군. 빌리는 생각했다. 많은 병사가 진창에 앉거나 누워 허공을 바라보고 있었다. 충격으로 멍한 상태인데다 지쳐 몸을 움직이지 못하는 것 같았다. 장교들은 병사와 시신을 후방으로 이동시키려 애쓰고 있었다. 승리했다는 분위기는 찾을 수 없었다. 아무도 앞쪽으로는 움직이려 하지 않았다. 장교들도 전투가 벌어진 쪽으로는 눈길도 돌리지 않았다. 대공세는 실패였다.

빌리가 이끌던 분대원들이 그를 따라 참호로 뛰어들었다.

"대실패야." 빌리가 말했다. "실패도 이런 대실패가 없어."

IV

일주일 뒤 오언 베빈은 겁을 먹고 달아났다는 이유로 군사재판을 받았다.

그는 재판에서 '죄수 편'으로 지정된 장교를 통해 변호할 수도 있었지만 그 기회를 스스로 사절했다. 지은 죄가 사형선고를 받을 수도 있는 상황이므로, 무죄를 주장할 기회가 자동적으로 주어졌다. 하지만 베빈은 자신을 변호하는 말은 한마디도 하지 않았다. 재판은 한 시간도 되지 않아 끝났다. 베빈의 죄가 인정되었다.

그는 사형선고를 받았다.

재판 서류는 본부로 보내져 검토를 거쳤다. 최고사령관은 사형선고

를 확인했다. 이 주 뒤 새벽 질퍽거리는 프랑스의 한 목장에
눈을 가린 채 총살을 집행할 병사들 앞에 섰다.

일부 병사가 일부러 빗나가게 총을 쏜 듯했다. 그들이 총을
서도 베빈이 피를 흘리기는 했지만 여전히 살아 있었기 때문에
집행을 맡은 장교가 베빈에게 다가가 권총을 뽑아서는 아이의 어
가까이 대고 두 발을 쏘았다.

마침내 그렇게 오언 베빈은 죽었다.

(2권으로 이어집니다.)

일했다. 현재 전문번역가로 활동하고 있다.
슈프리머시』『나이트 이터널』『문신 속 여인과
『파이트』『남겨진 자들』『열세번째 시간』『밤의 기
커빌 가문의 개』『아르테미스』『사일런트 페이션트』

서 베빈은

쓰고 나

다. 형

마에

센 클럽

의 몰락 1

2015년 7월 31일 | 1판 3쇄 2020년 4월 28일

이 켄 폴릿 | 옮긴이 남명성 | 펴낸이 염현숙
책임편집 박아름 | 편집 황문정 | 모니터링 이희연
디자인 고은이 이원경 | 저작권 한문숙 김지영 이영은
마케팅 정민호 이숙재 양서연 박지영 | 홍보 김희숙 김상만 지문희 우상희 김현지
제작 강신은 김동욱 임현식 | 제작처 영신사

펴낸곳 (주)문학동네
출판등록 1993년 10월 22일 제406-2003-000045호
주소 10881 경기도 파주시 회동길 210
전자우편 editor@munhak.com | 대표전화 031) 955-8888 | 팩스 031) 955-8855
문의전화 031) 955-3578(마케팅) 031) 955-2646(편집)
문학동네카페 http://cafe.naver.com/mhdn | 트위터 @munhakdongne
북클럽문학동네 http://bookclubmunhak.com

ISBN 978-89-546-3702-2 04840
     978-89-546-3701-5 (세트)

www.munhak.com